복거일 대하 전기 소설

『물로 씌어진 이름』

제21장

얄타(下)

1948년. 중국에서는 국민당 정부의 처지가 어려워지고 공산군의 전력이 빠르게 증강되었다. 3월부터 시작된 공산군의 잇단 공세에 국민당 정부는 생존을 걱정하는 처지로 전락했다. (55쪽)

1949년 10월 1일. 모택동은 중화인민공화국 수립을 선언하고 북경을 수도로 삼았다.

12월 10일. 국민당 정부군은 대만으로 옮겨갔다.

미국 사람들은 큰 충격을 받았다. 궁지에 몰렸던 공산당이 러시아의 적극적 지원을 받아 강성해지는 사이에 국민당 정부군은 미국의 지원을 제대로 받지 못해서 허약해진 것이 그런 재앙을 불렀다는 생각이 널리 퍼졌다. (60쪽)

미국은 장개석 정부에 내내 적대적이었다. 2차대전 중에는 장개석 암살 계획을 세웠고, 1950년에도 장개석을 제거하기 위한 비밀 비망록을 만들었다. 이를 주도한 것은 국무부 내 '애치슨 집단'이었고, 그 위엔 늘 마셜이 있었다. (72쪽)

1950년 1월 12일. 미 국무장관 애치슨은 내셔널 프레스 클럽 연설에서 미국이 설정한 동아시아 방위선인 '애치슨 라인'을 밝혔다.
"알류샨 열도를 따라 일본, 류큐(오키나와) 제도, 필리핀…."
애치슨의 방어선은 대만과 남한을 포함하지 않았다. 중화민국과 대한민국을 공산주의 세력으로부터 지키지 않겠다고 선언한 셈이다. (82쪽)

1950년 2월 20일. 위스콘신의 초선 상원의원 매카시가 상원 연단에 올랐다. 여섯 시간이 넘는 연설에서, 80명가량 되는 전·현직 및 임명 예고된 국무부 직원들의 전복적 활동들을 거론하고, 국무부의 보안이 붕괴되었다고 진단했다.
매카시의 연설은 공산주의자들의 위협에 무지하거나 무기력했던 미국 시민들을 일깨우는 격문이었다. 도도히 밀려오는 공산주의 세력에 맞설 자유주의 세력을 거의 혼자 힘으로 일깨운 것이었다. (98쪽)

1950년 6월 25일. 북한 공산군이 남한을 기습적으로 침공했다.
6월 26일. 국제연합 안전보장이사회는 북한군의 대한민국 침공이 "평화의 침해에 해당된다"는 결의안을 채택했다. (106쪽)

매카시가 속한 '타이딩스 위원회'는 매카시의 활동을 방해해서 위원회를 무력화하는 전략을 추구했다.
1950년 7월 17일. 타이딩스 위원회는 보고서에서 "국무부 직원들의 충성심과 국무부의 보안 상태엔 문제가 없으며, 매카시의 의혹 제기는 사기"라고 확언하고 활동을 종료했다. (119쪽)

줄리어스 로젠버그와 아내 에설은 2차대전 말 미국이 개발 중이던 원자탄 기술에 관한 많은 비밀 보고서들을 러시아에 넘겼다. 로젠버그는 미국 공산당 당원이었던 사실이 드러나 1945년에 군 연구소에서 해고되었다. 로젠버그 부부는 1950년에 체포되어 이듬해 사형을 선고받았다. (130쪽)

매카시의 주장은 근거가 있었음이 후에 확인되었다. 2차대전 중 러시아 대사관의 암호 전문 해독에 종사한 '베노나 사업'의 요원들이 전후 1946년에 뒤늦게 해독한 전문에서, 러시아 정보기관들이 미국 정부 깊숙이 첩자들을 심었고 엄청난 기밀들을 빼내 갔다는 것이 드러났다. (154쪽)

베노나 사업 팀이 해독한 전문 하나에 따르면, 얄타 회담 마무리를 위해 모스크바를 경유한 네 명의 국무부 요원들 가운데 '소비에트 훈장을 받은 첩자' ALES가 있었다. ALES는 앨저 히스로 판정되었다. 모스크바에 들른 네 명 가운데 동아시아 전문가는 히스가 유일했다. (161쪽)

제22장

음모론

1948년 6월 24일. 동독을 장악한 러시아군은 서방 연합군이 철도, 도로, 운하를 통해 접근할 수 없도록 서베를린을 봉쇄했다. 서방 연합군은 공수작전으로 맞섰고, 결국 1949년 5월 12일 러시아군은 봉쇄를 풀었다. 323일에 걸친 '베를린 봉쇄'는 서방의 실질적 및 도덕적 승리로 끝났다. 승세에 힘입어 열하루 뒤 독일연방공화국이 출범했다. 그러나 베를린 문제는 두고두고 미국을 괴롭혔다. (185쪽)

1962년 10월 14일. 미국 정찰기가 쿠바에서 러시아의 SS-24 중거리 탄도미사일 한 기가 조립되는 모습을 촬영했다.
10월 22일. 텔레비전 연설에서 케네디는 이 사실을 미국 시민들에게 알리고, 쿠바 봉쇄를 결정했으며 무력의 사용도 불사하겠다고 밝혔다.
10월 27일. 미국 정찰기가 쿠바 상공에서 격추되어 조종사가 죽었다. 쿠바를 침공할 미군 부대가 플로리다에 집결함으로써 핵전쟁 위기가 가시화되었다.
이날 흐루쇼프가 "미국이 터키의 미사일 시설을 철거하면 러시아도 쿠바의 미사일들을 철거하겠다"고 제안했다. 미국이 제안을 사실상 받아들임으로써 쿠바 미사일 위기가 끝났다. (188쪽)

자유세계에 살면서 사회주의를 추종하는 '동행자'들이 코민테른이나 러시아를 위해 첩자로 활동하려면 거쳐야 하는 시험 중 하나가 1943년의 '카틴 학살'이었다. 카틴 학살이 러시아군이 아니라 독일군 소행이라고 믿고 주장할 수 있어야 코민테른과 러시아에 대한 충성심을 인정받을 수 있었다. (201쪽)

군인 마셜의 진로를 덮은 검은 구름을 문득 걷어 낸 것은 뉴딜 정책의 사업 중 하나인 '민간보존단(CCC)' 사업이었다. 마셜은 CCC에 열정적으로 참여해 뉴딜 정책을 추진하던 사람들과 친분을 쌓았다. 그런 사람들 가운데 중요한 이들은 엘리너 루스벨트와 해리 홉킨스였다. (210쪽)

1941년 5월. 독일과 일본이 동서 양쪽에서 협공하는 것을 두려워한 러시아는 미국이 일본을 압박하게 해서 일본이 미국을 공격하도록 유도하는 '눈 작전'을 폈다. 러시아 비밀경찰 요원이 미국 재무부의 실질적 2인자 해리 화이트를 만나 작전을 설명했다.
"모두 외우시오."
그리고 문서를 회수해 갔다.
일본이 펄 하버를 기습함으로써 '눈 작전'은 성공을 거두었다. (223쪽)

얄타 회담 중 동아시아 관련 의제는 앨저 히스가 전담했다. 러시아 첩자 히스가 만든 비밀협약안을 루스벨트가 받아들이도록 설득하는 것은 마셜의 임무였다. 마셜의 사람들은 죽어 가는 대통령에게 '얄타 비밀협약'을 받아들이라고 계속 핍박했고, 루스벨트는 스탈린과 협의를 시작한 지 11분 만에 그 치욕적 협약을 받아들였다. (238쪽)

1947년 초대 국방장관에 오른 제임스 포레스털도 매카시처럼 러시아의 위협을 크게 경계하는 안목을 지녔다.
포레스털은 전쟁 말기인 1945년에 해군장관으로 '이오지마 싸움'을 직접 시찰했다. 해병들이 이오지마의 169미터 고지에 성조기를 올리자 포레스털이 말했다.
"더 큰 깃발을 올려라."
첫 번째 깃발은 포레스털이 챙기고, 두 번째 깃발을 올리는 장면이 AP의 역사적 사진으로 남았다.
(250쪽)

베노나 사업 팀은 엘리너 루스벨트도 러시아에 포섭되었음을 밝혔다.
엘리너 포섭 공작을 맡은 러시아 비밀경찰 요원은 독일 출신으로 미국에 귀화한 사회주의 활동가 거트루트 프랭이었다. 거트루드의 두 번째 남편 조지프 래시도 사회주의 학생운동을 하며 엘리너와 친분을 쌓고 있었다. (258쪽)

제23장

베를린

1945년 4월 28일. 히틀러는 동거녀 에바 브라운과 결혼식을 올렸다.
4월 30일. 점심을 든 히틀러는 측근들을 내보내고 자기 머리에 권총을 쏘았다. 에바는 청산가리를 삼켰다. 벙커 위 정원으로 옮겨진 시체들에 휘발유가 뿌려졌다. 괴벨스, 보르만, 크렙스, 부르크도르프는 불타는 총통에게 마지막 경례를 했다. (287쪽)

1945년 5월 7일. 프랑스 동북부 랭스의 연합원정군 최고사령부에서 독일군의 항복 문서 서명식이 열렸다. 독일을 대표해 되니츠 대통령과 요들 대장이 서명했다.
스탈린은 격노했다. 이튿날 베를린에 주둔한 러시아군 사령부에서 다시 서명식이 열렸다. (294쪽)

제24장

히로시마

조선인 요원들이 한반도에 침투할 날짜는 1945년 8월 하순으로 결정되었다. 침투 요원 55명이 10개 조로 나뉘어, 잠수함에서 소형 반잠수정으로 갈아타고 해안에 접근하도록 되어 있었다.
(303쪽)

1945년 7월 16일. 뉴멕시코주 앨러머고도에서 사상 최초의 원자탄 폭발 실험이 이루어졌다.
독일이 먼저 원자탄을 개발할 가능성을 걱정해 움직인 과학자는 헝가리 물리학자 레오 실라르드였다. 1939년 실라르드는 아인슈타인의 이름을 빌려 루스벨트 대통령에게 편지를 써서 독일보다 먼저 원자탄을 개발할 것을 역설했다.
1942년 6월. 원자탄 개발을 위한 '맨해튼 사업'이 출범했다. (320쪽)

1945년 8월 6일 오전 8시 15분. 인류 최초의 실전 원자폭탄 '꼬마'가 히로시마에 투하되었다.
사흘 뒤 두 번째 원자폭탄 '뚱보'가 나가사키에 투하되었다. (336쪽)

1945년 8월 8일 늦은 오후. 러시아가 일본에 8월 9일자로 선전포고를 했다. 극동은 모스크바보다 7시간 빠르므로 이미 공세가 시작됐을 터였다.
일본 관동군은 8월 16일에야 도쿄의 대본영으로부터 전투 중지 지시를 받는다.
8월 19일. 신경에서 관동군이 러시아군에 항복한다. 이로써 40년 가까이 온 세계에 악명을 떨친 관동군은 사라진다. (351쪽)

제25장

도쿄

1945년 8월 9일. 포츠담 선언을 수락하는 조건을 논의하는 일본의 최고전쟁지도회의에 나가사키의 두 번째 원자탄 투하 소식이 전해졌다. 지도자들은 '국체 보전만 조건으로' 대 '4개 조건'의 두 진영으로 갈렸다. 밤늦게 열린 어전회의에서 천황은 첫 번째 안을 낙점했다. (360쪽)

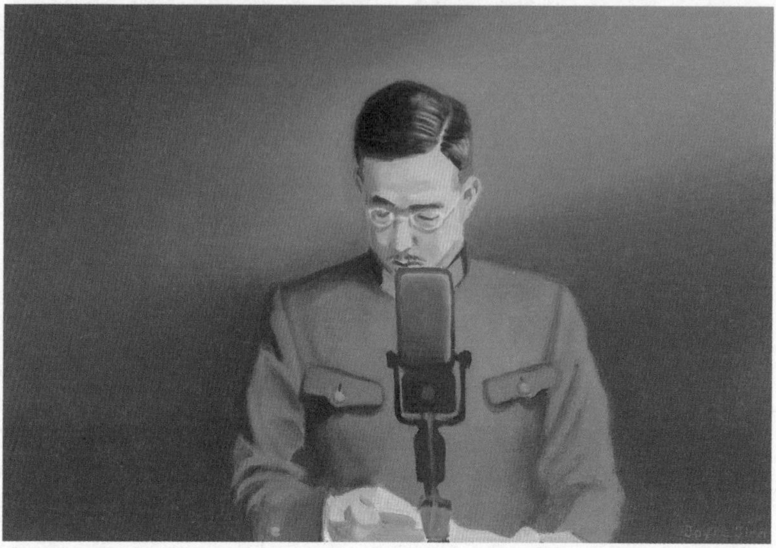

1945년 8월 15일 정오.
"전국의 청취자들께서는 모두 기립해 주시기 바랍니다. … 천황 폐하께서 칙어를 손수 국민들에게 반포하시겠습니다."
〈기미가요〉가 울리고 녹음된 천황의 육성이 흘렀다.
"(…) 충량한 그대 신민들에게 고하노라. 짐은 제국 정부가 미국, 영국, 지나 및 소련의 네 나라에 대하여 그들의 공동선언을 수락한다는 뜻을 통고하라고 지시하였도다." (381쪽)

제26장

고향으로

돌아가는 길

1945년 9월 2일. 도쿄만에 정박한 미국 전함 미주리호에서 일본의 항복 문서가 서명되었다. 일본을 대표해서 시게미쓰 외상과 우메즈 육군 참모총장이, 연합국에선 맥아더와 니미츠, 그리고 8개국 대표가 서명했다. 제2차 세계대전이 공식적으로 끝났다. (384쪽)

1945년 9월 5일. 국무부와 전쟁부가 이승만의 한국행을 허가했다. 이승만은 필라델피아의 아들 무덤을 찾았다.
'이제 애비는 돌아간다. 언제 다시 찾아올지…. 잘 있거라, 태산아.'
10월 16일 오후. 이승만을 태운 맥아더 전용기 바탄호가 사우스 코리아 항공식별지역에 들어섰다. (398쪽)

물로 씌어진 이름

제1부

광복

제 1 권 차례

제 2 권 차례

제 3 권 차례

제 4 권 차례

제21장

얄타(下)

러시아의 탐욕

얄타 회담 1주년인 1946년 2월 11일에 「얄타 협정」의 협정문이 공개되었다. 이승만이 처음 폭로한 대로, 「얄타 협정」엔 아시아에 관한 비밀 협약이 있었음이 드러났다.

제정 러시아가 만주에서 차지했던 이권들을 소비에트 러시아가 물려받기로 되었다는 것이 드러나자, 중국 전역에서 분노한 중국 사람들이 일어섰다. 중경에선 학생들이 "만주에서의 중국 주권을 완전히 회복하라" 외치면서 시위를 했다. 그들은 러시아 대사관 앞에서 "소련=독일+일본"과 "스탈린=히틀러+히로히토"와 같은 구호들이 쓰인 팻말들을 들고 "제국주의 타도"를 외쳤다.

실제로, 만주를 점령한 러시아군은 일본이 항복한 날부터 3개월 안에 철수하기로 한 합의를 무시하고 아직도 만주에 머물고 있었다. 러시아군이 만주의 주요 산업 시설들을 모두 뜯어서 러시아로 이송하고 있다는 보고가 잇따랐다. 그러나 국민당 정부는 이런 사실에 대해 언급하지 않았다. 러시아는 만주의 일본 재산들이 러시아의 "전리품(war booty)"이라고 주장했고, 중국은 러시아의 주장은 국제법이 인정한 통상적 전리품의 범위를 크게 벗어난다고 반발해서, 두 나라 사이의 협상은 진전되지 않았었다.

러시아에 대한 국민들의 분노가 끓어오르자, 국민당 정부는 이 문제를 거론하기로 결정했다. 2월 18일 중국 신문들이 러시아군의 그런 행태를 비판적으로 보도했고, 2월 21엔 중경을 비롯한 주요 도시들에서 러시아군의 철수를 요구하는 시위들이 일어났다. 마침내 2월 25일 장개석은 만주에 대한 중국의 완전한 주권을 재천명하고, 만주 주둔 정부군 사령관에게 그런 원칙에 바탕을 두고 러시아군과 협상하라는 지시를 내렸다고 밝혔다.

3월 5일 미국은 제임스 번스(James Byrnes) 국무장관이 2월 9일 러시아 정부와 중국 정부에 보낸 서한을 공개했다. "만주의 산업 시설과 같은 일본의 해외 재산들은 일본을 패배시키는 데 큰 몫을 한 연합국들의 공통된 관심사"라는 것이 이 서한의 핵심이었다. 영국도 3월 11일에 미국과 의견이 같다는 것을 러시아에 통보했다고 밝혔다.

3월 23일 중국 외교부장 왕세걸王世杰(왕스제)은 중국이 3월 6일에 러시아군의 완전한 철수를 러시아에 요구했고, 중국 주재 러시아 대사 아폴론 페트로프(Apollon A. Petrov)로부터 러시아군이 4월 말까지 만주에서 완전히 철수한다는 통보를 받았다고 발표했다.

러시아가 보인 이런 탐욕적 행태가 중국 내외의 주목을 끌었지만, 훨씬 문제적인 것은 만주를 점령한 러시아군이 국민당 정부군의 정당한 활동을 방해하고 공산군의 세력을 키우는 정책을 추구했다는 사실이었다.

러시아군은 정부군이 대련(다롄)항을 이용하는 것을 거부해서, 정부군은 만주로 진출해서 정상적 업무를 수행하는 데 큰 어려움을 겪었다. 반면에 러시아군은 공산군에겐 일본군의 무기들을 제공하고 자신의 철수 일정을 미리 알려 주어 쉽게 요충들을 점령하도록 했다. 필요하면 공산군을 철도로 수송해서 정부군보다 먼저 요충들을 점령하도록 도왔다. 러시아군의 배려 덕분에 공산군은 만주의 요충들을 미리 점령했을 뿐 아니라, 이미 정부군이 장악한 도시들을 빼앗으려 시도했다. 결국 공산군은 1946년 4월 19일엔 만주국의 수도였던 장춘(창춘)을, 4월 21일엔 북만주의 중심 도시 하얼빈을, 그리고 4월 28일엔 교통의 요지 치치하얼을 장악했다.

이 중요한 시기에 마셜은 미국에 머물렀다. 정부군과 공산군이 휴전과 군대 통합에 합의했으므로, 나머지 요건인 미국의 원조를 확보하려는 생각이었다. 그는 정치적 업무는 중경 대사관의 참사관 월터 로버트슨(Walter Robertson)에게 맡겼다. [로버트슨은 1953년에 국무부 차관보로 일했는데, 한국을 찾아서 휴전에 반대하는 한국 정부와 의견을 조율했다. 그리고 이승만 대통령과의 긴 협상을 잘 마무리해서 「한미 상호방위조약」을 체결하는 데 결정적 공헌을 했다.] 군사 업무는 유럽 전선에서 군단을 지휘한 앨번 길렘(Alvan Gillem) 중장에게 맡겼다.

로버트슨과 길렘은 자질이 뛰어났고 경험도 많았지만, 마셜을 대신해서 어려운 임무를 수행하기엔 권위가 너무 작았다. 그래서 그들의 의견과 결정을 정부군과 공산군은 가볍게 무시했다. 만주에서 두 군대가 치열하게 싸우고, 중경에선 정부 대변인과 주은래 사이에 적의에 가득한 성명들이 오갔다. 상황이 걷잡을 수 없이 악화되자, 모두 마셜이 돌아와야 사태가 수습이 된다고 판단해서 마셜의 귀환을 촉구했다. 그사이에 마셜은 중국에 대한 원조 예산을 성공적으로 확보했다. 그는 만주 사태가 "극도로 심각하다"고 평하고, 1946년 1월 10일의 휴전 합의가 만주의 공산군에 제대로 알려지지 않은 것이 원인이라고 진단했다. 러시아군이 공산군을 도왔다는 주장에 대해선, 그는 아는 바 없다고 잡아뗐다.

마셜의 실패

1946년 4월 18일 마셜은 중경으로 돌아왔다. 그리고 상황이 생각보다 훨씬 심각하다는 것을 발견했다. 그는 그런 책임이 주로 국민당 정부에 있다고 판단했다. 먼저 도발한 것이 공산군인데도 그는 공산군을 탓하지 않았다. 만주의 공산군 부대들이 휴전 합의를 몰라서 정부군을 공격했다는 해명에서부터 공산군으로 기운 그의 편향이 드러났다. 자신의 임무가 애초에 잘못 설계되어 성공할 수 없었다는 사실이 드러났지만, 그는 온 세계의 칭송을 받은 자신의 성취가 허무하게 무너지는 것을 자신의 비현실적 판단 때문이었다고 인정할 수 없었다. 그래서 통합 실패의 책임을 만만한 국민당 정부에 돌린 것이었다.

그런 판단에 따라, 그는 자신이 애써서 마련한 중국에 대한 원조를 중단시켰다. 이것은 사리에 맞지 않는 조치였다. 그리고 국민당 정부에 치명적인 타격을 주었다. 마셜의 노력에 감사하고 희망을 걸었던 장개석은 크게 실망했다. 만주에서 정부군이 러시아군의 방해와 공산군의 공격으로 어려운 처지로 몰린 사정을 외면하고 국민당 정부만을 압박한다는 것에 그는 분개했다. 그는 정부군에게 만주에서 반격에 나서라고 지시했다. 5월 23일 정부군은 장춘에서 공산군을 몰아냈다. 이어 6월 5일엔 하얼빈을 점령했다.

자신의 예상과 달리 정부군이 선전하자, 마셜은 장개석에게 즉시 휴전을 하라고 요구했다. 마셜의 압력을 견디지 못해 장개석은 1946년 6월 6일에 15일간의 휴전 명령을 내렸다. 공산군도 휴전에 응해서 마셜의 주도 아래 협상이 다시 시작되었고, 휴전은 무기한 연장되었다. 이렇게 해서, 만주의 공산군을 궁지로 몰아넣었던 정부군의 공세는 갑자기 중단되었다. 뒷날 거의 모든 전문가들이, 특히 당시 공산군을 지휘했던 임표가, 국공내전에서 장개석이 저지른 "치명적 실수"라고 평한 결정은 이렇게 나왔다.

휴전이 되자 공산군은 미군 장병들을 공격하기 시작했다. 임무 수행 중인 미군들을 납치하고, 매복 공격으로 살해하고, 임무 수행을 가로막는 일이 벌어졌다. 미군에 대한 공산군의 위협으로 미군의 중국 주둔이 미국 여론에 부정적 영향을 미치기 시작하자, 해군장관 제임스 포레스털(James Forrestal)은 중공군의 의도가 미군 철수에 있다고 마셜에게 지적했다. 그러나 마셜은 공산군의 이런 위협에 인내심을 발휘해서, 공산군을 자극하지 않으려는 태도를 견지했다. 이런 태도는 정부군의 사소한 약속 위반들에 대해서도 거세게 비난해 온 그의 태도와 대조적이었다.

마셜의 기대와 달리, 그의 온건한 태도는 공산군의 호응을 얻지 못했다. 1946년 9월 주은래는 미국과 국민당 정부를 싸잡아 비난하는 비망록들을 마셜에게 보내고, 국민당 정부가 환도한 남경(난징)을 떠나 상해로 가 버렸다. 마셜은 아직도 평화를 위해 중재하려는 꿈을 버리지 않았지만, 스무 해 동안 공산당과 사생결단을 해 온 장개석은 잘 알았다. 이제 마셜의 중재는 끝났고, 전쟁이 다시 시작되었다는 것을.

1947년 1월 8일 마셜은 남경을 떠났다. 그는 중국에 통합 정부를 수립한다는 임무에 실패했다. 실은 차선책(Plan B)의 수행에도 실패했다.

마셜을 중국에 파견할 때, 트루먼은 그에게 분명한 지침을 주었다.

"마셜의 중재 임무가 실패하더라도 미국은 국민당 정부를 지원한다."

마셜은 국민당 정부를 전혀 지원하지 않았다. 오히려 정부군이 공산군에 이길 때 장개석에게 일방적 휴전을 강요함으로써, 그는 정부군이 군사적으로 승리할 기회를 두 번이나 빼앗았다. 특히 두 번째 휴전이 정부군에겐 치명적이었다.

임무를 수행하는 데는 실패했지만, 마셜은 중국 역사에 결정적 영향을 미쳤다. 그가 세운 정책들은 그가 떠난 뒤에도 그대로 지속되어, 국민당 정부는 미국의 원조를 거의 받지 못했다. 마셜 자신은 국무장관이 되어 미국의 외교를 지휘했다. 중국에서의 외교 업무는 1946년에 중국 주재 대사로 임명되어 줄곧 마셜과 손을 맞추었던 존 스튜어트(John L. Stewart)가 수행했다. 그는 중국에서 태어나 중국을 위해 평생 일한 사람으로, 국민당 정부만이 아니라 공산당과도 좋은 관계를 유지했다.

미국 공산주의자들의 암약

1947년 3월에 정부군은 공산당의 근거인 연안을 공격해서 점령했다. 그러나 공산군은 곧바로 반격해서 그들의 임시수도를 되찾았다. 비록 작은 전투였지만, '연안 싸움'은 국민당 정부군과 공산군 사이의 균형이 공산군 쪽으로 기울기 시작했음을 가리키는 징후였다. 실제로 공산군은 러시아의 적극적 지원을 받아 전력이 크게 향상되었다. 러시아는 공산군에 최신 무기들을 제공했고, 공산군 병력을 자국 경내에서 훈련시켜 중국으로 투입했다.

반면에 정부군은 미국으로부터 무기와 탄약을 공급받지 못했다. 마셜이 대통령 특별사절로 중국에 부임하기 전에 이미 미국 공산주의자들의 잘 조직된 망(network)은 국민당 정부군에 대한 무기와 탄약의 지원을 방해하고 있었다. 이런 공작은 해리 화이트의 주도 아래 중국 정부에 대한 금 판매를 끈질기게 방해해서 중국의 초인플레이션이 진행되도록 한 것과 평행을 이루었다. 이 공작은 백악관과 중국 정부군에 대한 무기 원조를 담당하는 경제전쟁처의 협력으로 진행되었다.

1945년 여름에 육군 병기장교 루시언 무디(Lucian B. Moody) 대령은 국민당 정부군에 지원될 잉여 군수품을 조사했다. 이 군수품은 경제전쟁처 소관이었는데, 그 부서의 직원들은 갖가지 이유를 들어 그것이 중국에 인도되는 것을 방해했다. 예컨대 국민당 정부군에 인도될 15만 3천 톤의 탄약 가운데 2퍼센트가량만 실제로 인도되고, 나머지는 바다에 던져지거나 다른 방식으로 처분되었다고 무디는 뒤에 회고했다. "그들은 중국 주재 미국 대사관의 지시에 따라 움직이는 것 같았다"고 그는 말했다. [당시 경제전쟁처에선 러시아 간첩 프랭크 코가 처장 보좌관으로 일했었다.] 국민당 정부군에 인도될 독일군 소총들이 가까스로 선적되자, 백악관의 지시로 출항이 취소되었다.

무디는 1944년에 루스벨트가 중국에 보낸 '중국 파견 미국 전쟁생산 임무단(American War Production Mission in China)'의 일원으로 중국의 산업 현황을 조사했었다. 단장 도널드 넬슨(Donald M. Nelson)의 이름을 따서 흔히 '넬슨 임무단'이라 불린 이 임무단은 국민당 정부와 협력해서 중국의 산업 현황을 살피고 개선 방안을 논의했다. 병기장교인 무디는 국민당 정부군이 필요로 하는 군수품 분야를 맡았다.

마셜이 미국 방문에서 중국으로 돌아와 내린 미국 원조 중단 조치는 1946년 8월부터 1947년 7월까지 이어졌다. 이 조치로 국민당 정부군은 새로 무기와 탄약을 지원받지 못했을 뿐 아니라 이미 구매한 무기와 탄약도 얻지 못했다. 무기 수출 금지를 완벽하게 만들려고 마셜은 영국에도 국민당 정부군에 대한 무기 금수를 강요했다.

이 시기에 미국은 '트루먼주의(Truman Doctrine)'를 내세우고 공산주의자들의 위협을 받는 나라들을 지원했다. 그래서 그리스와 터키가 군사 원조를 받게 되었다. 의회에서 의원들이 중국에 대한 군사 원조를 중단하고 그리스엔 군사 원조를 시작한 사유를 묻자, 국무차관보 딘 애치슨은 진지하게 답변했다.

"지금 중국 정부는 그리스 정부와 사정이 다릅니다. 중국 정부는 몰락의 위험에 직면한 것은 아닙니다. 중국 정부는 공산주의자들에게 패배할 위험이 없습니다."

그러나 애치슨은 바로 뒤에 작성한 백서에서, 중국이 미국의 원조를 받지 못한 것은 받을 자격이 없기 때문이라고 밝혔다.

웨드마이어 보고서

중국의 상황이 혼미해지고 동아시아에서 러시아와의 냉전이 격화되자, 1947년 7월 9일 트루먼은 육군 계획 및 작전참모부장(Army Chief of Plans and Operations) 웨드마이어 중장에게 중국과 한국의 "정치적, 경제적, 심리적 및 군사적 상황"을 살피고 평가하라는 임무를 부여했다. 1947년 7월 중순부터 9월 중순까지 두 달 동안 웨드마이어는 국무부, 재무부, 전쟁부 및 해군부의 자문관들과 함께 중국과 조선의 실정을 조사했다. 그리고 1947년 9월에 트루먼에게 보고서를 제출했다. 이 보고서에서 웨드마이어는 국민당 정부군에 대한 적극적 지원과 미군 고문관들에 의한 정부군 병력의 훈련이 필요하다고 강조했다.

그는 미국이 국민당 정부군을 지원해야 할 근본적 이유를 상기시켰다.

> 국민당 정부는 1927년부터 일관되게 공산주의에 대항해 왔다. 오늘날에도 같은 정치 지도자와 같은 민간 및 군사 공무원들이 그들의 국가가 공산주의자들이 지배하거나 소비에트의 위성국이 되는 것을 막으려는 결의를 지녔다. 전쟁이 진행되면서 일본이 점점 유리한 항복 조건을 제시했지만, 중국은 자신의 동맹국들과 견실한 관계를 유지하기로 결정했다. 만일 중국이 항복 조건을 받아들였다면, 100만가량 되는 일본군이 태평양에서 미군과의 싸움으로 돌려졌을 것이다.

웨드마이어는 장개석에 비판적인 미국 사람들이 끊임없이 지적해 온 국민당 정권의 부패에 대해서도 현실적으로 접근했다. 공존을 거부하는 적과 사생결단을 하는 처지에서 정부 조직을 개혁하는 일은 무척 어렵고 위험하다는 사실을 그는 인식했고, 장개석의 어려운 처지를 이해했다.

> [장개석은] 덧붙였다. 무능하고 부패한 관리들의 제거를 포함하

는 정부의 일괄적 개혁을 계획하고 있다고. 이런 방향으로 상당한 진전이 있었지만, 물가 상승의 회오리, 경제적 고통, 그리고 내전으로 이런 목표들을 충분히 이루기는 어려웠다고 그는 말했다. 공산주의자들의 문제가 해결되면 그는 군대를 크게 줄이고 정치적 및 경제적 개혁에 집중하겠다고 강조했다.

[한국에 관해서, 웨드마이어의는 비관적으로 전망했다.

한국에서 주요 정치적 문제는 한국 임시정부의 수립과 한국에 대한 4대 강국 신탁통치를 규정한 1945년 12월의 '모스크바 협정'을 이행하는 것이다. 그 협정에 따라 설치된 미소 공동위원회는 1946년에 교착상태에 빠졌다. (…)

내부적으로, 한국 문제는 소비에트가 북한에 공산주의 정권을 설립한 것과 남한에서 미국에 적대적인 공산주의 집단들의 공작들에 의해 복잡해졌다. (…)

원자재 재고의 소진, 공공 서비스와 수송의 누적적 고장, 북한의 송전 중단과 같은 고도의 물가 상승 요인들이 동시에 일어날 수 있다. 남한의 경제적 전망은 따라서 매우 심각하다. (…)

남한을 자족하게 만드는 것이 가능하다고 생각할 수는 없다. 만일 미국이 남한에 남기로 결정한다면, 그 분야의 지원은 구호에 바탕을 두어야 한다. (…)

소비에트가 그들의 점령군을 철수해서 우리 자신의 군대를 철수하도록 유인할 가능성이 크므로, 북한의 인민군은 남한에 대한 잠재적 군사적 위협이다. (…)

미국으로선 이전의 필리핀 척후대(Scouts)와 비슷하게 '남한 척후대'를 조직하고 무장시키고 훈련시키는 것이 바람직한 것으로 보인다.]

마셜 국무장관의 중국 정책

「웨드마이어 보고서」는 중국과 한국의 상황을 객관적으로 살피고 현실적 대응책들을 제시했다. 그러나 마셜 국무장관은 웨드마이어의 건의를 받아들이지 않았고, 「웨드마이어 보고서」의 공표나 발간을 금지했다. 그리고 중국 국민당 정부에 대한 무기 수출 금지 조치를 유지했다. 마셜의 이런 태도는 국민당 정부군에 치명적 타격이 되었다.

힘이 부친 정부군이 공세를 멈추자, 그동안 전력을 키운 공산군이 반격에 나섰다. 1947년 6월 공산군은 황하(황허)를 건너 하남(허난)성, 안휘(안후이)성, 호북(후베이)성의 경계를 이루고 회하淮河(후이허)와 양자강의 분수령인 대별大別(다베)산맥으로 진출했다. 이어 화중평원을 차지했다. 동시에 공산군은 만주와 중국 북부에서도 공세에 나섰다.

이처럼 정부군이 불리하게 되었어도, 트루먼 정권은 무기 금수의 해제 말고는 별다른 조치를 취하지 않았다. 다급해진 의회는 1948년 4월에 국민당 정부에 대한 긴급 군사 지원 예산 1.25억 달러를 통과시켰다. 그러나 행정부는 예산 집행을 최대한으로 늦춰서, 원조 물자의 첫 선적이 상해에 도착한 것은 그해 12월이었다.

중국 주둔 미군의 해상 철수를 지휘했던 해군 극동사령관 오스카 배저(Oscar Badger) 중장은 1948년 당시 자신이 목격한 중국 북부 국민당 정부군의 상황을 1951년 6월의 의회 청문회에서 자세히 설명했다.

공산군과의 결정적 싸움을 앞두고 정부군은 미국이 지원한 무기가 도착하기를 고대하고 있었다. 그들은 미국 의회가 중국 정부군을 위해 큰 예산을 마련한 것을 알고 있었다. 그러나 그들이 기다린 무기는 11월까지도 도착하지 않았다. 연말에야 도착한 무기들을 살핀 그들은 망연자실했다. 도착한 무기의 양은 기대치의 10퍼센트에 지나지 않았다. 그나마 그 무기들은 대부분 전투에 쓸 수 없는 불량품들이었다. 기관총들은 총가(mount)가 없거나 장전 장치가 없었고 예비 부품들도 없었다. 미국이 일부러 불량 무기들을 보냈다는 것을 깨닫자, 정부군 장병들은 낙심했다. 배저 중장은 그런 불량 무기들이 "낙타의 등을 부러뜨린 지푸라기였다"고 증언했다. 그는 미국의 무기 금수가 국민당 정부군의 능력과 사기를 함께 해쳐서 그들을 패배로 이끌었다는 의견을 밝혔다.

그러면 국민당 정부군과 공산군이 각기 미국과 러시아로부터 받은 무기의 양은 얼마나 되는가? 그런 지원의 차이가 내전의 결말에 과연 얼마나 큰 영향을 미쳤는가?

1950년 3월부터 7월에 걸쳐 미국 상원의 '국무부 직원들의 충성심을 조사하는 소위원회(Subcommittee on the Investigation of Loyalty of State Department Employees)'가 열렸다. [위원장 밀라드 타이딩스(Millard Tydings) 상원의원의 이름을 따서 '타이딩스 소위원회'로 불림.] 이 소위원회에서 가장 주목을 받은 인물은 오언 래티모어였다. 그는 중국의 현황을 오도했다는 비판을 받았다. 그가 오도했다고 비판받은 사항들 가운데 하나는 미국이 국민당 정부군에 지원한 무기들의 규모였다. 그는 전쟁이 끝난 뒤에 미국이 수십억 달러어치의 무기를 국민당 정부군에 제공했는데, 부패하고 무능한 정부군은 그 무기들을 제대로 쓰지 못하고 흔히 공산군에 팔아넘겨서 공산군을 무장시켰다고 비난했다.

증인으로 나온 중국 문제 전문가 프리다 어틀리(Freda Utley)는 래티모어가 책에 따라 20억 달러, 30억 달러, 40억 달러를 썼다는 점을 지적했다. 그리고 그런 수치들은 근거가 모호하고 현실성이 전혀 없다고 밝혔다.

먼저 그녀는 도쿄 주재 AP통신 기자가 일본 측 자료들을 바탕으로 종전 후 러시아와 미국이 각기 중국 공산군과 중국 정부군에 제공한 일본군의 무기와 탄약의 양을 추산한 것을 근거로 들었다. 러시아군이 중국 공산군에 제공한 것은 100만 명의 군대에 10년간 공급할 수 있는 양이었다. 미군이 정부군에 제공한 것은 많아야 50만 명의 군대에 반년간 공급할 수 있는 양이었는데, 그나마 경화기들이었다. 이 수치가 중국 내전의 양 당사자들에게 공급된 일본군 무기와 탄약을 가장 잘 추산했다고 그녀는 말했다.

이어 그녀는 전쟁이 끝난 뒤 미국이 국민당 정부군에 제공한 무기와 탄약의 총량은 25만 달러어치가량 된다고 말했다. 너무 작은 수치여서, 상원의원들이 그녀에게 맞는 수치냐고 되물었다. 그녀는 자신이 군수품 전문가인 무디 대령과 함께 확인한 수치라고 설명하고서, 이 일에 관해 가장 잘 아는 전문가인 무디 대령을 불러서 증언을 들을 것을 제안했다. 그러자 민주당 소속으로 위원회의 업무를 노골적으로 방해한 타이딩스 위원장은 그럴 필요가 없다면서 그녀의 제안을 막았다.

구체적 숫자를 제시한 어틀리의 증언은 배저 중장의 증언을 떠받친다. 미국 정부가 온갖 이유들을 대면서 갖가지 방식으로 정부군에 무기가 전달되는 것을 막고 지연시킨 것이 정부군의 패배에 결정적으로 작용했음은 분명하다. 이런 과정을 살피면서 놀라게 되는 것은, 미국의 그런 배신이 백악관과 국무부, 재무부, 중국 현지의 대사관, OSS까지 모든 기관들이 참여해서 이루어졌고 국민당 정부가 공산당에게 패퇴할 때까지 이어졌다는 사실이다.

1930년대 이래 미국에서 지식인들의 다수는 공산주의자들이거나 동행자들(fellow travellers)이거나 적어도 공산주의에 호의적이었고, 공산주의에 반대하는 지식인들은 배척을 받아서 학계나 문화계에서 생존하기 어려웠다. 프리다 어틀리는 자신의 신념을 따라 공산주의를 비판한 극소수 지식인들 가운데 하나였다. 그래서 그녀의 삶과 신념은 공산주의자들의 특질들에 대해서 많은 것들을 얘기해 준다.

어틀리는 1898년에 영국에서 태어났다. 그녀의 아버지는 조지 버나드 쇼(George Bernard Shaw)를 따른 점진적 사회주의자(Fabian)였다. 그녀는 대학에서 역사를 공부한 다음 영국의 섬유 산업에 관해 연구했다. 1927년 그녀는 영국 공산당에 들어갔다.

1928년 그녀는 영국에서 무역 업무를 수행하던 러시아 경제학자 아르카디 베르디쳅스키(Arcadi Berdichevsky)와 결혼했다. 그해에 국제공산당은 베르디쳅스키와 어틀리에게 임무를 주어 시베리아, 중국 및 일본을 살피도록 했다. 여기서 얻은 지식을 바탕으로 그녀는 1931년에 첫 저술인 『랭카셔와 극동(Lancashire and the Far East)』을 펴냈다. 이 책으로 그녀는 면화 교역에서의 국제 경쟁에 관한 권위자로 인정받았다.

1930년부터 모스크바에서 살면서 그녀는 '과학 아카데미'의 '세계 경제 및 정치연구소'에서 번역가 및 편집자로 일했다. 그리고 1937년에 일본의 제국주의를 마르크스주의의 입장에서 비판한 『일본의 약점(Japan's Feet of Clay)』을 펴냈다. 이 책은 세계적 베스트셀러가 되었고 그녀의 명성을 확고히 해 주었다.

1936년 4월 러시아 비밀경찰 NKVD는 그녀의 남편 베르디쳅스키를 체포했다. 당시 그는 러시아 수출입 부서의 책임자였다. 남편을 도울 길이 없자, 그녀는 아들을 데리고 영국으로 돌아왔다. 그리고 쇼, 버트런드 러셀(Bertrand Russell), 해럴드 라스키(Harold Laski)와 같은 저명한 좌파 친구들을 동원해서 남편의 소재를 파악하려 애썼다. 그녀 자신은 스탈린에게 편지를 보냈다. 그녀는 남편으로부터, 트로츠키파와 교류한 죄목으로 5년형을 선고받아 북극권의 강제수용소에 수감되었다는 엽서를 받았다. [2004년 그녀의 아들은 아버지가 1938년에 총살되었다는 통보를 받았다. 강제수용소에서 단식 투쟁을 선도한 죄로 처형된 것이었다.]

1938년에 그녀는 영국 신문의 특파원이 되어 중일전쟁의 전선을 취재한 뒤 일본의 중국 침략에 관한 책을 두 권 펴냈다. 『일본의 중국 도박(Japan's Gamble in China)』에서 그녀는 일본을 "재벌과 결합한 관료에 의해 통치되는 경찰국가"로 규정했다. 『전쟁하는 중국(China at War)』에선 중국 공산당을 호의적으로 기술했다. 그녀는 중국 공산당에 대한 호의가 남편에게 도움이 되리라고 생각한 것이었다.

결국 그녀는 남편이 죽었다고 믿게 되었다. 그녀는 1939년에 미국으로 이주하고서 공산주의와 러시아에 대해 자신이 품었던 생각들을 밝히기 시작했다. 1940년에 출간된 『우리가 잃은 꿈: 그때와 지금의 소련(The Dream We Lost: The Soviet Union Then and Now)』에 대해서 그녀는 "러시아를 안쪽과 밑바닥에서 아는 유일한 서방 필자"로부터 스며 나왔고 "침묵을 강요당한 러시아 인민들의 고난의 일부와 공포의 전부를 공유했다"고 말했다.

러셀이 서문을 쓰고 펄 벅(Pearl Buck)이 "러시아에 대한 강력하고 흠잡을 데 없는 고발"이며 중요한 소설의 소재가 될 만한 내용이라고 극찬했지만, 『우리가 잃은 꿈』은 그녀에게 큰 시련을 안겼다. 영국과 미국의 공산주의자들은, 특히 출판과 학계에서 일하는 지식인들은 그녀의 평판에 흠집을 내려고 끈질기게 시도했고, 대체로 성공했다. 그녀는 다양한 경험과 높은 학문적 평판을 지녔지만 대학이나 연구소에 들어갈 수 없었다. 그녀는 그런 행태를 담담히 받아들였다. 그녀는 공산주의자가 되어 공산주의의 이상을 실현하기 위해 애썼고, 공산주의의 본산인 러시아에서 실제로 살면서 공산주의 체제가 작동하는 과정을 겪었고, 깊은 상처를 입은 터였다. 그녀는 "공산주의를 위해 자신을 온전히 바쳐 본 적이 없는" 사람들만이 공산주의를 계속 믿을 수 있다고 말했다.

권력은 누구든 부패시키므로, 독재 체제는 서로 비슷하고, 그래서 독일의 민족사회주의(National Socialism)와 러시아의 공산주의는 차이가 거의 없다고 그녀는 진단했다. 민주주의 없이는 진정한 사회주의도 없다는 얘기였다. 지도자가 수시로 제시한 목표를 이루는 것이 최고의 사회적 가치가 되면 객관적 도덕이 사라지게 되며, 그래서 '개인적 책임'을 '동지들과의 연대'로 대치할 수는 없다고 그녀는 지적했다.

1945년 〈리더스 다이제스트〉는 그녀를 특파원으로 중국에 파견했다. 그녀는 중국 공산당을 비현실적으로 미화하고 국민당 정부를 폄하하는 미국의 태도에 놀랐다. 1948년에 펴낸 『중국에서의 마지막 기회(Last Chance in China)』에서 그녀는 국민당 정부군에 무기 원조를 끊은 미국의 정책이 중국의 공산화를 부른다고 경고했다. 중국에 관한 그녀의 마지막 저술은 1951년에 펴낸 『중국 이야기(The China Story)』였는데, 큰 인기와 좋은 반응을 얻었다.

자유주의 지식인으로서 어틀리의 면모는 1948년에 펴낸 『복수의 큰 비용(The High Cost of Vengeance)』에서 인상적으로 드러났다. 그녀는 영국과 미국의 독일에 대한 대규모 폭격의 참상을 알리고 비판했다. 그리고 러시아나 그 위성국들이 병합한 지역의 독일인 강제 추방, 연합국의 독일인 강제노역, 뉘른베르크 전범 재판의 법적 절차와 같은 문제들을 포함한 연합국의 독일 점령 정책들을 전쟁 범죄라고 평가했다.

국민당 정부의 패퇴

1948년으로 접어들면서 국민당 정부의 처지는 빠르게 어려워졌다. 미국의 원조가 실질적으로 끊긴 것이 직접적 타격이었지만, 걷잡을 수 없는 초인플레이션도 극도의 사회적 불안을 불렀다. 1947년 10월에 갑자기 심해진 초인플레이션은 1948년 4월엔 무려 5천 퍼센트가 넘는 물가 상승을 불렀다. 국민당 정부는 끝내 이 초인플레이션을 극복하지 못했고, 공산당 정권이 수립되어 새로운 통화 제도가 도입되어서야 물가 상승이 멈췄다.

반면에, 러시아의 적극적 지원으로 공산군의 전력은 빠르게 증강되어서, 공산당의 근거인 만주에선 공산군이 정부군에 대해 우위를 누리게 되었다. 공세로 전환한 공산군은 먼저 장춘을 공격하기로 결정했다. 1948년 3월 공산군은 장춘 남쪽 교통의 요지인 사평四平(쓰핑)을 점령해서 장춘으로 진출할 통로와 정부군 구원부대의 접근을 막을 거점을 확보했다. 5월에 공산군은 장춘을 포위하는 데 성공했고, 장춘의 정부군은 만주의 우군 부대들과 단절되어 고립되었다. 그때는 북경과 상해를 연결하는 경호京滬(징후)철도가 공산군에 장악되어, 정부군은 만주에 주둔한 부대들을 보급하는 데 큰 어려움을 겪고 있었다. 그래서 장춘의 정부군은 공수된 보급품에 의존하게 되었다. 그러나 보급품의 공수는 비효율적인 데다가 공산군의 대공 포화 능력이 향상되어 별다른 도움이 되지 못했다.

당시 장춘을 지킨 정부군은 60군과 신7군으로 10만가량 되었다. 초기에 포위에 동원된 공산군도 10만가량 되었다. 포위가 지속되면서 정부군은 식량이 부족해졌다. 공산군은 식량 부족을 심화시키려고 장춘에서 탈출한 민간인들을 장춘으로 돌려보냈다. 식량이 부족한 정부군은 그들이 시내로 들어오는 것을 막았다. 그래서 군인들보다 민간인들이 훨씬 많이 죽었다.

신7군은 정부군에서 전력이 가장 강한 부대라는 평가를 받았고, 실제로 전투 능력과 사기에서 뛰어났다. 60군 병력 사이에선 공수된 보급품이 신7군에 우선적으로 지급된다는 소문이 돌았다. 정부군에 침투한 공산군 첩자들은 그런 소문을 퍼뜨려서 60군의 반감을 키웠고, 1만이 넘는 정부군 병사들이 공산군 진영으로 탈출했다. 마침내 10월 16일 60군은 공산군 편으로 전향하고 신7군을 공격했다. 결국 10월 23일엔 신7군도 공산군에 항복했다. 5개월의 포위를 견딘 장춘 수비군을 끝내 구원하지 못했다는 사실은 정부군이 만주를 장악할 힘이 없다는 것을 보여 주었다.

장춘의 함락이 확실해지자, 공산군은 9월 12일 금주錦州(진저우) 공략에 나섰다. 금주는 북부 중국과 만주를 연결하는 통로인 요서(랴오시)주랑遼西柱廊의 요충이었다. 공산군은 금주의 보급로를 끊어 금주의 정부군을 고립시키는 데 성공했다. 정부군은 원군을 보냈으나, 공산군의 반격으로 금주를 구원하는 데 실패했다. 10월 14일부터 시작된 공격에서 25만의 공산군은 8만의 정부군을 압도했고, 금주는 10월 20일 함락되었다.

10월 29일 공산군은 정부군이 장악한 만주의 마지막 거점인 심양(선양)을 포위하기 시작했다. 심양을 지키던 8집단군은 사령관이 항공기로 혼자 탈출하자 빠르게 무너졌다. 11월 2일 정부군 14만 명은 공산군에 항복했다.

공산군이 '요심遼瀋(랴오선) 전역'이라 부른 이 작전에서 정부군이 완패하면서, 공산군은 만주 전체를 차지했다. 만주의 군사적 및 정치적 중요성이 워낙 컸으므로, 만주의 실함으로 국민당 정부군은 큰 타격을 입었다. 게다가 만주에 파견된 부대는 정부군의 최정예 부대들이어서, 이들을 잃음으로써 정부군은 전력과 사기가 추락했다. 무엇보다도, 미국이 국민당 정부를 도울 뜻이 없고, 정부군에 대한 무기와 탄약의 지원이 실질적으로 끊겼다는 사실은 그들을 절망으로 몰아넣었다. 그래서 상황이 불리해지면, 그때까지 잘 싸워 온 정부군은 싸움보다 항복을 택하는 경우들이 점점 늘어났다.

'요심 전역'이 성공적으로 마무리되자, 공산군은 산동(산둥)성 남쪽의 중국 동중부와 북경 근처의 동북부에서 거의 동시에 대규모 공세작전들을 펼쳤다. 동중부의 작전은 '회해淮海(후이하이) 전역'이라 불렸고, 동북부의 작전은 '평진平津(핑진) 전역'이라 불렸다. ['회해'는 회하 유역이 싸움터였음을 가리키고, '평진'은 북경의 당시 이름인 북평北平(베이핑)과 천진天津(톈진)을 가리킨다.]

1948년 11월 6일 공산군은 산동성에서 남쪽으로 움직여 군사적 요충인 서주徐州(쉬저우)의 포위를 시도했다. 당시 이 지역의 정부군은 공산군이 양자강에 이르는 것을 막기 위해서 천진과 남경을 연결하는 철도의 양쪽에서 작전하기로 하고 부대들을 배치했다. 철도의 결정적 중요성을 고려하면 이것은 필연적 결정이었다. 그러나 그 철도는 양자강과 황하를 연결하는 '대운하'를 따라 놓였으므로, 철도를 따라 동서로 나뉜 부대들이 협동하는 일은 언뜻 보기보다 힘들었다. 특히 적군에게 교두보들을 탈취당하지 않도록 운하에 대한 경계를 강화해야 했다. 이런 위험에 대한 대비에서 정부군은 소홀했다.

전력에서 우세한 공산군은 자신이 원하는 곳에서, 원하는 시간에, 원하는 방식으로 싸움을 열 수 있었다. 공산군은 상대적으로 약한 정부군 부대들을 공격했고, 정부군의 구원군을 우세한 병력으로 막았다. 서주로 집결하던 정부군 부대들은 대운하의 교두보를 확보하지 못해서 집결이 더뎠고, 공산군의 추격으로 괴멸되었다. 결국 1949년 1월 10일 서주가 함락되면서 '회해 전역'은 공산군의 완승으로 끝났다. 모든 조건들에서 불리하긴 했지만, 정부군은 두 달 남짓한 싸움에서 80만 병력에서 55만이 넘는 손실을 입었다. 게다가 항복한 정부군 병력은 곧바로 공산군에 편입되어 어제의 전우들과 싸워서, 정부군과 공산군 사이의 전력은 전투가 이어질수록 점점 커졌다. 승리한 공산군은 양자강 북안에 이르러서, 양자강 남안의 국민당 정부 수도 남경을 위협하게 되었다.

'평진 전역'은 '회해 전역'보다 20일가량 늦게 시작되어 20일가량 늦게 끝났다. 만주를 잃자 정부군은 북쪽의 요충들을 여럿 포기하고 북경, 천진 및 장가구張家口(장자커우)를 지키기로 결정했다. [장가구는 북경의 서북쪽에 있는 요새로서, 고대부터 장성 북쪽의 몽골 지역으로 통하는 관문이었다. 흔히 쓰이는 이명인 칼간(Kalgan)은 몽골어로 '관문'을 뜻했다.] 북경을 중심으로 삼아 천진을 통해 바다로 남경 정부와 연결하고, 장가구를 지켜서 북경을 보호한다는 얘기였다. 그러나 병력이 열세인 정부군으로선 장가구를 지킨다는 계획이 너무 야심적이었음이 드러났다.

요심 전역, 회해 전역, 평진 전역 패배로 국민당 정부는 생존을 걱정하는 처지로 전락했다.

1948년 11월 29일 공산군은 장가구를 공격했다. 북중국군 사령관 부작의傅作義(푸쭤이) 대장은 장가구를 구원하기 위해 2개 군을 보냈다. 그러나 공산군이 북경을 포위하려 하자 그는 장가구로 보냈던 부대들을 회군시켰다. 이들은 우세한 공산군 부대들에 포위되어 괴멸되었고, 장가구도 공산군에 함락되었다. 1949년 1월 2일부터 공산군은 천진 둘레에 병력을 집결해서 1월 14일에 공격했다. 29시간에 걸친 치열한 전투 끝에 천진을 지키던 정부군은 13만 명을 잃고, 잔존 병력은 해상으로 철수했다.

상황이 절망적이 되자 부작의는 공산군과 항복 협상을 했다. 1월 31일 공산군은 정부군이 빠져나간 북경 시내에 입성했다. 부작의의 딸과 비서가 공산군의 첩자들이어서 정부군의 기밀들을 적군에 제공했고 부작의에게 항복을 권유했음이 뒤에 드러났다. 특히 부작의의 비서는 현역 소장이었는데, 부작의의 신임이 두터워서 공산군과의 항복 협상에서 부작의의 대리인 노릇을 했다. 이런 상황은 특수한 경우지만, 일반적으로 정부군에 침투한 공산군 첩자들이 끼친 악영향은 정부군이 무너지는 데 큰몫을 했다.

1948년 9월부터 1949년 1월까지 반년이 채 못 되는 기간에 정부군은 공산군의 공세에 변변히 저항하지 못하고 무너졌다. 만주의 '요심 전역', 회하 유역의 '회해 전역' 및 북부 중국의 '평진 전역'은 모두 정부군의 와해로 끝났다. 이제 양자강 이북은 공산당이 차지했고, 국민당 정부는 생존을 걱정하는 처지로 전락했다.

외부의 도움을 거의 받지 못한 채 강대한 일본군의 침공을 여러 해 막아 낸 군대가 이처럼 허무하게 무너진 사정은 물론 복잡할 터이다. 그러나 가장 근본적 요인은 양측의 후견국들이 드러낸 행태에서의 차이였다. 미국은 전쟁이 끝난 뒤엔 장개석과 국민당 정부에 경제적으로나 군사적으로나 도움을 거의 주지 않았다. 오히려 정부군이 승기를 잡았을 때마다 통합과 평화를 명분으로 국민당 정부군에 휴전을 강요해서 공산군이 기사회생할 기회를 주었다. 반면에, 러시아는 처음부터 끝까지 중국 공산군을 적극적으로 도왔다. 러시아군은 정부군이 만주로 진출하는 것을 막았고, 공산군이 만주의 요충들을 점령하도록 도왔고, 북한을 공산군의 후방 기지로 제공했고, 공산군을 무장시키고 훈련시켰다.

이처럼 국민당 정부가 위기를 맞았어도, 국민당 정부를 지원하지 않는다는 미국 국무부의 정책은 바뀌지 않았다. 그런 정책을 정당화하는 논리만 바뀌었다. 이전엔 "중국 정부는 공산주의자들에게 패배할 위험이 없으니 미국이 원조할 필요가 없다"는 주장을 폈는데, 이제는 "중국 정부는 희망이 없으니 지금 중국 정부를 원조하는 것은 자원의 낭비다"라는 주장을 내세웠다. 1949년 1월 21일에 마셜의 후임으로 국무장관이 된 딘 애치슨(Dean G. Acheson)은 중국 정부에 대한 원조를 의회가 의결했어도 중국 정부에 대한 원조를 끊기로 결정했고, 트루먼 대통령도 그런 결정을 지지했다.

이런 결정이 밖에 알려지자, 많은 사람들이 그것의 절차적 부당성과 국제정치적 위험성에 대해 분개하고 걱정했다. 마침내 미시간주 출신 공화당 상원의원 아서 밴던버그(Arthur Vandenberg)가 그런 결정에 공개적으로 항의하겠다고 위협하자, 트루먼은 자신의 결정을 번복하고 중국에 대한 원조가 진행되도록 지시했다. 그러나 애치슨은 집요했다. 대통령의 새로운 결정을 국무부 직원들에게 전달하면서 그는 덧붙였다.

"공식적 행위가 없이도 지연시킬 수 있는 경우엔 선적을 지연시키는 것이 바람직하다."

정부군의 패배는 충격적이었지만, 차분히 살피면 국민당 정부의 처지가 절망적인 것은 아니었다. 만일 미국 정부가 국민당 정부에 대한 확고한 지지를 선언하고 공산군이 양자강을 건너서 공격하는 것을 용인하지 않겠다고 경고했다면, 그런 선언만으로도 국민당 정부는 살아남을 수 있었다. 정부군을 무력하게 만든 것은 미국의 배신이 불러온 좌절과 절망이었다. 물론 미국은 자신의 선언과 경고를 실행할 능력이 있었으니, 일본과 필리핀에 큰 군대가 주둔했고, 양자강 방어를 위해 정부군이 필요로 하는 해군과 공군을 즉시 지원할 수 있었다. 스탈린도 모택동에게 양자강을 넘지 말라고 충고했다. 그는 아직도 모택동에 대한 믿음이 굳지 않았고, 미국의 반응도 걱정이 되었다. 그러나 미국 정부는 끝내 그런 행동에 나서지 않았다.

군사적 패배는 필연적으로 장개석 총통의 권위를 크게 약화시켰다. 공산군과의 싸움은 그가 직접 지휘했으므로, 총통으로서 지는 정치적 책임만이 아니라 최고사령관으로서 져야 할 군사적 책임도 무거웠다. 현실적으로 그는 자신에게 충성하는 군대를 대부분 잃었다. 그의 군사적 기반은 그가 교장으로 재직했던 황포黃埔(황푸)군관학교를 나온 장교들이었다. 그들이 이끈 정예 국민당 정부군이 거의 다 사라진 것이었다. 이제 양자강 남쪽에 남은 국민당 정부군 가운데 상대적으로 강력해진 군대는 이종인李宗仁(리쭝런) 부총통에게 충성하는 광서(광시)성과 광동성 출신 부대들이었다. 그런 사정들이 작용해서, 장개석은 1949년 1월 21일에 총통에서 물러나고 이종인이 총통 대리가 되었다.

이종인은 공산당과의 휴전 협상에 들어갔다. 그러나 공산당이 내건 조건들은 실질적 항복을 뜻할 만큼 강경했다. 1949년 4월 20일 공산당 대표단은 정부 대표단에게 최후통첩을 제시했고, 정부 대표단은 그것을 거부했다. 그러자 공산군은 그날로 '양자강 도강 전역'을 개시했다.

이종인이 공산군과의 협상에 적극적으로 나선 이유들 가운데 하나는, 협상으로 시간을 벌어 미국의 지원을 이끌어 내려는 계획이었다. 미국이 끝내 국민당의 지원에 나서지 않자, 국민당 정부는 절망과 공포에 휩싸였다. 이런 분위기는 양자강을 방어하는 정부군의 사기에 큰 영향을 미칠 수밖에 없었다. 그래서 정부군 해군의 일부와 양자강 남안의 육군 부대 일부가 공산군으로 전향했다. 이런 이탈에 힘입어 공산군은 수월하게 양자강을 건넜고, 제대로 싸우기도 전에 정부군의 방어선은 허물어졌다. 4월 23일엔 수도 남경이 공산군에게 점령되었고, 5월

27일엔 상해가 점령되었다.

국민당 정부는 1949년 10월 15일까지 광주廣州(광저우)에서 버티다가 중경으로 옮겨갔다. 11월 25일엔 성도로 옮겨갔고, 12월 10일엔 대만으로 옮겨갔다. 200만가량 되는 국민당 정부군이 대만으로 향했다.

이보다 앞서 1949년 10월 1일 모택동은 중화인민공화국中華人民共和國의 수립을 선언하고 북경을 수도로 삼았다. [장개석의 통치 아래 북평으로 불렸던 북경은 옛 이름을 되찾았다.]

미국의 우방인 중국 국민당 정부가 공산당과의 내전에서 져서 작은 섬 대만으로 도피하고 중국 대륙에 공산당 정부가 들어서자, 미국 사람들은 큰 충격을 받았다. 궁벽한 곳으로 몰렸던 공산당이 러시아의 적극적 지원을 받아 강성해지는 사이에 국민당 정부군은 미국의 지원을 제대로 받지 못해서 허약해진 것이 그런 재앙을 불렀다는 생각이 널리 퍼졌다. 그래서 갑자기 닥친 공산주의 러시아와의 대결 구도 속에서 "누가 중국을 잃었는가?(Who Lost China?)"라는 물음이 미국 정치의 주요 쟁점이 되었다. 이 문제는 이미 1948년의 미국 대통령 선거에서 주요 쟁점들 가운데 하나였고, 트루먼 후보는 공화당의 신랄한 공격을 받았다.

미국의 중국 정책이 안은 근본적 문제를 맨 먼저 지적한 사람들 가운데 하나는 존 케네디 하원의원이었다. 1949년 1월 30일 매사추세츠주 세일럼의 만찬회에서 한 연설에서 그는, 중국 국민당 정부를 지지하고 일본의 침략으로부터 보호하겠다고 선언한 것이 일본과의 전쟁에 들어간 이유였다는 점을 상기했다.

> 1941년 11월 22일 우리 국무장관 코델 헐(Cordell Hull)은 [일본]

모택동은 중화인민공화국 수립을 선언하고, 국민당 정부는 대만으로 옮겨갔다. 미국은 큰 충격을 받았다.

대사 노무라野村에게 다음과 같은 뜻을 지닌 최후통첩을 건넸습니다. 1) 일본 정부는 중국과 인도차이나에서 모든 육군, 해군, 항공대 및 경찰 병력을 철수시킨다, 2) 미국과 일본은 중국에서 중화민국 국민당 정부 이외의 어떤 정부나 정권도 군사적으로, 정치적으로, 경제적으로 지원하지 않는다. (…)

중국의 독립과 국민당 정부의 안정은 우리의 극동 정책의 근본적 목표라는 것이 명확하게 기술된 것입니다.

우리의 극동 정책들에 관한 이것과 여타 진술들이 펄 하버에 대한 공격으로 직접 연결되었다는 것은 잘 알려졌습니다. (…) 미국과 영국이 카이로에서 중국을 해방시키고 전쟁이 끝나면 만주와 모든 일본군이 장악한 지역들을 그 나라에 돌려주기로 합의했던, 1943년에 정점에 이른 이 정책을 그날 이후에 우리가 추구해 온 혼란스럽고 흔들리는 정책과 대비해 보십시오.

1945년의 얄타 회담에서 병든 루스벨트는 마셜 장군과 다른 참모총장들의 조언을 따라 여순(뤼순)과 대련과 같은 여러 전략적 중국 항구들의 통제권과 함께 쿠릴 열도를 소련에 주었습니다. 불리트 전임 [러시아 주재] 대사의 1948년 〈라이프〉 잡지[에 기고한 글]에 따르면, "책임의 배분에서 루스벨트의 몫이 얼마고 마셜의 몫이 얼마든, 중국의 독립적 일체성에 지녔던 미국의 긴요한 이익은 희생되었고, 극동에서 현재의 비극적 상황이 나올 바탕이 놓였습니다."

케네디의 연설은 간결하면서도, 중국 대륙이 미국의 어리석은 배신 때문에 공산주의자들에게로 넘어간 과정과 그런 사실이 품은 비극적 함의들을 잘 짚었다. 이런 연설을 32세의 초선 하원의원이 했다는 사실은 이후의 그의 정치적 행로와 업적에 대해 뜻있는 얘기들을 들려준다.

국무부의 중국 백서

러시아의 태도가 점점 공격적이 되고 냉전이 국제 질서로 자리 잡자, '누가 중국을 잃었나?' 논쟁은 더욱 뜨거워졌다. 그런 상황에 대응하기 위해서, 국무부는 중국 문제에 관한 백서를 발간하기로 했다. 백서의 발간을 처음 제안한 것은 스틸웰의 정치보좌관으로 일하면서 '딕시 임무단'을 추진했던 존 데이비스였다. 애치슨 국무장관과 트루먼 대통령은 그 제안을 선뜻 받아들였다. 그들은 기대했다. 미국 시민들이 중국의 실상과 미국 정부의 대응에 대해 제대로 알게 되면 트루먼 정권을 비난하는 목소리가 잦아들리라고.

백서 발간 책임자는 중국에서 마셜의 정치보좌관으로 일했던 극동국장 윌리엄 버터워스(William W. Butterworth)였고, '중국 전문가들(China Hands)'이라 불린 국무부 안팎의 요원들이 모두 참여했다. 특히 국무부의 법률 전문가인 필립 제섭(Philip C. Jessup)과 그의 보좌관 찰스 요스트(Charles W. Yost)가 중요한 역할을 했다. 백서의 편집은 중경 대사관에서 이등서기관으로 일했던 존 멜비(John Melby)가 주도했다. [멜비는 뒤에 열렬한 공산주의 극작가 릴리언 헬먼(Lillian Hellman)의 연인임이 드러나서, '안보 위험(security risk)' 판정을 받고 면직되었다.] 백서의 작성에서 바탕이 된 자료들은 모두 국무부 안의 자료들이었다. 사정이 그러했으므로, 이 백서엔 국무부 중국 전문가들의 편향이 그대로 반영되었다.

1949년 8월 5일 국무부는 1천 쪽이 넘는 두툼한 『미국의 중국과의 관계(United States Relations with China)』[통칭 『중국 백서(China White Paper)』]를 발간했다. 그것의 논지는 "미국으로선 장개석과 국민당 정부를 위해 할 수 있는 일들을 다 했지만, 국민당 정부는 자신의 결함 때문에 스스로 무너졌다"는 것이었다.

중국에서 마셜을 비롯한 '중국 전문가들'이 한 일들을 조금이라도 아는 사람들은 당연히 분개했다. 전쟁 중에 중국에서 복무했던 논객 조지프 올솝(Joseph Alsop)은 "만일 당신이 물에 빠진 친구의 얼굴을 힘껏 차서 두 번 세 번 가라앉도록 했다면, 당신은 그가 헤엄 솜씨가 워낙 서툴러서 어차피 살아날 길이 없었다고 나중에 설명할 수 없다"고 비판했다. 애치슨과 트루먼의 기대와는 달리 백서가 부정적 반응을 얻으면서, '누가 중국을 잃었는가?' 논쟁은 더욱 격렬해졌다.

미국 국무부의 '중국 백서'가 발간된 다음 날인 1949년 8월 6일 오후 대한민국 진해비행장에 장개석 국민당 총재의 전용 항공기 '미령호'가 내렸다. 이승만 대통령이 그를 반갑게 맞았다. 점점 강대해지는 공산주의 세력에 외롭게 맞선 중화민국과 대한민국의 지도자들이 협력하기 위해 만난 것이었다.

두 사람은 동년배였으니, 이승만이 두 살 위였다. 그러나 중국과 조선의 운명이 근본적으로 달랐으므로, 두 사람의 삶도 크게 달랐다. 장개석은 늘 중국의 정치와 군사에서 주역이었고, 동아시아의 운명에 결정적 영향을 미쳤다. 이승만은 해외에서 어느 나라로부터도 인정받지 못한 대한민국 임시정부를 이끌면서 곤궁하게 살았다. 그러나 조국을 위한 열정과 앞날을 멀리 내다보는 통찰을 두 사람은 공유했고, 서로 존경했다. 무엇보다도 두 사람은 공산주의의 본질과 공산주의가 제기하는 위협을 가장 먼저 깨달은 지도자들이었다. 장개석이 당의 시인 왕발王勃의 "세상에 뜻이 통하는 벗이 있으면, 하늘 끝도 이웃 같다海內存知己, 天涯若比隣"의 시구를 인용해서 회담의 분위기를 부드럽게 한 것은 그런 사정을 가리킨 것이었다. [왕발의 시구는 「촉주로 부임하는 두소부를 보내며送杜少府之任蜀州」에 나오며 자주 인용된다.]

5월 7일에 두 차례의 정상회담이 열렸다. 장개석은 총통에서 물러난 처지였지만, 국민당 정부의 실권을 쥔 터라서 모두 그를 총통으로 대접했다. 두 지도자는 공동성명에서 "우리는 다 같이 인간의 자유와 국가적 독립에 배치되는 국제공산주의의 위협이 소멸되어야 할 것을 인정하여, 이 공통된 위협에 대항하기 위하여 우리는 개별적인 동시에 집단적으로 투쟁하여야 할 것을 확인한다. 안전보장은 오직 단결에 의하여서 강화할 수 있는 것이다"라고 말했다.

이런 발언은 필리핀 대통령 엘피디오 퀴리노(Elpidio R. Quirino)가 제안한 '태평양 동맹(Pacific Pact)'의 결성을 촉구한 것이었다. 유럽에서 '북대서양조약기구(NATO)'가 발족하자 태평양 지역에서도 비슷한 안보기구를 만들어야 한다는 얘기들이 나왔는데, 퀴리노가 먼저 구체적 제안을 한 것이었다. 그러나 중화민국과 대한민국에 대한 군사 원조를 꺼리는 미국은 퀴리노의 제안에 부정적 반응을 보였다. 자신의 제안을 추진할 생각이 없어진 퀴리노는 진해 회담에 참석하지 않았다. 장개석과 이승만은 퀴리노에게 동참을 완곡하게 촉구하고 미국엔 이 일에 대해 관심을 가져 줄 것을 요망한 것이었다.

IPR의 궁극적 목표

1949년 가을 국민당 정부가 중국 대륙을 잃을 것이 확실해지자, 미국 국무부는 아예 장개석과 국민당 정부를 파멸시키려고 시도했다. 그런 시도는 딘 애치슨 장관이 주관했지만, 이 일에서도 태평양문제연구회(IPR)를 바탕으로 삼아 중국의 공산화를 추구해 온 공산주의자들이 주도적 역할을 했다.

특히 필립 제섭이 큰 몫을 했다. 그는 1938년부터 IPR에 적극적으로 참여했고, 산하 기구인 '태평양 이사회(Pacific Council)'의 의장으로 활동했다. 그는 법률가로서 명성이 높아서, 1943년부터 국제연합 구제부흥기구(UNRRA)의 사무차장보와 국무부의 '외국 구제 및 재건활동 기구의 인사 및 훈련국' 책임자로 일했다. 1945년엔 국제연합 샌프란시스코 회의에 참가한 미국 대표단의 기술자문관이었다. 법률가로서 여러 부서들의 사람들과 수시로 접촉할 수 있다는 이점을 한껏 이용해서, 제섭은 장개석과 국민당 정부를 파멸로 몰아넣는 논의들을 진행했다.

이들은 비밀공작과 정책 결정의 두 갈래로 장개석과 국민당 정부를 공격하기로 결정했다. 비밀공작은 장개석을 암살하거나 군부 정변으로 장개석을 제거하는 방안이었다. 정책 결정은 외교 정책을 통해서 장개석과 국민당 정부를 공식적으로 버리는 방안이었다.

이들이 장개석과 국민당 정부에 대해서 이처럼 깊은 반대와 증오를 보인 것은 어떤 기준으로 살피든 정상적은 아니다. 이미 대세는 공산당 정권 쪽으로 기울었는데 암살을 해서라도 장개석을 제거하겠다고 나선 것은, 그것도 장관 이하 주요 간부들이 모두 음모에 가담해서 일을 꾸민 것은 이해하기 쉽지 않은 일이다. 물론 여러 가지 요인들이 복합적으로 작용했지만, 중요한 요인 하나는 그들이 모택동을 높이 평가하고 좋아했지만, 장개석은 부패하고 이기적인 인물이라 여겼다는 사실이다. 그런 평가는 그때까지의 역사적 사실들에 의해 떠받쳐지지 않았고 이후의 역사에 의해서도 증명되지 않았다.

모택동은 갖가지 신화들이 후광처럼 둘러싼 정치 지도자다. 많은 사람들이 그를 20세기의 가장 위대한 인물들 가운데 하나로 꼽는다. 그의 행적을 찬찬히 들여다보면 그러나 그를 높이 평가할 근거는 거의 없다는 것이 드러난다. 수많은 경쟁자들을 궁극적으로 물리치고 엄청난 권력을 오래 휘둘렀다는 사실만 남는다. 권력을 쥐게 된 과정도, 그것을 오래 유지한 방법도, 그것을 써서 이룬 성과도 그의 명성을 정당화하지 않는다.

무엇보다도, 모택동과 공산군은 일본군과 싸우지 않았다. 그들은 일본군이 국민당 정부군에서 빼앗은 지역에 침투해서 세력을 넓히기만 했다. 모택동은 심지어 일본군이 국민당 정부군으로부터 땅을 더 많이 빼앗을수록 좋다고 공언했다. 보다 못한 러시아 군인들은 "중국 공산군은 일본과 싸우지 않는다"고 불평했다. 실은 모택동과 공산당은 일본과의 전쟁에 부정적 영향을 미쳤다. 공산군이 정부군과 사이에 조만간 벌어질 결전에 대비해서 전력을 비축했으므로, 장개석도 자신의 정예 부대들을 일본과의 싸움에 좀처럼 내보내지 않았다. 바로 스틸웰이 장개석을 비난할 때 으레 꼽은 문제다.

모택동의 명성과 장개석의 명성 사이엔 역비례 관계가 있었다. 장개석의 명성을 깎아내린 것은 그를 돕는 임무를 띠고 중국에 파견된 미국 관리들과 군인들이었다. 중경에서 활동한 국무부와 재무부의 관리들이 중심적 역할을 했고, 스틸웰과 그의 휘하 장교들이 합세했다. 모택동의 명성을 높인 것은 중국 공산주의자들의 정체를 감추거나 미화한 저널리스트들과 학자들이었다. 이즈레이얼 엡스타인, 오언 래티모어, 페어뱅크, 귄터 슈타인, 애그네스 스메들리, 에드거 스노(Edgar Snow), 님 웨일스(Nym Wales)[에드거 스노의 아내 헬렌 포스터(Helen Foster)의 필명], 로렌스 로싱어(Lawrence K. Rosinger)와 같은 필자들이 중국 공산당과 모택동의 명성을 높이는 데 공헌했다. 이들은 모두 IPR의 회원이거나 회원의 도움을 받았다. 그들은 책을 펴내거나 대중에 대한 영향력이 큰 신문들과 잡지들에 글을 발표했다. 특히 그들은 중국 관련 서적들의 서평을 독점하고 서로 치켜세워서, 미국 시민들의 중국에 관한 생각들을 자신들이 바라는 형태로 다듬었다.

이들 가운데 가장 큰 영향을 미친 사람은 에드거 스노였다. 그는 스메들리의 소개로 손문의 후처 송경령의 소개장을 지참하고, 공산당 지역에서 의료 활동을 하던 조지 하텀(George Hatem)의 안내를 받아 당시 공산당의 임시수도였던 섬서성 보안保安(바오안)으로 들어갔다. 그리고 모택동을 비롯한 공산당 주요 간부들과 만나서 대담을 했다. 그런 대담들을 바탕으로 그는 1937년에 『중국 위의 붉은 별(Red Star Over China)』를 펴냈다. 그는 모택동이 이제는 급진적 공산주의자가 아니라 "정치적 개혁자(political reformer)"가 되었으며, 중국 공산당은 "농업 민주주의자들(agrarian democrats)"이라고 밝혔다. 중국 공산당 지도자들은 아직 세상에 알려지지 않은 인물들이어서, 처음으로 그들을 소개한 그 책은 큰 주목을 받았고 스노는 세계적 명성을 얻었다. 그리고 사람들은 그 책에 소개된 모택동과 다른 지도자들의 모습을 사실로 받아들였다.

저널리즘을 표방했지만, 스노는 객관적으로 사실을 전달하지 않았다.

원고를 완성하자 그는 스스로 중국 공산당의 검열을 받았고, 모택동과 주은래가 요구하는 대로 거듭 수정했다. 뒷날 그의 책이 중국 공산당의 선전물이었다는 비판이 나오자 그는 거세게 반발했다.

"파시스트들이 불러온 이 국제적 격변에선 어떤 사람들도 중립적으로 남을 수는 없다. 마치 흑사병에 둘러싸인 사람이 쥐떼들에 대해 중립적으로 남을 수 없는 것처럼."

모택동과 대조적으로, 장개석은 중국과 세계를 위해서 큰일들을 한 지도자였다. 1912년 선통제宣統帝(푸이)가 양위하면서 청 왕조는 끝났다. 새로운 질서를 지향하는 사람들을 이끌던 손문과 군사력을 장악한 원세개는 타협해서 공화국을 출범시키고, 원세개가 총통이 되었다. 그러나 원세개는 황제가 되려는 야심을 드러내면서 손문이 조직한 국민당을 탄압했다. 원세개의 반동적 시도는 실패했고, 그는 울화로 죽었다. 그 뒤로는 원세개의 후계자들인 북방의 군벌들과 손문을 중심으로 한 국민당 세력이 대립했다.

1925년에 손문이 죽자, 군벌들을 제압하고 중국을 통일하는 과업은 '국민혁명군'을 이끈 장개석이 이어받았다. 장개석은 1926년에 '북벌'을 시작해서 1928년에 완수하고 중국을 통일했다. 북벌이 가까스로 마무리되자, 북벌에 참가했던 이종인, 풍옥상馮玉祥(펑위샹), 염석산閻錫山(옌시산)이 연합해서 장개석에 반기를 들었다. 장개석이 국민혁명군의 주류를 이끌고 그들과 싸워 이긴 '중원대전'은 장개석에겐 북벌보다 훨씬 어려운 전쟁이었다. 그렇게 길고 힘든 싸움들을 통해서 장개석은 1930년에야 비로소 중국 통일의 과업을 완수했다.

그러나 장개석이 통일 국가를 채 안정시키기 전에 일본군이 중국을 침공했다. 중국이 워낙 혼란스럽고 중국군이 허약했으므로 일본군은 쉽게 이길 줄 알았다. 그러나 장개석은 의외로 완강하게 저항했고, 일본군은 전력의 태반을 중국에 투입하고도 끝내 중국군에 이기지 못했다. 장개석은 일본군의 위세에도 물러서지 않았고, 일본군이 내놓은 좋은 조건에도 항복하지 않았다. 그리고 끝내 중일전쟁에서 이겼다.

['국공내전'이 멈춘 뒤 모택동이 다스린 중국과 장개석이 다스린 대만의 역사를 살피면 두 사람의 됨됨이가 잘 드러난다. 모택동은 스탈린처럼 독재 체제를 구축했다. 그리고 시대착오적 경제 정책으로, 특히 농장의 집단화로 많은 인민들을 기아로 몰아넣었다. 그래서 그는 역사상 가장 많은 사람들을 죽도록 만든 지도자가 되었다. 그의 후계자들이 그의 정책을 버리고 시장경제를 채택한 뒤에야 비로소 중국의 발전이 시작되었다.

반면에, 장개석은 자유민주주의와 시장경제를 추구했다. 대만에 자리 잡자, 국민당 정부는 다수인 대만 원주민들을 억압했다. 1947년에 대만 점령에 나선 국민당 정부군이 대만 원주민들을 학살한 '2·28사건'은 장개석에게 원죄로 작용했다. 사회가 안정되자, 그는 자신의 뜻을 펴기 시작했다. 경제적 자유와 재산권을 보호하면서 경제 발전을 이루었고 차츰 사회를 자유롭게 만들었다.]

장개석의 암살은 전쟁 중에 스틸웰에 의해 계획되었으나 끝내 실행되지 않았는데, 제섭이 그런 음모를 되살린 것이었다. 스틸웰의 암살 시도와 국무부의 암살 시도는 여러모로 연결되었다. 무엇보다도, 스틸웰의 암살 음모에 가담했던 존 데이비스와 딘 러스크가 '애치슨 집단'에 참여했다.

제섭 자신은 아시아의 실정을 조사하는 여행을 통해서 장개석의 신변을 염탐했다. 여행을 마친 뒤 그는 장개석의 거처의 상황에 관해 상세하게 보고했다.

"총통의 집은 산속의 꽤 높은 곳에 있지만, [대만의 수도] 대북臺北(타이베이)의 중심부로부터 자동차로 대략 20분 거리에 지나지 않는다. 산으로 올라가는 도로에 있는 많은 굴곡 지점들 가운데 한 군데에만 보초 하나가 근무하는 검문소가 있는데, 우리는 근처에서 병사들 몇을 보았으나 큰 병력은 없었다."

무심히 읽으면 총통 숙소로 가는 길의 풍경을 그린 것으로 보이지만, 총통의 암살을 추진하는 사람이 쓴 글이라는 생각에서 다시 읽어 보면 더할 나위 없이 음산한 정보로 다가온다.

이런 논의들에서 나온 의견들을 정리해서, 1950년 5월 딘 러스크는 「대만에 대한 미국 정책(U.S. Policy Toward Formosa)」이란 비밀 비망록을 만들었다. 대만의 국민당 정부군으로 하여금 군부 정변을 일으켜서 미국의 지시에 순종하는 정권을 수립하게 한다는 내용이었다. 정변을 이끌 인물로는 국민혁명군 총사령관 손립인孫立人(쑨리런) 대장을 추천했다.

> 미국은 개인 사절을 통해 극도의 비밀 속에 손립인에게 알려야 한다. 그가 [대만]섬에 대한 그의 군사적 통제를 확립하기 위한 정변을 일으키기를 원할 경우 미국 정부는 그에게 필요한 군사적 지원과 조언을 제공할 준비가 되었다는 것을. 손에겐 그런 사업에 필요한 다른 지휘관들의 매수를 지원하기 위해서 충분한 자금(총액은 수백만 달러에 이를 수 있음)도 또한 지원되어야 한다. 그에겐 초기 단계에 이 사업과 관련해서 그가 필요로 하는 어떤 추가 자금도 지원된다는 확약이 주어져야 한다.

장개석과 국민당 정부에 적대적이었던 국무부 내 '애치슨 집단' 위엔 늘 마셜이 있었다.

장개석을 제거하기 위해선 미국 정부가 거액을 들여 국민혁명군의 지휘관들을 모조리 매수할 준비가 되었다는 이 비망록은, 국무부에서 비밀공작으로 장개석을 제거하기로 결정한 '애치슨 집단'의 도덕적 파산을 보여 준다. 득세한 공산주의 세력과 타협하지 않고 목숨을 걸고 싸워 온 군사 지휘관들을 돈으로 매수해서 정통성을 지닌 정부의 수반을 불법적 정변으로 제거하는 것이 사악하다는 사실도, 그런 행위는 국민혁명군의 부패와 도덕적 타락을 키울 수밖에 없다는 사실도 그들은 외면한 것이다. 그들이 줄곧 국민당 정부와 군대가 부패했다고 비난했지만, 장개석 자신은 치부에 마음을 쓰거나 달리 부패한 적이 없었다.

장개석과 국민당 정부에 적대적이었던 국무부 직원들은 흔히 '애치슨 집단'이라 불리지만, 애치슨이 이 집단의 최고 지도자는 아니었다.

그들 위엔 늘 마셜이 있었다. 그는 애치슨의 전임 국무장관이었고, 중국 문제에 줄곧 관여해 왔다. 실은 그는 스틸웰의 장개석 암살 공작에도 관여했다고 볼 수밖에 없다. 자신의 선배고 친구인 마셜에게 스틸웰이 그런 엄청난 계획을 얘기하고 동의를 받지 않았다고는 상상할 수 없다. 장개석의 암살이 처음 공식화된 것이 '카이로 회담'이었다는 사실은 마셜이 막후에서 공작을 조율했다는 결정적 증거가 된다. 카이로에서 중경으로 돌아온 뒤 참모장 프랭크 돈 대령에게 장개석 암살 계획을 준비하라 지시할 때, 스틸웰은 루스벨트가 "만일 장과 함께 일하기 어렵고 그를 대체할 수도 없다면, 아예 그를 제거하게. 내 얘기가 무슨 얘긴지 알겠지. 당신이 주무를 수 있는 사람을 대신 앉히게"라고 말했다고 했다. 대통령이 지시한 중요한 극비 임무를 스틸웰이 마셜에게 보고하지 않았다는 것을 상상하기 힘들지만, 그런 위험한 공작을 루스벨트가 마셜과 미리 상의하지 않았다는 것을 상상하기는 더 힘들다. 중국에서 마셜이 한 일들을 고려하면 이 점이 더욱 명확해진다. 마셜을 옹호하는 사람들은 마셜이 몰랐을 수도 있다고 주장하지만, 그런 주장은 마셜이 '바보'였다는 얘기가 된다. 처칠이 "승리의 조직자"라 부른 인물이 졸지에 무능하고 어리석은 인물로 전락하는 것이다.

딘 러스크가 장개석을 제거하는 군부 정변의 중심인물로 손립인을 추천한 것은 자연스러웠다. 손은 '버지니아 군사학교(Virginia Military Institute)'를 나왔고, 스틸웰 휘하에서 버마 작전에 참가했었다. 그는 뛰어난 지휘관이어서 스틸웰의 신임을 받았다. 특히 그는 병사들을 잘 조련해서 자신이 거느린 부대마다 정예 부대로 만들었다. 그가 육성한 신1군이 정부군에서 가장 뛰어난 부대라는 것에 대해선 누구도 이의를 달지 않았다. 그러나 황포군관학교 출신 장교들로 이루어진 정부군에서 미국 유학을 한 손은 따돌림을 받았다. 그래서 장개석은 뛰어난 야전 지휘관인 그를 본부의 한직으로 돌렸다.

사정이 그러했으므로, 손립인이 군부 정변을 주도하긴 어려웠다. 국민당 정권도 미국이 손과 접촉한다는 것을 알고서 그를 감시했다. 결국 미국의 군부 정변 계획은 실행되지 못했지만, 의심을 받은 손과 가까운 부하들은 국민당 정부의 박해를 받았다. 대만 방위에 큰 공을 세웠음에도 불구하고 손은 30년 동안 가택연금을 당했다.

국무부의 최종적 중국 정책

이런 비밀공작과 연결되어, 국민당 정부를 미국이 공식적으로 버리도록 하려는 정책 수준의 공작도 활발히 진행되었다. 제섭이 주도한 국무부 안에서의 논의들을 통해서 1949년 늦가을엔 국무부에서 중국 문제에 관한 합의가 도출되었다.

1) 중국이 공산주의 세력에 장악된 것은 공산주의의 필연적 승리 과정의 종결이 아니라 시작이다.
2) 자연히, 아시아의 다른 지역들에서 공산주의 세력의 진출이 예상된다.
3) 미국의 합리적 정책은, 뒤로 물러나서 이런 일들이 벌어지는 것을 받아들이는 것이다.
4) 특히 중국 공산당 정권이 대만을 침공해서 점령하는 것을 미국은 용인해야 한다.

5) 이어서, 공산주의 세력의 침공이 예상되는 남한에서도 같은 정책을 견지해야 한다.

여기서 처음으로 미국의 남한 포기 정책이 모습을 드러냈다. 대한민국이 수립된 뒤 주한 미군이 서둘러 떠났지만, 대한민국에 대한 미국의 정책은 우호적이라고 인식된 터였다.

1949년 11월 애치슨은 트루먼에게 국무부 안에서 나온 이런 합의 사항들을 공식 정책으로 삼을 것을 건의했다. 특히 대만으로 물러난 장개석의 국민당 정부와 관계를 끊고 북경에 새로 들어선 모택동의 공산당 정권을 승인해야 한다고 강조했다. 트루먼은 그런 건의를 선뜻 받아들였다. 자신이 천명한 '트루먼주의'를 아주 가볍게, 다른 사람들의 의견들을 듣지도 않고, 심지어 의회 지도자들과 협의도 없이 버린 것이었다.

1950년 1월 5일의 기자 회견에서 트루먼은 중국에 대한 미국의 정책에 변화가 생겼음을 밝혔다. 그는 미리 작성한 성명서를 기자들 앞에서 낭독했다.

미국은 대만이나 어떤 다른 중국 영토에 대해서도 약탈적 의도가 없다. 미국은 현재 대만에서 특권이나 특혜를 얻거나 대만에 군사 기지들을 설치하려는 의사가 없다. 현재의 상황에 간섭하기 위해 자신의 군대를 활용하려는 의도도 없다. 미국 정부는 중국의 내전에 말려들게 될 길을 가지 않을 것이다.

비슷하게, 미국 정부는 대만의 중국 군대에 군사적 원조나 조언을 제공하지 않을 것이다. 미국 정부의 견해로는, 대만의 자원은 그들이 섬의 방위에 필요하다고 생각할 만한 품목들을 구할 수 있

> 도록 하는 데 충분하다. 미국 정부는 현재의 입법적 권한 아래 현재의 경제협력처(ECA)의 경제 원조 프로그램을 지속할 것을 제안한다.

이어 트루먼은 이 성명에 관한 질문은 받지 않겠으니 오후에 있을 애치슨의 부연 설명에서 질문하라고 기자들에게 말했다.

애치슨의 연설

1월 5일의 트루먼의 기자 회견도, 이어진 애치슨의 부연 설명도 별다른 주목을 받지 못했다. 정작 주목을 받고 영향을 미친 것은 한 주일 뒤인 1월 12일 '내셔널 프레스 클럽(National Press Club)'에서 애치슨이 동아시아에서의 미국 정책에 관해 한 연설이었다. 정부 수반이 아닌 일개 각료가 한 연설이 그렇게 주목을 받고 역사적 사건으로 기억된 것은 이례적이다.

애치슨의 연설은 공식적으로는 새로 채택한 미국의 동아시아 정책에 대한 설명이었지만, 실제로는 국무부에 대해 쏟아지는 비난에 대한 공세적 방어의 성격을 짙게 띠었다. 애치슨은 "미국 국무부가 과연 동아시아 정책을 가졌는가?" 하고 묻는 비판자들에 대한 유감을 드러내면서 연설을 시작했다. 그는 국무부가 줄곧 합리적인 동아시아 정책을 추구해 왔다고 주장하면서, 자신의 연설이 호의적 반응을 얻기를 기대했다. 그가 만든 『중국 백서』와 마찬가지로 그의 연설은 논란을 잠재우기보다는 오히려 키웠고, 궁극적으로 엄청난 재앙을 불렀다.

첫째, 애치슨은 중국 국민당 정부의 몰락에 대해 미국은 책임이 전혀 없다고 주장했다.

"중국 인민들의 고난 속에서도 거의 마르지 않았던 인내심이 바닥이 난 것입니다. 그들은 이[국민당] 정부를 전복시키는 일조차 성가시다고 여겼습니다. 그들은 그저 그것을 무시했습니다. (…) 그들은 이 정부로부터 그들의 지지를 완전히 거두어들였고, 그렇게 지지가 거두어들여지자 군사 기구 전체가 무너진 것입니다."

이 얘기는 사실과 너무 거리가 멀다. 그러나 그것이 거짓이라는 점보다 더 문제적인 것은, 그것이 제2차 세계대전에서 함께 싸운 중국 정부를 중국 인민들의 지지를 처음부터 전혀 받지 못해서 정통성을 확보하지 못한 정부로 규정했다는 점이다. 꼭 한 해 전에 존 케네디 하원의원이 지적한 것처럼, 미국이 일본과의 전쟁에 들어간 이유가 "중국 인민들의 절대적 지지를 받는 국민당 정부를 일본으로부터 보호하기 위함"이었음을 소급해서 부정하는 행위였다.

도덕적 관점에서 살피면, 이 얘기의 가장 큰 문제는 그런 모욕이 불필요했다는 사실이다. 중국이 공산화된 데엔 미국의 책임이 없다는 주장을 펴는 데 굳이 국민당 정부를 그렇게 모욕할 필요는 없었다. 애치슨의 이런 태도는 그가 장개석을 제거하고 국민당 정부를 파멸시키려는 국무부 안의 음모를 주도한 인물이었다는 사실을 떠올려야 비로소 설명이 된다.

둘째, 애치슨은 중국 정세의 급변을 불러온 근본적 원인들 가운데 하나로 러시아의 영토적 야심을 꼽았다. 그는 "소련이 중국 북부의 4개 성省을 중국에서 떼어 내 소련에 붙이고 있다"고 진단했다. 이런 과정은 외몽골에선 완수되었고, 만주에선 거의 완수되었으며, 신강(신장)성에선 진행되고 있다고 말했다. 그리고 "소련이 중국 북부의 4개 성을 탈취하고 있다는 사실이 아시아의 어떤 외국 세력의 관계에서 가장 의미가 크고 중요한 단일 사실"이라고 단언했다.

이런 진단은 당시엔 나름으로 근거가 있고 그럴듯한 상황 판단이었다. 특히 스탈린이 동유럽에서 영토적 욕심을 드러내어 러시아의 영토를 넓혔다는 사실은 이런 진단을 떠받쳤다.

그러나 스탈린이 영토적 욕심을 드러낸 경우들은 모두 당해 지역을 영유한 국가를 러시아가 지배하지 못하는 상황에서 나왔다. 일단 그 국가를 위성국으로 만든 뒤엔, 스탈린은 작은 영토에 대해 욕심을 내지 않았다. 만주의 경우도 마찬가지였으니, 얄타 회담에서 스탈린이 만주의 자잘한 이권들을 챙긴 것이나 러시아군이 만주의 산업 시설들을 볼썽사납게 뜯어 간 것은 만주가 궁극적으로 중국으로 반환되어 국민당 정부가 통치하리라는 전망 아래서 나온 행태였다. 일단 중국에 공산당 정권이 들어서서 중국이 실질적으로 러시아의 위성국이 된 뒤엔, 러시아가 만주를 병합해서 중국 공산당 정권과 다투고 중국 인민들의 증오를 살 이유가 없었다. 중국과 협력해서 아시아의 나머지 지역들을 공산화하는 것이 스탈린으로선 당연한 선택이었다.

이 대목에서 미국 국무부의 판단이 공산당 정권들의 속성과 전략을 제대로 따라가지 못하게 된 듯하다. 그런 비현실적 판단은 조지 케넌의 공산주의 러시아에 대한 진단에서 비롯한 부분이 컸던 듯하다. 그는 '긴 전보'에서 스탈린이 통치하는 러시아가 본질적으로 중앙아시아에서 자라난 러시아 제국에 공산주의 이념이 덧씌워진 체제라고 진단했다. 케넌의 진단은 스탈린의 사악한 제국을 간명하게 설명한 통찰이었지만, 그것은 공산주의의 영향력을 너무 작게 평가했다는 문제를 안았다. 그런 편향은 중국 공산주의자들에 대한 평가에도 그대로 적용되어서, 그들이 "진정한 공산주의자들"이 아니라 "농업 개혁가들"이란 환상이 이어지도록 도왔다.

이것은 치명적인 지적 실패였다. 얄타로 향할 때, 루스벨트는 국제연합이 창설되어 세계의 모든 나라들이 소통하고 협력하는 마당이 마련되면 세계는 평화를 누리게 되리라고 믿었다. 그래서 어지간한 문제들은 스탈린의 뜻을 따라 처리했다. 스탈린은 아직 공산주의 세력이 약하니 적어도 20년 동안은 자본주의 세력과 공존해야만 한다고 판단했다. 그렇게 실력을 기른 뒤엔 세계혁명을 통해서 인류 사회들에 공산주의 질서를 확립한다는 전략을 세우고 회담에 임했다. 공산주의는 민족주의에 덧씌워진 이념이 아니라, 민족주의와 결합해서 더욱 위협적인 이념으로 진화한 것이었다. 이처럼 공산주의의 영향력을 과소평가하면서, 루스벨트를 비롯한 미국 지도자들은 스탈린의 목표와 전략을 눈치채지 못했다.

궁극적으로 공산주의 세계를 추구하는 스탈린의 눈에 먼저 들어온 나라는 남한이었다. 미국이 유럽에 자원과 관심을 집중하는 상황에서 러시아가 유럽에서 세력을 확장하기는 어려웠다. 미국 전략가들과 군사 지휘관들은 공산주의 반군들의 위협을 받는 그리스와 터키를 걱정했지만, 스탈린으로선 두 나라는 막다른 골목들이었다. 두 나라는 지중해와 중동에서 전략적 중요성을 지녔지만, 그만큼 그들을 지키려는 영국과 미국의 결의도 굳었다. 그래서 스탈린은 두 나라를 전복시키는 데 자원을 쏟지 않았다.

남한은 달랐다. 러일전쟁에서 러시아가 패배한 이유들 가운데 하나는 일본이 남한을 먼저 장악했다는 사정이었다. 부산과 진해의 기지들을 일본이 확보하면서, 일본은 쓰시마 해협과 대한 해협을 완벽하게 통제할 수 있었다. 그래서 러시아의 극동함대는 동해 북부의 블라디보스토크와 요동(랴오둥)반도의 여순으로 분산되었고, 끝내 합치지 못한 채 각기 격파되었다. 그리고 힘들게 동양으로 항해해 온 발틱 함대는 쓰시마 해협에서 일본 함대의 요격을 받아 전멸했다.

만일 러시아가 남한을 공산주의 정권이 다스리도록 하는 데 성공한다면, 극동의 지정학적 상황은 근본적으로 바뀔 터였다. 오호츠크해에서 동해를 거쳐 남해, 황해, 동중국해 및 남중국해에 이르는 동아시아의 바다들이 모두 러시아의 내해가 되어, 러시아가 문득 서태평양의 지배자로 등장하는 것이었다.

당연히, 미국이 동아시아의 거점으로 삼은 일본은 공산군의 위협에 직면할 터였다. 일본 사람들은 물론 이런 사정을 잘 알았다. 그들은 한반도가 대륙에서 뻗어 나와 일본을 겨눈 칼이라고 인식했었다. 그래서 청일전쟁에서 조선에 출병한 뒤 한반도에 대한 실질적 지배는 한순간도 포기한 적이 없었다. 그러나 일본 사람들은 아직 발언권이 없었다.

러시아의 의도에 관한 애치슨의 진단은 빗나갔다. 이런 사정은 미국 국무부가 동아시아에 대한 러시아의 정책과 전략을 제대로 알지 못했음을 가리킨다. 분명한 것은 이런 실패가 남한의 이념적, 지정학적 및 군사적 중요성을 놓친 데서 나왔고, 남한을 위태롭게 만들었다는 점이다.

셋째, 러시아가 중국 북부 4개 성을 자기 영토로 삼으려 한다는 진단에 따라, 애치슨은 러시아의 행태가 중국 인민들의 분노와 증오를 부르리라고 예견했다. 그래서 그는 미국이 중국의 일체성을 해치는 어떤 행동도 하지 말아야 한다고 강조했다. 특히 대만의 국민당 정부를 지원하면 러시아로 향하는 중국 인민들의 분노와 증오가 러시아에서 미국으로 옮겨 올 수 있으니, 대만을 돕기 위한 "어리석은 모험"을 주장하는 사람들은 자제해야 한다고 힐난했다.

단 몇 달 전만 하더라도 중국을 대표한 정부는 국민당 정부였고, 아직도 국제연합에서 중국을 대표하는 것도 국민당 정부였다. 트루먼 대통령도 중국이 내전 상태임을 지적했다. 어떤 기준으로 살펴도 중국의 일체성은 아직 확립되지 않은 상태였다. 미국과 오랫동안 연합국이었던 국민당 정부를 지원하는 것이 중국의 일체성을 해치는 일이라는 비판은 사실에 바탕을 둔 발언은 아니었다. 군사적 원조를 하지 않는 것에서 나아가서 슬그머니 공산당 정권을 중국의 유일한 정통적 정부로 인정하고 아직도 국제연합에서 중국을 공식적으로 대표하는 국민당 정부를 중국의 일체성을 훼손하는 집단으로 규정한 것이었다. "국민당 정부"라는 표현을 쓰지 않으면서, 국민당 정부를 비하하고 모욕한 것이었다.

넷째, 애치슨은 태평양 지역의 군사적 안보에서 가장 중요한 정책으로 일본의 방어를 꼽았다.

"일본의 패배와 무장 해제는 일본의 군사적 방어를 담당할 필요성을 미국에 부과했다. (…) 그리고 그런 방어는 유지되어야 하고 유지될 것이다."

일본의 방어를 공약하는 자리에선 남한의 방어에 대한 공약이 나오는 것이 자연스럽고 합리적이었다. 조선은 국제법적으로 일본제국의 한 부분이었고, 전쟁이 끝난 뒤엔 남한은 연합군 최고사령관(Supreme Commander for the Allied Powers) 맥아더 원수의 점령 통치를 받았다. 따라

"알류샨 열도, 일본, 류큐, 필리핀…." 애치슨의 방위선은 중화민국과 대한민국을 포함하지 않았다.

서 일본에 대한 방위 약속은 남한에도 적용되는 것이 논리적이었다. 게다가 남한엔 1948년에 국제연합이 주도한 선거를 통해 대한민국이 세워져서 "한반도의 유일한 합법 정부"의 지위를 인정받았다. 반면에 일본은 아직 점령군의 통치를 받고 있었고, 두 해 뒤에야 '샌프랜시스코 조약'의 발효를 통해 독립할 터였다.

이처럼 미국이 일본을 군사적으로 방어해야 하고 그렇게 하겠다는 애치슨의 선언의 이론적 근거가 무엇이든, 그것은 남한에도 적용되어야 했다. 그러나 그는 남한을 언급하지 않았다.

다섯째, 일본을 지키겠다고 선언하고서 애치슨은 곧바로 동아시아에서 미국이 설정한 방위선을 밝혔다.

"방어선(defensive perimeter)은 알류샨 열도를 따라 일본에 이르고 그 뒤엔 류큐 제도로 뻗는다. (…) 방어선은 류큐 제도에서 필리핀으로 이어진다."

애치슨이 밝힌 방어선은 대만과 남한을 포함하지 않았다. 따라서 미국은 대만의 중화민국과 남한의 대한민국을 공산주의 세력으로부터 지키지 않겠다고 선언한 셈이다. 이 항목이 애치슨의 연설의 핵심이었다. 미국이 당연히 지켜 주리라고 모두 생각한 두 나라를 버린다는 선언의 논리적 근거를 마련하기 위해 애치슨은 여러 얘기들을 한 것이었다.

그의 연설은 여러 중대한 결함들을 품었지만, 그리고 그의 연설이 뒤에 '방어선 연설(Perimeter Speech)'로 불렸지만, 이 방어선은 그가 고안한 것이 아니었다. 1947년에 이미 미군 합동참모본부는 조지 마셜 국무장관에게 "군사적 안보의 관점에서는, 현재 한국에 주둔한 병력과 기지들을 유지해서 미국이 얻을 전략적 이익이 거의 없다고 합동참모본부는 여긴다"고 기술한 비망록을 보냈다. 그리고 1948년에 이르면, 미군 지휘관들 사이에선 애치슨이 선언한 방어선을 미군의 방어선으로 여기는 분위기가 형성되었다.

여섯째, 태평양의 다른 지역들의 군사적 안보에 대해선, 애치슨은 침공을 받은 나라들이 스스로 침공에 저항하는 것이 기본이고, 다음엔 국제연합의 도움을 받아야 한다고 말했다.

"[이 지역들에 대한 군사적 공격이] 일어나면—그런 무력 공격이 어디서 나올 수 있는지 말하기 망설여지지만—초기 의존(initial reliance)은 공격당한 사람들의 [공격에 대한] 저항이어야 하고, 다음엔 「국제연합 헌장」 아래 문명된 세계 전체의 약속이어야 하는데, 이런 약속은 외부 침공으로부터 자신의 독립을 지킬 결심이 굳은 사람들에겐 기대기 약한 갈대가 아님이 증명되었다."

애치슨의 발언에서 "그런 무력 공격이 어디서 나올 수 있는지 말하기 망설여지지만"이란 구절이 얄궂다. 중국에서 처절한 싸움이 이어지고 한반도에선 전운이 짙어지는데, 그는 말장난을 즐긴 것이었다. 그는 공산주의 세력이 대만과 남한을 곧 병탄하도록 유도하는 공작을 주도해 왔을 뿐 아니라, 국제연합도 그들을 구원할 수 없으리라고 판단하고 있었다.

애치슨의 연설이 나온 뒤 열린 상원 외교위원회의 청문회에서 공화당 중진인 윌리엄 놀런드(William F. Knowland) 상원의원은 애치슨에게 "북한의 남한 침공에 대한 미국의 대응"을 물었다.

애치슨은 "우리가 그것에 군사력으로 저항하는 일을 떠맡지 않으리라고 나는 믿습니다"라고 대답했다.

그러자 외교 분야 전문가인 아서 밴던버그 상원의원이 물었다. "독자적으로는(Independently)?"

"독자적으로는." 고개를 끄덕이면서 애치슨은 확인했다. "물론, [국제연합] 「헌장」 아래 행동이 취해지면 우리는 거기 참여합니다만, 아마도 그들이 그것에 대해 거부권을 행사할 터이므로 그것은 취해지지 않을 것입니다."

위기를 맞은 중화민국과 대한민국

애치슨의 연설은 세계적 관심을 끌었다. 특히 미국의 '방어선'이 주목을 받았다. 그 방어선 밖에 있는 대만과 남한에 그 연설은 날벼락이었다. 그것은 두 나라를 노리는 공산주의 세력에 마음 놓고 침공하라는 신호를 보낸 것이었다. [실제로, 한국전쟁이 일어나자 공화당 지도자인 로버트 태프트(Robert A. Taft) 상원의원은 애치슨의 연설이 "공격하라는 초대장(invitation to attack)"이었다고 말했다.]

충격은 미국의 도움 없이 공산군과 싸워 온 대만보다, 북한군이 날로 강성해지는 것을 지켜볼 수밖에 없는 남한에서 오히려 컸다. 미국의 군정을 통해서 안정을 이루었고 한반도의 유일한 합법 정부라는 국제연합의 인정을 받은 대한민국에, 한반도가 미국의 방어선 밖에 있다는 애치슨의 선언은 잔인한 배신이었다.

1948년 북한에 조선민주주의인민공화국이 들어서자, 러시아는 북한이 남한을 무력으로 병합하는 정책을 추진했다. 그리고 북한군을 적극적으로 육성했다. 먼저, 러시아는 군사고문들을 파견해서 북한군의 훈련을 지도했다. 당시 북한군을 지도한 군사고문들은 3천 명이었는데, 러시아군 대좌가 북한군 보병 사단장을 도왔다. 자연히 북한군은 당시 세계에서 가장 강력한 군대인 러시아군의 교리를 충실히 따르고 러시아군의 풍부한 전투 경험을 흡수해서 전술적 능력을 크게 함양했다.

아울러, 러시아는 많은 신형 무기들을 북한군에 제공했다. 그런 무기들 가운데 가장 위력적인 것은 전차였다. 미군 정보부대가 한국전쟁이 일어나고 2주일 뒤에야 비로소 정체를 파악한 이 전차는 러시아가 제2차 세계대전 말기에 표준형으로 채택한 T34 중형전차(medium tank)였다. 독일군 전차부대 지휘관들이 처음 노획한 이 전차를 살펴보고서 "이런 전차들이 대량 투입되면 우리가 이길 길이 없다"고 두려워한 바로 그 전차였다. 85밀리포와 기관총 2정을 갖춘 이 전차는 무게가 32톤으로, 자세가 낮았고 두꺼운 장갑판들로 보호되었다. 그래서 당시 미군이 보유했던 대전차 무기인 2.36인치 로켓포로는 막을 수 없었다. 이런 전차를 북한군은 150대가량 보유했다.

중국 공산당 정권은 조선족 병사들을 북한에 제공해서 북한군의 빠른 증강을 가능하게 했다. 중국 공산군 출신 병사들은 북한군의 3분의 1가량 되었다. '국공내전'을 치른 터라 이들은 전투력이 뛰어났다. 그들은 뿔뿔이 북한에 들어온 것이 아니라 조직적으로 북한군에 편입되었다. 북한군 5사단, 6사단 및 7사단은 아예 중국에서 편성되어 뒤에 이름만 북한군 편제를 따랐다.

러시아는 북한 공군의 육성에도 힘을 쏟았다. YAK 전투기 40대, YAK 훈련기 60대, 공격폭격기 70대 및 정찰기 10대를 보유한 북한 공군은 변변한 항공기들을 갖추지 못한 한국 공군을 압도했다.

반면에, 미국은 한국군을 치안을 목적으로 삼은 군대로 만들었다. 이름도 군(Army)이 아니라 경비대(Constabulary)라 붙였다. 대한민국이 서면서 명칭은 경비대에서 군으로 바뀌었지만, 한국군의 전력은 여전히 치안을 맡은 경비대의 수준에 머물렀다. 지상군은 소수의 장갑차들만을 갖추었고 전차는 없었다. 치명적 약점은 북한군의 전차부대를 막을 방도가 없었다는 사정이었다. 전차는 일단 전차로 막아야 하는데, 전차를 갖추지 못한 것은 다른 분야의 우세로도 보완할 수 없는 약점이었다. 대전차 무기도 전혀 없었고 대전차지뢰조차 없어서 전차의 진출을 막을 방어 진지를 구축할 수도 없었다. 한국 공군은 연락기 12대와 훈련기 10대를 갖추었다.

탄약과 부품의 부족은 변변치 못한 무기들의 활용을 어렵게 했다. 한국군이 보유한 탄약은 단 며칠 동안의 전투로 소진될 양이었다. 자동차

부품들은 이미 고갈이 되었다.

작은 병력, 빈약한 무기와 여유 없는 탄약으로 절대적 열세에 놓인 한국군은 훈련도 크게 미흡했다. 1950년 중반 한국군 부대들은 대부분 중대 단위 훈련을 마쳤고, 대대 단위 훈련을 막 시작했다.

한국을 침공했을 때, 북한군은 육군 18만 2,680명, 해군 4,700명, 공군 2천 명의 병력을 보유했다. 한국군은 육군 9만 4,974명, 해군 7,713명, 공군 1,897명의 병력을 보유했다.

이처럼 전력에서 한국군은 북한군에 크게 뒤졌지만, 미군은 한국군에 대한 지원을 소홀히 한 채 서둘러 한국에서 철수했다. 전쟁이 끝났으니 빨리 해외 병력을 줄이고 재정 부담을 줄이라는 민심이 트루먼 대통령을 압박했다. 그리고 러시아는 한반도에서 점령군이 철수하도록 유도했으니, 1948년 12월 12일 국제연합 총회는 "되도록 빨리" 점령군들이 한반도에서 떠나는 방안을 추천했다. 12월 25일 러시아는 자국 군대가 북한에서 모두 철수했다고 발표했다. 1949년 3월 23일 트루먼은 한국에 주둔한 마지막 부대인 7사단의 1개 연대의 철수를 승인했다.

러시아와 중국 공산당 정권의 적극적 지원을 받아 북한군이 빠르게 강성해지자, 이승만은 미국의 군사 원조를 받기 위해 필사적으로 노력했다. 당시 한국군은 북한군의 전력 증강과 침공 의도에 대해 상당히 정확한 정보를 갖고 있었다. 그러나 이미 대만과 남한을 포기하기로 결정한 미국 정부의 정책을 바꿀 길은 없었다.

애치슨의 연설로 모든 것들은 정해진 듯 보였다. 이제 대만의 중화민국과 남한의 대한민국은 공산주의 세력의 침공을 받아 멸망할 터였다. 세계의 어떤 힘도 이런 운명을 바꿀 수 없는 것처럼 보였다.

애치슨이 워싱턴에서 '방어선 연설'을 하고 4주가 지난 1950년 2월 9일, 웨스트 버지니아의 작은 광산 도시 휠링에서 '여성 공화당 클럽'이 주최한 '링컨의 날' 연설회가 열렸다. 연사는 이름이 알려지지 않은 위스콘신 출신 초선 공화당 상원의원 조지프 매카시(Joseph R. McCarthy)였다. 청중인 여성 공화당원들 가운데 그를 아는 이들은 많지 않았다. 그들은 그가 농업 문제나 주택 문제를 다루려니 생각했다. 이 궁벽한 산악 도시를 찾는 공화당 상원의원들은 대개 그 두 문제들에 대해서 얘기했다. 선거에서 패배한 공화당을 재건하는 일을 얘기할 수도 있다고 생각한 이들도 더러 있었다.

그러나 그가 얘기한 것은 미국 국무부에 공산주의자들이 많다는 얘기였다. 그는 공산주의자로 확인된 국무부 관리들 57명의 명단을 갖고 있다고 말했다. 그리고 냉전에서 미국이 계속 공산주의 세력에 밀리는 것은 이처럼 미국 정부 안으로 깊숙이 침투한 공산주의자들의 암약 때문이라고 말했다.

그의 연설은 청중의 뜨거운 반응을 얻었다. 여러 해에 걸친 치열한 전쟁에서 분명히 이겼는데, 유럽과 아시아에선 공산주의 러시아가 나치 독일이나 군국주의 일본보다 훨씬 위협적인 적으로 등장한 상황에 많은 미국 시민들이 당혹한 참이었다. 그리고 지금은 미국의 충실한 우방 중화민국이 갑자기 일어난 공산주의 반군에 쫓겨서 대만에서 생존을 위해 힘든 싸움을 하고 있었다. 그러나 미국은 대만을 도울 뜻이 없다고 선언했다. 그처럼 이해하기 힘든 일들이 일어나게 된 이유를 매카시는 명료하게 설명해 준 것이었다.

그렇게 해서, 현대사에서 가장 극적이고 가장 뜻깊은 반전이 시작되었다. 애치슨의 국무부에 의혹의 눈길이 쏠렸고, 트루먼 대통령과 민주당은 공산주의 러시아와 중국 공산당 정권의 득세를 초래했다는 비난을 받았다. 갑자기 궁지에 몰린 트루먼은 마셜과 애치슨이 세운 유화 정책을 그대로 따르기 어렵게 되었다. 그리고 파멸의 운명을 피할 길이 없어 보였던 중화민국과 대한민국 앞엔 회생의 길이 트이기 시작했다.

아메라시아 사건

1950년 2월 9일 휠링에서 조지프 매카시 상원의원이 한 연설은 심각하고 극적이었다. 국무부에 57명의 공산주의자들이 근무하고 있다는 폭로는 심각한 정치적 행위였다. 의회에서 할 법한 얘기였지, 작은 광산 도시의 여성 공화당원들 앞에서 한 연설에서 나올 만한 내용은 아니었다. 그런 폭로가 아무런 예고 없이 나왔고 이내 거센 논란을 불렀다는 점에서, 그것은 극적이었다.

그러나 매카시의 연설은 우발적 사건이 아니었다. 그것은 여러 해 동안 미국 사회에서 형성된 정치적 지형과 기류들이 어울려서 일어난 현상이었다.

제2차 세계대전이 끝난 뒤 공산주의 세력의 거센 확산에 자유주의 국가들이 잇달아 무너지는 위기를 맞았는데, 트루먼 정권은 제대로 대응하지 못한다는 인식이 널리 퍼졌다. 매카시는 트루먼 정권이 그렇게 실책을 거듭하는 이유를 간명하게 설명했다. 당연히 그의 설명은 폭발적 호응을 얻었다. 사정이 그러하므로, 1950년대 전반에 미국에서 가장 큰 영향을 미친 정치가들 가운데 한 사람인 매카시가 혜성처럼 나타나게 된 과정을 살피려면 여러 해를 거슬러 올라가야 한다.

전략사무국의 분석관 케네스 웰스(Kenneth Wells)는 1945년 1월 26일자 〈아메라시아〉에 실린 글 한 편이 자신이 1944년에 타이에 관해서 쓴 보고서와 거의 동일하다는 것을 발견했다. 비밀공작을 하는 기구의 비밀보고서가 그렇게 잡지에 실린 것은 중대한 보안 사건이었다. 그래서 OSS 요원들은 〈아메라시아〉 발행인 필립 재프의 뉴욕 사무실에 몰래 들어가서 살폈다.

그들은 그곳에서 수백 건의 미국 정부 문서들을 발견했는데, 다수는 '비밀'이나 '대외비' 도장이 찍힌 것들이었다. 게다가 그곳엔 정교한 촬영 장치가 있었다. 〈아메라시아〉는 사진을 싣지 않는 잡지였으므로, 이것은 시사하는 바가 있었다. OSS 수사 요원들은 이들 문서들이 여러 부서들에서 작성되었지만 대부분은 국무부를 거쳤다는 것을 밝혀냈다. 그래서 OSS는 국무부에 이 사건을 통보했다.

국무부는 곧바로 연방수사국(FBI)에 수사를 의뢰했다. FBI는 3월 중순부터 대대적 수사를 벌였고, 〈아메라시아〉를 통해서 수많은 정부 문서들이 오간 것을 확인했다. 이 문서들을 국무부에서 빼돌리고 반출해 간 사람들이 여럿 드러났는데, 가장 중요한 인물은 중경의 미국 대사관에서 근무하면서 국민당 정부를 비난하고 공산당을 극력 추천했던 존 서비스였다. 재프는 첩자들의 인맥의 중심이어서, 서비스와 같은 관리들, 국제연합 창립총회에 중국 대표로 참석했던 동필무(둥비우), 미국 공산당 당수 얼 브라우더(Earl Browder), 러시아 첩자로 확인된 조지프 번스타인(Joseph Bernstein) 등과 만났다.

이런 증거들을 확보하자, 6월 6일 FBI는 피의자들의 검거에 나섰다. 뉴욕에선 재프, 저널리스트 마크 게인(Mark Gayn) 및 〈아메라시아〉 공동편집인인 케이트 미첼(Kate Mitchell)이, 그리고 워싱턴에선 서비스, 해군 대위 앤드루 로스 및 국무부 직원 이매뉴얼 라슨(Emmanuel Larsen)이 체포되었다. 이 과정에서 FBI는 1천 건가량 되는 문서들을 압수했는데, 4분의 1가량이 군사와 관련된 것들이었고, 많은 문서들엔 "허가받지 않은 소유는 「염탐법(Espionage Act)」의 위반"이란 경고가 붙어 있었다. 워낙 증거들이 많고 확실해서, FBI 국장 에드거 후버(J. Edgar Hoover)는 이 사건이 "공기도 샐 틈이 없다(airtight)"고 평했다.

실제로, 처음엔 이들의 기소에 문제가 없는 것처럼 보였다. 그러나 며칠 지나면서 상황이 묘하게 바뀌었다. 좌파 언론이 일제히 체포된 피의자들은 사악한 세력에 의해 부당하게 희생되었다고 비난했다. 그러자 트루먼 정권의 실력자들이 그들의 기소를 막는 공작을 폈다. 결국 법무부는 이미 구성된 대배심을 그냥 넘기고 새로 대배심을 꾸리기로 결정했다. 후버는 불길한 예감이 들었지만, 상급 기관인 법무부의 결정을 따를 수밖에 없었다.

2차 대배심이 구성되자, 기소가 확실했던 사건들이 무너졌다. 직접적 요인은 수석연방검사로 선임된 로버트 히치콕(Robert Hitchcock)이 정부의 기소를 추진하지 않고 피고인들의 주장들을 수용하는 행태를 보인 것이었다. 예컨대, 재프의 재판에서 그의 변호인은 피고인이 공적 문서를 실제로 소유한 것은 사실이지만, 정부는 그 문서들이 불충한 목적에 쓰였다는 주장을 한 것은 아니라고 말했다. 재판관이 히치콕 검사에게 변호사의 주장에 동의하느냐고 묻자, 그는 실질적으로는 동의한다고 답변했다. 이처럼 화기애애한 분위기 속에서, 히치콕은 재프의 문제적인 행적에 대해선 한마디도 하지 않았다. 결국 재판장은 재프에게 앞으로는 정부 문서들을 다룰 때 더욱 조심하라는 당부와 함께 벌금

2,500달러를 내도록 했다. 비슷한 일들이 나머지 다섯 피의자들에게도 일어났다.

결국 '아메라시아 사건'은 완전히 무너졌고, 피의자들은 모두 무죄나 가벼운 벌금형을 받고 풀려났다. 그러자 서비스를 비롯한 피의자들은 이런 재판 결과가 자기들의 무죄를 입증한 것처럼 행세하기 시작했고, 끝내는 자기들이 체포되고 기소된 것이 부당했다는 주장을 폈다.

이런 결말은 많은 사람들을 분개하게 만들었다. 그들의 비판이 거세어지자, 앨라배마 출신 민주당 하원의원 샘 홉스(Sam Hobbs)를 위원장으로 하는 위원회가 구성되어 조사를 시작했다. 그러나 민주당 의원들이 다수인 이 위원회는 제대로 조사도 하지 않고 재판 과정이 공정했다는 보고서를 냈다.

비록 기소엔 실패했지만, FBI는 '아메라시아 사건'이 무너진 진정한 이유를 알고 있었다. FBI는 트루먼 대통령의 명령으로 '아메라시아 사건'과는 관련이 없는 사건을 수사하고 있었다. 트루먼은 '뉴딜 정책'에 깊이 관여한 토머스 코코런(Thomas Cocoran)을 의심해서 그의 전화를 도청하도록 했다. 이런 도청에서 FBI는 코코런이 신임 법무장관 톰 클라크(Tom Clark)를 비롯한 여러 법무부 관리들과 함께 서비스를 살리기 위해 '아메라시아 사건'의 결말을 조작(fixing)했다는 증거를 확보했다. 그러나 FBI는 법무부의 공식적 입장에 어긋나는 입장을 밝힐 수 없어서, '아메라시아 사건'이 무너지는 것을 그냥 지켜보았다.

'아메라시아 사건'이 그처럼 어처구니없이 무너지고 국가 기밀들을 러시아에 넘긴 피의자들이 모두 풀려났을 때, 러시아 첩자들의 연락책을 맡았던 일리저버스 벤틀리(Elizabeth Bentley)가 FBI에 자수했다. 그래서 방대하고 촘촘히 연결된 미국 안의 러시아 간첩망이 처음으로 제 모습을 드러냈다. 후버는 벤틀리가 제공한 정보들의 중요성을 이내 알아보았다. 벤틀리는 1945년 11월 7일에 처음으로 FBI 요원들에게 자세한 진술을 했는데, 바로 다음 날 후버는 트루먼의 보좌관인 해리 본(Harry H. Vaughan) 소장에게 중요한 사항들의 요약을 수교했다. 이 요약엔 당장 조치를 취해야 할 러시아 첩자 11명의 이름들이 들어 있었다.

그러나 트루먼은 후버의 보고서들에 대해 아무런 반응을 보이지 않았다. 그리고 본은 FBI 요원들이 수교한 보고서들을 쓰레기통에 버리는 것이 목격되었다. 본은 미주리 출신으로 트루먼과 동향이고 포병 장교로 함께 훈련을 받은 죽마고우였다. 트루먼이 후버의 보고서에 호의적인 반응을 보이지 않자, 본이 후속 보고서들을 트루먼에게 올리지 않고 버린 것이었다.

FBI는 국무부를 비롯한 다른 부서들에도 주기적으로 벤틀리가 제공한 정보들을 바탕으로 '보안 위험'이라 판단된 직원들의 명단과 그들의 행적에 관한 정보들을 보냈다. 그러나 이런 정보들은 무시되거나 사장되었고, 심지어 러시아 첩자라는 의심을 받는 당사자들에게 알려지곤 했다.

매카시의 연설

1947년 1월부터 1949년까지 이어진 제80차 의회(80th Congress)에서 공화당이 다수당이 되었다. 대공황 이후 처음으로 의회에서 다수당이 된 것이었다. 루스벨트 정권과 트루먼 정권이 공산주의자들에 너그러워서 러시아 첩자들이 정부의 요직들에 깊숙이 침투하여 국가 정책들을 결정하고 적발된 러시아 첩자들도 처벌을 받지 않는 상황에서, 공화당 후보들은 강력한 반공 정책을 내걸어서 모처럼 크게 이겼다. 자연히, 의회가 안보 문제를 다루는 마당이 되었다. 여러 위원회들이 설치되어 정부 기관들에서 러시아 첩자들을 솎아 내려 노력했다. 가장 유명한 것은 반미국행위위원회(HUAC)였다.

그러나 트루먼 정권은 의회의 자료 요구에 거부감을 보였다. 1948년 3월 13일 트루먼은 행정부의 어떤 부서도 의회에 보안 자료들을 제공하지 말라는 행정명령을 공포했다. 공화당 의원들은 거세게 반발했으나, 트루먼의 거부 조치에 대응할 방책을 찾지 못했다. 대통령의 조치를 누를 입법을 하거나 탄핵을 위한 청문회를 열어야 하는데, 의회엔 그럴 만한 정치적 동력이 없었다.

그러나 트루먼의 이런 고압적 정책은 들끓는 민심을 고려하지 못한 결정이었다. 물이 끓는 주전자의 뚜껑을 꼭 닫으면 조만간 터지게 마련이다. 그것은 물리학에나 정치학에나 똑같이 적용되는 원리다. 매카시가 휠링에서 한 연설은 그런 폭발의 서막이었다.

휠링의 집회에서 연설한 뒤, 매카시는 서부를 돌면서 자신의 주장을 폈다. 기자 회견을 하고 집회에서 강연하고 방송에 출연하면서, 그는 미국의 외교 정책을 국무부에 깊숙이 침투한 공산주의자들과 러시아 첩자들이 주도해 왔다는 사실을 알렸다. 공산주의 세력의 갑작스러운 득세를 제대로 설명한 첫 이론이었으므로, 그의 주장은 큰 호응을 얻었다. 그래서 열흘 동안의 서부 순회를 마치고 워싱턴에 돌아왔을 때, 이름 없는 위스콘신 출신 초선 상원의원은 전국적으로 주목받는 인물이 되어 있었다.

매카시의 주장이 민주당 정권에 근본적 위협이 된다고 판단한 트루먼 행정부와 민주당은 매카시를 거세게 공격하기 시작했다. 상원의 민주당 지도자인 스콧 루카스(Scott Lucas) 상원의원은 매카시가 증거를 확보하지도 못한 채 무고한 사람들을 공산주의자들로 몬다고 거세게 비난하고서 "그로 하여금 이름들을 거명하도록 하라(Let him name the names)"라고 외쳤다. 그래서 매카시가 1950년 2월 20일에 예정된 상원 연설에서 그가 언급한 "당원증을 지녔거나 확실히 공산당에 충성하는" 57명의 이름을 밝힐지 여부가 관심사로 떠올랐다.

1950년 2월 20일 오후 4시가 좀 지나서, 예고된 대로 매카시가 상원의 연단에 올랐다. 그리고 여섯 시간이 넘는 연설에서 그는 80명가량 되는 전직, 현직 및 임명이 예고된 국무부 직원들의 전복적 활동들을 거론하고, 국무부의 보안이 붕괴되었다고 진단했다. 그리고 자신이 휠링에서 한 연설문을 낭독해서 기록으로 남겼다.

이 긴 연설의 핵심은 휠링의 연설문에 간결하게 담겼으므로, 그것을 살피는 것은 매카시의 주장을 파악하고 그가 단숨에 많은 지지자들을 얻을 수 있었던 사정을 이해하는 데 좋다.

1) 매카시는 치열해진 냉전을 "공산주의적 무신론과 기독교 사이의 전면전(all-out battle between communistic atheism and Christianity)"이라고 규정했다. 여기서 냉전에 대한 매카시의 근본적 태도가 드러난다. 그는 공산주의의 목표는 단순한 세력 확장이 아니라 기독교의 파멸이라고 보았다. 그는 전쟁이 끝나고 두 해가 지났을 때 스탈린이 한 얘기를 상기시켰다.

"공산주의 혁명이 기독교 민주주의(Christian democracy)의 틀 속에서 평화롭게 수행될 수 있다고 생각하는 것은, 그가 정신이 나가서 모든 정상적 이해력을 잃었거나, 공산주의 혁명을 통째로 그리고 공개적으로 부인한다는 것을 뜻한다."

2) 매카시는 국제 정세의 악화를 숫자를 통해 인상적으로 알렸다. 평화를 위한 첫 회의가 6년 전에 덤바턴 오크스에서 열렸을 때, 소비에트 러시아의 영향권엔 1억 8천만가량 살았고 자유주의 국가들엔 16억 2,500만이 살았다. 지금은 8억 이상이 러시아의 절대적 지배를 받고, 자유로운 국가들엔 5억가량 산다.

3) 이런 전세의 역전은 공산주의 국가들이 군사적으로 강성해서가 아니라 미국 내부의 적들에 의해 초래되었다고 매카시는 지적했다. 그런 내부의 적들은 미국에서 가장 큰 혜택을 누린 계층이니, 그들은 가장 좋은 집들에 살고, 가장 좋은 대학들을 나왔고, 가장 좋은 정부 직책들을 차지했다.

4) 이처럼 미국에서 가장 큰 혜택을 누린 집단이 미국에 반역하는 현상은 국무부에서 특히 뚜렷하다고 매카시는 지적했다.

"[국무부에서] 입에 은수저를 물고 태어난 똑똑한 젊은이들이 바로 가장 나쁜 사람들이었습니다."

그리고 미국의 적들을 위해 미국의 외교 정책들을 세운 인물들의 전형으로 존 서비스를 들고 그의 행적을 기술했다. 그런 공산주의자들은 조사를 받고 위험 인물로 분류되어 국무부에서 쫓겨나도 국제기구들로 옮겨 가서 여전히 미국을 배신한다고 말하고서, 그런 경우로 구스테이브 듀런(Gustave

Duran)을 들었다. 그리고 덧붙였다.

"나는 내 수중에, 당원증을 지녔거나 확실히 공산당에 충성하는 당원들로 보이지만 그래도 여전히 우리 외교 정책을 다듬어 내는 데 거드는 사람들의 경우를 57개나 갖고 있습니다."

5) 매카시는 이들 국무부의 공산주의자들이 특히 위험한 이유를 조리 있게 설명했다. 그들은 돈을 받고 군사 기밀이나 기술을 파는 것이 아니라, 외교 정책을 미국의 적들에게 유리하도록 세우고 조정하므로, 미국의 안보와 이익이 근본적 수준에서 해를 입는다. 이런 통찰을 보인 미국 정치가는 아마도 그가 처음일 것이다.

그는 잘 알려진 앨저 히스의 경우를 들어서 그런 사정을 설명했다. 그리고 루스벨트 정권과 트루먼 정권이 히스를 비호하는 바람에 미국이 입은 중대한 손해들을, 특히 알타 회담에서 스탈린에게 농락당해서 유라시아에 공산주의 러시아가 군림하게 된 사정을 날카롭게 지적했다.

6) 매카시는 이런 일들이 벌어진 것은 1억 4천만 미국 시민들의 도덕심이 낮아졌기 때문이라고 말했다. 그리고 그런 도덕심의 저하는 긴 전쟁이 낳은 극심한 혼란, 폭력, 불의, 고통이 부른 현상이라고 진단했다. 그러나 도덕심이 사라진 것은 아니므로, 시민들은 마비와 무기력에서 벗어나야 한다고 호소했다.

7) 다행히 미국 시민들의 도덕심을 다시 고양시킬 계기가 마련되었다고 매카시는 선언했다. 국무부에 침투한 공산주의자들의 수장인 애치슨 국무장관의 행태가, 즉 히스를 배신하지 않겠다고 선언하면서 '산상수훈'을 들먹인 것이 뜻있는 시민들

매카시의 연설은 공산주의자들의 위협에 무지하거나 무기력했던 미국 시민들을 일깨웠다.

의 분노를 불렀다고 그는 지적했다.

매카시의 연설은 공산주의자들의 위협에 무지하거나 무기력했던 미국 시민들을 일깨워 나라를 지키는 싸움에 나서도록 격발시키는 격문檄文이었다. 그의 논지는 명쾌하고 자연스러웠다. 1) 냉전은 공산주의적 무신론과 기독교 사이의 전면전인데, 2) 평화를 위한 협상이 시작될 때는 자유세계가 압도적으로 컸지만, 이제는 공산주의 러시아의 영향 아래 사는 사람들이 오히려 많아졌을 만큼 빠르게 공산주의가 득세했고, 3) 이런 형세의 역전은 미국에서 가장 큰 혜택을 누린 상류층의 배신으로 초래되었고, 4) 그런 현상이 가장 심한 곳은 국무부인데, 5) 그들은 돈을 받고 군사 기밀이나 기술을 파는 것이 아니라 정책을 미국의 적들에 유리하도록 만들므로, 그들의 위협은 근본적이며, 6) 이런 상황을 부른 것은 긴 전쟁으로 무뎌진 미국 시민들의 도덕심이니, 도덕심을 다시 고양시켜야 하는데, 8) 다행히 애치슨 국무장관의 위선적 행태가 시민들의 분노를 불렀다.

매카시는 애치슨의 행태에 대한 신랄한 경멸로 연설을 마감했다.

> 여러분도 아시다시피, 최근에 국무장관은 모든 범죄들 가운데 가장 혐오스럽다고 여겨지는 범죄—큰 신뢰의 자리를 맡긴 사람들에 대한 배신자가 되는 것—를 저지른 사람에 대한 자신의 충성심을 선언했습니다. 기독교 세계를 무신론의 세계에 팔아넘긴 사람에 대한 그의 계속적 애착을 정당화하려 시도하면서 국무장관은 그것의 정당성과 이유로 그리스도의 '산상수훈'을 언급했고, 이것에 대한 미국 시민들의 반응은 에이브러햄 링컨의 가슴을 행복하게 만들었으리라고 했습니다. 줄무늬 양복을 입고 가짜 영국 억양을 쓰는 이 으스대는 외교관이 그리스도가 산 위에서 공산주의, 대역죄, 그리고 신성한 신뢰의 배신을 지지했다고 미국 시민들에게 선언했을 때, 그 신성모독은 하도 커서 그것은 미국 시민들의 잠자던 분개심을 깨웠습니다.

애치슨 국무장관을 문제의 뿌리로 지목함으로써 매카시는 시민들의 분노를 그에게로 집중시켰고 격문의 효과를 극대화했다. 현대에서 매카시의 연설처럼 효과적이고 중요했던 격문은 드물었다. 그는 도도히 밀려오는 공산주의 세력에 맞설 자유주의 세력을 거의 혼자 힘으로 일깨운 것이었다.

그의 상원 연설은 본질적으로 휠링 연설을 발전시킨 것이었지만, 매카시는 미국 정부의 보안을 강화하는 일에서 상원이 할 수 있는 실질적 역할을 강조했다. 국무부의 보안이 붕괴했다는 사실을 증명하기 위해, 그는 존 서비스의 행적과 '아메라시아 사건'을 자세히 설명했다. 그리고 트루먼 정권은 이 중대한 사건을 파헤치기보다는 덮어 버리기에 열중해서, 명백한 반역 행위들이 제대로 기소되지도 않고 기껏해야 벌금형에 그쳤다고 지적했다. 그는 트루먼의 행태를 통렬하게 비판하고서, 이제 상원은 국무부의 보고에만 의존할 것이 아니라 철저한 조사에 나서야 한다고 역설했다.

매카시의 상원 연설은 큰 관심을 끌었다. 반어적으로, 그가 연설하기도 전에 시작된 민주당의 거친 공격이 그가 제기한 문제들에 대한 관심을 키웠다. 그가 미국에 대한 배신이 주로 국무부에서 나왔다는 점을 강조하면서 애치슨 국무장관의 행태를 구체적으로 비판한 것은 사람들의 눈길이 국무부로 쏠리도록 만들었다. 히스가 이미 자신의 첩자 활동에 관한 위증으로 유죄 선고를 받았으므로, 매카시의 비판은 설득력이 컸다.

이런 상황에 반응해서, 상원은 '국무부 직원들의 충성심 조사 소위원회(Subcommittee on the Investigation of Loyalty of State Department Employees)'를 설치했다. 1950년 3월 8일에 개회된 이 소위원회는 메릴랜드 출신 민주당 상원의원 밀라드 타이딩스가 위원장이어서 흔히 '타이딩스 위원회'로 불리게 되었다. 이 소위원회는 제대로 가동되지 못했다. 집권당이자 다수당인 민주당과 소수당인 공화당 사이의 관계는 아주 나빠서 모든 일에서 대립했고, 위원장 타이딩스는 드러내 놓고 매카시의 활동을 제약하려고 시도했다. 그런 상황은 오히려 언론기관들의 관심을 끌어서, 일반 시민들도 이 소위원회의 활동에 대해 잘 알게 되었고, 자연스럽게 국무부의 공산주의자들의 행태에 대해서도 보다 잘 알게 되었다. 특히 얄타 회담과 마셜 임무단의 행적에 대한 지식이 널리 퍼졌다.

해남도 싸움

타이딩스 위원회가 열리기 사흘 전인 1950년 3월 5일에 중국 남부에서 '해남도海南島(하이난다오) 싸움'이 시작되었다.

국민당 정부군의 주력은 장개석을 따라 대만으로 탈출했고, 이종인이 이끌던 광동성과 광서성 출신 병력의 상당수는 해남도로 건너갔다. 해남도를 지키던 정부군 병력은 10만가량 되었는데, 설악薛岳(쉐웨) 대장이 지휘했다.

설악은 '아시아의 패튼(Patton)'이라 불릴 만큼 뛰어난 야전 지휘관으로 일본과의 전쟁에서 여러 번 큰 공을 세웠다. 특히 '무한 싸움'에서 그는 일본군 106사단에 막대한 손실을 주었고, 일본군은 전선에 장교 300명을 공중 투하해야 했다. 그는 길고 치열했던 '장사 싸움'에서 일본군과 잘 싸웠다. 호남성의 성도인 장사는 군사적 요충이어서, 일본군은 끊임없이 이 도시를 공격했다. 1939년의 1차 싸움, 1941년 9월부터 10월에 걸친 2차 싸움, 1941년 12월에서 1942년 1월에 걸친 3차 싸움에서 설악은 중국군 지휘관으로 일본군의 공세를 잘 막아 냈다. 그래서 그는 '장사의 호랑이'이라는 별명을 얻었다.

일본군의 마지막 대규모 작전인 '1호 작전'에서도 주요 목표는 장사였고 중국군 지휘관도 설악이었다. 1944년 5월부터 8월에 걸친 4차 싸움에 일본군은 36만 명을 동원했고 중국군은 30만 명을 투입했다. 중일전쟁에서 가장 치열했던 이 싸움에서 일본군이 끝내 이겨서 장사를 차지했다. 그러나 일본군은 이 싸움에서 너무 큰 손실을 입어서, 그 뒤로는 국민당 정부군으로부터 더 많은 지역을 빼앗는 것을 작전의 목표로 삼지 않았다. 중국군이 입은 손실은 훨씬 컸다. 장개석으로선 자신에게 충성하는 정예 2개 군단이 사라진 것이 뼈저린 손실이었으니, 이런 전력 손실은 국공내전의 향방에 영향을 미쳤다.

해남도를 공격하기 위해 해협 북쪽의 뇌주雷州(레이저우)반도에 집결한 공산군은 12만가량 되었다. 이들을 지휘한 등화鄧華(덩화) 중장은 중일전쟁에선 별다른 활약이 없었다. 중국 공산군이 일본군과 제대로 싸운 적이 없었으므로 이상한 일은 아니다. [등화는 뒤에 한국전쟁에서 중공군 부사령관으로 참전해서, 한때는 사령관 대행으로서 중공군을 지휘하게 된다.] 두 지휘관의 대조적 경력은 중일전쟁, 국공내전, 한국전쟁이 서로 얽힌 모습의 한 자락을 보여 준다.

정부군은 전력이 상대적으로 약했을 뿐 아니라, 해남도의 토착 공산군 유격대를 진압하기 위해 적잖은 병력이 내륙에서 작전했다. 자연히 해안의 방어에 투입된 병력이 줄어들었고, 부대들의 이동과 연결이 쉽지 않았다. 물론 가장 큰 문제는 점점 떨어지는 병사들의 사기였다. 미국으로부터 버림받았다는 사실은 정부군 장병들의 마음을 짓눌렀다.

공산군의 선봉은 2천 척이 넘는 정크선들을 이용해서 해남도의 해안들에 상륙했다. 이런 전략을 예상하지 못했던 정부군 해군은 초기에 수송선들을 효과적으로 차단하지 못했다. 그래서 상륙한 공산군은 해두보들을 확보하고 내륙의 유격대들과 연결하는 데 성공했다.

4월 중순에 공산군의 주력이 상륙했다. 4월 20일 설악은 반격작전에 나섰다. 반격작전은 성공해서 공산군은 상당한 손실을 입었다. 아울러 정부군은 공산군의 군사고문들인 러시아군 장교 2명을 생포했다. 러시아가 중국 공산군을 지원한다는 증거가 나온 것이었다.

그러나 공산군의 병력이 빠르게 증강되면서, 반격에 나섰던 정부군은 힘이 부쳐 밀리게 되었다. 4월 23일 뇌주반도를 마주 보는 해남도의 중심 도시 해구海口(하이커우)가 공산군에 함락되었다. 5월 1일까지 공산군은 섬 전체를 차지했고, 정부군은 대만으로 철수했다.

해남도가 예상보다 빠르게 공산군에 함락되자 대만도 위태롭게 되었다. 1950년 4월 30일자 〈뉴욕 타임스〉는 '이번 여름에 대만에서 본격적 싸움이 예상됨'이라는 제목을 단 기사를 실었다.

이처럼 국민당 정부군이 해남도에서 패퇴하는 모습을 지켜본 미국 시민들 사이에선 분노에 찬 목소리들이 터져 나왔다. 중국의 "소위 공산주의자들"은 진정한 공산주의자들이 아니라 "농업 개혁가들"이어서 소비에트 러시아와 별다른 관계가 없다고 주장했던 국무부 관리들에게로 의혹의 눈길이 쏠렸고, 트루먼 대통령은 어쩔 수 없이 수세로 몰렸다.

북한군의 남침

국민당 정부군의 패퇴에 미국 사회에서 '누가 중국을 잃었나?' 논쟁이 거세어지던 1950년 6월에 한반도에서 북한 공산군이 남한을 기습적으로 침공했다. 한국군은 압도적으로 우세한 북한군에 대응할 전략도 전술도 찾지 못했다. 특히 최신형 전차들을 앞세운 북한군의 빠른 기동에 대항할 방도를 찾지 못했다. 결사대를 모집해서 화염병과 수류탄으로 적군 전차를 파괴하려는 시도들이 나왔지만, 그렇게 용감한 대응은 부대의 중심적 인적 자원을 빨리 소모시켜서 오히려 부대의 붕괴를 앞당겼다.

북한군이 남한을 침공했다는 소식을 트루먼은 고향 미주리 인디펜던스의 집에서 들었다. 그는 6월 25일 오후 일찍 항공기를 타고 워싱턴으로 향했다. 북한군의 침공은 그로선 무척 당혹스러운 사건이었다. 겨우 5개월 전에 대통령인 그와 국무장관인 애치슨이 대만과 남한은 미국의 방어선 밖에 있다고 선언한 터였다. 이제 북한군은, 그리고 북한의 배후에 있는 러시아는, 그의 선언이 진정인가 시험하고 있었다. 그로선 전략적 가치가 없는 남한을 지키기 위해 군대를 보내는 것보다는 자신의 선언대로 공산주의 세력에 넘기는 편이 훨씬 나았다.

불행하게도, 그런 선택은 바라지 않는 정치적 결과를 부를 터였다. 지난 2월 매카시가 웨스트 버지니아의 탄광촌에서 한 연설은 미국 정치에 폭풍우를 불렀다. '누가 중국을 잃었나?' 논쟁은 정치적 논의들을 삼켜 버렸고, 그의 외교 정책은 거센 비난을 받았다. 특히 괴로운 것은 공산주의자들이 국무부 깊숙이 침투해서 미국의 외교 정책을 러시아와 중국 공산당 정권에 유리하게 만들었다는 비난이었다.

트루먼은 그가 애치슨이 선언한 '방어선'을 고수해서 남한 사태에 개입하지 않을 경우에 나올 상황을 생각해 보았다. 북한군이 남한을 점령하는 모습이 보도되면, 미국의 여론은 거세게 반응할 터였다. 미국이 점령해서 군정을 편 뒤 국제연합에 의해 승인된 나라가 공산주의 세력에 점령되는 상황을 그저 바라보는 미국 정부를 지지할 시민들은 드물 터였다. 그의 적들은 일제히 일어나서 그를 성토할 터였다. 특히 타고난

선동가인 매카시는 사람들을 격발시켜서 정국을 주도할 것이었다. 반공주의 세력이 집결해서 노골적으로 그를 무력화시키려 시도할 가능성도 있었다. 벌써 신문 논설들에 "불구 오리(lame duck)"란 말이 자주 나오는 판이었다. 임기가 아직 두 해 넘게 남았는데 모두 그를 끝난 인물로 여기는 상황이 나올 수도 있었다.

워싱턴의 공항에 내렸을 때, 트루먼은 한국의 사태에 관해 마음을 정한 터였다. 그날 밤 그는 국무부와 국방부의 관리들을 백악관으로 불러 한국의 사태를 논의했다. 곧바로 합동참모본부는 도쿄의 맥아더에게 대통령의 결정들을 통보했다: 1) 공중 및 해상 엄호를 통해 서울~김포 지역의 실함을 막기 위해 탄약과 장비를 보낼 것, 2) 미국인들의 한국 철수를 위한 선박들과 항공기들을 제공할 것, 3) 상황을 파악하고 대한민국을 돕는 최선의 방안을 결정하기 위한 관찰단을 파견할 것. 트루먼은 또한 7함대에 필리핀과 오키나와를 떠나 일본의 사세보로 항진하라고 명령했다.

이때 국제연합 사무총장 트리그브 리(Trygve Lie)도 뉴욕의 자택에서 북한군이 남한을 침공했다는 보고를 받았다. 격분한 그는 전화에 대고 외쳤다.

"이것은 국제연합에 대한 전쟁이다."

그리고 다음 날 국제연합 안전보장이사회를 열었다. 안전보장이사회는 대한민국에 대한 북한군의 침공은 "평화의 침해에 해당된다(constitutes a breach of peace)"는 결의안을 채택했다. 그리고 1) 적대행위들의 즉시 중단, 2) 북한 당국의 38도선 이북으로의 즉시 철군, 3) 모든 국제연합 회원국들은 본 결의안의 이행에서 국제연합을 전적으로 돕고 북한 당국에 대한 원조를 자제할 것을 결의했다.

국제연합 안전보장이사회는 대한민국에 대한 북한군의 침공은 "평화의 침해에 해당된다"는 결의안을 채택했다.

마침 러시아는 중국 공산당 정권이 국제연합에서 중국을 대표해야 한다고 주장하면서 1950년 1월부터 안전보장이사회 참석을 거부하고 있었다. 러시아의 거부권 행사가 없었던 덕분에 이런 결의안이 통과될 수 있었다. 러시아의 거부권에 기대어 대만과 남한에 대한 군사적 원조를 막으려던 애치슨의 계략은 이렇게 해서 빗나갔다.

6월 26일 트루먼은 한국의 상황에 관한 맥아더의 보고를 받았다. 1) 한국군은 서울을 지킬 수 없고, 2) 한국군은 붕괴의 위험을 맞았고, 3) 첫 북한군 항공기가 격추되었으며, 4) 미국인들의 철수는 순조롭게 진행되고 있다. 트루먼은 곧바로 맥아더에게 극동의 해군과 공군으로 한국에 개입할 권한을 부여했다.

6월 27일 트루먼은 민주 국가인 대한민국이 공산주의 국가인 북한의 침공을 물리치는 것을 도우라는 명령을 미국 해군과 공군에 내렸다고 선언했다. 그는 적대행위들을 즉시 중지하라는 국제연합의 결의를 실천하고 아시아에서 공산주의가 확산되는 것을 막기 위해 주요 군사작전에 들어갔다고 설명했다. 그리고 미군의 한국 파견에 더해서, 중국 공산당 정권의 침공으로부터 대만을 보호하기 위해 7함대를 대만으로 보냈으며, 베트남에서 공산군 게릴라들과 싸우는 프랑스군에 대한 군사원조를 가속하겠다고 발표했다. 대만과 남한을 미국의 방위선 밖에 둔 정책을 폐기하고 아시아에서 공산주의의 확산에 적극적으로 대응한다는 정책을 선언한 것이었다.

미국의 정책에서 나온 이런 중대한 변화에 맞추어, 6월 27일 밤 안전보장이사회는 한국 사태에 관한 두 번째 결의안을 채택했다. 첫 번 결의안에도 불구하고 북한군의 침공이 이어졌으므로, 국제연합은 대한민국이 북한군을 물리치고 당해 지역에서 국제 평화와 안전을 회복시킬 수 있도록 회원국들이 원조하기를 추천한다는 내용이었다. 이제 미국을 비롯한 참전국들은 국제연합의 깃발을 내걸고 북한군과 싸우게 되었다.

매카시의 성취

미국의 참전과 국제연합의 참전 촉구로, 다섯 달 전엔 파멸을 피할 수 없다고 여겨진 대만의 중화민국과 남한의 대한민국은 '한번 해볼 만한 처지'가 되었다. 그것은 누구도 예상치 못했던 극적 반전이었다. 기적이란 말은 너무 흔하게 쓰이지만, 대만과 남한에 찾아온 기회는 진정한 기적이었다. 그리고 그런 기적이 나오도록 한 사람은 이름 없는 위스콘신 출신 초선 상원의원 매카시였다. "매카시가 남한과 대만을 구했다"고 말하면 그것은 물론 과장이다. 그러나 지나친 과장은 아니다. 매카시가 없었다면, 미국엔 거세게 아시아를 덮는 공산주의의 물살에 맞설 정치적 의지도 없었을 것이다.

대한민국과 중화민국의 시민들은 영원히 매카시에게 감사해야 한다. 그들이 누리는 자유와 풍요는 그의 통찰과 용기에서 연유했다. 그것은 매카시에 대한 세평과 무관하다. 설령 그를 미워하고 혐오한 사람들이 그에게 뒤집어씌운 얘기들이 모두 사실이라 하더라도, 두 나라의 시민들은 그에게 평생 갚을 수 없는, 오직 그에 대한 경의와 감사만으로 조금이나마 갚을 수 있는, 빚을 졌다.

이 얘기는 실은 모든 사람들에게, 매카시를 미워하고 혐오하는 사람들에게도 해당하는 얘기다. 매카시는 대만과 남한의 주민들 몇천만 명과 그들의 후손들이 억압적이고 비참한 공산주의 체제 속으로 끌려들어 가는 것을 막아 주었다. 그것은 인류 전체를 위한 공헌이었다. 그런 공헌은 매카시에게 퍼부어진 악평과는 관계가 없다. 그것은 객관적으로 존재하는 사실이다. 현대 역사에서 자신의 통찰과 용기만으로 그런 공헌을 한 사람을 또 찾는 일은 결코 쉽지 않다.

당시엔 누구도, 매카시 자신까지도 예견하지 못한 공헌은, 그의 활약 덕분에 기사회생한 두 나라가 인류 역사에 미친 좋은 영향이다. 중국 대륙을 차지한 공산당 정권과 북한은 공산주의 이념과 명령경제 체제를 따랐다. 대만의 국민당 정권과 남한은 자유주의 이념과 시장경제 체제를 따랐다. 따라서 두 집단은 이념과 경제 체제를 놓고 역사에서 나오기 힘든 대조실험을 하게 되었다. 그런 대조실험의 결과는 뚜렷했다. 중국 대륙에선 압제적 통치와 명령경제의 강요로 수천만 명이 굶어 죽거나 반동으로 몰려 죽었다. 북한의 사정은 더욱 참혹했다. 반면에, 대만과 남한은 차츰 경제 발전을 이루고 자유로운 사회로 진화했다. 이처럼 뚜렷이 갈린 결과에서 사람들은 경제 발전에 관해서 근본적 중요성을 지닌 교훈을 얻었다: 명령경제는 비효율적이어서 사회를 가난하게 만들고 자유로운 사회로의 진화를 막지만, 시장경제는 효율적이어서 사회를 풍요롭게 만들고 자유로운 사회가 나오도록 한다. 이런 교훈을 실천한 덕분에, 뒤진 사회들에 사는 수십억 명이 가난에서 벗어나는 과정을 밟기 시작했다. 1970년대 말엽부터 중국 공산당 정권도 시장경제를 채택했고, 덕분에 역사적으로 가장 경이적인 경제 발전을 이루었다.

IPR과 〈아메라시아〉에 가담한 러시아 첩자들과 공산주의자들이 꾸미고 마셜과 애치슨이 주도한 공산주의 세력에 대한 유화 정책은 매카시의 활약에 의해 폐기되었다. 이 과정에서 어쩔 수 없이 매카시는 많은 적들을 만들었다. 트루먼 대통령을 비롯한 정부 관리들, 민주당 소속 의원들, 많은 공산주의자들과 동행자들이 그를 증오하고 혐오했다. 자연히 그를 파멸시키려는 음모들이 나왔고, 그것들은 점점 한데 모여 거대한 세력을 형성했다.

매카시의 활동 무대가 '타이딩스 위원회'였으므로, 매카시의 활동을 방해하고 그를 파멸시키려는 시도들은 거기서 먼저 나왔다. 타이딩스는 위원장의 권한을 매카시의 활동을 방해하는 데 이용했을 뿐 아니라 그를 모함하는 일에도 앞장을 섰다. 나아가서 자신이 주재하는 위원회가 임무를 수행하는 것을 방해했다. 당시 여당인 민주당이 다시 다수당이었으므로, 소수인 공화당 의원들은 타이딩스의 부당한 행태에 효과적으로 대응하기 어려웠다.

타이딩스와 민주당 위원들은 아예 매카시의 발언 기회를 봉쇄하려 시도했다. 매카시가 어떤 인물을 보안 위험으로 지목하면, 그렇게 지목된 사람은 위원회에 나와서 혐의를 부인하고, 매카시를 악한이라 비난하고, 명성 높은 사람들의 지지 성명들을 자신의 무죄를 증명하는 '증거'로 내놓았다. 그러면 타이딩스와 민주당 위원들은 그런 '증거'의 제출로 사실이 확인되었다고 인정하고서 증언 청취를 끝냈다. 매카시에겐 증인을 심문할 기회가 주어지지 않았다.

타이딩스는 오히려 증인이 매카시를 심문할 권리가 있다는 입장이었다. 장개석과 국민당 정부를 파멸시키고 모택동과 공산당이 중국을 장악하도록 한다는 정책을 수립하는 데 앞장선 필립 제섭의 증언 과정에서 이런 태도가 희비극적으로 드러났다. 매카시가 제섭을 심문하려 하자, 타이딩스는 이내 거부했다. 그리고는 "제섭 씨가 매카시 상원의원을 심문할 자격이 있으리라고 나는 생각합니다"라고 덧붙였다.

위원장 타이딩스의 해괴한 발언에 놀라서 모두 할 말을 잃었다. 그러자 매카시가 담담히 말했다. "제섭 씨가 내게 묻고 싶은 것이 있다면, 나는 기꺼이 대답하겠습니다."

타이딩스가 벌컥 화를 냈다. "잠깐. 매카시 상원의원, 나는 아직 당신에게 묻지 않았소."

이 장면에서 매카시의 인품과 식견이 언뜻 드러난다. 뒤에 그의 적들이 그를 '악마화'하는 데 성공해서 그는 혐오스러운 인물로 세상에 알려졌지만, 그는 높은 인품에 따르는 도덕적 용기와 통찰을 지닌 인물이었다. 그는 자신이 맞서기로 한 세력이 일반 시민들은 상상하기도 힘들 만큼 거대하고 힘이 있고 사악하다는 사실을 잘 알았다. FBI의 막강한 힘을 동원했음에도 불구하고 "공기가 샐 틈도 없다"고 판단한 '아메라시아 사건'을 끝내 놓친 에드거 후버의 경험에서 그는 그런 상황을 깨달았다. 그는 자신이 시작한 과업이 얼마나 힘들고 더디고 성공할 가능성이 작은지 잘 알았다. 그래서 그는 오히려 느긋했고, 타이딩스나 민주당 위원들의 비열하고 혐오스러운 행태들에 일일이 반응하지 않았다.

매카시의 이력과 성품

매카시는 1908년에 위스콘신의 작은 도시에서 태어났다. 그의 부모는 아일랜드계 이민 2세였는데, 독실한 천주교도들이었다. 당시 중서부로 이주한 이민들은 자기 땅을 가질 수 있다는 희망에서 변경 지역을 찾았고, 그들의 후예들은 작은 농장에서 열심히 일하면서 소박하게 살았다.

둘레의 다른 아이들과 마찬가지로 매카시는 어릴 적부터 일했다. 그는 식료품점에서 점원으로 일했는데, 쾌활하고 사람들과 잘 어울리고 열심히 일해서 평판이 좋았다. 그러나 일에만 매달려 교육을 받지 못하면 장래가 밝지 못하다는 것을 깨닫자, 그는 20세에 중학교에 입학했다(그가 휠링 연설에서 "입에 은수저를 물고 태어난 똑똑한 젊은이들"이 가장 나쁜 반역자들이 되었다고 지적한 것은 차가운 비판이 아니라 뜨거운 분노였다).

중학교에 다닐 때 그는 고향 도시에 전설을 남겼다. 4년 과정을 9개월에 마치면서, 그는 모든 과목들에서 최우수 평점을 받았다. 오전 5시에 일어나 밤늦게까지 공부한 덕분이었다. 이어 그는 밀워키의 예수회(Jesuit) 계열 마케트(Marquette) 대학에 진학했고, 주유소나 음식점에서 일하며 학비를 벌었다. 마침내 1935년에 법학 학사를 얻어서 고향 근처의 작은 도시에서 변호사 개업을 했다. 그러나 대공황 시기에 중서부 소도시의 변호사로는 생계가 어려웠다. 그는 순회판사 선거에 나서서, 열심히 선거운동을 한 덕분에 열세를 끝내 극복하고 당선되었다. 그래서 1939년에 위스콘신주에서 가장 젊은 판사가 되었다.

그는 법에 해박한 판사는 아니었지만 무척 부지런했다. 그래서 그동안 밀렸던 250건의 사건들을 빠르게 처리했고, 그 뒤로는 실시간으로 사건들을 심리할 수 있게 되었다. 이 일화에서 그의 성품의 한 자락이 다시 드러난다. 중서부 시골에서 자라난 이민의 후예로서 그는 "미루어진 정의는 거부된 정의다(Justice delayed is justice denied)"라는 법언法諺을 체득한 것이었다.

그는 판결에서도 정의에 대한 직관적 판단이 뛰어났다고 전해진다. 이혼 소송을 다룰 때면 그는 여인들과 아이들의 이익을 위해 마음을 썼다. 그리고 거대한 생산자들이나 기관들로부터 소비자들이나 개인들의 권익을 지켜 주려 애썼다.

태평양전쟁이 일어나자 그는 해병대에 입대했다. 판사에다 나이가 33세여서 징집 대상이 아니었지만, 그는 선뜻 지원했다. 이 일은 당시 주목을 받아 많이 보도되었다. 그는 남태평양에서 정보장교로 복무하면서 일본군 지역으로 출격한 조종사들의 정보신문(debriefing)을 맡았다. 그래서 지상에서 근무했지만, 그는 후미사수(tail gunner) 겸 사진촬영수로 열 차례 넘게 출격했고, '후미사수 조(Tailgunner Joe)'라는 별명을 얻었다. 그런 공을 인정받아 니미츠 제독으로부터 훈장을 받았다.

1946년 매카시는 상원의원 선거에 나섰다. 공화당의 예비선거(primary)에서 그는 로버트 라폴레트(Robert M. La Follette Jr) 상원의원과 맞섰다. 라폴레트는 위스콘신에서 명망이 높은 가문의 후예였고 현임 상원의원의 이점을 누렸으므로, 이름이 알려지지 않고 후원 조직도 없는 매카시는 승산이 없다고 여겨졌다. 그러나 매카시는 열심히 선거운동을 해서 이겼다. 이어 본선거에서 수월하게 이겨 최연소 상원의원이 되었다.

어릴 적부터 일해서 생계를 꾸리다가 뒤늦게 중학교에 들어가서 용기와 노력으로 끝내 38세에 미국 정치계의 최고 지위에 오른 매카시의 경력은 전형적 입지전이었다. 그러나 그의 적들은 집요하게 이런 경력에 흠집을 내려 시도했다. 그들의 시도는 성공하지 못했고 오히려 그의 삶이 깨끗했음을 드러내곤 했다. 그의 납세 기록은 전형적이다. 일반적으로 정치가들은 정치자금을 받으므로 탈세나 절세를 시도하게 된다. 탈세 판정은 정치가에게 치명적이므로, 매카시의 적들은 그의 탈세 의혹을 거듭 퍼뜨리면서 조사를 촉구했다. 1955년에 국세청은 철저한 조사 끝에 매카시가 세금을 너무 많이 냈다는 판정을 내리고 1,056달러를 돌려주었다.

놀랍지 않게도, 매카시는 사회적 약자들에게 마음을 썼다. 그가 승강기 운전자들, 서기들, 비서들과 같은 사람들과 친구가 된 일화들은 많다. 의회의 회기가 끝났을 때, 그가 노스다코타의 밀 농장에서 보통 노동자로 일했는데 농장주가 그의 신분을 끝내 눈치채지 못했다는 일화도 전해 온다. 그런 태도는 그가 관심을 보인 의제들에도 반영이 되었으니, 그는 저가 주택 보급을 위한 입법에 힘썼고, 전쟁이 끝난 뒤 미군 요원들이 나치 독일 병사들을 고문한 일을 추적했다.

상원 소위원회의 위원장으로 활동할 때 매카시가 너그럽고 공정하게 회의를 진행한 것은 이런 성품과 관련이 있을 것이다. 그는 공정하고 솜씨 좋은 위원장이었고, 동료 의원들을 잘 대했고, 인내심이 많아서 극단적 경우가 아니면 의사봉을 두드려 말을 막지 않았다고 그와 함께 일한 사람들과 의회 기록이 증언했다.

매카시는 몸이 건장했고 두려움이 없었다. 그는 대학에서 권투 선수를 했는데, 기교를 추구하는 스타일이 아니라 상대와 맞부딪치는 스타일이었다. 그는 상대에게 한 대를 맞히기 위해서 자신도 한 대 맞는 것을 피하지 않았다고 한다. 그런 태도는 정치계에 입문한 뒤에도 이어져, 자신의 소신만을 따라 행동했다. 그는 옳은 일을 위해선 자신에게 돌아올 정치적 피해를 고려하지 않았고 상대를 가리지 않고 싸웠다.

매카시의 성격과 이력은 워싱턴 정가의 풍토에 맞지 않았다. 상원은 인간관계들이 촘촘히 얽힌 사회였고 서로 돕고 타협하는 집단이었다. 그는 업무들을 배정하고 중요한 결정들을 내리고 입법의 흐름을 주도하는 '클럽'에 속하지 않았고 속하려 노력하지도 않았다. 그는 상원의 실력자들에게 존경하는 마음도 공손한 태도도 보이지 않았다. 그는 자신이 중요하다고 판단한 일들을 자신의 성격에 맞게 다루면서 자기 길을 걸었다. 그는 누구에게도, 어떤 집단에도 얽매이지 않은 '진정한 무소속(maverick)'으로 워싱턴에 왔고 머물렀고 떠났다.

자연히 그는 상원의 실력자들이 가장 경계하는 존재, 즉 '통제할 수 없는 구성원(uncontrollable member)'이 되었다. 그는 민주당 실력자들만이 아니라 공화당의 중진들도 경계하는 인물이 되었다. 이런 사정이 그의 몰락을 부른 요인들 가운데 하나다.

워낙 오랫동안 '악한'으로 치부된 터라, 지금 두껍게 덮인 거짓말들의 지층을 파헤쳐 매카시의 행적을 제대로 드러내기는 무척 어렵다. 그의 성품과 태도를 이해하기는 더욱 어렵다. 좌파로부터 함께 공격을 당했던 FBI 국장 에드거 후버의 얘기는 그래서 음미할 만하다. 그는 매카시가 한 일들을 가장 잘 알았을 뿐 아니라, 그가 그렇게 힘들고 위험한 일들을 하게 된 사정을 가장 잘 이해할 수 있는 처지에 있었다.

> 매카시는 해병이었다. 그는 아마추어 권투 선수였다. 그는 아일랜드계다. 그것들이 합쳐지면, 남들에게 휘둘리지 않는 활기찬 개인이 나온다. (…) 분명히 그는 말썽이 따르는 사람이다. 그는 진지하고 정직하다. 그는 적들을 가졌다. 당신이 어떤 종류든지 나라를 전복하려는 사람들(subversives)을 공격하면, 당신은 나올 수 있는 가장 극단적으로 악랄한 비난의 희생자가 되게 마련이다.

그는 역사상 가장 강력하고 무서운 국가 전복자들과 혼자 싸웠다. 그리고 졌다. 그에게 퍼부어진 "나올 수 있는 가장 극단적으로 악랄한 비난"은 그 사실을 증언한다.

타이딩스 위원회의 실패

'타이딩스 위원회'는 단일 임무를 위해 한시적으로 설치된 소위원회였다. 그러나 공산주의 세력이 갑자기 위협적이 된 당시 국제 정세 속에서, '국무부 직원들의 충성심 조사'는 트루먼의 민주당 정권에 근본적 위험이 될 수도 있었다. 만일 매카시가 주장한 대로 국무부 직원들 가운데 여럿이 공산주의자들이거나 동행자들임이 드러나면, 그들이 미국의 외교 정책을 수립하고 집행한 것이 문제의 근원이라는 비판으로 이어질 터였다.

그래서 밀라드 타이딩스 위원장을 비롯한 민주당 위원들은 매카시의 활동을 방해해서 위원회를 무력하게 만든다는 전략을 추구했다. 그리고 백악관, 국무부 및 법무부의 협력을 얻어 매카시를 공격하는 데 쓸모가 있는 정보들을 확보했다. 그러다 보니 타이딩스 위원회는 정상적으로 운영되지 못했고, 이상한 장면들이 잇달아 나왔다.

매카시가 처음 자신의 의견을 개진하려고 발언대에 서자, 타이딩스와 다른 민주당 상원들은 자기들의 질문에 먼저 대답하라고 그를 윽박질렀다. 그는 그런 질문들에 대해 차차 답변하겠다고 대꾸하면서 자신의 의견을 개진하려 했다. 그러자 타이딩스가 화를 내면서 선언했다.

"당신은 이 청문회가 열리도록 만든 사람의 입장에 있고, 내가 이 위원회와 관련이 있는 한, 내 능력이 미치는 한도에서, 당신은 우리 공화국의 역사에서 나온 가장 완벽한 조사의 대상이 될 것이오."

타이딩스의 선언대로 그들은 매카시를 위원회의 일원이 아니라 피의자로 대했다. 그리고 막무가내로 그의 발언을 끊고 같은 질문들을 했다. 매카시는 100번 넘게 발언이 끊겼다고 술회했다. 보다 중립적인 자료에 따르면, 매카시는 250분 동안 발언대에 서서 85번 발언이 끊겼고 실제로 자기 의견을 개진한 시간은 17분이었다. 의회 연설의 방해에서 이 기록은 쉽게 깨어지지 않을 것이다.

타이딩스와 민주당 의원들은 자신들이 위원회를 장악했고 행정부로부터 제공받은 정보들을 통해 매카시의 약점들을 알고 있었으므로 그를 쉽게 제압할 수 있으리라고 여겼다. 그러나 그 시골뜨기 초선 의원은 그들의 예상보다 훨씬 부지런했고 임기응변에 뛰어났다. 무엇보다도, 그는 사명감이 깊어서 좀처럼 물러서지 않았다.

이 점은 가장 큰 주목을 받은 증인인 오언 래티모어의 조사에서 잘 드러났다. 원래 FBI가 맨 먼저 확보한 공산주의자들에 관한 정보들이 '아메라시아 사건'에서 나왔고, '누가 중국을 잃었나?' 논쟁이 뜨거웠으므로, 매카시의 증인 목록엔 래티모어를 비롯한 중국 전문가들이 많이 들어 있었다. 타이딩스는 래티모어를 극진히 대접했다.

증언을 시작하면서, 래티모어는 타이딩스에게 물었다. "내가 읽을 동안 방해받지 않을 수 있을까요?"

타이딩스는 선뜻 대답했다. "예, 래티모어 박사님."

그러자 래티모어는 청문회의 기록으로 남기기 위해서 가져온 원고를 읽기 시작했다. 1만 단어가량 되는 그의 원고를 다 읽는 데는 방해받지 않고도 2시간 반이 걸렸다. 그 원고에서 그는 자신의 삶과 이력과 저술들을 자세히 밝히고 매카시를 날카롭게 비난했다.

며칠 뒤 매카시는 타이딩스가 예상하지 못한 증인을 불렀다. 루이스 부덴즈(Louis Budenz)는 미국 공산당 기관지 〈데일리 워커(Daily Worker)〉의 편집자였는데, 일리저버스 벤틀리와 비슷한 시기에 자수하고 전향한 사람이었다. 공산당 기관지의 편집자였으므로 부덴즈는 공산당의 조직과 방침에 대해 상세히 알고 있었다. 부덴즈는 미국 공산당 간부들

타이딩스 위원회 보고서는 국무부 직원들의 충성심엔 문제가 없고 오히려 매카시의 의혹 제기가 "사기"라고 확언했다.

로부터 래티모어가 당의 첩자라는 얘기를 들었고, 그런 신분에 맞게 대하라는 지시를 받았다고 증언했다. 그리고 래티모어가 공산당을 위해 네 차례에 걸쳐 한 일들을 설명했다. 그리고 공산당이 래티모어에게 부여한 핵심 임무는 "중국 공산당이 혁명가들이 아니라 개혁가들이라고 선전하는 것"이었다고 말했다.

타이딩스 위원회의 청문회들은 큰 관심을 끌었다. 그리고 타이딩스와 그의 동료 민주당 위원들의 노력에도 불구하고, 증언들을 통해서 국무부 직원들이 실제로 공산주의자들이거나 동행자들이라는 결론을 내리는 사람들은 늘어났다. 한국전쟁이 일어나서 공산주의 세력에 대한 경각심이 높아지자 그런 경향은 더욱 두드러졌다.

상황이 자신들에게 불리하게 되자, 타이딩스와 민주당 위원들은 서둘러 위원회를 종료하기로 결정했다. 공화당 위원들과 전문위원들의 항의에도 불구하고 그들은 7월 17일 위원회가 업무를 완수했다고 선언했다. 위원회가 작성한 보고서는 국무부 직원들의 충성심과 국무부의 보안 상태엔 문제가 없다고 주장했다. 문제는 오히려 매카시에게 있으니, 그의 의혹 제기는 "사기"라고 확언했다.

[매카시는 충성심에 문제가 있다는 의혹을 받는 110명의 명단을 위원회에 제출했다. 이들 가운데 62명이 당시 국무부에서 일했다. 위원회는 이들이 모두 충성심에 문제가 없다고 판정했다. 그러나 1년 안에 국무부의 보안 심사 부서는 62명 가운데 49명에 대한 소추를 촉구했다. 그리고 1954년 말까지는 매카시의 명단에 오른 사람들 가운데 81명이 정부 일자리에서 사직하거나 해고되었다.]

매카시의 마셜 공격

1951년 6월 14일 매카시는 상원에서 7만 단어에 이르는 긴 연설에서 공산주의 세력의 득세와 자유주의 세력의 약화에 조지 마셜 원수의 책임이 크다고 주장했다. 그는 이 연설을 조금 고치고 확충해서 『미국의 승리로부터의 후퇴: 조지 캐틀레트 마셜 이야기 (America's Retreat from Victory: The Story of George Catlette Marshall)』를 펴냈다.

이 연설을 하기 몇 달 전에 그는 국제 정세의 변화를 명쾌하게 설명할 이론을 발견했다. 제2차 세계대전 기간에 육군 참모총장을 지냈고, '국공내전'의 결정적 시기에 트루먼 대통령의 특별사절로 중국 문제를 다루었고, 이어 국무장관을 지냈고 지금은 국방장관인 마셜이 중요한 고비마다 잘못되었을 뿐 아니라 러시아의 목표들을 돕는 정책들을 폈다는 얘기였다. 원래 이 이론은 명성이 있는 저널리스트인 포레스트 데이비스(Forrest Davis)가 세운 것이었는데, 그는 결정적 사건들에서 핵심적 역할을 한 인물들의 회고록들로부터 자신의 이론을 떠받칠 증거들을 찾아냈다. 데이비스는 자신의 원고를 매카시에게 넘겼고, 매카시는 그것을 국제 정세에 관한 명쾌한 설명으로 받아들여 자신의 연설의 바탕으로 삼았다.

매카시는 전쟁 기간에 나온 결정적 고비들에서 마셜의 선택이 줄곧 문제적이었다고 지적했다. 매카시가 지적한 많은 사항들 가운데 중요한 것들은 넷이었다.

1) 영국과 러시아가 대립했을 때면 마셜은 으레 러시아 편을 들었다. 히틀러의 침공을 받은 스탈린이 서부 유럽에 '제2 전선(second front)'을 요구했을 때, 처칠이 주장한 독일의 "연약한 아랫배"인 이탈리아와 발칸반도에 상륙하는 대신 프랑스 북부에 상륙하는 방안을 채택해서 러시아가 동유럽을 점령하는 데 도움을 준 것은 대표적이다.
2) D데이 이후 미군과 영국군이 독일로 진격할 때 미군 지휘부가 이상하게도 진격을 늦춰서 베를린을 먼저 점령할 수 있는 기회를 포기했고, 체코슬로바키아에선 일부러 물러났다. 덕분에 러시아는 베를린 지역을 차지했고 유럽 동부를 완전히 장악했다. 그처럼 설명하기 힘든 미군 지휘부의 결정 때문에 '베를린 위기'가 나와서, 미국과 러시아 사이에 전쟁이 일어날 위험을 키웠다.
3) 얄타 회담에서 미국이 러시아에 한 양보들은 너무 컸는데, 그때

마셜은 결정적 잘못들을 저질렀다. 특히 러시아가 일본과 싸우도록 유도하기 위해 동아시아에서 많은 양보들을 했는데, 그런 양보가 필요했다고 보기 어렵다. 특히 만주에 관해서 한 양보는 중국의 공산화에 결정적 기여를 했다.

4) 국공내전이 다시 벌어졌을 때 마셜은 중국에서 트루먼 대통령의 특별사절로 미국의 정책을 세우고 집행했다. 그 과정에서 국민당 정부군이 이기는 것을 거듭 막았고, 결국 공산당이 중국 대륙을 차지했다.

이런 고비들에서 마셜은 자신의 큰 영향력으로 미국과 자유세계의 이익보다는 러시아와 공산주의의 이익을 위하는 선택이 나오도록 유도했다고 매카시는 지적했다. 이런 결과는 "거대한 음모"에서 나왔다고 볼 수밖에 없다면서, 그는 마셜이 의도적으로 미국의 이익을 해쳤다고 진단했다.

패배의 전략에 기여하는 이 결정들과 행동들의 끊어지지 않는 시리즈를 우리는 어떻게 생각해야 합니까? 그것들은 무능으로 돌릴 수 없습니다. 만일 마셜이 그저 어리석었다면, 확률의 법칙은 그의 결정들의 일부는 이 나라의 이익에 봉사하도록 만들었을 것입니다.

당시 마셜은 미국에서 가장 존경받는 사람들 가운데 하나였고 높은 국제적 명성을 누렸다. 그런 인물을 공격한 것은 앞만 바라보고 나아가는 매카시다운 행동이었지만, 그것은 필연적으로 거대한 반작용을 불렸다. 특히 거센 반발을 부른 것은 마셜이 의도적으로 미국의 이익을 해쳤다는 비난이었다. 이것은 객관적으로 나쁜 결과에서 주관적 의도를 추론하는 일이어서, 논리적으로 약하고 실제적으로 구체적 증거를 내놓기 어렵다. 마셜이 공산주의자나 러시아의 첩자라는 의심을 받은 적도 없었다. 자연히 마셜보다는 매카시 자신이 궁지로 몰렸다. 그 바람에 미국의 외교 및 군사 정책들이 잘못 설계되고 집행되었다는 사실에 관한 논의는 이루어지지 못했다. 결과적으로 마셜에 대한 비난은 매카시에 대한 적대감을 키워서 그의 파멸에 기여했다.

이런 분위기를 반영해서, 1951년 8월 6일 코네티컷 출신 민주당 상원의원 윌리엄 벤튼(William Benton)은 매카시를 상원에서 축출하는 것을 목표로 삼아 조사에 착수할 것을 발의했다. 이것은 상원의 역사에서 선례가 아주 드문 일이었다. 벤튼은 국무부 차관보로 일한 적이 있어서 매카시에 대한 반감이 컸다. 벤튼의 발의는 아이오와 출신 민주당 상원의원 가이 질레트(Guy Gillette)가 위원장인 '특권과 선거 소위원회(Subcommittee on Privileges and Elections)'에 배당되었다.

벤튼이 제시한 매카시의 혐의들은 모두 10개였다. 이것들 가운데 매카시가 조립주택 회사를 위해 주택에 관한 소책자를 집필하고 1만 달러를 받은 것 하나만 문제가 되고, 나머지 항목들은 철저한 조사 끝에 실체가 없다고 판명되어서 대부분 보고서에 언급되지도 않았다.

매카시는 자신의 재무 상태를 '질레트 위원회'가 다루는 것에 거세게 항의했다. 그 소위원회는 선거를 다루는 기구였는데, 매카시의 책자 계약은 그의 상원의원 선거와 아무런 관련이 없었다. 그러나 소위원회는 그렇게 할 권한이 있다고 답변하고서 조사를 진행했다.

이어 소위원회는 매카시의 재무 상태를 무기한으로 소급해서 조사하기로 결정했다. 원래 벤튼이 매카시에 대해 조사를 발의할 때는 "상원의원으로 당선된 이후"의 행위들만을 조사하기로 되었는데, 벤튼과 질레트가 규정을 바꾸면서 그의 재무 거래들을 다 조사하기로 한 것이었다. 그 뒤로 소위원회는 그의 소득, 은행 거래 내역, 차용증, 주식 거래, 납세 기록 등 생각해 낼 수 있는 금전 거래들은 모두 뒤졌다. 이어 그의 부친, 형제들, 처남, 친구들, 참모들 및 지지자들의 비슷한 자료들이 조사되었다. 조사가 아니라 합법을 가장한 박해였다.

이처럼 17년 동안의 자료들을 철저히 조사했지만, 소위원회는 매카시가 불법적인 거래를 했다는 증거를 단 하나도 찾지 못했다. 매카시에 대한 조사들이 번번이 그러했듯이, 역설적으로 이번에도 철저한 조사는 매카시가 보기 드물게 정직한 사람임을 보여 주고 끝났다.

조사상임소위원회

1952년 11월의 선거에서 공화당 대통령 후보 아이젠하워는 민주당 대통령 후보 애들레이 스티븐슨(Adlai Stevenson)에게 크게 이겼다. 유권자 투표에선 11퍼센트 가까이 앞섰고, 선거인단 투표에선 442 대 89로 이겼다. 국회의원 선거에서도 공화당은 의석을 늘려서 상원과 하원을 장악했다. [대통령과 상하원을 모두 상대 당에 내어준 야당이 한 번의 선거로 세 곳 모두를 장악한 경우는 이후로 없었다.]

공화당의 압승에 가장 크게 기여한 것은 아이젠하워의 높은 인기였다. 보다 근본적 요인은 막바지에 이른 한국전쟁이었다. 미국 시민들은 공산주의자들과의 싸움에서 공화당이 민주당보다 나으리라고 판단한 것이었다. 자연히 매카시는 전국적 주목을 받았고, 동료 공화당 후보들로부터 찬조 연설을 해 달라는 요청을 받았다. 자신은 위스콘신에서 여유 있게 이겼다. 공화당의 압승에 매카시가 크게 기여했다는 것은 그를 공격하고 모함한 민주당 의원들이 모조리 낙선했다는 사실에서도 엿볼 수 있다. 지금은 믿어지지 않지만, 당시 공화당에서 매카시는 아이젠하워 대통령 다음으로 주목과 존경을 받는 지도자였다.

1953년 1월 매카시는 상원 정부운영위원회(Government Operations Committee)의 위원장과 산하 소위원회인 조사상임소위원회(Permanent Subcommittee on Investigations)의 위원장이 되었다. 이 두 직책은 정부의 활동들을 널리 살필 수 있는 영향력이 큰 자리들이었고, 그는 곧바로 두 위원회를 활발하게 운영했다. 다수당의 권한을 이용해서 온갖 횡포를 부렸던 민주당 의원들과는 달리 매카시는 위원회들을 공정하고 원활하게 운영했고, 민주당 위원들의 의견을 경청했다. 그래서 그에 대한 부정적 선입견을 품었던 민주당 의원들이 공개적으로 그를 높이 평가했다.

매카시가 큰 관심을 갖고 살핀 문제들 가운데 하나는 미국의 정책을 해외에 알리는 기구들의 실태였다. 큰 예산을 쓰는 홍보 부서들이 흔히 미국과 자유세계의 이익을 해치는 내용을 전파해 왔음이 드러난 것이었다.

그가 특히 큰 관심을 보인 문제는 한국에서 공산주의 세력과의 치열한 싸움이 세 해째 이어지는 상황에서 '미국의 소리(Voice of America, VOA)' 방송이 공산주의 세력에 대해선 너그럽고 호의적이면서, 정작 공산주의 세력으로부터 자유세계를 지키는 대한민국에 대해선 늘 거칠게 비판해 왔다는 사실이었다. 그는 VOA의 정책이사 에드윈 크레츠먼

(Edwin Kretzmann)을 청문회에 불러서 상황을 확인했다.

매카시 선거가 치러지기 바로 전에 VOA의 시설을 통해서 남한으로 송출된 당신의 방송들이 이승만에 대해서, 당신 얘기대로 그의 방법들에 관해서 비판적이었다는 점에 대해선 이론이 없다는 것이죠? 이 점에 대해선 이론이 없죠, 있습니까?

크레츠먼 맞습니다.

매카시 그리고 그 결과로 남한 정부는 VOA가 남한 정부의 방송 시설을 이용하는 것을 거부했다, 이것이 맞는 얘기인가요?

크레츠먼 맞습니다.

(…)

매카시 당신들은 이승만에 관한 이런 방송들에서 호의적 논평들을 내보낸 적이 있습니까?

크레츠먼 없습니다. 왜냐하면, 당시 미국 언론이나 유럽 언론에서 [이승만에 관한 호의적 논평을] 찾을 수 없었기 때문입니다.

이 대화는 매카시의 공정성에 대한 예민한 감각과 공산주의자들의 교활한 행태에 대한 통찰을 잘 보여 준다. 여기서 논의된 '남한의 선거'는 1952년 7월의 '제1차 개헌(발췌 개헌)'과 다음 달에 치러진 정부통령 선거를 가리킨다. 어떤 사람이나 나라에 대해서 결점들만을 얘기하고 장점들은 언급하지 않으면, 설령 그 얘기가 사실이라 하더라도 그것은 편향적이 된다. 우세한 무력으로 침공한 적군과 생존을 위해 힘들게 싸우는 나라에 대해선 편향적으로 보도하고 침공한 나라에 대해선 아무런 얘기도 하지 않으면, 편향성은 더욱 커진다. 매카시는 "호의적 논평을 내보낸 적이 있습니까?"라는 가벼운 질문 하나로 공산주의자들이 들끓는 미국 공보기관의 문제점을 또렷이 부각시킨 것이었다.

매카시가 '조사상임소위원회'를 주재한 기간은 한 해 남짓했다. 이 짧은 기간에 그의 소위원회는 엄청난 일들을 해냈다. 그가 그런 성과를 낼 수 있었던 비결들 가운데 하나는 그가 유능한 보좌관들의 도움을 받았다는 사정이었다. 특히 수석보좌관 로이 콘(Roy Cohn)과 차석보좌관 로버트 케네디(Robert Kennedy)는 능력이 뛰어났고 매카시에게 끝까지 충성하면서 그를 도왔다. 중서부의 가난한 농장에서 태어난 매카시는 동부의 명문 케네디 가문과 아일랜드계 천주교도라는 공통점 덕분에 가까웠고, 존 케네디 대통령과 로버트의 아버지인 조지프 케네디(Joseph P. Kennedy Sr)의 도움을 많이 받았다.

매카시의 소위원회가 VOA의 실태를 조사했을 때, 로버트 케네디는 미국의 동맹국들과 공산주의 중국 사이의 무역에 대해서 조사했다. 한반도에서 국제연합군과 공산주의 중국군이 큰 손실을 보면서 치열하게 싸우는데, 미국의 동맹국들은 교역을 통해서 국제연합이 '침략자'로 규정한 공산주의 중국을 돕고 있었다.

로버트 케네디는 이 문제를 끈질기게 파고들어, 미국 의회가 공산주의 중국과의 교역을 금지했음에도 불구하고 미국 정부는 그런 금지를 제대로 시행하지 않아서 전쟁 물자들이 공산주의 중국으로 많이 흘러들어 간다는 것을 밝혀냈다. 케네디와 동료 보좌관은 상호안보처(Mutual Security Administration)를 관장하는 해럴드 스타슨(Harold Stassen)을 찾아가서 이 문제를 지적했다. 스타슨은 그 법이 동맹국 정부들의 행위들에만 적용되고 개인들의 행위들엔 적용되지 않으므로 미국 정부로선 할 수 있는 일이 없다고 설명했다. 케네디는 중국과의 교역에 이용되는 선박들이 주로 그리스 선적이라는 것을 확인하자, 선주들을 만나서 금지된 품목들을 중국으로 수송하지 않겠다는 약속을 받아 냈다.

케네디는 기자 회견에서 이 사실을 밝혔다. 이 일은 언론기관들과 시민들의 큰 관심을 끌었다. 덕분에 케네디는 주목을 받았고 매카시가 주도하는 소위원회의 위상도 높아졌다. 그러나 아이젠하워 행정부는 관료주의적 행태가 드러나면서 체면이 많이 깎였고, 그들이 매카시에게 품은 반감도 깊어졌다.

아이젠하워와의 불화

이처럼 1953년 초반에 매카시의 입지는 단단하고 앞날은 밝아 보였다. 그러나 그의 정치적 지평 위엔 먹구름이 빠르게 짙어지고 있었다. 가장 큰 위협은 아이젠하워 대통령이 그를 몹시 미워했다는 사실이었다. 비록 매카시는 아이젠하워에 대해 자기 정당의 대통령에 대한 배려와 예절을 소홀히 하지 않았지만, 두 사람의 출신과 인맥과 이념이 근본적으로 달라서 우호적 관계를 맺기는 어려웠다.

아이젠하워는 처음부터 루스벨트를 따르는 방대한 세력에 속했다. 그는 젊었을 적에 민주당의 좌파에 속했고 공화당에 적대적이었다. 그 뒤로 줄곧 민주당을 적극적으로 지지했다. 그래서 1952년의 선거에서 사람들은 그가 민주당 후보로 대통령 선거에 나가리라 예상했다. 연임을 포기한 트루먼도 먼저 아이젠하워를 민주당 후보로 삼으려고 시도했으나, 아이젠하워는 거절하고 공화당 후보로 나섰다.

아이젠하워는 루스벨트와 마셜의 특별한 배려 속에 많은 선배 장교들을 뛰어넘어 최고사령관이 되었다. 원래 그는 루스벨트와 별다른 인연이 없었다.

1940년 초가을 시애틀의 어느 만찬 모임에서 보병대대장이었던 아이젠하워 중령은 존 보티거(John Boettiger)와 그의 부인 애너 루스벨트 보티거(Anna Roosevelt Boettiger)를 만났다. 그녀가 누구인지 알게 되자, 아이젠하워는 만찬 내내 루스벨트 대통령의 업적을 칭송하고 그에 대한 존경심을 밝혔다. 다음 날 아침 애너는 워싱턴의 아버지에게 시애틀에서 뛰어난 군인이면서 그의 열렬한 팬인 사람을 만났다고 알렸다.

며칠 뒤 루스벨트는 아이젠하워를 워싱턴으로 불러 면담했다. 몇 주 뒤 아이젠하워는 3보병사단의 참모장이 되었고 곧바로 보직에 걸맞은 계급인 대령으로 진급했다. 넉 달 뒤인 1941년 3월 아이젠하워는 9군단 참모장으로 수직 상승했다. 다시 석 달 뒤인 6월엔 3군의 참모장이 되었다. 9월엔 준장으로 승진했다.

태평양전쟁이 일어나자, 마셜은 아이젠하워를 워싱턴으로 불러서 최고위 전쟁 계획에 참여시켰다. 루스벨트가 아이젠하워를 총애하고 대통령에게 영향력이 큰 그의 딸이 아이젠하워의 후원자라는 것을 알게 되자, 마셜도 아이젠하워를 자신의 제자(protégé)로 삼은 것이었다. 마셜은 1942년 2월에 아이젠하워를 전쟁계획국(War Plan Division)의 참모장 보좌관으로 임명했다. 3월에 전쟁계획국이 폐지되고 작전국(Operations Division)이 신설되자, 아이젠하워는 그 부서의 수장이 되었고 소장으로 진급했다. 1942년 7월에 그는 중장으로 진급했고 1943년 2월엔 대장이 되었다.

두 해가 좀 넘는 기간에 아이젠하워는 중령에서 대장에 오른 것이었

로젠버그와 에설 부부는 러시아의 첩자로 활동하며 원자탄 기술을 넘긴 죄로 사형을 선고받았다.

다. 그것도 연대장, 사단장, 군단장, 군사령관을 지내지 않고 참모직들만을 맡은 터에. 그렇다고 그가 참모로서 능력이 뛰어난 것도 아니었다. 그는 전략과 전술에 관한 지식과 능력에서 너무 부족해서, 그를 키워준 마셜도 고개를 저었고, 한번은 "당신이 맡은 직무에 비해 능력이 너무 떨어진다"는 불만을 전문으로 보내기까지 했다.

그러나 아이젠하워는 결정적으로 중요한 재능에서 뛰어났다. 그의 벼락출세 과정에서 드러났듯이, 그는 사람들의 호감을 사는 재능이 있었다. 그런 정치적 재능은 유럽의 전쟁을 총지휘하는 연합군 최고사령관으로 일했을 때 잘 발휘되었고, 뒤에 정치가가 되면서 그를 인기 높은 대통령으로 만들었다.

공화당 후보로 나서면서, 그는 자신과 성향이 비슷한 동부의 좌파 공화당원들을 지지 기반으로 삼았다. 이들은 미국 사회의 상류층으로 대통령 선거에서 트루먼에 맞섰던 토머스 듀이 뉴욕주지사의 추종자들이었다. 반면에, 매카시는 이민자들이 많은 중서부를 대변한 로버트 태프트 상원의원의 추종자였다. 출신과 인맥에서 이처럼 크게 달랐으므로 아이젠하워와 매카시는 가까운 사이가 되기 어려웠고, 조만간 부딪칠 수밖에 없었다.

두 사람이 부딪치게 된 직접적 계기는 매카시가 마셜을 비판한 상원 연설이었다. 루스벨트 정권에서 마셜이 차지한 위치가 워낙 중요했으므로, 마셜에 대한 비판은 루스벨트 정권의 정책과 성과에 대한 근본적 비판이었다. 아이젠하워가 마셜의 도움을 받아 유례가 없는 승진을 했고 마셜의 지시들을 충실히 따랐으므로, 마셜에 대한 비난은 아이젠하워 자신에 대한 공격이기도 했다. 특히 D데이 이후 미군이 베를린으로 직행하지 않고 머뭇거리도록 해서 러시아군이 베를린을 점령하도록 했다는 비판은 바로 아이젠하워 자신에 대한 공격이었다. 그 일에서 마셜이 큰 역할을 한 것은 사실이지만, 실제로 연합군을 지휘하고 스탈린과 긴밀하게 연락하면서 미국의 진격을 늦춰서 러시아군이 베를린과 체코슬로바키아를 차지하도록 한 것은 아이젠하워였다. 당연히 매카시의 연설은 아이젠하워 자신에 대한 직접적이고 중대한 위협이었다.

그래서 대통령 선거 운동을 시작할 때 이미 아이젠하워의 참모들은 매카시를 비난하라고 아이젠하워에게 건의했었다. 비록 그런 조언을 따르지 않았지만, 아이젠하워는 이미 매카시에 대한 공격을 조용히 준비하기 시작한 터였다.

정치적 상황의 차원에서도 아이젠하워는 매카시를 경계할 수밖에 없었다. 아이젠하워는 공화당에 뿌리를 깊이 내린 대통령이 아니었다. 공화당의 주류는 로버트 태프트를 중심으로 한 중서부의 보수적 정치가들이었다. 비록 태프트는 예비선거에서 아이젠하워에 졌지만, 공화당의 선거 공약은 그들의 주장을 따랐다. 공화당이 긴 패배의 세월 끝에 행정부와 입법부를 완전히 장악할 수 있었던 것은 민주당의 잘못된 정책을 완전히 버리겠다는 공약 덕분이었다.

"미국 정부는 공화당의 지도력 아래, 공산주의의 노예가 되는 것을 돕는 '얄타'와 같은 비밀 양해 사항들에 들어간 모든 약속들을 폐기한다."

이처럼 선명한 주장들과 정책들을 내세우는 공화당 주류가 세력을 얻으면 아이젠하워로선 공화당에 대한 장악력이 약해질 수밖에 없었다. 게다가 매카시의 명성과 인기가 빠르게 높아지는 터라서, 아이젠하워의 참모들은 1956년의 대통령 선거에서 매카시가 아이젠하워에 도전하는 상황도 고려하지 않을 수 없었다. 1954년의 갤럽 조사에서 미국 시민들의 50퍼센트가 매카시를 좋게 평가했고, 부정적으로 본 사람들은 35퍼센트에 지나지 않았다. 양당 정치가 뿌리를 내렸고 두 당이 팽팽히 맞선 미국의 정치 풍토에서 이런 지지율은 주목할 만한 성취였다.

몬머스 기지 문제

1953년 봄에 매카시는 뉴저지의 몬머스 기지(Fort Monmouth)에 심각한 보안 문제가 있다는 제보를 받았다. 몬머스 기지는 육군 통신대(Army Signal Corps)의 훈련 시설과 연구 시설이 모인 곳이었는데, 연구 시설은 인근 도시들에 들어선 여러 정부 및 민간 연구소들을 포함해서 규모가 크고 통제가 어려웠다. 제2차 세계대전 기간에 몬머스 기지에서 개발된 군사 기술들은 레이더, 미사일 방어 체계, 방공 체계 그리고 근접신관(proximity fuse)을 포함한 전자 무기들이었다.

원자탄 기술을 러시아에 넘긴 첩자로 악명이 높은 줄리어스 로젠버그(Julius Rosenberg)는 몬머스 기지의 '육군 통신대 공학연구소'에서 1940년부터 공학자 검사관(engineer-inspector)으로 일했다. 1945년에 미국 공산당의 당원이었다는 것이 드러나서 해고될 때까지 그는 많은 비밀 보고서들을 러시아에 넘겼다. 그가 아내 에설(Ethel)의 도움을 받아 러시아에 넘긴 군사 기술들은 극도의 보안 속에 개발된 레이더, 수중음파탐지기(sonar), 제트 엔진, 근접신관 그리고 핵무기 설계 기술을 포함했다. 로젠버그 부부는 1950년에 체포되어 1951년에 사형을 선고받았다.

매카시의 수석보좌관 로이 콘은 법무부에서 일할 때 로젠버그 부부의 기소에 관여했었다. 몬머스 기지의 보안에 심각한 문제가 있다는 제보를 받자 당연히 콘은 그 문제를 파고들었고, 방대한 자료들을 수입했다. 가장 정확하고 상세한 정보는 뉴욕의 1군본부 정보참모부의 방첩 전문가 벤저민 시헌(Benjamin Sheehan) 대위의 진술이었다.

시헌에 따르면, 이미 1951년 11월에 국방부의 정보참모부는 몬머스 기지의 보안을 크게 우려해서 조사를 시작했다. 시헌 자신이 5명으로 이루어진 조사단을 이끌고 직접 조사했는데, 충성심에 의심이 가는 인물들이 너무 많이 몬머스 기지에서 일한다는 것이 드러났다. 또 하나의 문제는, 연구 사업들에 종사하는 사람들이 사업과 관련된 자료들을, 극비 문서들까지도, 자기들의 개인 재산으로 여겨서 허락도 받지 않고 집으로 가져가서 복사한다는 사정이었다.

이 두 문제들이 결합해서, 몬머스 기지에서 생산되는 극비 정보들이 쉽게 외부로 유출되어 왔다는 것이 드러났다. 어떤 직원은 무려 2,700건의 문서들을 대출했는데, 이 문서들을 회수하려는 조사관들의 노력에도 불구하고 3분의 2가량은 찾을 수 없었다. 그래서 시헌은 의심스러운 인물들의 활동을 막을 조치와 공식 문서들의 관리를 엄격히 통제하는 조치를 건의했다.

상황이 워낙 심각했으므로, 시헌은 처음부터 몬머스 기지의 문제들을 공산주의자들의 첩보 활동의 관점에서 접근했다. 이미 '로젠버그 사건'이 터져서, 로젠버그 부부가 몬머스 기지에서 일하는 사람들로 조직한 러시아 첩자망 두 개가 드러난 터였다. 몬머스 기지에서 개발된 최신 무기가 한국전쟁에 참가한 북한 공산군의 수중에서 발견되었다는 사실도 관련된 사람들에게 상황이 심각함을 보여 주었다. 몬머스 기지의 문제는 러시아를 위해 일하는 공산주의자들의 첩보 활동으로 파악하고 접근해야 한다는 시헌의 보고는 육군 최고위층의 동의를 얻었다.

그러나 1952년 후반에 시헌이 그런 내용을 담은 공식 보고서를 올리자, 이상하게도 일이 진척되지 않았다. "우리는 국방부에 보고했는데, 거기서 우리의 조사는 실질적으로 죽었다"고 시헌은 진술했다. 시헌은 조사를 멈추라는 지시를 받았고, 조사를 중단하지 않자 질책을 받았다.

시헌의 얘기를 듣자 매카시와 보좌관들은 아주 비슷한 경우를 곧바로 떠올렸다. 1951년에 국방부 산하 통신대 정보처(Signal Corps Intelligence Agency, SCIA)에 근무하는 10명의 장교들이 이 부대의 보안이 너무 취약하다고 공개적으로 문제를 제기했다. SCIA는 군사 통신의 신경중추여서 중요한 정보들이 모이는 부서였는데, 공산주의자들이 많이 근무해서 보안이 유지되지 않는다고 그들은 지적했다. 심지어 극비 문서들이 도난당해서 회수되지 않는 경우들이 드물지 않다고 밝혔다.

이들이 SCIA의 보안 상황을 폭로하자 내부 조사가 이루어져서, 드러내 놓고 문제적 행동을 한 직원 몇이 면직되었다. 그러나 조사는 곧 멈췄고, 문제적 인물들의 제거는 이루어지지 않았다. 그래서 이들은 의회에 외부 조사를 요청하는 탄원서를 제출했다. 그래서 1952년 초에 의회와 시민들이 잠시 관심을 보였지만, 별다른 조치는 나오지 않았다. 의회와 시민들의 관심이 사그라지자, 이들 장교들에게 말썽을 일으키지 말라는 상부의 압력이 커졌다. 이들을 대표했던 부처장 앨런(O. J. Allen) 대령은 통신감의 질책을 받았다.

몬머스 기지의 허술한 보안을 살피는 과정에서, 매카시의 소위원회는 그때까지 잘 알려지지 않았던 사실들을 밝혀냈다. 두드러진 성과는 미국 공산당이 몬머스 기지 근처에 '쇼어 클럽(Shore Club)'이라 불리는 특별조직을 설치해서 기밀들을 수집해 왔음을 밝혀낸 것이다. 이들이 수집해서 러시아에 넘긴 자료들은 가늠하기 어려울 만큼 방대했다.

매카시가 입수한 미국 공군의 보고서에 따르면, 전향한 동독인 한 사람은 1950년에 러시아 기술자들과 함께 일할 때 몬머스 기지의 '에번스 통신연구소'에서 나온 자료들을 많이 이용했다고 진술했다. 매카시가 이 일을 육군 장군들에게 묻자, 그들은 처음엔 모른다고 대답했다. 그러나 매카시가 집요하게 캐묻자, 그들은 그 사실을 알고 있었지만 상부로부터 동독인의 자료가 "조작되었고" 그가 자신의 진술을 철회했으니 그 사건을 추적하지 말라는 지시를 받아 조사를 멈췄다고 진술했다. 상황이 심각하다고 판단한 매카시는 보좌관을 유럽에 보내서 상황을 파악했다. 그 전향한 동독인은 하랄트 뷔트너(Harald Buetner)라는 젊은 기술자임이 밝혀졌다. 그는 원래의 진술을 확인해 주면서, 러시아 기술자들 사이에서 '에번스 통신연구소'에서 유출된 자료들이 하도 많아서 러시아 기술자들은 그 연구소에 관해서 농담을 하곤 했다고 덧붙였다.

이런 조사를 통해서, 몬머스 기지의 보안 문제의 근원은 허술한 보안 자체보다 오히려 보안을 강화하려는 노력을 방해하고 그런 노력을 하는 사람들을 박해하는 세력이 군부 상층부에, 특히 국방부와 백악관에 있다는 것임이 드러났다. 그것이 매카시 소위원회가 거둔 가장 중요한 성과였다. 그리고 그렇게 방해하는 배후 세력의 정체를 드러내는 일이 매카시 소위원회의 핵심적 임무로 떠올랐다.

몬머스 기지의 보안을 방해해 온 군부 상층부 세력의 정체를 밝히려는 매카시 소위원회의 노력은 몬머스 기지 사령관인 커크 로턴(Kirke B. Lawton) 소장의 증언을 얻어 냈다. 1951년 몬머스 기지에 부임하자, 로턴은 기지의 보안이 너무 허술하다는 것을 발견하고 문제들의 시정에 나섰다. 그러나 그의 노력은 상부의 반대와 무관심에 막혀 번번이 좌절되었다. 몬머스 기지 사령관으로 부임한 때부터 매카시 소위원회의 조사가 시작될 때까지 1년 9개월 동안 로턴은 보안 위험이 있는 직원들을 모두 육군부에 올렸지만, 단 한 사람도 직무를 정지시키지 못했다. 기지사령관이 보안 위험인물들의 직무를 정지시키는 것을 금지한 육군장관의 훈령과, 기지 사령관의 보안 위험인물 판정을 으레 뒤집는 육군부 보안심사위원회(Security Screening Board)의 결정 때문이었다.

매카시 소위원회가 이 문제에 관심을 보인 뒤로, 보안 위험이 큰 사람들을 내보내는 일이 상당히 진척되었다고 로턴은 고마워했다. 매카시와 그의 소위원회가 몬머스 기지의 보안 문제를 조명하자 문제적 직원들을 내보내려는 사람들의 입지가 단단해졌고 반대하던 사람들이 나서지 못해서, 여러 해 동안 이루지 못했던 일들이 단숨에 이루어졌다는 얘기였다.

그러나 로턴의 증언은 그의 상관들의 미움을 샀다. 매카시에게 몬머스 기지의 사정을 너무 세세히 알려서 육군의 위신을 깎아내린다고 그들은 생각했다. 그들이 보기에 몬머스 기지의 가장 중대한 문제는 로젠버그 부부를 비롯한 많은 러시아 첩자들이 기밀들을 통째로 러시아에 넘기고 있다는 사실이 아니라, 매카시가 몬머스의 사정에 대해 너무 많이 안다는 사실이었다.

로턴도 그런 사정을 잘 알고 있었다. 매카시가 몬머스 기지의 보안에 관한 로턴의 태도를 치하하자, 로턴은 씁쓸하게 대꾸했다.

"예, 그러나 그 태도는 내게서 진급을 앗아갈 것입니다. 내가 여기 몬머스에서 살아남는다면 행운일 것입니다."

그러나 그는 기지의 보안이 워낙 문제적이어서, 자신이 받을 불이익을 무릅쓰고 소위원회에서 증언한 것이었다.

로턴의 불길한 예언은 곧 현실이 되었다. 그는 느닷없이 병명도 모른 채 월터 리드 병원에 입원되었고, 몬머스 기지의 실질적 지휘는 그에게서 떠났다. 1954년 봄이 되자 매카시 소위원회는 몬머스 기지의 보안 문제를 집중적으로 다루었다. 당연히 로턴 소장이 주요 증인으로 나오리라고 모두 예상했다. 그러나 그는 끝내 증언석에 나오지 않았다. 더욱 이상한 것은 매카시도 그를 부르려 하지 않았다는 점이었다. 그래서 소위원회의 동료 의원들이 어찌 된 일이냐고 물었다. 그 답은 한참 뒤에야 나왔다. 육군부가 매카시와 보좌관들을 협박한 것이었다. 만일 로턴이 증언하면, 그가 퇴역한 뒤에 받을 혜택을 제대로 받지 못하리라고. 그래서 소위원회는 로턴의 증언 없이 진행되었다. 증언 절차가 끝나자 육군부는 로턴을 박해하기 시작했다. 그는 1954년 여름에 몬머스 기지

사령관에서 물러났고 곧 예편되었다.

보안의 문제들을 용감하게 증언한 사람들을 보호할 힘이 없었다는 것은 매카시 소위원회의 치명적 약점이었다. 증인들은 로턴의 운명에서 중요한 교훈을 얻었다. 로턴이 억울하게 밀려나자, 매카시 소위원회는 문제점들을 밝히는 용감한 증인들을 찾을 수 없었고, 갑자기 동력을 잃었다. 매카시가 행정부의 적대적 태도에 효과적으로 대응할 길을 찾지 못했다는 것이 드러나자, 매카시의 적들은 일제히 역공에 나섰다.

1954년 1월 매카시의 소위원회는 뉴저지주 '캠프 킬머(Camp Kilmer)' 소속 군치의관 어빙 페레스(Irving Peress) 소령을 청문회로 소환했다. 페레스가 충성 심사에서 질문들에 답변하기를 거부해서 그를 제대시키라는 명령이 내려왔다는 제보에 따른 조치였다. 페레스는 자기부죄(self-incrimination)에 대한 보호를 규정한 헌법 수정 제5조를 들어 질문들에 대한 답변을 거부했다. [해당 조항은 "누구도 어떤 형사소송에서든지 자신에게 적대적인 증인이 되도록 강요받지 않는다(No person shall be compelled in any criminal case to be a witness against himself)"이다.] 그러자 매카시는 로버트 스티븐스(Robert T. Stevens) 육군장관에게 페레스를 군법회의에 회부하라고 요청했다. 같은 날 페레스는 그동안 집행되지 않았던 자신에 대한 제대 명령을 즉시 집행해 달라고 요청했고, 캠프 킬머 사령관 랠프 즈위커(Ralph W. Zwicker) 준장은 그의 명예제대를 허가했다.

매카시는 즈위커를 청문회로 불렀다. 즈위커는 변호인의 조언에 따라 매카시의 질문들에 대해 선별적으로 답변을 거부했다. "페레스에게 명예제대를 허가했을 때, 즈위커는 소위원회에서 페레스가 증언을 거부했었다는 사실을 알고 있었나?" 하는 매카시의 질문에 즈위커는 앞뒤가 맞지 않는 답변을 했다. 화가 난 매카시는 그의 지능이 "다섯 살 아이" 수준이라고 응수하면서 그는 "군복을 입을 자격이 없다"고 말했다.

즈위커는 원래 매카시와 소위원회에 호의적이었다. 실은 페레스에 대한 부당한 특혜에 대한 정보를 소위원회에 제보한 사람이 바로 그였다. 그러나 로턴이 사실대로 증언했다가 군 경력을 마감하는 것을 본 뒤로는 몸을 사리게 되었고, 이전에 매카시에 한 얘기들과는 달리 앞뒤가 맞지 않는 얘기들을 한 것이었다.

즈위커는 1944년 여름의 노르망디 상륙작전에서 D데이에 29보병사단의 선두부대를 이끌고 맨 먼저 '오마하 비치'에 상륙해서 전방 관측자 및 해안 관리자로 활약했다. 그런 활약으로 동성훈장을 받았고 곧 대령으로 승진했다. 이후 프랑스에서 독일군을 몰아내는 작전들에서 활약했다.

자연히, 매카시는 훈장을 많이 받은 전쟁 영웅을 모욕했다는 비난을 받았다. 당시 연합원정군 최고사령관으로 '대왕 작전'을 지휘했던 아이젠하워는 크게 분노했다. 그렇지 않아도 매카시에 대한 반감이 깊었던 아이젠하워는 매카시를 제재하라고 공화당 의원들에게 요구했다. 상당수의 공화당 의원들도 매카시가 당에 너무 큰 부담이 된다고 판단했다.

[진급하지 못하고 예편된 로턴과 달리, 즈위커는 중장으로 진급했다.]

매카시에 대한 상원의 견책

아이젠하워가 공개적으로 매카시에 대한 적의를 드러내자, 매카시의 적들이 움직이기 시작했다. 마침내 1954년 6월 버몬트 출신 공화당 상원의원 랠프 플랜더스(Ralph E. Flanders)가 매카시에 대한 견책(censure)을 발의했다. 매카시는 46개 항목의 부적절한 행위들을 했다는 혐의를 받았고, 그 혐의들을 조사하고 평가하기 위해 유타 출신 공화당 상원의원 아서 왓킨스(Arthur Watkins)를 위원장으로 한 특별위원회가 꾸며졌다. 이것은 매카시에 대해서 5년 동안에 다섯 번째로 시도된 조사였다. 매카시를 공격한 의원들이 주로 공화당 소속이라는 사실은 그에 대한 공격이 예사롭지 않다는 것을 가리켰다.

두 달 동안 조사와 토의를 거친 뒤, 왓킨스 위원회는 46개의 혐의들 가운데 2개 항목에 대해서만 견책을 하도록 권고했다. 하나는 1952년에 그의 개인적 및 정치적 생활에 대해 조사하던 상원의 소위원회와 "협력하는 데 실패했다"는 것이었다. 다른 하나는 매카시가 정부운영위원회의 청문회에서 즈위커 장군을 "과도하게 비난했다"는 것이었다.

둘째 혐의는 상원 본회의에서 기각되었다. 매카시의 "과도한 비난"은 즈위커의 불손한 태도로 촉발된 것이었고, 군 당국은 소위원회에 대해 경멸적 태도를 보였으므로, 매카시의 행동은 정당화된다고 판단한 것이었다. 그러자 왓킨스 위원회는 "매카시가 왓킨스 위원회를 공산당의 '의도하지 않은 시녀'이며 '사형私刑 집단'이라고 비난해서 상원의 위신을 떨어뜨리고 헌법적 절차를 방해했다"는 혐의로 대체했다.

이런 싸움이 이어지는 사이, 매카시를 지지하는 동료 의원들, 특히 인디애나 출신 윌리엄 제너(William Jenner)와 아이다호 출신 허먼 웰커(Herman Welker)는 견책 발의를 거세게 비난했다. 일리노이 출신 에버레트 덕슨(Everett Dirksen)과 애리조나 출신 배리 골드워터(Barry Goldwater)를 중심으로 한 몇 의원들은 견책을 피할 타협안을 모색했다. 이 방안은 매카시의 사과 발언과 견책이 아닌 가벼운 징계를 포함했는데, 매카시는 그런 타협을 거부했다. 타협안에 서명하라는 친구들의 요청을 받자, 그는 건네진 펜을 멀리 집어던졌다.

1954년 12월 상원은 매카시 의원 견책 동의안을 67 대 22로 가결했다. 민주당 의원들은 모두 찬성했고 공화당 의원들은 반반으로 갈렸다. 매카시 자신은 표결에 참여하지 않았다. 표결 전에 10여 명의 의원들이 매카시에게, 자신은 찬성하고 싶지 않지만 아이젠하워 대통령의 압력이 너무 크다고 실토했다. 매카시 이전에 상원의원이 견책을 받은 것은 5번이었을 만큼, 견책은 무거운 징계였다.

매카시에 대한 상원의 견책은 미국 정부에 명백히 존재하는 보안과 충성심의 위험에 대해 가장 높은 목소리를 내는 상원의원을 침묵시키려는 어리석은 시도라는 비판을 받았다. 실제로 그의 혐의들은 우스꽝스러운 것들이었다. 원래 제기되었던 46개 혐의들 가운데 44개는 왓킨스 위원회에서 기각되었다. 본회의에 회부된 2개의 혐의들 가운데 즈위커를 모욕했다는 혐의는 오히려 즈위커가 먼저 모순된 해명으로 매카시의 분노를 유발했다는 사정 때문에 기각되었다. 그 혐의 대신 들어간, 왓킨스 위원회를 비방했다는 혐의도 아주 경미한 사항이었고, 비슷하게 행동한 다른 상원의원들에겐 적용되지 않아서 문제적이었다.

첫째 혐의인 1952년의 상원 소위원회와 "협력하는 데 실패했다"는 혐의는 더욱 문제적이었다. 그 소위원회는 매카시를 '초청'했을 뿐 '소환'하지 않았는데, 그렇게 '초청'을 받고 응하지 않았던 의원들이 문제가 된 적은 없었다. 매카시의 행적을 조사한 소위원회의 위원인 상원의원 하나와 직원 둘이 매카시에 대한 '부정직한 행동'으로 사퇴했고, 소위원회가 매카시의 일이 "1952년의 선거로 실질적 의미가 없어졌다"고 판단했으며, 지난 의회에서의 문제로 벌을 받은 상원의원은 그때까지 없었다는 사정도 있었다.

이 과정에서 아이젠하워는 표면적으로는 간여하지 않는다는 입장을 취했다. 그러나 뒤에선 매카시에 대한 견책을 발의하도록 플랜더스를 부추겼다. 왓킨스 위원회가 매카시에 대한 조사를 시작하자, 아이젠하워는 왓킨스를 격려했다. 매카시에 대한 견책이 이루어지자, 왓킨스를 백악관으로 불러서 그의 공헌을 칭찬했다. 대통령 집무실을 나서자, 왓킨스는 기자들에 둘러싸였다. 대통령과의 면담에 대해 설명한 뒤, 그는 대통령이 자신이 추진하는 수리 사업을 적극적으로 지지했다고 만족스럽게 덧붙였다.

어느 모로 보나 상원의 견책은 부당하고 편파적이었다. 그러나 같은 당 대통령의 뜻으로 추진되어 매카시를 옹호할 세력이 사라졌으므로, 견책의 부정적 효과는 치명적이었다. 매카시의 신뢰도는 상처를 입었고 그에 대한 지지는 줄어들었다. 게다가 1954년에 민주당이 의회의 다수당이 되어 정부운영위원회의 위원장 자리에서 물러난 터라, 매카시가 상원에서 활동할 공간이 실질적으로 사라졌다.

그래도 그는 위축되지 않고 대중 연설을 통해 공산주의의 위협을 미국 시민들에게 알리려 애썼다. 그러다가 1957년 5월 48세의 젊은 나이에 급성간염으로 사망했다. 다섯 해 동안 혼자서 거대한 세력에 맞서 싸우느라 심신이 지친 터에 부당한 견책까지 당하자, 몸과 마음이 아울러 튼튼했던 그도 무너진 것이었다.

매카시의 국장엔 70명의 상원의원들이 참석했다. 그는 17년 만에 처음으로 상원 의사당에서 장례가 행해진 상원의원이었다. 3명의 상원의원들이 그의 관을 그의 고향으로 운반했고, 끝까지 그의 곁을 지킨 보좌관 로버트 케네디가 장례식에 참석했다.

매카시의 위대한 유산

매카시는 많은 적들을 상대해야 했다. 그는 자신의 적들이 누구인지 확실히 알 수 없었다. 그가 냉전을 "공산주의적 무신론과 기독교 사이의 전면전"이라고 규정했으므로, 근본적 수준에선 당시와 미래의 모든 공산주의자들과 동행자들이 그의 적들이었다. 그를 직접 공격한 세력만 하더라도 미국의 권력을 쥔 사람들을 거의 다 포함했다. 처음엔 트루먼 정권과 민주당이었고, 뒤엔 아이젠하워 대통령을 중심으로 한 공화당 좌파와 민주당 전체를 포함했다. 그리고 미국 지식인 사회의 다수가 기꺼이 그 세력에 가담했다. 그래서 그가 파멸을 맞는 것은 시간문제였다. 그는 그런 운명을 마다하지 않았다. 그는 굴욕적 타협을 거부하고 끝까지 자신의 믿음을 품고 싸우다가 쓰러졌다.

매카시의 삶이 워낙 강렬했고 그의 파멸이 워낙 극적이었으므로, 사람들은 그의 행적만을 살피고 그의 업적엔 별다른 관심을 보이지 않는다. 그의 수많은 적들이 그를 공격하는 데 쓴 주장들을 그대로 받아들여서, 그는 그저 미국 사회에 부정적 영향만을 끼친 인물에 지나지 않는다고 여긴다. 이것은 심각한 잘못이다.

매카시는 미국 정부에 침투한 공산주의자들을 찾아내어 그들에게 납치된 미국의 외교 정책들을 바로잡는 것을 목표로 삼았다. 그가 그런 목표를 위해 활약한 기간은 5년이 채 못 된다. 그 짧은 기간에 그는 미국 정부를 건강하게 만들었고, 공산주의 세력과 제대로 맞설 수 있는 정책들이 나올 가능성을 크게 높였다. 당연히 그는 미국과 자유세계를 위해 큰 공헌을 했고, 그런 공헌의 영향은 지금도 이어진다.

첫째, 매카시가 추구한 것은 미국 정부의 실상이었다. 그는 미국 정부에 공산주의자들이 침투해서 미국과 자유세계의 이익을 가장 근본적 수준에서 조직적으로 해친다고 여겼다. 그렇게 병든 미국 사회를 치료하려면 당연히 미국 정부의 실상을 밝힐 정보들이 시민들에게 공개되어야 했다. 그런 역할이 바로 의회의 기능이었다. 그래서 그는 의회의 위원회들에 속해서 청문회들을 통해서 정부의 실상을 밝힐 정보들을 얻으려 한 것이었다.

그의 노력 덕분에, 미국 시민들은 미국이 제2차 세계대전에서 이기고도 오히려 갑자기 강성해진 공산주의 러시아의 위협을 받게 된 사정을 이해할 수 있게 되었다. 중국의 공산화를 부른 '아메라시아 사건'과 미국의 최신 군사 기술들이 러시아로 넘어간 '몬머스 기지 사건'은 대표적이다.

반면에, 그의 적들은 의회에 당연히 제공되어야 할 그런 정보들을 감추려 애썼다. 특히 대통령인 트루먼과 아이젠하워가 그런 정보의 제공을 금지하는 명령을 내린 것은 정당화될 수 없는 행태였다.

매카시가 진실을 밝히려 애썼으므로, 그는 필연적으로 미국 사회를 건강하게 만드는 데 기여하게 되었다. 그의 적들은 진실을 감추려고 그를 방해하고 박해했으므로, 그들은 궁극적으로 미국 사회의 건강을 해칠 수밖에 없었다.

둘째, 정부 깊숙이 공산주의자들이 침투했다는 사실이 드러나면서, 주목을 받지 않는 자리에서 러시아와 공산주의를 위해 암약하던 첩자들이 숨을 곳이 없게 되었다. 그래서 그들은 미국의 정책들에 영향을 미치는 직책들에서 차츰 밀려났다. 지식인 사회에서 명성이 높고 영향력이 컸던 전문가들도 실체가 드러나자 힘을 많이 잃었다. 대표적인 경우는 중국 공산당을 그리도 추천했던 '중국 전문가들'이다.

셋째, 이런 과정을 통해서 자연스럽게 미국의 보안 체계가 갖추어졌다. 정부나 연구소들의 직원들이 기밀문서들을 사유재산으로 여겨서 마음대로 복사하고 아예 러시아 첩자들에게 넘겨서 원본까지 사라지던 상황에서, 차츰 튼튼한 보안 체계가 자리 잡았다. 이것은 언급된 적이 드물지만, 미국과 자유세계의 안보를 위해서 매카시가 한 큰 공헌이다.

넷째, 매카시는 처음부터 공산주의의 실체를 알리고 그것이 자유주의 사회에 위협이 되는 이유를 밝혔다. 그는 공산주의가 결코 자유주의와 공존하려 하지 않는다는 사실을 미국 시민들에게 일깨웠다. 덕분에 긴 루스벨트 집권기에 마비되었던 미국 시민들의 현실 감각이 많이 회복되었다.

다섯째, 청문회들로 러시아 첩자들의 행태를 밝힘으로써, 매카시는 미국 시민들이 공산주의자들의 됨됨이를 볼 수 있는 기회를 제공했다. 그래서 공산주의의 득세라는 목적에 이바지하는 일들은 모두 정당화된다는 공산주의 도덕률을 미국 시민들이 보도록 만들었고, 그들이 품었던 공산주의에 대한 환상을 깨뜨렸다. 매카시의 청문회 이후 미국 공산당의 당세가 빠르게 기울고 공산주의자임을 자랑으로 여기는 지식인들이 드물어졌다는 사실에서 이 점을 확인할 수 있다.

이런 공적은 앤 콜터(Ann Coulter)가 『반역: 냉전에서 테러와의 전쟁에 이르기까지 자유주의자들의 반역(Treason: Liberal Treachery from the Cold War to the War on Terrorism)』에서 간명하게 요약했다. [여기서 주의할 점은, 미국에선 '자유주의(liberalism)'의 뜻이 도착되어 좌파 이념을 뜻한다는 사실이다. 조지프 슘페터(Joseph Schumpeter)에 따르면 이런 도착은 20세기 초엽에 전체주의자들이 정치적 이유에서 자신들의 이념을 자유주의라고 강변하면서 시작되었고 20세기 중엽엔 이미 확립되었다.]

"반 세기 뒤, 자신들을 공산주의자들이라고 부르는 사람들은 무해한 괴짜들뿐인 지금, 매카시의 십자군운동의 중요성을 파악하기는 어렵다. 그러나 '공산주의자들'이 이제 '왕당파들'만큼 위협적으로 들리는 데엔 이유가 있다—그리고 그것은 매카시를 비난하고 하버드에서 교육받은 소비에트 첩자들을 칭찬한 용감한 〈뉴욕 타임스〉 논설들 덕분이 아니다. 매카시는 공산주의자인 것을 수치로 만들었다. 미국의 공산주의는 결코 회복할 수 없었다."

여섯째, 동아시아에서 냉전이 고비를 맞았던 1950년 초에 매카시는 혼자 힘으로 도도하던 공산주의의 물살을 막고 위태롭던 남한의 대한민국과 대만의 중화민국을 지켰다. 애치슨이 '방어선 연설'로 공산군들에게 남한과 대만을 침공해서 공산주의 영토로 만들라고 공개적으로 초대장을 보냈을 때, 그는 공산주의의 위협에 물러나서는 안 된다는 것을 미국 시민들에게 일깨웠다. 그래서 남한과 대만은 자유로운 세상으로 남아 자유와 번영을 누렸다. 비록 지금 남한과 대만에 그에게 고마워하는 사람들은 거의 없지만, 그가 수많은 사람들에게 자유롭고 풍요로운 삶을 누리도록 했다는 사실은 어떤 기준으로 평가하더라도 위업이다.

그의 공헌은 실은 남한과 대만에 한정되지 않는다. 남한과 대만이 자유세계의 전초기지 노릇을 수행한 덕분에, 서태평양은 공산주의 러시아나 중국의 내해가 되지 않았다. 중국이 남중국해를 자신의 내해로 만드는 데 진력해서 전쟁 위험이 부쩍 커진 지금, 매카시의 공헌은 더욱 높은 평가를 받아야 마땅하다.

매카시에 대한 부정적 평가

매카시가 죽었을 때, 사정을 누구보다도 잘 아는 에드거 후버는 "미국 시민들이 조 매카시가 그들을 위해 한 일에 대해 감사하게 되려면 50년은 걸릴 것"이라고 예측했다. 그의 예언은 틀렸다. 60도 더 지난 지금도 미국에서 매카시는 혐오와 경멸의 대상이다.

그렇게 된 이유들 가운데 가장 근본적인 것은, 매카시가 죽은 뒤엔 그를 옹호해 줄 사람들이 드물어졌다는 사정이다. 그의 적들은 늘 압도적으로 우세했지만, 그래도 그가 살았을 때는 그를 잘 아는 동료들과 언론인들이 그를 감싸고 대변했다. 그가 죽고 그를 알던 사람들이 은퇴하자, 그를 지켜 줄 사람들이 사라졌다.

게다가 그가 '정부운영위원회'와 '조사상임소위원회'의 위원장에서 물러나면서, 그가 이끌었던 청문회 자료들이 모두 일반인들은 접근할 수 없는 서고들로 들어갔다. 그의 보좌관들과 그들이 모았던 자료들도 흩어졌다. 자연히 그의 수많은 적들이 하는 주장들이 세상을 덮고, 그런 주장들을 반박하려는 사람들은 필요한 자료들에 접근할 수 없게 되었다.

1960년대에 큰 사회적 변화가 나왔다는 사정도 매카시에게 불리했다. 젊은 세대들은 전통적 질서에 반발하면서 혁명적 변화를 추구했다. '베트남 전쟁'에 대한 반대는 이런 기류들이 응집할 계기를 주었다. 이런 시류는 앨저 히스의 부활에서 잘 드러났다.

히스는 1954년에 출옥했다. 당시 그가 러시아의 간첩이었다는 판결을 의심한 사람은 그리 많지 않았다. 그러나 미국 정부에 침투한 러시아 첩자들을 찾아내려는 매카시의 노력이 무고한 사람들에 대한 공격이었다는 좌파의 끈질긴 비난은 점차 사람들의 인식을 바꾸었다. 그래서 러시아 첩자들로 판명된 사람들을 옹호하는 경향이 뚜렷해졌다. 히스의 재판이 가장 널리 알려졌으므로, 히스는 자연스럽게 '매카시의 박해를 받은' 사람들을 상징하게 되었다.

1960년대에 미국에서 급진적 좌파가 세력을 얻자, 히스는 지식인 사회의 영웅이 되었다. 그는 많은 모임들에 연사로 초대되었고 뉴욕 사교계에서 환영받는 인물이 되었다. 1972년의 대통령 선거에 민주당 후보로 나섰던 조지 맥거번(George McGovern)은 "히스가 미국의 안보에 대한 위협이었다는 주장은 긴 말 할 것 없이 믿어지지 않는다"고 말했다. 그해에 그의 변호사 자격이 회복되었다. 중요한 범죄를 저지르고 나서 매사추세츠주 변호사협회에 재가입이 허용된 첫 경우였다.

1996년에 죽을 때까지 히스는 자신이 러시아 첩자였다는 혐의를 부인했다. 그의 무죄를 믿었던 사람들이 부정할 수 없는 증거들로 그의 거짓을 깨닫고 떠나도, 그는 끝내 자신이 결백하다고 주장했다. 저술가 크리스티나 셸튼(Christina Shelton)은 "레닌주의 도덕에 충실하게, 히스는 결코 무너지지 않았다"고 썼다. 레닌주의 도덕의 핵심인 "목적은 어떤 수단도 정당화한다"는 신조에 따라, 히스는 자신의 거짓이 궁극적 진실이라 믿은 것이다.

매카시즘

매카시가 악한으로 전락한 직접적 이유는 '매카시즘(McCarthyism)'이란 말이 확고하게 뿌리를 내렸다는 사정이다. 매카시에 대해서 아는 것이 거의 없는 사람들도 매카시즘이 무엇을 뜻하는지 잘 안다. 그리고 그 말이 뜻하는 일들이 실제로 매카시와 그의 지지자들에 의해 일어났다고 믿는다. 그것은 아주 자연스러운 일이어서, 역사적 사실에 바탕을 둔 진정한 반론도 상황을 바꿀 수 없다. 거의 틀림없이 앞으로도 그러할 것이다.

매카시즘은 원래 '20세기 중엽 미국에 침투한 공산주의자들과 그들을 보호한 좌파에 대해서 매카시와 그의 지지자들이 절차적 정당성을 확보하지 못한 채 행한 공격'을 뜻했다. 그 뒤 이 말이 널리 쓰이게 되자, 매카시와 그가 이끈 상원의 위원회 및 소위원회와는 관계가 없는 1940년대 하원의 '반미국행위위원회(HUAC)'의 활동까지 싸잡아서 공격하는 말이 되었다. 그리고 점차 뜻이 확대되어, '좌파에 대한 부당하고 거친 공격'이라는 뜻으로 일반화되었다.

이처럼 매카시의 활동을 폄하하고 오도하는 말이 처음 쓰인 곳은 미국 공산당 기관지 〈데일리 워커〉다. 원래 이 말을 고안한 것은 러시아 비밀경찰 NKVD였다. NKVD의 계산대로, 미국의 좌파 지식인들은 이 말을 열광적으로 받아들여 무차별적으로 썼다.

HUAC의 활동들을 매카시와 연결시킨 시대착오를 제외하면, 매카시즘은 크게 보아 두 가지 주장들로 이루어졌다. 하나는 매카시의 인품에 관한 것이니, 그가 인품이 비열해서 증인들을 윽박지르고 모함해서 무고한 사람들을 공산주의자들이나 러시아 첩자들로 몰았다는 얘기다. 다른 하나는 매카시의 주장의 진실에 관한 것이니, 그가 미국 정부에 침투한 러시아 첩자들의 수와 영향력을 터무니없이 과장했다는 얘기다.

그의 인품에 관한 주장은 진실과는 거리가 멀다. 그가 이끈 소위원회 청문회들에 소환된 사람들은 모두 공산주의자들이거나 미국에 대한 충성심을 의심받는 사람들이었다. 그래도 그는 연방수사국, 국무부 보안 당국, 미군 방첩부대와 같은 기관들에 의해 보안 위험인물 혐의를 받는 사람들의 이름을 공개하는 것을 되도록 피하려 애썼다. 그래서 그는 이름 대신 번호를 썼다.

매카시가 상원에서 번호를 매긴 사건들을 설명하기 시작하자, 그를 극성스럽게 공격한 민주당 원내총무 스코트 루카스가 끼어들어 그 공산주의자들의 이름을 밝히라고 요구했다. 매카시는 자신이 번호를 대는 것은 "선량한 사람들을 보호하기 위해서"라고 대꾸했다. 그러자 루카스는 의회 안에서의 발언은 면책특권이 적용된다는 점을 얘기했다. 그리고 "만일 그 사람들이 공산주의자들이 아니더라도, 귀 의원은 보호받을 것입니다"라고 덧붙였다.

조리가 닿지 않는 루카스의 얘기를 듣자, 매카시는 다시 설명했다.

"나는 그들이 공산당원들이거나 공산주의자들에게 큰 도움을 주었다고 나 자신을 설득시킬 만한 증거들을 가졌습니다. 내가 틀릴지 모릅니다. (…) 이 사람들 가운데 몇은 건강보증서를 받을 수도 있습니다."

매카시는 이런 태도를 내내 유지했다.

매카시가 미국 정부에 침투한 러시아 첩자들의 수와 영향력을 터무니없이 과장했다는 얘기도 근거가 없음이 드러났다. 매카시가 그의 소위원회 청문회들에 부른 사람들 가운데 헌법 수정 제5조를 들어 증언을 거부한 사람들은 예외 없이 뒤에 러시아 첩자나 미국 공산당 당원이었음이 드러났고, 그들 가운데 상당수는 혐의가 구체화되자 해외로 도피했다. 그들을 옹호한 사람들이 모두 그들의 인권을 보호하려 매카시를 공격한 것도 아니었으니, 많은 경우들에서 그들이 러시아 첩자들로 밝혀지는 것을 막으려고 그들을 옹호한 것이다. 그리고 드물지 않게, 자신들이 공산주의자들이나 러시아 첩자라는 것이 밝혀지는 것을 두려워해서 매카시를 공격했다.

이 문제를 둘러싼 논란은 1990년대에 이르러 미국 육군의 비밀 감청 사업에 관한 자료들이 공개되면서 끝났다. 매카시는 미국에 대한 공산주의 첩자들의 위험을 과장한 적이 없었다. 실은 미국 정부에 침투한 공산주의 러시아 첩자들은 그가 상상한 것보다 훨씬 많았고 그들이 끼친 해독도 훨씬 컸다.

베노나 사업

1990년대 중엽 미국 정부는 냉전이 끝난 상황에 맞추어 국가 기밀에 관한 제도들을 근본적으로 검토하고 새로 세우기 위해 '정부기밀 보호 및 감축위원회(Commission on Protecting and Reducing Government Secrecy)'를 구성했다. 이 위원회를 이끈 대니얼 패트릭 모이니핸(Daniel Patrick Moynihan) 상원의원은 정보기관들의 수장들을 설득해서, 냉전 시기에 미국 정부가 가장 중요한 기밀로 여긴 '베노나 사업(Venona Project)'의 정보들을 공개하도록 했다.

외부의 예상과 달리, 정보기관들은 모이니핸의 요청을 선뜻 받아들였다. 실은 정보기관들 안에서도 오래된 기밀들을 공개하는 것이 바람직하다는 목소리가 높았음이 드러났다. 중앙정보국(CIA)의 방첩 활동을 지휘한 전설적 인물인 제임스 앵글턴(James Angleton)은 1987년 죽기 직전에 동료들에게 '베노나 사업'의 해독된 전문들을 공개하라고 유언했다. "그 전문들을 공개하면, 직업적 방첩 요원들과는 다른 안목을 지닌 역사가들과 저널리스트들이 연방수사국, 중앙정보국 및 국가안보국(NSA)의 통합된 노력들로도 밝혀내지 못한 러시아 첩자들의 암호 이름들을 실제 인물들과 연결시킬 수 있을 가능성이 있다"고 동료들을 설득했다(그의 통찰은 옳았음이 증명되었다). 그렇게 해서 메릴랜드주 '미드 기지(Fort Meade)'의 엄중한 감시를 받는 서고에 보관된 3천 가까이 되는 비밀전문들이 공개되었다.

이 비밀전문들은 1940년대 전반에 미국에서 활동한 공산주의 러시아 첩보기관 요원들과 모스크바의 당국자들 사이에 오간 것들이었다. 이 극비 암호전문들이 공개되면서, 러시아가 미국에서 벌인 엄청난 첩보 활동의 규모가 드러났고 현대사를 바라보는 시각이 바뀌었다. 러시아가 미국에서 벌인 첩보 활동이 적성국가에 대한 것처럼 워낙 공격적이고 전반적이었고, 그렇게 얻어 낸 기밀들이 워낙 중대한 영향을 미쳤으므로, 냉전(the Cold War)이 1947년경이 아니라 1942년경에 시작되었다는 주장까지 나왔다.

아울러, 매카시와 매카시즘에 대한 시각도 상당히 달라졌다. 매카시의 주장은 근거가 있었을 뿐 아니라, 무고한 사람들을 공산주의자들로 몰아붙인 경우가 거의 없었다는 것이 확인되었다. 다른 편으로는, 그를 선동가로 몰아붙인 사람들의 다수가 실제로는 러시아의 첩보 활동에 무지했거나 무지를 가장했다는 것이 드러났다.

이 모든 것들이 공산주의 러시아를 믿지 못한 미군 장교 한 사람에 의해 시작되었다.

1943년 초엽 미국 전쟁부 산하 육군 특수반을 이끌던 육군 공안부장 카터 클라크(Carter W. Clarke) 대령은 독일과 러시아가 평화 협상을 한다는 풍문을 들었다. 1939년에 두 나라가 불가침조약을 맺었던 터라, 그런 풍문은 그럴 듯했다. 클라크는 육군 특수반이 감독하는 통신정보대(Signal Intelligence Service)에 러시아의 암호전문들을 해독할 작은 조직을 만들라고 지시했다. 당시 미국엔 러시아의 첩보 활동을 감시하는 기구가 없었고, 루스벨트 정권과 언론은 러시아에 대한 미국 시민들의 태도를 호의적으로 만드는 데 열중했다. 이처럼 조그마하게 시작된 사업은 뒤에 국가안보국(National Security Agency)이 이어받아 중요한 사업으로 발전했다.

제2차 세계대전이 일어난 뒤, 미국 정부는 나가고 들어오는 국제 전문들의 사본을 수집했다. 통신정보대가 해독에 착수한 전문들은 감청으로 얻은 기밀들이 아니라 이처럼 통상적으로 수집된 것들이었다. 그래서 정예 암호 해독 전문가들로 이루어진 통신정보대는 그 전문들을 쉽게 해독하리라 예상했다. 막상 해독에 들어가니, 러시아 대사관이 본국과 교신한 암호전문들은 '일회한 암호통신(one-time pad)' 방식이었다. 이것은 이론적으로는 해독이 불가능한 암호였다.

그러나 '베노나 사업(Venona Project)'이라는 이름을 지니게 된 이 과제에 종사한 암호 해독 전문가들은 끈질기게 러시아 첩보 요원들이 저지른 사소한 실수들을 찾아내서 암호를 풀려고 시도했다. 마침내 1946년에 그들은 전문 하나를 읽을 만한 대본으로 해독해 냈다. 이미 전쟁이 끝난 터라, 애초에 클라크가 알고자 했던 독일과 러시아의 평화 협상 여부는 이미 관심사가 아니었다. 그리고 두 나라가 그런 협상을 시도했다는 증거도 없었다.

그러나 베노나 사업의 암호 해독 전문가들은 자신들이 해독한 암호 전문들의 내용에 경악했다. 그 전문들은 뉴욕의 러시아 영사관과 모스

'베노나 사업'으로 러시아 정보기관들이 미국 정부 깊숙이 첩자들을 심었고 엄청난 기밀들을 빼내 갔다는 것이 드러났다.

크바의 외무부 사이에 오간 것이 아니라, 뉴욕의 러시아 비밀요원들과 모스크바의 NKVD 외국첩보국장 파벨 피틴(Pavel M. Fitin) 중장 사이에 오간 것들이었다. 그리고 그것들은 러시아 정보기관들이 미국 정부 깊숙이 첩자들을 심었고 엄청난 기밀들을 빼내 갔다는 것을 보여 주었다.

베노나 사업이 확인한 미국인 러시아 첩자들은 349명이었다. 그러나 해독되지 않은 전문들이 많았으므로, 베노나 사업이 찾아내지 못한 첩자들도 상당히 많았다. 확인된 349명 가운데 실명을 밝혀낸 것은 절반도 되지 못했다. 그래서 200 가까운 확인된 첩자들과 아예 확인되지도 않는 첩자들이 계속 러시아를 위해 암약했다.

이들 첩자들은 모두 뛰어난 지식인들이었다. 그들은 1930년대 초엽의 대공황을 겪으면서 자본주의에 환멸을 느끼고 공산주의로 기울었다. 그리고 루스벨트 정권이 뉴딜 정책을 펴자, 그 사업에 적극적으로 참여했다. 그런 과정을 거쳐 그들은 거의 다 미국 공산당(CPUSA)에 가입했고, 상당수는 스페인 내전에 국제여단 소속으로 참가했다. 그들은 대부분 국제공산당에 매료되어 스스로 공산주의 러시아를 위해 일한 것이었다. 그래서 돈을 받고 기밀을 파는 첩자들과 달리, 정책적 차원에서 지속적으로 미국과 자유세계에 해독을 끼쳤다('휠링 연설'에서 매카시는 바로 이 점을 지적했었다. 그의 통찰을 새삼 새기게 된다).

이들 첩자들이 끼친 해로운 영향은 크게 보아 두 가지다.

하나는 미국의 정책들을 러시아에 유리하게 유도하고, 미국의 협상 전략을 러시아에 미리 알려 주어 중요한 협상들에서 러시아에 유리한 결과가 나오도록 한 것이다. 이들은 얄타 회담에서 특히 치명적 해독을 끼쳤다.

이 일에서 중요한 역할을 한 첩자들을 꼽으면, 미국 재무부의 제2인자로 미국의 대외 원조와 전후 경제 체제의 설계에서 주도적 역할을 한 해리 화이트, 루스벨트 대통령이 신임한 비서 로칠린 커리, 미국 주요 정보기관인 전략사무국(OSS)의 조사반장 모리스 핼퍼린(Maurice Halperin), 중국 전문가 던컨 리(Duncan Lee) 및 극동반 부책임자 줄리어스 조지프(Julius Joseph), 그리고 국무부의 정책 결정에 큰 영향을 미친 앨저 히스가 있다. 루스벨트 대통령의 최측근 고위 관리 하나가 러시아 첩자였다는 것은 확인되었지만, 그의 정체는 끝내 밝혀지지 않았다.

다른 하나는 미국 정부가 개발한 중요한 비밀 기술들을 러시아에 넘긴 것이다. 가장 중요한 기술은 물론 원자탄 제조 기술이었다. 원자탄 개발 사업인 '맨해튼 사업(Manhattan Project)'에 침투한 첩자들은 미국 과학자들과 기술자들이 엄청난 자원을 쓰며 긴 시행착오의 과정들을 거쳐 얻은 기술 정보들—보통 우라늄에서 무기 등급 우라늄을 추출하는 복잡한 공식, 생산 시설 계획, 내파 기술을 위한 공학 원리와 같은 정보들—을 거의 실시간으로 러시아에 넘겨 주었다. 그래서 스탈린은 현직 미국 부통령 트루먼보다 원자탄 개발 사업에 대해 훨씬 먼저 그리고 자세히 알았다.

원자탄 기밀을 러시아에 넘겨 준 첩자들은 물리학자들인 클라우스 푹스(Klaus Fuchs)와 시어도어 홀(Theodore Hall) 및 기술자인 데이비드 그린글래스(David Greenglass)였다. 그러나 중요한 기술을 넘긴 첩자 둘의 신원은 끝내 밝혀지지 않았다.

원자탄 기밀보다야 덜 중요하지만 러시아의 전력을 크게 향상시킨 기밀 기술은 제트 엔진과 제트 항공기 제작 기술이었다. 항공과학자 윌리엄 펄(William Perl)이 넘긴 이 기밀 덕분에, 러시아는 미국과의 기술 격차를 극복하고 발전된 제트 전투기를 개발할 수 있었다.

이런 비밀 기술들의 유출은 한반도의 상황에 직접적 영향을 미쳤다. 첩자들이 넘긴 미국의 원자탄 제조 기술은 러시아가 아주 작은 비용으로 아주 빨리 원자탄을 개발하도록 도왔다. 그래서 러시아는 1949년에 원자탄을 성공적으로 폭발시켰고, 원자탄 개발에 고무된 스탈린은 냉전에서 더욱 공격적인 태도를 보였다. 만일 러시아가 원자탄을 보유하지 않았다면, 위험을 극도로 회피하는 스탈린이 북한의 남한 침공을 선뜻 허락하지는 않았을 것이다. 다른 편으로는, 러시아가 원자탄을 보유했다는 사실은 1950년 겨울에 트루먼으로 하여금 북한군과 중공군에 대해 원자탄을 쓰는 것을 망설이게 만들었다.

1950년 여름에 한국전쟁이 일어났을 때, 미군 지휘관들은 미국 공군이 쉽게 제공권을 장악하리라고 예상했다. 북한군과 중공군이 갖춘 러시아 전투기들이 미군 전투기들의 상대가 되지 못하리라고 판단했던 것이다. 막상 공중전이 벌어지자, 러시아가 제공한 MiG-15 제트 전투기는 미군의 프로펠러 전투기를 압도했을 뿐 아니라, 미군의 첫 세대 제트 전투기보다도 성능이 뛰어났다. 미군이 최신 제트 전투기 F-86 Saver를 긴급 투입한 뒤에야 양쪽 전투기들의 성능이 비슷해졌다. 미국 공군이 제공권을 장악하게 된 것은 미국 전투기들의 우수성이 아니라 조종사들의 우수성 덕분이었다.

베노나 사업으로 해독된 전문들은 영국인 첩자들도 밝혀냈다. 워싱턴의 주미 영국 대사관 고위 외교관 도널드 매클린(Donald Maclean)과 가이 버제스(Guy Burgess)는 그렇게 밝혀진 러시아 첩자들이다. 그들 영국 첩자들이 자유세계에 끼친 해악은 가늠하기 어려울 정도다.

미국 육군 수뇌부는 베노나 사업에서 얻어진 기밀들을 시민들에게 공개하지 않고 정부 안에서도 제한적으로 제공하기로 결정했다. 심지어 육군 참모총장 오마 브래들리(Omar Bradley) 대장은 백악관에 올라간 정보들은 새어 나간다는 이유를 들어 트루먼 대통령에게도 직접 보고하지 않았다.

이 비밀 사업은 1980년 10월까지 지속되었다. 마지막 해에도 39개의 전문이 해독되었다. 그러나 국가안보국은 자료들이 너무 오래되어서 실질적 가치가 적어졌다고 판단해서 사업을 중단시켰다.

그러나 사업을 통해 얻은 기밀은 모이니핸의 노력으로 공개되기 전까지 15년 동안 기밀로 묶여 있었다. 그렇게 반세기 넘게 기밀로 묶인 근본적 이유는, 그 기밀들이 미국 정보기관들의 활동에 중요했다는 사실이었다.

먼저, 베노나 전문들은 러시아 정보기관들의 관행과 행태에 대해, 첩보 분야에서 '직업적 기술(tradecraft)'이라 불리는 것들에 대해 결정적으로 중요한 정보들을 제공했다. 아울러, 전문들에 등장한 러시아 정보 요원들은 뒤에 승진해서 중요한 직책을 맡았다. 그런 정보들은 미국 정보기관들이 러시아 정보기관들에 대응하는 데 큰 도움이 되었고, 다른 우방 국가들에서 암약하는 러시아 정보 요원들을 찾아내는 데도 큰 도움이 되었다.

다음엔, 베노나 전문들의 해독 작업을 통해 미국 요원들은 러시아 정보 요원들이 저지른 실수들을 알게 되었다. 예컨대 첩자의 은폐 이름(cover name)은 그 이름을 지은 사람이 감추려는 것이 무엇인지 알려 줄 때가 드물지 않았다(이런 교훈 덕분에 미국 정보기관들은 중요한 일들에선 아예 컴퓨터가 무작위적으로 이름을 짓도록 하기도 했다). 그것은 러시아에게 감출 가치가 있는 정보였다.

그러나 베노나 전문의 가장 중요한 용도는 정보들의 신빙성을 판별하는 기준이었다. 미국 정보기관들의 중요한 정보의 원천은 망명한 러시아 정보 요원들이었다. 그러나 그들이 제공한 정보들을 그대로 믿을 수는 없었다. 그들은 다양한 이유들로 러시아를 버리고 미국으로 망명했고, 편향되거나 부정확한 정보들을 제공했다. 망명으로 위장해서 미국 정보기관에 거짓 정보를 제공하려는 러시아 요원들도 있었다. 그들이 제공한 정보가 베노나 사업에서 얻은 정보와 부합하면 함께 제공한 다른 정보들도 그만큼 신빙성이 높아졌고, 그들의 얘기가 베노나 정보와 어긋나면 그들의 얘기는 신빙성이 줄어들었다. 베노나 사업의 정보들이 미국의 방첩 활동에서 시금석 노릇을 한 셈이다.

이처럼 국가안보국이 베노나 사업에서 얻은 정보들을 기밀로 묶어 놓은 것은 방첩 활동의 차원에선 자연스러웠다. 그러나 보다 높은 차원에선 현명치 못한 결정이었다는 평가를 받았다. 공산주의자들의 실체가 드러나지 않은 채 반공을 강조하다 보니, 미국 시민들의 다수는 안보 문제를 흔히 '매카시즘'이라는 개념으로 파악하게 되었다. 그래서 히스를 비롯한 러시아 첩자들은 극우파의 공작에 희생된 지식인들로 미화되었고, 공산주의의 위협을 얘기하는 사람들은 우매한 부류로 매도되었다. 만일 베노나 사업의 정보들이 한 세대 일찍 공개되었다면, 공산주의의 위협에 너무 무지했던 미국 사회의 이념적 지형이 크게 바뀌었으리라는 탄식이 나왔다.

베노나 사업의 존재가 오래 비밀로 남을 수는 없었다. 루스벨트의 측근으로 고급 정보들을 접할 수 있었던 로칠린 커리는 1943년에 베노나 사업이 진척되어 곧 러시아의 암호전문들을 해독할 수 있다는 얘기를 들었다. 그는 곧바로 러시아에 그 정보를 넘겼다. 그래서 러시아 정보요원들은 정보들을 새로운 형식으로 암호화하라는 지시를 받았다. 그러나 그런 개편은 근본적이지 않았고, 오히려 베노나 사업 요원들이 암호의 벽을 뚫을 수 있는 틈새를 제공했다.

커리는 물론 걱정했다. 베노나 사업이 성공해서 암호전문들이 해독되면 자신과 다른 첩자들의 정체가 폭로된다는 것을. 그래서 그는 노골적으로 베노나 사업을 중단시키려 시도했다. 1944년 베노나 사업을 관장하는 육군 특수반과 해외 공작과 정보 수집을 담당한 전략사무국은 러시아에 관한 비밀정보의 수집을 중단하라는 지시를 백악관과 국무부로부터 받았다. 육군 특수반을 지휘한 클라크 대령은 선임 장교들에게 그런 지시가 있었다는 것을 알린 다음, 그런 지시에 얽매이지 말고 사업을 계속하라고 얘기했다. 그러나 러시아 첩자들이 요직을 차지한 전략 사무국은 그 지시를 따랐고, 심지어 핀란드에서 얻은 러시아 암호에 관한 자료들을 러시아 요원들에게 넘겼다.

앨저 히스의 역할

1945년 3월 30일자 베노나 전문 1822호는 GRU가 관리하는 첩자 ALES에 관한 것이었다(이 전문은 1969년 8월 8일에야 해독되었다). 모두 6개 항인 이 전문의 제5항은 "근자에 ALES와 그의 집단 모두가 소비에트 훈장을 받았다"였고 제6항은 "얄타 회담 뒤 그가 모스크바로 갔을 때, 매우 책임이 무거운 자리에 있는 소비에트 인물이(ALES는 그가 비신스키 동지였다고 시사했다) ALES와 만나서 '군사 이웃[GRU]'의 요청에 따라 그들의 감사의 뜻을 그에게 전해 주었다고 말했다"였다.

이 전문에 따르면, ALES는 회담이 끝난 뒤 곧바로 미국으로 돌아가지 않고 합의 사항들의 마무리를 위해 모스크바로 간 네 명의 국무부 요원들 가운데 하나였다. 그 넷은 국무장관 스테티니어스, 유럽국장 프리먼 매슈스(H. Freeman Matthews), 국무장관 공보보좌관 와일더 푸트(Wilder Foote) 및 국무장관 고위 보좌관 앨저 히스였다. 이들 가운데 첫 세 사람은 러시아 첩자 혐의가 제기된 적이 없었다. 히스는 그때 이미 여러 경로로 러시아 첩자였다는 것이 드러난 터였다. 전문을 해독한 사람은 ALES가 "아마도 앨저 히스"라고 판정했다. 여러 비밀 자료들을 검토한 뒤, 모이니핸 위원회도 ALES가 히스라는 결론을 내렸다.

베노나 사업 팀과 모이니핸 위원회는 첩자 ALES가 앨저 히스라고 결론 내렸다.

여기서 주목할 점은, 모스크바로 간 네 사람 가운데 동아시아 정세에 대해 아는 사람은 히스뿐이었다는 사실이다. 스테티니어스가 모스크바로 간 것은 얄타 회담에서 합의한 원칙들 가운데 구체화 작업이 필요한 폴란드 문제 때문이었다. 그는 동유럽 전문가들을 모스크바로 불러서 러시아 및 영국 외교관들과 협의했다. 따라서 당시 모스크바에 있었던 미국 외교관들 가운데 동아시아에 관해, 특히 한반도 문제에 관해 잘 아는 사람은 히스뿐이었다. 즉, 러시아 정부가 한반도 문제에 관해 협의한 사람은 러시아를 위해 일해 온 히스였다는 얘기가 된다.

그러면 에밀 고브로와 제이 윌리엄스는 "전쟁이 끝날 때까지 조선을 러시아의 영향 아래 둔다"는 '얄타 비밀협약'이 맺어졌다는 얘기를 어떻게 듣게 되었을까? 이 흥미롭고 중요한 물음에 대해서도 베노나 전문은 시사하는 바가 있다.

ALES가 모스크바에 갔을 때, 그는 부외상 안드레이 비신스키(Andrei Vishinsky)로부터 러시아 첩자로 수행한 공로에 대해 '적성훈장(Order of the Red Star)'을 받았다. 그때 그는 그의 조직원 넷의 훈장들까지 대신 받았다. 원래 그가 속한 러시아 첩자 조직은 해럴드 웨어(Harold Ware)가 이끈 '웨어 집단(Ware Group)'이었는데, 히스는 그 조직의 하부 조직 하나를 이끌었다. 그 비밀 시상식에서 ALES를 조종해 온 러시아군 정보기관 GRU는 비신스키를 통해 ALES와 다른 네 사람에게 감사의 뜻을 전했다.

러시아에서 귀국한 뒤 히스는 조직원들에게 훈장을 전하면서, 자신이 모스크바에 가서 대표로 훈장을 받았고 GRU가 감사의 뜻을 전해 왔다는 사실을 밝혔을 것이다. 자연히 그는 그들에게 모스크바에서 있었던 일들을 얘기하고, 자신이 러시아 지도부로부터 한반도에 관해서 받은 지침을 전달하고, 그런 지침을 달성하도록 노력해 달라고 주문했을 것이다. 히스는 물론 그런 지침이 담긴 문서를 지녔고 다른 사람들에게도 보였을 것이다.

히스가 동료들과 공유한 정보들은 러시아 첩자들의 인맥을 통해서 퍼졌을 것이다. 아울러, 그런 정보는 히스와 그의 동료들을 조종하는 러시아 정보 요원을 통해서 러시아 사람들에게도 알려졌을 것이다.

이런 추론은 공산주의 러시아가 망한 뒤 새로 들어선 현재의 러시아가 잠시 비밀문서들을 공개했을 때 서방 학자들이 접근할 수 있었던 비밀문서들에 의해 떠받쳐진다. 1945년 4월 25일 NKVD 외국정보 책임자 파벨 피틴은 NKVD 수장인 브세볼로드 메르쿨로프(Vsevolod Merkulov)에게 "미국 재무부의 러시아 첩자인 해럴드 글래서가 해당 첩자 조직의 우두머리인 ALES로부터 자신이 러시아 훈장을 받았다는 것을 들었다고 그를 조종하는 러시아 첩보 요원인 아나톨리 고르스키(Anatoly Gorsky)에게 보고했다"고 보고했다. 피틴의 보고는 베노나 사업으로 해독된 전문 1822에 바탕을 두었다.

고브로는 이들을 통해서 조선에 관한 '얄타 비밀협약'의 존재에 관해서 알게 되었을 것이다. "고브로가 제이 윌리엄스의 도움을 받아 조선을 팔아넘기려는 비밀협약을 워싱턴에서 밝혀냈다"고 이승만이 편지에서 쓴 것은 히스와 그의 동료 첩자들 및 그들을 조종하는 러시아 첩보 요원들이 모두 워싱턴에서 활약했다는 사실과 부합된다. 비밀협약이 문서의 형태로 존재한다고 고브로가 믿은 것도, 그 정보가 그렇게 여러 단계를 거쳤다는 사실을 고려하면 이해가 된다.

모스크바의 KGB 서류 창고가 개방되지 않는 한, 이런 추론은 추론에 머물 수밖에 없다. 그러나 고브로가 얻어서 제이 윌리엄스와 이승만이 검토한 문서가 나름으로 근거를 지닌 문서였다는 점만큼은 부인하기 힘들다.

얄타 비밀협약 폭로의 효과

이제 이승만의 '얄타 비밀협약' 폭로의 효과에 대해 살필 차례다.

이승만은 낯선 외국 사람의 제보에 의존해서 미국, 영국, 러시아 3대 강대국 지도자들의 부도덕을 거듭 공개적으로 비판하는 모험을 결행했다. 국제정치 전문가로서 상상력이 뛰어나고 대담한 정한경도 크게 걱정했을 만큼, 그것은 지도에서 사라진 나라를 되살리겠다고 이역에서 떠돌면서 풍찬노숙을 마다하지 않은 독립운동가들로서도 엄두를 내기 어려운 일이었다. 오직 이승만만이 할 수 있는 모험이었다. 온 세계의 정세를 고려해서 사리를 판단할 수 있고, 자신에게 주어진 임무를 뚜렷이 인식할 수 있고, 그 임무를 위해 자신이 평생 쌓아 올린 명성과 자신에게 열려 가는 정치적 입지를 선뜻 버릴 수 있는 사람만이 할 수 있는 모험이었다. 그런 모험은 과연 무슨 결과를 얻었는가?

'얄타 비밀협약'에 대한 이승만의 거듭된 공개적 비판은 먼저 미국 사회에서 조선의 존재를 상기시켰다. 멸망한 나라로선 세상 사람들로부터 잊혀지는 것이 가장 두려운 운명이다. 잊혀지지 않아야 언젠가는 부활하리라는 희망을 지닐 수 있다. 그는 자기 조국이 잊혀지는 것을 막기 위해 평생 진력했다. 그가 그런 목적을 위해 일부러 소란을 피우고 말썽을 일으킨 적은 한두 번이 아니었다. 그리고 '얄타 비밀협약'을 공개적으로 거론함으로써, 그는 미국 시민들과 관료들과 정치가들이 'Korea'를 결코 잊지 못하도록 만들었다.

나아가서, 그는 미국 국무부가 비밀협약이 없다고 확인하는 성과를 얻었다. 그런 확인은 평상시엔 결코 나올 수 없는 성격의 일이다. 그리고 그런 확인으로 러시아가 슬그머니 한반도를 장악할 위험은 크게 줄어들었다. 이승만은 평생 독립운동을 하면서 큰일들을 이루었다. 대한민국 임시정부의 초대 대통령과 주미외교위원부 대표로 이룬 외교적 성과들은 일일이 들기 어려울 만큼 많고 컸다. 그런 업적들 가운데 '얄타 비밀협약'을 폭로함으로써 얻어 낸 성과는 단연 으뜸이다. 그의 애국적 모험 덕분에, 한반도가 공산주의 러시아에 슬그머니 병합될 위험이 실질적으로 사라진 것이다.

이승만의 이런 헌신적 노력이 실질적으로 작용한 모습을 우리는 '38선 획정' 과정에서 선명하게 볼 수 있다.

루스벨트는 조선에 대해서 구체적인 정책을 지니지 않은 채 얄타 회담에 임했다. 조선을 즉시 독립시키는 대신, 상당 기간 연합국의 신탁통치 아래 둔다는 방안이 현실적이라 여겼다.

그러나 1945년 7월 17일에서 8월 2일까지 독일 베를린 근교 포츠담에서 열린 '포츠담 회담(Potsdam Conference)'에서 미국은 조선의 일부를 군사적으로 점령한다는 방침을 세웠다. 7월 하순 육군 참모총장 조지 마셜 원수는 대표단의 일원인 작전참모부장 존 헐(John E. Hull) 중장에게 조선에 병력을 파견할 준비를 하라고 지시했다. 헐 중장과 그의 참모들은 조선의 지도를 살피고서 미군과 러시아군 사이의 적절한 경계를 찾아보았다. 그들은 미군 지역에 적어도 2개의 주요 항구들이 있어야 한다고 생각했다. 그래서 러시아군과의 경계는 서울 북쪽에 설정되어야 한다고 판단했다. 이 경계는 북위 38도선과 일치하지는 않았지만 비슷했다. 그러나 그들은 그런 생각을 포츠담 회담에 참가한 러시아군 지휘관들과 논의하지는 않았다.

포츠담 선언이 발표된 7월 26일 이후 사태는 급격히 진행되었다. 8월 6일엔 히로시마에 원자탄이 투하되었고, 8월 9일엔 나가사키에 다시 투하되었다. 8월 6일엔 러시아가 일본에 선전포고를 하고 만주를 공격했다. 마침내 8월 10일 일본이 항복 의사를 밝혔다.

러시아가 한반도 전부를 점령할 가능성을 걱정한 미군 지휘부는 전쟁부에 근무하던 딘 러스크(Dean Rusk) 대령에게 미군 점령 지역을 획정하라고 지시했다. 갑작스러운 임무를 받자, 조선에 대한 지식이 전혀 없던 그는 〈내셔널 지오그래픽(National Geographic)〉지의 지도를 보고 서울을 포함하는 지역을 미군 점령 지역으로 잡아 북위 38도선을 경계로 삼았다. 미국이 북위 38도선을 경계로 제안하자, 러시아는 선뜻 수락했다. 그렇게 해서 '38선'이 탄생했다.

위에서 보듯, 알타 회담과 포츠담 회담 사이의 5개월 사이에 미국의 조선 정책이 근본적으로 달라졌다. 조선을 상당 기간 연합국의 신탁통치 아래 두기로 해서 조선에서의 러시아의 우월적 지위를 인정하는 태도에서, 군사적으로 점령할 준비가 안 된 상태에서도 미리 점령 지역을 획정해서 이미 조선을 점령하기 시작한 러시아에 동의를 요구하는 태도로 바뀐 것이다. 이런 태도의 변화는 어떻게 나왔나?

알타 회담과 포츠담 회담 사이의 5개월 동안에 나온 조선과 관련된 사건은 이승만의 '알타 비밀협약' 폭로뿐이다. 그것은 연합국 정부들이 관련된 국제적 사건이었고, 미국 사회의 큰 관심을 불러일으켰고, 미국 국무부가 공식적으로 이승만의 폭로를 부인해서 조선이 러시아의 일방적 영향 아래 놓이는 상황을 막았고, 덕분에 조선 문제에 대한 관심이 크게 높아졌다. 따라서 미군이 한반도 남부를 점령하게 된 일은 이승만의 행동이 영향을, 결정적 영향이 아니라면 적어도 실질적으로 중요한 영향을 미쳤다고 보아야 한다.

물론 우리는 상황이 많이 바뀌었다는 점도 주목해야 한다. 무엇보다도, 미국의 지도자가 바뀌었다. 사회주의적 세계관에 경도되고 스탈린에 대한 어리석은 환상과 자신의 매력에 대한 오만을 지녀서 미국의 지도자로서 부끄러운 행태를 보인 루스벨트가 죽고, 화려한 면은 없지만 현실적인 트루먼이 미국을 이끌게 되었다. 아직 업무에 서툴고 루스벨트의 참모들에 의존해야 했지만, 트루먼은 루스벨트처럼 스탈린에게 속지 않았다.

다음엔, 공산주의 러시아가 세계적으로, 특히 유럽에 제기하는 위협을 미국의 정치 지도자들, 외교관들 그리고 군사 지휘관들이 깊이 인식하게 되었다. 그래서 트루먼 정권은 스탈린의 음험한 책략에 루스벨트 정권과는 상당히 다른 대응을 하게 되었다.

사정이 그리 달라졌지만, 세계 어떤 지도자들보다 먼저 공산주의 러시아가 제기하는 위협을 경고해 오고 '얄타 비밀협약'을 폭로한 이승만의 활동이 결정적인, 적어도 실질적으로 중요한 계기가 된 것은 분명하다. 포츠담 회담에서 미국, 영국, 프랑스의 서방 3개국은 러시아와 협상할 준비가 제대로 되어 있지 않았다. 미국은 프랑스를 포츠담에 부르지 않았다. 루스벨트와 드골 사이의 불화가 깊었던 데다가, 프랑스의 참가가 러시아와의 협상에 도움이 되지 않으리라고 미국과 영국이 판단한 것이었다. 게다가 영국은 총선거가 진행되고 있어서, 보수당의 처칠 수상과 노동당의 클레멘트 애틀리(Clement Attlee) 당수가 함께 참가했다. 회담 초기엔 처칠이 영국 대표로 참석했다가, 선거에서 노동당이 다수당이 되자 곧바로 애틀리가 영국을 대표했다. 미국은 트루먼 대통령이 처음으로 연합국 회담에 참가했다. 자연히 회담은 스탈린이 주도했다.

게다가 러시아가 독일 동쪽의 국가들을 모두 점령한 터라, 미국과 영국이 러시아에 자신들의 뜻을 강요할 처지가 못 되었다. 스탈린이 얄타 협정을 어기고 폴란드에 공산주의 정권을 세웠어도 미국과 영국은 대응할 길이 없었다. 나아가서, 스탈린은 러시아가 점령한 나라들이 러시아의 "정당한 영향권"이라 주장하고 나섰다.

애초에 포츠담 회담의 주요 의제는 무조건 항복을 한 독일의 관리 방안이었다. 부수 의제들은 전후 질서의 확립과 전쟁의 영향에 대한 대처였다. 자연히, 포츠담 회담에 참가한 미국 대표들은 유럽 문제에 매달렸다. 그렇게 경황없는 자리에서 외교를 담당한 국무장관도 아니고 육군 참모총장인 마셜이 한반도 점령 문제를 챙겼다는 사실은 놀랍다. 당연히 우리는 이승만의 공격적 외교 활동이 미친 영향에 주목할 수밖에 없다.

1945년 봄에 이 세상의 검은 기운들이 얄타로 모여들어서 거대한 음모를 만들어 냈다. 거기서 나온 요사스러운 기운들은 온 세계로 퍼져서 헤아릴 수 없이 크고 복잡한 결과들을 낳았다. 그리고 그 영향은 아직도 세계의 움직임에 근본적 영향을 미치고 있다.

이승만이 의혹을 제기한 '얄타 비밀협약'은 '동아시아에 관한 비밀협정'에서 따로 감춰진 합의 사항이었다. 그것은 '음모 속의 음모 속의 음모(a conspiracy within a conspiracy within a conspiracy)'였다. 이승만은 그렇게 깊이 감춰진 음모를 세상에 드러냈다. 어둠속에서 태어나고 자라난 존재들에 대한 가장 효과적인 대응은 그것들을 드러내어 햇살을 쪼이는 것이다. 이승만이 그것에 관한 의혹을 세상에 널리 알리면서, 그것은 그대로 말라 죽었다. 궁극적으로는 그 사실이 중요하다.

조선에 관한 '비밀협약'이 실제로 있었든 없었든, 그것에 대한 논란은 대한민국의 역사에 근본적 영향을 미쳤다. 만일 이승만이 그것의 존재를 주장하면서 미국과 영국에서 큰 논란을 일으키지 않았다면 아마도 38선 이남의 한반도에 미군이 진주하는 상황은 나오지 않았을 것이고, 대한민국이 탄생할 바탕도 마련되지 않았을 것이다.

제22장

음모론

1945년 1월 하순 독일군의 '아르덴 반격'이 실패하면서, 유럽 서부 전선에서 독일군은 실질적으로 패퇴했다. 뒤에 '히틀러의 마지막 도박'이라 불렸을 만큼 독일군은 '아르덴 반격'에 모든 전력을 투입했다. 반격이 실패하자 서부 전선의 독일군엔 연합군에 맞설 만한 부대가 남아 있지 않았다. 반면에, 미군과 영국군이 중심이 된 연합군은 이내 전력을 보충하고 전열을 가다듬은 다음 독일 본토를 향해 동북쪽으로 기동하기 시작했다. 이제 연합국의 진격을 늦출 만한 요소는 독일의 남서부 국경을 이루는 라인강뿐이었다. 원래 큰 강인 데다 눈 녹은 물로 불어나서, 독일군의 저항을 물리치고 라인강을 건너는 일은 쉽지 않을 터였다.

연합군은 3월 초순에 라인강 서안에 닿았다. 3월 7일 미군 9기갑사단은 라인주 레마겐의 루덴도르프 철교가 아직 파괴되지 않은 것을 발견했다. 독일군이 설치한 폭약이 제대로 폭발하지 않은 것이었다. 미군은 이내 이 철교를 장악하고 라인강 동쪽에 교두보를 확보했다.

목표 베를린

미군이 레마겐의 철교를 장악해서 라인강 동안에 교두보를 확보했다는 소식을 스탈린은 이튿날인 3월 8일에 들었다. 그는 상황이 근본적으로 바뀌었음을 깨달았다. 서부 전선의 서방 연합군이 먼저 베를린을 점령할 가능성이 부쩍 커진 것이었다. 처음부터 그의 독일 작전의 목표는 서방 연합군보다 먼저 베를린과 주변 지역을 확보하는 것이었으므로, 미군이 예상보다 훨씬 빨리 라인강을 건넌 것은 그의 기본 작전계획에 대한 중대한 위협이었다.

스탈린의 기본 작전계획에서 베를린의 점령이 핵심인 것은 당연했다. 베를린은 정치적으로나 군사적으로나 압도적 중요성을 지녔다. 상징적으로나 현실적으로나 베를린은 독일이었다. 러시아가 베를린을 점령하지 않은 독일은 스탈린에겐 결코 받아들일 수 없는 구도였다.

스탈린이 베를린 점령을 절대적 조건으로 여긴 또 하나의 이유는 베를린 남서부 교외 달렘에 있는 '카이저 빌헬름 물리연구소'의 확보였다. 러시아의 핵무기 개발 사업을 추진하는 데는 이 연구소의 시설과 우라늄과 과학자들을 확보하는 것이 긴요했다. 원래 이 연구소가 자리 잡은 달렘은 얄타 협정에서 서방 연합국에 속하도록 되어서, 미군이나 영국군이 베를린에 이르기 전에 연구소를 먼저 차지하고서 필요한 것들을 러시아로 가져가야 했다. 이 일은 워낙 중요한 비밀이어서, 스탈린은 러시아군 지휘관들에게도 이 연구소의 존재를 알리지 않았다.

러시아가 미국의 '맨해튼 사업'의 존재를 처음 안 것은 1941년 11월 '케임브리지 5인' 가운데 하나인 존 케언크로스의 보고를 통해서였다. 그러나 의심이 유난히 많은 스탈린은 이 정보를 역정보로 여겨서 무시했었다. 일본에서 암약한 조르게가 독일의 러시아 침공 정보를 보고했을 때, 그것을 역정보로 여겨서 버린 것과 정확이 같았다.

1942년 4월 러시아 핵물리학자 게오르기 플료로프(Georgy Flyorov)는 외국의 핵무기 개발 가능성을 다룬 비밀편지 두 통을 스탈린에게 썼다. 그는 근년에 미국, 영국 및 독일에서 핵분열 분야의 연구들이 전혀 발표되지 않고 있음을 지적하고서, 이런 현상은 그 세 나라가 핵무기를 개발하고 있을 가능성을 가리킨다고 말했다. 그는 이런 상황이 러시아에 아주 위험하므로, 러시아는 즉시 우라늄 폭탄을 개발해야 한다고 역설했다. 마침 러시아 첩자들이 미국과 영국이 우라늄 핵폭탄을 개발한다고 보고한 참이었다. 스탈린은 비밀경찰(NKVD) 책임자 라브렌티 베리아와 러시아 핵물리학자들을 불러서 서방의 핵무기 개발에 제대로 대응하지 못했다고 화를 냈다.

이 일을 계기로, 핵무기 개발 사업인 '보로디노 작전(Operation Borodino)'이 본격적으로 가동되었다. 스탈린은 베리아를 사업 책임자로 임명했는데, 이 결정은 적절했음이 드러났다. 베리아는 행정 능력이 뛰어났고, 강제수용소(gulag)들의 죄수들을 작업에 동원할 수 있어서 사업이 빠르게 진척되었다. 러시아의 핵무기 개발은 미국과 영국이 추진하는 '맨해튼 사업'에서 러시아 첩자들이 얻은 정보들에 크게 의존했는데, 그런 비밀 정보의 수집을 베리아가 관장했으므로, 러시아 과학자들이 필요로 하는 정보의 수집도 효과적으로 추진되었다. 연구 사업은 젊은 물리학자 이고르 쿠르차토프(Igor Kurchatov)가 이끌었다.

러시아의 핵무기 개발 사업이 먼저 부딪친 문제는 우라늄의 부족이었다. 러시아 국내의 우라늄 생산은 미미했다. 가장 중요한 생산지인 콩고와 캐나다의 산출은 미국이 선점한 터였다. 유럽의 주요 생산지들은 거의 다 독일이 통제했다.

스탈린의 희망대로 러시아군은 베를린 지역을 점령했고, 카이저 빌헬름 물리연구소에 남아 있던 상당량의 핵물질도 확보했다. 1946년 12월 러시아의 첫 핵반응로가 가동했을 때, 이렇게 얻은 금속 우라늄 250킬로그램, 이산화우라늄 3톤 및 중수 20리터가 쓰였다. 미국과 영국에서 첩자들이 훔친 정보와 독일에서 확보한 우라늄 덕분에, 서방 정보기관의 예측보다 훨씬 일찍 1949년 8월에 러시아는 첫 원자탄을 실험할 수 있었다.

미군이 라인강 동안에 교두보를 확보했다는 소식을 듣자, 스탈린은 곧바로 주코프를 모스크바로 불렀다. 전선의 상황을 보고받은 뒤, 스탈린은 주코프에게 최고사령부(Stavka)로 가서 베를린 진공계획을 마련하라고 지시했다. 무슨 일인지는 몰라도 상황이 심각하다는 것을 깨달은 주코프는 참모장으로 최고사령부를 실질적으로 이끄는 알렉세이 안토노프(Aleksei Antonov) 대장과 함께 밤을 새우면서 베를린 진공계획을 마련했다.

이튿날 안토노프는 그 계획을 '국가방위위원회'에 보고했다. 스탈린은 그것을 승인하고서 세부 계획을 마련하라고 지시했다. 결국 1945년 4월 16일까지는 러시아군이 베를린을 향해 움직인다는 계획이 확정되었다.

러시아군이 서방 연합군보다 먼저 베를린을 점령할 수 있도록 하려고 스탈린이 노심초사하는 사이, 서부 전선을 지휘하는 아이젠하워는 문제적 결정들을 잇따라 하고 있었다. 당시 연합군은 북쪽으로부터 몽고메리 원수가 거느린 영연방군 21집단군, 오마 브래들리 대장이 거느린 미군 12집단군, 그리고 존 데버스(John Devers) 대장이 거느린 미군 6집단군이 자리 잡았다. 연합군의 모든 장병들은 연합군이 베를린을 목표로 진군하리라 믿었다. 그것은 상식이었고 실제로 연합군의 공식 목표였다. 노르망디 상륙작전을 위해 만들어진 연합원정군 최고사령부의 작전계획엔 베를린을 "군사적 목표"로 명시했다. 자연히 모든 부대들과 장병들은 자신들이 베를린을 점령하는 기회를 갖기를 열망했다.

특히 영국군은 자신들이 베를린으로 진군하리라는 희망을 품었다. 지리적으로 가장 북쪽에 자리 잡은 21집단군은 독일로 들어가면 자연스럽게 베를린을 향하게 될 터였다. 무엇보다도 러시아가 거대한 위협이 된 터라서, 처칠은 되도록 많은 독일 영토를, 특히 베를린을 연합군이 차지하기를 공개적으로 희망하고 있었다. 3월 24일 몽고메리가 이끄는 영연방군 21집단군이 라인강을 건너자, 처칠은 영국군 도하 지점을 찾았다. 예상보다 빠른 진격에 고무된 처칠은 수행한 아이젠하워와 영국군 참모총장 앨런 브루크(Alan Brooke) 원수를 돌아보면서 말했다.

"적군의 저항이 미미하거나 아예 없을 터이므로, 우리 군대는 [러시아군]보다 먼저 엘베강에, 나아가서 베를린에 이를 것이오."

그는 영국군이 베를린을 향해 진격하도록 해 달라고 아이젠하워에게 넌지시 부탁한 것이었다.

1945년 3월 하순 아이젠하워는 전쟁의 최종 단계인 독일 작전에서 연합군이 따를 수정된 작전계획을 발표했다.

1) 몽고메리의 21집단군은 함부르크와 덴마크를 향해 진출한다.
2) 브래들리의 12집단군은 루르 지역을 장악한 뒤 중부 독일로

진출한다.

3) 데버스의 6집단군은 독일 남부 바이에른을 거쳐 오스트리아로 진출한다.

이 작전계획에서 먼저 눈에 들어오는 것은 베를린에 대한 언급이 전혀 없다는 사실이다. 지금까지 서방 연합군의 최종 목표는 베를린이었다. 그리고 모든 사람들이, 연합국 사람들도 독일 사람들도, 베를린이 전쟁의 궁극적 목표라고 믿어 왔다. 그런 목표가 느닷없이 작전계획에서 사라진 것이다.

대신 들어간 목표들은 군사적으로나 정치적으로나 별다른 중요성을 지니지 않았다. 함부르크도, 루르도, 바이에른도 작전의 목표들이라기보다는 최종 목표로 향하는 과정에서 자연스럽게 얻어질 중간 목표들에 지나지 않았다. 덴마크와 오스트리아는 아예 외국이어서, 독일의 점령이나 항복과는 관련이 없는 목표들이었다.

최종 목표였던 베를린이 사라지자, 작전개념도 훼손되었다. 세 집단군이 제각기 서로 멀리 떨어진 목표들을 추구하다 보니 유기적이고 일관된 작전이 불가능해졌다. 작전의 마지막 단계에선 모든 부대들이 최종 목표를 향해 모여드는 것이 이상적이다. 아이젠하워가 내놓은 작전계획에선 작전이 진행되어 부대들이 진군할수록 서로 멀어져서 유기적 협조가 아예 불가능해졌다. 덴마크로 향하는 영연방군 21집단군과 오스트리아로 향한 미군 6집단군은 전혀 관계가 없는 군대들이 되었다.

자연히, 이 이상한 작전계획은 서방 연합군의 베를린 점령을 막겠다는 의도에서 만들어졌다는 결론이 나온다. 러시아와 서방 연합군의 모든 부대들이 베를린을 먼저 점령하려 애쓰는 상황에서, 이런 결론은 아이젠하워가 러시아의 이익에 봉사하기 위해 이처럼 문제적인 작전계획을 마련했다는 결론으로 이끈다. 만일 다른 사람이 이 작전계획을 만들었다면, 아이젠하워로선 그것을 반대했어야 했다. 이것은 음산한 함의들을 품은 결론이다. 그러나 아이젠하워의 행동을 설명하는 데는 그것만 한 것을 생각해 낼 수 없다.

아이젠하워의 이후의 행적은 그런 결론에 무게를 실어 준다. 연합원정군 최고사령관으로서 그는 영연방군을 지휘했다. 그래서 그는 중요한 사항들에 관해서 영국군 지휘부와, 특히 부사령관인 아서 테더(Arthur Tedder) 영국 공군 원수와 긴밀히 협의했다. 그러나 수정된 작전계획에 관해서는 아이젠하워는 영국군 지휘부에 전혀 알리지 않았다. 영연방군의 작전에 관련된 일을 영연방군 지휘관들과 협의하지 않은 것은 어떤 기준으로도 비합리적이고 무례한 일이었다. 사령부에서 함께 일하는 부사령관 테더에게도 비밀로 한 것은 인간적 배신이었다. 그런 행태가 불러올 후폭풍을 감수하고서라도, 러시아군이 베를린을 점령하도록 보장하는 조치를 취해야 할 만큼 절박한 사정이 있었다면, 그것은 아이젠하워가 러시아의 이익을 자기 조국과 자신이 이끄는 연합원정군의 이익보다 앞세울 수밖에 없는 사람이었다는 사실이었을 터이다. 다른 추론은 아이젠하워의 기괴한 행태에 대한 설명력이 크게 떨어진다.

이어 아이젠하워는 영국 지휘관들에게 알리지 않고서 그 작전계획을 자세히 스탈린에게 통보했다. 작전계획을 외국에 상세히 알리는 것은 이례적이었다. 연합작전을 하는 우방들 사이에서나 가능한 일이었다. 폴란드 문제에 대한 일반적 처리에서 드러났듯이, 당시 러시아는 빠르게 미국과 영국에 대한 잠재적 위협으로 떠오르고 있었다. 그리고 그렇게 공식화된 작전계획은 앞으로 서방 연합군의 작전에 제약 요인으로 작용할 터였다. 영연방군도 포함된 작전계획이었으므로, 스탈린에게 통보하기 전에 미리 영국군 지휘부의 양해를 얻는 것이 상식이자 예의였다. 그러나 아이젠하워는 먼저 모스크바의 미국 대표단을 통해 스탈린에게 통보하고서 영국군 지휘부에 알렸다.

3월 31일 미국 대사 애버렐 해리먼, 영국 대사 아치볼드 클라크 커(Archibald Clark Kerr) 및 미군 군사연락관 존 딘(John Deane) 소장은 크렘린을 방문했다. 그들은 스탈린에게 아이젠하워가 보내는 작전계획 통보문 'SCAF-252'의 영어 대본과 러시아어 대본을 전달했다.

스탈린의 반응은 예상대로 크게 호의적이었다. 그는 아이젠하워의 계획이 독일을 양분한다는 원칙에 맞는다고 지지를 표명했다. 이어 독일군의 마지막 저항은 체코슬로바키아 서부와 바이에른의 산악 지역에서 나올 것 같다고 예측하면서 아이젠하워의 판단을 지지했다. 그러나 스탈린은 결정적으로 중요한 러시아군의 오데르강 작전에 관해서는 언급을 회피하면서, 러시아군이 베를린에 전력을 집중하려 한다는 사실을 숨겼다.

이튿날인 4월 1일 공식 회담이 끝나자, 스탈린은 아이젠하워의 'SCAF-252'에 대한 공식 답신을 해리먼 일행에게 건넸다. 러시아 최고 지도자는 서방 연합군 사령관에게 그의 작전계획이 러시아군의 계획과 "완전히 일치"한다고 말했다. 이어 스탈린은 "베를린은 이전의 전략적 중요성을 잃었다"면서 아이젠하워의 견해에 동의하고, 러시아 지휘부는 베를린으로는 2류 군대만을 보내겠다고 밝혔다. 대신 러시아군은 서방 연합군과 협력하기 위해 독일 남부를 주공의 목표로 삼겠다고 선언했다. 독일 남부에 대한 러시아군의 공세는 5월 후반에 시작되리라고 예상했다. 한 전사가는 스탈린의 답신을 "현대사의 가장 위대한 만우절

농담"이라 평했다.

아이젠하워의 배신과 무례에 영국군 지휘부는 경악하고 분노했다. 그들의 항의와 야유가 워낙 신랄해서 아이젠하워도 흔들리는 모습을 보였다. 그는 변명을 늘어놓았지만 설득력이 전혀 없었고, 영국 지휘관들은 아이젠하워가 스탈린에게 "몸을 팔았다"고 비웃었다. 그러나 그들은 아이젠하워가 저지른 일들을 되돌릴 힘이 없었다. 아이젠하워의 조치들을 뒤집으려면 루스벨트 대통령의 개입이 필요했는데, 그는 지금 죽어 가고 있었다. 미국 군부를 대변하는 전쟁부와 합동참모본부는 아이젠하워의 후견인인 조지 마셜 원수가 장악하고 있어서 아이젠하워의 결정을 지지했다.

두 나라 지휘관들의 그런 알력과 불화를 모르는 미군 장병들은 자신들이 당연히 베를린으로 향하는 줄로 믿었다. 그래서 모두 서둘러 엘베강을 향해 달렸다. 엘베강을 건너면 그들이 베를린으로 향하는 데 장애가 될 만한 것은 없었다. 이미 전쟁에서 졌다는 것을 잘 아는 독일군은 서방 연합군에 항복하는 편이 러시아군에 항복하는 것보다 훨씬 낫다는 것을 잘 알았다. 그래서 기회가 오면 독일군은 미군이나 영국군에게 기꺼이 항복했다. 반면에, 동부 전선의 독일군은 끝까지 싸웠다. 나치 독일이 러시아에서 저지른 만행들은 러시아군을 복수심으로 채웠다는 사정을 잘 아는 터라, 절망적 상황에서도 독일군 병사들은 끝까지 싸웠다. 그렇게 시간을 벌면 서방 연합군이 독일을 더 많이 점령해서 독일 시민들이 더 많이 살아남을 수 있다는 생각이 그들로 하여금 영웅적으로 행동하도록 만들었다. 그래서 동부 전선에선 독일군 포로들이 서부 전선의 포로들보다 훨씬 적었다.

작전계획 변경에 대한 반응이 자신의 예상보다 훨씬 나쁘다는 것이 드러나자, 아이젠하워는 베를린 문제에서 한 발을 뺐다. 그는 미군 9군에 "엘베강을 건너 교두보를 확보할 모든 기회들을 활용하고, 베를린이나 북동쪽으로 진출을 계속할 수 있도록 준비하라"는 작전명령을 내렸다. 이 작전명령은 실질적 중요성을 지녔다. 윌리엄 심슨(William Simpson) 중장이 이끄는 9군은 지리적으로 베를린으로 진출하기 가장 좋은 부대였다. 그리고 독일군의 '아르덴 반격'에서 12집단군의 다른 부대들과 연결이 끊겨서, 몽고메리의 영연방군 21집단군에 배속되었다가 최근에 원대 복귀한 터였다. 자연히 독립 작전에 익숙한 데다가, 베를린을 먼저 점령하려는 몽고메리의 열망의 영향을 받아 베를린을 향한 장병들의 열망이 유난히 뜨거웠다.

9군 예하 부대들 가운데 베를린에 맨 먼저 닿을 가능성이 크다고 여겨진 부대는 2기갑사단이었다. 대공황 시기에 입대한 남부 출신 노병들이 많아서 병력이 강인한 데다가, 중기갑사단(heavy armored division) 체제를 줄곧 유지해 온 터라서 일반 기갑사단보다 전력이 훨씬 강했다. 그래서 노르망디에 상륙한 뒤로 큰 전공을 세웠다.

이 부대의 별명은 '바퀴 달린 지옥(Hell on Wheels)'이었다. 원래 이 말은 미국 서부 개척 시대에 유니온 퍼시픽 철도(Union Pacific Railroad)가 첫 대륙 횡단 철도(Transcontinental Railroad)를 놓을 때 철도 노동자들을 따라 다닌 술집, 도박장, 무도장舞蹈場, 유곽과 같은 업소들로 이루어진 임시적 공동체를 가리켰다. 그런 말을 부대 별명으로 삼은 데서 이 부대 장병들의 기질을 엿볼 수 있다.

베를린에 맨 먼저 이르는 영예를 향한 장병들의 열망을 잘 아는 사단장 아이작 화이트(Isaac White) 소장은 새로운 작전명령을 받기 전에 이미 베를린으로 가는 기동계획을 마련한 터였다. 그는 마그데부르크 근처에서 엘베강을 건널 생각이었다. 9군은 베를린으로 가는 고속도로(Autobahn)를 기동의 중심축으로 삼을 예정이었다.

베를린을 향한 경주에서 2기갑사단의 경쟁자는 83보병사단이었다. 모든 역량을 투입하는 기동작전에서 보병사단이 기갑사단과 경주하는 일은 나올 수 없었다. 게다가 2기갑사단은 자타가 공인하는 전투력을 지닌 부대였다. 그러나 83보병사단은 예사 부대가 아니었다. 사단장 로버트 메이컨(Robert Macon) 소장은 생각이 유연하고 실질을 중시하는 지휘관이었다. 그는 1890년에 태어나서 최고사령관 아이젠하워와 동갑이었다. 원래 버지니아 이공대학(Virginia Polytechnic Institute)에서 공학석사를 받은 공학자였는데, 뒤늦게 1916년에 보병 소위로 임관했다. 엘베강을 향한 진군이 시작되자, 그는 "움직일 수 있는 것들"은 출처를 불문하고 이용하라는 지시를 내렸다. 그래서 병사들은 독일군으로부터 노획한 차량들과 장비들 가운데 고쳐 쓸 수 있는 것들은 기종을 불문하고 국방색(olive green)으로 칠하고 흰 별 표지를 붙여서 썼다. 독일군의 승용차, 화물차, 탄약 수송차, 전차, 오토바이, 버스, 소방차에다 콘크리트 믹서까지 동원되었다. 사단장이 얘기한 "움직일 수 있는 것들"엔 항공기도 포함되었으니, 83사단은 독일군의 주력 전투기인 메서슈미트(Messerschmitt) Bf 109 한 대를 정찰용으로 운용했다.

이 가관인 군대를 보자, 종군 기자들은 '오합지중 곡마단(The Rag-Tag Circus)'이라는 별명을 붙였다. 그러나 독일군 차량들을 이용할 수 있게 되자 부대의 기동력이 보병사단의 능력을 훌쩍 넘게 되어, 베를린을 향한 경주에서 2기갑사단과 한번 겨루어 볼 만하다는 얘기가 나왔고 병사들은 사기가 올랐다.

독일군의 저항은 그리 완강하지 않았다. 정규군은 러시아군이 아니라 미군에 항복하게 된 것을 행운으로 여겨서, 항복할 기회가 나오면 이내 항복했다. 저항한 부대들은 대부분 친위대(SS) 부대들이었다. 모든 면들에서 우세한 9군은 이들의 산발적 저항들을 어렵지 않게 물리치고 동쪽으로 진출했다.

마침내 4월 11일 2기갑사단과 83보병사단은 엘베강 서안에 이르렀다. 19군단의 전면을 맡은 두 부대는 협조하면서 나란히 진격했다. 기갑부대가 누리는 충격 효과 덕분에 2기갑사단은 비교적 쉽게 진격했지만, 83보병사단은 독일군 잔당을 소탕하는 임무를 주로 맡아서 훨씬 치열한 전투를 치렀다.

83보병사단이 엘베강에 이르자, 메이컨 소장은 곧바로 부교를 설치해서 엘베강 동안에 교두보를 확보하라고 지시했다. 교두보가 확보되자, 그는 2기갑사단의 전차들이 건널 수 있는 튼튼한 부교의 건설을 지시했다. 이제 베를린까지는 "이틀 여정"이었다.

이어 9군의 또 하나의 예하 군단인 13군단의 사단들이 속속 엘베강에 이르렀다. 5기갑사단은 4월 12일에 닿았고, 나머지 사단들도 15일까지는 닿았다.

이틀이면 베를린에 닿을 수 있다는 생각은 9군 전체를 들뜨게 했다. 제2차 세계대전을 일으킨 독일의 수도를 점령해서 전쟁에 종지부를 찍는 마지막 작전에 참가한다는 생각은 길고 힘든 전투들로 지친 장병들의 가슴에 뜨거운 감정들의 물살을 일으켰다. 모두 진격 명령이 내려오기를 기다리고 있었다.

4월 15일 일요일 아침 일찍 9군 사령관 심슨 중장은 직속상관인 12집단군 사령관 브래들리 대장의 호출을 받았다. 12집단군 사령부는 라인강 서안 비스바덴에 있었다. 뜻밖에도 비행장엔 브래들리가 기다리고 있었다.

"빌," 인사가 끝나자, 브래들리가 건조한 음성으로 말했다. "9군은 엘베강에서 멈추기로 작전계획이 변경되었소."

너무나 뜻밖의 얘기여서, 심슨은 브래들리의 얼굴을 멀거니 쳐다보았다.

"9군은 더 이상 베를린 방면으로 진출하지 않기로 결정되었소." 여전히 건조한 음성으로 브래들리가 덧붙였다.

이치에 닿지 않고 믿어지지도 않는 얘기여서, 심슨은 자신도 모르게 큰소리를 냈다. "도대체 이 얘기를 어디서 들었소?"

브래들리는 웨스트 포인트를 1915년에 졸업해서 아이젠하워의 동기생이었고, 심슨은 1909년에 졸업했다.

"아이크한테서." 미안한 낯빛으로 브래들리는 짧게 대꾸했다. 아이크는 아이젠하워의 애칭이었다.

할 말을 찾지 못한 심슨은 군용기들이 분주히 날고 내리는 비행장을 둘러보았다. 그의 마음속으로 탄식이 흘렀다. '세상엔 이런 일도 일어나는구나!'

브래들리는 고집스럽게 침묵을 지켰다.

이 자리에선 무슨 얘기를 해도 도움이 안 된다는 뜻을 담은 상관의 침묵을 심슨은 받아들였다. "다른 얘기가 있습니까?"

브래들리는 고개를 저었다. "없습니다."

다시 항공기에 오르면서, 심슨은 맥이 풀리는 것을 느꼈다. 베를린으로 향할 준비를 마치고 그의 진격 명령만을 기다리는 부하 장병들을 만나서 새로운 작전명령을 전달할 일이 악몽처럼 다가왔다.

이튿날 엘베강 너머로 진출한 9군 장병들은 적군의 압력이 없는데도 후퇴하는 희한한 경험을 했다. 이어 엘베강 서안에 머문 미군들은 적군이 없는 강변을 순찰하면서 러시아군을 기다리는 임무를 수행했다.

아이젠하워 결정의 영향

아이젠하워의 결정이 내려진 다음 날인 4월 16일, 러시아군의 '베를린 전략적 공세작전(Berlin Strategic Offensive Operation)'이 개시되었다. 주코프 원수가 이끄는 1벨라루스 전선이 오데르강을 건너 서쪽으로 진격하고, 바로 남쪽에서 이반 코네프 원수가 이끄는 1우크라이나 전선이 오데르강과 나이세강을 건너 서북쪽으로 공격하고, 이어 오데르강 하류 지역에서 콘스탄틴 로코솝스키 원수가 이끄는 2벨라루스 전선이 서남쪽으로 진격할 터였다. 이 작전에 동원된 병력은 250만 명이었다. 야포와 중박격포 4만 1,600문, 전차와 자주포 6,250대, 그리고 공군 4개 군이 이들을 화력 지원했다. 역사상 가장 강력한 화력이 동원된 작전이었다.

이미 전력이 고갈된 독일군은 이처럼 강력한 러시아군에 맞설 수 없었다. 빠르게 진격한 러시아군은 4월 25일에 베를린을 완전히 포위했다. 이날 러시아군과 미군이 엘베강에서 처음으로 만났다. 그렇게 해서 냉전 시대의 정치적 지형이 결정되었다.

역사상 가장 큰 전쟁이었으므로, 제2차 세계대전은 여러 전선들에서 많은 군대들이 갖가지 형태들로 부딪쳤고, 결과도 다양했다. 그래서 전쟁이 끝나자 작은 일들은 대부분 잊히고, 전략적으로 중요하다고 평가

된 주요 전투들만이 역사에 기록되었다. 그런 평가 과정에서 궁극적 기준은 늘 전투의 결과다. 이긴 군대의 지휘관은 높은 평가를 받고 그의 실수들은 묻힌다. 반면에 진 군대의 지휘관은 패전의 책임을 지게 되어, 그의 공적은 묻히고 대신 사소한 실수들도 패전의 원인을 설명하는 증거들로 쓰인다.

1944년 6월에 노르망디에 상륙한 뒤, 서방 연합군은 독일군에 완벽한 승리를 거두었다. 단 한 번의 역전도 허용하지 않고 빠르게 독일군의 저항을 무너뜨렸다. 1944년 겨울의 '아르덴 반격'은 일방적 승리에 취한 연합군에 긴장감을 불어넣은 일화에 지나지 않았다. 당연히 연합군 지휘관들은 승리한 군대의 장수들이 누리는 후광을 공유했다. 어리석었던 결정들도 큰 문제가 되지 않았고, 그들 사이의 경쟁과 불화가 불러온 문제들도 거대한 드라마를 구성하는 작은 일화들이 되었다.

특히 연합원정군 최고사령관 아이젠하워의 인기와 권위는 세상을 덮었다. 그의 결함들이나 실책들은 모두 그의 명성 아래 묻히고 그의 공적들만 부각되었다. 1945년 4월에 그가 내린 "서방 연합군은 엘베강을 건너지 않는다"는 작전명령도 그렇게 묻힐 법한 사항이었다. 아이젠하워 자신도 그렇게 되리라고 기대했을 것이다. 실제로 그것은 전투에서의 패배를 초래한 결정이 아니었다. 독일군과의 전쟁에서 동맹 관계였던 러시아군과의 협력 과정에서 나온 실무적 결정이라고 그는 거듭 밝힌 터였다.

그러나 아이젠하워의 명령은 역사의 지층 속에 묻히지 않았다. 그렇게 잊히기엔, "이틀 여정"인 베를린으로의 진군을 가로막은 그의 결정이 너무 기괴했고, 베를린의 정치적 중요성이 너무 컸다. 그는 눈 딱 감고 그 기괴한 결정을 삼켰지만, 그의 희망과는 달리 그것은 그의 목에 걸려 결코 내려가지 않는 가시가 되었다.

전쟁이 끝난 뒤 아이젠하워가 누린 명성과 인기는 하도 높아서, 그는 민주당 대통령 후보로 떠올랐다. 그런 명성과 인기를 정치적 자산으로 변환시키는 작업의 첫 과정은 으레 회고록의 출간이다. 아이젠하워도 1948년에 구술한 회고록 『유럽의 십자군(Crusade in Europe)』을 펴냈다. 이 책에서 그는 미군이 쉽게 먼저 점령할 수 있었던 베를린을 러시아군에게 넘긴 사유에 대해 해명했다.

공교롭게도, 그즈음에 첫 '베를린 위기'가 닥쳤다. 스탈린은 처음부터 독일 전체를 러시아가 차지해서 공산화하겠다는 생각을 품었다. 그런 생각을 실현하는 계기로 그는 서방 연합국들이 관할하는 서베를린을 꼽았다. 미국, 영국 및 프랑스가 서베를린을 포기하면 그들이 점령한 독일 지역들도 조만간 러시아의 영향권으로 들어오고, 독일이 러시아의 영향권 안으로 들어오면 서유럽의 다른 나라들도 러시아의 영향권으로 들어오리라는 계산이었다. "베를린에서 일어난 일은 독일에서 일어난다. 독일에서 일어난 일은 유럽에서 일어난다"는 몰로토프의 얘기에 스탈린의 생각이 담겼다.

1948년 6월 24일 러시아군은 서방 연합군이 철도, 도로 및 운하를 통해 서베를린에 접근하는 것을 차단했다. 이런 조치에 맞서 연합군은 서베를린이 필요로 하는 물자들을 공수하기 시작했다. 러시아는 그런 공수작전이 비현실적이라고 여겼다. 실제로 그것은 엄청난 비용과 위험을 부담하는 작전이었다. 게다가 러시아군은 갖가지 방식으로 공수작전을 방해했다. 그래도 공수작전이 꾸준히 이어져 마침내 성공적으로 수행되자, 러시아의 입장이 난처해졌다. 결국 1949년 5월 12일 러시아군은 서베를린에 대한 봉쇄를 풀었고, 323일에 걸친 '베를린 봉쇄(Berlin

베를린 봉쇄는 서방 연합군의 승리로 끝났고, 이에 힘입어 독일연방공화국이 결성되었다.

Blockade)'는 서방 연합군의 실질적 및 도덕적 승리로 끝났다. 공수된 물자는 233만 톤이나 되었다. 그리고 그런 승세에 힘입어, 1949년 5월 23일엔 연합국 점령 지역들이 합쳐진 독일연방공화국(Federal Republic of Germany, 서독)이 결성되었다.

이처럼 베를린이 냉전의 초점이 되면서, 아이젠하워가 회고록에서 내놓은 해명들이 그의 판단과 결정에 대한 의문을 오히려 늘렸다. 그의 해명들은 베를린의 중요성을 낮추는 방향으로 흐를 수밖에 없었는데, 베를린 위기는 그런 해명들이 어리석었음을 부각시켰다.

아이젠하워에게는 불행하게도, 베를린 봉쇄와 공수작전은 그동안 드러나지 않았던 그의 중대한 실책 하나를 부각시켰다. 연합국 최고사령관으로서 그는 베를린에 이르는 통로를 확보해야 했는데, 그 일을 게을리한 것이었다. 그래서 러시아군의 호의에 의존할 수밖에 없게 되었고,

그것이 베를린 위기의 직접적 요인이 되었다.

위에서 "그 일을 게을리했다"는 표현은 실은 정확한 표현은 아니다. 1944년 5월 이후 베를린에 이르는 통로(corridor)를 확보하는 임무는 유럽 자문단(European Advisory Commission)으로부터 연합원정군 최고사령부로 넘어갔다. 그래서 최고사령부 소속 루셔 클레이(Lucius Clay) 중장이 러시아군과 협상을 시작했다. 그러나 아이젠하워는 주코프와 만나서 양쪽의 선의로 충분하다면서 문서로 된 공식 협정을 맺지 않았다. 러시아가 구두 약속을 저버리고 봉쇄를 단행하자, 연합국은 아주 어려운 처지로 몰렸다.

첫 베를린 위기는 그렇게 끝났다. 그러나 베를린 문제는 두고두고 아이젠하워를 괴롭혔다. 특히 그의 대통령 임기 후반에 갑자기 심각해진 베를린 위기는 그의 실책들을 부각시켜서 그에 대한 평가를 낮추었다.

1950년대 후반 수소탄과 미사일의 개발 덕분에 군사력에서 러시아가 미국과 대등해졌다고 판단한 러시아 수상 니키타 흐루쇼프(Nikita Khrushchev)는 공격적 정책을 추구하기 시작했다. 그리고 그런 정책을 처음 적용할 곳으로 서베를린을 택했다. 이런 정책은 1961년의 베를린 위기를 거쳐 끝내 '제3차 세계대전'의 위험이 가장 높았던 '쿠바 미사일 위기'로 이어졌으므로, 위기의 시간표를 통해서 자세히 살펴볼 만하다.

1958년 11월. 서방 연합국들이 6개월 안에 서베를린에서 완전히 철수하고 서베를린은 비무장 자유시로 전환되어야 한다는 최후통첩을 러시아가 일방적으로 발표

1959년 9월. 흐루쇼프가 미국을 방문하고 아이젠하워와 협의

1960년 5월. 게리 파워스(Gary Powers)가 조종한 미국 U-2 정찰기가 러시아 영공 정찰 중 미사일에 맞아 추락. 이 사건을 트집 잡아 흐루쇼프는 파리 4대국 정상회담에서 퇴장

1961년 6월. 흐루쇼프와 존 케네디 신임 미국 대통령의 빈 정상회담. 양 지도자들의 대결적 태도로 양국 관계 악화

1961년 7월. 텔레비전 연설에서 케네디는 서베를린에 대한 지지를 밝히고 러시아에 대해선 전쟁 위험 경고

1961년 8월. 서베를린으로 탈출하는 주민들이 많아지면서 동독 정권은 위기를 맞음. 러시아의 허락을 얻어 동독 당국은 베를린의 양 지역을 분리시키는 '베를린 장벽' 구축 시작

1061년 8월. 린든 존슨(Lyndon Johnson) 미국 부통령이 서베를린을 찾아서 서독에서 파견된 미군 전투부대를 환영

1961년 10월. 동독 당국의 불법적 검문소 설치. 이 일로 미군과 러시아군의 전차들이 대치하는 사태 발생

1962년 10월 14일 미국 U-2 정찰기는 쿠바에서 러시아의 SS-24 중거리 탄도미사일 한 기가 조립되는 모습을 촬영했다. 10월 16일 이런 상황은 케네디 대통령에게 보고되었다. 케네디는 곧바로 이 문제에 대응할 집행위원회(Executive Committee)를 꾸미고 갑자기 닥친 위기에 대처할 방안들을 모색하기 시작했다.

쿠바에서 미국 남안 플로리다까지는 150킬로미터가 채 못 되었다. 그런 곳에 핵탄두를 갖춘 러시아 미사일이 존재한다면 미국의 중심부인 동해안이 러시아의 핵무기 공격에 노출될 터여서, 미국과 러시아 사이의 군사적 경쟁에 새로운 위험 요인을 더할 수밖에 없었다. 집행위원회

"쿠바에 핵탄두를 장착할 수 있는 중거리 탄도미사일이 존재하며, 나는 이미 쿠바를 봉쇄하기로 결정했고, 무력의 사용도 불사할 것입니다."

는 쿠바의 러시아 미사일은 결코 받아들일 수 없다는 결론을 내렸다.

제시된 대처 방안들 가운데서, 케네디는 가장 신중한 방안을 골랐다. 그는 먼저 미국 해군으로 쿠바를 봉쇄해서 러시아가 추가 미사일이나 물자를 쿠바로 들여오는 것을 막은 다음, 러시아에 쿠바의 미사일들을 철거하라고 요구하기로 했다.

10월 22일 텔레비전을 통한 연설에서 케네디는 미국 시민들에게 위기 상황을 솔직히 알렸다. 쿠바에 핵탄두를 장착할 수 있는 중거리 탄도미사일이 존재하며, 자신은 이미 쿠바를 봉쇄하기로 결정했고, 미국의 안보에 대한 중대한 위협을 제거하기 위해 무력의 사용도 불사하겠다고 밝혔다. 그의 연설은 온 세계에 충격을 주었다. 러시아의 반응에 따라 핵전쟁의 위험이 갑자기 커질 수도 있었다. 미국에선 핵전쟁이 임박했다는 두려움에 음식과 휘발유를 사재기하는 시민들이 적지 않았다.

긴박하게 전개되는 위기에서 결정적 순간은 10월 24일 쿠바로 향하는 러시아 선박들이 미국 해군의 봉쇄선으로 다가오면서 나왔다. 러시아 선박들이 미군의 봉쇄선을 돌파하려 시도하면 군사적 충돌로 이어질 터였다. 다행히 마지막 순간에 러시아 선박들이 멈췄고, 온 세계는 안도의 한숨을 내쉬었다.

해상에서의 위기는 가까스로 넘겼지만, 쿠바 안에 이미 들어온 미사일 문제는 그대로 남아 있었다. 10월 27일엔 미국 정찰기가 쿠바 상공에서 격추되어 조종사가 죽었다. 그리고 쿠바를 침공할 미군 부대가 플로리다에 집결했다. 정말로 핵전쟁이 일어날지 모른다는 걱정이 시민들만이 아니라 당국자들 사이에서도 부쩍 커졌다. 당시 미국 국방장관이었던 로버트 맥나마라(Robert McNamara)는 뒤에 술회했다.

"나는 그것이 내가 마지막 볼 토요일이리라고 생각했다."

긴장된 상황 속에서 오해나 우발적 사건으로 핵전쟁이 일어나는 것을 막기 위해, 양국 지도자들은 편지와 다른 통신 수단을 통해서 계속 대화하고 협상했다. 10월 26일 흐루쇼프는 "미군이 쿠바를 침공하지 않는다는 미국 지도자들의 약속이 있으면, 러시아는 쿠바의 미사일들을 철거하겠다"는 전언을 케네디에게 보냈다. 이튿날 흐루쇼프는 수정된 제안을 보내왔다. "미국이 터키의 미사일 시설을 철거하면, 러시아도 쿠바의 미사일들을 철거하겠다."

공식적으로는, 미국 정부는 첫 제안의 조건을 수락하고 수정된 제안은 무시하기로 결정했다. 비공식적으로는, 수정된 제안을 받아들여서 터키에서 미사일들을 철거하는 데 동의했다. 그리고 케네디 대통령의 동생 로버트 케네디 법무장관이 직접 워싱턴 주재 러시아 대사에게 그 뜻을 전달했다. 그렇게 해서, 10월 28일 위기는 끝났다.

여기서 주목할 점은, 쿠바 미사일 위기가 베를린 위기와 연계되지 않았다는 점이다. 냉전에서의 대결이 으레 베를린에서 시작되었고 1961년의 베를린 봉쇄의 여진이 아직 지속되던 터라서, 당시 미국 당국자들은 러시아가 쿠바 미사일의 철거를 베를린에서의 서방의 양보와 연계시키리라고 예상했었다. 러시아가 베를린 문제보다 훨씬 간단하고 해결이 쉬운 터키의 미국 미사일들의 철거를 조건으로 내세우면서, 두 나라는 쉽게 타협할 수 있었다.

베를린의 분할 점령은 전후 유럽 정치 질서의 핵심이었다. 만일 서방이 얄타 회담에서 확정된 베를린의 성격에 관해 조금이라도 양보하게 되면, 유럽의 자유주의 국가들을 지원하겠다는 미국의 의지가 흔들리는 것으로 여겨져서 유럽 안보 체제가 허물어지기 시작할 터였다. 그래서 큰 대가를 치르면서도 서방은 서베를린을 고수한 것이었다.

결국 베를린 문제는 1980년대 말엽 동독이 전체주의의 압제와 명령경제의 비효율로 스스로 무너져서 서독에 흡수되었을 때 비로소 해결되었다. 베를린 문제는 본질적으로 체제의 대결이었고, 서방의 자유주의와 시장경제의 승리로 귀결되었다.

아이젠하워의 해명

이처럼 베를린을 스스로 포기한 아이젠하워의 결정은 조국의 이익을 버리고 잠재적 적국 러시아의 이익을 크게 늘려서 냉전 시기에 서방의 약점을 극대화했으며 궁극적으로 핵전쟁의 위협을 키웠다. 이 기괴하고 해로운 결정에 대해 아이젠하워 자신은 어떻게 해명했는가?

첫째, 자신이 영국군 지휘부와, 특히 부사령관 테더 원수와 아무런 협의를 하지 않고 독단적으로 작전계획을 수정해서 베를린을 작전의 궁극적 목표에서 삭제하고 이어 스탈린에게 자세히 보고해서 기정사실로 만들었다는 비판에 대해서, 아이젠하워는 미군 합동참모본부가 그에게 "성격에서 전적으로 군사적인 문제들에 관해선" 러시아 당국과 직접 교신할 수 있도록 허가했다는 사실을 내세웠다. 그리고 "이어진 작전에서, 이 허가에 관한 나의 해석은 처칠 씨의 날카로운 도전을 받았는데, 이런 어려움은 정치와 군사적 행동들은 결코 완전히 분리될 수 없다는 오랜 진리에서 일어난 것이었다"고 기술했다.

이것은 연합원정군 최고사령관에게 어울리지 않는 초라하고 억지스러운 변명이다. 모두 잘 아는 것처럼, "할 수 있다"는 허가는 "해야만 한다"는 강제적 규정을 뜻하지 않는다. 전적으로 군사적인 문제들은 러시아군 지도자들과 직접 교신할 수 있도록 한 허가는 최고사령관인 그가 휘하 영국군 지휘관들과 협의하지 말고 러시아군과 교신해야 한다는 얘기가 아니다. 설령 그렇게 할 수밖에 없는 급박한 상황이 나오더라도, 최고사령관은 즉시 영국군 지휘관들에게, 특히 부사령관인 테더에게 알리는 것이 자연스럽다. 일부러 영국군 지휘관들을 따돌리고 잠재적 적국으로 부상한 러시아 최고 지도자에게 연합군의 작전계획을 상세하게 알린 것은 자신의 직권을 함부로 써서 자신의 직무를 제대로 수행하지 못한 것이다.

게다가 아이젠하워의 해명은 정직하지 못하다. 얄타 협정은 베를린의 특별한 지위를 인정해서 독일 영토의 분할과 별도로 베를린도 4개국이 분할 점령하도록 규정했다. 당연히 베를린에 관한 결정은 어느 것이든 순수하게 군사적 결정일 수 없었다. 베를린을 그렇게 특별히 다루어서 4개국이 공동 점령한다고 규정했으니, 연합원정군 최고사령관은 당연히 베를린까지는 연합군이 진출하는 것을 목표로 삼아야 했다. 베를린만이 아니라 주변 지역까지 러시아군에게 넘기기로 작정하고서 뒤늦게 그런 결정을 군사적 조치라고 우기는 것은, 그리고 그 문제를 '군사적 문제'의 해석에 관한 처칠과의 의견 차이에 지나지 않았다는 해명으로 얼버무리는 것은 정직하지 못하다.

둘째, 아이젠하워는 베를린을 공격 목표로 삼은 작전계획을 바꾼 근본적 이유로 "베를린이 이전의 전략적 중요성을 잃었다"는 사정을 들었다. 그렇게 판단한 근거로는 "베를린이 폐허가 되었고 많은 정부 요원들이 베를린을 떠났다"는 사실을 들었다.

그의 얘기는 조리가 닿지 않는다. 독일의 도시들 가운데 베를린의 중요성은 도시가 폭격으로 폐허가 되었다는 사정에 의해 크게 줄어드는 것은 아니다. 그리고 독일의 주요 도시들은 폭격으로 모조리 폐허가 된 상태였다. 독일 정부 요원들이 베를린을 떠났다는 얘기는 사실이 아니다. 독일 정부와 나치당의 모든 핵심 기관들과 요원들이 그대로 베를린에 머물렀고, 히틀러는 베를린 수호를 위해 부대들을 불러 모으고 있었다. 무엇보다도 히틀러는 베를린을 떠날 의향이 없었고, 만일 자신이 죽어야 한다면 베를린에서 죽겠다고 공언한 터였다.

아무런 근거가 없는 아이젠하워의 판단에 적극적으로 찬동한 사람은 스탈린뿐이었다. 그는 베를린이 전략적 중요성을 잃었다는 아이젠하워의 판단에 전적으로 동의하면서, 러시아는 베를린으로 2급 부대들만을 보내겠다고 선언했다.

스탈린의 긍정적 반응에 고무된 아이젠하워는 베를린 공략을 줄곧 주창해 온 몽고메리에게 "베를린은 지리적 명칭에 지나지 않는다"고 퉁명스럽게 말했다. 그리고 "서방 연합군은 되도록 동쪽에서 러시아군과 만나야 한다"는 처칠의 간절한 호소를 끝내 묵살했다.

셋째, 아이젠하워가 미군 주력을 베를린이 있는 독일 북부가 아니라 독일 남부로 돌린 이유들 가운데 하나로 꼽은 것은, 히틀러가 최후엔 자신의 군대를 이끌고 바이에른과 오스트리아 북서부의 '알프스 요새(Alpine Fortress)'로 들어가서 마지막 항전을 수행하리라는 예측이었다. 이것은 연합원정군 최고사령관에 어울리지 않는 상황 판단이다. 이미 독일군은 괴멸 상태에 있었으니, 서부 전선과 동부 전선에서 걷잡을 수 없이 밀리는 상황이었다. 특히 후퇴할 때마다 전차, 중화기, 차량을 많이 잃어서 전력이 빠르게 저하되었다. 그런 군대가 제공권을 완전히 잃은 상태에서 먼 남부 산악 요새로 이동해서 마지막 항전을 한다는 예측은 백일몽에 가까웠다.

아이젠하워의 그런 예측을 떠받친 유일한 구체적 증거는 빈에 주둔한 6 SS 기갑군(SS Panzer Army)이었다. 히틀러가 이 강력한 기갑부대를 베를린의 방위에 투입하지 않은 것은 이 부대가 산악 요새에서의 최후 항전의 핵심 부대이기 때문이라는 얘기였다(실제로는 그런 상황은 히틀러의 판단 착오에서 나왔다). 그런 추론을 편 연합원정군 최고사령부 합동정보위원회(Joint Intelligence Committee)도 "독일 최고사령부의 전략이 궁극적으로 이른바 '국가 요새'를 점령하는 것을 고려하면서 수행된다는 증거는 없다"고 결론을 내렸다. 그 위원회가 작성한 또 하나의 보고서는 "최근에 체포된 다양한 독일군 장군들과 고급 장교들의 취조는 그들 가운데 누구도 '국가 요새'를 들어 본 적이 없음을 보여 준다. 그들은 모두 그런 계획을 '우스꽝스럽고 비현실적'이라고 여긴다"고 기술했다.

최고사령관에 어울리지 않는 이런 환상은 그러나 아이젠하워의 근본적 태도를 보여 준다. 노르망디 상륙작전이 개시된 뒤, 그는 줄곧 비정상적 태도를 보여 왔다. 야전 지휘관은 본능적으로 적군의 방위선을 돌파하고 적군이 재정비하기 전에 빠르게 진격해서 적의 방위선을 붕괴시키는 것을 목표로 삼는다. 그러나 아이젠하워는 그런 태도를 보이지 않았다. 전력을 집중해서 독일로 향하려는 휘하 지휘관들의 요청을 무시하면서, 전력을 온 전선에 고루 배치하는 전략을 유지했다. 그가 대대장을 끝으로 야전 지휘관을 한 번도 하지 않고, 연대장, 사단장, 군단장, 군사령관을 하지 않고 대뜸 연합원정군 최고사령관이 되어서 소심할 수밖에 없다는 사정만으로는 설명되지 않는 태도였다.

'산악 요새'라는 환상적 해명은 러시아에 대한 배려가 늘 그의 마음에서 작용했음을 보여 준다. 그는 자신이 이끄는 연합군이 독일로 너무 빨리 진격해서 독일이 연합군에 항복하는 것을 막기 위해 무던히도 애쓴 것이었다. 독일군이 연합군에 항복하기를 원한다는 것이 드러난 뒤에도, 그는 독일군에 항복하라는 권고도 선전도 한 적이 없다. 독일로 진격한 뒤에는 베를린을 공격 목표에서 지우고 미군이 엘베강을 넘지 못하게 막았다. 그런 태도를 우리는 산악 요새라는 환상적 해명에서 한 순간 탈을 벗은 얼굴처럼 엿본다.

아이젠하워의 기괴한 행태

연합군 작전계획에서 줄곧 공격 목표였던 베를린을 아예 빼 버린 아이젠하워의 기괴한 행태는 어떻게 설명되어야 하는가? 위에서 살핀 것처럼, 아이젠하워 자신의 해명들은 조리에 닿지 않는다.

이내 떠오르는 설명은, 아이젠하워가 러시아의 첩자였다는 가설이다. 그가 내린 여러 결정들은 일관되게 러시아의 이익에 봉사했다. 그런 가설은 그의 기괴한 행태를 깔끔하게 설명할 수 있다. 반면에 다른 가설들, 예컨대 그가 무지했다거나 실수를 했다거나 너무 순진해서 스탈린에게 우롱을 당했다는 얘기들은, 그의 결정들이 일관되게 연합국에 해로웠고 러시아의 이익에 봉사했다는 사실을 설명하지 못한다. 무지와 실수가 원인이라면, 그의 결정들 가운데 몇몇은 연합국의 이익과 러시아의 손해를 불렀을 것이다.

아직까지 과학철학은 두 과학적 이론들을 비교해서 보다 나은 이론을 골라내는 객관적 기준을 찾지 못했다. 그런 상황에서 가장 많이 원용되는 원리는 '오캄의 면도날(Occam's razor)'이다. "존재들은 필요 이상으로 늘어나선 안 된다(Entities should not be multiplied beyond necessities)"라고 흔히 설명되는 이 원리는, 설명은 되도록 간단해야 한다는 점을 가리킨다. 한 현상에 대해 같은 예측을 하는 가설들이 있을 때, 가장 적은 가정들을 하는 가설을 고르라는 얘기다.

오캄의 면도날은 우리의 직관과 경험에 맞으므로, 모든 과학자들이 그것을 따른다. 실은 두 경쟁적 가설들을 비교할 때만이 아니라, 어떤 현상의 이론적 모형을 발전시키는 과정에서 실제적인 발견법(heuristic)으로 쓰인다. 상대성이론과 양자역학의 발전 과정에서 오캄의 면도날이 탐색을 인도하는 원리였다는 사실은 잘 알려졌다.

오캄의 면도날이라는 기준으로 재 보면, 아이젠하워가 러시아의 첩자였다는 가설은 다른 가설들을 압도적으로 밀어낸다. 그리고 과학적 방법론은 그 가설을 따르는 것이 합리적이라고 우리에게 얘기한다.

물론 이것은 쉬운 일이 아니다. 연합원정군 최고사령관이, 그것도 뒷날에 미국 대통령이 될 사람이 러시아의 첩자였다는 주장을, 확실한 증거들이 여럿 있다고 해서 선뜻 믿을 수는 없다. 실제로, 이 문제와 마주친 역사가들은 모두 아이젠하워가 러시아의 첩자였다는 결론을 피하려고 진흙탕 속으로 빠져들어 가는 사람들처럼 발버둥 쳤다.

베를린 문제와 관련해서 증거들이 가리키는 결론을 받아들이려는 사람들에겐 다행스럽게도, 아이젠하워의 이후의 행적에도 그런 결론을 떠받치는 사례들이 있다.

첫째, 1945년 4월 19일 조지 패튼 대장이 이끄는 3군은 체코슬로바키아로 진입했다. 바이에른을 빠르게 점령하고 오스트리아로 진출하는 3군으로선 왼쪽 측면을 보호할 필요가 있었다. 이때 체코슬로바키아의 수도 프라하에선 빨치산 세력이 봉기해서 독일군과 싸웠다. 독일군에 밀린 이들은 미군에게 도움을 요청했다.

3군이 프라하 서쪽 80킬로미터 거리의 플젠을 점령했다는 보고를 받자, 아이젠하워는 러시아군 참모총장 안토노프 원수에게 미군이 엘베강을 따라 진격해서 프라하의 독일군을 제압할 수 있도록 해 달라고 요청했다. 물론 안토노프는 거절했다. 러시아군이 이미 5월 5일에 '프라하 작전'을 개시했다는 점을 들어(안토노프의 주장은 뒤에 거짓말이었음이 드러났다). 안토노프의 회신을 받자, 아이젠하워는 곧바로 3군에 체코슬로바키아에서 완전히 철수하라는 명령을 내렸다.

당시 아이젠하워로선 안토노프에게 미리 양해를 구할 필요가 없었다. 그냥 점령하면 될 일이었다. 엘베강을 따라 남하하면 프라하는 자연스럽게 미군이 장악하게 될 판이었다. 나중에 정치적 문제가 생기면 그때 물러나면 될 터였다. 더구나 스탈린은 '베를린 작전'에 러시아군의 중심 부대들을 투입함으로써 아이젠하워를 속이고 바보로 만들었다는 것이 드러난 터였다.

그러나 아이젠하워는 군이 안토노프에게 양해를 구하고 자신의 요청이 거절당하는 상황을 만들어서, 러시아군이 체코슬로바키아를 점령할 기회를 마련해 주었다. 그의 술수 때문에 체코슬로바키아 시민들은 두 세대 동안 공산주의 체제를 견뎌야 했다.

둘째, 독일군은 러시아군에 항복하는 것이 죽음이나 노예노동을 뜻한다는 것을 잘 알았으므로, 기회가 나오면 서방 연합군에 항복했다. 그래서 러시아군은 그들의 기대보다 훨씬 적은 독일군 포로들을 얻었다. 독일군이 완전히 항복한 뒤, 아이젠하워는 모든 독일군 포로들을 러시아에 넘기겠다고 안토노프에게 통보했고, 안토노프는 그 제안을 만족스럽게 받아들였다.

서방 연합국에 대한 믿음에서 서방 연합군에 항복한 독일군의 신뢰를 저버린 이 처사는 참으로 이해하기 어렵다. 독일군 포로들이 300만 명을 넘고 100만 명이 포로수용소에서 죽었다는 사실은 아이젠하워의 행위를 인류에 대한 범죄로 만든다.

셋째, '용골끌이 작전(Operation Keelhaul)'을 실제로 집행한 최고 책임자였으므로, 아이젠하워는 그 사악한 참극에 대해 누구보다도 큰 책임을 질 수밖에 없다. 만일 그가 국제법을 존중하는 태도를 지녔었다면 많은 포로들과 민간인들이 죽음을 피할 수 있었을 것이다. 전쟁 포로들을 다룰 때는 "군복 너머를 보지 않는다"는 것이 국제적 관행이다. 만일 그가 그런 법을 따를 마음이 있었다면, 독일군 군복을 입고 독일군에 협력한 러시아군 포로들이 러시아로 강제 송환되는 것을 막을 수 있었다.

많은 사람들을 확실한 죽음과 파멸로 몰았다는 점에서, 그의 행위들은 '인류에 대한 범죄'를 구성한다. 특히 그가 휘하에 거느렸던 자유 폴란드군을 폴란드로 보낸 것은, 강제 송환을 앞둔 폴란드군 장교들이 잇따라 자살하는 것을 외면하고 강제 송환을 강행한 것은, 그의 인품을 보여 주는 지표다.

넷째, '뉘른베르크 재판'은 공정한 재판과는 거리가 멀었다. 전쟁에서 이긴 연합국들이 진 독일 사람들을 일방적으로 재판하고 지나치게 가혹한 형벌을 내렸다는 평가가 나왔다. 특히 증거의 수집과 심리에서 편향과 무리가 심각했다. 특히 러시아는 그런 문제들을 더욱 심각하게 만들었다.

아이젠하워는 재판에 직접 참여하지 않았다. 그러나 재판의 모든 과정에서 그는 큰 영향을 미쳤다. 그는 단언했다.

"두드러진 나치 당원들은, 특정 기업가들과 함께, 재판을 받고 벌을 받아야 한다. 비밀경찰(Gestapo)과 친위대(SS)의 일원이었다는 사실은 일단 확실한(prima facie) 유죄의 증거로 받아들여져야 한다. 독일 참모본부(General Staff)는 해체되어야 하고, 그것의 모든 문서들은 압수되어야 하고, 전쟁의 개시에 동조하거나 어떤 전쟁 범죄에 가담한 혐의가 있는 요원들은 재판을 받아야 한다."

위에서 든 증거들은 아이젠하워가 늘 러시아의 이익을 궁극적 가치로 삼아 행동했고, 자신의 조국 미국이나 서방 연합국들의 이익도 인류나 진리와 같은 자연스럽고 정당한 가치들도 가볍게 여겼다는 것을 거듭 보여 준다. 그것만큼은 분명하다.

그래도 반론은 나올 수 있다.

"늘 러시아의 이익을 위해 애썼다는 사실이 러시아의 첩자라는 증거가 되는 것은 아니지 않은가? 많은 공산주의 동행자들이 러시아의 첩자가 아니면서 국제공산당을 동경하고, 기회가 닿을 때마다 공산주의의 확산을 위해 애쓰지 않았는가?"

이런 반론은 일리가 있다. 사회적 문제들의 원인을 살피고 개선할 길을 찾는 젊은이들은 공산주의에 관심을 갖게 된다. 특히 세계 경제가 깊은 불황에 빠져 많은 사람들이 고통을 받던 1930년대엔 많은 젊은이들이 문제의 근원은 자본주의라는 공산주의자들의 진단과 처방에 귀를 기울였다.

그러나 동행자들이 국제공산당이나 러시아에 충성하는 첩자가 되려면, 거쳐야 하는 시험이 있었다. 실제로 공산주의를 실행한 소비에트 러시아의 실상을 알고도 충성심이 바뀌지 않는 사람들만이 러시아의 첩자가 될 수 있었다. 그것은 퍽 어려운 시험이었다. 러시아의 실상이 알려지면서, 많은 동행자들이 러시아와 공산주의에 환멸을 느끼고 전향했다.

그들이 겪은 첫 시험은 1930년대 중엽에 열린 두 차례의 '모스크바 재판'이었다. 스탈린이 정적들을 제거하기 위해 연출한 이 재판들은 그 과정과 내용이 너무 기괴해서 온 세계 지식인들에게 충격을 주었고, 정직한 지식인들이 러시아의 실상을 엿볼 수 있는 틈새를 제공했다.

두 번째 시험은 1939년에 러시아가 독일과 맺은 불가침조약이었다. 나치 독일과 파시스트 이탈리아는 모든 공산주의자들이 혐오한 적대 세력이었다. 스페인 내란에서 많은 공산주의자들이 인민정부와 연대해서 독일과 이탈리아의 파시스트 세력과 싸웠다. 그들에게 나치 독일과 러시아의 협력은 도저히 설명할 수 없는 현상이었다. 그 기괴한 협력 앞에서, 많은 동행자들이 환멸을 느끼고 전향했다. 불가침조약을 계기로 공산주의의 기세가 눈에 뜨이게 꺾였다.

미국 공산당의 역사는 이 점을 잘 보여 준다. 미국 공산당의 정치적 노선은 하룻밤 사이에 완전히 뒤바뀌었다. 나치 독일의 위험에 대한 집단안보(collective security)를 강조하던 주장은 유럽의 군사적 상황에 대한 미국의 개입을 반대하는 주장으로 바뀌었다. 독일에 대한 공개적 비난은 극소화되고, 프랑스와 영국의 무능과 과오에 대한 비난은 극대화되었다. 미국 공산당의 이런 변신은 지지도에 영향을 미칠 수밖에 없었다. 1940년 미국 공산당 당원은 15퍼센트 줄었고, 신입 당원은 1938년보다 75퍼센트나 줄었다.

세 번째 시험은 '카틴 학살'이었다. 1943년 독일군은 러시아 서부 스몰렌스크 부근의 작은 도시 카틴에서 2만 2천 명의 폴란드 장교들과 경찰들과 지식인들의 시체들을 발굴했다. 독일의 선전상 괴벨스는 이들이 1940년에 러시아 비밀경찰(NKVD)에 학살되었다고 공개했다.

자신의 주장의 객관성을 보증하기 위해, 괴벨스는 유럽 국제적십자사의 전문가들로 구성된 위원회를 만들어 시체들을 조사하도록 했다. 그는 자신이 연출한 카틴 학살 폭로의 신뢰성을 높이기 위해 미군 포로 두 사람도 초청했다. 그래서 도널드 스튜어트(Donald Stewart) 대위와 존 밴 블리트(John Van Vliet) 대령이 카틴의 국제 기자 회견에 참가해서 증거들을 살폈다. 그 두 사람은 그들의 상관들에게 암호로 학살이 러시아의 소행이라고 보고했다. 먼저, 시체들은 이미 너무 부패해서 독일군이 그들을 학살했을 가능성이 없었다. 다음엔, 시체들에서 발견된 소지품들—편지들, 일기들, 사진들 및 인식표 따위—에 1940년 봄 이후 날짜를 기록한 것이 없었다. 셋째, 가장 확실한 증거는 그들의 군복과 군화가 모두 비교적 양호한 상태였고, 이 사실은 그들이 포로가 된 지 얼마

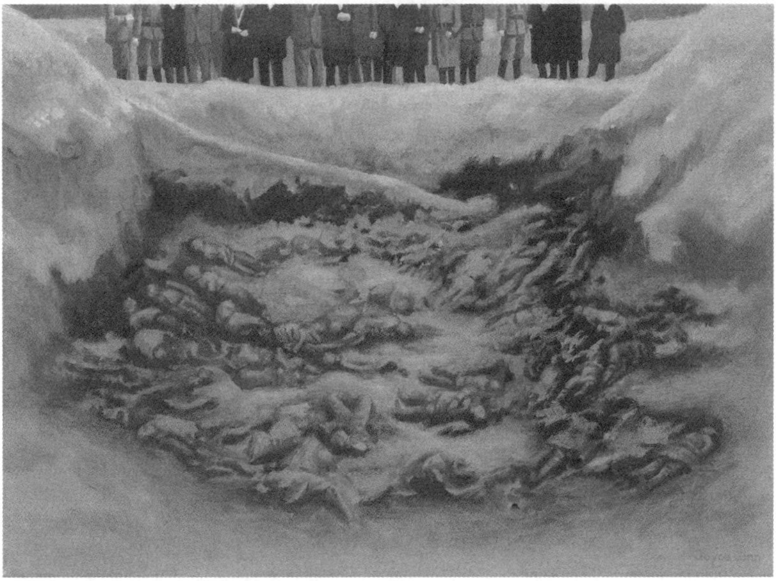

카틴 학살의 희생자들은 포로가 된 지 얼마 되지 않아 죽은 것으로 드러났다.

되지 않는 시기에 죽었음을 보여 주었다.

그러나 러시아는 독일의 주장을 부인하고, 그런 학살이 독일의 소행이라고 주장했다. 그러자 런던의 폴란드 망명정부는 국제적십자사가 이 문제를 조사하도록 러시아에 요청했다. 스탈린은 그런 요청을 거절하고, 그런 요청은 독일과 폴란드의 음모라고 비난했다. 결국 영국 정부가 폴란드 망명정부에 압력을 넣어서, 폴란드 망명정부는 자신의 제안을 거두어들였다.

뉘른베르크 재판이 열리자, 러시아는 카틴 학살을 자행한 독일인들을 재판에 회부하겠다고 나섰다. 러시아의 수석검사 로만 루덴코(Roman Rudenko) 중장은 "주요 전쟁 범죄자들이 책임을 져야 할 가장 중요한 범죄행위들 가운데 하나는 독일 파시스트 침입자들이 스몰렌스크 근처

카틴 삼림에서 총살한 폴란드인 포로들의 학살이다"라고 주장하면서 독일인들을 기소했다. 그러나 러시아 검사들이 내놓은 증거들이 너무 부실해서 미국과 영국의 재판관들은 기소를 각하했다.

이 세 차례의 시험들을 통과해야 국제공산당과 러시아에 대한 충성심을 유지할 수 있었고 러시아의 첩자가 될 수 있었다. 아이젠하워는 그 시험들을 잘 치렀다. 카틴 학살은 그에겐 특히 힘들었다. 독일군 포로로 카틴에서 증거들을 살핀 두 장교들의 암호 보고 덕분에 그는 카틴 학살이 러시아의 소행이라는 사실을 가장 먼저 확인한 사람들 가운데 하나였다. 그래도 그는 마음이 흔들리지 않았고 여전히 러시아의 이익을 위해 봉사했다.

아이젠하워가 러시아의 첩자로 활동했다는 가설은 그의 문제적 행태들이 나온 시기에 의해서도 지지를 받는다. 그런 행태들은 노르망디 상륙작전 이후 서방 연합군과 러시아군의 작전 지역이 빠르게 좁혀지고 두 군대가 상대의 의도와 움직임에 마음을 쓰게 되면서 나오기 시작했다. 두 군대의 잠재적 이익이 상충되면서, 그가 러시아군의 이익을 위해 나서기 시작했다는 얘기다. 그런 변화가 큰 이해가 걸린 베를린 문제에서 나왔다는 것도 예상할 수 있는 일이었다.

또 하나 주목할 점은, 아이젠하워의 문제적 행동들은 모두 급작스럽게 나왔다는 사실이다. 그런 결정들은, 안건들의 중대성을 고려하면 거의 즉흥적으로 이루어졌다. 베를린을 공격 목표에서 빼어 버린 일만 하더라도, 그것은 시간적 여유를 갖고 미군과 영국군의 지휘관들과 논의하면서 자신의 견해를 따르라고 설득하는 것이 당연했다. 최고사령관의 직무가 바로 그것이었다. 실은 그는 그런 일들을 잘했다. 그는 야전 경험이 유난히 적었고 유럽의 지정학적 상황에 무지해서 영국군 지휘관들의 경멸을 받았다. 그가 잘한 일들은 여러 나라 정치 지도자들과의 의사소통과 여러 지휘관들의 견해들과 주장들을 조정해서 거대한 연합원정군의 작전들을 매끄럽게 수행하는 일이었다. 그는 본질적으로 '정치적 조정자(political fixer)'였고, 그 일에 뛰어나서, 연합원정군 최고사령관에 적합하다는 평을 들었다.

그런 '급작스러움'은 실은 첩자들의 행태에서 으레 나오는 특질이다. 첩자는 자신을 담당한 관리자(handler)의 지시를 무조건적으로 따라야 한다. 관리자의 지시는 본국 정보기관의 결정이므로, 관리자로선 그대로 집행해야 한다. 첩자도 관리자에겐 지시 사항을 바꿀 권한이 전혀 없다는 것을 잘 안다. 따라서 그로선 지시를 그대로 따를 수밖에 없다. 따르지 않으면 파멸을 맞을 따름이다. 목숨이라도 부지하려면, 휘태커 체임버스의 경우처럼 첩자들의 조직에서 이탈해서 가족과 함께 잠적해야 한다. 상황이 그러하므로 첩자의 행동은 늘 급작스럽다. 지시를 받으면, 이전의 행태가 어떠했든 지금 상황이 어떠하든 이내 지시대로 움직여야 한다. 첩자의 사회적 지위나 명망이 아무리 높더라도 그렇게 해야 한다.

미국 공산당 지도자 얼 브라우더의 행태에서 이 점이 잘 드러난다. 브라우더는 1930년부터 1945년까지 미국 공산당의 서기장을 지내면서 미국 공산당을 이끌었다. 미국 공산당 안에서 주류를 이끌었고 모스크바의 신임이 두터워서, 그는 당에서 절대적 권력을 지닌 지도자였다. 그는 '뉴딜'을 적극적으로 지지해서 루스벨트 대통령과도 가까웠다. 그래서 개인숭배(cult of personality)의 대상이 될 만큼 인기와 영향력이 컸다.

러시아 첩보 요원 제이콥 골로스가 죽은 뒤, 그의 아내로 연락원 임무를 맡았던 일리저버스 벤틀리가 골로스의 역할을 대행하려 했을 때, 브라우더는 그녀의 제안을 들어주었다. 골로스의 후임 이스하크 아흐메로프가 벤틀리의 첩자들이 자신에게 직접 보고하도록 하자, 브라우더는 아흐메로프의 조치를 따랐다. 벤틀리는 해운 회사 부사장에서도 밀려났다. 미국 공산당에서 절대적 지도자였던 브라우더가 실제로는 아무런 실권이 없이 러시아 첩보 조직의 지시를 그대로 따르는 존재라는 것을 깨닫자 그녀는 깊은 충격을 받았고 미국 공산당에 깊은 환멸을 느꼈다. 이런 충격과 환멸은 그녀가 전향하는 계기가 되었다.

아이젠하워가 급작스럽게 자신의 결정을 바꾼 경우들 가운데 특히 흥미로운 일화는 9군이 베를린 진격에 나섰던 때에 나왔다.

84보병사단은 하노버를 점령하는 임무를 수행하느라 다른 부대들보다 동쪽으로의 진군이 좀 늦었다. 이틀 뒤인 4월 8일, 84사단은 다시 동쪽으로 움직일 준비를 마쳤다. 그때 아이젠하워가 84사단을 찾았다.

"앨렉스, 다음엔 어디로 가나?"

"장군님, 우리는 곧장 진격할 겁니다. 우리는 베를린으로 향하는데, 아무것도 우리를 막을 수 없습니다." 사단장 앨리그잰더 볼링(Alexander Bolling) 소장이 대답했다.

"멈추지 말고 나아가게." 사단장의 어깨에 손을 얹으면서 최고사령관이 말했다. "나는 자네에게 이 세상의 모든 행운이 따르기를 기원하네. 누구도 자네 앞길을 가로막지 못하게 하게."

"감사합니다, 장군님." 볼링은 아이젠하워가 9군의 목표가 베를린임을 확인해 주었다고 여겼다고 뒤에 술회했다.

이 일화는 베를린을 9군의 공격 목표로 삼은 작전명령을 이때까지만 하더라도 아이젠하워가 지지했음을 가리킨다. 9군이 엘베강을 넘지 못하게 한 명령은 4월 8일과 14일 사이에 '위'에서 내려왔다는 얘기다. 그 명령은 최고사령관의 권한을 침해하고, 미군의 정상적 작전을 방해하고, 서방 연합국의 이익을 해치는 명령이었다. 그런 비합리적이고 비정상적인 명령에 대해 아이젠하워는 아무런 이의를 제기하지 못하고 그대로 받아들인 것이다. 자신에게 퍼부어질 온갖 불평과 야유와 경멸을 감수하면서, 이미 엘베강을 건너 교두보를 마련한 군대를 되돌리면서까지, 3개 집단군을 이끈 지휘관이 이치에 맞지 않는 명령에 조용히 따른 경우는 자유민주주의 국가의 역사에선 보이지 않는다.

이 불행하지만 흥미로운 일화는 아이젠하워의 관리자가 누구였는지 명확하게 일러 준다. 아이젠하워는 줄곧 그의 후견인이었고 당시엔 직속상관이었던 육군 참모총장 조지 마셜 원수의 하수인이었다. 그는 마셜로부터 지시를 받아 충실히 수행했다. 그리고 매카시 상원의원이 의회 연설에서 고발한 대로, 마셜은 미국의 이익이 걸린 일마다 그르쳤다는 지적을 받았다.

조지 마셜의 경력

마셜은 생전에 이미 신화적 인물이 된 사람이다. 그의 인품과 업적에 대한 칭송이 그를 후광처럼 감싸서, 그를 발탁한 대통령들도 그를 가볍게 대하지 못했다. 그래서 매카시의 파멸이 마셜을 공격한 연설에서 비롯했다는 주장에 많은 사람들이 동의한다.

근년에 미국 공산당의 실체가 드러나고 그 구성원들이 미국 정부의 요직들에 침투해서 미국과 자유세계에 끼친 해악들이 차츰 알려지면서, 특히 '베노나 사업'으로 얻어진 부인할 수 없는 정보들이 일반에 공개되면서, 러시아의 첩자들이 끼친 해악에 대한 인식이 상당히 달라졌다. 자연히 매카시에 대한 부당한 평가가 상당히 가시고 마셜에 대해선 회의적 평가가 나오기 시작했다.

마셜은 20세기 전반에 미국 육군을 이끈 두드러진 장군들 가운데 하나다. 제1차 세계대전에서 미국 원정군(American Expeditionary Force)을 이끈 존 퍼싱(John Pershing)[1860~1948, 참모총장 1921~1924], 태평양전쟁과 한국전쟁에서 활약한 맥아더[1880~1964, 참모총장 1930~1935]와 함께 큰 업적을 남긴 육군 지휘관이라는 평가를 받는다.

이 세 사람은 모두 미국 원정군으로 1차대전에 참가했다. 그리고 뒤에 원수의 계급에 올랐다. 그러나 화려한 공을 세우고 빠르게 진급한 두 선배와 달리, 마셜은 초기엔 경력이 화려하지 못했다. 나이는 맥아더와 동갑이었지만 그는 진급이 늦었고, 프랑스 전선에서 큰 공을 세워 국제적 명성을 얻은 맥아더와 달리 전선에서 별다른 활약을 하지 못했다.

그래서 갑작스럽게 육군 참모총장이 되기 이전의 그의 삶에 관해서는 알려진 것이 많지 않다. 게다가 그는 남의 주목을 받는 것을 극도로 꺼렸다. 1940년대에 세상의 주목을 받게 되자, 그는 신문과의 대담에서 밝혔다.

"주목을 받지 못하는 것은 내게 해를 끼치지 않지만, 상당한 주목을 받으면 내게 좋을 것이 없다."

그는 회고록을 쓰지 않았고 다른 사람이 그의 삶에 대해 쓰는 것을 허락하지도 않았다. 유일한 '공식적' 전기는 그의 구술에 바탕을 두었다.

전쟁이 없었던 1920년대와 1930년대는 미군 장교들에겐 좋은 시절이 못 되었다. 1930년대에 들어서자, 마셜은 50대가 되었는데도 중령에 머물러서 마음이 다급해졌다. 1932년 그는 퍼싱에게 도와달라고 요청했다. 그는 퍼싱의 참모로 일한 인연이 있었고, 1928년에 마셜이 재혼했을 때 퍼싱은 마셜의 들러리(best man)였다.

퍼싱은 참모총장 맥아더에게 마셜의 진급을 부탁했다. 맥아더는 도와줄 의향이 있었지만, 진급은 정상적 경로를 통해서 이루어져야 한다고 말했다. 마셜의 능력을 믿은 퍼싱은 선뜻 동의했다. 두 사람이 마셜의 인사 기록을 검토하니, 마셜의 상관들은 그가 부대를 지휘하면서 장병들과 지낸 시간이 너무 부족하다고 판단했음이 드러났다. 그는 주로 참모나 교관으로 일했었다. 맥아더는 이런 약점을 보완하기 위해 마셜에게 연대를 지휘하도록 하는 방안을 퍼싱에게 제시했다. 그래서 마셜은 조지아주 포트 스크리번의 8보병연대를 지휘하게 되었다.

그러나 감찰감(Inspector General)의 보고서는 마셜의 부대 지휘에 대해 부정적 평가를 내렸다.

"마셜이 지휘하고 1년이 채 못 되는 기간에 8연대는 육군의 가장 뛰어난 연대들 가운데 하나에서 가장 열등한 연대들 가운데 하나로 전락했다."

맥아더는 그 보고서 때문에 마셜을 장군으로 진급시킬 수 없게 되었다고 퍼싱에게 미안한 뜻을 전달했다.

1933년 6월에 8연대장에서 물러난 마셜은 사우스캐롤라이나주의 해안 포대인 포트 물트리의 사령관으로 부임했다. 그해 9월에 그는 대령으로 진급했다. 그러나 10월엔 시카고의 일리노이주 방위군 33사단의 선임교관 겸 참모장으로 전임되었다. 그것은 마셜에겐 중대한 변화였다. 당시 상황을 그의 부인 캐서린 마셜(Katherine Marshall)은 회고록 『함께(Together)』에서 자세히 밝혔다.

> [마셜 대령은] 당시 참모총장이었던 맥아더 장군에게 자신이 육군에 복무하면서 처음으로 특별 고려를 요청한다고 밝힌 편지를 썼다. 포트 베닝에서 교관으로 4년 동안 복무한 터라, 자신이 장병들을 떠나 다시 교관 업무로 파견 근무를 한다면 자신의 앞날에 치명적이리라고 그는 느꼈다. 그는 자신의 연대에 남게 해 달라고 요청했다. (…)
>
> 한 주일 안에 우리는 시카고로 떠났다. 가족은, 우리 딸과 두 아들은, 우리가 살 집을 찾을 때까지 볼티모어에서 기다렸다. (…)
>
> 시카고에서 보낸 첫 몇 달을 나는 결코 잊지 못할 것이다. 조지는 내가 전에 보지 못했고 그 뒤로도 보지 못한 잿빛 여윈 안색을 지녔었다.

이처럼 검은 구름으로 덮인 마셜의 앞날이 문득 밝아지게 된다. 1933년 3월 대통령에 취임하자, 루스벨트 대통령은 뉴딜 정책을 적극적으로 추진하기 시작했다. 이 정책은 여러 방대한 사업들로 이루어졌는데, 군대가 주도한 사업은 '민간보존단(Civilian Conservation Corps, CCC)'이었다. 일자리를 얻지 못한 젊은이들에게 정부가 소유한 자연자원을 보존하고 개발하는 일을 맡겨서 경제 불황으로 어려운 젊은이들과 그들의 가족들을 도우려는 사업이었다.

CCC에는 연방정부의 부서들이 참여했으니, 노동부는 인원들을 모집하고, 전쟁부(육군)는 캠프들을 운영하고, 농무부와 내무부는 사업들을 관장했다. 실제로는 인원들을 관장하는 육군이 CCC의 실질적 주무부서가 되었다. 전형적 참가 인원들은 18세에서 25세 사이의 남성들이었는데, 50명이 병영(barrack)을 이루고 200명이 중대(company)를 이루었다. 예비역 장교들의 지휘 아래 이들은 1) 교량이나 산불 감시 망루와 같은 구조물들을 개량하고, 2) 산길, 지방도로와 비행장 같은 수송 시설을 마련하고, 3) 토양의 손실을 막는 사방공사들을 하고, 4) 관개 시설과 제방을 보수해서 홍수에 대비하고, 5) 숲을 육성하고 산불을 방지하며, 6) 풍경을 가꾸어 유원지들을 만드는 일들을 했다. 이런 일들을 하면서 그들은 월급으로 30달러와 의식주를 제공받았는데, 월급의 70~80퍼센트는 그들에게 의지하는 가족에게 송금하도록 되었다. 이들은 최소 6개월을 복무하고 4차례 복무를 연장할 수 있었다.

CCC는 뉴딜 정책에 따른 사업들 가운데 가장 인기가 높았고 성과도 컸다. CCC에 참가한 사람들은 신체가 건강해졌고, 사기가 올랐고, 일자리를 구하는 데 도움이 되었다고 평가했다. 자연환경의 보전과 개발에 대한 시민들의 관심을 크게 높인 것도 작지 않은 성과였다. 참가 인원의 수준은 30만 명가량 되었는데, 전쟁으로 사업이 마감될 때까지 300만 명이 참가했다.

육군이 CCC를 실질적으로 관장했으므로, 참모총장인 맥아더가 이 사업의 실질적 책임자가 되었다. 캠프들의 운영에 육군 장교들과 병사들이 너무 많이 배치되었다는 사정이 정규군의 동원 능력에 부정적 영향을 미칠 수 있다는 생각에서 그는 CCC에 우호적이지 않았다.

반면에, 마셜은 CCC에 적극적으로 참여했다. 그는 포트 스크리번의 사령관으로 조지아주와 플로리다주 북부의 CCC를 관장했고, 이어 포트 물트리의 사령관으로 사우스캐롤라이나주의 CCC를 관장했다. CCC 사업을 수행하면서 젊은이들을 군대식으로 훈련시키고 경제 불황으로 어려움을 겪는 사람들을 돕는 일은 누구에게나 보람찬 일이었지만, 마셜은 이 일에 유난히 열정적으로 참여했다. 그는 새로운 캠프를

마셜은 민간보존단(CCC) 사업에 유난히 열정적으로 참여했고, 뉴딜 정책을 추진하던 사람들과 친분을 쌓았다.

세울 때마다 멋진 행사를 마련했다. 1933년 마셜이 관장하는 캠프 하나가 미국 전역에서 가장 훌륭한 캠프로 평가되었다. 이런 과정에서 그는 뉴딜 정책을 추진하던 사람들과 친분을 쌓았다. 그런 사람들 가운데 중요한 이들은 엘리너 루스벨트와 해리 홉킨스였다.

1936년 8월까지 일리노이주 방위군 33사단에서 근무한 마셜은 9월엔 워싱턴주 3사단의 5보병여단장이 되었다. 그리고 10월에 드디어 준장으로 진급했다. 5여단장으로서 마셜은 오리건주와 워싱턴주 남부의 CCC 캠프들을 관장했다. 그는 CCC의 운영과 개선에 적극적으로 나섰고, CCC 신문을 발행해서 적극적으로 홍보했다.

CCC를 위한 이런 활동은 마셜의 뛰어난 경영 능력을 보여 준다. 그는 CCC가 지닌 가능성을 다른 지휘관들보다 먼저 알아보았고 적극적으로 활용했다. 몇 해 뒤 미국이 전쟁에 참가해서 병력과 장비를 폭발적으로 늘렸을 때, 그 엄청난 일을 주도한 그에게 CCC를 운영한 경험은 큰 자산이 되었다. 마셜은 단 한 번도 병력을 이끌고 적진으로 향한 적이 없었다. 그러나 그는 참모와 교관으로 일하면서 뛰어난 자질을 보였다. 그는 전투에서 병력을 이끌고 승리하는 것을 열망했지만, 그의 재능은 군사행정 분야에 있었다. "승리의 조직자"라는 처칠의 평가는 그런 사정을 가리킨 것이었다.

마셜의 그런 활동은 뉴딜 정책을 추진하는 루스벨트 정권의 실력자들의 호의를 얻었고, 1938년 7월에 그는 전쟁부로 전임되어 참모차장보가 되었다가 참모차장에 올랐다. 1939년 7월 1일 메일린 크레이그(Malin Craig) 대장이 참모총장에서 물러나자, 마셜은 참모총장 대행이 되었다. 이어 9월 1일에 대장으로 진급해서 참모총장에 임명되었다. 이 결정은 사람들을 놀라게 했다. 선임인 21명의 소장들과 11명의 준장들을 건너뛰어 참모총장에 되기엔 마셜의 경력이 너무 빈약했다. 육군 현역 및 예비역 장군들의 중론은 전투 경험이 많은 휴 드럼(Hugh Drum) 소장을 유망한 후보로 꼽았었다. 그러나 엘리너 루스벨트와 해리 홉킨스의 강력한 추천이 마셜에게 행운을 안겨 주었다.

마셜의 앞날에 걸렸던 먹구름을 단숨에 걷어 낸 인물인 만큼, 참모총장이 된 뒤에 마셜이 보인 행태를 이해하는 데서 해리 홉킨스는 결정적 중요성을 지닌다. 실은 루스벨트 정권의 성격과 행태를 이해하는 데도 꼭 필요하다.

홉킨스는 1890년에 아이오와주에서 태어났다. 부친은 판매원, 광산

탐사가, 가게 주인, 볼링장 종업원 같은 불안정한 직업들을 거치면서 다섯 자식을 길렀다. 아이오와에서 대학을 마치자 홉킨스는 뉴욕으로 나와 빈민들을 돕는 기관들에서 일했다. 그는 경영 능력이 뛰어나서 그가 맡은 사업들은 번창하고 조직들은 커졌다. 1931년 그는 뉴욕주지사였던 루스벨트가 추진한 임시긴급구호처(Temporary Emergency Relief Administration, TERA)의 집행이사가 되어서 예산을 효과적으로 집행했다. TERA는 공공사업들의 임금으로 빈민들을 돕는 사업이었다. 그 일로 그는 루스벨트의 눈에 띄어 TERA의 대표가 되었다. 마침 엘리너 루스벨트도 활발하게 사회 활동을 하던 터라, 두 사람은 깊은 우정을 지니게 되었다.

1933년 3월 루스벨트는 홉킨스를 워싱턴으로 불러서 '연방 구호 업무'를 맡겼다. 임금을 받는 일자리가 현금 살포보다 심리적으로 가치가 있다는 신념에 따라, 홉킨스는 TERA의 원리를 적용한 연방긴급구호처(Federal Emergency Relief Administration, FERA)를 비롯한 여러 기구들을 설립했다. 이런 원리와 기구들은 뉴딜 정책의 핵심이 되었다.

뉴딜 정책이 경제 불황의 부정적 영향들을 줄이는 데 상당히 성공하자 홉킨스에 대한 루스벨트의 신임은 더욱 깊어졌다. 제2차 세계대전이 일어나자 홉킨스는 미국의 외교와 전쟁 수행에 깊이 간여하게 되었다. 루스벨트는 홉킨스에게 백악관으로 들어와서 일하라고 요청했고, 홉킨스는 재혼하게 되어 나갈 때까지 거의 네 해 동안 백악관에서 기거하면서 루스벨트를 상시 보좌했다. 그는 1939년에 위암 수술을 받아서 몸이 온전치 못했지만, 루스벨트의 사절로 외국 원수들을 자주 만났다. 그리고 루스벨트가 참석한 국제회의들에 빠짐없이 수행했다.

이처럼 그는 루스벨트 대통령 부부의 깊은 신임과 우정에 힘입어 많은 일들을 수행했다. 문제는 그가 러시아의 첩자였다는 사실이다. 그의 힘이 워낙 크고 맡은 임무들이 워낙 중대했으므로, 그는 어느 러시아 첩자보다 큰 해를 미국과 자유세계에 끼쳤다. 그는 1946년에 죽었는데, 생전엔 별다른 의심을 사지 않았다. 그가 언제 러시아의 첩자가 되었는지는 알려지지 않았다. 그러나 그의 가정환경과 빈민 구제에 일찍부터 뛰어들어 줄곧 그 일을 해 온 경력을 생각하면, 그는 젊을 때부터 자본주의 체제에 환멸을 느꼈고 일찍부터 공산주의에 심취했었다는 추론이 가능하다.

1930년대의 미국에서 나이 든 고위 장교가 갑자기 공산주의에 호의적이 되는 상황을 상상하기는 쉽지 않다. 공산주의의 매력에 끌리는 것은 사회를 보다 낫게 바꾸겠다는 열정이 아직 사그라지지 않은 젊은 지식인들이다. 그래도 1933년 가을에 마셜이 처했던 상황은 그런 전향을 충분히 설명한다.

장군으로 진급할 가능성이 사라졌다는 사실은 그에게 쓰디쓴 실패였다. 평생 군인으로 살고서 끝내 장군이 되지 못한다는 것은 그의 삶에서 가치를 크게 덜어 내는 일이었다. 장군이 되지 못했으니 군사 경력도 곧 끝날 터였다. 점점 깊어지는 경제 불황 속에서 좋은 일자리를 구할 가능성도 낮았다. 재혼한 부인은 이전 결혼에서 낳은 아이 셋이 있었다. 그의 부인의 관찰대로, 그는 갑자기 늙어 버렸다.

그가 CCC에 참여하면서, 이처럼 암울한 전망이 문득 바뀌었다. CCC는 이 세상의 가난과 고통을 눈에 뜨이게 줄였다. 다른 뉴딜 사업들도 구체적 성과를 얻고 있었다. 이미 파탄이 난 자본주의 체제에 대한 대안이 나온 셈이었다.

그리고 CCC를 통해서 알게 된 사람들이 그의 든든한 후견인들이 되어서, 그렇게도 갈구하던 여단장이 되었고 장군으로 진급했다. 덕분에 그는 오리건주와 워싱턴주에서 CCC를 더욱 활발하게 수행하게 되었고, 그 과정에서 뉴딜 정책을 열렬히 지지하는 젊은 지식인들과 사귀면서 그들의 이념과 주장들을 자연스럽게 받아들이게 되었다. 모두 자본주의는 역할이 끝났고 새로운 이념인 공산주의가 세계를 구원하리라고 믿었다. 그런 동지들과 사귀고 어울리면서, 그는 비로소 새로운 세상을 꿈꾸게 되었다.

CCC를 통해서 인연을 맺은 엘리너 루스벨트, 해리 홉킨스, 그리고 조지 마셜은 깊은 우정을 바탕으로 긴밀히 협력하는 사이가 되었다. 1941년부터는 루스벨트의 딸의 소개로 아이젠하워가 이 은밀한 모임에 들어오게 되었다. 그리고 마셜이 후견인이 되어 그를 초고속으로 승진시켰다.

이렇게 해서, 제2차 세계대전 기간에 가장 영향력이 큰 인맥이었다고 할 수 있는 모임이 자연스럽게 형성되었다. 루스벨트 정권의 외교를 실질적으로 관장한 홉킨스는 미국의 외교와 군사 정책의 기본적 틀을 마련하고, 육군 참모총장으로서 미군과 전쟁부를 완벽하게 장악한 마셜은 그런 틀을 전략과 작전계획에 반영하고, 연합원정군 최고사령관 아이젠하워는 그런 작전계획을 충실히 집행했다. 그리고 엘리너 루스벨트는 그들이 간섭이나 공격을 받지 않도록 감쌌다.

이런 인맥은 아이젠하워의 행태에서 자주 나온 급작스러움을 깔끔하게 설명한다. 그로선 마셜이 내린 지시를 그대로 충실히 이행할 수밖에 없었다. 그의 '관리자'인 마셜 자신도 재량의 여지가 그리 크지 않았다. 마셜이 홉킨스로부터 받은 지시들은 모두 러시아의 이익이라는 궁극적 기준에 따라 모스크바에서 결정된 사항들이었다.

루스벨트의 최측근들

홉킨스, 마셜 및 아이젠하워는 여러모로 동질적이었다. 먼저, 그들 세 사람은 모두 루스벨트의 특별한 발탁 덕분에 뜻밖으로 높은 지위에 올랐다. 홉킨스는 정부에서 일한 적이 없었지만, 빈민 구호에서 수완을 발휘했다는 경력만으로 뉴딜 정책을 집행하는 실질적 책임자 자리에 올랐다. 마셜이 육군 참모총장에 오를 때나 아이젠하워가 연합원정군 최고사령관에 오를 때나, 그들은 많은 선배들을 제치고 요직에 발탁되었다. 당연히 그들은 루스벨트에 충성했고, 루스벨트는 그들을 신임해서 중대한 일들을 맡겼다.

다음엔, 그들은 정치적으로 민주당을 지지했다. 군인이었으므로 마셜과 아이젠하워는 자신들의 성향을 드러내지 않았지만, 그들은 민주당으로 기울었다. 다만, 아이젠하워가 뒤에 공화당 후보로 나와서 대통령이 되었으므로, 그의 정치적 성향은 설명이 필요하다.

아이젠하워는 일찍부터 민주당을 지지했다. 1909년 11월에 캔자스주의 민주당 집회에서 '지성적 젊은이들이 민주당원이 되어야 하는 이유'를 역설하고 공화당은 "합법적 강도"라고 비난했다. 그 뒤로 그는 뉴딜 정책을 적극적으로 지지했다. 그는 시장경제에 대해 깊은 반감을 품었고 기업들의 행태를 비난했다. 그가 민주당을 지지한다는 것이 널리 알려졌으므로, 1951년 가을까지도 모두 그가 민주당 후보로 선거에 나서리라고 믿었다. 트루먼 대통령도 그를 민주당 후보로 여겼다.

그가 갑자기 공화당 후보로 선거에 나선 것에 대해선 여러 가설들이 나왔다. 가장 그럴듯한 것은 그를 추대한 세력이 공화당을 와해시키려고 그를 공화당 후보로 만들었다는 가설이다. 아이젠하워의 인기가 워낙 높았으므로 공화당 경선에서도 이길 수 있다고 계산했다는 얘기다. 실제로 그가 공화당 후보로 나와서 당선되자, 공화당의 이념에 가장 충실한 보수파 지도자 로버트 태프트의 정치적 입지가 좁아졌고 공화당은 상당히 중도적이 되었다.

시장경제에 보다 호의적인 공화당의 후보로 대통령을 두 차례 하고서 퇴임할 때, 그는 군수 산업의 위험에 대해 경고했다.

"정부의 의사 결정 기구들에서, 우리는 군산 복합체(military-industrial complex)가, 추구했든 추구하지 않았든 부당한 영향력을 획득하는 것을 경계해야 합니다."

이것은 냉전이 가장 치열했던 시기에 자유세계를 이끈 지도자가 할 말은 아니었다. 그의 통치 기간에 미국은 군비에서 러시아에 추격을 허용했고, 결정적 중요성을 지닌 수소폭탄, 탄도미사일, 그리고 외계 탐사에서 러시아에 추월당했다. 게다가 그는 그의 이해할 수 없는 결정들로 잉태된 베를린 위기가 '쿠바 미사일 위기'로 자라난 상황에서 물러나는 참이었다. 자신의 잘못과 책임을 느끼기엔 시장경제와 기업들에 대한 그의 반감이 너무 컸다는 얘기다.

셋째, 그들은 루스벨트의 신임을 얻었다는 이유만으로 그들의 전문 분야가 아닌데도 중대한 직무들을 맡았다. 홉킨스가 일찍이 빈민 구제에 종사했고 성과를 냈으므로, 빈민 구제가 핵심인 뉴딜 정책을 그가 지휘하게 된 것은 자연스러웠다. 그러나 그가 전시의 미국 외교를 실질적으로 이끌게 된 것은 비합리적 결정이었다. 설령 그가 러시아의 첩자가 아니어서 의도적으로 러시아의 이익을 앞세우지 않았더라도, 외교와 전략에 관한 그의 상식적 지식과 경험은 근본적 제약 요인으로 작용했을 터이다.

마셜과 아이젠하워도 최고위 군사 지도자가 되기엔 경험이 너무 부족했다. 둘 다 영관급 장교에서 몇 해 만에 참모총장이나 연합원정군 최고사령관으로 가파르게 승진했으므로, 야전 지휘관으로 큰 부대들을 지휘하면서 군사 업무들을 다루어 본 경험이 없었다. 마셜은 여단장이 마지막 지휘관 직책이었고, 아이젠하워는 대대를 지휘한 뒤로는 줄곧 참모로서 복무했다.

평생을 군인으로 살았지만, 마셜이 받은 무공훈장은 제1차 세계대전 프랑스 전선에서 받은 은성훈장(Silver Star) 하나뿐이었다. 당시 그는 중령으로 사단 작전참모 임무를 수행했다. 작전계획을 세우기 위해 그는 직접 전선을 정찰했고, 그렇게 발휘된 용기를 인정받아서 '별훈장(Citation Star)'을 받았고, 1932년에 은성훈장이 제정되자 그가 받은 훈장이 은성훈장으로 전환되었다. 전선을 혼자 정찰한 것은 은성훈장의 요건인 "전투에서의 용기(valor in combat)"를 충족하기는 어렵지만, 그가 전투부대를 이끌기를 강력히 희망했음에도 불구하고 그의 뛰어난 재능이 상급부대 참모로서 오히려 제대로 발휘된다는 상부의 판단에 따라 그의 직책이 결정되었으므로, 그는 '위로 선물'로 은성훈장을 받을 만했다.

그러나 아이젠하워는 무공훈장을 아예 받지 못했다. 그런 군인이 역사상 가장 거대하고 복잡한 노르망디 상륙작전과 이어진 독일 진공작전을 총지휘한 것이다. 항공대까지 지휘하는 미군 육군 참모총장과 그의 지시를 실행하는 연합원정군 최고사령관이 야전 지휘관 경험이 없다는 사실은 참으로 위험한 상황이었다. 그런 사정은 필연적으로 문제들을 일으켰다. 일반적으로 그런 문제들은 이내 밖으로 드러나지 않는다. 그러나 그들의 경우엔 여러 번 그런 문제들이 드러났다. 잘 알려진 경우는 1942년의 '강타 작전(Operation Sledgehammer)'이다.

1941년 6월 독일이 러시아를 침공하자 러시아는 군사적 위기를 맞았다. 독일군의 전격작전으로 많은 러시아 병력이 전사하거나 포로가 되었고, 러시아 서부가 독일군에 점령되었다. 러시아는 영국과 미국에 '제2 전선(the Second Front)'을 열어서 자신에 대한 독일군의 압력을 줄여 달라고 요청했다. 이런 요청에 부응해서, 미군 지휘부는 서유럽에 미군과 영국군이 상륙해서 독일군과 싸우는 방안을 마련했다. 육군 참모총장 마셜 대장의 지침에 따라 작전계획을 담당한 아이젠하워 소장이 만든 이 방안은 '강타 작전'이라 불리게 되었다.

1942년 4월 홉킨스와 마셜은 이 방안을 들고 영국을 찾았다. 원래 루스벨트와 처칠은 지중해를 중시해서 북아프리카에 상륙하는 작전을 구상했었다. 그러나 마셜이 끈질기게 설득해서, 루스벨트는 유럽 서부에 상륙하는 작전을 승인한 터였다.

당연히 처칠은 '강타 작전'에 회의적이었다. 그리고 그 작전의 문제점들을 유창하게 지적했다. 강력한 독일군이 지키는 영불 해협을 건너 상륙하기엔 연합군의 병력과 화력과 장비가 너무 부족했다. 특히 상륙함들의 부족과 공군력의 열세는 상륙작전을 비현실적으로 만들었다.

처칠을 설득하는 데 실패했지만 마셜은 뜻을 굽히지 않았다. 처칠의 권유에 따라 루스벨트가 추천한 북아프리카 상륙작전에 반대하면서, 수정된 '강타 작전'을 추진했다. 그리고 자신의 영향력 아래에 있던 해군 최고 지휘관 킹 제독과 항공대 최고 지휘관 아널드 대장의 지지를 얻어, "만일 영국이 미국의 작전계획을 수락하지 않는다면, 미국은 유럽의 전쟁에서 발을 빼어 일본과의 전쟁에 전념하겠다"는 요지의 지침서를 대통령에게 제출했다.

이런 대결 상황을 수습하기 위해 루스벨트는 7월에 홉킨스, 마셜 및 킹을 영국으로 보내서 처칠과 영국군 지휘관들을 설득하도록 했다. 그러나 마셜이 준비한 방안은 여전히 비현실적이라는 것이 드러났다. 1942년 9월에 해협을 건너 프랑스 해안에 상륙하는 작전을 구체적으로 검토하기 시작하자, 그때는 바람이 해안 쪽으로 분다는 것이 드러났다. 바람이 해안으로 불면 함정들이 계속 해안으로 밀려가기 때문에 제자리에 머물 수 없고, 동력을 잃은 배들은 해안으로 밀려가서 좌초하거나 적군의 포화에 노출된다. 폭풍우가 닥치면 이런 위험은 상륙작전을 위협할 만큼 커질 수 있다. 영국군이 이 점을 거론하자, 킹 제독은 그 자리에서 미국 작전계획에 대한 지지를 철회했다.

그래도 마셜은 미국 작전계획을 고집했고, 실제로 동원할 병력에 관한 검토가 이어졌다. 당시 영국에 주둔한 미군을 지휘한 마크 클라크 중장이 병력 현황을 보고했다.

1) 당장 투입될 수 있는 미군 부대는 34보병사단이다. 그러나 이 부대는 상륙작전 훈련을 받지 못했고, 전차도 부족하고 방공 화기도 부족하다.
2) 1기갑사단은 아직 무장이 불충분하다.
3) 9월 15일까지 도착하기로 된 부대들은 전투 준비가 덜 되어서 곧바로 투입될 수 없다.
4) 부대들을 통합해서 작전에 들어가려면 시간이 걸리고, 상륙 함정들을 준비하는 데도 시간이 걸릴 것이다.

5) 이런 사정 때문에 1943년 봄까지는 미군이 상륙작전에 실질적 으로 기여하기 어렵다.

클라크의 보고는 논의에 종지부를 찍었다. 마셜이 주장하는 상륙작전에 미군은 실질적 기여를 하기 어렵다는 것이 드러났다. 막무가내로 자신의 계획을 밀어붙인 마셜로서도 영국군이 비현실적이라고 믿는 상륙작전을 그들에게 강요할 수는 없었다. 결국 큰 부대를 실제로 지휘해 본 적이 전혀 없는 마셜과 아이젠하워가 만든 상륙작전 계획은 상륙 해안의 기상 조건도 가용 병력도 제대로 살피지 못한 탁상공론이었음이 드러났다. 마셜은 "범지구적 전략의 대가(master of global strategy)"라 불리게 되었지만, '강타 작전'은 그런 명성이 허황된 것임을 보여 준다.

이렇게 해서, 제2 전선을 열라는 스탈린의 요구를 들어주기 위해 급작스럽게 프랑스에 연합군을 상륙시키려던 마셜의 계획은 좌절되었다. 대신 애초에 처칠이 주장했던 대로 북아프리카에 미군이 상륙하는 작전이 채택되었다. 이런 결정은 현명한 결정이었음이 드러났다. 북아프리카에 상륙한 미군은 훈련이 덜 되어서 독일군에 참패했다. 그래서 북아프리카 전역은 미군의 훈련장이 되었다. 그런 과정을 거쳐 미군은 막강한 독일군과 제대로 싸울 수 있는 전력을 갖추었다. 그리고 두 해 뒤인 1944년 여름에야 노르망디 상륙작전이 시작되었다.

마셜의 비정상적 행태

끝내 소극笑劇에 가까운 일화가 된 '강타 작전'은 야전 지휘관 경험이 전혀 없는 마셜과 아이젠하워의 조합이 품은 위험을 잘 보여 주었다. 이런 위험은 아이젠하워가 연합원정군 최고사령관이 되면서 어쩔 수 없이 증폭되었다. 1945년의 베를린 진공 문제에서 이 점이 괴롭게 드러났다.

'강타 작전'의 경과를 살필 때, 이내 눈에 들어오는 것은 마셜의 비정상적 행태다. 독일군의 침공에 당황한 러시아가 영국과 미국에 독일군의 전력을 분산시킬 '제2 전선'을 요청한 것은 당연하다. 그러나 독일군의 침공은 러시아로선 자업자득이었다. 공산주의자들이 그렇게 매도한 나치 독일과 불가침조약을 맺고 폴란드 분할 점령 음모를 꾸며, 독일이 폴란드를 침공하자 곧바로 폴란드 동부를 점령한 것은 무슨 변명으로도 가릴 수 없는 죄악이었다. 그래서 트루먼의 말대로, 두 전체주의 세력이 서로 싸워서 약해지는 것은 나쁜 상황이 아니라는 생각이 널리 퍼졌었다.

그리고 러시아는 이미 독일과 싸우고 있는 영국에 제2 전선의 기대를 걸고 있었다. 일본의 기습공격으로 시작된 태평양전쟁에 힘을 쏟아야 하는 미국에 대해선 당장 큰 기대를 걸지 않았다. '강타 작전'의 검토에서 드러났듯이, 미국은 당장 유럽에서 싸울 준비가 되어 있지 않았다.

따라서 마셜이 앞장서서 제2 전선을 열기 위한 작전계획을 서둘러 마련하고 영국에 강요한 것은 정상적 행태는 아니었다. 자신의 뜻을 관철시키기 위해선 우방에 대한 결례도 서슴지 않겠다는 그의 태도는 더욱 비정상적이었다. 그는 자기 주장을 관철시키려고 자기가 모시는 대통령에 대해서도 외람된 행동을 서슴지 않았다. "영국이 '강타 작전'을 받아들이지 않으면, 미국은 유럽에서 발을 빼고 일본과의 싸움에 주력하겠다"라고 영국에 통보하겠다고 나선 것은 육군 참모총장으로선 결코

할 수 없는 발언이었다. 참모총장은 대통령에게 조언하는 참모였다. 미군을 지휘하는 최고 사령관은 대통령이었다. 그는 실제로 그런 의사를 영국에 간접적으로 전달했으니, 태평양전쟁에서 미군의 반공의 시작인 과덜커낼 공격작전은 두 나라의 전략을 조율하기 위해 미국을 찾은 처칠이 워싱턴에 머문 마지막 날인 1942년 6월 25일에 승인되었다. 마셜의 무례한 행태를 보다 못한 루스벨트가 마셜의 행태는 "요리 접시를 들고 가버리는 것"과 같다고 말했을 정도다.

'제2 전선'과 관련된 마셜의 행태는 상식과 예절에서 너무 벗어나서 부자연스럽고 이해하기 어렵다. 무슨 절박한 사유 때문에 억지를 쓴다는 느낌을 받게 된다.

조국 미국의 이익 대신 러시아의 이익을 최고의 가치로 삼아야만 될 처지로 몰렸다고 상정해야, 그가 러시아의 첩자가 되어 모스크바의 지시를 그대로 따라야 했다고 상정해야, 그의 행태가 설명이 된다. 실제로 그의 행적을 살피면, 그가 러시아의 이익을 최고의 가치로 삼았음을 보여 주는 사례들이 많다. 너무 많다.

첫째, 마셜이 언제 홉킨스에게 포섭되어 러시아의 첩자가 되었는가는 확실치 않다. 워낙 조심스럽고 남의 주목을 받는 것을 꺼린 사람인지라, 그는 의심을 살 만한 흔적을 남기지 않았다. 그러나 그가 태평양전쟁이 일어나기 전에 이미 러시아의 첩자가 되었음은 분명하다.

위에서 살핀 것처럼, 러시아는 동맹을 맺은 독일과 일본이 양쪽에서 공격해 오는 것을 두려워했다. 그래서 일본이 러시아 대신 미국과 싸우도록 유도하려 애썼다. 일본에선 리하르트 조르게와 오자키 호쓰미를 중심으로 한 태평양문제연구회(IPR) 회원들의 암약으로 일본군이 남

러시아는 미국이 일본을 핍박해서 일본으로 하여금 미국을 공격하도록 유도하는 '눈 작전'을 펴고, 비밀 경찰 요원을 통해 해리 화이트에게 '눈 작전'을 설명했다.

진하도록 유도했다. 미국에선 일본을 핍박해서 일본으로 하여금 미국을 공격하도록 유도하는 '눈 작전'을 폈다. 이 두 공작은 보완적이었지만, 일본은 미국과의 대결을 바라지 않았으므로, 결정적 역할을 한 것은 '눈 작전'이었다.

1941년 5월 말에 러시아 비밀경찰 공작 요원인 비탈리 파블로프는 미국 재무부의 실질적 2인자인 해리 화이트를 만나서 '눈 작전'을 설명했다. 그는 미국의 외교 정책을 다루는 고위 회의에서 화이트가 추천할 주요 주제들이 적힌 문서를 건넸다. 일본의 도발을 유도하려는 목적을 지녔으므로, 그 문서는 일본이 도저히 수락할 수 없는 조건들을 극단적이고 공격적인 언사로 표현했다.

그 문서를 읽은 화이트는 그 일을 추진하겠노라 말하고서 그 문서를 주머니에 넣으려 했다. 그러자 파블로프가 말했다.

"주머니에 넣지 말고 모두 외우시오."

그리고 화이트가 다 외우자, 그 문서를 회수했다.

그 문서의 내용대로 화이트는 비망록을 작성해서 재무장관 헨리 모겐소에게 제출했다. 이어 열린 고위 정책 회의에서 모겐소는 화이트의 비망록대로 일본과 협상할 것을 강력히 추천했다. 당시 모겐소는 루스벨트와의 친분을 바탕으로 외교 정책에 깊숙이 간여해서 '제2의 국무장관'이라고 불리고 있었다. 국무장관 코델 헐은 그의 그런 행태에 울분을 품었지만, 백악관 참모들이 모겐소를 지지했으므로 끌려다닐 수밖에 없었다. 결국 화이트의 비망록은 전쟁을 피하려는 마지막 협상에서 미국이 일본에 제시한 최후 조건이 되었다. 조건들이 워낙 비현실적으로 강압적이었고 언사가 공격적이었으므로, 일본은 미국의 협상 조건을 최후통첩으로 받아들이고 전쟁의 길을 골랐다.

여기서 미국 군부를 실질적으로 대표한 마셜의 처신이 눈길을 끈다. 그는 처음엔 모겐소가 제시한 조건에 부정적인 의견을 내비쳤다. 그러나 다음 모임에선 모겐소의 주장을 따랐다. 이것은 전쟁을 실제로 해야 하는 전쟁부와 해군부의 입장을 제대로 반영한 태도가 아니었다.

당시 미군은 일본과 전쟁할 처지가 못 되었다. 일본은 이미 10년 넘게 해외 팽창 정책을 추구해서 강력한 군대를 갖추고 있었다. 육군 부대들은 중일전쟁으로 잘 훈련된 터였고, 해군은 태평양에서 우월적 지위를 유지하고 있었다. 반면에 미군은 평상시 체제를 유지해서, 병력도 무기도 장비도 크게 부족했다.

특히 큰 문제는 미국이 필리핀을 방어할 준비가 안 되었다는 사실이었다. 미국은 필리핀을 자치령으로 영유하고 있었고 상당한 군대를 그곳에 주둔시켰는데, 태평양을 건너야 하는 터라서 지원과 보급이 어려웠다. 강력한 해군과 항공대를 보유한 일본군의 방어망을 뚫고 필리핀 주둔군을 지원하고 보급하는 일은 난제로 꼽혔다. 그런 인식은 이미 1905년에 '태프트·가쓰라 비밀협약'을 낳았다.

당연히 군부로선 일본과의 대결을 되도록 미루면서 전쟁 준비를 하는 방안을 추구했어야 했다. 만일 마셜이 그런 사정을 들어 일본과의 외교적 협상을 지지했다면, 모겐소나 화이트가 자신들의 주장을 강력하게 밀어붙이지 못했을 터였고, 헐은 기꺼이 마셜의 견해에 동조했을 터였다. 따지고 보면 외교나 전쟁은 재무부 소관 업무가 아니었다.

그러나 마셜은 외교적 협상을 통한 대결의 회피나 연기를 주장하지 않았다. 아니, 하긴 했다. 다만, 처음에 화이트의 주장에 대해 이의를 제기해서 반대했다는 기록을 남기고는, 모겐소와 화이트가 헐에게 자신들의 방안을 강요하는 것을 막지 않았다. 이런 처신은 성공해서, 지금도 마셜은 화이트의 방안에 이의를 제기했으니 러시아의 이익을 위해 일했다는 주장에 대한 반증이라고 주장하는 학자들이 나온다.

결국 미국과 일본 사이의 최후 협상은 깨어졌고, 곧바로 일본군은 펄하버를 기습하고 필리핀을 침공했다. 필리핀의 미군과 필리핀군은 용감하게 저항했지만, 본국으로부터 지원을 받지 못해서 일본군에 항복할 수밖에 없었다. 그래서 미군 2만 3천 명과 필리핀군 10만 명이 전사하거나 포로가 되었다. 맥아더가 탈출한 뒤 군대를 지휘한 조너선 웨인라이트(Jonathan Wainwright) 중장을 비롯해 16명의 장군들이 포로가 되었다. 필리핀에서의 패배는 미군이 제2차 세계대전에서 겪은 가장 처참한 패배였다.

러시아 NKVD가 추진한 '눈 작전'은 멋지게 성공했다. 역사가들은 모두 화이트가 결정적 역할을 했다고 평가한다. 찬찬히 들여다보면, 결정적 공헌은 군부의 이익과 견해를 제대로 대변하지 않아서, 화이트의 주장이 채택되도록 한 마셜에게 돌려야 한다는 것이 드러난다.

둘째, 러시아 NKVD가 미국에서 벌인 '눈 작전'은 1941년 12월 7일의 펄 하버의 피습을 불러서 태평양전쟁을 일으켰다. 펄 하버의 피습이 워낙 극적이고 피해가 큰 사건이었으므로, 그것을 부른 요인들과 책임의 귀결에 관한 논란이 일었다. 실은 그런 논란은 아직도 이어진다.

그런 논란의 한가운데에 처음부터 자리 잡은 인물이 마셜이다. 펄 하버가 해군 기지였고 마셜은 육군 참모총장이었으므로, 언뜻 보기엔 마셜이 펄 하버 피습과 깊은 연관이 있었을 것 같지 않다. 마셜이 그 일에 연루된 것은 당시 펄 하버의 방어를 육군이 맡았다는 사정 때문이다.

> 태평양함대는 워싱턴에 있는 해군 작전사령관[1941년엔 해럴드 스타크 해군 대장]의 명령을 받지만, 펄 하버 안에 있을 때는 육군이 함대의 보호 임무를 맡았다. 하와이 주둔 육군 사령관[월터 쇼트 중장]은 참모총장[마셜 대장], 전쟁장관[헨리 스팀슨], 또는 미국 대통령[프랭클린 루스벨트]으로부터만 직접 명령을 받았다. (퍼시 그리브스Percy Greaves Jr,「펄 하버 조사들」)

이런 사정이 고려되어서, 펄 하버 피습 뒤 곧바로 해임된 태평양함대 사령관 허즈번드 키멜 대장은 1944년에 열린 해군 조사법정(Navy Court of Inquiry)에서 펄 하버 피습에 관해 직무를 소홀히 하지 않았다는 판결을 받았다. 반면에, 마셜은 비슷한 시기에 열린 육군 펄 하버 위원회(Army Pearl Harbor Board)로부터 "육군이 1941년 12월 7일 아침에 함대를 보호할 태세가 되어 있지 않았다는 사실에 대해 책임이 있다"는 지적을 받았다.

그러나 마셜이 논란의 중심에 서게 된 것은 그런 업무에서의 잘못 때문이 아니었다. 그는 12월 6일 12시부터 12월 7일 오전(증인에 따라 9시부터 11시 30분까지 차이가 나는데, 그의 보좌관의 증언으로는 그는 11시 30분부터 업무를 보기 시작했다)까지 거의 24시간 동안 잠적했다. 유럽 대륙 전체가 전쟁에 휘말리고 미국도 그 영향을 받는 때에, 특히 일본과의 관계가 악화되어 일본군의 공격을 걱정하는 상황에서, 대통령의 절대적 신임을 받아서 실질적으로 미군을 관장하는 육군 참모총장이 집무실에서 벗어나 자신을 보좌하는 참모들과의 연락을 끊은 채 만 하루 동안 사라진 일은 상상하기 힘든 사건이었다.

그가 자신의 잠적에 대해 명확히 설명한 적이 없다는 사실은 당연히 논란을 키웠다. 비상 상황에서 사람들이 모두 그를 찾았는데, 연락이 전혀 되지 않다가 뒤늦게 집무실에 나타난 이유를 그는 보좌관들에게 설명하지 않았다. 1944년의 해군 조사법정에서 3년 전 12월 6일 토요일 오후의 행적에 관해 질문을 받자 그는 "나는 내가 어디 있었는지 모릅니다. 나는 그것을 이 순간 이전엔 생각해 본 적이 없습니다"라고 대답했다. 마셜은 기억력이 좋기로 유명한 사람이었는데, 그로선 가장 중요한 사건이 일어나기 전날의 자신의 행적을 기억하지 못할 뿐 아니라 그 날에 관해서 생각해 본 적도 없다는 얘기였다. 뒤에 그는 아내에 의해 기억이 되살아났다면서, 6일 저녁을 아내와 함께 보냈다고 진술했다.

12월 7일 아침의 행적은 더욱 불명확하다. 그의 아내의 회고록에 따르면, 그녀는 남편과 함께 침대 곁의 쟁반에서 조반을 들었다. 그녀는 며칠 전에 갈비뼈 4개가 부러지는 사고를 당했다. 그러나 1966년에 나온 마셜의 유일한 공식적 전기엔 그가 혼자 아침을 든 것으로 나와 있다(이 일과 관련해서, 마셜은 아내가 6일에 '헌옷 할인판매' 행사에 참가했었다고 진술한 적이 있다. 갈비뼈 4개가 부러지는 사고를 당한 사람이 그런 행사에 참가했다는 것도 이상하다).

아침을 들자 마셜은 늘 하던 대로 말을 타고 산책을 나갔다. 그가 향한 곳은 록크릭파크(Rock Creek Park)였다. 계곡으로 들어갔으니 마셜과 연락이 되지 않았다고 그를 변호하는 사람들은 설명했다. 그러나 얼마 뒤에 록크릭파크가 실은 워싱턴 주거 지역을 관통하는 좁은 골짜기(gully)이며 폭이 1킬로미터도 안 되어서 양쪽 언덕에서 훤히 내려다보인다는 것과, 전쟁부 요원들이 오토바이로 몇 분 안에 연락할 수 있었다는 것이 드러났다. 그러자 마셜은 전기에서 말을 바꾸었다. 자신이 간 곳은 포토맥강의 버지니아 쪽 강안이며 50분 이상이 소요되었다는 얘기였다.

마셜이 집무실에 나타난 것은 1125시경이었다. 하와이 북쪽에서 나구모가 이끄는 일본 기동부대 항공모함들이 바람을 맞으려고 뱃머리를 동쪽으로 돌리고 속력을 내던 때였다.

아침 내내 초조하게 마셜을 기다린 통신정보국(Signal Intelligence Service)의 루퍼스 브래튼(Rufus Bratton) 대령과 정보참모부(G-2) 차장 셔먼 마일스(Sherman Miles) 준장은 도청한 14부 전문을 들고 마셜의 방을 찾았다. 마셜은 서두르지 않고 이미 받은 전문들을 1부부터 13부까지 다 읽고서 결정적으로 중요한 마지막 14부를 읽었다. 그러고 나서 그는 두 사람에게 14부 전문에 대한 의견을 물었다.

이미 그것에 대해 논의한 터라, 두 사람은 그 전문이 두 가지 사항을 뜻한다고 선뜻 대꾸했다. 1) 일본이 쓴 표현들로 보아 전쟁이 일어날 가능성이 매우 높다, 2) 워싱턴 시간 오후 1시에 무슨 일이 일어날 것이다. 이어 마일스는 필리핀, 하와이, 서부 해안 및 파나마에 즉시 위험 경보를 보내야 한다고 건의했다.

마셜은 먼저 해군 작전사령관 스타크 대장과 통화했다. 이어 내보낼 경보 전문을 종이에 써서 브래튼에게 주었다. 그리고 당부했다.

"가장 빠르고 안전한 방식으로 당장 보내게."

브래튼은 통신센터로 가서 마셜의 전문을 암호화해서 네 군데 수신처로 발송해 달라고 부탁했다. 이때가 1158시였다. 하와이에선 후치다 중좌가 이끄는 1차 공격파 항공기들이 대형을 갖추면서 항공모함 상공을 돌고 있었다.

브래튼이 마셜에게 전문을 통신센터에 맡겼다고 보고하자 마셜은 말했다.

"돌아가서 그 전문이 수신인들에게 도착하려면 얼마나 걸리는지 알아보게."

브래튼은 통신센터로 돌아가서 걸리는 시간을 물었고, "30 내지 40분가량 걸린다"는 대답을 들었다. 이 시간엔 전문을 해독하는 데 걸리는 시간은 들어가지 않았다.

마셜의 전문을 하와이 방어를 책임진 월터 쇼트 중장이 받은 때는 일본 함재기들이 펄 하버를 파괴하고 난 뒤였다. 기상 조건이 나빠서 하와이와의 무선 통신이 되지 않자, 통신센터의 책임자가 상업 통신을 이용한 것이었다.

뒷날 의회 조사단의 조사에서 쇼트는 마셜의 전문은 너무 모호했다고 지적했다. 그 전문은 "일본인들은 오늘 동부표준시간 오후 1시에 최후통첩에 상당하는 것을 우리에게 제시하기로 되었음. 또한 그들은 암호 기계들을 즉시 파괴하라는 명령을 받았음. 그렇게 정해진 시간이 무슨 중요성을 지녔는지 우리는 아직 알지 못하지만, 거기 맞춰 경계 태세를 발휘할 것. 이 통신을 해군 관계 당국들에 통보할 것. 마셜."이었다. 쇼트의 얘기대로, 이 전문은 야전 부대 지휘관에겐 이해하기 어렵고 거기 맞춰 적절한 조치를 취하기도 어렵다. 쇼트는 자신이 마셜로부터 기대한 것은 "전 부대 경계 명령이거나, 내가 그런 명령을 내리는 것을 정당화할 만한 정보"였다고 진술했다.

실제로, 이날 마셜이 보인 행태엔 부자연스러운 점들이 여럿이다.

1) 전문이 수신인들에게 전달되는 시간을 알아보라고 브래튼을 통신센터로 돌려보냈을 만큼, 마셜은 시간의 중요성을 인식하고 있었다. 그러나 그는 매사를 천천히 처리했다. 그가 맨 먼저 해야 할 일은 하와이의 쇼트에게 상황의 위급성을 알리는 일이었다. 그러나 그는 하와이의 방어와는 별다른 관련이 없는 해군 작전사령관과 상황을 논의했다.
2) 그는 끝내 쇼트와 통화하지 않았다. 하와이가 일본군의 공격 목표라는 것은 모두 알고 있었다. 설령 확실히 알지 못하더라도, 일본군의 공격에 가장 큰 피해를 입을 목표였으므로 당연히 하와이의 상황을 점검해야 했다.
3) 암호화와 해독에 시간이 많이 걸릴 터이므로, 그로선 평문으로 쇼트에게 경보를 전달하는 방안을 강구하는 것이 당연했다. 그러나 그는 "가장 빠르고 안전한 방식으로" 보내라고 지시함으로

써, 시간이 많이 걸리는 길을 고르도록 브래튼에게 지시했다.

4) 쇼트의 지적대로, 그의 경보 전문은 현장 지휘관으로선 즉시 적절한 조치를 취하기 어려운 내용이었다. 그것을 읽고 어떤 지휘관이 곧바로 "전 부대 경계!"라는 명령을 내리겠는가?

5) 당시 마셜은 하와이의 쇼트에게 보냈어야 할 중요한 사항을 그에게 통보하지 않았다. 1941년 마셜은 펄 하버 시설들에 대해 "파괴행위 경계(sabotage alert)"를 발령했다. 하와이의 일본 첩자들이 파괴행위를 감행할 우려가 있다는 이유였다. 파괴행위 경계가 발령되면, 항공기들과 함정들은 여러 집합점들(concentration points)에 모여서 방어하도록 되었다. 이런 방어 형태는 정규군의 공격에 아주 취약하다. 따라서 일본군의 공격이 임박한 시점엔 이 파괴행위 경계를 해제하고 일본군의 공습에 대비하는 것이 당연했다. 그러나 마셜은 이 중요한 사항을 그냥 넘겼고, 뭉쳐 있던 항공기들과 함정들은 일본군 공중 공격의 효과를 극대화했다.

결정적 시기에 홀연히 사라졌다가 뒤늦게 사무실에 나타남으로써 경보가 펄 하버에 제때에 전달되지 못하도록 한 마셜의 행태는, 특히 그가 자신의 행적을 기억하지 못하거나 뒤늦게 말을 바꾼 것은, 당연히 사람들의 의심을 샀다. 그래서 "루스벨트 정권이 일본과의 전쟁을 촉발하고 미국 시민들의 분개심을 극도로 자극하기 위해서 일부러 펄 하버를 무방비 상태로 만들었다"는 주장이 퍼졌다. 이런 주장은 처음엔 루스벨트와 마셜의 지지자들로부터 "근거 없는 음모론"이라는 야유를 받았다.

그러나 차츰 그런 주장을 떠받치는 사실들이 드러나면서, 그것은 어엿한 '수정주의적 가설'의 모습을 갖추었다. 이런 이론적 발전에는 해군 정보장교들의 넓고 깊은 조사가 결정적 공헌을 했다. 큰 관심을 끌었고 지금도 논쟁이 이어지는 '바람 암호(Winds Code)'는 대표적이다.

1941년 11월 19일 미국 정보 기구들의 암호 해독 요원들은 도쿄의 일본 외무성이 워싱턴의 일본 대사관에 보낸 전문을 해독했다.

> 위급 상황에선 아래의 경고가 일본어 일간 단파 뉴스 방송 속에 첨가될 것이다. 이 신호는 일기예보의 중간과 끝에 첨가되고 각 문장은 두 번 되풀이될 것이다.
>
> 일본-미국 관계의 위기: HIGASHI NO KAZE AME (동풍, 바람)
> 일본-러시아 관계: KITA NO KAZE KUMORI (북풍, 구름)
> 일본-영국 관계: NISHI NO KAZE HARE (서풍, 맑음)
>
> 이런 방송을 들으면, 모든 암호문서들을 파괴하기 바란다. 이것은 완전한 비밀 조치여야 한다.

'바람 암호'라 불리게 된 이 전문이 획득된 뒤로, 미국 육군의 6개 및 해군의 2개 무선 감청 기지 요원들은 이 지시를 실행하라는 '바람 실행(Winds Execute)' 전문을 기다렸다. 기지마다 이 전문의 획득을 최우선 순위에 놓았다. 그러나 전쟁 기간 중에 열린 펄 하버 피습 조사위원회나 법정에서 이 전문의 존재를 언급한 사람은 없었다.

전쟁이 끝난 직후에 열린 '양원 조사위원회'에서 로런스 새퍼드

(Laurance Safford) 해군 대령은 '바람 실행' 전문의 존재를 처음 밝혔다. 새퍼드는 미국 해군에서 통신 정보의 획득과 암호 해석의 기초를 놓은 사람이었다. 일본 해군의 암호전문들을 해독하고 일본 함대의 움직임을 정확하게 예측해서 '미드웨이 해전'에서 미국 함대가 완벽한 승리를 거두는 데 결정적 공헌을 한 태평양함대 전투정보국장 조지프 로시포트 중령은 그의 수제자였다.

새퍼드는 12월 4일에 획득되어 해독된 그 전문을 자신이 보았을 뿐 아니라 그것이 해군의 여러 사람들에게 전달되었다고 주장했다. 그리고 여러 해군 제독들이 그의 얘기를 지지하는 증언을 했다. 그러자 그의 얘기를 부정하기 위해서 엄청난 압력이 증인들에게 가해졌다. 증언한 제독들의 부하들이 그런 전문을 본 적이 없다고 잇따라 증언했고, 제독들은 진실 선서를 한 증언들을 철회했다. 결국 새퍼드 한 사람만 자신의 주장을 굽히지 않았다.

이런 태도는 그에게 크게 불리하게 작용했고, 그의 큰 공헌에도 불구하고 그는 끝내 제독으로 진급하지 못한 채 1953년에 은퇴했다. 그 바람에 그의 수제자 로시포트도 제독으로 진급하지 못하고 물러났다. 그런 은폐 과정을 거쳐서, 11월 19일의 '바람 암호' 전문은 미국 정보기관들이 획득해서 널리 배포되었지만, 12월 4일의 '바람 실행' 전문은 미국 정보기관들이 획득하는 데 실패했다는 주장이 미국 정부와 군부의 공식적 입장이 되었다.

1972년에 일본 〈아사히신문〉의 편집자들은 『태평양의 맞수들(The Pacific Rivals)』에서, 도고 시게노리 외상의 지시에 따라 "동풍 비" 전문이 반복적으로 방송되었다고 기술했다. 이 책 덕분에 새퍼드는 온갖 박해를 견디면서 끝까지 철회하지 않은 자신의 주장이 사실로 인정받는 것을 보고 이듬해에 눈을 감았다. 로시포트도 1985년에 해군 전공훈장(Navy Distinguished Service Medal)을 추서받았다.

이어 1980년 3월 11일에 비밀 해제가 된 문서들 가운데엔 1977년 1월 13일에 '국가안전단(National Security Group)'의 역사가 레이먼드 시미트(Raymond Schmidt)가 작성한 보고서가 '위생처리된(sanitized)' 채, 즉 비밀 사항들이 가려진 채 들어 있었다. 이 보고서는 1941년 12월 4일에 메릴랜드주 첼트넘의 해군 통신기지에서 일등준위로 수석당직감독관이었던 랠프 브리그스(Ralph Briggs)와의 대담을 기록했다.

브리그스는 1941년 12월 4일에 "동풍 비" 전문을 획득한 것과, 그것을 텔레타이프와 행낭으로 워싱턴의 해군 통신부로 보내고 일지에 그 전문의 획득을 기록한 것을 언급했다. 이어 그는 1960년과 1962년 사이에 그동안 사라졌다고 알려진 그 일지를 다시 보았고, 그 일지의 우상단 여백에 그 일지가 원본임을 기록했다고 덧붙였다.

브리그스는 새퍼드가 자신에게 그 전문에 관해 증언할 수 있느냐고 물었고, 자신은 할 의향이 있다고 말했다고 밝혔다. 그러나 첼트넘 기지의 상관이 그에게 증언하지 말라고 지시해서 증언하지 못했다고 덧붙였다.

수정주의적 주장을 떠받치는 결정적 증거는, 전쟁장관 스팀슨의 일기의 1941년 11월 25일 기록이다. 스팀슨은 백악관에서 열린 전략회의에 관해서 기록하고서, "문제는 그들[일본인들]이 우리에게 너무 큰 위험을 주지 않도록 하면서 먼저 첫 발을 쏘도록 유도하는 것이다"라고 적었다. 이 기록은 일본이 먼저 공격하도록 유도하는 모의를 루스벨트가 주도했음을 가리킨다.

대통령이 자국 함대를 위험으로 밀어 넣었다는 추론은 선뜻 받아들이기 어렵다. 그러나 루스벨트가 전쟁을 간절히 원했음은 잘 알려졌다. 1940년 그는 유럽에서 전쟁이 일어났다는 상황을 들어 유례가 없는 3선에 도전해서 압도적 지지로 당선되었다. 그로선 미국이 전쟁에 참가하지 않는 상태가 지속되면 어쩔 수 없이 정치적으로 궁색해질 수밖에 없었다. 그래서 그는 「무기대여법」에 따른 막대한 군사적 지원을 영국과 중국에 제공해서 독일과 일본에 적대적인 정책을 펼쳤고, 일본에 대한 고철과 석유의 수출 금지를 단행했다. 일본의 기습공격은 미국 시민들의 거센 분노를 불러서 그의 정치적 입지를 확고하게 만들었고, 그는 끝내 누구도 상상하지 못했던 4선 대통령이 되었다.

홉킨스, 마셜 및 화이트에겐 펄 하버는 '눈 작전'의 마지막 단계였다. 펄 하버가 피습됨으로써, 역사적으로 가장 중요한 정치적 공작들 가운데 하나인 그 비밀작전은 완벽하게 성공했다.

셋째, 1944년 6월 미군 5군과 영국군 8군은 이탈리아반도를 지키던 독일군을 물리치고 로마를 점령했다. 오스트리아와 발칸반도로 진출할 수 있는 이탈리아의 전략적 중요성을 깊이 인식한 처칠은 케셀링 원수의 뛰어난 지휘 아래 완강하게 저항하는 독일군을 밀어붙이면서 북상하는 마크 클라크 중장에게, 그대로 밀고 올라가면 서방 연합군은 "주축국의 이 보드라운 아랫배를 가를 수 있다"고 격려했다.

그러나 연합군 합동참모본부는 1944년 8월에 개시될 '용기병 작전(Operation Dragoon)'을 위해 5군에서 미군 6군단과 프랑스군 7개 사단을 차출했다. '용기병 작전'은 연합군 병력을 프랑스 남부 해안에 상륙시켜 노르망디에 상륙한 주력에 호응하는 작전이었다. 이런 병력 차출로 이탈리아를 발판으로 오스트리아와 발칸반도로 진출하려던 전략은 실질적으로 포기되었다.

이런 조치에 낙심한 클라크는 뒤에 그의 회고록에서 탄식했다.

"로마의 함락 뒤엔, 우리가 마지막 공세에 모든 역량을 투입할 수 있었다면, 케셀링의 군대는 괴멸될 수 있었다. 아드리아해 건너엔 유고슬라비아가 있었고… 유고슬라비아 너머엔 빈, 부다페스트, 그리고 프라하가 있었다."

처칠과 영국군 지휘부는 처음부터 발칸반도로의 진출을 강력히 주장했다. 그렇게 하면 발칸반도의 유전들을 독일군으로부터 빼앗고, 러시아군이 발칸반도를 차지하는 것을 미리 막고, 전후 유럽 체제의 구상에서 유리한 지위를 누릴 수 있다는 얘기였다.

그러나 처칠의 설득력 있는 주장은 끝내 미국에 의해 받아들여지지 않았다. 이미 1943년의 테헤란 회담에서 미국은 스탈린의 제안을 따르기로 결정한 터였다. 스탈린의 제안은 1) 발칸반도는 독일의 심장부에서 너무 멀어 독일에 대한 영향이 작으니, 서방 연합군은 병력을 분산시키지 말고 프랑스 침공에 주력하는 것이 좋고, 2) 따라서 주력은 프랑스 서해안에 상륙하고, 3) 이탈리아의 연합군은 로마를 점령한 뒤엔 이탈리아 작전을 멈추고 그 병력의 일부가 프랑스 남해안에 상륙해서 주력을 돕는 것이 좋다는 내용이었다. 홉킨스와 마셜이 이 제안에 적극적으로 찬성하면서, 루스벨트도 그 제안을 받아들였다.

마셜의 태도에 만족한 스탈린은 그를 적극적으로 후원했다. 프랑스 서해안에 상륙하는 '대왕 작전'의 총사령관에 마셜을 임명하는 것보다 "더 현명하고 더 안심되는 선택은 없다"고 그는 루스벨트에게 말했다.

넷째, 전쟁의 마지막 단계의 수행과 종전 뒤의 문제들을 다룬 회담이었으므로, 얄타 회담에서 논의된 사항들은 모두 군사적 측면들을 지녔다. 자연히 얄타에서 마셜은 중요한 역할을 했다. 건강의 악화로 홉킨스의 활동이 줄어들어서 마셜의 역할은 더욱 커졌고, 루스벨트는 그에게 더욱 의존하게 되었다.

그래도 유럽의 문제들은 전문가들이 많이 있었고 영국 대표들의 견제도 있어서, 마셜이 움직일 공간이 제약되었다. 처칠이 회담 결과에 대해 대체로 만족한 데서 그런 사정을 짐작할 수 있다. 동아시아의 문제들은 달랐다. 전문가는 러시아의 충실한 첩자 앨저 히스뿐이었고, 주로 그가 러시아 대표들과 협의해서 협정의 내용과 문안을 결정했다. 문제적이었던 외몽골, 만주 및 일본에 관한 '비밀협약'도 대표단 전체의 논의 없이 히스가 거의 독단적으로 결정했다.

그렇게 러시아 첩자 히스가 러시아 사람들과 함께 만든 비밀협약을 그대로 받아들이도록 루스벨트를 설득하는 것이 마셜에게 맡겨진 임무였다. 그리고 그는 그 임무를 충실히 수행했다. 러시아가 스탈린그라드 싸움에서 이기자, 루스벨트 행정부 안에 포진한 러시아 첩자들은 태평양전쟁에 러시아를 끌어들여야 한다고 주장하기 시작했다. 이런 주장을 다듬어서, 마셜은 러시아가 참전해야 일본 본토와 만주에서 결사적으로 저항할 일본군과의 싸움에서 미군의 피해를 줄일 수 있다는 주장을 폈다. 그런 주장은 "러시아가 참전하도록 하려면, 러시아의 참전에 대한 보상을 제시해야 한다"는 주장으로 이어졌다. 그런 보상이 '얄타 비밀협약'으로 구체화된 것이었다.

당시 국무장관으로 얄타 회담에 참여했던 에드워드 스테티니어스는 회고록 『루스벨트와 러시아 사람들(Roosevelt and the Russians)』에서 술회했다.

군사 지도자들의 압박에 루스벨트는 치욕적인 '얄타 비밀협약'을 11분 만에 받아들였다.

"얄타에서 나는 알았다. (…) 러시아를 극동 전쟁에 끌어들이기 위해 우리 군사 지도자들이 대통령에게 가한 엄청난 압력을."

그는 잘 알 수밖에 없었다. 따지고 보면 그는 외교를 담당한 국무부의 장관이었고, 히스는 그의 직속부하였다. 실제로, 대통령보다 마셜을 더 존경하고 어려워하는 그들은 죽어 가는 대통령에게 '얄타 비밀협약'을 받아들이라고 계속 핍박했고, 루스벨트는 스탈린과 협의를 시작한 지 11분 만에 그 치욕적 협약을 받아들였다. 루스벨트에겐 막무가내로 압박해 오는 장군들로부터 자신을 보호해 줄 참모가 하나도 없었다. 그가 그렇게도 신임하고 의존한 홉킨스 자신이 러시아 첩자였으니, 어쩔 수 없었다.

그러나 러시아의 참전에 대해서, 태평양전쟁을 실제로 치르는 지휘관들의 판단은 달랐다. 루스벨트의 군사참모 역할을 한 윌리엄 레이히(William Leahy) 제독은 이미 1943년 봄에 미국이 러시아의 도움 없이도 일본에 이길 수 있다고 공언했다. 1944년 7월 백악관에서 열린 회의에서 그는 일본과의 전쟁에서 이기기 위해선 미군은 일본 본토에 상륙할 필요가 없다고 합동참모본부에 역설했다. 맥아더와 니미츠는 그의 의견을 지지했다. 실제로 맥아더 사령부는 일본의 강화 탐색(peace feeler)을 받았고, 그 사실을 루스벨트가 얄타로 떠나기 전에 워싱턴에 보고했다.

야전 지휘관들의 일치된 견해에도 불구하고 마셜은 자신의 생각을 바꾸려 하지 않았다. 그는 만주의 일본 관동군이 70만 명이고 아시아 대륙의 일본군은 200만 명이나 되는데, 모두 잘 훈련된 1급 병력이라는 추산을 내놓았다. 그리고 일본은 독일이 패배한 뒤에도 18개월을 버티리라고 얄타에서 루스벨트와 처칠에게 조언했다.

러시아가 점령한 유럽 동부 및 중부의 국가들에서 일어난 일들이 알려지자, 미군 안에서 러시아가 동아시아의 전쟁에 참가할 경우에 나올 부정적 영향을 걱정하는 목소리가 갑자기 높아졌다. 그런 걱정을 설득력 있게 제시한 것은 1945년 4월 12일에 육군의 고급 정보장교들이 마셜에게 올린 보고서다.

> 소비에트 러시아의 아시아 전쟁에의 참가는 세계를 흔드는 중요성을 지닌 정치적 사건일 터인바, 그것의 악영향은 다가오는 수십 년 동안 느껴질 것이다. 전쟁의 현 단계에서 그것의 군사적 중요성은 비교적 중요하지 않을 것이다. (…) 소비에트 러시아의 아시아 전쟁에의 참가는 지금 우리의 지위가 엘베강 동쪽과 아드리아해 건너편의 유럽에서 파괴되는 것만큼 효과적으로 아시아에서

의 미국의 지위를 파괴할 것이다. (…)

만일 러시아가 아시아 전쟁에 참가하면, 중국은 확실히 독립을 상실하고 아시아의 폴란드가 될 것이다. 조선은 아시아의 루마니아가 될 것이다. 만주는 소비에트 불가리아가 될 것이다. 러시아 군대의 충격이 느껴진 뒤에 명목적 중국보다 나은 것이 존재할 가능성은 매우 의심스럽다. 장개석은 [중국을] 떠나야 할 것이고 중국 소비에트 정부가 남경에 들어설 것인데, 그 정부를 우리는 승인해야 할 것이다. (…)

당장 몇 사람들을 살리고 약간의 시간을 벌지만 미래에 생명들과 재산과 명예에서 예측할 수 없는 대가를 치르면서, 동시에 우리의 우방인 중국을 파멸시키는 행동 노선을 고르는 것은 「대서양 헌장」과 세계 평화를 향한 우리의 희망을 비극적 소극으로 만드는 배신일 것이다.

이 보고서는 러시아가 참전한 뒤 나올 세상을 감탄할 만큼 정확히 예측했다. 놀랍지 않게도, 마셜은 이 보고서를 무시했다. 그리고 러시아의 참전을 위해 더 많은 물자를 제공하고 더 많은 정치적 양보를 해야 한다고 주장했다.

얄타 회담에 대한 책임에서 자유로울 수 없는 스테티니어스도 군부의 그런 태도에 당혹감을 토로했다.

"포츠담 회담 때까지도, [1945년] 7월 16일에 로스앨러모스에서 첫 원자폭탄이 폭발한 뒤에도, 군부는 소비에트 연방이 극동전쟁에 참여하도록 유도해야 한다고 고집했다."

다섯째, 연합국을 그렇게도 괴롭히고 전쟁의 위험을 높인 '베를린 통로' 문제도 아이젠하워의 잘못이라기보다는 마셜의 잘못이었다. 저명한 군사 전문 기자 핸슨 볼드윈(Hanson Baldwin)에 따르면, 전쟁 기간에 미국 전쟁부는 베를린의 통로 문제를 논의하는 것을 거듭 거부했다.

1943년 말에 미국 국무부는 전후 연합국들의 독일 점령 지역들이 "각기 베를린과 인접하도록 설정하자(be so drawn as to bring each into contact with Berlin)"고 제안했다. 베를린 봉쇄 문제를 아예 없앨 이 멋진 제안을 전쟁부는 "지금은 논리적 이해를 거부하는 어떤 이유로" 거부했다.

1944년 2월에 영국 정부는 베를린에 이르는 통로를 설정하는 일을 유럽자문기구(European Advisory Commission, EAC)에서 논의하자고 비공식적으로 제안했다. 이번에도 전쟁부는 거부했다. 베를린 통로 문제는 EAC의 소관 사항이 아니라 뒤에 군사 대표단이 다룰 군사적 사항이라는 주장을 내세우면서.

1939년 9월부터 1945년 11월까지 마셜은 루스벨트 대통령과 홉킨스의 절대적 신임과 지원을 누리면서 실질적으로 전쟁부를 장악했고 해군에도 큰 영향력을 지녔었다. 1867년에 태어난 헨리 스팀슨 전쟁장관은 공화당원으로 루스벨트가 특별히 초빙한 터였고 노령이어서, 마셜의 의견을 그대로 따랐다. 따라서 전쟁부의 결정들은 모두 마셜의 뜻이 반영되었다고 보아야 할 것이다.

여섯째, 마셜의 정체에 관해 가장 심각한 의혹을 제기하는 것은 그가 중국 주재 특별사절(special envoy)로 일한 1945년 12월부터 1947년 1월까지 보인 행적이다. 그 이해할 수 없는 행적만으로도 그는 미국과 자유주의 진영이 아니라 러시아와 공산주의 진영을 위해 일했다는 의심을 살 수밖에 없다.

그런 행적은 이미 태평양문제연구회의 음모와 함께 살폈으므로, 여기서는 마셜이 IPR의 음모를 효과적으로 만들었다는 사실만을 덧붙인다. 비록 IPR의 세력이 컸지만, IPR은 회원들의 역량을 한데 모을 뛰어난 지도자가 없었다. 마셜이 중국에서 국민당 정부와 공산당 반란군의 협력을 주관하게 되면서, IPR은 그들이 갖추지 못했던 지도자를 얻었다. 만일 마셜처럼 뛰어나고 큰 권위와 권한을 지닌 인물이 특별사절에 임명되지 않았다면, 그래서 중국 국민당 정부에게 해롭고 공산당 반란군에게 유리한 조치들을 장개석에게 강요하지 못했다면, 중국 국민당 정부가 그렇게 허무하게 무너지지 않았을 것이다.

일곱째, 중국 대륙의 공산화를 위한 마셜의 노력은 중국 파견 특별사절의 임무를 마친 뒤에도 이어졌다. 그가 중국에서 돌아오자마자 트루먼은 그를 국무장관에 임명했다. 이제 그는 아무런 제약도 받지 않고 자신이 중국에서 수행한 정책을 수행할 수 있게 되었다.

국무장관으로서 그가 남긴 행적은 1947년 7월에 중국과 한국에 파견되어 상황을 살핀 웨드마이어 중장이 1947년 9월에 낸 보고서가 등불처럼 비추어 준다. 웨드마이어가 제시한 방안은 중국 공산당을 무장투쟁 집단에서 평화적 정당으로 전환하는 것이었다.

1) 중국 정부는 중국 공산당 지도자들에게 완전한 정치적 권리들과 국민 정당으로서의 지위를 보장한다.
2) 중국 주둔 미군은 중국 정부의 보장이 실제로 이루어지도록 지원한다.

3) 공산당은 무장을 해제하고 무기를 정부에 이양한다.

4) 자유로운 전국적 선거를 통해서 정부를 구성한다.

5) 만일 공산당이 이런 제안을 받아들이지 않으면, 미군이 강제로 공산당을 무장 해제시켜 민간인들로 만든다. 이 경우에도 공산당과 공산주의자들의 권리는 충분히 보장된다.

웨드마이어가 제시한 방안은 논리적이고 현실적이었다. 그러나 마셜은 그 보고서를 비밀로 분류하고 공개하지 않았다. 그리고 중국 정부군에 대한 원조 중단 정책을 밀고 나갔다.

이렇게 해서, 중국 대륙의 공산화를 막을 마지막 기회가 지나갔다. 그리고 세 해 뒤 미군은 한국전쟁에서 중공군과 혈투를 벌여야 했다. 그리고 다시 70년 뒤 미국은 초강대국이 된 공산주의 중국의 도전을 힘겹게 막아 내는 처지가 되었다.

여덟째, 마셜은 육군 참모총장, 중국 파견 특별사절, 국무장관, 국방장관을 역임하면서 제2차 세계대전과 냉전 초기에 미국의 정책에 결정적 영향을 미쳤다. 그리고 거의 모든 사람들의 깊은 존경을 받았다. 그러나 그는 끝내 잊혀졌다. 지금 그는 일반인들에겐 주로 '마셜 계획(Marshall Plan)'이라 불리는 서유럽 부흥 프로그램 덕분에 기억된다. 그 프로그램은 전화를 입은 서유럽 국가들이 부흥하는 데 적잖이 기여했고 서유럽이 단결해서 러시아의 세력 확장을 막는 데 크게 공헌했다는 평가를 받았다. 그리고 그는 그것을 설계한 공적으로 1953년 노벨 평화상을 받았다.

마셜 계획의 성격과 성과가 그러하므로, 드디어 마셜이 러시아와 공산주의 세력의 이익을 앞세우던 행태에서 벗어나 미국과 자유주의 세력을 위해 큰일을 했다는 얘기가 나올 만하다. 실제로 거의 모든 사람들이 그렇게 여긴다. 찬찬히 들여다보면, 얘기가 달라진다.

1947년 3월 12일 트루먼 대통령은 의회 연설에서 선언했다.

"무장한 소수 세력이나 외부 압력 세력의 지배 시도에 저항하는 자유로운 인민들을 지원하는 것이 미국의 정책이어야 한다고 나는 믿습니다. (…) 우리의 도움은 경제적 안정과 질서 있는 정치적 과정들에 필수적인 경제적 및 재정적 원조를 통해서 주로 제공되어야 한다고 나는 믿습니다."

그는 당장 공산주의 세력의 위협을 받는 그리스와 터키에 대한 원조가 필요하다고 밝히고서, 그리스에 대한 4억 달러와 터키에 대한 1억 5천만 달러의 원조를 요청했다. 공산주의 러시아의 급격한 팽창 정책에 맞서 자유세계를 지키겠다는 트루먼의 정책은 의회와 시민들의 너른 지지를 받았고, '트루먼주의'라 불리게 되었다.

이어 5월 8일엔 딘 애치슨 국무차관이 미시시피주 클리블랜드에서 트루먼주의를 보다 구체적으로 다듬는 연설을 했다. 그는 미국의 원조를 바라는 나라들이 많지만 미국의 재력은 한정되었다는 사실을 가리키면서, 적절한 곳에 원조를 집중하겠다고 밝혔다. 그는 미국의 원조를 맨 먼저 받을 사람들은 "내부적이든 외부적이든, 전체주의적 압력들에 대항해서 자신들의 독립과 민주적 기구들과 인간의 자유를 지키려 애쓰는 자유로운 인민들"이라고 선언했다.

트루먼주의가 논의되고 발표되는 과정에서 침묵을 지키던 마셜 국무장관은 6월 5일 하버드 대학에서 '마셜 계획'의 구상을 밝혔다.

우리 정책은 어떤 국가나 주의(doctrine)에 대항하는 것이 아니라

> 배고픔, 가난, 절망, 그리고 혼란에 대항하는 것입니다. (…) 그것의 목적은 자유로운 기구들이 존재할 수 있는 정치적 및 사회적 조건들이 출현하는 것이 허여하도록 작동하는 세계 경제의 부활이어야 합니다. 그런 원조는 갖가지 위기들이 발생할 때마다 단편적으로 행해지는 것이어선 안 됩니다. 이 정부가 앞으로 제공할 원조는 증상을 완화하는 것이 아니라 병을 치료할 것입니다.

언뜻 보면 당연한 얘기들이다. 그러나 찬찬히 뜯어보면, 마셜의 연설이 트루먼과 애치슨이 밝힌 '트루먼주의'를 부정한다는 것이 드러난다. 첫 문장과 둘째 문장은 러시아를 중심으로 한 공산주의 세력에 대항하는 자유주의 국가들을 돕겠다는 트루먼주의의 핵심과 어긋난다. 셋째 문장과 넷째 문장은 그리스와 터키에 대한 긴급원조를 비판한다.

마셜 계획은 거대한 원조 계획이므로, 마셜은 이 연설의 내용에 대해 트루먼 대통령의 재가를 받았을 것이다. 트루먼주의를 부정하는 연설을 트루먼이 재가한 것은 당시 그가 모친의 임종을 위해 두 달 가까이 캔자스시티의 호텔에 머물면서 업무를 보았다는 사정과 연관이 있을 것이다.

어쨌든, 자신의 연설에서 밝힌 기준을 따라 그는 마셜 계획을 입안해서 공표했다. 그래서 그의 첫 제안엔 원조 대상에 러시아와 동유럽의 러시아 위성국들도 포함되었다. 그러나 스탈린은 그 제안을 거부했고, 위성국들과 핀란드에도 참가하지 말라고 지시했다. 의심이 많은 그는 마셜의 제안이 영향력을 강화하려는 미국의 술수라고 판단한 것이었다.

자연히, 마셜의 제안을 받아들인 국가들은 모두 서유럽의 자유주의 국가들이었다. 세월이 지나면서 원래 마셜이 냉전의 적대국인 러시아를 비롯한 공산주의 국가들도 원조하려 했다는 사실은 잊혀지고, 마셜 계획은 처음부터 서유럽의 부흥을 위해 세워지고 집행된 계획이라는 인식이 정설로 굳어졌다.

덕분에 마셜은 1953년 노벨 평화상을 받았다. 그리고 전후의 유럽 역사를 기술할 때 으레 마셜 계획이 등장한다는 사실 덕분에 기억된다. 그는 끝까지 러시아의 이익을 앞세웠다. 그리고 운명의 반어적 전개에 따라 영구적 명성을 얻었다.

위에서 살핀 증거들은 홉킨스, 마셜 및 아이젠하워가 러시아 첩자들이었음을 뚜렷이 가리킨다. 어떤 다른 가설로도 그들의 행적을 제대로 설명할 수 없다. 우연의 일치, 무지, 순진함, 실수와 같은 이유들을 드는 것은 오캄의 면도날에 베인다. 영화 〈골드핑거(Gold Finger)〉의 대사대로, "한 번은 일상적 사건이다. 두 번은 우연의 일치다. 세 번은 적의 행위다(Once is happenstance. Twice is coincidence. The third time is enemy action)."

그리고 이들이 러시아의 '영향력을 지닌 첩자들(agents of influence)'이었다는 가설만이 제2차 세계대전을 통해서 나온 새로운 정치 질서를 설명할 수 있다. 연합국들의 승리에 가장 크게 기여한 나라는 미국이다. 미국은 패망 직전의 러시아와 영국을 구해 주어 전세를 역전시켰다. 그리고 태평양전쟁과 유럽 전쟁에서 이겼다. 그러나 미국은 영토를 얻은 것이 거의 없다. 태평양의 섬들 몇 개뿐이다. 영국은 아시아의 식민지들을 거의 다 잃었다. 그러나 러시아는 유라시아에 군림하는 초강대국이 되었다. 그리고 승전국인 중국 국민당 정부는 몇 해 안에 공산군에게 패퇴해서 섬으로 쫓겨났다. 이런 변화를 무슨 가설로 설명할 수 있는가?

포레스털과 매카시

마셜의 이상한 행적을 공개적으로 지적한 사람은 매카시가 처음이자 마지막이었다. 그러나 마셜과 다른 러시아 첩자들의 행적에 부자연스러운 일관성이 있다는 점을 그보다 먼저 파악한 사람들은 드물지 않았다.

1946년 12월 상원의원에 당선된 매카시가 워싱턴으로 올라오자, 해군장관 제임스 포레스털이 그를 점심 식사에 초대했다.

> 짐 포레스털을 만나기 전까지는, 나는 우리 쪽 계획자들의 무능과 어리석음 때문에 우리가 국제공산주의에 지고 있다고 생각했다. 나는 그런 생각을 포레스털에게 밝혔다. 나는 그의 대꾸를 영원히 기억할 것이다. 그는 말했다. "매카시, 일관성은 어리석음의 징표였던 적이 없소(consistency has never been a mark of stupidity). 만일 그들이 그저 어리석다면, 그들은 때로 우리 쪽에 유리한 실수를 저지를 거요." 이 말은 나에게 그리도 깊은 인상을 주어서, 그 뒤로 나는 자주 그 말을 했다. (조지프 매카시, 『매카시즘: 미국을 위한 투쟁 McCarthyism: The Fight for America』)

포레스털은 성공한 기업가로 월스트리트에서 일했는데, 1940년에 해군차관으로 발탁되었다. 그는 민주당원이었고 루스벨트 대통령을 도운 적이 있었다. 1944년에 해군장관 프랭크 녹스가 죽자 해군장관이 되었다. 그는 새로운 해군 교리인 '항공모함 중심의 전투단'을 적극 지지해서 태평양전쟁에서의 승리에 기여했다. 1947년 전쟁부와 해군부가 국방부로 통합되자, 그는 초대 국방장관이 되었다.

포레스털은 소신을 지키는 데 따르는 위험을 회피하지 않았고, 사리 판단에서 놀랄 만큼 명석했으며, 성공한 기업가답게 일 처리에서 뛰어났다. 뒷날 해군장관과 국방부副장관을 지내면서 미국의 전략을 주도한 폴 니츠(Paul Nitze)는 위대한 국방장관이 갖추어야 할 자질들로 셋을 꼽았다. 1) 의회와 원만한 관계를 유지할 수 있는 능력, 2) 국방이 최고 수준으로 중요해졌을 때의 관리 능력(the ability for "big-time management"), 3) 전쟁 계획에서의 능력. 그리고 그는 이 세 가지 능력을 다 갖춘 유일한 사람으로 포레스털을 꼽았다.

포레스털은 러시아의 급격한 팽창을 크게 경계했다. 조지 케넌이 모스크바에서 '긴 전보'를 보내왔을 때, 포레스털은 러시아에 맞서는 정책을 강력히 주장하면서 '트루먼주의'의 정립 과정에서 '촉매' 역할을 했다. 아울러 트루먼 대통령의 급속한 군비 축소를 줄기차게 반대했다. 이런 태도는 공산주의자들의 영향력 아래 있는 미국 언론의 끊임없는 공격을 불렀다. 특히 영향력이 큰 저널리스트 드루 피어슨(Drew Pearson)은 포레스털을 "미국에서 가장 위험한 인물"로 여겨서, 거짓 기사들로 그를 공격하면서 그의 해임을 줄곧 주장했다.

1948년의 대통령 선거에선 공화당 후보인 토머스 듀이 뉴욕주지사가 민주당 후보인 트루먼 대통령을 이기리라고 예측되었다. 선거일을 앞두고 포레스털은 듀이와 개인적으로 만났는데, 그 자리에서 공화당 정권에서도 포레스털이 국방장관을 계속 맡기로 합의되었다. 이런 합의를 피어슨이 대대적으로 보도하자, 재선된 트루먼은 포레스털에게 사직을 요구했다.

이 충격으로 정신 건강을 해친 포레스털은 1949년 4월 초순에 메릴랜드주 베세즈다 국립 해군병원에 입원했다. 주치의는 그의 증상을 우울증으로 진단했다. 다행히 그는 회복하는 것처럼 보였고, 몸무게도 입원 뒤 5.4킬로그램이 늘었다. 그러다가 5월 22일 아침에 그는 파자마 아랫도리만을 걸친 채 3층 지붕에서 발견되었다. 그의 병실은 16층이었고, 3층 지붕이 있는 창문에 접근하려면 병실에서 다른 쪽에 있는 부엌을 거쳐야 했다. 투신자살로 보기엔 상황이 너무 부자연스러웠지만, 대중매체들은 그의 죽음을 자살로 몰고 갔다. 그의 죽음은 끝내 풀리지 않은 수수께끼로 남았다.

찬찬히 살피면, 포레스털과 매카시가 여러 모로 닮았다는 것이 눈에 들어온다.

1) 두 사람은 아일랜드계로 독실한 천주교 신자들이었다.
2) 그들은 늘 약자들에게 마음을 썼다. 매카시는 가난하고 사회적 지위가 낮은 사람들을 보살폈다. 그는 판사로서 재판을 신속히 처리하고 약한 사람들의 처지를 살핀 판결을 했다. 포레스털은 인종 차별이 극심한 해군에서 인종 통합을 위해 애썼다.
3) 그들은 아마추어 권투 선수들이었고 적과 직접 싸우는 것을 두려워하지 않았다. 그들은 상대의 주먹에 맞는 것을 두려워하지 않았다.
4) 그들은 나라가 위급할 때 스스로 위험한 전선으로 갔다. 전쟁이 일어났을 때 매카시는 33세여서 징집 대상이 아니었지만 스스로 해병대에 지원했다. 그리고 정보장교로 지상에서 근무했지만, 스스로 후미사수 겸 사진촬영수로 열 차례 넘게 출격해서 동료들로부터 '후미사수 조(Tailgunner Joe)'라는 별명을 얻었고 무공훈장을 받았다. 포레스털은 해군이 기동하고 전투하는 모

해병들이 이오지마의 169미터 고지에 미국 깃발을 올렸다. "더 큰 깃발을 올려라."

습을 살피러 격전지들을 찾았다. 그는 1942년에 남태평양에서 함대들이 기동하는 모습을 살폈고, 1944년엔 '콰잘레인 싸움(Battle of Kwajalein)'에 참가했다. 해군장관이 된 1945년엔 지휘관들과 함께 이오지마에 상륙해서 치열한 '이오지마 싸움(Battle of Iwojima)'을 지켜보았다. 5일 동안의 치열한 진지전 끝에 스리바치산을 확보하자, 해병들이 그 169미터 고지에 미국 깃발을 올렸다. 막 해변에 상륙한 포레스털은 해병대 지휘관 홀런드 스미스(Holland Smith) 소장을 돌아보며 말했다. "스리바치에 저 깃발을 올린 것은 해병대에겐 500년을 뜻하오." [미국 해병대는 독립된 병과로 남기 위해 늘 애를 써야 했다.] 이어 그는 더 큰 깃발을 올리라고 지시했다. 그 두 번째 깃발을 올리는 해병들의 모습을 찍은 AP 기자의 사진이 역사적 사진이 되었다. 첫 깃발은 포레스털이 '기념품'으로 챙겼다.

5) 그들은 신념을 따라 판단했고, 시류를 따라 적들과 타협하지 않았다. 덕분에 그들은 큰 업적을 남겼다. 그들이 분투한 덕분에 이 세계를 위협한 전체주의 세력은 기세가 많이 꺾였다. 특히 한반도의 대한민국과 대만의 중화민국 국민들은 전체주의 세력의 위협에서 벗어나 자유롭고 풍요로운 삶을 누릴 수 있었다.

6) 그들은 그런 선택에 어쩔 수 없이 따르는 대가를 자신들의 파멸로 치렀다. 그러나 사후에 누린 역사적 평가에선 그들은 크게 다르다. 포레스털은 큰 업적을 인정받고 추앙의 대상이 되었다. 1955년에 취역한 초항공모함(supercarrier) '포레스털호'는 그를 기린다. 이 배는 같은 규격으로 지어진 3척과 함께 '포레스털급 초항공모함집단'을 이루었는데, 40여 년의 활동을 마치고 1990년대에 퇴역했다. 안타깝게도, 매카시는 그의 위대한 업적에도 불구하고, 지층처럼 굳어진 악명 속에서 세월을 견딘다. 베노나 사업의 결과가 알려져도 그의 명예를 회복하려는 노력은 없다. 아마도 먼 뒷날 러시아의 비밀 서고들이 열려야 그의 이름을 덮은 거짓이 씻길 것이다.

첩자 가설에 대한 반론

이처럼 증거들은 홉킨스, 마셜 및 아이젠하워가 제2차 세계대전이 끝난 뒤의 세계를 결정하는 데 큰 몫을 한 첩자들이었음을 가리킨다. 그래도 그들이 러시아 첩자들이었다고 선뜻 믿기는 어렵다. 홉킨스는 몰라도, 널리 존경을 받은 마셜이나 대통령을 지낸 아이젠하워가 적국의 첩자였다는 얘기는 너무 극단적 주장이 아닐까? 실제로, 그들에게 불리한 증거들이 쌓여도 차마 그들이 첩자라고 말하지 못하고 얼버무린 역사가들이 많다.

판단하기 어려운 이 일에서 우리가 새겨야 할 교훈은, 어떤 사람의 평판, 경력, 신분, 사회적 지위와 같은 기준들은 그가 첩자가 아니라고 보증하지 못한다는 점이다. 크게 성공한 사람의 평판과 후광에 눈이 부셔서 그의 행적에서 드러난 이상한 점들은 그냥 넘어가게 마련이다. 그러나 셜록 홈스(Sherlock Holmes)의 말대로, "작은 것들이 무한히 가장 중요하다(The little things are infinitely the most important)."

대통령이나 수상처럼 높은 지위도 의심을 벗겨 줄 수 없다. 잘 알려진 예는 영국 수상 해럴드 윌슨(Harold Wilson)의 정체성 논란이다. 윌슨은 노동당을 이끌면서 1964년 10월부터 1970년 6월까지, 그리고 1974년 3월부터 1976년 4월까지 두 차례 수상을 지냈다. 그는 노동당 안에서 강경 좌파에 속했고 러시아에 우호적 태도를 견지했다.

1961년 12월에 핀란드 헬싱키의 러시아 대사관에서 근무하던 국가안보위원회(KGB) 요원 아나톨리 골리친(Anatoly Golitsyn) 소좌가 가족과 함께 미국으로 망명했다. 중앙정보국(CIA)의 전설적인 방첩 전문가 제임스 앵글턴(James Angleton)이 직접 그를 면담했다.

골리친은 가치가 큰 정보들을, 특히 러시아를 위해 암약하는 중요한 첩자들에 관한 정보를 CIA에 제공했다. 악명 높은 '케임브리지 5인' 가운데 킴 필비, 도널드 매클린, 가이 버제스를 러시아 첩자들로 처음 지목한 것도 그였다. 아울러, 그는 미국을 고립시키고 유럽을 러시아의 영향권 안으로 끌어들이기 위해 KGB가 추구하는 장기적 기만 전략에 대해 경고했다. 이런 주장에 대한 평가는 엇갈리지만, 서방 정보기관들은 이전엔 상상하지 못했던 KGB의 거대한 장기 전략에 대해 생각하도록 했다는 점에서 그의 정보는 큰 가치를 지녔다. 그래서 앵글턴과 제2차 세계대전에서 활약한 영국군 특수부대 지휘관이자 군사 평론가인 존 해케트(John Hackett)는 골리친을 서방으로 망명한 러시아 정보 요원들 가운데 "가장 소중한 사람"이라고 평했다.

골리친이 밝힌 정보들의 진정성은 대체로 세 가지 근거를 지녔다. 하나는 그의 망명 직후에 KGB가 해외 주재 요원들에게 중요한 정보원들과의 접촉을 중단하라고 긴급히 지시했다는 사실이다. 이런 조치는 아주 특별한 일이어서 시사적이다. 또 하나는 KGB가 요원을 망명시켜서 그의 신빙성을 훼손하려 시도하리라는 골리친의 예언이었다. 그의 예언대로, 1964년에 이반 노센코(Ivan Nosenko)라는 KGB 요원이 망명해서 골리친의 신빙성을 훼손하려 시도했다. 셋째 근거는 그의 주장들에 모순되는 점이 없었다는 사실이다. 위장 망명을 한 첩자들이 완벽한 거짓말을 하기는 쉽지 않다.

윌슨이 영국 수상이 되자, 골리친은 그가 러시아의 첩자라고 선언했다. 그리고 윌슨을 수상으로 만들려고 KGB가 노동당 당수였던 휴 게이츠켈(Hugh Gaitskell)을 독살했다고 주장했다. 게이츠켈은 노동당 안에서 우파를 대표했고 그의 정책은 보수당의 그것과 큰 차이가 없었다. 특히 러시아의 위협에 맞서는 군비 유지 정책을 지지했다.

1962년 12월 게이츠켈은 러시아를 찾아 흐루쇼프를 만났다. 귀국한 뒤, 그는 급성홍반성낭창紅斑性狼瘡으로 1월 중순에 죽었다. 그의 갑작스러운 죽음이 준 충격 속에서 윌슨이 당수가 되었고 이어 수상이 되었다.

골리친의 주장은 당연히 미국과 영국에서 큰 논란을 불렀다. 영국 정부는 윌슨이 러시아 첩자라는 주장이 근거가 없다고 공식적으로 밝혔지만, 많은 전문가들이, 특히 CIA의 방첩 부서 요원들과 영국 MI5의 요원들이 그의 주장을 사실로 받아들였다.

높은 직책과 마찬가지로 고결한 인품도 외국의 첩자가 될 가능성을 배제하지 않는다. 엘리너 루스벨트는 미국의 퍼스트 레이디였고, 트루먼 대통령으로부터 "세계의 퍼스트 레이디"라는 칭송을 들었다. 그녀는 줄곧 높은 지위와 고결한 인품의 상징이었다. 우리는 그녀가 일본의 식민지가 된 조선과 압제를 받는 조선 사람들에게 보여 준 따스한 마음씨를 기억하고, 이승만 부부를 만나서 조선을 도울 방안을 물은 것을 기억한다. 곤혹스럽게도, 증거들은 그녀가 러시아 첩자였음을 가리킨다.

그녀가 지원하는 사업들에 공산주의자들이 많이 모인다는 얘기는 일찍부터 나왔다. 그러나 사람들은 그녀의 고결한 성품이 사람들을 의심하지 않고 차별하지 않도록 만들었다면서 그녀를 감쌌다. 그녀가 러시아 첩자 혐의를 받은 국무부 직원 로런스 더건(Laurence Duggan)과 앨저 히스를 감쌌을 때도 친구들을 믿어서 그러려니 여겼다.

그러나 베노나 사업으로 해독된 전문은 그녀가 이미 1943년에 NKVD의 포섭 대상이 되었음을 보여 준다. 이 전문은 NKVD 뉴욕 상주대표부가 모스크바 본부에 보고한 것으로, 해독자가 단 제목은 "대통령 아내의 포섭의 언급"이다. 러시아 암호전문의 해독이 얼마나 힘들고 어쩔 수 없이 불완전한가 독자들이 직접 느낄 수 있도록, 해당 전문의 해독문을 그대로 옮긴다.

For processing "CAPTAIN's" wife we [2 groups unrecovered]

her great friend Gertrude PRATT, wife of the well-known Wealthy Eliott PRATT

[15 groups unrecovered]

patroness and guide. In this line contact is being maintained with her by Aleksej SOKIRKIN, the official representative of the MOSCOW Anti-Fascist student committee [6 groups unrecovered] "Syndicate", PRATT great interest in life in USSR and Soviet

[38 groups unrecovered]

The latter circumstance for bringing "VARDO" into close touch with her with a view to

[119 groups unrecovered or unrecoverable]

Or scientific worker

위의 전문은 해독하지 못했거나 아예 해독할 수 없는 부분들이 너무 많아서 우리말로 옮기기 어렵다. ["해독하지 못한(unrecovered)"이란 표현은 이론적으로는 해독할 수 있지만 이용할 자료가 부족해서 아직 해독하지 못한 구절들을 뜻하고, "해독할 수 없는(unrecoverable)"이란 표현은 러시아 사람들의 실수에 의해 영향을 받지 않아서 암호 해독가들로선 해독할 수 없는 구절들을 뜻한다.] 그래도 나오는 사람들의 신원을 파악하면, 전문의 뜻은 어렵지 않게 짐작할 수 있다.

NKVD 공작의 중심인물인 엘리어트 프랫의 아내 거트루드 프랫은 독일에서 태어나 미국에 귀화한 사회주의 활동가다. 그녀는 남편과 함께 독일 난민들을 돕는 일을 했고, 그 인연으로 엘리너 루스벨트와 가까워졌다. 그녀는 1944년에 엘리너 루스벨트와 친한 공산주의 활동가 조지프 래시(Joseph Lash)와 결혼하고 트루드 래시(Trude Lash)라는 이름을 썼다.

'모스크바 반파시스트 학생위원회'의 공식 대표라는 직책을 지닌 알렉세이 소키르킨(Aleksej Sokirkin)은 워싱턴의 러시아 대사관의 일등서기관이었다.

"VARDO"는 엘리자베트 자루빈(Elizabeth Zarubin)을 가리킨다. 그녀는 NKVD 미국 책임자인 바실리 자루빈(Vassily Zarubin)의 아내이면서 유능한 정보 요원이어서, 중요한 공작을 맡곤 했다. 이런 사실들을 종합하면, 공작의 주요 내용은 아래와 같다.

1) 미국 대통령 부인을 포섭하기 위해, NKVD 워싱턴 상주대표단은 그녀의 절친한 친구인 거트루드 프랫을 이용하려 한다.
2) 프랫은 러시아와 러시아의 실상에 대해 알고 싶어 한다.
3) 이 일에서 연락은 '모스크바 반파시스트 학생위원회'의 공식 대표라는 직책을 지닌 알렉세이 소키르킨 워싱턴 대사관 일등서기관이 맡는다.
4) 포섭 대상자의 관리는 능숙한 엘리자베트 자루빈이 맡는다.

해독된 베노나 전문들엔 이 포섭 공작의 성공 여부에 대한 언급이 없다. 그래도 이런 결여는 나름으로 얘기하는 바가 있다. 대통령 부인을 첩자로 포섭하려는 공작은 위험과 보상이 크다. 만일 공작이 실패하면, 국제적 영향은 폭발적일 것이다. 특히 미국과 러시아 사이의 관계는 크게 멀어질 것이다. 그럴 경우, 공작을 추진한 NKVD의 관계자들과 책임자들은 책임을 져야 한다. 당연히 NKVD의 미국 상주대표부와 모스크바 본부는 이 공작이 성공한다고 확신했다는 얘기가 된다.

실제로, 그 전문은 엘리너에 대한 공작을 놓고 워싱턴과 모스크바 사이에 긴 논의가 있었음을 가리킨다. 공작에 대한 첫 보고가 아니라, 작전에 들어가기 직전 마지막으로 보고하는 전문이라는 느낌이 든다. 그런 관점에서 살피면, NKVD 워싱턴 책임자가 후일의 문책에 대비해서 본부의 지시대로 공작을 수행했다는 증거로 삼기 위해 작성했다는 느낌이 짙게 든다.

엘리너가 NKVD의 공작 대상으로 떠오른 계기는 이내 눈에 뜨인다. 뒤에 프랫과 결혼하는 조지프 래시는 일찍부터 사회주의 운동에 가담했고 공산주의 조직인 미국 학생동맹(American Student Union)의 간부가 되었다. 이런 경력 때문에 그는 1939년 11월에 하원 반미행위위원회(HUAC)의 조사를 받게 되었다.

HUAC 청문회에 출석하려고 뉴욕의 펜실베이니아역에서 기차에 탄 래시와 동료들은 엘리너와 동행하게 되었다. 그들의 얘기를 듣자, 엘리너는 래시와 동료 여섯을 백악관의 식사에 초대했다. 그리고 그들에게 도덕적 지지를 보내기 위해 래시의 청문회에 참석했다. 이어 그들을 실제로 백악관의 만찬에 초대해서 루스벨트 대통령을 만나도록 주선했다. 수행 기자단을 경악시킨 이 유별난 행태는 당연히 NKVD의 눈길을 끌었을 것이다.

또 하나 주목할 점은, 엘리너 루스벨트와 거트루드 프랫 사이의 관계가 끝까지 좋았다는 사실이다. 그녀는 엘리너가 백악관의 안주인이었을 때만이 아니라 국제연합(UN)의 인권위원회(Human Rights Committee)를 창설할 때도 그녀를 도왔다. 만일 엘리너가 프랫의 포섭 시도를 물

거트루드 프랫의 남편 조지프 래시도 사회주의 운동 경력으로 엘리너와 친분이 있었다.

리쳤다면, 설령 그녀가 FBI에 신고하지 않았더라도 둘 사이의 우정은 금이 갔을 것이다. 그들이 그렇게 오랫동안 우정을 유지하며 함께 일했다는 사실은 많은 것들을 말해 준다.

엘리너가 프랫에게 포섭되었다는 결정적 증거는 NKVD의 포섭 공작이 개시된 지 채 한 해가 되지 않아서 나왔다. 미국 주재 NKVD 상주대표부가 모스크바에 보고한 전문들을 해독하는 작업은 알링턴 홀(Arlington Hall)이라 불린 통신정보국의 버지니아 건물에서 수행되었다. 해독은 무척 어려웠지만, 1943년 11월에 리처드 홀록(Richard Hallock) 대위가 처음으로 러시아 외교 암호 체계 속으로 침투했다. 그래서 1944년 초엔 곧 러시아 암호를 해독할 수 있으리라는 전망이 나왔다.

1944년 여름에 윌리엄 와이스밴드(William Weisband)가 해외 근무를 마치고 알링턴 홀로 복귀했다. 그는 우크라이나에서 태어났는데, 육군에 징집된 뒤 러시아어 원어민이라는 점 때문에 통신정보국에 배치되었다. 북아프리카와 이탈리아에서 근무한 뒤, 그는 알링턴 홀의 러시아 담당 부서(Russain Section)에 배치되었다. 비록 자신은 암호 해독 전문가가 아니었지만, 그는 '언어학자'로서 해독 요원들의 러시아어 해독을 도왔고, 자연히 베노나 사업의 진척 상황을 실시간으로 상세히 파악할 수 있었다. 그는 이미 입대하기 전에 NKVD의 첩자로 활동해 온 터였다.

이즈음에 베노나 사업을 시작한 육군 공안부장 카터 클라크 대령이 알링턴 홀을 찾아 베노나 사업 책임자들인 해럴드 헤이스(Harold Hayes) 대령과 프랭크 롤렛(Frank Rowlett) 중령을 만났다. 그는 그들에게 중요한 전언을 전달하기 위해서 들렀다고 설명하고서, "퍼스트 레이디 엘리너 루스벨트가 육군이 소비에트 러시아의 암호 통신들을 해독하고 있다는 것을 알았고, 그녀가 언급되지 않은 이유들로 이 작업이 중단되기를 원한다"고 말했다. 이 '중요한' 전언을 전달한 뒤, 클라크는 자신은 개인적으로 베노나 사업이 지속되어야 한다고 생각한다고 밝힌 다음, 공식적으로는 그들의 대화는 없었던 것으로 한다고 덧붙였다.

엘리너 루스벨트가 베노나 사업의 존재를 알았고 그것을 중지시키려 직접 나섰다는 사실은 음산한 함의들을 품었다. 먼저, 퍼스트 레이디가 베노나 사업처럼 극비 작전에 대해 알게 되었다는 것이 적잖이 이상하다. 비록 국정 전반에 간여한다고 알려졌지만, 육군 정보기관의 극비 작전은 퍼스트 레이디가 공식적으로 개입할 영역은 아니다.

다음엔, 베노나 사업의 존재를 NKVD에 알린 것이 러시아 첩자 와이스밴드였으므로, 그 사실을 엘리너에게 알린 사람도 분명히 러시아 첩자였다. 만일 엘리너가 러시아 첩자가 아니었다면, 그녀에게 그 사실을 알린 첩자는 중대한 위험을 지는 것이었다. 퍼스트 레이디로서는 그런 군사 비밀을 알고 있는 사람의 정체를 의심하고 곧바로 백악관의 보안 담당관에게 알렸을 것이다. 실은 먼저 남편과 상의했을 것이다. 그런 위험을 NKVD가 무릅썼을 리는 없다.

반면에, 그녀가 이미 NKVD에 포섭되었다면, 베노나 사업은 그녀의 정체를 드러낼 수 있으므로, 그녀에게 직접적 위험이 된다. 그녀가 남편에게 알리지도 않고 자신의 권위를 이용해서 황급히 불법적으로 베노나 사업을 중지시키러 나선 것은 '순진한' 그녀가 러시아 첩자들의 꾐에 빠져서 퍼스트 레이디가 나서선 안 될 일에 나섰다고 보기 어렵게 만든다.

그녀의 명백한 의사표시에도 불구하고 베노나 사업은 중단되지 않았다. 그 사실을 그녀는 와이스밴드를 통해서 계속 보고받았을 것이다. 그러나 그녀는 베노나 사업에 다시 개입하지 않았다. 만일 그녀가 실제로 순진해서 러시아 첩자들의 꾐에 넘어갔다면, 매사에 열정적인 그녀는 남편에게 얘기해서 기어이 그 사업을 중단시켰을 것이다.

사람의 심리와 행태에는 미묘한 결들이 있다. 그런 결들은 합리적이어서, 그것들을 거스르기는 아주 힘들다. 억지로 거스르면 행태가 자연스럽지 않아서, 이내 다른 사람들 눈에 뜨인다. 엘리너 루스벨트의 행적을 살피면 그렇게 부자연스러운 모습이 눈에 들어온다. 그녀를 포섭하려 시도한 NKVD의 공작이 성공했다는 가설을 빼놓으면 그런 모습은 설명되지 않는다.

흥미로운 것은 마셜의 행적에서도 이런 부자연스러운 행태가 나온 적이 있다는 사실이다. 그가 워낙 사람들 앞에 나서는 것을 꺼리고 속마음을 남에게 밝히지 않고 자신의 개입을 기록으로 남기지 않으려고 애써서, 그가 러시아의 이익을 위해 줄기차게 노력했어도 그를 의심하는 사람은 드물었다. 그래도 그가 깨닫지 못한 사이에 부자연스러운 행태로 자신의 모습을 드러낸 적이 있다.

1943년 러시아는 모스크바 주재 미국 육군 및 해군의 무관들의 활동들에 대해 불만을 표시했다. 미국 무관들이 모스크바에서 러시아의 군사 정보를 수집하는 것이 못마땅하다는 이유였다. 원래 무관의 임무가 그런 정보의 수집이니, 그런 불만은 비합리적이었다. 당시 러시아는 미국의 막대한 원조 덕분에 독일군의 침공을 막아 내는 처지여서, 그런 불만을 드러낼 처지가 못 되었다. 게다가 미국에는 러시아 군인들과 기술자들 수천 명이 미국의 군수 공장들에 아무런 제한 없이 드나들고 정보를 수집하고 있었다. 실정이 그러했어도, 마셜은 모스크바 주재 무관들을 불러들였고, 미국은 러시아에 관한 군사 정보를 얻을 수 없게 되었다. 미국은 자신이 원조한 무기들과 물자들을 러시아군이 어떻게 쓰는가 확인할 길조차 막힌 것이었다.

미국과 러시아 사이의 협력이 점점 긴밀하게 되자, 러시아 군부와 협의할 무관의 필요성이 더욱 절실해졌다. 그래서 마셜은 러시아 주재 군사사절단의 단장으로 존 딘 소장을 임명했다. 딘이 모스크바로 떠나기 전에, 마셜은 그를 불러서 당부했다.

"자네가 군사 정보를 수집하면 러시아 사람들이 짜증을 낼 걸세. 군사 정보를 일절 수집하지 말게."

미국의 군사 원조로 가까스로 독일군을 막아 내는 처지에서, 러시아가 미국에 무관들의 정상적 활동을 하지 말라고 요구했다는 것은 자연스러운 행태는 아니다. 그런 요구를 미군 수뇌부가 아무런 항의 없이 받아들여서 무관들을 철수시켰다는 것도 정상적 행태는 아니다. 미군 최고 지휘부가 반발하지 않으리라는 확신을 지니지 않았다면, 러시아 사람들이 감히 입 밖에 내지 못할 얘기였다.

마셜의 행태는 더욱 비정상적이다. 러시아의 부당하고 예의에 어긋나는 요구를 순순히 받아들인 것도 문제지만, 모스크바로 떠나는 군사사절단장에게 러시아 사람들이 짜증을 내지 않도록 군사 정보 수집을 일절 하지 말라고 얘기한 것은 더더욱 비정상적이다. 미국 육군 참모총장이 러시아 사람들의 비위를 맞추기 위해 당연히 해야 할 임무를 하지 말라고 부하에게 지시한 것이었다. 최소한의 양식이 있는 사람은 입 밖에 내는 것을 부끄러워할 얘기를 하면서도 마셜은 부끄러워하지 않았다. 자신이 당연히 할 일을 한다고 생각했다는 얘기가 된다. 오랫동안 러시아 첩자로서 일해서 모스크바의 지시라면 아무런 성찰 없이 그대로 따르는 습성 때문에 부끄러워할 줄 몰랐다는 얘기밖에 안 된다.

음모론의 본질

이처럼 높은 지위도 평판도 다른 나라의 첩자가 될 수 없다는 보증이 되지 못한다. 그러나 도저히 첩자가 될 것 같지 않은 사람들의 행적에서 수상한 점들을 들어 그들이 첩자였을 가능성이 높다는 주장을 펴는 사람들은 흔히 음모론자들이라는 평가를 받는다. 그리고 한번 음모론이라는 평가를 받으면, 그런 주장은 제초제를 뒤집어쓴 풀처럼 이내 시든다. 증거들도 논리들도 "유치한 음모론에 지나지 않는다"는 비판을 견뎌 내지 못한다.

이런 경향은 러시아의 팽창과 미국에 대한 침투를 경계하는 사람들에 대한 비난에서 특히 두드러졌다. 러시아에 충성하는 미국 공산당은 실질적으로 미국 지식인 사회를 장악했다. 신문, 잡지, 방송과 같은 대중매체들과 문학과 영화 같은 예술 분야는 1930년대 이후 공산주의자들의 압도적 영향 아래에 있었다.

이런 상황에서 러시아를 경계하는 주장들은 으레 음모론이라는 평가를 받았다. 그런 주장들을 편 사람들은 무시되거나 악의적 비난을 받았다. 확실한 근거들을 대면서 줄기차게 목소리를 높인 포레스털이나 매카시와 같은 사람들은 모함과 박해를 받다가 끝내 파멸을 맞았다.

이런 사정은 해리 홉킨스가 러시아를 위해 일했다는 의혹을 밝힌 조지 조든(George Jordan)의 극적 운명에서 명료하게 드러난다. 조든은 제1차 세계대전의 프랑스 전역戰役에 항공대 병장으로 참가한 노병이었다. 태평양전쟁이 일어나자, 그는 대위로 복귀해서 1942년부터 1944년까지 러시아에 대한 '무기 대여 사업' 업무를 맡았다. 그는 항공 화물의 마지막 환적 기지들에서 화물통제관으로 일했는데, 당시 그의 상대는 러시아군 아나톨리 코티코프(Anatoli Kotikov) 대좌였다.

1949년 12월 그는 HUAC 청문회에서 당시 경험에 대해 증언했다. 그는 러시아로 가는 보급품이 엄청나게 많다는 사실에 놀랐고, 외교적 특권을 지닌 특수한 물품들이 마구 반출된다는 사실에 의구심을 품게 되었다. 그래서 그는 비정상적 화물들을 일지에 기록하기 시작했다. 그의 증언에서 특기할 만한 것들은 셋이다.

먼저, 당시 무기 대여 사업의 업무에 종사한 인원들 사이엔 그 사업의 책임자인 백악관의 해리 홉킨스가 러시아 사람들이 원하는 것들은 무엇이든지 들어준다는 소문이 돌았다고 그는 증언했다. 특히, 그는 무슨 어려움도 코티코프가 홉킨스에게 전화하면 다 해결된다는 얘기를 들었다.

다음엔, 그는 외교행낭에서 백악관 서식 용지에 "H. H."라고 서명한 사람이 무기 대여 사업의 러시아 책임자인 아나스타스 미코얀(Anastas Mikoyan)에게 보낸 편지들을 여럿 보았다. 그는 한 편지의 구절이 너무 특이해서 그 구절을 일지에 적어 놓았다.

"이것들을 그로브스(Groves)로부터 빼앗는 데 오래 걸렸습니다." [그로브스는 원자탄을 개발하는 '맨해튼 계획'의 책임자인 레슬리 그로브스(Leslie Groves) 소장이었다.]

그는 그 구절이 뜻하는 것을 당시엔 짐작하지 못했다. 1949년에 러시아가 첫 원자탄 시험을 하자, 그는 자기의 일지를 꺼내어 보았다. 거기에서 그는 핵무기와 관련된 우라늄과 중수 같은 물자들과 그것들에 연관된 문서들이 러시아로 반출되었음을 확인했다.

셋째, 그는 질긴 고무줄로 묶인 국무부 서류철 대여섯 개를 보았다고 증언했다. 서류철마다 색인이 붙어 있었는데, 첫 권엔 "세어로부터(From Sayre)"라고 씌어 있었고, 둘째 권엔 "히스로부터(From Hiss)"라고 씌어 있었다. 셋째 권엔 "가이거로부터 (From Geiger)"라고 씌어 있었다. 그는 처음 두 사람 이름만을 일지에 적었는데, 가이거는 그의 치과의사의 이름이라서 아직도 기억한다고 설명했다. [가이거는 시어도어 가이거(Theodore Geiger)를 가리켰다. 이 세 사람은 실제로 당시 국무부에서 일했다. 특히, 세어는 국무차관보로 히스의 직속상관이었다.]

그로브스와 FBI의 증언은 조든의 증언을 지지했다. 그러나 민주당이 장악한 HUAC은 조든의 증언을 받아들이지 않았고, 좌파 지식인들은 그의 주장을 음모론이라고 폄하했다. 베노나 사업의 내용이 공개되어 그의 증언에 나온 사람들이 모두 러시아 첩자들이었음이 확인된 뒤에야 조든의 명성이 회복되었다.

만일 베노나 사업이 없었다면 지금 상황은 어떠할까? 육군의 정보장교 한 사람이 시작한 그 작은 사업이, 짧은 기간에 수집된 전문들을 해독해서 확인한 349명의 러시아 첩자들 가운데 겨우 171명의 실명을 확보한 그 불완전한 사업이, 러시아에 충성하는 첩자들과 그들을 추앙하는 사람들에 의해 지배되는 미국의 전체주의적 지적 풍토를 조금이나마 바꾸었다.

지금도 미국의 지식인 사회는 크게 바뀌지 않았다. 매카시는 여전히 악한으로 여겨지고 앨저 히스는 여전히 영웅 대접을 받는다는 사실이 이 점을 유창하게 말해 준다.

이제 모든 지식인들이 꺼리는 음모론의 본질을 살필 차례다. 왜 사람들은 음모론에 끌리는가? 모두 음모론을 폄하하고 자신의 주장이 음모론으로 간주되는 것을 두려워하지만, 왜 사람들은 본능적으로 음모론들에 끌리고 음로론들은 번창하는가?

가장 근본적이고 중립적인 뜻에서, 음모론(conspiracy theory)은 "어떤 사회적 사건이나 현상이 이해관계가 있는 사람들의 음모의 결과로 일어난다는 이론"이다. 실제로 쓰일 때, 그 말은 "보다 합리적인 설명이 있음에도 불구하고, 어떤 사건이나 상황을 특정 집단의 음모에서 찾는 주장"을 뜻한다. 따라서 음모론이란 말엔 으레 폄하의 뜻이 담긴다.

여기서 주목할 것은 어떤 '그른 음모론'을 대치하는 설명도 필연적으로 음모론의 모습을 한다는 점이다. 사회적 사건이나 상황의 설명에서 음모를 제외하면, 남는 것은 우연, 우연의 일치, 실수, 무지와 같은 무작위성(randomness)이나, 진화의 원리나 역사적 발전 법칙과 같은 보편성(universality)이다. 무작위성과 보편성은 모든 사건이나 상황에 작용하므로, 그런 대안적 설명이 그른 것은 아니다. 그러나 그런 설명은 정보로서의 가치가 작다.

어떤 전언에 담긴 정보의 함량을 재는 척도는 클로드 섀넌(Claude Shannon)의 정보 엔트로피(information entropy)다. 정보는 어떤 일이 얼마나 놀라운가 재는 척도다. 일어날 확률이 작을수록 그 사건은 정보의 함량이 크다. 반대로, 어떤 일어날 확률이 큰 사건은 정보의 함량이 작다. 무작위성이나 보편성에 바탕을 둔 설명들은 정보의 함량이 너무 낮아서, 누구도 설명다운 설명으로 여기지 않는다. 결국 어떤 음모론의 대안은 다른 음모론이다.

사람들은 사회를 이루어 살아가므로, 늘 서로 협력한다. 그런 협력은 무슨 일을 꾸밀 때 두드러진다. 그렇게 일을 꾸밀 때, 좋은 일이면 계획과 같은 이름으로 부르고, 나쁜 일이면 음모라 부른다. 하지만 둘 사이엔 본질적 차이가 없다. 식민지의 지식인들이 종주국의 압제에 맞서는 일을 꾸밀 때, 그들의 관점에선 의로운 거사지만 당국의 관점에선 사회의 안정을 해치는 음모다. 음모(conspiracy)라는 말의 어원이 '함께 숨쉬다'라는 사정은 이 점을 잘 보여 준다.

실제로, 우리 삶은 음모의 연속이다. 집안에서, 직장에서, 시장에서, 무엇보다도 정치판에서, 모두 끼리끼리 모여 갖가지 계획들을 세우면서 자신들의 이익을 늘린다. 그런 사정은 인간 사회의 기구들과 구조들에 반영되었다. 예컨대, 기업들과 정당들은 각기 소비자들과 투표자들의 마음을 끌기 위한 음모들을 지속적으로 꾸미고 수행하는 기구들이다. 그런 음모들을 잘 꾸미고 수행한 사람들을 우리는 위대한 기업가들이나 위대한 정치 지도자들로 추앙한다. 공정거래위원회나 금융감독원은 경제 주체들의 부당한 음모들을, 예컨대 내부거래자들이나 증권시장의 '작전 세력'들을 막는 기구들이다. 찬찬히 살펴보면, 인간 사회는 음모들을 효율적으로 관리할 수 있도록, 사회적으로 좋은 음모들을 지원하고 나쁜 음모들을 억제할 수 있도록 설계되었다.

실은 음모는 인류 사회를 만들고 인류 문명을 낳은 힘이다. 우리가 음모를 잘 꾸미는 종種이 아니었다면 인류 사회가 빠르게 진화할 수도, 인류 문명이 싹트지도 못했을 터이다. 문명이라 불릴 만큼 발전된 상태는 대략 기원전 1만 년 전에 사람들이 동물들과 식물들을 길들여서 가축과 작물로 만든 데서 비롯했다. 그러나 가축과 작물의 길들이기(domestication)는 먼저 사람들이 자신들을 길들이는 데 성공해서 잘 짜인 사회를 이룬 덕분에 가능했다. 인류의 이런 자기 길들이기(self-domestication)는 인류의 진화에서 가장 중요한 사건들 가운데 하나다.

인류의 자기 길들이기를 설명하는 이론들은 현재 아홉가량 된다. 모두 나름으로 근거를 지녔고, 자기 길들이기를 부분적으로 설명한다. 최근에 나와서 가장 너른 지지를 받는 가설은 영국 진화생물학자 리처드 랭엄(Richard Wrangham)의 '언어에 바탕을 둔 음모 가설(Language-based conspiracy hypothesis)'이다. 인류 사회에선 다른 사회적 동물들의 사회들에서와 달리 성격이 거칠고 육체적으로 가장 힘이 센 개체가 지도자가 되는 경우가 드물다. 대신 여러 사람들과 연합을 이루는 개체가 정치적으로 성공한다. 발달된 언어 덕분에 인류 사회에선 정교한 음모들을 꾸밀 수 있었고, 육체적 결투에서 이길 수 없는 남성들이 연합(coalition)을 이루어서 육체적으로 가장 힘세고 심리적으로 공격적인 우두머리 남성(alpha male)을 제거할 수 있었다고 랭엄은 주장한다.

랭엄은 사람들의 공격을 두 유형으로 나눈다. 반응적 공격(reactive aggression)은 자극에 대한 반응으로 나온 공격인데, 분노나 두려움을 동반하는 '뜨거운' 공격이다. 선행적 공격(proactive aggression)은 계획되고 통제된 공격인데, 흔히 격앙된 감정 없이 수행되는 '차가운' 공격이다. 그래서 힘이 약한 남성들 여럿이 힘이 세고 거친 남성 하나를 처리하는 행위는 '연합적 선행적 공격(coalitionary proactive aggression)'이다.

그렇게 거칠고 힘센 남성들이 제거되면서 인류는 점점 반응적 공격성이 작은 종으로 진화했다. 다른 편으로는, 문명이 진화하면서 '연합적 선행적 공격'은 점점 중요해졌다. 전쟁과 같은 복잡하고 정교한 음모들은 본질적으로 '연합적 선행적 공격'들이다.

음모들이 점점 복잡해지고 정교해지면서, 단순한 음모가 아니라 음모 속에 음모가 들어 있는 경우들이 많아졌다. 영어의 '바퀴 속의 바퀴(a wheel within a wheel)'라는 표현은 그런 상황을 가리킨다. 그 표현의 연원은 『구약』 「에제키엘」의 "그 바퀴들은 넷 다 같은 모양으로 감람석처럼 빛났고 바퀴 속에 또 바퀴가 있어서 돌아가듯 되어 있었는데(The appearance of the wheels and their work was like unto the colour of a beryl: and they four had one likeness: and their appearance and their work was as it were a wheel in the middle of a wheel)"(공동번역)이다.

발전된 사회에서 음모라 불리는 것들은 으레 '음모 속의 음모'를 포함한다. '음모 속의 음모 속의 음모(a wheel within a wheel within a wheel)'도 드물지 않다. 위에서 해럴드 윌슨이 러시아 NKVD의 첩자였다고 폭로한 골리친이 1984년에 펴낸 『낡은 거짓말들을 위한 새 거짓말들(New Lies for Old)』에서 밝힌 NKVD의 장기 기만 전략은 좋은 예다.

골리친이 예언한 NKVD 음모의 겉바퀴는 러시아 공산주의 체제의 '자유화'인데, 이런 조치의 목적은 서방 국가들의 경계심을 풀도록 유도하는 것이었다. 겉바퀴 안에 든 둘째 바퀴는 그런 '자유화'를 통해 유럽의 서방 국가들과 유대를 강화해서 미국을 유럽에서 몰아낸다는 계획이었다. 맨 안쪽에 든 셋째 바퀴는 그런 과정을 통해서 NKVD/KGB의 권력을 강화한다는 계획이었다.

놀랍지 않게도, 골리친의 예언은 많은 사람들로부터 "싸구려 음모론"이란 평가를 받았다. 놀랍게도, 그의 예언은 대체로 맞았다. 러시아는 미국과 긴장 완화(détente)를 추구했고, 유럽의 서방 국가들과 경제적 교류를 늘렸고, 공산주의 체제를 스스로 버렸다. 그래서 유럽은 북대서양조약기구(NATO)에 대한 투자를 줄였고, 러시아와의 경제적 협력을 강화했고, 미국으로부터 독립하려는 기운이 일었다. 이 모든 일들이 일어난 뒤, 러시아는 KGB가 지배하는 사회가 되었고, 평생 KGB 요원으로 일한 블라디미르 푸틴(Vladimir Putin)이 절대적 권력을 누리게 되었다. 골리친의 예언이 실제로 전개된 상황을 제대로 짚었든 아니든, 거대한 음모들은 단순하지 않고 겹겹이 음모들을 감출 수 있다는 점을 실감 나게 보여 준다.

이처럼 음모가 인류 사회의 근본적 현상이므로, 사람들의 전략적 행태를 다루는 학문인 경기 이론(game theory)은 다자경기(n-person game)에서 본질적으로 음모의 일종인 연합의 성립과 이익 배분(payoff)을 분석 대상으로 삼는다. 위에서 살핀 것처럼, 랭엄은 폭력적 강자를 제거하는 음모를 '연합적 선행적 공격'이라 불렀는데, 그런 음모들은 언제나 이익 배분에 관한 합의를 포함한다.

인류 사회가 음모를 근본 원리로 삼으므로, 어떤 가설을 '음모론'이라고 폄하하는 관행은 부자연스럽다. 어떤 가설이든지 정보의 함량이 커서 '뻔한 얘기'를 벗어나려면 음모론의 모습을 해야 한다. 사정이 이러

한데도 음모론이 폄하의 뜻을 품게 된 까닭은 물론, 이 세상엔 음모론이 너무 많고 대부분은 사실이 아니라는 점이다. 우리는 겉으로 드러난 몇 가지 정황만으로 그럴듯한 결론을 도출하고 그것을 확신하는 경향이 있다. 그런 경향에서 누구도 자유로울 수 없으니, 그것은 오랜 세월에 진화한 우리의 심리적 특질이고 그래서 우리의 생존에 도움이 된다.

어떤 것이 없는데 있다고 판정하는 것은 위양성(false positive)이라 하고, 있는데 없다고 판정하는 것은 위음성(false negative)이라 한다. 언뜻 보기에 이 둘은 대칭적이다. 그러나 그것들의 결과는 크게 다르다. 우리 마음은 바로 그런 결과의 차이에 맞추어 진화해 왔다.

한밤에 유리창에 검은 그림자가 어른거릴 때, 혼자 사는 젊은 여성은 긴장하게 된다. 만일 그녀가 그림자를 침입자라고 판단해서 "강도야!" 하고 소리를 쳤을 경우, 그림자가 바람에 흔들린 나뭇가지였다면, 즉 위양성의 실수를 했다면, 그녀는 한밤중에 이웃을 소란케 해서 낯이 많이 깎일 것이다. 만일 그녀가 그림자를 나뭇가지라고 판단해서 그냥 있었을 경우, 그림자가 강도였다면, 즉 위음성의 실수를 했다면, 그녀는 큰 위험에 놓일 것이다. 이처럼 판단하기 어려운 상황에서 위양성과 위음성의 결과는 비대칭적이다. 위험이 없는데 있다고 판단하는 것이 위험이 있는데 없다고 판단하는 것보다 생존에 훨씬 유리하다. 그래서 매사를 의심의 눈길로 살피는 사람들이 생존 가능성이 높고, 오래 살아서 자식들을 많이 낳는다. 그런 자연선택의 과정을 거쳐, 인류는 작은 일에서도 큰 위험을 느끼는 마음을 지니게 되었다. 인텔(Intel)의 전설적 경영자 앤드루 그로브(Andrew Grove)의 말대로, "편집증 환자들만이 살아남는다(Only the paranoid survive)."

우리는 천성적으로 음모론자들이다. 어지간한 가설은 으레 음모론이라고 몰아세우는 사람들도 다르지 않다. 그들은 음모론에 자신이 속을 가능성을 두려워해서 가설에 내재할 수밖에 없는 사소한 불확실성을 오류의 근거로 삼는 위양성의 선택을 하는 것이다. 음모론에 속으면 지식인으로선 '천하의 바보'가 되지만, 자신이 비난한 음모론이 사실로 판명이 되어도 치를 대가는 거의 없다.

여기에 어려움이 있다. 무슨 일이든 허튼 음모론들이 많이 나온다. 그리고 우리는 그것들에 끌린다. 우리의 천성이 그렇게 만든다. 당연히, 우리는 음모론에 끌리는 마음을 경계해야 한다. 다른 편으로는, 위양성이 생존에 유리하다는 사실이 있다. 자연히, 음모론을 진지하게 다루는 태도가 합리적이고, 음모론의 모습을 한다는 이유로 그것을 무시하는 태도는 위음성의 위험을 안는다. 이런 사정을 조화시키는 것은 결코 쉽지 않다.

"일류 지능을 판별하는 시험은 상반된 두 가지 생각들을 마음에 동시에 품고서도 여전히 기능하는 능력을 지니는 능력이다(The test of a first-rate intelligence is the ability to hold two opposed ideas in the mind at the same time, and still retain the ability to function)."

미국 작가 스콧 피츠제럴드(Scott Fitzgerald)의 고뇌에 찬 이 토로는 역사의 흐린 물결 속을 들여다보려 애쓰는 사람들의 가슴에 긴 여운을 남길 것이다.

제23장

베를린

1945년 4월 20일은 히틀러의 56회 생일이었다. 며칠 전부터 날씨가 화창해서, 폭격으로 폐허가 된 베를린 거리도 좀 덜 음산했다. 부서진 건물들에 "베를린 전쟁 당국은 총통께 인사 올립니다"라고 쓰인 현수막들이 내걸렸다. 괴벨스는 아침에 총통의 생일을 축하하는 방송 연설을 했다. 그는 연설에서 역설했다. 모든 독일 사람들은 총통이 지금 독일이 맞은 어려움들을 끝내 극복하고 독일의 영광을 이루리라 믿어야 한다고. 언제부턴가 괴벨스는 "우리는 이겨야 하므로, 우리는 이길 것이다"라는 구호를 외치고 있었다. 그리고 괴벨스의 얘기를 믿는 사람들이 아직도 있었다. 그들은 총통이 마지막 순간에 "기적의 무기"를 사용해서 전황을 단숨에 바꾸리라는 꿈에 매달렸다.

그러나 대부분의 사람들은 이미 독일의 패배를 받아들인 터였다. 총통에 대한 환상을 지니기엔 독일의 현실이 너무 비참했다. 두 해 전까지만 하더라도, 히틀러의 생일에 날씨가 좋으면 거리에서 지나치는 낯선 사람들도 "총통 날씨"라는 인사를 주고받았다. 총통의 신통력이 날씨에까지 미친다는 함의를 품은 인사였다. 이제는 달라졌다. 골수 나치

당원이 아니면 총통이나 히틀러라는 말을 입에 올리지 않았다. 보통 시민들은 자신들의 처지에 절망하고 있었다.

한 주일 전 4월 12일에 베를린 필하모닉의 마지막 공연이 있었다. 전기가 부족해서 제한송전을 하는 상황이었지만, 이 공연에선 너른 홀의 조명이 제대로 되었다. 프로그램은 베토벤의 바이올린 협주곡, 브루크너의 8번 교향곡과 바그너 〈반지〉 중 〈신들의 황혼〉의 '브륀힐데의 희생'을 포함했다. 관객들은 "공연이 우리를 지나간 세상으로 이끌었다"고 말했다.

그들을 다시 현재 세상으로 불러온 것은 공연이 끝난 뒤 나치 정권이 나누어 준 선물이었다. 출입구에 제복을 입고 선 '히틀러 청년당' 당원들이 내민 바구니들엔 청산가리 앰플들이 들어 있었다. 이 공연은 군비상 알베르트 슈페어(Albert Speer)가 주선했고 해군 총사령관 카를 되니츠(Karl Dönitz) 원수와 히틀러의 공군 부관 니콜라우스 폰 벨로프(Nicolaus von Below) 공군 대령이 참석했으므로, 이런 음산한 배려는 뜻밖이었다.

실은 이미 베를린에서도 사람들은 드러내 놓고 자살에 대해 얘기하는 터였다. 그들은 가장 쉽고 빠르게 목숨을 끊는 방법에 관해 진지하게 논의했고, 청산가리를 구하려 애썼다. 러시아군의 공세가 시작된 뒤 독일 동부 지역들인 동프로이센, 슐레지엔 및 포메른에서 일어난 일들은 죽음보다 훨씬 끔찍한 운명이 자신들에게도 닥칠 가능성이 높다는 것을 그들에게 일러 주었다.

러시아군의 행태

1945년 1월 13일 동프로이센에 대한 공세를 시작하면서, 러시아군 3벨라루스 전선 사령관 이반 체르냐홉스키(Ivan Chernyakhovsky) 원수는 "군인이여, 그대는 지금 파시스트 짐승의 소굴로 들어간다는 것을 명심하라!"라는 팻말들을 세웠다. 독일군이 러시아에서 저지른 만행들과 러시아 정부의 끊임없는 선전으로 러시아 병사들은 독일군만이 아니라 모든 독일적인 것들에 대한 증오와 분노가 가득했다. 그 팻말들은 그들에게 가슴속의 증오와 분노를 마음껏 뿜어내도록 격려했다. 그렇게 해서 동프로이센의 끔찍한 참극은 마련되었다.

체르냐홉스키는 동프로이센의 수도 쾨니히스베르크의 교외에서 유탄에 맞아 죽었다. 그는 뛰어난 지휘관으로 러시아군에서 가장 젊은 나이에 원수가 되었다. 그의 병사들은 임시묘소에 그를 묻었다. 전통 장례 관행대로 그에게 바칠 꽃이 없었으므로, 그들은 나뭇가지들을 꺾어서 그의 관 위에 놓았다. 그러자 병사 하나가 묘 구덩이로 뛰어들어 가서 그 나뭇가지들을 밖으로 집어던지면서 외쳤다.

"나무도 적이다."

적국의 나뭇가지들이 자기의 영웅을 더럽힌다는 얘기였다.

이런 태도를 지녔으므로, 러시아 병사들은 독일적인 것들은 모조리 파괴하려는 행태를 보였다. 그들은 가정집들을 마구 부수고, 자신들을 추위로부터 보호해 줄 수 있는 집들에 불을 질렀다. 그들의 극심한 분노와 증오를 더욱 키운 것은 동프로이센이 부유한 농촌 사회였다는 사실이다. 집집마다 찬장에 음식과 음료가 가득했고, 농촌인데도 모든 가정이 라디오를 소유했다. 독일 농민들이 러시아 병사들로선 꿈꾸지 못한 풍족한 삶을 누린다는 것을 보자 그들은 '이렇게 잘살면서 가난한 러시아 농민들을 약탈하기 위해서 침공했다니!' 하는 생각이 들 수밖에 없었고, 모든 독일적인 것들에 대한 적개심이 분출했다.

그런 적개심은 그들의 마음속에서 약탈을 정당화했다. 게다가 습득물을 고국으로 보낼 수 있는 제도는 약탈을 공식화하고 부추겼다. 병사들은 5킬로그램까지 소포로 보낼 수 있었고, 장교들은 10킬로그램까지 보낼 수 있었다. 장군들과 방첩부대(SMERSH) 장교들은 실질적으로 제한 없이 보낼 수 있었다. 물론 장군들은 스스로 약탈을 할 필요가 없었다. 그들은 부하 장교들이 바치는 물건들 가운데 마음에 드는 것들을 골라서 집으로 보냈다.

러시아 병사들의 이런 적개심은 독일 여인들에 대한 유난히 폭력적인 행태로 표출되었다. 그들은 개인적으로 여인들을 찾지 않고 으레 집단적으로 강간했다. 당시 동프로이센에서 해병대 장교로 복무한 희곡작가 자하르 아그라넨코(Zakhar Agranenko)는 "러시아군 병사들은 독일 여인들과 개인적 정사가 옳다고 믿지 않는다. 아홉, 열, 열두 사내가 한꺼번에 독일 여인들을 집단적 방식으로 강간한다"고 기록했다. 이런 행태는 의료 체계가 사라진 상태에서 많은 여인들을 육체적으로 파괴해서 죽음으로 몰았다.

당시 육군 방첩부대가 베리아와 스탈린에게 올린 보고서는 "많은 독일인들이 동프로이센에 남은 독일 여인들이 모두 러시아군 병사들로부터 강간당했다고 주장한다"고 밝히고서 여러 집단 강간 사례들을 기술했는데, "18세 이하와 노인들을 포함한다"고 덧붙였다. 실제로는 12세 소녀도 집단 강간의 대상이 되었다. 러시아군 부대가 밀려올 때마다 이런 상황이 일어나서, 대부분의 여인들은 여러 차례 집단 강간을 당해야 했다.

러시아군이 지나간 곳마다 이런 처참한 상황이 일어났다. 가장 끔찍한 참극은 데민에서 일어났다. 이 작은 도시는 철도와 도로가 교차하는 교통의 요지로 베를린에서 북쪽으로 200킬로미터가량 되었다. 데민은 강 둘이 만나는 곳에 반도처럼 생긴 곳에 있었는데, 독일군이 후퇴하면서 다리들을 폭파해서 고립되었다. 이곳으로 진출한 러시아군은 더 나아가지 못하고 오래 머물게 되었다. 작은 도시에 점점 많은 러시아군이 주둔하면서, 데민의 여인들은 끔찍한 운명을 맞았다.

거듭된 집단 강간에 절망한 여인들은 죽음을 택했다. 강들과 운하들과 웅덩이들이 가까이 있었으므로, 그들은 대부분 물에 빠져 죽으려 했다. 갈대로 뒤덮인 강은 얕고 물살이 거의 없어서, 빠져 죽기는 쉽지 않았다. 배낭에 돌을 가득 담아서 짊어진 사람들도 있었고, 서로 묶어서 떠오르지 않도록 한 사람들도 있었다. 아이들은 손목을 묶어서 엄마가 이끌었다. 겁에 질린 젖먹이들은 강으로 들어가는 엄마 목에 매달렸다. 여인들은 손이 묶인 자식들은 물속에 넣고 위에서 눌러서 떠오르지 않도록 했다. 그렇게 자식들을 죽인 여인들은 깊은 강으로 들어갔다. 때로는 생존 본능이 깨어나서, 깊은 강에서 혼자 헤엄쳐 나온 여인들도 나왔다. 이 여인들은 자신들이 한 일을 원죄처럼 안고 살아가야 했다.

러시아군에 점령된 동부 지역에서 일어난 끔찍한 일들이 알려지면서, 베를린 시민들도 자살을 진지하게 고려하기 시작했다. 기독교의 영향이 절대적인 독일 사회에서 자살은 죄악으로 여겨졌다. 자살은 신의 섭리에 대한 불신을 뜻하므로, 모든 종교들은 자살을 가장 큰 죄악으로 여긴다. 그러나 독일이 파멸을 맞자, 자살은 도저히 견딜 수 없는 삶에서 벗어나는 길로 받아들여지기 시작했다. 이런 세태를 반영해서, 신문과 방송에서도 자살은 금기어가 아니었다. 괴벨스도 자살을 "항복을 거부하는 마지막 선택"이라고 말했다.

죽음이 가까이 다가왔다는 생각은 사람들의 성욕을 증폭시켰다. 폐허가 된 도시에서 힘들게 생존하면서 규범들이 많이 허물어진 상황인지라, 그렇게 높아진 성욕은 거리낌 없이 표출되었다. 대낮에도 모포를 뒤집어쓴 남녀들을 흔히 볼 수 있었다. 눈길을 끈 것은 나이 어린 처녀들의 적극적 태도였다. 처녀가 집단 강간을 당할 경우 고통이 심하고 생명이 위험하다는 것이 널리 알려지면서, 처녀들은 독일 청년들과의 동침을 통해서 러시아군이 점령한 세상에서 살아갈 준비를 한다는 실질적 명분을 얻었다.

제3제국의 마지막 날들

미군과 영국군의 폭격부대들은 이날이 히틀러의 생일이라는 것을 잊지 않았다. 그들은 아침부터 이미 폐허가 된 베를린을 다시 맹렬하게 폭격했다.

폭격이 끝나자, 나치 지도부가 총통 관저로 모여들었다. 생일 축하 인사가 끝나자 히틀러의 벙커에서 상황 회의가 열렸다. 히틀러의 벙커는 지하 5미터에 2층으로 건설되었는데, 30개의 방이 있었다. 연합국에 점령되지 않은 영토는 날마다 줄어들고 있었다. 암담한 상황을 점검한 뒤, 갑자기 늙어 버린 히틀러가 선언했다.

"나는 베를린에 끝까지 남겠소. 마지막 순간에야 남쪽으로 날아가겠소."

거의 모든 참석자들이 놀랐다. 히틀러가 공식 회의에서 베를린 철수를 얘기한 것은 이번이 처음이었다. 이어 베를린 철수에 관한 얘기들이 오갔고, 잘츠부르크로 선발대를 보내기로 결정되었다. 잘츠부르크 남쪽의 베르히테스가덴엔 히틀러의 별장이 있었다.

4월 21일 새벽 서방 연합군 공군의 마지막 폭격이 있었다. 폭격이 끝나자, 베를린 시민들이 밖으로 나와서 움직이기 시작했다. 이날은 '위기 배급'이 있으리라는 기대로 배급소마다 여인들이 긴 줄을 이루었다. 원래 히틀러의 생일에 나오기로 된 특별 배급이었는데, 제대로 나오지 않았다. 위기 배급이라야 약간의 소시지와 베이컨, 쌀, 마른 콩, 약간의 설탕, 그리고 약간의 동물 지방이었다. 그래도 실질적으로 고립된 베를린 사람들에게 이 배급은 반가울 수밖에 없었다.

오전 0930시에 러시아군의 대대적 포격이 시작되었다. 이 포격은 5월 2일 베를린의 독일군이 항복할 때까지 180만 발의 포탄을 퍼부을 터였다.

늦잠에서 깬 히틀러는 면도도 하지 않은 채 방에서 나와서 화가 난 목소리로 물었다.

"도대체 무슨 일이 벌어진 거야? 이 포격이 어디서 온 거야?"

대기실 역할을 하는 복도에 있던 수석부관 빌헬름 부르크도르프(Wilhelm Burgdorf) 대장이 대답했다. "총통 각하, 베를린 중심부가 러시아군의 포격을 받고 있습니다."

"러시아군이 벌써 그렇게 가까이 왔나?" 충격을 받은 낯빛으로 히틀러가 혼잣말 비슷하게 말했다.

이 첫 포격은 많은 사상자들을 냈다. 빗속에서 위기 배급을 받으려고 줄을 섰던 여인들이 특히 큰 피해를 입었다. 펌프에서 물을 받을 차례를 기다리던 여인들도 많이 죽고 다쳤다. 이제 큰길을 건너는 것은 목숨을 건 모험이 되었다.

4월 22일 오전 내내 히틀러는 자신이 전날에 지시한 독일군의 역습이 실제로 시작되었는가 확인하려 시도했다. 그는 상황판에 나온 3 SS 군단에 공격 명령을 내렸는데, 이 부대 예하 사단들은 이미 다른 군단들에 배속되어 싸우고 있어서, 펠릭스 슈타이너(Felix Steiner) 군단장 휘하에 남은 부대는 3개 대대와 서너 대의 전차뿐이었다. 히틀러는 아직도 환상 속에서 살고 있었다.

독일군 3 SS군단이 움직이지 않았고 거꾸로 러시아군이 베를린 북쪽 방어선을 뚫었다는 보고를 받자, 히틀러는 분노와 절망에 차서 군대에 이어 SS까지 자신을 배반했다고 소리를 질렀다. 격렬한 분노로 기운이 다하자, 그는 의자에 주저앉아 울기 시작했다. 한참 지나서 그는 침울하게 말했다.

"우리는 전쟁에서 졌다."

히틀러를 둘러싼 측근들인 군 최고사령부(OKW) 참모총장 빌헬름 카이텔(Wilhelm Keiltel) 원수, OKW 작전참모부장 알프레트 요들(Alfred Jodl) 대장, 육군 최고사령부(OKH) 참모총장 한스 크렙스(Krebs) 대장, 부르크도르프, 그리고 히틀러의 개인 비서 마르틴 보르만(Martin Bormann)은 모두 충격을 받았다. 히틀러가 공개적으로 패전을 인정한 것은 이번이 처음이었다. 그들에겐 조국 독일만이 아니라 자신들이 무한한 신뢰와 충성을 바친 총통 자신이 무너진 것이었다.

"나는 이제 몸이 쇠약해서 싸우다 죽을 수가 없구나."

좀 차분해진 목소리로 히틀러는 말을 이었다.

"그렇다고 적에게 붙잡힐 수는 없으니, 나는 총으로 자살할 수밖에 없구나."

"아닙니다, 총통 각하." 부르크도르프가 말했다. "남쪽으로 가셔야 합니다. 베르히테스가덴으로 옮기시는 것이 옳습니다."

그러나 히틀러는 힘주어 고개를 저었다. "나는 이미 마음을 정했소. 나는 여기 남겠소. 하지만 원하는 사람들은 남쪽으로 가시오."

그는 카이텔, 요들, 보르만 세 사람을 지명하면서, 남쪽으로 가서 일을 처리하라고 명령했다. 그러나 그들은 그 명령을 거부했다.

히틀러가 남쪽으로 떠나도록 설득하려고, 측근들은 괴벨스에게 도움을 요청했다. 이것은 그들로선 최악의 선택이었다. 괴벨스는 이미 가족과 함께 자살하기로 결심한 터였다. 히틀러의 방에서 히틀러를 만난 뒤, 그는 불안한 마음으로 기다리던 측근들에게 총통이 그의 가족을 벙커로 초대했다고 밝혔다.

그날 늦게 마그다 괴벨스(Magda Goebbels)가 아이들을 데리고 벙커로 왔다. 히틀러의 이름 첫 자를 딴 헬가(Helga), 힐데(Hilde), 헬무트(Helmut) 홀데(Holde), 헤다(Hedda), 그리고 하이데(Heide)는 엄마를 따라 조용히 벙커 계단을 내려왔다. 맏이인 헬가는 열두 살로 가족이 벙커로 온 것이 무엇을 뜻하는지 아는 듯 무척 슬픈 얼굴이었지만 울지는 않았다. 막내 하이데는 다섯 살이었다.

히틀러는 자식들을 모두 죽이고 자신들도 죽겠다는 괴벨스 부부의 계획에 찬동했다. 그는 그런 결정을 완벽한 충성심의 증거로 여기고서, 자신이 늘 겉옷에 달고 다닌 금 나치당 배지를 마그다에게 증정했다.

이날 벙커에서 일어난 일들을 살피고 이어진 여러 상황 회의들에 참석한 OKH의 작전장교 울리히 드 메지에르(Ulrich de Maiziere) 대령은 히틀러의 정신병은 자신을 독일 인민들과 극도로 동일시한 것이라고 진단했다. 이런 진단은 히틀러가 독일 인민들이 모두 자신과 함께 파멸하기를 원했다는 사실과, 어린 자식들을 먼저 죽이고 자신들도 죽겠다는 괴벨스 부부의 결정에 찬동한 태도를 잘 설명한다.

4월 23일 히틀러는 헬무트 바이들링(Helmuth Weidling) 대장을 베를린 방어 지역사령관에 임명했다. 바이들링은 동부 전선에서 싸우는 56기갑군단을 지휘했다. 그가 전선을 사수하라는 히틀러의 명령을 어기고 후퇴했다는 보고를 받자, 히틀러는 그를 처형하라고 지시했다. 그 소식을 듣자, 그는 히틀러의 벙커를 찾아가서 자신은 명령을 어긴 적이 없다고 해명했다. 그것은 도덕적 용기와 육체적 용기가 아울러 필요한 행동이었다. 그의 용기에 깊은 인상을 받은 히틀러는 즉석에서 그에게 베를린 방어 임무를 맡겼다.

바이들링이 맡은 임무는 막중했지만, 그가 거느린 병력은 미약했다. 오랜 싸움들로 피폐한 부대들의 잔여 병력 4만 5천 명이 병력의 핵심이었고, 나치 민병대 4만 명이 이들을 보조했다. 이 병력이 러시아군 150만 명을 막아 내야 했다. 바이들링은 방어 지역을 8개 구역으로 나누어 구역 책임자를 임명한 다음, 요충들에 정규군 병력을 배치해서 허약한 방어선을 강화하는 응급조치를 했다. 그는 대담하게 남은 전차들을 동원해서, 방어선을 뚫고 들어온 러시아군 전차부대를 역습하기로 결정했다.

이날 저녁 바이에른에 머무는 괴링이 히틀러에게 전문을 보내왔다. 베를린에 남기로 한 히틀러를 대신해서 공식적 후계자인 괴링 자신이 총통의 권한을 행사하고 싶다는 얘기였다. 그리고 그날 밤 10시까지 답신을 받지 못하면, 히틀러가 행동의 자유를 잃은 것으로 간주하고 총통으로서 일하겠다고 통보했다. 괴링은 히틀러 벙커에서 일어난 일들을 소문으로 듣고서 이런 돌발적 제안을 한 것이었다. 자신이 서두르지 않으면 그의 경쟁자들인 히믈러나 보르만이 그가 당연히 물려받아야 할 총통 자리를 가로챌 위험이 크다고 판단한 것이었다. 그는 곧바로 외상 요아힘 폰 리벤트로프(Joachim von Ribbentrop)에게, 업무를 상의하고자 하니 바이에른으로 오라는 전문을 보냈다.

당연히 히틀러는 분노했다. 그는 괴링의 행위를 반역으로 규정하고 괴링의 모든 직무들과 권한들을 박탈한다는 전문을 보냈다. 그리고 건강상 이유로 사퇴하는 형식을 밟으라고 권유했다. 괴링으로선 선택의 여지가 없었다. 그가 히틀러의 제안을 수락하자, 그의 경쟁자였던 보르만은 SS 요원들로 하여금 그를 집안에 가두고 감시하도록 했다. 멸망 직전의 나치 독일의 지도자 자리를 놓고 히틀러의 후계자들이 욕심 사나운 경쟁을 벌이는 것이었다.

4월 24일 아침 일찍 바이들링의 독일군은 러시아군에 대한 반격에 나섰다. 독일군의 중전차들은 러시아군 전차 몇 대를 격파했지만, 워낙 전력의 차이가 커서 반격은 성공할 가능성이 전혀 없었다. 독일군은 여섯 차례나 공격했지만, 큰 손실을 치르고도 러시아군을 밀어내는 데 실패했다.

4월 25일 엘베강 연안의 토르가우에서 러시아군 58근위소총사단의 선두부대가 미군 69보병사단의 병사들과 만났다. 독일의 분할이 완료된 것이었다. 이 소식은 러시아군과 미군의 지휘 계통을 따라 빠르게 올라갔고, 스탈린과 트루먼은 전문을 통해 양군의 조우 소식을 발표하는 절차를 협의했다.

4월 26일 베를린엔 비가 내렸다. 날씨가 궂었어도, 배급소마다 배급을 받으려는 여인들은 긴 줄을 이루었다. 러시아군의 포격은 이들을 무참하게 파멸시켰다. 그래도 가족의 생존을 책임진 여인들은 포탄으로 끊어진 줄을 이내 메웠다. 그들은 버터와 마른 소시지를 받기 위해서 위험을 무릅썼다. 사내들도 배급소 앞에 줄을 섰는데, 그들이 배급받으려는 것은 독한 술이었다. 이런 풍경은 퍽이나 상징적이었으니, 여인들은 전쟁의 고난 속에서 생존하기 위해 줄을 섰고, 사내들은 전쟁의 악몽에서 잠시 벗어나기 위해 줄을 섰다.

여인들이 길게 줄을 선 곳은 배급소들만이 아니었다. 송수관들이 파괴되어 수돗물이 나오지 않았으므로, 펌프마다 물통을 든 여인들이 긴 줄을 이루었다. 이제 베를린의 여인들에겐 물을 구하는 것도 목숨을 거는 일이 되었다.

이때엔 이미 러시아군이 베를린 깊숙이 들어왔고, 베를린 여인들이 그렇게 두려워한 일들이 그들에게 실제로 일어나고 있었다. 러시아군이 점령한 지역에선 밤마다 비명이 가득했고 낮엔 목숨을 끊는 사람들이 점점 많아졌다. 여인들은 새벽에 바삐 움직였다. 러시아 병사들이 술에 취해 욕정을 무자비하게 채우고 곯아떨어졌거나 부대로 복귀한 그 때가 그래도 가장 안전한 때였다.

이날 밤에 바이들링은 파괴와 인명 손실을 줄이기 위해 베를린에서 대규모 탈출을 시도하는 방안을 히틀러에게 제시했다. 베를린의 독일군 주력이 40여 대의 전차들을 앞세우고 서쪽의 러시아군 포위망을 돌파하면, 히틀러를 비롯한 독일 정부 요인들이 그 뒤를 따르고, 증강된 1개 사단이 후위작전을 수행해서, 서쪽의 독일군 잔여 부대들과 합류한다는 계획이었다. 탈출작전은 이틀 뒤 28일 밤에 개시될 터였다.

바이들링이 설명을 마치자, 히틀러는 고개를 저었다.

"바이들링 장군, 당신의 제안은 완벽하오. 하지만 그것이 무슨 소용이 있겠소? 나는 삼림 속에서 방황하는 것을 바라지 않소. 나는 여기 머물 것이고 우리 군대의 선두에서 쓰러지겠소. 당신은 방어 임무를 계속 수행해 주시오."

러시아군의 전력이 워낙 강력했으므로, 독일군의 절망적 저항도 러시아군의 진출을 효과적으로 막을 수는 없었다. 4월 28엔 독일군이 아직 장악한 곳은 폭 5킬로미터에 길이 15킬로미터의 장방형 지역에 지나지 않았다.

이날 오후 하인리히 히믈러(Heinrich Himmler)가 서방 연합국들과 접촉했다고 스톡홀름 라디오 방송이 보도했다. 히믈러는 1943년부터 스웨덴 외교관 폴케 베르나도테(Folke Bernadotte)와 포로 석방 문제로 교섭해 왔다. 그래서 3만 1천 명이 독일의 강제수용소들에서 석방되었다. 1945년 4월 23일 발트해의 항구도시 뤼베크의 스웨덴 영사관에서 히믈러는 베르나도테와 만났다. 그는 며칠 뒤엔 히틀러가 죽으리라고 단언했다. 그리고 독일은 서방 연합국에 항복하고 러시아와는 끝까지 싸우겠다고 제안했다. 베르나도테는 그런 제안은 연합국들에 의해 받아들여지지 않겠지만, 제안을 문서로 확인해 주면 전달은 하겠다고 말했다.

이 보도는 곧바로 히틀러에게 보고되었다. 히틀러는 SS의 충성심을 의심하던 참이었다. 그는 되니츠에게 전화를 걸어서 히믈러에게 방송

된 사항들을 확인해 보라고 지시했다. 히믈러는 보도된 내용을 부인했다. 그러나 저녁 늦게 로이터 통신사가 방송 보도를 확인했다. 원래 히틀러는 히믈러를 신임해서 "충성스러운 하인리히"라 불렀다. 극도로 분노한 히틀러는 히믈러를 배반자라고 비난하고 그의 직위를 모두 박탈했다.

이런 절망적 상황에서 히틀러는 동거하던 에바 브라운(Eva Braun)과 결혼하기로 결정했다. 괴벨스가 결혼식을 거행할 수 있는 권한을 지닌 베를린의 공무원 한 사람을 찾아서 벙커로 데려왔다. 보초 임무를 서다가 불려온 이 '주례'는 갈색 나치당원복에 민병대 완장을 찬 채로 예식을 주재했다. 에바 브라운은 긴 비단 드레스를 입었고, 히틀러는 평소와 같은 차림이었다.

갑자기 맡게 된 중대한 임무에 긴장한 주례는 떨리는 목소리로 신랑과 신부에게 물었다. 순수한 아리안 혈통이고 유전적 질환들이 없느냐고. 전시 결혼식 절차에 따라 예식은 2분 안에 끝났다. 이어 신혼부부는 혼인 등기부에 서명했다. 에바 브라운은 "Eva B"라고 썼다가 B를 지우고 "Hitler"라고 썼다. 히틀러는 손을 너무 떨어서 그가 쓴 글씨는 알아볼 수 없었다. 괴벨스와 보르만이 증인으로 서명했다.

결혼식이 끝나자, 히틀러는 여비서를 불러서 자신의 정치적 및 개인적 유언을 구술했다. 그녀는 독일 국민들의 막대한 희생의 진정한 목적을 총통이 마침내 밝혀 주리리라는 기대를 품고 히틀러의 유언을 들었다. 그러나 히틀러는 상투적 선언들만 되풀이했다. 그는 전쟁을 원한 적이 없다. 전쟁은 유대인들의 국제 조직이 그에게 강요한 것이다. 수많은 좌절들에도 불구하고, 전쟁은 "독일 인민들의 삶에의 의지의 가장 찬란하고 영웅적인 발로라고 언젠가는 역사에 기록될" 것이다.

이어 그는 자신의 후계자들을 지명했다. 독일 대통령(Reich President)은 해군 총사령관인 되니츠 원수가 승계하고, 독일 수상은 괴벨스가 승계하고, 나치당 수반은 보르만이 승계했다. 그의 몸에 밴 '분열시켜서 지배한다'는 정책은 이미 다 망한 유령 정권을 정리하는 마지막 순간에도 작동했다.

4월 30일에도 국회의사당에선 치열한 싸움이 이어졌다. 러시아군은 상징적 의미가 큰 독일 국회의사당의 점거를 베를린 점령의 완결로 보았고, 5월 1일 모스크바에서 벌어질 노동절(May Day) 행사에 맞추어 국회의사당을 점령하려고 온힘을 쏟았다. 그러나 견고한 건물에서 완강하게 저항하는 독일군을 제압하기가 쉽지 않아서, 큰 병력 손실에도 불구하고 목표를 얻지 못하고 있었다.

그사이에도 히틀러가 받은 상황 보고는 점점 더 비관적이 되었다. 간밤엔 카이텔이 지원 병력을 기대할 수 없다고 보고했다. 아침 이른 시간엔 수상 관저를 지키는 SS 병력의 사령관 빌헬름 몬케(Wilhelm Mohnke)가 이틀을 버티기 힘들다고 보고했다. 이어 바이들링이 탄약의 부족으로 그날 밤에는 방어선이 무너지리라고 보고했다.

점심을 들기 전에, 히틀러는 그의 SS 부관인 오토 귄셰(Otto Günsche)를 불러 자신과 아내의 시신의 처리에 대해 자세히 지시했다. 히틀러는 러시아군에 붙잡히는 것을 극도로 두려워했다. 무솔리니가 빨치산에 붙잡혀 처형되고 정부情婦와 함께 거꾸로 매달린 일은 그에게 큰 충격을 주었고, 그는 그런 운명을 피하려 고심했다. 그는 자신과 아내가 자살하면 시체를 태워 없애서 자신의 시신이 모스크바에서 전시되는 것을 막겠다는 생각이었다. 그는 이미 전날에 그의 운전수에게 휘발유 통을 보

괴벨스, 보르만, 크렙스 그리고 부르크도르프는 팔을 뻗어 죽은 총통에 마지막 경례를 했다.

내라고 지시한 터였다.

히틀러는 영양사와 여비서 둘과 함께 점심을 들었다. 에바 히틀러는 식욕이 없어서 점심 식사에 참가하지 않았다. 점심이 끝나자, 그는 아내와 잠시 시간을 보냈다. 이어 두 사람은 복도에 나타났다. 복도엔 귄셰가 소집한 측근들—괴벨스, 보르만, 크렙스, 부르크도르프 그리고 두 여비서—이 모여 있었다. 히틀러는 이들과 악수하면서 작별 인사를 했다.

히틀러가 자기 머리에 대고 쏜 권총의 총성은 밖에선 듣지 못했다. 사정을 모르는 사람들이 위층에서 벌인 파티가 소란스러웠었다. 오후 3시 좀 넘어서 히틀러의 시종이 히틀러의 거실로 들어가자, 측근들이 따라서 들어갔다. 에바 히틀러의 수축된 입술이 그녀가 청산가리를 삼켰음을 말해 주었다. 두 시체는 군용 모포에 덮여 벙커 위 정원으로 옮겨졌고 곧바로 휘발유가 뿌려졌다. 불을 붙인 종이가 시체들 위에 던져지자,

불길이 치솟았다. 괴벨스, 보르만, 크렙스 그리고 부르크도르프는 팔을 뻗어 죽은 총통에 마지막 경례를 했다.

시체들이 아직 불타는 사이에도, 벙커의 사람들은 대부분 홀가분한 마음으로 술을 마셨다. 요 며칠 동안 히틀러는 그와 가까운 사람들에게도 마음에 무겁게 얹힌 존재였었다. 그는 이미 다 무너진 질서를 억지로 떠받치면서 새로 태어나려는 질서를 가로막았다. 이제 그의 측근들도 나름으로 새로운 환경에 맞추어 자신만이 내릴 수 있는 결단을 내릴 수 있었다. 벙커 안의 모든 사람들이 총통의 죽음을 슬퍼했지만, 다른 편으로는 문득 홀가분해진 마음을 즐기고 있었다.

오직 보르만만이 바빴다. 새로운 나치 정권의 구성과 자신의 위치를 계산하느라 그는 마음이 바빴다. 그는 먼저 발트해 연안의 군항 킬에 가까운 플뢴에 있는 해군본부의 되니츠 원수에게 전문을 보냈다. 되니츠가 괴링 대신 독일 대통령에 임명되었다는 내용이었다. 그리고 덧붙였다.

"확인하는 문서를 발송했음. 귀하는 즉시 상황의 요구에 맞추어 모든 필요한 조치들을 취하시오."

보르만은 히틀러가 죽었다는 사실을 알리지 않았다. 히틀러가 없으면 자신의 권력 기반도 없다는 것을 그는 잘 인식했다.

이날 저녁 바이들링은 히틀러의 벙커로 오라는 지시를 받았다. 그가 도착하자 괴벨스, 보르만 그리고 크렙스가 그를 히틀러가 거처했던 방으로 데려갔다. 거기서 그들은 히틀러 부부가 자살했고 시신들은 소각되었다는 사실을 그에게 알려 주었다. 그들은 그에게 그 사실을 외부에 발설하지 않겠다고 서약하라고 요구했다.

항복 교섭

네 사람은 히틀러의 자살을 알려야 할 외부 사람은 스탈린이라는 데 합의했다. 그리고 러시아군에 항복하는 교섭을 시작하기로 결정했다. 그러나 러시아군과의 교신은 쉽지 않아서, 밤 10시에 시작한 교신 시도는 이튿날인 5월 1일 이른 새벽에야 마무리되었다. 8근위군 사령관 추이코프(Chuikov) 상장은 크렙스에게 안전 통행을 보장했고, 4시 조금 못 미쳐 크렙스는 작전참모와 통역사를 대동하고 추이코프의 사령부를 찾았다.

인사가 끝나자 크레프스는 엄숙히 말했다.

"내가 지금 말하려는 것은 절대 비밀입니다. 당신은 4월 30일 아돌프 히틀러가 자살했다는 것을 알게 된 첫 외국인입니다."

"우리는 그것을 알고 있습니다."

추이코프는 이내 대꾸했다. 물론 거짓말이었다. 그는 상대의 기를 꺾을 필요가 있다고 생각한 것이었다.

크렙스는 히틀러의 정치적 유언과 괴벨스의 '전쟁에서 가장 큰 괴로움을 겪은 나라들이 벗어나는 길'에 관한 성명서를 읽었다.

추이코프는 스트라우스베르크에 있는 주코프에게 전화로 상황을 보고했다. 주코프는 곧바로 자신의 대리인으로 자신의 참모장 바실리 소콜롭스키 대장을 베를린으로 보냈다. 주코프는 자신에게 비판적인 추이코프가 독일군의 항복을 받아 냈다고 주장하는 것을 막고 싶었다.

이어 주코프는 스탈린에게 전화를 걸었다. 전화를 받은 스탈린 경호부대장 니콜라이 블라시크(Nikolai Vlasik) 중장이 스탈린은 이미 잠자리에 들었다고 말했다.

"중대한 문제를 보고드려야 하는데, 아침까지 기다릴 수가 없소이다."

몇 분 뒤 스탈린이 전화를 받았다. 주코프는 히틀러가 죽었다고 독일군 사절이 알려 왔다는 사실을 보고했다.

스탈린은 긴 한숨을 내쉬었다. "히틀러가 죽었구나. 생포하지 못한 것이 아쉽다."

"그렇습니다."

"시체는 어디 있소?"

"불로 태웠다고 합니다."

스탈린은 잠시 생각하더니 물었다. "독일군 사절은 누가 상대하오?"

"소콜롭스키를 베를린으로 보냈습니다."

"소콜롭스키에게 이르시오. 크렙스든 다른 히틀러 부하들이든, 무조건 항복이 아니면 협상할 필요가 없다고. 그리고 다른 급한 일이 없으면 아침까지 전화하지 마시오. 내일 시위 행진이 있어서 잠을 좀 자야 하겠소."

주코프가 스탈린에게 상황을 보고하고 협상에 관한 지시를 받는 사이, 크렙스와 추이코프 사이의 협상은 한 걸음도 나아가지 못했다. 추이코프는 당연히 독일군의 항복을 논의하고자 했다. 그러나 크렙스는 러시아가 먼저 되니츠 정부를 승인해야 한다고 주장했다. 그런 외교적 조치가 선행되어야 '배반자' 히믈러가 미국이나 영국과 별도의 종전 협상을 하는 상황을 막을 수 있다는 논리였다. 크렙스의 요구는 비현실적이었다. 되니츠 정권의 승인과 같은 외교적 사항은 추이코프는 물론이고 주코프의 권한을 훌쩍 넘는 일이었다.

크렙스의 행태를 살핀 소콜롭스키는 주코프에게 상황을 보고했다.

"독일인들은 매우 교활합니다. 크렙스는 자신이 무조건 항복에 관해 결정할 권한을 부여받지 않았다고 주장합니다. 그자 말에 따르면, 되니츠가 우두머리인 새 정권만이 결정할 수 있습니다. 크렙스는 우리와 휴전을 하고 싶어 합니다. 제 생각엔 그들이 즉시 무조건 항복에 동의하지 않으면, 그들을 마귀할멈에게로 보내야 합니다."

주코프는 최고사령부와 상의한 뒤, 1015시를 무조건 항복의 시한으로 정했다. 그러나 그 시한이 지나도 독일군은 반응이 없었다. 크렙스가 괴벨스를 설득하는 데 실패한 것이었다. 1040시에 1벨라루스 전선은 '불의 태풍'을 베를린 중심부에 퍼부었다.

괴벨스는 이제 마지막이 다가왔다는 것을 깨달았다. 그는 의사의 도움을 받아 자식들을 죽이기로 했다. 의사는 아이들을 병원으로 보내서 적십자사의 보호를 받도록 하는 방안을 제안했다. 괴벨스는 고개를 저었다.

"그것은 불가능하오. 그 아이들은 괴벨스 부부의 자식들이오."

결국 다른 의사가 아이들에게 모르핀을 주사하고, 잠이 든 아이들의 입을 벌리고 청산가리 앰풀을 깨뜨려 넣었다.

이어 괴벨스 부부는 권총 두 자루를 들고 벙커 입구의 정원으로 올라갔다. 마그다 괴벨스는 히틀러가 준 금 담뱃갑과 금 당원 배지를 유품으로 챙겼다. 괴벨스의 부관이 그들을 따랐다. 그들은 히틀러 부부의 시체가 놓였던 곳 가까이에 섰다. 그들은 청산가리 앰풀을 깨물었고 이어 권총으로 서로를 쏘았다. 부관이 그들의 시체들에 휘발유를 붓고 불을 붙였다.

비록 아무도 지켜보지 않고 부관 혼자 치른 장례였지만, 괴벨스의 몸을 태운 불길은 제3제국(the Third Reich)의 마지막 장례 불길이었다. [제1제국은 신성 로마 제국(962~1806)을 뜻하고, 제2제국은 비스마르크가 세운 독일

제국(1871~1918)을 뜻하고, 제3제국은 히틀러가 세운 나치 독일(1933~1945)을 뜻한다.] 괴벨스는 히틀러가 세운 나치의 이념에 시종 충실했다. 어떤 뜻에선 그가 히틀러 자신보다 더 히틀러의 이념에 충실했다. 그를 좋아하든 미워하든, 존경하든 경멸하든, 나치 당원들은 그것을 느꼈다.

전체주의는 지도자가 정한 목표에 모든 사회적 역량을 집중하는 체제다. 따라서 객관적 진리나 도덕이 존재할 수 없다. 지도자가 정한 목표의 달성에 이바지하면 바로 그것이 진리고 도덕이다. 사회적 역량을 동원하는 데는 선전이 가장 효과적이다. 그래서 전체주의 사회에선 선전이 본질적 중요성을 지닌다. 목표의 달성에 이바지하는 선전은 가장 순수한 진리며, 어떤 객관적 진실도 선전보다 더 진실될 수 없다.

그런 뜻에서 괴벨스는 늘 나치 독일에 걸맞은 진실만을 독일 국민들에게 가르쳤다. 그의 시체를 태운 장례 불길과 함께, 인류 문명에 유난히도 짙은 그늘을 드리웠던 나치라는 악몽이 스러졌다. 괴벨스가 죽자 히틀러의 측근들이 흩어진 것은 그래서 자연스러웠다. 그들은 모든 일에서 본능적으로 괴벨스의 의견을 존중했다.

히틀러의 측근들은 세 갈래로 나뉘었다. 첫 집단은 제3제국의 멸망으로 살아갈 의지를 잃은 사람들이었다. 그들은 총통 벙커를 떠나지 않고 자살하려는 사람들이었다. 크렙스와 부르크도르프는 새벽까지 함께 술을 마시다가 권총으로 자살했다. 발의 상처 때문에 움직일 수 없게 된 SS 장교 한 사람도 권총으로 자살했다.

둘째 집단은 임무를 수행하기 위해 남은 사람들이었다. 러시아군에 항복하는 절차를 수행하기 위해서 남은 카이텔과 바이들링을 비롯한 참모들과, 벙커에 남은 부상자들을 돌보아야 할 의사들과 간호사들이었다.

셋째 집단은 베를린 둘레의 러시아군 포위망을 돌파하고 북쪽으로 가서 독일군에 합류하거나 서쪽으로 가서 미군에게 항복하려는 사람들이었다. 보르만과 몬케가 이들을 이끌었다.

밤 11시경에 몬케가 이끈 인원들이 먼저 출발했다. 이들은 러시아군의 눈길을 피해서 은밀히 움직였으나, 곧 탈출이 불가능하다는 것을 깨달았다. 이들은 피난민들 속에 숨었다가, 모든 독일군은 항복하라는 바이들링의 방송 선언을 듣고 러시아군에 항복했다.

보르만이 이끈 인원들은 중전차 한 대와 돌격포 한 문을 앞세우고 바이덴다머 다리로 슈프레강을 건너려고 시도했다. 그러나 그들의 움직임은 러시아군에 발각되어 끝내 좌절했다. 인원들은 대부분 죽거나 붙잡혔다. 보르만은 자살했다.

그날 2130시에 함부르크 방송을 통해 되니츠 원수는 히틀러 총통이 독일군의 선두에 서서 싸우다가 쓰러졌다는 것을 알렸다. 그리고 자신이 그의 후계자가 되었다고 선언했다.

5월 2일 0600시에 바이들링은 참모들과 함께 러시아군에 항복했다. 그들은 추이코프의 사령부로 안내되었고, 바이들링은 추이코프와 소콜롭스키에게 히틀러와 괴벨스가 자살했다고 밝혔다. 러시아 장군들은 그에게 완전한 항복을 요구했다. 그들의 요구에 따라, 그는 베를린의 독일군 부대들에 항복을 명령하는 문서를 작성하고 서명했다.

> 1945년 4월 30일에 총통은 자살했고, 그렇게 해서 그에게 충성을 서약한 사람들을 버렸다. 총통의 명령에 따르면, 여러분 독일

프랑스 랭스에서 독일군의 항복 문서 서명식이 열리자 스탈린은 격노했다. 그래서 베를린에서 다시 항복 문서 서명식이 열렸다.

> 군인들은 우리의 탄약이 떨어졌다는 사실에도 불구하고, 그리고 우리의 추가적 저항을 무의미하게 만드는 전반적 상황에도 불구하고 베를린을 지키기 위해 싸움을 계속해야 한다. 나는 저항의 즉각적 중지를 명령한다. 여러분들이 싸움을 이어 가는 매 시간이 베를린의 민간인들과 우리의 부상자들의 고통을 연장시킨다. 소비에트 군대의 최고사령관과 함께 나는 여러분들에게 즉시 싸움을 중지할 것을 명령한다. 바이들링, 포병 대장, 전 베를린 방어 지역사령관.

5월 7일 아침에 되니츠 대통령과 OKW를 대리한 요들 대장이 프랑스 동북부 랭스에 있는 연합원정군 최고사령부에서 항복 문서에 서명했다. 이 소식을 들은 스탈린은 격노했다. 독일군의 항복은 가장 큰 희생을 치른 러시아군 사령부가 있는 베를린에서 행해져야 한다는 생각이었다.

그래서 5월 8일 베를린 주둔 러시아군 사령부에서 다시 항복 문서 서명식이 열렸다. 주코프, 영국의 테더 공군 원수, 미국의 칼 스파츠(Carl Spaatz) 항공대 대장, 프랑스의 드 라트르 드 타시니(Jean de Lattre de Tassigny) 육군 대장이 연합군을 대표했고, 카이텔이 독일군을 대표했다.

러시아군에 점령된 베를린

러시아군에 점령된 지역의 독일인들은 "슬플진저, 정복당한 사람들은!(vae victis!)"이라는 말을 절감하면서 살아야 했다. 러시아 병사들의 약탈과 강간은 역사상 유례가 없을 만큼 큰 피해를 입혔다. 베를린 진공작전에만 150만 명의 러시아군이 동원되었을 만큼 러시아 병사들은 많았고, 거의 모든 병사들이 약탈과 강간을 반복했다. 유리창이 모두 깨졌으므로 베를린 사람들은 밤새 처절한 비명들을 들으면서 두려움과 절망에 시달려야 했다. 누구도 러시아 병사들의 횡포로부터 벗어날 수 없었다.

러시아 병사들이 술을 쉽게 구할 수 있었다는 사정은 상황을 크게 악화시켰다. 독일군 사령부는 러시아군의 진로에 있는 알코올 재고를 없애 달라는 요청을 거부했다. 술에 취한 군대는 제대로 싸울 수 없다는 논리였다. 이것은 독일군 지휘부가 저지른 가장 큰 실책이었다.

길고 힘든 싸움 끝에 찾아온 승리를 자축한 러시아 병사들은 독일 여인들을 강간하는 것으로 축하 행사를 끝내곤 했다. 그들이 집단 강간을 즐기고 나이를 가리지 않았다는 사실은 피해자들의 고통을 한껏 키웠다. 성병의 창궐과 임신은 여인들의 삶을 파괴했다. 원치 않는 임신으로 태어난 혼혈아들은 거의 다 버림받아 죽었다.

많은 피해자들에게 심리적 충격은 육체적 고통만큼이나 견디기 힘들었다. 많은 피해자들이 육체적, 정신적 충격을 견디지 못하고 죽음을 택했다. 베를린의 주요 병원 두 곳의 통계에 바탕을 둔 추산은 베를린에서 9만 5천 내지 13만 명의 여인들이 강간을 당했다. 이들 가운데 1만 명가량이 죽었는데 거의 다 자살이었다. 독일 전체에선 200만이 강간을 당한 것으로 추산된다. 그리고 이들 가운데 많은 이들이 집단 강간을 당했다. 스물세 번이나 강간을 당한 경우도 있었다. 제때에 병원을 찾지 못하고 죽은 여인들도 많았다.

서방 연합군 병사들도 강간을 많이 했지만, 러시아군 병사들보다는 훨씬 적었다. 미군 병사들은 1만 1천 명의 독일 여인들을 강간한 것으로 추산된다. 이런 차이엔 문화의 상이, 독일인들에 대한 편견의 차이, 복수심의 유무와 같은 요인들도 작용했겠지만, 지휘부의 태도에서 나온 차이가 가장 중요한 요인이었다.

그런 비극을 견디면서 살아가려면 그 끔찍한 경험을 마음 아래로 눌러 넣어야만 했고, 그래서 그들은 그런 경험을 남에게 얘기하지 않았다. 딸이 끔찍한 경험을 한 어머니들은 딸을 보살피느라 자신의 비극을 비교적 빨리 극복했다.

다행히 독일 여인들에 대한 러시아 병사들의 행태도 차츰 바뀌었다. 처음 동부 지역을 점령한 병사들은 복수심과 시기심으로 자신이 강간하는 여인들에게 불필요한 폭력을 썼고, 드물지 않게 죽였다. 그래서 동프로이센, 슐레지엔, 포메른에서 강간당한 여인들의 자살률이 이후에 점령된 지역들보다 훨씬 높았다.

러시아군이 베를린에 이르렀을 때에는 러시아 병사들의 독일인들에 대한 선입견이 많이 가셔서, 강간은 성욕을 해결하는 방식으로 바뀌었다. 자연히 불필요한 폭력이 많이 줄어들었고, 집단 강간도 차츰 줄어들었다.

이런 진화의 3단계는 굶주린 독일 여인들이 러시아 병사들의 음식을 받고 매춘하는 행태였다. 오랫동안 봉쇄된 도시에서 음식은 권력이었다. 어린 자식을 가진 여인들에겐 특히 그러했다. 이런 사정은 굶주리는 베를린 시민들을 구호하려는 러시아군 당국에 대한 독일인들의 태도에서 드러났다.

러시아군이 베를린의 대부분을 점령하자, 주코프는 5충격군 사령관 니콜라이 베르자린(Nikolai Berzarin) 상장을 베를린 군정장관으로 임명했다. 한 종군 작가는 베르자린을 "매우 영리하고, 매우 균형되고, 매우 교활하다"고 평했다. 베르자린은 러시아군의 야전 취사장에 나가서 줄을 선 독일인들과 얘기를 나누곤 했다. 굶주려 온 베를린 시민들에게 러시아군의 구호는 생존을 가능하게 한 행운이었다. 러시아군이 독일인들을 굶겨 죽이리라고 경고했던 나치의 선전을 그대로 믿었던 터라, 그들은 선전과 전혀 다른 러시아군의 행태에 놀랐고, 러시아군에 대한 태도도 빠르게 바뀌었다. 그래서 베르자린은 그가 거느린 러시아 병사들만이 아니라 베를린 시민들에게도 영웅이 되었다. 그가 교통사고로 죽자 베를린 사람들은 그를 애도했고, 그가 NKVD에 의해 암살되었다는 풍문까지 돌았다.

다음 4단계는 상당히 안정적 관계인 동거였다. 독일 여인들은 생존에 필요한 물자를 얻었고 병사들은 가정의 단란함을 얻었다. 동거하는 여인에 대한 애착 때문에 다른 곳으로의 전출을 거부하는 장교들까지 나왔다.

그런 진화에도 불구하고 폭력적 강간은 이어졌다. 러시아 병사들의 강간은 직접적 피해자인 독일 여인들에게만 견디기 어려운 충격을 준 것이 아니었다. 정신적 충격은 강간을 당한 여인들과 살아야 하는 독일 남성들에게도 큰 충격을 주었다. 자신이 겪은 끔찍한 일을 견디면서 삶을 이어 가야 하는 어려운 처지에 놓인 여인들은 흔히 남편이나 연인이 도움이 되지 않는다는 것을 발견했다.

딸, 엄마, 할머니의 여인 3대가 함께 강간당한 베를린 교외의 집에선 "그래도 우리 집안엔 남자가 모두 죽어서 끔찍한 화를 면했다"고 서로 위로했다. 그들을 구하려고 나섰다가 남자들이 죽는 것은 생각만 해도 끔찍했다. 그러나 독일 남자들은 아내를 보호하려고 목숨을 거는 경우가 드물었다. 강간당하는 집안 여인을 구하려고 나서는 경우는 딸을 보호하려는 아버지나 어머니를 보호하려는 어린 아들이었다. 물론 그들은 헛되이 자기 목숨만 잃었다.

아내가 강간당하는 것을 그저 지켜보아야 하는 남편은 아내를 구하지 못하는 자신의 무기력에 대한 부끄러움으로 무너질 수밖에 없었다. 자신과 남편을 구하려고 술 취한 러시아 장교 둘에게 순순히 강간당한 여인은 아기처럼 우는 남편을 달래고 살아갈 용기를 되살려 주어야 했다고 뒷날에 밝혔다.

포로가 되었다 풀려난 사내들은 자기 아내나 약혼녀가 러시아 군인에게 강간당했다는 것을 알게 되면 감정적으로 얼어붙었다. 그들은 독일 여인들에게 닥친 불행을 받아들일 감정적 힘이 없었다. 그들은 무슨 핑계를 대고 아내를 떠나거나 약혼녀에게 파혼을 선언했다.

저널리스트 우르줄라 폰 카르도르프(Ursula von Kardorff)는 베를린에서 일어나는 일들을 살피고서 일기에 적었다.

"어쩌면 지금 우리 여성들은 이 전쟁에서 가장 힘든 일—그리도 많은 완전히 패배하고 절망적인 남성들에게 이해와 위로, 지지와 용기를 주는 일—을 마주하고 있는지도 모른다."

제24장

히로시마

"수고가 많지?"

자리에 앉자, 이승만이 얼굴 가득 웃음을 띠고서 장석윤에게 말했다.

"얼굴이 많이 탔네."

장석윤이 싱긋 웃었다. "예. 산타카탈리나 비치 햇볕에 좀…."

"바다 햇볕이…." 이승만이 고개를 끄덕였다. "훈련은…?"

"예. 모두 열심히 하고 있습니다. 이번에 작전계획이 '플래닝 커미션'의 공식 승인을 받았습니다. 이제 일이 제대로 진행될 것 같습니다."

냅코 작전

장석윤이 언급한 작전은 OSS가 주관해서 조선인 요원들을 한반도에 침투시키는 '냅코 작전(Operation NAPKO)'을 뜻했다. 장석윤은 이 작전의 실무를 실질적으로 관장하고 있었다. 워싱턴에 일이 있어서 로스앤젤레스에서 상경했는데, 마침 오늘 6월 15일이 프란체스카의 생일이어서 사람들이 저녁에 모인다는 얘기를 듣고 틈을 낸 것이었다.

원래 이 작전은 이승만이 제안한 것이었다. 이승만은 1942년에 OSS의 전신인 정보조정국(COI)이 중국에 특수임무부대를 파견할 때부터 이 일에 관여했었다. 칼 아이플러(Carl Eifler) 대위가 지휘하는 이 부대의 제1기 훈련생으로 그는 장석윤을 추천했었다.

1944년 7월에 이승만은 미군 합동참모본부에 편지를 보내서, 일본과의 전쟁에 한국인들을 유격대로 활용할 것을 촉구했다. 그리고 미국에 있는 한국인 청년들과 일본 정부에 의해 징집되어 일본군을 돕다가 미군에 붙잡힌 한국인 노무자들을 훈련시켜 한반도로 침투시키는 방안을 제시했다.

> 연합군 지지자들은 프랑스 저항운동의 위대한 성과에 대한 신문 보도에 감격하고 있습니다. 그와 똑같이 강력한 저항운동 집단을 태평양에서도 활동하게 할 수 있는 비슷한 기회가 존재합니다. 이 굉장히 중요한 지역에서 일본의 패배를 돕기 위해 자신들의 생명을 자발적으로 바치기를 원하는 미국 시민들과 미국의 친우들이 있습니다. 그 지역은 한국입니다.

이승만의 제안에 대해 합동참모본부는 OSS의 의견을 물었다. OSS는 처음엔 부정적 반응을 보였으나, 차츰 긍정적으로 바뀌었다. 그런 변화를 불러온 가장 큰 요인은 OSS가 기대만큼 성과를 거두지 못했다는 사정이었다. 게다가 너무 급히 만들어진 조직이라, 요원들을 제대로 선별하지 못했고 정보들이 밖으로 새어 나가곤 했다.

OSS는 '냅코 작전'이라 불리게 된 이 작전의 책임자로 아이플러 대령을 임명했다. 아이플러는 1942년부터 COI 중국 파견 부대를 이끌다가, 이 부대가 OSS 101지대(Detachment 101)로 편성된 뒤 버마에서 일본군을 상대로 유격전을 펼쳐 큰 공을 세웠다. 이 부대는 미군 어느 부대보다도 아군 손실 대 적군 전사 비율이 뛰어나서 대통령 표창을 받았다. 아이플러는 101지대에서 유일한 한국인이었던 장석윤에게 냅코 작전의 실무를 맡겼다.

장석윤은 먼저 조선인 포로들 가운데서 요원들을 뽑는 일에 착수했다. 전쟁 포로들을 전투 요원으로 쓰는 것은 국제법에 어긋났다. 포로들의 진술도 신빙성이 낮았다. 장석윤은 포로들을 직접 관찰하고서 선발하기로 결심했다. 그는 1944년 11월에 위스콘신주의 매코이 포로수용소로 가서 스스로 포로로 갇혔다. 법무장관과 수용소의 간부 네 사람만 그의 신분을 알았다. 버마에서 비행장을 닦다가 연합군에 붙잡힌 노무자 김의성金義城으로 행세하면서(그의 모친이 의성 김씨였다), 그는 40여 일 동안 포로들의 얘기를 듣고 그들의 신상 정보들을 얻었다.

이들 포로들 가운데서 선발된 요원들에, 이미 미군에 지원해서 복무하고 있는 한국인 청년들과 유학생들 가운데서 뽑은 요원들이 더해졌다. 그리고 나이가 많은 유일한과 변준호 같은 재미 한인 사회의 지도자들도 자원했다.

선발된 요원들은 로스앤젤레스에서 30킬로미터가량 떨어진 산타카탈리나섬에서 외부와 격리된 채 서너 달에 걸친 훈련 과정을 밟았다. 무전, 첩보 활동 및 암호 조작이 주요 과목들이었고, 무기 조작, 비무장 전투, 독도법, 촬영, 파괴 활동, 낙하 훈련, 선전 활동에 대한 기초 교육을 받았다.

이들 요원들은 55명이 10개 조로 나뉘어 서로 분리된 채 훈련을 받았다. 함께 훈련을 받아 서로 잘 아는 사이가 되면 한 조만 붙잡혀도 모

요원들은 소형 반잠수정 3척에 나눠 타고 한반도에 상륙할 터였다.

든 대원들이 위험해지는 상황을 피하기 위한 조치였다. OSS 본부에선 10개 조 가운데 3개 조가 일본군에 체포될 것으로 예상했다.

침투 요원들은 소형 반잠수정(semi-submersible boat)으로 해안에 접근하기로 되었다. 잠수정은 잠수함에 실려 오키나와를 출발해서 한반도 근해로 간 다음 잠수함 갑판에서 진수될 터였다. 잠수정은 반잠수 상태로 해안에 접근하도록 되었다. 한반도에 상륙하는 요원들은 각기 1만 5천 엔을 지니고, 무선 장비와 그것을 파묻을 일본제 야전삽을 휴대할 터였다. 그들은 만주와 필리핀의 무선 수신소들과 교신하기로 되었다.

"좋은 소식이군." 이승만이 흡족한 낯빛으로 고개를 끄덕였다.

"곧 실제로 상륙정을 타고 침투하는 훈련을 할 계획입니다."

"아, 그래?"

"며칠 전에 잠수정 두 척을 받았습니다."

장에게선 차분한 자신감이 풍겼다. 원래 몸집이 크고 강건한 데다가 버마 전선의 일본군 후방에서 유격전을 벌인 경험이 더해져서, 그의 언동엔 묵직한 기운이 있었다. 상사(master sergeant)라는 계급이 그런 느낌을 떠받쳤다.

그런 점에서 장은 그의 상관인 아이플러를 닮았다. 아이플러는 몸집이 컸고, 임무를 위해선 위험을 마다하지 않았다. 101지대는 육군 항공대에서 경항공기 10대를 빌려 위험한 작전들에서 모두 잃었다. 항공대가 그 항공기들의 반환을 요구하자, 그는 동남아 지도를 펴놓고서 그 항공기들이 있는 곳들을 가리켰다. 항공대 관계자가 "그러면 열 대를 모두 잃었다는 얘기요?"하고 어이없다는 표정을 짓자, 그는 "세 대는 내가 직접 몰다가 밀림에 불시착했소"라고 친절한 설명을 덧붙였다.

"싸지 장, 정말로 좋은 소식이오. 잠수정을 인수했으니, 이젠…." 이승만의 가슴에서 더운 물살이 차오르기 시작했다. 큰돈이 들어가는 잠수정들을 실제로 인수했다는 것은 요원들이 훈련하는 것과는 차원이 다른 얘기였다. 이제 정말로 요원들이 한반도에 상륙하는 것이었다. 일본과의 전쟁에서 한국인들이 연합군의 일원으로 싸울 기회를 달라는 간절한 호소가 세 해 만에 열매를 맺은 것이었다.

이승만은 잠수정에 대해서 자세히 캐물었다. 미국 해군엔 소형 잠수정이 없어서 OSS가 특별히 미국 동부의 조선소에 3척을 발주했다는 얘기를 작년에 들었었다. 'GIMIG'이란 암호로 불린 잠수정들은 6미터가 채 안 되었다. 조종사 1인이 조종했고 침투 요원 둘이 탔다. 잠수정치고도 워낙 작아서, 요원들의 휴대품은 100파운드(45.4킬로그램) 이하로 제한되었다. 선각은 레이더나 소나에 잡히지 않도록 합판으로 만들었고, 통기관(snorkel)은 레이더에 선명하게 잡히지 않도록 강철모(steel wool)로 감쌌다. OSS는 잠수정 3척을 확보할 계획이었는데, 현재 2척을 받았다.

"곧 잠수정을 타고 침투하는 훈련을 로스앤젤레스에서 실시할 계획입니다. 실전과 똑같이 하기 위해서, 육해공 어느 기관에도 알리지 않고 실시할 계획입니다."

"그런가?" 이승만이 잠시 생각했다. "위험이 클 텐데…."

"그게 대령의 방식입니다. 위험이 너무 크다고 참모들이 걱정하자, 무장 첩자로 오인을 받아서 죽는 것도 군인의 운이라고 했습니다."

이승만이 심각한 낯빛으로 고개를 끄덕였다. "이런 일에서 전문가는 아이플러 대령이니까…."

"예. 잠수정은 침투 훈련이 끝나면 오키나와로 수송될 겁니다."

"오키나와? 오키나와는 아직 전투가… 일본군이 항복했나?"

"아직 일본군 패잔병들이 저항을 하는 모양입니다. 아군이 실질적으로 오키나와를 장악한 상태입니다."

"디데이는?"

"현재로선 8월 하순으로 잡고 있습니다."

"팔월 하순이라…. 두 달 남았군. 작전이 성공하면…." 이승만이 입맛을 다셨다. "커늘 아이플러와 싸지 장에게 많은 것들이, 우리 한국 사람들의 운명을 결정할 것들이 달렸소."

"열심히 하겠습니다, 박사님. 이번에 흥미로운 인물들이 냅코에 참여했습니다"

"아, 그런가?" 식은 커피를 한 모금 마시고 난 이승만이 기대에 차서 물었다.

"학도지원병으로 버마 전선에 끌려온 한국인 병사 셋이 영국군에 항복했습니다. 우리 오.에스.에스 인도 지부 요원들이 이들이 대학생이라는 것을 알고서 접촉했답니다. 연합군과 함께 일본군과 싸울 뜻이 있다는 것을 확인하자, 바로 워싱턴에 연락을 해서 그 세 사람이 지금 산타카탈리나에 있습니다.”

“반가운 소식이네.” 이승만이 턱을 쓰다듬었다. “학도지원병들은 배운 사람들이라서, 우리가 선전을 잘하면 귀순할 사람들이 상당히 나올 수도 있는데….”

“그렇습니다. 두 사람이 먼저 탈출하고 한 사람이 뒤에 탈출했습니다. 뒤에 탈출한 사람이 일본군 49사단에 한인 병사들이 오백가량 있는데, 이들이 모두 탈출해서 연합군에 항복할 기회를 노린다고 진술했다고 합니다.”

먼저 탈출해서 영국군에 항복한 사람들은 박순동朴順東과 이종실李鍾實이었다. 이어 박형무朴亨武가 합류했다. 국무부는 이들의 입국에 반대했다. 우여곡절 끝에 이들은 1945년 5월 24일에 워싱턴에 닿았고, 5월 29일에 로스앤젤레스에서 아이플러의 환영을 받았다. 그리고 곧바로 강도 높은 훈련에 들어갔다.

“유일한 박사는 힘든 훈련을 잘 받고 있소? 이제 나이가….” 이승만은 잠시 기억을 더듬었다. “이제 나이가 쉰줄일 텐데….”

“예. 1895년생이니, 만 오십 셉니다. 그래도 젊은이들 못지않게 훈련을 잘 받고 있습니다.”

“원래 운동 선수였으니, 잘하겠지. 네브래스카 소년병학교에서 처음 봤을 때는 소년이었는데….”

짙은 아쉬움이 어린 그리움의 물살이 이승만의 가슴을 시리게 적셨다. 박용만이 일찍 죽어서 끝내 오해를 풀지 못한 것이 썰물이 나간 가슴의 뻘에 암초처럼 박혀 있었다. 그는 나오는 한숨을 되삼켰다. “변준호는? 나이가 비슷할 텐데."

"변 선생님도 훈련을 잘 받고 계십니다. 유 박사님과 동갑이십니다."

변준호는 원래 조선의용대에서 한길수와 가깝게 지냈었다. 중경에서 조선민족혁명당이 조직되고 임시정부에 참여하자, 그는 조선민족혁명당 미주총지부를 이끌었다. 지난 3월에 샌프란시스코 국제연합 총회에 참석할 한국대표단을 선정할 때, 이승만이 그를 대표단에 포함시켜서 임시정부의 승인을 얻었었다.

"박사님, 안녕하세요?"

문간에서 최정림崔貞琳이 낭랑한 목소리로 인사했다. 그녀 뒤에 한표욱이 서 있었다.

"아, 미세스 최. 어서 오시오." 이승만이 자리에서 일어서며 반겼다.

"장 선생님, 안녕하셨어요?" 그녀가 장석윤에게 인사했다.

"아, 어서 오십시오. 오래간만입니다." 장이 반겼다.

"저희가 말씀 나누시는 것을 방해한 것은 아닌지요?" 한표욱이 조심스럽게 물었다.

"아냐. 두 분 앉으시오."

"아닙니다. 인사만 드리고…. 아래층에 이원순 선생님 내외분이 계십니다."

"아, 해사海史도 왔나? 그럼 우리도 내려가지."

원자탄 개발

"이 케이크 정말 맛있는데." 이원순 부부가 들고 온 생일 축하 케이크한 조각을 맛본 이승만이 감탄하면서 이매리를 쳐다보았다.

"예. 정말 맛있는데요." 장석윤이 선뜻 동의했다. "군대 밥만 먹다가, 오늘…."

"다행이네요." 이매리가 환한 웃음을 지었다. "그런데 박사님."

케이크를 삼키고서, 이승만은 웃음 띤 얼굴로 얘기를 계속하라고 고갯짓을 했다. 태평양문제연구회(IPR) 참석 문제로 이승만과 이원순 사이의 관계가 좀 서먹해진 뒤로, 이매리가 나서서 두 사람 사이를 부드럽게 만드는 터였다.

"박사님께서 시골로 내려가셔서 닭을 치신다고요?"

"그 얘기가 벌써 퍼졌나?" 이승만의 얘기에 웃음판이 되었다.

"닭을 치신다구요?" 늦게 온 임병직이 좀 어리둥절한 얼굴로 이승만과 프란체스카의 얼굴을 번갈아 살폈다.

"커늘 임, 얘기가 좀 길어요." 이승만이 느긋한 웃음을 지으면서 대꾸했다. "샌프란시스코에서 돌아온 뒤, 올리버 박사에게 고맙다는 인사를 했어요. 이번에 올리버 박사가 자료를 만드느라 정말 수고가 많았잖아요?"

사람들이 고개를 끄덕였다.

"그분이 정말 수고 많이 하셨어요." 올리버와 함께 자료를 만들었던 프란체스카가 말을 보탰다.

"그래서 지지난주에 올리버 박사와 저녁 식사를 했어요. 올리버 박사는 내가 새로운 국제 질서에 거스르는 정치적 입장을 고수하는 것이 걱정스럽다고 했어요. 이제 유엔이 창설되었으니, 새로운 시대가 열렸다, 미국과 소비에트 러시아가 협력해서 국제 문제들을 해결하는 시대가 되었다, 그런데 당신만 고집스럽게 러시아를 의심하고 러시아의 정책에 반대한다, 한국은 지정학적으로 러시아의 영향을 많이 받을 수밖에 없다, 궁극적으로 한반도에 들어설 정권은 공산주의자들이 주도하는 연합정권일 것이다, 만일 당신이 지금의 태도를 고집한다면 당신은 연합정권으로부터 배제될 것이다, 평생 독립운동을 하느라 고생하고도 막판에 고립되면 너무 애석하지 않으냐, 그러니 변한 상황에 맞춰 태도를 좀 바꾸는 것이 어떠냐 그런 얘기였어요."

"박사님," 임병직이 진지하게 대꾸했다. "올리버 박사의 입장에선 그렇게 생각하는 것이 당연합니다. 지금 미국 사람들은 환상 속에서 살고 있습니다."

"그래요. 커늘 임 얘기가 맞아요." 이승만이 고개를 끄덕였다. "그리고 나로선 올리버 박사의 얘기는 우정 어린 충고지."

"그래서 박사님께선 어떻게 말씀하셨어요?" 최정림이 호기심 많은 아이처럼 천진한 얼굴로 물었다.

"이 박사는 아무 말씀도 하지 않으셨어요." 이승만이 잠시 머뭇거리자, 프란체스카가 대신 설명했다. "그래서 내가 대신 답변했죠. 이 박사와 나는 이 문제에 대해 얘기한 바가 있다, 우리는 당신이 앞날을 정확하게 진단했다고 본다, 우리는 당신의 충고를 정말로 고맙게 받아들인다, 그러나 우리는 그런 연합정부에 참가할 생각이 없다—그런 답변을 했어요."

사람들이 말없이 무겁게 고개를 끄덕였다.

"올리버 박사의 우정과 충고가 너무 고마워서, 내 처지와 생각을 제대로 설명하고 싶었어요. 그래서 물었어요. '당신이라면, 어떻게 하겠소? 당신은 잘 알지 않소, 내가 내 조국 한국을 일본으로부터 해방시키려고 평생을 노력해 온 것을? 이제 내가 한국을 러시아에게 넘기는 일에 가담하기를 바라오? 내 자신의 이익을 위해서? 조국에서 나를 기다리는 동포들에게 러시아를 따르라고 얘기해야 하오? 일본의 노예들에서 러시아의 노예들이 되는 길을 좋은 길이라고 가리켜야 하오? 어쩌면 이것이 내가 내 조국 한국을 위해 할 수 있는 마지막 일이 될 것이오.'" 자신도 모르게 높아진 목청을 낮추면서, 이승만은 씁쓸한 웃음을 지었다. "그렇게 얘기했어요."

사람들이 무겁게 고개를 끄덕였다.

"그렇게 말하고서 순간적으로 생각 하나가 떠올라서 말했어요. '우리는 은퇴해서 닭 농장을 하면 됩니다.' 말해 놓고 보니 그것도 괜찮은 생각이다 싶었어요. 그래서 우리 셋이 함께 웃었어요."

"아, 그러셨군요." 장석윤이 껄껄 웃었다. "시골로 내려가신다면, 어디로 가실 생각이세요?"

"몬태나는 어떨까?" 커피 잔을 입으로 가져가다 말고, 이승만이 눈에 장난기 어린 얼굴로 물었다. 장은 몬태나 출신이었다.

"좋지요. 박사님께서 몬태나로 오신다면 좋아할 사람들이 많습니다. 박사님, 전인수田寅洙 선생님하고 연락하고 계신가요?"

"그럼. 전 형 부인께서 포스툼을 보내 주시지." 포스툼(postum)은 밀 껍질과 호밀 겨를 함께 까맣게 볶아서 빻은 영양차다.

"포스툼 마셔본 지 오래됐네요." 장이 입맛을 다셨다.

"전 형이 처음 몬태나에서 농장을 열 때, 내가 목수 일을 하면서 거들었어요." 사람들을 둘러다 보면서 이승만이 설명했다. "그 일이 재미가 있어서…. 그때 마련한 연장함을 아직 갖고 있어요. 우리가 귀국하면 그 연장으로 멋진 집을 한 채 지어 볼 생각이거든요."

"박사님, 원대한 꿈을 가지셨네요." 최정림이 냉큼 받자, 웃음이 터졌다.

"내가 돌아갈 상황이 안 되면, 몬태나로 내려가서 집을 지어야지. 아직은 연장을 다룰 힘이 있으니…." 이승만이 싱긋 웃었다.

"박사님께서 몬태나로 은퇴하시면, 저도 따라가고 싶습니다. 몬태나가 그리워질 때가 많습니다."

"싸지 장은 안 돼요, 할 일이 많아서 안 돼요." 웃음 띤 얼굴로 이승만이 단호하게 잘랐다. "그 재능을 묵히면 자유세계의 손실이지."

이승만의 과장된 칭찬에 웃음판이 되었다.

"장 형, 오래간만에 만났으니, 오.에스.에스 얘기를, 비밀 빼놓고 우리가 알아도 될 만한 것을 좀 얘기해 줄 수 있어요?" 이원순이 물었다.

"비밀첩보기구에 관한 얘기는 다 비밀이지, 비밀 아닌 게 있어요?" 이매리의 가벼운 핀잔에 다시 웃음판이 되었다.

"꼭 그런 것도 아닙니다. 원래 우리 교민들도 여러 분 이번 작전에 참가하셨으니, 관심을 가진 분들이 많은 것은 당연하죠." 장이 선선히 말을 받았다. "지금 제가 모시고 일하는 분은 칼 아이플러 대령입니다. 이 분의 철학이 독특하세요. 훈련을 실전처럼 하는 것을 좋아하세요. 그래서 자칫하면 목숨이 위태로울 수도 있는 상황에서 훈련을 합니다. 누가 그 점을 얘기하면, 그분은 태연하게 그러세요. '다 군인의 운수지.' 저도 모르는 새 그분의 얘기를 따라 하는 경우가 많습니다. 아는 사람들 사이에선 전설이 된 분이세요…."

장이 들려준 아이플러 대령의 일화들이 재미있어서, 특히 버마 전선의 일본군 후방에서 작전한 얘기들은 장이 직접 체험한 일들이어서 모두 감탄하면서 들었다. 덕분에 생일 축하 모임은 분위기가 밝았다.

모임이 끝나자, 이승만은 손님들을 버스 정류장까지 배웅했다. 버스가 오자 사람들이 이승만에게 인사했다. 장석윤은 "박사님께 미처 드리지 못한 말씀이 있어서 다음 차로 가겠습니다"라고 말하고서 차에 타지 않았다.

"박사님, 제가 오늘 본부에 들렀는데," 버스가 멀어지자, 장이 말문을 열었다. "버마에서 제 조장이었던 사람을 만나 점심을 함께 들었습니다. 지난 얘기를 하다 보니, 자연스럽게 아이플러 대령 얘기로 흘렀습니다."

이승만이 웃으면서 고개를 끄덕였다. "그랬겠지."

"대령의 성품을 잘 드러내는 일화들을 제게 들려주다가, 그 사람이 물었습니다, '자네 그거 아나? 대령이 냅코 작전을 맡기 전에 독일 과학자 암살 계획을 맡았던 것을?' 제가 모른다고 하니까, 그 계획에 대해서 알려 주었습니다. 미국이 원자탄을 만드는 데 도움을 받고 독일이 원자탄을 만드는 것을 방해하기 위해서, 독일의 가장 뛰어난 과학자를 납치한다는 계획이었답니다. 그러다가 그 계획이 취소되자, 대령에게 냅코를 맡겼다는 얘기였습니다."

이승만은 잠시 생각했다. "그러면 미국이 원자탄을 개발해 왔다는 얘긴데. 오.에스.에스가 독일 과학자를 납치할 계획을 세운 게 언제였다고 하던가?"

"작년 봄이었다고 합니다."

"작년 봄이라. 한 해 넘게 지났네." 잠시 생각에 잠겼던 이승만이 물었다. "그 사람이 한 얘기를 좀 자세히 얘기해 줄 수 있나?"

"예. 그 독일 과학자를, 그 사람은 노벨상을 받았다고 했습니다, 그 과학자를 독일에서 납치해서 중립 지역인 스위스로 데리고 온 다음, 소형 비행기에 태워 지중해로 나와서 거기서 대기 중인 잠수함 근처에 낙하산으로 내려 구조받는 식으로 계획을 세운 것 같습니다."

"상당히 복잡하군." 이승만이 고개를 갸웃했다. "문외한이긴 하지만, 내 생각에도 위험이 큰 작전이었던 것 같은데."

"예." 장이 싱긋 웃었다. "오.에스.에스가 하는 작전치고도 좀 복잡했던 것 같습니다. 본부에선 그런 작전엔 아이플러 대령만 한 사람이 없다고 판단해서, 고위 참모들이 모여서 대령한테 브리핑을 했다고 합니다. 브리핑이 끝나자 대령이 물었다고 합니다, '오케이, 내가 그 독일 과학자를 독일에서 스위스로 데려와서 지중해로 탈출하려 합니다. 그때 스위스 경찰이 알고서 나를 체포하려 합니다. 나는 어떻게 해야 하죠?' 그러자 제너럴 도노번의 데퓨티가 그랬답니다. '적이 그렇게 뛰어난 두뇌를 갖게 할 순 없잖겠소?' 그 얘기를 듣자 대령이 물었답니다. '그렇게 하는 유일한 길은 그를 죽이는 것입니다. 그래서 내가 그를 죽이고 스위스 경찰은 나를 체포합니다. 그러면 내게 무슨 일이 일어나나요?' 그러자 데퓨티가 얼음처럼 차갑게 말했답니다, '우리는 당신의 이름을 들어본 적도 없소.' 그러자 대령이 말했답니다. '오케이, 시작합시다.'"

이승만이 소리 없는 웃음을 지었다. "그런데 그 계획이 취소되었나?"

"위험에 비해서 효과가 크지 않다고 판단했답니다. 과학자들의 도움이 필요한 건 초기 단계인데, 이미 미국의 원자탄 개발 사업은 상당히 진전되어서 엔지니어들이 주도하는 단계로 들어갔다고 했습니다. 그리고 독일이 원자탄을 개발하지 못하도록 그 과학자를 죽여야 할 필요도 크지 않다고 판단했답니다. 독일이 원자탄 개발에 그리 큰 자원을 들이지 않았다고 합니다."

이승만이 고개를 끄덕이고서 한참 생각했다. 그러고는 정색하고 말했다. "싸지 장, 잘 알겠소. 고맙소. 그리고… 원자탄이 개발되든 안 되든, 아시아가 공산주의자들의 천하가 되든 안 되든, 오.에스.에스는 존재해야 할 거요. 미국은 덩치만 큰 아이 같소. 미국이 세계의 리더가 되어 자유주의를 지키려면, 오.에스.에스 같은 기구들이 많이 생겨야 할 거요. 냅코 작전 너머를 바라보고 일하시오."

"예, 박사님. 박사님 말씀 명심하겠습니다."

장이 버스를 타고 떠나자, 이승만은 천천히 그 뒤를 따라 한적한 거리를 산보 삼아 걸었다. 마음이 착잡했다. 조선의 앞날도 자신의 여생도 전망이 밝지 않았다.

"작년 봄이라. 그때 벌써 원자탄 개발이 과학자들 손에서 엔지니어들 손으로 넘어갔다면, 곧 완성된다는 얘긴데…."

그는 소리 내어 생각했다. 그러고는 천천히 고개를 저었다. 장의 얘기는 좋은 소식이었지만, 지금 당장 원자탄을 써서 일본의 항복을 받아낸다면 모를까, 이미 늦었다는 생각이 들었다. 지난 4월 5일 러시아가 1941년에 체결된 일본과의 불가침조약의 폐기를 일본에 통보했을 때, 러시아가 동북아시아를 실질적으로 지배하도록 결정된 셈이었다. 5월 초에 독일이 공식적으로 항복했으니, 러시아군은 이미 만주의 일본군과의 전쟁을 위해 동쪽으로 이동하고 있을 터였다.

'휴식과 정비에 한 달을 잡고, 필요한 병력을 시베리아 횡단 철도로 극동으로 이동하는 데 얼마나 걸릴까… 석 달 정도 잡고, 그러면 넉 달인데… 9월이면 만주에서 일본군을 공격할 수 있다는 얘기가 되나? 그러면 한반도는 필연적으로 러시아군이 점령하게 되고… 일본이 7월 안으로 항복해야 그나마 한국이 러시아의 지배를 피할 수 있는데….'

그는 한숨을 길게 내쉬었다. 지금 일본이 항복할 가능성은 전혀 없었다. 치열한 '오키나와 싸움'에서 일본군은 '가미카제'로 미군에 대항했다. 이미 싸움에서 졌다는 것을 인식하고서도 싸움을 그칠 생각을 하지 못하는 것이었다.

"결국…."

그는 신음처럼 뇌었다. 결국 그가 가장 걱정한 상황대로 전쟁이 전개된 것이었다.

태평양전쟁이 일어났을 때, 그는 독일과 일본 가운데 어느 쪽이 먼저 패망하느냐에 한반도의 운명이 결정된다고 보았었다. 일본이 독일보다 오래 버티면 조선은 러시아의 식민지가 될 가능성이 크다고 본 것이었다. 공산주의 러시아가 한번 한반도를 장악하면, 조선은 영원히 러시아의 식민지가 되고 조선 인민들은 러시아인들의 노예들이 되는 것이었다. 러시아에 대해 아는 것 없이 들떠서 설치는 미국의 지식인들과 달리, 그는 제정 러시아의 행패를 겪었고 소비에트 러시아의 실상을 실제로 체험한 터였다.

조선을 침탈하는 양상에서 일본과 러시아는 본질적으로 달랐다. 일본은 조선을 식민지로 삼으려 획책하면서도 조선을 보다 나은 사회로 바꾸는 일에 마음을 쏟았다. 갑오경장에서 그 점이 잘 드러났다. 러시아는 일부러 조선의 조정을 타락시키고 이권만을 챙겼다. 당시 모든 조선 지식인들이 러시아의 행태에 진저리를 쳤다. 그런 행태는 제정 러시아 자체가 농노제에 바탕을 둔 압제적 후진 사회였다는 사실에서 나왔다. 이제는 그런 바탕 위에 공산주의 체제라는 더욱 압제적인 틀이 덧씌워진 것이었다. 일본의 지배에서 벗어나 공산주의 러시아의 지배를 받는 것은 서양 속담대로 "프라이팬에서 불길로 뛰어드는" 일이었다. 그런 운명을 피할 길이 보이지 않는 것이었다. 얄타 비밀협약이 존재한다고 그가 국제연합 총회가 열리는 샌프란시스코에서 폭로한 것은 그로선 절망적 몸부림이었다.

음울한 상념에 빠져 걷다 보니, 저만큼 버스 정류장이 나왔다. 빈 정류장을 보자, 집에서 프란체스카가 걱정하고 있으리라는 생각이 들었다. 그는 걸음을 돌렸다.

자신의 처지에 생각이 미치면서, 문득 서글퍼졌다. 평생을 해 온 독립운동이 거대한 국제 정세의 파도에 쓸리는 모래성이 되는 것이었다. 그리고 그의 일생도 실패한 삶으로 귀결되는 것이었다. 올리버가 그에게 충고를 한 뒤로, 그런 생각이 부쩍 자주 들었다.

미국에서 독립운동을 한 사람들 가운데 독립운동에 전적으로 매달린 이들은 그와 그를 따르는 몇 사람뿐이었다. 미국에 온 뒤, 그는 강연과 논설로 근근이 살면서 동포들이 보태는 성금으로 활동했다. 가난한 동포들이 찬장에서 꺼낸 몇 달러를 한없이 미안한 마음으로 받았고, 그의 무릎을 베고 죽어 가는 하와이 사탕수수 농장 노동자가 결혼 자금으로 저축했던 돈이라면서 독립운동에 써 달라고 내놓은 몇백 달러에 속으로 흐느꼈던 삶이었다. 그 과정에서 어린 자식을 잃었고, 아버지 임종도 하지 못했다. 대학과 대학원에서 함께 공부했던 사람들 가운데 후대에 남을 만한 지적 작업을 이룬 사람들도 있었지만, 한때 촉망을 받았던 그는 아무것도 남기지 못했다. 빈손으로 미국에 왔다가 조국 땅을 밟지 못하고 빈손으로 저세상으로 가는 것이었다.

1904년 겨울에 민영환과 한규설이 휴 딘스모어 하원의원에게 보내는 밀서를 지니고서 제물포에서 배에 오른 때부터 40년이 지났는데, 이룬 것은 없었다. 그가 지키려던 조국은 끝내 일본의 식민지가 되었고, 이제는 공산주의 러시아의 식민지가 될 운명을 맞았다. 그는 그에게 후사를 부탁한 두 대신의 얼굴을 떠올렸다. 기억 속의 얼굴들은 이제 윤곽도 흐릿했다. 눈시울이 아릿해지는 것을 느끼면서, 그는 속으로 뇌었다.

"소인, 아직도 맡겨 주신 임무를 수행하지 못했습니다."

맨해튼 계획

이승만이 서글픈 마음으로 자신의 삶을 살피던 시각, 서쪽 뉴멕시코 주 앨러머고도에선 원자탄 폭발 시험을 위한 준비로 사람들이 늦게까지 일하고 있었다. '트리니티(Trinity)'라는 암호를 부여받은 이 시험은 7월 16일에 미국 육군 항공대의 '앨러머고도 폭격 및 포술사격장'에서 수행될 터였다.

1938년 여름에 오스트리아 물리학자 리제 마이트너(Lise Meitner)와 독일 화학자들인 오토 한(Otto Hahn)과 프리츠 슈트라스만(Fritz Strassmann)은 토륨을 중성자로 충격하면 다른 동위원소들을 생산한다는 것을 발견했다. 이어 한과 슈트라스만은 우라늄을 중성자로 충격하면 바륨의 동위원소를 생산할 수 있다는 것을 발견했다. 그해 겨울 마이트너와 그녀의 조카인 오토 프리슈(Otto Frisch)는 그런 현상을 이론적으로 설명하고서 '핵분열(nuclear fission)'이란 이름을 붙였다. [마이트너는 유대인이라 나치 독일의 박해를 피해 스웨덴으로 망명했다. 아인슈타인이 "독일의 마리 퀴리"라 불렀을 만큼 뛰어났지만, 그녀는 인종적 및 성적 차별 때문에 업적에 합당한 인정을 받지 못했다. 1944년도 노벨 화학상이 핵분열을 발견한 업적에 주어졌을 때, 오토 한 혼자 수상했다.]

중성자들의 충격을 받으면, 우라늄과 플루토늄의 어떤 동위원소들은 가벼운 원소들의 원자들로 나뉜다. 아울러 2.5 내지 3개의 자유중성자들과 상당한 에너지를 방출한다. 우라늄이나 플루토늄 1킬로그램이 완전히 분열하면, 대략 TNT 1만 7,500톤에 상당하는 폭발력을 생산한다.

핵분열 과정에서 결정적 중요성을 지닌 것은 연속적으로 생산되는 중성자의 수다. 만일 한 세대에서 생산된 중성자 수가 다음 세대에서 생산된 중성자 수와 같다면, 핵분열은 안정적으로 지속될 것이다. 핵반응로(원자로)는 이런 원리를 이용한다. 만일 세대가 지날수록 생산된 중성자 수가 늘어나면, 결국 폭발이 일어날 것이다. 원자탄은 단숨에 이런 상태를 일으킬 수 있는 장치를 뜻한다.

이런 핵연쇄반응(nuclear chain reaction)을 처음 생각해 낸 것은 헝가리 물리학자 레오 실라르드(Leo Szilard)였다. 그는 1934년에 원자로의 특허를 얻었다. 그러나 그는 핵연쇄반응을 실제로 이루는 데는 실패했었다. 1939년 덴마크의 위대한 핵물리학자 닐스 보어(Niels Bohr)가 미국을 찾아, 독일에서 나온 핵분열에 관한 연구 성과를 알렸다. 이 소식을 듣자 실라르드는 우라늄이 핵연쇄반응을 가능하게 할 수 있다는 것을 깨달았다. 그는 소규모 실험으로 우라늄의 핵연쇄반응이 가능함을 확인했다.

핵분열의 발견과 원자로의 발명은 원자탄이 적어도 이론적으로 가능하다는 것을 보여 주었다. 핵분열에 관한 연구가 독일에서 활발하게 이루어졌으므로 많은 과학자들, 특히 나치의 박해를 피해 외국으로 망명한 과학자들은 나치 독일이 먼저 원자탄을 개발할 가능성을 걱정했다.

[장석윤이 이승만에게 OSS 암살 계획의 표적이었다고 얘기한 "독일 과학자"는 베르너 하이젠베르크(Werner Heisenberg)였다. 불확정성 원리(uncertainty principle)로 널리 알려진 이 위대한 과학자는 양자역학(quantum mechanics)의 발전에 기여한 공로로 1932년에 노벨 물리학상을 받았다.]

이런 위협을 가장 먼저 깨닫고 움직인 과학자는 실라르드였다. 1939년 9월에 그는 헝가리 출신 과학자들과 함께 나치 독일이 원자탄을 개발하는 것을 막는 일에 나섰다. 그는 우라늄을 많이 산출하는 콩고의 종주국인 벨기에의 주미 대사에게 독일이 우라늄을 확보하는 상황의 위험성을 경고하기로 했다. 그는 아인슈타인을 찾아가서 그의 생각을 밝혔다. 아인슈타인은 고개를 저으면서 말했다.

"난 그것을 전혀 생각지 못했는데."

그리고 실라르드가 아인슈타인 명의로 써 온 편지에 서명했다.

그렇게 응급조치를 하고서, 실라르드는 루스벨트 대통령에게 원자탄이 개발될 가능성을 알렸다. 이번에도 아인슈타인의 이름을 빌려서 편지를 썼다. 그 편지는 먼저 우라늄을 이용한 원자탄의 개발이 가까운 미래에 실현될 가능성을 설명하고, 독일이 이 엄청난 위력을 가진 무기의 개발을 시작했을 가능성을 경고했다.

"저는 독일이 실제로 독일이 장악한 체코슬로바키아의 광산들에서 나온 우라늄의 판매를 중단한 것으로 알고 있습니다."

이어 미국이 독일보다 먼저 원자탄을 개발하는 것이 중요함을 지적했다.

11월 중순에 루스벨트는 아인슈타인에게 답신을 보냈다.

"나는 이 자료가 무척 중요하다고 판단해서, 우라늄 원소에 관해 당신이 제기한 가능성을 철저히 조사하도록 표준국장과 육해군의 선택된 대표들로 구성된 위원회를 소집했습니다."

루스벨트가 말한 '우라늄에 관한 자문위원회'는 미국 정부의 원자탄 개발 노력의 시초였다.

그러나 개발은 지지부진했다. 아직 핵연쇄반응에 관한 지식이 부족했고, 성공 가능성에 대한 확신이 없는 데다가, 막대한 투자가 선행되어야 했으므로, 누구도 적극적으로 나서지 않았다. 그사이에 영국이 원자탄

실라르드는 아인슈타인의 이름을 빌려서 루스벨트 대통령에게 편지를 써서, 미국이 독일보다 먼저 원자탄을 개발하는 것이 중요함을 지적했다.

개발에서 앞서 나가자, 분위기가 문득 바뀌었다. 1942년 6월 육군 공병대 맨해튼 지대가 개발 주체가 되면서, '맨해튼 사업'이라 불리게 된 원자탄 개발 사업은 적극적으로 추진되었다. 특히 그해 9월에 추진력이 강한 레슬리 그로브스 대령이 책임자가 되자, 사업이 빠르게 나아갔다.

워낙 어렵고 선례가 없는 사업인지라, 맨해튼 사업은 어려운 고비들을 넘겨야 했다. 첫 고비는 물자의 확보였다. 전시인지라 물자를 요구하는 부서마다 나름으로 사정이 긴급했다. 그로브스는 뒤에 상황을 설명했다.

"워싱턴에선 누구나 최고우선순위(top priority)의 중요성을 깨닫게 마련이었다. 루스벨트 정권에선 제안된 것들은 거의 다 최고우선순위를 받았다. 그것은 대략 한두 주 지속되는데, 그러고 나면 다른 것이 최고 우선순위를 대신 차지했다."

맨해튼 사업의 책임자로 임명되자 그로브스는 전쟁생산위원회(War Production Board) 위원장을 찾아가서, "필요하면 언제나 AAA 등급을 부여할 수 있는 광범위 권한"을 요청했다. 위원장은 곧바로 거절했다. 그로브스가 대통령에게 보고하겠다고 '협박'을 하고 나서야 비로소 협상이 시작되었다. 결국 1944년 7월에야 맨해튼 사업은 AA- 등급을 안정적으로 받을 수 있었다.

둘째 고비는 보안 문제였다. 원자탄 개발에 관한 정보는 당연히 최고 비밀이었다. 동맹국인 미국과 영국 사이에도 원자탄에 관한 정보들은 교류에 심각한 제한이 있었다. 맨해튼 사업의 핵심 부문은 폭탄의 설계와 제조를 맡은 'Y사업부'였는데, 이 부서의 책임자로 추천된 로버트 오펜하이머(Robert Oppenheimer)가 보안에서 중대한 문제가 있었다. 오펜하이머는 자신이 미국 공산당원이 아니라고 주장했지만, FBI와 육군 보안부서는 그가 1930년대 초엽부터 공산주의를 열렬히 지지해 왔음을 알고 있었다. 무엇보다도, 그의 아내와 동생이 잘 알려진 미국 공산당원들이었고 그의 제자들 가운데 여럿이 공산당원들이었다. 그래서 보안 부서들에선 오펜하이머를 핵심 부서의 책임자로 임명하는 것을 강력하게 반대했다. 그러나 그로브스는 그의 임명을 강행했다. 그를 대신할 만한 사람이 없었고, 러시아가 독일과 싸우는 터라서 공산주의자들이 제기하는 보안 문제가 그리 심각하지 않다고 판단한 것이었다.

1949년 6월에 오펜하이머는 하원 반미행위위원회(HUAC)의 청문회에 출석해서, 가족과 제자들이 미국 공산당원들이었다는 점에서 미국 공산당과 연관이 있지만, 자신은 미국 공산당에 가입한 적이 없다고 증언했다. [이 증언은 뒤에 위증이었음이 드러났다. 그는 적어도 1941년까지 미국 공산당의 비밀당원이었고 캘리포니아 대학 교수들의 비밀 공산당 조직에서 활발하게 활동했다. 미국 공산당 지도부는 러시아 첩자로 활동할 수 있는 당원들은 비밀당원으로 만들어 외부에 노출시키지 않았다.]

러시아의 핵무기 개발과 한국전쟁으로 공산주의 세력에 대한 경각심이 높아진 1953년에 중요한 임무들에 관여하는 오펜하이머의 충성심에 대한 의문이 다시 제기되었다. 1954년의 원자력위원회(Atomic Energy Commission) 청문회에서 오펜하이머의 맨해튼 사업에서의 행태와, 냉전 시대에 평화주의를 주창하고 미국의 수소탄 개발에 반대하는 그의 태도에 대한 증언들이 청취되었다. 이 자리에서 오펜하이머에 대해 불리한 증언들이 나왔다.

오펜하이머에게 특히 불리한 증언은 맨해튼 사업에서 그와 함께 일한 에드워드 텔러(Edward Teller)의 증언이었다. 텔러는 오펜하이머의 미국 정부에 대한 충성심을 믿는다고 전제한 다음, 오펜하이머의 행적이 많은 경우에 도저히 이해할 수 없을 만큼 이상했다는 점을 밝혔다. 그래서 "개인적으로는 공공사업들이 다른 사람들에게 맡겨지는 편이 내 마음을 편하게 할 것입니다"라고 말했다. 그러자 온 과학계가 나서서 그를 비난했고, 미국의 수소탄 개발에 결정적 공헌을 한 텔러는 그 뒤로 과학계에서 따돌림을 받았다. 반면에 오펜하이머는 영웅 대접을 받았다.

오펜하이머는 1967년에 62세로 죽었다. 그리고 채 30년이 되지 않아서 베로나 문서가 공개되었고, 그가 실제로 러시아 첩자였다는 것이 밝혀졌다. 1945년 3월 21일 모스크바의 NKVD 본부가 뉴욕 지부에 보낸 전문 301호의 1항은 'Veksel'이란 암호명으로 불린 첩자에 관한 것이다.

> 우리의 1944년 12월 9일자 5823호, 1945년 1월 17일자 339호 및 1945년 2월 1일자 606호에서 벡셀(VEKSEL)과의 접촉을 다시 확립하기 위해 구론(GURON)을 시카고로 보내라는 지시들이 내려갔다. 그 지시들을 되도록 빨리 이행하라.

위의 전문에서 "VEKSEL"은 오펜하이머를 가리킨다. 따라서 이 전문은 오펜하이머가 이미 러시아 첩자로 활동한 적이 있었고, 한동안 접촉이 끊겼다가 그가 맨해튼 사업의 핵심으로 활동하자 다시 접촉을 시작했음을 보여 준다.

오펜하이머가 일찍부터 미국 공산당의 비밀당원이었고 그 사실을 밝히지 않고 거짓말을 했다는 점, 그의 둘레 사람들이 모두 열렬한 공산당원들이었다는 점, 그의 행동이 "도저히 이해할 수 없을 만큼 이상했다는" 에드워드 텔러의 증언, 그리고 위 전문의 내용이 함께 고려되면, 그가 러시아의 첩자로 활동했고 맨해튼 사업의 비밀들을 러시아에 넘겼다는 것은 확실해진다. 오펜하이머가 워낙 뛰어난 과학자였고 맨해튼 사업에서 핵심적 역할을 했고 추종자들이 많았으므로, 그의 행적에 대한 논란은 온 세계의 관심을 끌었다. 실은 지금도 논란이 이어진다.

그러나 오펜하이머가 러시아의 원자탄 개발에 이바지한 바는 그리 크지 않다. NKVD는 그 말고도 여러 첩자들을 맨해튼 사업과 그것에 참여한 기관들에 침투시켜서 여러 곳으로부터 필요한 정보들을 얻었다. 그래서 모든 방첩 전문가들의 강력한 반대에도 불구하고 오펜하이머를 핵심 부서 책임자로 임명한 그로브스의 결정은 그리 중대한 과실은 아니었다. 그로브스의 과실은 사업의 성격과 중요성에 걸맞은 수준으로 보안을 강화하지 않은 것이었다.

널리 알려진 것처럼, 맨해튼 사업에서 얻어진 원자탄 제조 기술을 러시아에 많이 넘긴 사람은 클라우스 푹스다. 독일 공산당원이었던 푹스는 1933년에 영국으로 탈출했다. 이론물리학자인 그는 1941년부터 영국과 캐나다의 원자탄 개발 사업인 '관합금 사업(Tube Alloys Project)'에 참여했다. 그는 미국의 맨해튼 사업보다 먼저 시작된 그 사업에서 얻어진 기술 정보들을 러시아에 넘겼다. 1943년 8월에 맺어진 「퀘벡 비밀협정」에 따라 영국과 캐나다의 원자탄 개발 사업이 미국의 맨해튼 사업 속으로 들어옴에 따라, 푹스는 로스앨러모스 실험실(Los Alamos Laboratory)의 이론물리학 분과에서 일했다. 이때 그가 러시아에 넘긴 정보들은 러시아의 원자탄과 수소탄 개발에 큰 도움을 주었다고 평가된다. 그는 1949년에 베노나 사업에 의해 러시아 첩자라는 것이 밝혀졌다. 그는 13년 징역형을 선고받고 9년 남짓 복역한 뒤 동독으로 돌아가서 물리학자로 활동했다.

러시아의 첩자로 활동한 죄로 처형된 미국 시민들은 줄리어스 로젠버그와 그의 아내 에설뿐이다. 그들은 원자탄에 관한 정보를 데이비드 그린글래스로부터 얻었는데, 그린글래스는 기계공이었으므로 그가 얻은 정보의 가치는 그리 크지 않았다.

정작 러시아에 중요한 정보들을 많이 넘긴 사람은 보안 전문가들로부터 별다른 주목을 받지 않은 시어도어 홀이었다. 그는 수학과 자연과학에서 뛰어난 재능을 보여서 18세이던 1944년에 하버드 대학을 졸업했다. 이듬해에 로스앨러모스 실험실에 고용되어 맨해튼 사업의 최연소 과학자가 되었다.

홀은 우라늄의 임계질량(critical mass)의 결정과 같은 중요하면서도 어려운 문제들의 해결에 참여했다. [임계질량은 핵연쇄반응의 지속에 필요한 핵분열 물질의 질량을 뜻한다. 임계질량보다 작은 임계미만질량(subcritical mass)은 핵연쇄반응을 지속시킬 수 없다. 초임계질량(supercritical mass)에선 핵분열이 한번 시작되면 점점 증폭된다.] 핵분열물질의 임계질량은 그것의 특성, 농도, 형태, 농축도, 순수도, 온도와 같은 요인들의 영향을 받는다. 우라늄이 부족해서 실험에 큰 제약을 받은 러시아는 맨해튼 사업에 참여한 첩자들이 제공하는 기술 정보들로 수많은 시행착오 과정을 거치지 않고 폭탄을 제조할 수 있었다. 러시아의 첫 원자탄 'RDS-1'이 나가사키에 투하된 원자탄인 '뚱보(Fat Man)'와 겉모습까지 같다는 사실에서 첩자들의 공헌을 짐작할 수 있다.

베노나 문서들은 홀이 러시아 첩자임을 가리켰다. 그래서 그는 1951년에 FBI의 조사를 받았으나 기소되지는 않았다. FBI는 베노나 문서들이 법정에서 증거능력을 인정받기 어렵다고 판단한 것이었다. 홀은 말년에 자신이 러시아 첩자였음을 인정했다.

베노나 문서들은 맨해튼 사업에 'Godsend'라는 암호를 가진 러시아 첩자가 있음을 가리켰다. 결국 이 첩자는 오스카 세보러(Oscar Seborer)로 밝혀졌다. 그의 형제들은 미국 공산당과 연관이 깊었다. 오스카 자신은 전기공학자로 맨해튼 사업에서 일했다. 그는 트리니티 시험에 참가했다. 전쟁이 끝난 뒤 그는 러시아로 들어가서 정착했다.

2007년 11월 3일 러시아 블라디미르 푸틴 대통령은 조지 코발(George Koval)에게 '러시아 연방영웅'의 칭호를 추서하면서 "델마(Delmar)라는 가명으로 활동한 코발 씨는 소비에트 연방이 자신의 원자탄을 개발하는 데 걸린 시간을 상당히 단축시킨 정보를 제공했다"고 기렸다. 이 발표로 '델마'의 정체가 밝혀졌다. 코발은 미국에서 태어났는데, 러시아에서 미국으로 이민했다가 다시 러시아의 '유대인 자치지역'으로 돌아간 부모를 따라 러시아로 갔다. 뒤에 GRU의 요원이 되어 미국으로 돌아온 뒤 맨해튼 사업에서 얻은 플루토늄 폭탄에 관한 정보를 러시아로 보냈다.

위에서 살핀 러시아 첩자 집단 다섯 가운데 푹스를 뺀 넷은 유대인들이었다. 그들이 나치 독일에서 박해를 받은 인종에 속했다는 사실은 그들이 러시아 첩자들이 되는 데 영향을 미쳤을 것이다. 그러나 그들은 러시아가 원래 반유대주의가 강하고 포그롬들이 빈번히 일어난 사회였으며 공산주의 러시아는 극도로 반유대주의를 추구했다는 사실을 잊었다. 그래서 그들은 유대인들에 대한 차별이 전반적인 미국 사회를 저주하고 러시아를 위해 일했다. [시어도어 홀의 본명은 홀츠버그(Holtzberg)였는데, 차별을 피하려고 스스로 개명했다.] 얄궂게도, 베노나 문서들은 그들을 이용한 러시아 사회가, 적어도 공산주의자들이 얼마나 유대인들을 경멸하고 혐오했는지 유창하게 보여 준다. 베노나 문서들에서 유대인들을 뜻하는 암호는 "쥐새끼들(Rats)"이었던 것이다.

맨해튼 사업이 맞은 셋째 고비는 우라늄 농축이었다. 자연 우라늄은 99.3퍼센트가 우라늄-238이고 0.7퍼센트가 우라늄-235인데, 후자만이 핵분열을 한다. 그래서 원자탄에 쓰이는 우라늄-235를 훨씬 많은 우라늄-238로부터 분리하는 것이 필요하다. 이 두 동위원소는 화학적으로는 동일하므로, 물리적 방식으로 분리해야 한다.

먼저 떠오르는 방식은 원심분리기(centrifuge)의 이용이다. 실제로 1942년 봄까지는 이 방식이 가장 유력했다. 막상 거대한 원심분리기를 운용하자, 부품들이 고속 회전을 감당하지 못해서 기계가 고장이 자주 났다. 결국 그해 겨울에 이 방식은 포기되었다. [전쟁이 끝난 뒤 러시아는 포로가 된 독일 과학자들의 도움을 받아 새로운 원심분리기를 개발했고, 그 뒤로는 동위원소 분리엔 원심분리기가 이용되어 왔다.]

둘째 방식은 전자기 분리(electromagnetic separation)였다. 이 방식에선 자기장이 하전 입자들(charged particles)을 질량에 따라 굴절시킨다. 이 방식은 과학적으로 깔끔하지 않고 산업적으로 효율적이지 않다. 그래도 증명된 기술들에 의존했고 장치를 빨리 건설할 수 있었으므로, 이 방식은 버려지지 않았다. 이 방식을 이용하는 공장은 우라늄-235 함량을 13내지 15퍼센트까지 농축시킬 수 있었다.

셋째 방식은 기체 확산(gaseous diffusion)이었다. 반침투막(semi-permeable membrane)을 갖춘 용기에 두 종류의 기체가 섞인 기체를 넣으면, 가벼운 분자들이 먼저 빠져나온다. 이런 용기들을 연결해 놓으면, 최종적으로 나오는 기체는 가벼운 분자들을 많이 포함하게 된다. 따라서 우라늄 화합물 기체를 이런 용기들에 넣으면, 최종적으로 얻은 기체엔 가벼운 우라늄-235의 함량이 높다.

넷째 방식은 열확산(thermal diffusion)이었다. 두 종류의 기체가 섞인 기체를 열경도(thermal gradient) 속으로 통과시키면, 무거운 기체는 차가운 쪽으로 몰리고 가벼운 기체는 따뜻한 쪽으로 몰린다. 무거운 기체는 가라앉고 따뜻한 기체는 올라가니, 동위원소들을 분리하는 것이 가능하다.

그로브스와 오펜하이머는 세 방식을 연결하는 방안을 쓰기로 결정했다. 먼저 열확산 공장에서 우라늄-235 함량을 0.71퍼센트에서 0.89퍼센트로 높였다. 이 물질을 재료로 받은 기체 확산 공장에선 함량을 약

23퍼센트까지 높였다. 이 물질을 받은 전자기 분리 공장은 함량을 89퍼센트까지 올렸다. 이 함량이면 바로 핵무기에 쓰일 수 있었다.

마지막 고비는 플루토늄 원자탄의 무기 설계였다. 맨해튼 사업은 우라늄 원자탄과 함께 플루토늄 원자탄도 개발했다. 플루토늄은 자연 상태에서 소량이 존재한다. 다량의 플루토늄을 얻는 길은 원자로에서 천연 우라늄을 중성자로 충격하는 길이다. 그러면 우라늄-238은 우라늄-239로 바뀌는데, 우라늄-239는 빠르게 붕괴해서 넵튜늄-239로 바뀌었다가 궁극적으로 플루토늄-239가 된다.

우라늄-238 가운데 소량만이 그렇게 바뀌므로, 플루토늄을 우라늄과 다른 불순물로부터 화학적으로 분리하는 작업은 힘들다. 그러나 플루토늄의 생산 과정에서 나오는 문제들은 시행착오를 거치면서 하나씩 극복되었다.

뜻밖의 문제는 플루토늄-239가 중성자 한 개를 흡수해서 플루토늄-240이 된다는 사정에서 나왔다. 플루토늄-240은 연쇄반응을 너무 빨리 시작해서, 임계질량에 이른 플루토늄을 분산시켰다. 그래서 정상적 폭발 대신 요란한 소리만 내고 꺼지는 조기폭발(predetonation)이 나왔다.

우라늄 원자탄은 총형 설계(gun-type design)를 따랐으니, 임계질량을 넘는 우라늄 덩이를 둘로 나누어, 하나는 속이 빈 원통형으로 만들고 다른 하나는 그 빈 곳을 채울 수 있는 심 형태로 만든 다음, 속이 빈 원통을 총탄으로 삼아 심을 맞추어 둘이 합쳐져서 초임계질량을 얻는 방식이었다. 총탄의 속도가 느려 플루토늄 원자탄에선 조기폭발이 일어나므로, 이 방식을 쓸 수 없었다.

이내 떠오르는 해결책들은 플루토늄-240을 분리해서 조기폭발의 가능성을 줄이는 방안과, 총탄의 속도를 훨씬 빠르게 하는 방안이었다. 그러나 두 방안 모두 비현실적이라는 것이 드러났다. 그래서 나온 방안이 내파형 설계(implosion-type design)였다. 임계미만질량의 분열 물질을 구형으로 만들어 폭약으로 감싼 다음 폭약을 폭발시키면, 분열 물질은 응축되고 중성자 포획이 늘어나므로 초임계질량이 된다는 이치였다.

이 방식은 총형 설계보다 훨씬 복잡했고, 설계에 필요한 계산은 사람들이 할 수 있는 수준을 훌쩍 넘었다. 마침 전자 컴퓨터의 발전에 크게 기여한 헝가리 출신 수학자 존 폰 노이만(John von Neumann)이 막 개발된 전자기계식 컴퓨터(electromechanical computer) 'Harvard Mark I'을 이용해서 폭발의 모의실험(simulation)을 했다. 그의 모의실험은 내파형 설계가 총형 설계보다 훨씬 효율적임을 보여 주었다. [원자탄들의 투하 결과는 폰 노이만의 예측이 정확했음을 보여 주었다. 히로시마에 투하된 '꼬마(Little Boy)'는 총형 설계를 택한 우라늄 원자탄이었는데, 폭탄의 우라늄 질량의 2퍼센트 미만만이 분열 과정을 마쳤다. 나가사키에 투하된 '뚱보'는 내파형 설계를 따라 만들어진 플루토늄 원자탄이었는데, 폭탄의 플루토늄 질량의 20퍼센트 이상이 분열 과정을 마쳤다.]

내파형 원자탄이 워낙 낯설고 복잡한 무기였으므로, 힘들게 얻은 분열 물질을 허비하더라도 시험이 필요하다는 데 모든 전문가들이 합의했다. '트리니티' 시험에 대한 준비는 1944년 3월부터 시작되었다. 5월 7일엔 기구들의 오차 수정을 위한 사전시험이 수행되었다. 7월 14일엔 '트리니티' 시험의 준비가 끝났다. 무기는 30미터 높이의 강철 탑 꼭대기에 설치되었다. 그렇게 공중에서 폭발시켜야 폭격기에서 투하된 무기의 효과를 잘 측정하고 핵 낙진을 줄일 수 있었다.

마침내 7월 16일 0530시 맨해튼 사업을 이끈 주요 인물들이 참석한 가운데 그 무기가 폭발했다. 측정된 위력은 TNT 20킬로톤이었다. 폭발은 직경 76미터의 구덩이를 남겼다. 충격파는 160킬로미터 넘게 떨어진 곳에서도 느껴졌다. 그리고 버섯구름은 12킬로미터 넘게 솟았다. 폭발음이 멀리까지 들려서, 그로브스는 앨러머고도의 탄약고가 폭발했다는 은폐 기사를 발표했다. 뒷날 오펜하이머는 회고했다.

"우리는 알았다. 세상은 전과 같지 않으리라는 것을."

인류는 낯설고 위험한 세상을 만들어 낸 것이었다.

원자탄 투하

맨해튼 사업에 의해 만들어진 원자탄들을 실제로 일본에 투하하는 일은 육군 항공대의 몫이었다. 이 중요한 임무를 수행하기 위해 509혼성부대(509th Composite Group)가 편성되었다. 이 부대는 보통 폭탄과 규격이 큰 원자탄을 싣기 위해 특별히 개조된 폭탄창(bomb bay)을 갖춘 B-29 폭격기 편대가 주력이었다. 부대장 폴 티베츠(Paul Tibbets) 대령은 B-29의 시험조종사 출신으로 유럽에서 활약했었다.

509혼성부대는 임무에 필요한 특별한 기동을 익히기 위해 12번의 훈련 임무를 수행했다. 폭격기는 바람을 거스르면서 목표 상공에 이르러 폭탄을 투하한 다음 150도 이상 기체를 돌려 바람을 타고 전속력으로 투하점을 벗어나는 훈련을 반복했다. 과학자들의 계산에 따르면, 16킬로미터 거리에서도 폭격기는 갑작스러운 2G(중력가속도)의 가속을 받을 터였다(B-29는 4G의 가속을 견디도록 설계되었다). 훈련을 마치자, 509부대는 1945년 7월에 마리아나 열도의 티니안섬으로 이동했다.

이처럼 원자탄 투하 준비가 되어 가는 사이에도, 원자탄의 사용 여부를 결정할 사람들은 사람이 없는 곳에서 원자탄의 위력을 일본인들에게 시연하는 방안에 대해 논의했다. 민간인들의 대규모 살상을 부를 원자탄의 사용의 도덕성에 대해 적잖은 사람들이 심리적 부담을 느낀 것이었다. 그러나 그런 방안은 현실적으로 문제들을 안고 있었다. 1) 아직 원자탄이 확실히 작동한다는 보장이 없고, 만일 시연에서 무기가 작동하지 않으면 의도와는 반대되는 효과를 지닐 것이다, 2) 일본군이 폭격기를 요격할 수 있다, 3) 일본의 군국주의자들이 태도를 바꾸기를 거부할 수 있다, 4) 일본군은 시연 지역으로 연합군 포로들을 이동시킬 수 있다.

결국 그 방안은 채택되지 않았다.

이런 결정은 원자탄을 개발하고 사용하는 임무를 맡은 사람들로선 현실적인 결정이었다. 누구도 임무를 충실히 수행한 그들을 비난할 수 없다. 다른 편으로는, 그들의 결정엔 매몰참이 어린다. 전쟁을 빨리 끝낸다는 명분으로 몇만의 민간인들의 삶을 파괴하는 일을 서슴없이 수행하는 것은 생명의 원리에 어긋난다. 평시라면 그런 일은 일어나기 어렵다. 그러나 전쟁은 사람들의 마음을 모질게 만든다.

민간인들에 대한 폭격은 1911년 이탈리아와 터키(오토만 제국) 사이의 전쟁에서 이탈리아가 처음 시도했다. 이탈리아 조종사 줄리오 가보티(Giulio Gavotti) 중위는 리비아의 트리폴리 싸움에서 단엽 비행기를 타고 수류탄 네 발을 투하했다. 세 발은 오아시스에, 한 발은 터키 병영에 투하되었다.

제1차 세계대전에선 참전국들이 공중폭격을 본격적으로 시도했고, 어쩔 수 없이 민간인들에 대한 오폭이 많이 나왔다.

1937년 4월 스페인 내란에서 프랑코 세력을 지원한 독일 공군이 바스크 지역의 소도시 게르니카를 폭격했다. 이 공습으로 적게는 150여 명(지역 역사가들의 추산)에서 많게는 1,600여 명(바스크 정부 발표)으로 추산되는 민간인들이 죽었다. 이 사건은 온 세계의 비난을 받았고 많은 예술작품들의 소재가 되었다. 스페인 인민정부가 피카소에게 제작을 의뢰한 〈게르니카〉는 반전 미술의 상징이 되었다.

제2차 세계대전에선 대도시들에 대한 공습이 관행이 되었다. 아예 소이탄 공격으로 불바다를 만들었다. 처음부터 그랬던 것은 아니었다. 독일군 폭격기가 야간 작전에서 방향을 잃어 런던의 도심을 폭격한 것이 영국군의 반격을 부르고 독일이 보복에 나서면서, 걷잡을 수 없이 도시 폭격이 확대되었다.

전쟁이 오래 이어지면서 사람들의 마음은 점점 더 모질어졌다. 마침내 원자탄을 도시에 투하하는 것도 합리화되었다. 여기서 씁쓸한 반어는, 동아시아에서 민간인들에 대한 폭격을 처음 자행한 것이 일본군이었다는 사실이다. 상해사변과 중일전쟁에서 일본군 항공기들은 중국 인민들을 무자비하게 공격했었다.

원자탄의 사용이 도덕적 차원에서 문제를 품었다는 사정을 잘 아는 태평양 전략항공사령관 스파츠 대장은 원자탄 투하 임무를 명시한 명령서를 육군 참모총장 대행 토머스 핸디(Thomas Handy) 대장에게 요구했다. 7월 24일 트루먼 대통령은 핸디가 작성한 명령서 초안을 승인했고, 다음 날 명령서가 스파츠에게 발급되었다. 명령서엔 8월 3일 이후 기상 조건이 육안에 의한 투하를 허용할 때 "첫 특별폭탄"을 사용하라고 나와 있었다. 표적들은 히로시마廣島, 고쿠라小倉[고쿠라는 규슈 동북부의 항구 도시였는데, 뒤에 인근 도시들과 합쳐져서 기타큐슈北九州를 이루었다.], 니가타新瀉, 나가사키長崎 순이었다. 원래는 교토京都가 첫 표적이었다. 그때까지 폭격을 받지 않아서 원자탄의 위력을 관측하는 데 좋다는 이유로 선정된 것이었다. 그러나 일본을 찾은 적이 있어서 옛 도시 교토의 문화적 중요성을 아는 전쟁장관 스팀슨이 반대해서 빠지고 대신 나가사키가 들어간 것이었다.

히로시마는 '군사 도시'라 불렸다. 일본 서부의 방위를 맡은 2총군總軍 사령부, 59군 사령부와 5사단 사령부가 있었고, 전쟁 물자들의 생산과 보급에 관련된 시설들이 모여 있었다. 아직 미국 항공대의 소이탄 공격을 받지 않았다는 사실까지 거들어서, 히로시마는 처음부터 원자탄을 투하할 표적 도시들의 목록에서 늘 머리에 올랐다.

8월 6일 0245시에 티베츠 대령이 직접 조종하는 '이놀라 게이(Enola Gay)호'는 '꼬마'를 싣고 티니안의 기지에서 이륙했다. ['이놀라 게이'는 티베츠의 어머니의 이름이었다.] 앞에서는 기상 항공기 세 대가 표적 지역의 날씨를 정찰했고, 뒤에는 과학 계기들과 촬영 장비들을 실은 관측 항공기 두 대가 따랐다.

이놀라 게이가 비행고도에 오르자, 무기기술병(weaponeer) 역할을 하는 선임군사기술관측자 윌리엄 파슨스(William Parsons) 해군 대령이 '꼬마'를 무장시켰다. 최근 한 주일 동안에 티니안 비행장에선 무려 네 대의 B-29가 이륙하다 추락해서 불탔다. 맨해튼 사업의 병기 전문가인 파슨스는 원자탄을 실은 폭격기가 추락할 가능성을 크게 우려했다. 불길이 폭약을 달구면 무기가 폭발할 수도 있었다. 그는 무기를 폭격기가 이륙한 뒤에 무장시키는 방안을 생각해 냈고, 그로브스의 대리인인 토머스 패럴(Thomas Farrel) 준장의 동의를 얻었다. 파슨스는 어제 오후 내내 좁고 컴컴한 폭탄창에 들어가서 장약과 뇌관을 폭탄에 연결하는 것을 연습했었다.

그는 히로시마를 표적으로 확정하는 것을 승인했고, 폭격기가 히로시마 상공에 이르자 폭탄 투하를 최종적으로 승인했다. 이번 임무의 지휘관(mission commander)은 조종사인 티베츠가 아니라 선임군사기술관측자인 파슨스였다.

티니안에서 히로시마까지는 6시간가량 걸렸다. 표적 지역에 이르기 30분 전에 파슨스의 조수인 모리스 젭슨(Morris Jeppson) 소위가 무기의 안전장치를 제거했다.

투하는 0815시(히로시마 시간)에 이루어졌다. 이놀라 게이는 급격하게 돌아서 전속력으로 투하 지역을 벗어났다. '꼬마'가 투하 고도 9,470미터에서 예정 폭발 고도 600미터에 이르는 데는 53초가 걸렸다. 이놀라 게이가 폭탄을 투하하고 18.5킬로미터를 날았을 때, 충격파가 이르렀다. 충격파는 폭격기들을 거세게 흔들었지만, 폭격기들은 손상을 입지 않았다.

이놀라 게이는 12시간 13분의 비행을 마치고 1458시에 티니안의 기지에 착륙했다. 이 광경을 보려고 수백 명의 사람들이, 특별히 초청된 저널리스트들과 사진 기자들을 포함해서, 기다리고 있었다. 사람들의 환호 속에 티베츠가 맨 먼저 내렸다. 그리고 그 자리에서 수훈십자훈장(Distinguished Service Cross)을 받았다. 나흘 뒤 파슨스는 은성훈장을 받았다.

'꼬마'의 폭발은 TNT 15킬로톤의 폭발에 상당했다. 완전히 파괴된 지역의 반경은 1.6킬로미터였고 파괴된 지역은 12평방킬로미터였다. 건물들의 69퍼센트가 파괴되었고 6 내지 7퍼센트는 손상을 입었다. 히로시마 인구의 30퍼센트에 이르는 7만 내지 8만 명이 폭발과 화재 폭풍으로 죽었다. 부상자들은 7만 명가량 되었다. 죽은 사람들 가운데 2만은 군인들이었고 2만은 조선인 노무자들이었다. 일본 육군의 조사반은 "사망자들의 다수는 원자탄의 폭발과 화재로 건물이 붕괴해서 죽었고, 소수는 폭발의 열기로 죽었다"고 보고했다. 전쟁에서 나온 일이긴 하지만, 이것은 유난히 참혹한 재앙이었다. 그래서 오랜 세월이 지나도 여전히 원자탄을 투하하기로 한 결정의 정당성에 대한 논란이 이어지는 것이다.

불행하게도, 우연에 가까운 작은 사실 하나가 피해를 키웠다. 이놀라 게이에 앞서 히로시마의 날씨를 정찰한 기상항공기 한 대가 0709시에 맑게 갠 히로시마 상공에 나타나자, 공습경보 사이렌이 울렸다. 사람들은 급히 안전한 곳들로 대피했다. 정찰기가 지나가고 다른 항공기가 나타나지 않자, 경보 해제 사이렌이 울렸다. 사람들은 대피소들에서 나와서 하루 일과를 시작하기 위해 바삐 움직였다. 그때 이놀라 게이가 히로시마에 닿은 것이었다.

사람들의 기억에 남은 것은 폭발의 섬광과 폭음이었다. 육군 조사반은 "섬광은 그라운드 제로(ground zero)에 가까이 있던 사람들에겐 노랗게 보였고, 보다 멀리 있었던 사람들에겐 푸르게 보였고, 아주 멀리서 바라본 사람들에겐 붉은 석양처럼 보였다"고 보고했다.

이 섬광은 아주 강력해서 모든 여린 것들을 증발시켰다. 그라운드 제로에서 400미터가 채 안 되는 돌다리에서, 뒤에 한 미군 장교는 물건을

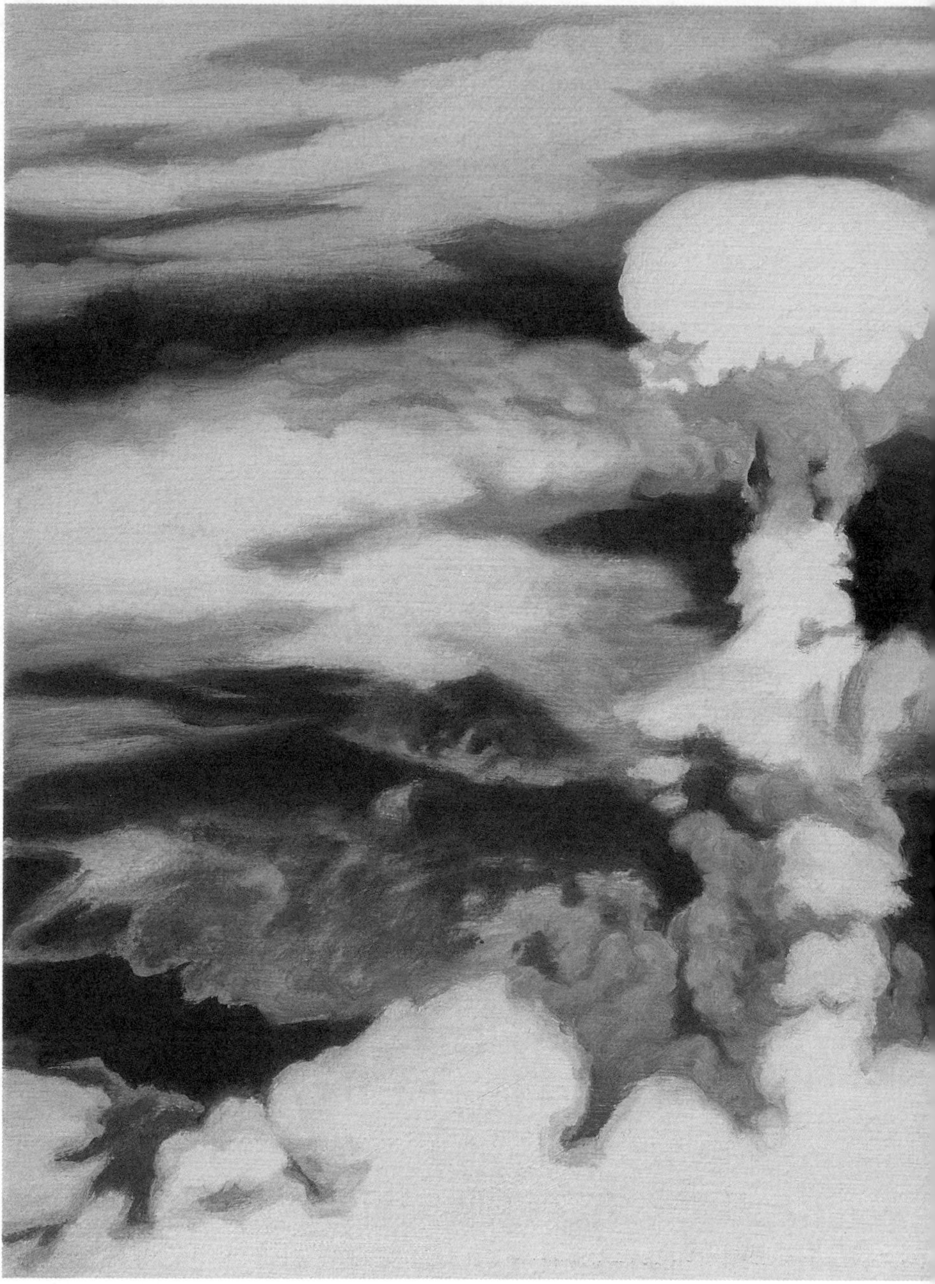

1945년 8월 6일 오전 8시 15분에 인류 최초의 실전용 원자폭탄 '꼬마'가 히로시마에 투하되었다.

실은 두 바퀴 손수레를 끌면서 한 발을 든 사내의 그림자가 다리에 새겨진 것을 보았다. 그 사내가 아스팔트를 섬광으로부터 보호해서 그의 그림자가 떨어진 곳은 녹지 않았지만, 다른 곳들은 모두 녹았다. 녹은 아스팔트에 먼지들이 떨어져 엉겨 붙자, 다리에 사내의 그림자가 새겨진 것이었다. 그 근처 은행 밖에 섰던 사내는 은행 건물의 화강암 벽에 그의 그림자를 남겼다. 두 사람은 빛의 속도로 증발했으므로, 의식이 그 과정을 따라갈 수 없었고, 그들은 아무것도 느끼지 못했다. 인류 역사에서 그들은 가장 빠른 속도로 존재에서 무존재로 바뀐 사람들이었다. 원자탄으로 죽은 사람들 가운데에선 그들이 가장 운이 좋았던 사람들이었다.

그라운드 제로에서 3.2킬로미터 반경 안의 지역에선, 섬광은 대부분의 사람들을 증발시켰거나 '원초적 화상(primary burns)'을 입혔다. 이 화상은 일상생활에선 겪지 않는 특별한 성격의 부상이었다. 피부는 암갈색이나 흑색으로 변했고, 부상자들은 극심한 고통 속에 수분이나 수시간 안에 죽었다.

폭발에서 큰 부상을 입지 않고 살아남은 사람들은 새로운 병에 시달려야 했다. 히로시마 체신병원의 하치야 미치히코蜂谷道彦 원장은 그라운드 제로에서 1.6킬로미터가량 되는 집에서 폭발을 겪었다. 원자탄의 폭발로 그는 옷이 다 벗겨졌지만, 그와 그의 아내는 심한 화상을 입은 채 살아남았다. 그들이 그가 근무하는 병원으로 향하자 그의 집이 무너져 내렸다. 그들은 끔찍한 모습을 한 시체들만이 나뒹구는 거리를 지나 병원으로 갔다. 상처가 아물자 그는 다시 진료를 시작했다.

하치야는 많은 환자들이 토하고 설사를 하며 식욕이 사라지는 것을 보았다. 증세가 세균성 이질과 비슷해서, 그는 처음엔 미군 폭격기가 독가스나 박테리아를 뿌린 것이 아닌가 의심했다. 더욱 이상한 것은, 겉으로는 아무런 부상이 없는데 피로와 구토 증세를 호소하는 환자들의 증가였다. 폭격 뒤 9일이 지나자, 환자들은 작은 피하출혈들을 보이기 시작하면서 기침, 구토, 혈변이 심해졌다. 그런 환자들은 빠르게 죽어 갔다.

하치야와 그의 동료들이 본 것은 방사선병(radiation sickness)이었다. 이 병은 원자탄이 내뿜은 감마선에 의해 생긴 것이었다. 감마선은 눈에 보이는 상처를 남기지 않고 피부를 뚫었고, 방사선병의 증상도 서서히 나타났다. 감마선은 혈관에 있는 세포들이 아니라 골수에 있는 원시세포들을 손상시켰다. 그래서 이미 혈관에 있는 세포들이 차츰 사라지고 골수에서 만들어진 새로운 세포들이 제대로 보충되지 않으면서, 병의 증상이 심각해졌다. 골수가 거의 다 손상을 입었을 경우, 적혈구, 혈소판 및 백혈구가 급격히 부족해졌다. 적혈구가 부족해지면서 환자는 진행성 빈혈에 시달렸다. 혈소판이 부족해지면서 묽어진 피가 피부와 망막으로 스며 나왔고, 때로는 창자와 콩팥에서 피가 나왔다. 백혈구의 감소는 면역력을 약화시켰다. 그래서 입에서 시작된 병들이 둘레로 퍼져나갔다. 방사선병에 의한 사망은 폭발 뒤 한 주 만에 시작되어 셋째 주에 정점에 이르렀다가 6~8주 만에 끝났다.

이 참극을 처절하게 겪은 사람은 1937년부터 히로시마에서 살았던 신복수辛福守라는 조선 여인이었다. 당시 그녀는 28세였는데, 그녀의 집은 그라운드 제로에서 1.5킬로미터 떨어진 곳에 있었다. 공습경보 해제 사이렌이 울리자, 그녀는 가족과 함께 대피소에서 나와서 집으로 돌아왔다. 그때 섬광과 폭음이 그들을 덮치면서 그녀는 의식을 잃었다. 그녀는 시어머니가 부르는 소리에 정신을 차렸다. 그녀는 자신이 갓 돌 지난 아들을 감싸고 누운 것을 깨달았다. 그러나 무너져 내린 물건들에

눌려서 꼼짝할 수 없었다. 그녀는 가까스로 물건들을 밀어내고 일어섰다. 그러나 놀란 시어머니는 밖으로 사라졌다. 그때 남편이 나타났다. 그들은 다른 두 아이들을 찾으려고 필사적으로 무너진 집을 파기 시작했다. 그러나 불길이 점점 그들 집으로 번져 오자, 군인들이 그들을 말리고서 다른 곳으로 데려갔다. 그들은 임시수용소가 된 운동장에서 밤을 보냈다. 운동장은 죽어 가는 사람들로 가득했다.

이튿날 아침 그들은 자식들을 찾으려고 집으로 돌아갔다. 아직도 불길이 사그라지지 않은 집에서 그들은 가까스로 아이들을 찾아냈다. 그녀는 아들 다케오가 입었던 교복의 단추들이 한 줄로 남아 있는 것을 보았다. 딸 아키코는 그 옆에 몸을 웅크리고 누워 있었다. 그들의 작은 몸뚱이들에선 아직도 불길이 오르고 있었다. 3주 지난 뒤, 그녀 남편이 방사선병으로 죽었다. [뒷날에 그녀는 원자탄 피폭 보상을 청구했다. 그러나 일본 정부는 그녀가 적법한 일본 시민이 아니라 이민자라고 판정해서, 그녀는 보상을 받지 못했다. 그녀는 핵무기에 반대하는 시민단체에 참여해서 평화운동을 벌였다.]

원자탄이 폭발한 지 15분이 지난 8월 6일 0830시에 구레吳의 해군 기지는 엄청나게 파괴적인 폭탄이 히로시마에 투하되었다고 도쿄에 보고했다. [구레는 히로시마 남쪽의 항구도시로 해군 기지와 조선소가 있었다.] 이 뒤로 간헐적으로 비슷한 내용의 무선 보고들이 도쿄의 일본군 본부들에 접수되었다. 원자탄의 개발이 무척 어렵다는 인식이 널리 퍼져서, 일본군 수뇌부는 히로시마에 투하된 폭탄이 원자탄이라고 단정하지 못했다. 미군이 히로시마에 원자탄을 사용했음을 밝히고, "만일 [일본의 지도자들이] 지금 우리의 [최후통첩의] 조건들을 받아들이지 않으면 그들은 지구상에서 지금까지 보지 못한 재앙의 비를 맞을 것이다"라고 경고한 트루먼 대통령의 8월 6일 성명이 청취된 뒤에도, 일본군 지휘부는 미국이 원자탄을 개발했다는 것을 선뜻 인정하지 않았다.

항공편이 여의치 않아서, 육군 참모본부 제2부장 아리스에 세이조有末精三 중장이 이끄는 조사단은 8월 8일에야 히로시마에 닿았다. 실제로 조사를 담당한 과학자들을 이끈 이는 일본의 원자탄 개발 사업 책임자 니시나 요시오仁科芳雄였다. 그들이 탄 항공기가 히로시마 상공을 선회하자, 완전히 파괴된 도시의 모습은 니시나에게 미군이 원자탄을 사용했음을 말해 주었다. 이틀에 걸친 조사는 그런 추론을 확인해 주었다.

미군이 원자탄을 썼다는 소식은 일본 정부와 군부에 큰 충격을 주었다. 그러나 그런 충격도 끝까지 싸워야 한다는 태도를 보여 온 강경파 지도자들의 의지에 별다른 영향을 미치지 않았다. 히로시마를 파괴한 무기가 원자탄이 아니라고 주장하는 고급 장교들도 적지 않았다. 그 위력적인 무기가 원자탄이라는 것을 인정하고서도 전쟁을 계속해야 한다는 주장도 나왔다. 그런 주장을 가장 그럴듯하게 펼친 것은 해군 군령부총장 도요다 소에무豊田副武 제독이었다. 그는 히로시마에서 쓰인 무기가 원자탄이라는 것은 인정했지만, 미국이 보유한 핵분열 물질엔 한계가 있을 터이므로 미국은 소수의 원자탄만을 생산할 수 있다고 주장했다. 게다가 국제 여론이 미국의 원자탄 사용에 부정적일 터여서, 미국이 "비인간적 만행"을 더 저지를 수 없으리라고 그는 확신했다.

이처럼 강경한 주장이 주류를 이루면서, 일본 정부도 군부도 트루먼의 성명에 별다른 대응을 하지 못했다. 8월 7일 대본영이 "새로운 형태의 폭탄"이 히로시마에 상당한 손상을 입혔다는 간단한 성명을 발표했을 따름이었다.

8월 7일 괌에선 맨해튼 사업에서 해군을 대표해 온 윌리엄 퍼넬(William Purnell) 해군 소장, 파슨스, 스파츠 항공대 대장, 그리고 일본 본토에 대한 공습을 지휘하는 커티스 르메이(Curtis LeMay) 항공대 소장이 만나서 히로시마 공격의 후속 작전에 대해 협의했다. 일본이 항복할 징후가 없었으므로, 그들은 원자탄 한 발을 추가로 투하하기로 결정했다. 8월 11일부터 해당 지역에 폭풍우가 분다는 기상 예보에 따라, 8월 9일 공격하기로 합의되었다.

8월 9일 0347시에 '뚱보'를 실은 B-29 폭격기 '복스카(Bockscar)호'가 이륙했다. [Bockscar라는 이름은 그 폭격기의 평상시 조종사인 프레더릭 복(Frederick Bock) 대위의 이름에서 나왔다. 처음엔 'Bock's Car'였는데, 뒤에 Bockscar로 불리게 되었다.] 조종사는 찰스 스위니(Charles Sweeny) 소령이었고, 무기기술병은 프레더릭 애시워스(Frederick Ashworth) 해군 중령이었다.

비행 전 검사에서 예비탱크의 연료 이송 장치가 고장 나서 2,400리터의 연료를 쓸 수 없다는 것이 드러났다. 이 탱크를 교체하는 데는 여러 시간이 걸릴 터였다. 무기를 다른 폭격기로 옮기는 것은 시간도 비슷하게 걸리고 위험했다. 그래서 티베츠와 스위니는 그대로 임무를 수행하기로 결정했다.

이번 임무의 표적은 고쿠라였다. 그러나 폭격기들이 고쿠라에 이르렀을 때, 표적 지역의 상공은 구름과 전날 폭격을 받은 야하타八幡에서 퍼진 연기로 덮여 있었다. [고쿠라와 마찬가지로 야하타도 기타큐슈의 한 부분이 되었다.] 복스카는 50분 동안 세 차례나 폭격항정(bombing run)을 했지만, 폭격수는 육안으로 폭탄을 투하할 수 없었다(폭발의 효과와 위력을 관찰하기 위해 육안으로 폭탄을 투하하라는 지침이 있었다). 세 번째 폭격항정에선 일본군의 대공포가 위협적이 되었다. 게다가 일본군의 전투기 유도 무선

주파대에서 움직임이 관찰되었다.

스위니는 고쿠라를 포기하고 나가사키로 향했다. 나가사키도 구름에 덮여 있었다. 스위니와 애시워스는 레이더 폭격을 하기로 결정했다. 그들은 무장한 원자탄을 실은 채 착륙하는 것도, 원자탄을 바다에 버리는 것도 바라지 않았다. 마지막 순간에 폭격수 커밋 비헌(Kermit Beahan) 대위는 구름장 사이에 생긴 구멍을 발견하고 그리로 폭탄을 투하했다.

그렇게 시계가 좋지 않았던 탓에 폭탄은 예정된 도심의 그라운드 제로에서 1.5킬로미터가량 벗어났다. 그리고 골짜기들과 언덕들이 폭발의 섬광과 방사선을 상당히 막아 주었다. 덕분에, '뚱보'는 '꼬마'보다 위력이 훨씬 컸지만 나가사키의 사상자들은 히로시마의 절반가량 되었다.

러시아군의 만주 침공

1945년 8월 8일 1700시에 러시아 주재 일본 대사 사토 나오타케佐藤尚武는 러시아 외상 몰로토프의 서재를 찾았다. 그가 몰로토프에게 포츠담 회담에서 무사히 돌아온 것을 축하하자, 몰로토프는 말을 끊고 말했다. "오늘 나는 소비에트 정부를 대표해서 일본 정부에 통보할 사항이 있습니다. 자리에 앉으시죠."

자리에 앉자, 몰로토프는 문서를 집어 읽기 시작했다. "히틀러의 독일이 패망한 뒤, 일본은 아직도 전쟁의 계속을 고집하는 유일한 국가가 되었다…."

사토는 이내 깨달았다. 지금 몰로토프가 손에 든 것은 러시아의 일본에 대한 선전포고임을. 여러 생각들이 혼란스럽게 그의 머리를 스쳤다.

표정이 없는 얼굴로 몰로토프는 읽어 내려갔다. "미국, 영국, 그리고 중국—세 강대국의 일본의 무조건 항복에 관한 1945년 7월 26일의 요구는 일본에 의해 거부되었다. 소련이 극동의 전쟁에서 중재를 해 달라는 일본의 제안은 그 사실에 의해 모든 근거를 잃었다…." ["1945년 7월 26일의 요구"는 일본의 무조건 항복을 요구한 「포츠담 선언(Potsdam Declaration)」을 가리켰다.]

7월 중순에 도고 시게노리 외상은 사토에게 '소련과의 협상 채널을 열고자 하는 천황의 뜻'을 전달했다. 그래서 사토는 몰로토프에게 일본 정부의 의향을 얘기했고, 스탈린은 중재에 나서겠다고 선뜻 받아들였다. 오늘 도고는 상황이 절망적임을 알리고, 소련에 중재를 다시 부탁하라고 사토에게 전문을 보내왔다. 그래서 그는 소련에 중재를 보다 적극적으로 해 달라고 부탁하려던 참이었다.

"… 위에서 얘기한 사정들을 고려해서, 소비에트 정부는 내일자로, 즉 8월 9일자로, 자신이 일본과 전쟁 상태에 있다고 생각할 것이다."

1941년 4월 13일에 러시아와 일본 사이에 맺어진 중립조약(Neutrality Pact)은 5년 동안 효력을 지니고, 연장을 바라지 않는 당사국은 조약 만기 한 해 전에 폐기 선언을 하도록 되었다. 지난 4월 5일 러시아가 중립조약의 폐기를 선언했을 때, 사토는 몰로토프에게 물었었다. "남은 한 해 동안 조약은 유효합니까?" 몰로토프는 그렇다고 확인했었다. 겨우 넉 달 만에 러시아는 배신을 한 것이었다.

"알겠습니다." 사토는 담담하게 고개를 끄덕였다. 그는 러시아가 애초에 조약을 지킬 뜻이 없었다고 판단했다. 그는 러시아의 배신에 놀라지 않았다. 도고 외상이 러시아에 중재를 요청하라는 전문을 보냈을 때도, 그는 러시아가 진지하게 중재할 가능성은 없다고 보고한 터였다.

사토가 놀라지도 않고 항의나 유감의 표시도 하지 않자, 몰로토프는 좀 실망한 낯빛을 했다.

사토는 속으로 싸늘한 웃음을 지었다. 자신이 거둔 그 작은 승리로 허물어지려는 마음을 달래면서 그는 크렘린을 나왔다. 면담은 10분 남짓 걸렸다. 이제 서둘러 도쿄로 이 중대한 소식을 전해야 했다. 러시아가 기습적으로 공격하지 않은 것만도 다행이었다.

그러나 이번에도 러시아는 속임수를 썼다. 몰로토프가 내일부터, 즉 8월 9일부터 전쟁 상태에 들어간다고 했을 때, 사토는 도쿄에 알릴 시간이 충분하다고 생각했다. 그러나 러시아군과 일본군이 충돌할 극동 지역은 모스크바보다 7시간이 빨랐다. 몰로토프가 선전포고를 읽었을 때, 극동의 러시아군은 일제히 만주에 주둔한 일본군을 향해 기동하고 있었다.

독일과 일본이 동맹을 맺자, 러시아는 유라시아 대륙의 동서에서 전쟁을 하는 상황을 막으려 애썼다. 양면전쟁(two-front war)이 크게 불리하다는 것이야 전쟁의 정설이지만, 러시아의 경우엔 동서 전선이 워낙 멀리 떨어져서 보급에서 유난히 큰 어려움을 겪을 터였다. 1941년에 일본과 맺은 중립조약은 그런 의도를 구체화한 것이었다. 일본에서 조르게가 구축한 첩자망이 활약하고 미국에선 '눈 작전'이 성공해서 일본과 미국이 전쟁에 들어가면서, 스탈린이 그리도 두려워한 상황은 나오지 않게 되었다. 그 뒤로도 스탈린은 일본과의 관계를 원만히 유지하는 데 정성을 들였다.

1943년 1월 '스탈린그라드 싸움'에서 이겨 전쟁의 주도권을 쥐자, 스탈린은 극동의 러시아군을 강화하기 시작했다. 1943년 11월의 테헤란 회담에선 미국, 영국, 러시아 세 나라가 "독일이 패배하면, 러시아가 일본과의 전쟁에 참가한다"는 합의를 이루었다. 그 뒤로 극동 주둔 러시아군의 강화는 가속되었다. 1945년 2월의 얄타 회담에선 러시아가 "독일이 패배한 뒤 3개월 안에 일본에 대한 전쟁에 참가한다"는 구체적 일정이 도출되었고, 극동의 러시아군은 더욱 빠르게 강화되었다.

러시아가 선전포고를 했을 때, 알렉산드르 바실렙스키(Aleksandr Vasilevsky) 원수가 지휘하는 극동군은 병력 157만 명, 야포 및 다연장로켓포 28만 문, 전차 및 자주포 5,500대를 보유했다. 부대들은 모두 독일군과의 긴 전쟁에서 단련된 정예들이었다.

이들 러시아군에 맞선 일본군은 야마다 오토조山田乙三 대장이 지휘하는 관동군關東軍이었다. 1904년의 러일전쟁에서 이긴 일본은 요동반도 남단의 러시아 조차지를 얻어 '관동 조차지'라 불렀다. [관동關東은 만리장성의 동쪽 끝 관문인 산해관山海關의 동쪽을 뜻한다. 원래 관동 조차지는 청일전쟁에서 이긴 일본이 청으로부터 조차한 것인데, 러시아가 '삼국 간섭'을 통해서 일본이 포기하도록 한 뒤 자신이 차지했었다.] 관동 조차지와 남만주 철도를 보호하기 위해 관동도독부 육군부가 창설되었다. 이 부대가 1919년에 관동군으로 확대 개편되었다.

일본의 해외 팽창 정책에 따라 생긴 부대인지라, 관동군은 처음부터 군국주의를 신봉하는 젊은 장교들이 부대를 이끌었다. 그리고 도쿄의 정부와 군부 지휘부의 통제에서 벗어나 독자적으로 해외 팽창 정책을 추구했다. 만주사변을 일으켜 만주국을 세웠고, 노구교(루거오차오) 사건을 일으켜 중일전쟁을 시작했다. 도쿄의 정부와 군부 지휘부는 관동군의 실질적 반란을 제압하지 못하고 계속 추인했다. 이런 국기 문란이 일본이 태평양전쟁을 일으키고 패망한 궁극적 요인들 가운데 하나였다.

만주의 방대한 영토와 풍부한 자원을 독점했으므로, 관동군은 거대한 군대로 성장했다. 태평양전쟁이 일어난 1941년 만주국의 수도 신경新京[장춘長春(창춘)]으로 사령부를 옮긴 관동군의 병력은 76만 명이었다. 그러나 중일전쟁과 태평양전쟁이 일어나자, 중국과 태평양의 전선에 정예부대들을 파견하면서 관동군의 전력은 급속히 줄어들었다. 정예 병력이 빠진 자리를 메운 것은 징집 연령에서 벗어난 사람들이었고, 훈련을 제대로 받지 못해서 전력은 아주 낮았다. 그들이 갖춘 무기들은 너무 낡아서 러시아군의 최신 무기들에 도저히 맞설 수 없었다. 그래서 병력은 78만 명이 되었지만, 전투 능력은 6과 3분의 2사단에 상당한다고 평가되었다.

이런 전력의 열세는 관동군 수뇌부의 잘못된 정세 판단으로 더욱 심각해졌다. 관동군은 정보 수집과 판단 능력이 아주 낮았고, 정보의 부족은 러시아의 전력과 전략에 대한 오판을 낳았다. 관동군 정보부서는 러시아 병력을 실제보다 아주 적게 평가했고, 그런 평가에 바탕을 두고서 러시아군의 공격 준비가 빨라야 9월에나 끝나리라고 보았다. 게다가 관동군 정보부서는 러시아군의 주공이 동쪽 연해주에서 나오리라고 예측했다. 1935년부터 1940년 사이에 관동군이 건축한 방어 진지들 13개소 가운데 8개소가 동부에 있었고 4개소가 북부에 있었지만, 서부엔 단 하나만 있었다. 그래서 만주 서북부에서 나온 주공에 제대로 대응할 수 없었다.

어찌 되었든, 전력의 차이가 워낙 커서 일본군이 제대로 대응할 길은 없었다. 관동군은 지휘관들부터 병사들에 이르기까지 그 사실을 잘 알았다. 그런 비관적 전망은 만주에 사는 일본인 상류층에도 번졌다. 그들은 운명의 날이 닥치기 전에 한껏 즐기자는 태도를 보였다. 하얼빈에

갓 부임한 한 육군 대위는 당시의 밤 풍경을 뒷날 생생하게 회고했다.

> 하얼빈의 거리는 밤늦게까지 술 취한 특권계급 사람들로 가득했다. 내가 도착한 뒤 밤마다 그랬다. 전반적 전쟁 수행에 도움이 된다고 주장할 수 있는 사업들은 모두 정부의 지원을 넉넉히 받은 덕분에, 돈은 물처럼 흘렀다. (…) 그러나 이들 심야 행락객들도 하나씩 둘씩 잘 곳을 찾았다. 음란한 업소들에서, 매춘굴에서 또는 기생집에서. 결국엔 정적과 수면이 하얼빈에 찾아왔다. (야마모토 도모미, 『지옥에서의 4년』)

이런 퇴폐적 행태는 일본군의 준비 태세에 영향을 미칠 수밖에 없었다. 러시아군이 공격에 나서기 직전에 외몽골에 침투한 일본군 정보원은 러시아군의 공격이 임박한 것을 발견하고 하얼빈의 특별군사임무단에 급히 무전으로 보고했다. 그러나 임무단엔 그 무전 보고를 받을 사람이 없었다. 담당자는 밤늦게까지 하얼빈의 환락가를 헤매고 있었다. 덕분에 러시아군은 완벽한 기습을 이룰 수 있었다.

러시아 극동군은 세 부대로 이루어졌다. 트란스바이칼 전선(Transbaikal Front)은 병력이 65만 명이 넘었고 6근위기갑군을 포함해서 돌파력이 뛰어났다. 1극동전선(First Far East Front)은 59만 명 가까이 되었고, 포병 화력이 강했다. 2극동전선(Second Far East Front)은 34만 명 가까이 되었는데 주로 소총사단들로 이루어졌다.

러시아군의 기본 작전계획은 동서에서 남만주 중심부를 공격해서 북쪽 국경 지역에 배치된 일본군을 포위하는 것이었다.

1) 전력이 가장 큰 트란스바이칼 전선은 서쪽 외몽골 지역에서 남만주의 중심부인 봉천[심양(선양)], 신경[장춘(창춘)], 길림(지린)을 향해 동남쪽으로 진출한다.
2) 1극동전선은 동쪽 연해주 남부에서 남만주의 중심부를 향해 서쪽으로 진출한다. 25군은 일본군이 조선으로 물러나는 것을 막기 위해 북조선을 점령한다.
3) 트란스바이칼 전선과 1극동전선이 남만주 중심부에서 만나 양익포위를 완성하는 것을 돕기 위해서, 2극동전선은 아무르강(흑룡[헤이룽]강) 지역에서 서남쪽으로 진출해서 북만주의 일본군을 압박한다.

이런 기본 계획에 덧붙여서, 상륙작전이 시도될 터였다—북조선에 3개, 남사할린에 1개, 그리고 쿠릴 열도에 1개.

서쪽에서 공격하는 러시아군은 철도를 따라 하이라얼로 진출하거나 외몽골 동부의 돌출부(1939년의 '할힌골[노몬한] 싸움'이 일어난 곳)에서 역시 철도를 따라 솔룬(쒀룬)으로 진출하리라고 일본군 사령부는 예상했다. 러시아군은 실제로 이 두 길로 진출했다. 그러나 트란스바이칼 전선의 주력은 훨씬 남쪽에서 공격에 나섰다. 일본군은 전차들이 대흥안령(다싱안링)산맥을 넘을 수 없다고 여겼지만, 러시아군의 강력한 전차들은 그 험준한 산맥을 넘어 무인지경을 달렸다. 철도에서 먼 곳에 이른 부대들은 공군이 연료를 공수했다.

러시아군의 공격을 맨 먼저 받은 일본군 부대는 솔룬 경로를 지키던 107사단이었다. 이 사단은 전초의 성격을 띠어서 무기를 제대로 갖추지 못했다. 이내 러시아군에 포위되고 상부와의 연락이 끊긴 이 사단의

1만 8천 명 병력은 2주를 버티면서 싸웠다.

동쪽에서 공격하는 1극동전선은 방어 진지를 잘 구축한 일본군의 저항을 받았다. 러시아군은 되도록 일본군 진지들을 우회하는 전술로 대응했다. 이틀 동안의 치열한 전투 끝에 일본군은 대략 200킬로미터가량 후퇴했다.

8월 15일 동부 전선의 요충인 목단강牧丹江(무단장)에서 마지막 치열한 싸움이 벌어졌다. 러시아군 2개 군이 목단강을 지키는 일본군 126사단을 공격했다. 러시아군 전차부대는 일본군의 방어선을 뚫고 126사단 본부를 향해 밀려왔다. 그러자 수송대의 소방수들 5명이 각기 15킬로그램의 폭약을 안고 러시아 전차들로 돌격해서 5대의 선두 전차들을 파괴했다. 일본군 병사들의 용감성에 경외감을 품은 러시아 병사들은 그들을 smertnicks(자살특공대)라 불렀다.

북쪽에서 공격하는 2극동전선은 아무르강을 건너서 송화(쑹화)강을 따라 남서쪽으로 진출했다. 이 경로는 일본군이 예상하고서 진지들을 구축한 터라서, 러시아군의 진출은 늦었다.

8월 15일 일본이 항복했을 때, 만주의 대부분은 러시아군이 장악했다. 그래도 일본군 부대들은 저항을 계속했다. 일본의 항복 소식이 제대로 전달되지 않은 부대들도 많았고 끝까지 싸우다가 죽겠다고 결심한 장병들도 많았다.

8월 16일 관동군은 도쿄의 대본영으로부터 전투를 중지하고 러시아군과 휴전을 협의하라는 지시를 받았다. 야마다와 그의 참모들은 8월 19일에 신경에서 러시아군에 항복했다. 이로써 40년 가까이 존속하면서 온 세계에 명성을 떨친 관동군은 사라졌다.

8월 19일 관동군이 러시아군에 항복함으로써, 40년 가까이 존속하면서 온 세계에 악명을 떨친 관동군은 사라졌다.

만주가 러시아군에 점령되었을 때, 만주엔 100만 명이 넘는 일본인들이 살고 있었다. 이들은 명목상 만주국이 다스리는 만주 사회의 상층부를 형성했지만, 만주에 뿌리를 내린 것은 아니었다. 일본군이 떠나면 만주국도 무너지고, 그들도 만주를 떠날 터였다. 게다가 그들은 전체 인구의 3퍼센트도 채 못 되는 소수민족이었다. 이런 상황은 만주의 일본인 민간들에게 참혹한 재앙을 불러왔다.

첫 참극은 트란스바이칼 전선의 39군의 진출로인 만주 서북부에서 일어났다. 이 지역은 황량한 땅이었는데, 만몽개척단滿蒙開拓團이란 이름 아래 집단적으로 농업 이민을 온 일본인들이 농사를 지었다. 러시아군이 침공해 오자, 관동군 사령부는 개척단에 속한 일본인들에게 신경으로 모이라는 지시를 내렸다. 그러나 관동군은 그들에게 교통편을 제공하지 않았다. 그래서 그들은 걸어서 먼 신경으로 향했다.

러시아군의 진격이 워낙 빨랐으므로, 그들은 곧 러시아군에게 따라잡혔다. 대부분이 여인들, 아이들, 그리고 노인들인 이 민간인 집단들에 대해 러시아군은 극도의 적개심을 보여 마구 학살했다. 게다가 현지 중국인들은 개척단 일본인들에 대해 적대적이었다. 1930년대에 일본 정부와 관동군은 불황에 시달리는 일본 농촌을 구제하기 위해 만주와 내몽골 지역에 대규모 이민 사업을 시작했지만, 실제로 개간해서 정착할 만한 땅은 드물었다. 그래서 일본 정부는 중국인들과 조선인들의 농토를 매입해서 일본인 이민들에게 제공했다. 그러나 강제 매수한 토지의 값을 시세보다 훨씬 낮게 보상했다. 그래서 원주민들의 원성을 샀고, 중국인들은 쫓겨 가는 개척단 소속 일본인들을 공격했다.

8월 14일 갈근묘葛根廟(거건먀오)에서 주로 아녀자들인 1천 수백 명의 일본인들을 러시아군이 사격하고 차량으로 짓밟아 죽였다. 생존자들은 중국인들에 의해 폭행당하고 학살되었다. 8월 17일엔 쌍명자雙明子(솽밍쯔)에서 1천 명 가까운 일본인들이 중국인 비적들에 의해 살해되었다. 8월 25일엔 도남洮南(타오난)에서 680명의 일본인들이 러시아군과 중국인들에 의해 살해되었다. 이들 사건들은 대규모 참사들이어서 기록으로 남았지만, 곳곳에서 일본인들이 겪은 참사들은 거의 다 잊혀졌다.

러시아군이 점령한 대도시들에선 유럽에서와 마찬가지로 러시아 군인들의 약탈과 강간이 일상적이 되었다.

> [하얼빈에] 어둠이 내리자마자 소련 병사들은 강간과 약탈의 광란으로 돌입했다. 굶주린 늑대 떼처럼 그들은 이른 새벽까지 어두운 거리들을 쏘다니면서 가정집들과 가게들에 침입해서 음식과

술과 여인들을 빼앗아 갔다. 그들은 으레 일본인들의 가게들과 집들을, 특히 주택가의 아름다운 집들을 골랐다. (야마모토 도모미, 『지옥에서의 4년』)

독일과 만주에서 러시아군이 저지른 만행들은 서로 비슷했지만, 만주의 일본인들은 독일에서 독일 주민들이 겪은 것보다 훨씬 큰 참사와 고통을 겪었다. 위에서 얘기한 것처럼, 그들은 만주 사회에서 소수의 지배계층이었고 뿌리를 내리지 못한 이방인들이었다. 그들을 지배계층으로 만든 정치적 권력이 사라지자, 그들은 다수의 증오와 박해를 받는 소수민족으로 전락했다.

그래서 그들은 고국 일본으로 돌아가야 했다. 그러나 만주에서, 특히 만주의 서부와 북부에서 일본까지 가는 일은 평시에도 힘든 일이었다. 패전한 관동군을 믿고서 급작스럽게 집을 나선 이들이 고국으로 돌아가는 길은 험난할 수밖에 없었고, 많은 사람들이, 특히 어린이들이 그 험난한 여정에서 스러졌다.

제25장

도쿄

'저렇게….'

암담한 마음으로 도고 시게노리 외상은 눈에 아프게 닿는 창밖 풍경을 바라보았다.

'저렇게 되고서도, 더 싸우자고 하니….'

1945년 3월 9일 밤에 미군 B-29 폭격기 300여 대가 도쿄 시가를 소이탄으로 공습했다. 민간인 거주 지역을 휩쓴 불길로 40평방킬로미터가 완전히 파괴되고 10만 명가량이 죽었다. 이 참사는 독일의 드레스덴이나 함부르크가 연합군의 공습으로 입은 피해보다 컸다. 실은 히로시마나 나가사키가 원자탄으로 입은 피해보다 컸다.

'오늘은 또 무슨….'

결사항전을 외치는 군부 지도자들의 얼굴들이 떠오르자, 그는 고개를 저어 그 얼굴들을 지웠다. 그들과 또 논쟁을 해야 한다는 것이 끔찍해서, 그도 모르게 한숨이 나왔다.

최고전쟁지도회의

지금 도고는 수상 관저로 가는 참이었다 사흘 전 히로시마에 원자탄이 투하되면서 전황은 새로운 국면을 맞았다. 끝까지 싸우다 죽는 것이 옳다고 주장하는 목소리들은 여전했지만, 다수가 빨리 전쟁을 끝내야 한다는 생각을 하게 되었다. 특히 민심이 크게 흔들린다는 얘기가 돌았다. 그리고 오늘 새벽에 러시아 방송이 세계에 알렸다. 러시아군이 만주의 일본군을 공격했다는 것을.

그 방송에 도고 자신도 작지 않은 충격을 받았다. 러시아군이 극동으로 병력을 대규모로 이동한다는 정보는 이미 지난봄에 들었다. 그래도 그는 러시아가 중립조약을 만기까지 지키리라는 희망을 품었었다. 러시아에 서방 연합국과의 평화 교섭을 중개해 달라고 부탁한 것은 실은 러시아가 호의적 중립을 유지하도록 하는 것이 주목적이었다. 일본과 서방 연합국 사이의 평화 교섭을 중개하는 일은 바티칸, 스웨덴 및 스위스가 나름으로 해 온 터였다.

외무성 관리들은 모두 즉시 전쟁을 끝내야 한다는 데 합의했다. "천황제를 보전한다"는 조건만을 달아 포츠담 선언을 받아들여야 한다고 주장했다. 그래서 도고는 '최고전쟁지도회의'가 열리기 전에 수상에게 자신의 판단을 전하려고 수상 관저로 가는 참이었다.

1945년 4월에 미군이 오키나와를 침공하자, 고이소 구니아키小磯國昭 수상이 사임했다. 후임은 해군 원로인 스즈키 간타로鈴目寬太郎 예비역 대장이었는데, 그는 도고를 외무대신으로 발탁했다. 4년 전 외무대신으로 미국과의 전쟁을 막으려고 진력하다 끝내 실패한 그가 이제는 종전을 위한 외교를 맡은 것이었다.

도고는 일본에서 대표적 평화론자였다. 본래 외교관들은 공격적 정책을 경계하고 분쟁을 피하려 애쓰는 사람들이다. 그러나 일본 사회에서 군국주의가 워낙 강렬한 이념이었으므로, 외교관들 가운데엔 해외 팽창 정책을 주장하는 이들이 적지 않았다. 도고는 늘 온건한 대외 정책을 지지했고, 다른 나라와 분쟁에 휘말리는 것을 경계했다.

그런 태도엔 그가 임진왜란 때 왜군에 연행되어 일본에 정착한 조선인 도공의 후손이라는 점도 작용했다. 그는 원래 1882년에 가고시마鹿兒島현에서 박무덕朴茂德으로 태어났다. 그의 조상은 사쓰마薩摩번주 시마즈 요시히로島津義弘가 연행해 와서 가고시마 일대에 살아온 도공들 가운데 하나였다. 그의 조부는 1886년에 사족士族 집안인 도고東鄕 집안의 명의를 구입해서 성을 바꾸었다. 낯설고 폐쇄적인 일본 사회에서 힘들게 살아온 조선인 도공들의 역사는 당연히 그의 세계관에 영향을 미쳤다.

도고는 도쿄제국대학 문과대학 독일문학과를 다녔고 독일 문학에 심취했다. 졸업한 뒤엔 외교관 시험에 합격해서 외교관이 되었다. 1937년엔 독일 주재 대사가 되었다. 그는 나치가 독일 문화를 병들게 한다고 여겼다. 자연히 독일 정부와 사이가 원만하지 못했고 요아힘 리벤트로프 외상과 자주 부딪쳤다. 이때 일본 대사관의 무관인 오시마 히로시大島浩 중장은 나치를 열렬히 지지하고 히틀러를 숭배해서 "나치보다 더 나치적이다"라는 얘기를 들었다. 그는 육군 지휘부의 친독일 정책을 적극적으로 추진했고, 도고 대사의 태도에 불만을 드러냈다. 결국 육군 지휘부의 지지를 받은 오시마에게 밀려서 도고는 독일 주재 대사에서 물러났다.

이어 도고는 러시아 주재 대사로 임명되었다. 그는 '할힌골 싸움(노몬한사건)'으로 어려워진 두 나라 사이의 관계를 회복시키고 중립조약을 성사시켰다. 외교관으로서 그는 일본이 강대국인 미국과 러시아와 좋은 관계를 유지하도록 하는 데 진력했다. 그래서 그는 "일본의 국익을 열심히 주장하는 외교관"이란 평가를 받았다.

도고는 스즈키에게 자신의 생각을 밝혔다.

"이제 러시아가 참전했으니, 상황이 결정적으로 나빠졌습니다. 더 이상 미룰 수 없습니다. 전쟁을 빨리 끝내야 합니다."

도고는 스즈키가 자신의 의견에 동의한다는 인상을 받았다. 적어도 호의적이라고 판단했다. 본래 스즈키는 온건파에 속했고 1936년의 '2·26사건' 때 반도들에게 죽을 뻔했었다. 지금도 그의 몸에는 당시 자객들이 쏜 총탄 하나가 그대로 박혀 있었다.

수상 집무실에서 나오자, 도고는 요나이 미쓰마사米内光政 해군대신을 만나서 자신의 생각을 밝혔다. 요나이도 도고의 의견에 호의적 반응을 보였다. 이어 도고는 천황의 동생인 다카마쓰노미야高松宮 노부히토친왕宣仁親王을 찾아 자신의 생각을 자세히 얘기했다. 궁극적 결정은 히로히토 천황이 내릴 터이므로, 천황이 신임하는 노부히토가 상황을 제대로 파악하는 것은 중요했다.

1000시에 천황은 기도 고이치木戶幸一 내대신内大臣에게 수상의 정세 판단과 정부의 대응책에 대해 알아보라고 지시했다. 기도는 스즈키에게 천황의 뜻을 전했다.

"포츠담 선언을 이용해서 전쟁을 조속히 끝내는 것이 바람직하다."

기도는 천황이 원로들의 뜻을 듣고 싶어 한다고 덧붙였다.

이런 과정을 거쳐, 1030시에 최고전쟁지도회의가 열렸다. 총리대신(수상), 외무대신, 육군대신, 해군대신, 육군 참모총장 및 해군 군령부총장의 여섯 요인들로 이루어진 회의였다. 원래 이 회의는 이들 6인 외에 차관급 관료들도 참석했는데, 진지하고 솔직한 토론 없이 좌관佐官급 참모들이 작성한 원안들을 심의해서 의결하는 것이 관행이었다. 중좌나 대좌인 참모들이 만든 안들은 늘 강경했고, 그것을 그대로 통과시키라는 압력이 커서, 정책들이 으레 비현실적으로 공격적이었다. 도고는 이런 상황을 개선하려고 여섯 책임자들만이 모여서 속마음을 드러내고 토의하며 밖으로는 토의 내용이 새어 나가지 않는 기구로 바꾸자고 제안했다. 나머지 다섯 사람들이 찬동해서, 최고전쟁지도회의는 명실상부한 지도자 회의로 바뀌었다.

스즈키가 먼저 상황을 간단히 정리했다. 그리고 자신의 의견을 다른 때보다 단호히 밝혔다.

"히로시마에 투하된 원자탄의 충격이 큰데, 이제 러시아군이 참전했으므로, 전쟁을 더 지속할 수는 없습니다. 따라서 우리로선 포츠담 선언을 받아들일 수밖에 없습니다."

수상의 말을 받아 도고가 자기 의견을 덧붙였다.

"포츠담 선언의 조건들에 대한 유일한 예외는 '국체國體의 보장'입니다."

'국체의 보장'은 천황제의 보전을 뜻했다.

수상과 외상의 발언에 대해 다른 사람들은 반응하지 않았다. 긴 침묵이 이어졌다. 마침내 과묵하기로 이름난 요나이 해군대신이 입을 열었다.

"영원히 침묵하면, 결론을 내릴 수가 없습니다."

그리고 차분한 목소리로 논의의 핵심을 제시했다. 지금 우리에게 열린 길은 둘이다. 하나는 천황 체제의 보전이라는 조건으로 포츠담 선언을 받아들이는 길이다. 다른 하나는 추가 조건들을 제시하고서 연합국과의 협상에 들어가는 길이다.

도요다 소에무 해군 군령부총장은 히로시마에 투하된 원자탄의 중요성을 깎아내리는 주장을 되풀이했다. 미국이 보유한 핵분열 물질엔 한계가 있을 터이므로, 미국의 원자탄 공격은 군사적으로 아주 심각한 위협이 아니라는 얘기였다.

그때 나가사키에 원자탄이 투하되었다는 보고가 올라왔다. 나가사키 현지사는 미군 폭격기가 투하한 폭탄이 히로시마에 투하된 것과 같으나, 위력은 훨씬 작아서 피해도 작다고 보고했다. 이 잘못된 정보는 둘째 원자탄 폭발로 회의에 참가한 지도자들이 받은 충격을 많이 줄여 주었다. 그래도 미군이 사흘 만에 다시 원자탄을 투하했다는 사실은 도요다의 주장의 근거를 없애 버렸다.

두 시간 동안 심각한 논의가 이어졌다. 예상대로 지도자들은 두 진영으로 갈라졌다. 도고, 요나이 그리고 회의에 뒤늦게 참석한 히라누마 기이치로平沼騏一郎 추밀원 의장은 국체 보전 조건으로 포츠담 선언을 받아들인다는 도고의 안을 지지했다. 아나미 고레치카阿南惟幾 육군대신과 우메즈 요시지로梅津美治郎 육군 참모총장, 도요다는 도고가 제시한 조건에 셋을 추가해야 한다는 주장을 폈다. 1) 일본군의 자진 무장 해제, 2) 전쟁 범죄 재판이 있을 경우 일본이 관장, 3) 연합군의 일본 점령에서 도쿄 제외. 스즈키는 두 진영 사이에서 중립적 입장을 지켰다.

1330시에 스즈키는 기도 내대신에게 최고전쟁지도회의의 결정을 알렸다.

"회의는 4개 조건을 달아 포츠담 선언을 수락한다."

회의가 합의를 도출하는 데 실패했다는 것을 인정하기 싫어서, 스즈키는 회의 참가자들의 공분모를 회의의 결정이라고 얘기한 것이었다. 기도는 스즈키의 얘기를 정부의 결정으로 받아들였다.

회의의 결정이 알려지자, 다른 원로들이 파국을 막기 위해 움직였다.

"최고전쟁지도회의는 4개 조건을 달아 포츠담 선언을 수락한다."

고노에 후미마로近衛文麿 전 수상은 명쾌하게 지적했다.

"만일 일본이 4개 조건을 달아 포츠담 선언을 수락하면, 연합국들은 일본이 항복을 거부했다고 여길 것이다."

그는 자신의 견해를 기도와 노부히토에게 밝히고, 천황에게 상주해 달라고 요청했다. 도고 직전에 외상을 지낸 시게미쓰 마모루重光葵는 기도에게 전화를 걸어서 고노에와 같은 견해를 밝히고, 그런 파국을 피하기 위해 신속히 움직이라고 강력히 권고했다. 기도는 천황에게 상황을 종합적으로 보고했다. 이 보고가 천황의 판단에 결정적 영향을 미쳤다.

최고전쟁지도회의가 결론이 없이 끝나자, 1430시에 내각 회의가 열렸다. 내각 회의도 최고전쟁지도회의와 같이 두 진영으로 뚜렷이 갈렸다. 도고 외무대신은 조건 하나만 달아서 포츠담 선언을 수락하자고 주장하면서 유연한 대응을 바라는 세력을 이끌었고, 아나미 육군대신은 네 조건을 모두 관철해야 한다고 주장하면서 강경한 대응을 바라는 세력을 이끌었다.

양쪽 다 자신들의 판단이 옳다고 확신했으므로, 논쟁은 지루하게 이어졌다. 아나미는 전황이 불리하다는 점은 인정했다. 전력에서 일본과 연합국 사이엔 현격한 차이가 있다는 것도 인정했고, 이제 민심도 패전을 받아들인다는 사정도 인정했다. 그래도 그는 결정적 싸움이 닥치면 일본 국민들은 싸울 것이라고 주장했다. 아나미가 말한 '결정적 싸움'은 '결호 작전決號作戰'이라 불렸다.

1945년 4월에 시작되어 두 달 넘게 치열한 전투가 벌어졌던 '오키나와 싸움'은 미군의 완벽한 승리로 끝났다. 일본군은 적게는 8만에서 많게는 11만 명에 이르는 전사자를 냈고 7천 명은 포로가 되었다. 미군의 손실은 적게는 1만 4천에서 많게는 2만 명으로 추산되었다. 이제 미군은 오키나와를 발진 기지로 삼아 규슈에 상륙하리라고 일본군 지휘부는 판단했다. 그래서 규슈에 일본 본토를 지키는 병력의 대부분을 집결시켰다. 일본군 지휘부는 전쟁에 이길 가망은 전혀 없다는 사실은 인정했지만, 연합군이 일본 본토를 침공하고 점령하는 과정에서 큰 손실을 입도록 하면 일본군은 패전 대신 휴전을 이룰 수 있다고 보았다. 그런 판단에 따라 일본 정부는 모든 일본 시민들을 전투에 투입하기 위한 준비를 했다. 그리고 국민들을 설득하기 위해 "일억 옥쇄一億玉碎"라는 구호를 내걸었다. 두 발의 원자탄은 일본군 지휘부의 이런 계산을 근본적으로 뒤흔든 것이었다.

2000시에 스즈키는 토론을 종결하고 양측의 제안들을 표결에 부쳤다. 각료들 가운데 몇 사람은 도고를 지지했고, 몇은 아나미를 지지했다. 그러나 상당수는 마음을 정하지 못했다. 내각의 표결에서 절대적 불문율은 만장일치였으므로, 내각은 정책을 결정하지 못하고 휴회했다.

스즈키와 도고는 곧바로 천황의 거소로 향했다. 천황은 이내 그들을 접견했다. 도고는 그날 있었던 일들을 자세히 천황에게 설명했다. 그리고 최고전쟁지도회의도 내각도 전쟁을 끝낼 만한 결정을 하지 못하는 상태가 문제의 핵심임을 지적했다. 일본제국 헌법은 정부가 이런 교착상태에서 빠져 나오기 위해 천황이 개입할 여지를 두지 않았다. 이럴 경우 내각이 할 수 있는 것은 총사직하는 것뿐이었다.

스즈키는 어전회의를 열 것을 천황에게 상주했다. 천황은 무겁게 고개를 끄덕여 허락했다. 천황이 직접 정부의 업무에 개입할 기회를 마련한다는 점에서, 이것은 비상한 조치였다.

천황의 결단

8월 9일 밤늦게 황궁 도서관 옆 지하방공호의 천황 임시거소에서 일본의 의사 결정에서 중요한 역할을 하는 요인들이 다 모였다. 최고전쟁지도회의의 6인과 히라누마 추밀원 의장, 그리고 천황의 보좌관 5인이었다. 그들 앞 책상 위에는 천황제의 유지만을 조건으로 달아 포츠담 선언을 수락한다는 도고의 제안서가 한 부씩 놓여 있었다.

자정 10분 전에 천황이 조용히 들어왔다.

스즈키는 그날 최고전쟁지도회의와 내각에서 일어난 일들을 다시 설명했다.

이어 도고가 자신의 제안서를 설명하고 요나이가 도고를 지지하는 발언을 했다.

아나미와 우메즈는 도고의 제안에 절대적으로 반대한다고 선언했다. 그리고 그동안 육군 지휘부가 해 온 주장들을 되풀이했다. 그리고 원자탄의 투하도 러시아군의 침공도 본토 방위에 별다른 영향을 미치지 않는다고 덧붙였다.

다음 발언은 도요다의 차례였는데, 스즈키는 무심코 히라누마에게 발언 기회를 주었다. 히라누마는 현재 일본이 처한 절망적 상황을 냉정하게 설명했다. 그래서 그는 도고의 제안을 지지하는 것처럼 보였다. 그러나 마지막 순간에 그는 새로운 문제를 제기했다. 모든 사람들이 포츠담 선언의 수락의 절대적 전제 조건이라고 여기는 '천황제의 보전'에 대해서, 모두 연합국에 요구한 천황제가 입헌군주제를 뜻하며 천황은 '상징적' 존재가 될 것이라고 여겼다. 히라누마는 그런 견해를 비판하고, 천황제는 천황이 실제로 일본을 다스리는 제도이어야 한다고 주장했다. 그의 발언으로 논의는 더욱 혼란스러워졌다.

이어 발언한 도요다는 아나미와 우메즈의 주장을 지지했다. 그리고 덧붙였다.

"만일 일본이 스스로 군대를 무장 해제할 수 없게 되면, 저는 제 명령에 제 부하들이 복종할지 자신할 수 없습니다."

문득 분위기가 싸늘해졌다. 군부 반란의 가능성을 언급한 이 발언엔 온건파에 대한 협박이 담겼다고 참석자들은 느꼈다. 지금 회의에 참석한 모든 사람들의 마음을 짓누르는 것은 극단적 견해를 지닌 젊은 장교들이 항복에 반대해서 암살과 반란으로 권력을 장악할 가능성이었다. 1930년대 초엽부터 암살과 반란은 빈번했었고, 지금은 어느 때보다 그런 행태가 나올 가능성이 컸다.

마침내 스즈키가 선언했다.

"긴 논의에도 불구하고 우리는 이 중요한 문제에 관해 합의를 이루지 못했습니다. 이제 저로서는 이 문제를 폐하께 상주하고 폐하의 결심을 받들 수밖에 없습니다."

그는 천황을 향해 돌아서서 말했다.

"폐하, 외무대신의 제안처럼 한 가지 조건을 단 안과 네 가지 조건들을 단 안 사이에서 어떤 것을 택해야 할지 폐하께서 하교해 주시기 앙망하옵나이다."

천황은 머뭇거림 없이 자리에서 일어났다. 모두 급히 자리를 차고 일어나서 천황에게 허리 굽혀 인사한 뒤 부동자세로 섰다. 가슴 깊은 곳에서 치미는 감정이 드러난 얼굴로 천황은 입을 열었다.

"짐은 국내와 해외의 상황을 깊이 살피고서, 전쟁을 계속하는 것은 국가의 파멸과 세계적 유혈과 잔학의 연장을 의미할 뿐이라고 결론을 내렸소. 짐은 우리 죄 없는 백성들이 고통을 겪는 것을 더 이상 볼 수가 없소. 전쟁을 끝내는 것은 세계평화를 회복하고 국가를 참혹한 불행으로부터 벗어나게 하는 유일한 길이오."

이어 천황은 도쿄의 동쪽 해안의 방위 준비가 계획보다 훨씬 늦어지고 있다는 사실을 자세히 얘기했다. 특히 항공기와 같은 무기의 부족이 해결될 기미를 보이지 않는다고 지적했다.

"국가의 생존의 열쇠는 본토에서의 결정적 싸움에 달렸다고 얘기하는 사람들이 있소. 그러나 과거의 경험들은 계획과 실행 사이엔 늘 괴리가 있음을 보여 주고 있소. (…) 용감하고 충성스러운 일본의 전사들이 무장 해제를 당하는 것이 짐으로선 견디기 어렵다는 것은 말할 필요도 없소. 짐을 정성으로 보좌한 사람들이 이제 전쟁을 일으킨 사람들로 형벌을 받아야 한다는 것도 또한 견디기 어렵소. 그럼에도 불구하고, 우리가 견디기 어려운 것들을 견뎌야 할 때가 왔소. (…) 짐은 눈물을 참으면서, 외무대신이 제시한 윤곽을 바탕으로 삼아 연합국의 선언을 수락하는 방안을 허락하고자 하오."

말을 마치자, 천황은 조용히 방에서 나갔다. 천황의 등에 대고 허리 숙여 인사한 사람들이 자세를 바로 하자, 스즈키가 선언했다.

"폐하의 결정은 본 회의의 결정이어야 합니다."

모두 고개를 끄덕여 동의했다. 그러나 최종적 결정은 내각의 권한이었다. 곧 수상 관저에서 내각 회의가 열렸고, 천황의 결정은 일본 정부의 공식적 결정이 되었다.

항복 협상

그렇게 공식적 결정이 나왔어도, 강경파를 이끄는 아나미는 아직도 완전히 승복하지 않았다. 그는 수상에게 물었다. "만일 연합국 측에서 우리가 단 한 가지 조건조차 거부한다면, 수상께선 어떻게 하시겠습니까? 전쟁을 계속하시겠습니까?"

스즈키는 낮은 목소리로 대답했다. "나는 전쟁을 계속해야 한다고 생각합니다."

그러자 요나이가 아나미에게 물었다. "그러면 육상도 전쟁을 계속해야 한다고 생각하시오?"

아나미는 주저하지 않고 대답했다. "그렇습니다."

내각이 포츠담 선언을 받아들이기로 결정하자, 외무성 직원들은 연합국들에 그 결정을 한시라도 빨리 통보하기 위해 분주히 움직였다. 그래서 8월 10일 0645시에 “상기 선언이 주권을 지닌 통치자로서 천황 폐하가 지닌 권한을 침해하는 어떤 요구도 포함하지 않는다는 조건으로” 포츠담 선언을 수락한다는 내용의 전문을 스웨덴과 스위스를 통해서 연합국들에 발송했다.

이것은 전쟁의 경과에 결정적 영향을 미칠 조치였다. 이제 연합국 측으로 공이 넘어간 셈이었다. 태평양전쟁이 일어난 뒤 처음으로 평화의 전망이 보이는 것이었다. 이번 조치의 뜻을 아는 사람들이 안도의 한숨을 쉴 만도 했다.

그러나 상황을 잘 아는 사람일수록 새로운 걱정들로 마음이 더 무거웠다.

첫 걱정은 군부가 내각의 결정에 불복하고서 전쟁을 계속할 가능성이었다. 군부는 그동안 여러 차례 정부의 결정에 불복하고 자신의 뜻대로 행동했으며, 그때마다 정부가 자신의 자의적 행동을 추인하도록 만들었다. 이번에도 그렇게 행동할 가능성이 무척 높았다. 연합국에 항복한다는 것은 군부로선 받아들이기 어려운 수치였다. 그동안 패배한 적이 한 번도 없었던 일본군이 적군에 항복하고 무장 해제를 당하는 수모를 어떻게 받아들일지, 누구도 자신 있게 예측하지 못했다.

둘째 걱정은 훨씬 더 음산해서, 사람들의 마음에 무거운 돌덩이처럼 얹혔다. 일본 군국주의자들의 정치이론에서 천황은 절대적 권위를 지녔고, 잘못을 저지를 수 없는 신성한 존재였다. 따라서 천황이 결정한 정책들에서 무슨 잘못이 나오면 그것은 천황 자신의 잘못이 아니라 그를 보좌한 신하들의 잘못이라는 결론이 나왔다. 그처럼 천황을 잘못 보좌한 신하들은 당연히 역적들이고 응당한 벌을 받아야 했다. 그리고 그런 응징은 시간만 걸리고 역적을 제대로 처단하지 못하는 법적 절차 대신 자객들이 직접 집행해야 한다는 생각이 널리 퍼졌다.

이런 '암살에 의한 통치(government in assassination)'는 1932년 해군 장교들이 이누가이 다케시犬養毅 수상을 암살하면서 그 끔찍한 모습을 드러냈다. 이런 풍조는 1936년에 위관급 장교들이 주동이 되어 무력 정변을 시도한 '2·26사건'을 낳았다. 지금도 스즈키의 몸에 박혀 있는 총탄이 그런 사정을 가리키고 있었다. 연합국에 항복하기로 천황이 결정했다는 것이 알려지면, 거의 틀림없이 천황을 보좌한 사람들은 암살의 위협에 노출될 터였다. 이런 위험들을 잘 아는 터라, 모두 천황의 결정과 내각의 의결을 군부와 국민들에게 알리는 일을 걱정스러운 마음으로 지켜보았다.

0930시에 육군성에선 아나미가 선임 참모들을 모아 놓고 천황의 결정을 알렸다. 참모들은 물론 경악했다. 그들이 납득하도록 설명하는 것은 아나미의 능력을 벗어나는 일이었다. 자신이 마음속으로 따르지 않는 결정을 부하들에게 따르라고 설득하자니, 말이 제대로 나오지 않았다. 결국 그는 경고로 설명을 끝냈다.

"사태에 대해 불만을 품고 천황 폐하의 결정에 어긋나는 행동을 하기를 원하는 사람들이 있다면, 그런 사람들은 내 죽은 몸을 딛고 가야 할 것이오."

오후엔 천황이 전임 수상 일곱을 접견했다. 상황을 듣자, 천황제의 유지라는 조건을 연합국 측이 받아들인다면 포츠담 선언은 받아들일 만하다고 다수가 밝혔다. 그러나 고이소와 도조東條英機는 군대의 무장 해제에 대해 이의를 제기했다.

이사이에도 많은 사람들이 소식을 듣고 자신의 의견을 개진하려고 내대신 기도의 사무실을 찾았다. 기도와 궁내대신 이시와타 소타로石渡莊太郎는 갑작스러운 패전 소식이 불러올 충격과 혼란을 걱정했다. 긴 논의 끝에 그들은 천황이 직접 라디오 방송으로 패전 소식을 알리는 파격적 방안을 생각해 냈다. 이것은 이전에는 상상하기 어려운 방안이었다. 이제까지 천황은 국민들 앞에 나서서 연설한 적도 없었다.

일본이 평화 교섭을 제안했다는 것을 알 리 없는 미군 지휘관들은 일본에 대한 공습을 이어 나갔다. 동이 트자, 항공모함들에서 발진한 항공기들이 도쿄 일대를 폭격했다. 오키나와에서 발진한 육군 항공대 항공기들은 침공 예정지인 규슈 지역을 폭격했다.

일본의 8월 10일자 포츠담 선언 수락 전문은 미국 지도자들을 놀라게 했다. 트루먼 대통령 이하 모든 장관들과 장군들은 원자탄들의 투하에도 불구하고 일본이 적어도 몇 달은 더 버티리라고 예상했었다. 막상 일본의 제안을 받고 보니, 미국으로선 대응이 쉽지 않았다. 당장 급한 것은 연합군 포로들의 안전을 확보하는 일이었다.

일본의 제안에 대한 대응 방안을 논의하기 위해 트루먼은 긴급회의를 소집했다. 국무장관 제임스 번스, 전쟁장관 스팀슨, 해군장관 포레스털, 그리고 최고사령관 참모장 레이히가 모인 이 회의에서 스팀슨은 일본 천황의 지위를 유지시키는 것이 합리적이라는 평소의 주장을 다시 폈다. 천황의 절대적 권위를 이용해야 전쟁을 쉽게 마무리하고 전후의 일본을 안정적으로 통치할 수 있다는 얘기였다. 이것은 현실적 조건들을 고려한 주장이었다. 만일 천황의 종전 선언이 없다면 일본 본토를 전투를 치르면서 점령해야 하고, 중국이나 네덜란드령 동인도(인도네시아)에 고립된 일본군 부대들을 미국이 일일이 격파해야 하는 상황이 나올 수도 있었다.

오키나와에서 일본군의 처절한 저항으로 큰 손실을 입은 터라, 그런 상황을 피하는 것이 긴요하다는 데 참석자들 모두 대체로 동의했다. 특히 포레스털이 스팀슨의 주장을 확고히 지지했다. 그는 러시아군이 만주를 휩쓰는 것을 걱정스럽게 지켜보고 있었다.

그러자 번스가 제동을 걸었다. 루스벨트의 열렬한 지지자였던 그는 일본과 독일에 대해 깊은 반감을 품었다. 그는 미국의 무조건 항복 요구는 원자탄의 투하나 러시아의 참전 이전에 미국이 제시한 조건이었으므로, 이제 와서 조건을 완화할 필요가 없다는 주장을 폈다. 대법관을 지낸 정치가다운 얘기였다.

외교를 맡은 장관이 제동을 걸자, 논의가 나아가지 못했다. 그러자 현실 감각이 뛰어난 포레스털이 타협안을 내놓았다. 일본의 제안을 받아들이고, 그것이 포츠담 선언의 요구를 충족시킨다고 선언한다. 그리고 천황과 일본 정부는 연합군 최고사령관의 지휘 아래 일본을 통치한다고 설명한다.

이 방안은 천황을 인정하면서도 미국 시민들이 천황에 대해 품은 큰 반감을 줄일 수 있었으므로, 트루먼은 이 방안을 채택했다.

번스는 이 방안을 다듬은 성명서 초안을 우방 연합국들에 보냈다. 영국과 중국은 별다른 이의 없이 동의했다. 그러나 러시아 외상 몰로토프는 "일본이 천황제를 유지할 가능성을 제시하는 것은 무조건 항복에 맞지 않는다"는 이유를 들어 반대했다. 그러나 번스의 설득에 몰로토프도 동의했다. 번스는 곧바로 성명서를 일본에 발송했다.

8월 12일 1245시에 미국 방송을 통해서 미국의 성명서에 천황의 지위에 대한 명확한 보장이 없다는 것이 알려지자, 예상대로 일본에선 거센 논란이 일었다. 도고와 스즈키의 참모들은 미국의 조건을 그대로 받아들이는 것이 옳다고 건의했다. 그러나 군부는 평화 교섭을 중단하고 전쟁을 계속해야 한다고 주장했다. 이들의 지도자인 아나미는 강인한 정신력으로 물질적 열세를 극복할 수 있다는 종래의 주장을 되풀이했다.

1500시엔 황실 회의가 열렸다. 히로히토는 두 동생에게 자신이 일본군에 대한 믿음을 잃었다고 밝혔다. 그리고 전쟁을 되도록 빨리 끝내서 국민들의 희생을 줄이려는 자신의 방안을 설명했다. 두 동생은 형의 방안을 지지하겠다는 약속을 했다. 이처럼 황실이 결속함으로써, 무력 정변을 시도하는 반 천황 세력이 천황으로 옹립할 수 있는 후보들이 사라졌고, 천황의 위상은 강화되었다.

이어 열린 내각의 긴급회의에서 내각서기관장 사코미즈 히사쓰네迫水久常는 스즈키에게 미국의 반응에 대해 조심스럽게 대응할 것을 건의했다. 그러나 스즈키는 그런 조언을 물리치고서 선언했다.

"만일 연합국들이 강경한 태도에서 물러서지 않으면, 우리는 전쟁을 계속해야 합니다."

스즈키의 강경한 태도에 기세가 오른 아나미는 동료 대신들에게 강인한 태도가 필요하다고 역설했다. "일본은 천황 제도의 존속만이 아니라 나머지 세 가지 조건들도 관철해야 합니다."

분위기가 아나미의 강경론 쪽으로 기울자, 도고는 연합국들의 공식 문서가 도착할 때까지 결정을 미루자고 제안해서 상황의 악화를 가까스로 막았다.

회의가 끝나자, 도고는 스즈키의 배신을 거세게 비판했다. 도고의 얘기가 끝나자, 외무차관 마쓰모토 슌이치松本俊一가 스웨덴 주재 일본 대사관의 전문을 건넸다.

"만일 일본이 미국의 성명서를 거부하면, 연합국들은 물러나는 것이 아니라 조건을 오히려 더 혹독하게 만들 것이다."

이어 내대신 기도가 스즈키를 거세게 비난했다.

"전쟁이 계속되면 무고한 몇백만 일본 국민들이 죽을 뿐 아니라, 외상이 제시한 방안대로 일을 추진하는 것이 천황 폐하의 뜻이다."

마음이 흔들렸던 스즈키는 결국 온건파 대열로 복귀했다.

그러나 군부에선 온건파 지도자들의 암살에 이은 무력 정변의 기운이 거세졌다. 실제로 이날 오후 늦게 도쿄 거리엔 포스터들이 나붙었다.

"내대신 기도를 죽여라!"

기도는 그날 밤에 궁내성의 자기 방으로 거처를 옮겼다.

요나이는 천황제가 연합국들의 강제적 조치가 아니라 일본 군부의 반란으로 무너질 가능성을 걱정했다. 이날 그는 전쟁을 끝낼 기회가 왔음을 천황에게 밝혔다.

"저는 용어가 적절치 못하다고 생각합니다만, 원자탄들과 소비에트의 참전은 어떤 뜻에선 신의 도움입니다. 이제 우리는 국민들에게 국내 사정으로 전쟁을 끝냈다고 얘기하지 않아도 됩니다."

그도 천황도 잘 알고 있었다. 국민들이 고통을 겪고 전력이 다해서 전쟁을 끝내겠다고 선언하는 순간, 천황도 위험해진다는 것을. 원자탄의 투하와 러시아군의 침공이라는 거대한 충격파에 군부가 흔들리는 상황을 이용하지 않으면, 천황제 자체가 연합국들의 강제적 조치에 의해서든 일본 군부의 반란을 통해서든 사라질 수 있다는 것을. 이제 히로히토를 중심으로 한 황실과, 도고를 중심으로 한 외무성과, 요나이를 중심으로 한 온건파 지도자들은 자신들이 물러설 여지가 사라졌다는 사실을 무거운 마음으로 받아들였다.

이사이에 미군 지휘부에선 일본의 빠른 항복에 대한 회의론이 점점 커졌다. 감청으로 얻은 정보들은 한결같이 강경파가 여전히 우세하다는 것을 가리켰다. 8월 11일 도고 외상이 동아시아의 위성국가들의 대표들에게 보낸 전문에 따르면, 그는 "항복 제안에 관한 육군과 해군의 동의"를 아직 받지 못했다. 같은 날 대본영은 모든 지휘관들에게 "조국을 수호하고 광신적인 적들을 완전히 박멸하기 위해 전쟁을 수행하라"고 지시했다.

다른 편으로는, 이미 투하된 원자탄 2발이 충분한 효과를 거두었고, 추가적 투하를 통한 살상은 정당화되지 않는다는 공감대가 형성되어 있었다. 그래서 원자탄의 추가 사용은 대통령의 명시적 허가를 거치도록 되었다. 대신, 일본의 항복을 유도하기 위해 폭격을 재개하기로 했다. 그래서 8월 14일에 10일 이후 처음으로 3개 군사 목표들에 대한 정밀타격과 2개 도시에 대한 폭격이 수행되었다.

폭격 재개와 함께, 일본 국민들을 대상으로 한 심리전도 강화되었다. 심리전 전문가들은 일본 국민들에게 지난 며칠 사이에 일어난 외교적 노력을 직접 알리는 것이 좋다고 판단했다. 그래서 8월 13일에 B-29 폭격기들이 일본의 조건부 항복 제안의 전문과 번스 국무장관의 답변을 함께 실은 소책자들을 도시들에 뿌렸다.

천황의 군부 설득

8월 14일 아침 기도는 궁내성 직원이 가져온 전단을 받아서 읽었다. 그의 얼굴이 잿빛이 되었다. 천황을 비롯한 일본 지도자들은 일본의 항복 소식을 병사들과 시민들에게 서서히 알려서 단 몇 달 전만 하더라도 일본이 궁극적으로 이기리라고 믿은 국민들이 겪을 심리적 충격을 줄일 방안을 마련하고 있었다. 그 전단은 그런 방안을 단숨에 깨뜨려 버린 것이었다. 이제 온 국민들이 아무런 마음의 준비 없이 충격적인 진실과 만나게 된 것이었다.

기도는 과감하고 신속한 행동이 필요하다고 판단했다. 그는 스즈키에게 연락하고, 천황에게 상황을 보고했다. 스즈키가 도착하자, 천황은 즉시 어전회의를 소집해서 번스의 전문을 수정 없이 수락하고 그런 결정을 공식화하는 칙령을 내리겠다고 말했다. 스즈키가 1300시에 열자는 의견을 내놓자, 천황은 그런 시간표는 장교들이 반란을 조직할 시간을 준다고 단호히 거절했다. 그리고 1100시에 소집하라고 지시했다.

이어 황궁으로 들어온 아나미의 요청을 받아들여, 천황은 1020시에 군부의 최고위 장교들을 접견했다. 이 모임에서 중심인물은 하타 슌로쿠畑俊六 원수였다. 그는 1904년의 러일전쟁에 포병 대위로 참전했었고 1941년부터 1944년까지 육군의 가장 중요한 직책인 지나(중국) 파견군 사령관을 지냈다. 지금은 원수로서 미군의 침공이 예상된 규슈를 포함한 서부 일본의 방위를 맡은 2총군사령관이었다. 8월 6일에 '꼬마'가 히로시마에 투하되었을 때, 그라운드 제로에서 800미터 남짓 되는 그의 사령부에서 3천이 넘는 장병들이 죽었다. 그 재앙에서 살아남은 그에게선 비극적 영웅의 후광이 어렸다. 그는 막 히로시마에서 올라온 참이었다.

먼저 나가노 오사미永野修信 해군 원수와 스기야마 하지메杉山元 육군 원수가 천황에게 호소했다.

"아직 아군에겐 전쟁을 지속할 물질적 역량과 심리적 자산이 남았으니, 전쟁을 지속해야 합니다."

다음은 하타 차례였다. 아나미는 하타가 히로시마의 피해가 그리 크지 않으며 전쟁 수행에 별다른 영향을 미치지 않는다고 얘기하기를 기대했다. 그러나 하타는 솔직히 자신의 생각을 밝혔다. 히로시마에 투하된 원자탄에 대한 대응책은 없다, 그가 지휘하는 2총군은 미군의 상륙을 물리칠 힘이 없다, 포츠담 선언을 받아들이기로 한 천황 폐하의 결정에 대해 그는 이의를 달지 않겠다.

이윽고 천황이 "러시아의 참전과 적군의 '과학적 힘'은 일본 특수공격부대(가미카제)의 힘으로 막을 수 없다"는 생각을 밝혔다. 그리고 육해군 원수들이 자신의 종전終戰 노력에 협조하기를 기대한다고 덧붙였다. 이 당부는 실질적 명령이었다.

1100시에 8월 9일과 마찬가지로 방공호에서 어전회의가 열렸다. 먼저 스즈키가 아나미, 도요다, 그리고 우메즈에게 발언 기회를 주었다. 그들은 북받치는 감정을 가까스로 누르면서 전쟁을 계속해야 한다고 호소했다.

그들의 얘기를 다 듣고 난 뒤, 천황은 전쟁을 끝내야 한다는 자신의 생각을 바꿀 이유를 발견하지 못했다고 말했다. 그는 "육군과 해군의 장병들에게 적군에게 무기를 넘겨 주고 조국이 점령되는 것을 보는 일이 얼마나 힘든 일인지" 그리고 그런 명령을 내려서 충성스러운 인민들이 전쟁 범죄로 재판을 받도록 하는 자신의 임무가 얼마나 비참한지 잘 안다고 밝혔다. 그러나 이런 고려 사항들은 전쟁의 계속으로 일본 국민들이 입을 피해보다는 훨씬 작다고 말했다. 그리고 자신이 내린 결정을 적극적으로 이행해 달라는 당부를 결론으로 삼았다.

"짐의 결정을 모든 국민들이 알 수 있도록, 짐이 국민들에게 방송할 칙어勅語를 빨리 준비하기를 바라오. 마지막으로, 짐은 당부하오. 우리 앞에 놓인 힘든 날들을 맞을 수 있도록 여러분들 모두가 최선을 다할 것을."

천황이 비장한 얘기를 하고 눈물을 보이자, 모든 사람들이 눈물을 흘렸다.

곧바로 내각 회의가 열렸고, 천황이 바란 조치는 만장일치로 통과되어 법적 효력을 지니게 되었다. 외무성 관리들은 스웨덴과 스위스를 통해서 연합국들에 일본 정부의 공식 반응을 보내기 시작했다.

군부 소장파의 봉기

이런 상황에서도 아나미는 전쟁의 지속에 대한 미련을 버리지 못했다. 회의가 끝나자, 그는 우메즈를 따로 만나 군부 정변의 가능성을 물었다. 우메즈는 고개를 저었다. 이미 천황이 결정한 터라서, 군부 정변이 성공할 가능성은 없고 군부의 분열만을 부를 뿐이라는 얘기였다.

육군대신 관저로 돌아온 아나미는 비서관 하야시 사부로林三郞 대좌에게 도쿄 외곽에 있다는 소문이 도는 미군 차량 행렬을 공격하는 방안에 대해 의견을 구했다. 하야시는 그런 방안은 천황의 뜻을 어기는 일이고, 미군 차량 행렬도 없다고 지적했다.

이어 아나미를 찾아온 그의 의형제인 다케시타 마사히코竹下正彦 대좌가 그에게 군부 정변을 일으키라고 권했다. 다케시타는 군부 정변을 모의한 육군성의 좌관급 장교들 가운데 하나였다. 아나미는 먼저 육군성으로 돌아가서 상황을 살피겠노라고 대꾸했다.

이처럼 불안정한 상황을 안정시킨 것은 육군 참모차장 가와베 도라시로河邊虎四郎의 기민한 행동이었다. 그는 국제 정세에 밝고 합리적이어서, 1937년에 노구교사건이 일어났을 때 중일전쟁에 반대한 이시와라 간지石原莞爾 소장을 지지했었다. 육군성의 좌관급 장교들이 천황의 방침을 순순히 따른 아나미에게 힐문에 가까운 질문을 하는 것을 보자, 가와베는 육군의 최고 지휘관들이 천황을 지지해야 한다고 역설했다. 하타의 적극적 지지를 얻자, 가와베는 천황의 뜻을 끝까지 따른다는 서약서를 만들어서 서명을 받았다. 아나미도 서명했다. 이 서약서가 군부 반란의 불길이 널리 퍼지는 것을 막는 방화벽이 되었다.

이미 8월 11일부터 육군성 소속 좌관급 장교들은 반란을 모의하고 있었다. 그들의 목표는 천황 둘레의 온건파 보좌관들을 제거하고 새로운 정부를 구성하는 것이었다. 그들은 일본인 모두가 죽을 때까지 싸워야 한다고 믿었다. 일본제국의 국체가 무너지면, 일본 국민들은 살 수도 없고 살아서도 안 된다고 믿었다. 그렇게 스스로 자신들을 불태운 일본 국민들은 역사에서 가장 영광된 자리를 차지하리라고 그들은 믿었다. 이런 기괴한 신념을 가진 그들은 일본판 히틀러였다.

8월 12일 아나미는 이들 음모자들과 만나서 그들의 얘기를 들었다. 13일 오후에도 그는 이들과 만나서 그들의 거사 계획을 듣고 나서, 계획이 불충분하다는 것을 지적한 다음, 자신도 음모에 가담할 수 있음을 넌지시 알렸다.

아나미의 이런 행태에 놀란 하야시는 군부 정변은 성공할 수 없다는 것을 지적했다. 이미 포츠담 선언을 수락하기로 했다는 소식이 퍼져나가고 있어서, 국민들의 항전 의지가 허물어지고 있다, 따라서 군부가 전쟁을 지속하겠다고 나서도 따를 사람들이 드물 것이다. 당연히, 군부 정변은 성공할 가능성이 없다.

아나미는 육군성으로 돌아가서 반란 주모자들과 만났다. 그리고 하야시의 반론을 전했다. 상황이 불리해지고 아나미가 흔들리자, 주모자들은 공황에 빠졌다. 그들은 거사 일정을 앞당겨 14일 밤에 움직였다.

2130시경에 하타나카 겐지畑中健二 소좌와 시자키 지로椎崎二郎 중좌는 황궁을 지키는 1근위사단 2연대장 하가 도요지로芳賀豊次郎 대좌를 찾아갔다. 그리고 반란에 아나미, 우메즈, 동부군과 근위사단의 지휘관들이 참가했다고 얘기했다. 하가는 그 말을 믿고 그들이 황궁을 장악하는 것을 도왔다.

하타나카는 자신이 이끄는 소수의 병력이 황궁을 장악하고 정변의 조짐을 보이면, 항복에 반대하는 육군이 일제히 일어날 것이라고 믿었다. 그는 먼저 도쿄 일대를 방어하는 임무를 띤 동부군의 사령관 다나카 시즈이치田中靜壹 대장의 집무실로 가서 정변에 참가해 달라고 요청했다. 다나카는 하타나카의 요청을 거절하고 그에게 집으로 돌아가라고 명령했다.

하타나카는 그 명령에 따르지 않고 동료 장교들과 함께 1근위사단장 모리 다케시森赳 중장을 찾아갔다. 도쿄를 지키는 병력을 지휘하는 모리의 협력이 그들에겐 절실히 필요했다. 그들은 모리에게 정변에 참여할 것을 요청했다. 모리가 거절하자, 하타나카는 그를 죽였다. 그리고 모리의 인감으로 위조 명령서를 만들어 병력을 추가로 황궁 둘레에 배치하도록 했다.

하타나카가 이끄는 반도들은 황궁을 경비하는 경찰들을 무장 해제시키고, 모든 출입구를 봉쇄하고 전화선을 끊었다. 그렇게 황궁을 고립시킨 뒤, 그들은 궁내대신 이시와타와 내대신 기도와 천황의 항복 방송이 녹음된 레코드판를 찾아서 황궁을 뒤졌다. 그러나 황궁이 워낙 복잡하고 전기가 끊어져서 어두웠으므로, 그들은 두 대신들도 레코드판도 찾아내지 못했다. 두 사람은 녹음 레코드판을 갖고 황궁의 아래에 있는 '은행 금고'라 불리는 방에 숨어 있었다.

이런 일들이 벌어지는 사이에, 반도들의 다른 무리는 스즈키 수상의 집무실로 몰려갔다. 스즈키가 없다는 것을 확인하자, 그들은 집무실에 기관총을 쏘고 불을 질렀다. 그리고 스즈키의 자택으로 향했다. 경고를 받은 스즈키는 반도들이 들이닥치기 직전에 도피했다. 수상을 찾지 못하자 반도들은 그의 집에 불을 질렀다. 이어 그들은 히라누마 추밀원 의장의 집으로 몰려갔고, 히라누마가 피신했다는 것을 깨닫자 그의 집에 불을 질렀다.

15일 0300시경에 다나카는 반군이 황궁을 침입했다는 것을 알았다. 그는 동부군 부대들을 황궁으로 보내 반란을 분쇄하라고 지시하고 자신도 황궁으로 향했다. 그는 반군 장교들을 천황의 뜻을 어겼다고 질책하고 병영으로 돌아가도록 설득했다.

기대와 달리, 자신들의 봉기에 호응하는 사람들이 거의 없고 육군 지도자들이 무력으로 진압할 의사를 드러내자, 반란을 이끈 장교들도 실패를 인정했다. 그들은 NHK 방송을 통해서 자신들의 거사의 의도를 알릴 기회를 달라고 요청했다. 그런 요구가 거부되자, 하타나카를 비롯한 주모자들은 자결했다. 0800시경에 다나카는 반란이 진압되었다고 황실에 보고했다.

이보다 앞서 0500시경에 아나미가 육군대신 관저에서 자결했다. 그는 짤막한 유서를 남겼다.

> 한 몸이 죽음으로써 큰 죄를 갚고자 하노라. 쇼와昭和 20년 8월 14일 육군대신 아나미 고레치카. 화압. 신주神州는 결코 멸망하지 않으리라고 확신하노라.

'화압花押'은 한문 문명권에서 서명자가 본인임을 드러내기 위해 사용되는 기호나 부호를 뜻한다. '신주'는 일본 사람들이 자기 나라를 높이는 호칭이다. '신주불멸神州不滅'은 태평양전쟁의 상황이 일본에 불리하게 되자 일본군이 내세운 구호로, '일본은 결코 멸망하지 않는다'라는 뜻이다.

아나미의 유서에서 주목할 점은 그가 유서에 쓴 날짜가 그가 실제로 자결한 8월 15일이 아니라 14일이라는 점이다. 히로히토 천황의 육성 방송이 나오는 날이 아니라 전날에 죽었다는 얘기다. 여기서 아나미의 뜻이 읽힌다. 패전의 책임을 자신이 지고 가니, 남은 일본군 장병들은 새로운 질서 속에서 열심히 살아서 '신주불멸'의 구호를 실제로 이루라고 당부한 것이다.

군부의 지도자로서 "천황 다음으로 큰 권력을 지닌 사람"으로 꼽히던 아나미의 자결은 일본 군부에 큰 충격을 주었고, 고급 장교들이 상황을 널리 그리고 깊이 성찰하는 계기로 작용했다. 아나미의 자결은 천황의 항복 의사를 가장 강렬한 방식으로 따른 것으로 여겨졌고, 군부 내 반란의 기운을 억제하는 데 크게 기여했다. 아울러, 그의 자결은 일본제국 군대의 패망을 상징했다. 가와베는 "우리 대육군 70여 년의 성쇠가 아나미 대장의 자결로 종지부를 찍었다"고 일기에서 토로했다.

천황의 항복 방송

천황의 '옥음玉音(육성) 방송'은 8월 15일 정오에 행해지는 것으로 계획되었다. 14일 2100시와 15일 0721시에 나온 두 차례의 예고 방송은 일본 본토, 조선, 대만, 만주국 및 남양 제도의 일본 국민들에게 15일 정오의 옥음 방송을 들으라고 알렸다.

15일 정오, 시간을 알리는 신호가 울리자 아나운서가 알렸다.

"지금부터 중대한 방송이 있을 터이니, 전국의 청취자들께서는 모두 기립해 주시기 바랍니다."

동아시아 곳곳에서 라디오 앞에 모인 일본 국민들은 모두 급히 일어섰다. 다른 사람이 말을 이었다.

"천황 폐하께서 칙어를 손수 국민들에게 반포하시겠습니다. 저희는 뜻을 받들어 옥음을 전달하겠습니다."

이어 일본 국가 〈기미가요〉가 연주되었다. 국가 연주가 끝나자, 녹음된 천황의 연설이 재생되어 나왔다.

> 짐은 세계의 대세와 제국의 현상을 깊이 살피고 비상한 조치로 시국을 수습하려는 뜻을 품어 이에 충량한 그대 신민들에게 고하노라.
>
> 짐은 제국 정부가 미국, 영국, 지나 및 소련의 네 나라에 대하여 그들의 공동선언을 수락한다는 뜻을 통고하라고 지시하였도다.
>
> (…)

공손한 자세로 서서 방송에 귀를 기울이던 사람들은 먼저 낯선 목소리에 놀랐다. 천황이 보통 국민들과 어울린 적이 없었으므로, 라디오를

"짐은 제국 정부가 미국, 영국, 지나 및 소련의 네 나라에 대하여 그들의 공동선언을 수락한다는 뜻을 통고하라고 지시하였도다."

듣는 사람들의 대부분은 천황의 목소리가 낯설 수밖에 없었다. 레코드판에 녹음된 목소리를 재생한 터라서 더욱 생경하게 들렸다. 연설문도 궁중에서 쓰는 극도의 문어체여서 일반 일본인들에겐 아주 낯설었다. 게다가 연설의 내용을 극도의 완곡어법으로 설명한 까닭에, 국제 정세를 잘 아는 사람이라야 무슨 얘기인지 짐작할 수 있었다.

그래도 갑작스러운 천황의 방송 연설이 나왔다는 사정과, 국민들과 군인들의 희생을 거듭 얘기하는 연설 내용으로 미루어 청취자들은 그것이 일본의 항복 선언임을 차츰 깨달았다. 특히 "감당할 수 없는 것을 감당하고 참을 수 없는 것을 참아야 한다"는 얘기는 일본이 적국의 지배를 받게 되었음을 일깨워 주었다.

그렇게 해서, 1941년 12월 7일에 일본제국 해군 연합함대 기동부대가 펄 하버를 기습함으로써 시작된 태평양전쟁은 끝났다. 동시에 인류 역사에서 가장 큰 재앙이었던 제2차 세계대전도 끝났다.

제26장

고향으로 돌아가는 길

전쟁의 결산

일본의 항복은 1945년 8월 15일 히로히토 일본 천황의 항복 방송으로 확정되었다. 그러나 공식 항복 문서는 9월 2일에 도쿄만에 정박한 미국 전함 '미주리(Missouri)호'에서 서명되었다. 이 문서의 기본 내용은 일본이 포츠담 선언의 규정들을 받아들이고, 일본군은 연합국들에 '무조건 항복'을 한다는 것이었다. 마지막 단락은 "국가를 통치할 천황과 일본 정부의 권위는 연합국 최고사령관에게 종속되는 바, 그는 이들 항복 조건들을 실행하기 위해 적절하다고 판단되는 절차들을 밟을 것이다"라고 규정했다.

항복 문서엔 8월 17일에 도고의 후임으로 외상이 된 시게미쓰 마모루가 "일본 천황과 일본 정부의 명령에 따라 그리고 대표해서" 서명했다. 이어 육군 참모총장 우메즈 요시지로 대장이 "대본영의 명령에 따라 그리고 대표해서" 서명했다. 연합국들을 대표해서 먼저 맥아더와 니미츠가 서명했다. 이어 중국, 영국, 러시아, 오스트레일리아, 캐나다, 프

9월 2일에 도쿄만에 정박한 미국 전함 미주리호에서 공식 항복 문서가 서명되고, 제2차 세계대전이 공식적으로 끝났다.

랑스, 네덜란드, 그리고 뉴질랜드 대표가 각기 서명했다. 이로써 제2차 세계대전은 공식적으로 끝났다.

온 세계를 휩쓴 그 전쟁의 끝은 그렇게 명확하지만, 그 시작은 분명치 않다. 1939년에 독일이 폴란드를 공격한 것이 제2차 세계대전의 시작이라는 견해가 널리 받아들여진다. 그러나 1941년에 일본이 미국을 공격하고 독일이 미국에 선전포고를 하자, 유럽의 전쟁과 태평양전쟁이 하나의 전쟁으로 합쳐졌다. 이어 중국이 연합국의 일원이 되자, 1937년에 일어난 중일전쟁이 세계 대전의 한 부분이 되었다. 그리고 중일전쟁은 1931년의 만주사변이 기원이므로, 제2차 세계대전의 기원은 만주사변으로 소급되었다.

그렇게 오래 이어지고 널리 번진 전쟁이었으므로, 그 피해도 엄청났다. 전쟁으로 죽은 사람들은 7천만에서 8,500만 명으로 추산되는데, 군인들이 30퍼센트가량 되고 민간인들이 70퍼센트가량 되었다. 가장 큰 인명 손실은 러시아(2천만~2,700만), 중국(1,500만~2천만), 독일(690만~740만), 폴란드(590만~600만), 네덜란드령 동인도(300만~400만), 일본(250만~310만), 인도(220만~300만), 프랑스령 인도차이나(100만~200만)가 입었다. 조선의 인명 손실은 48만 3천~53만 3천 명으로 추산된다.

전쟁은 삶을 단순하게 만든다. 적과의 싸움에 도움이 되는 것들에 우선순위가 주어지고, 그렇지 못한 것들은 뒤로 밀린다. 개인들의 선택과 행동은 사회적 요구에 종속되고, 모든 자원들은 전쟁 지원에 동원된다. 모든 것들이 부족하니, 욕망도 극도로 단순해진다.

전쟁이 끝나면, 갑자기 모든 것들이 복잡해지고 혼란스러워진다. 사회를 이끌었던 가치의 핵심은 사라졌는데, 새로운 가치 체계는 더디게 나오고, 그것에 적응하기는 쉽지 않고 어쩔 수 없이 괴롭다. 자연히 많은 사람들이 이 시기에 어려움을 겪는다. 전쟁에서 가까스로 살아남은 사람들이 기아와 질병과 박해로 죽는다.

특히 큰 어려움을 겪는 사람들은 이국에서 종전을 맞은 사람들이다. 전쟁은 많은 사람들을 낯선 곳으로 끌고간다. 전쟁이 끝나면 그들은 고향으로 돌아가야 한다. 그러나 많은 사람들에겐 고향에 돌아갈 길이 없거나, 낯설고 적대적인 외국을 거쳐야 고국에 이를 수 있다. 패전한 나라들의 군인들과 민간인들은 특히 큰 어려움을 겪게 된다.

가장 참혹한 운명을 맞은 사람들은 종전으로 오래 살아온 땅에서 쫓겨난 난민들이었다. 두드러진 경우는 독일이 동쪽 영토를 많이 잃으면서 오랫동안 살아온 고향에서 쫓겨난 독일 사람들이었다. 독일이 잃은 동프로이젠, 슐레지엔 및 포메른과 체코슬로바키아, 헝가리, 루마니아, 유고슬라비아 및 발트 3국에 살던 독일계 주민들은 갑자기 삶의 터전을 잃고 서쪽으로 이주해야 했다. 1944년부터 1950년에 걸쳐서, 적게는 1,200만에서 많게는 1,460만 명의 독일 시민들과 독일계 주민들이 독일 국경 안으로 이주했다. 아무런 준비 없이 적대적 주민들이 사는 지역을 거치는 긴 여정은 끔찍한 고난일 수밖에 없어서, 적게는 50만에서 많게는 250만 명이 죽었다.

러시아로 끌려가서 강제노역에 종사한 독일군은 300만 명이 넘었는데, 이들 가운데 100만 명 넘게 수용소에서 죽었다. 서독 정부의 끈질긴 외교 덕분에, 살아남은 포로들은 1956년까지는 모두 서독으로 송환되었다.

전쟁이 끝났을 때, 일본 본토 이외의 해외 지역에 있던 일본군은 350만 명가량 되었다. 이들의 대부분은 미군과 중국군에 의해 무장 해제되었고 대부분 일본으로 송환되었다.

만주에 있던 관동군은 대부분 러시아군에 의해 무장 해제되었는데, 이들은 모두 러시아의 강제수용소에서 강제노역에 종사했다. 적게는 56만에서 많게는 76만 명으로 추산되는 이들 가운데 적게는 6만에서 많게는 34만 7천 명이 죽었다. 생존자들은 3천 명가량을 빼놓고는 1950년까지 풀려났다.

일본군이 중국 대륙과 태평양의 섬들에 분산되었으므로, 무장 해제된 일본군의 송환은 힘들고 더뎠다. 일본군에 군인으로나 군속으로 복무한 조선인들은 36만이 넘었다. 이들은 대부분 '남양 제도'라 불린 태평양의 섬들에 있었으므로 귀국이 특히 힘들었다. 현인이 불러 널리 유행한 〈고향 만 리〉(유호 작사, 박시춘 작곡)는 그들의 처지를 잘 그렸다.

> 남쪽 나라 십자성은 어머님 얼굴
> 눈에 익은 너의 모양 꿈속에 보면
> 꽃이 피고 새도 우는 바닷가 저편에
> 고향 산천 가는 길이 고향 산천 가는 길이
> 절로 보이네.
>
> 보르네오 깊은 밤에 우는 저 새는
> 이역 땅에 홀로 남은 외로운 몸을
> 알아주어 우는 거냐 몰라서 우느냐
> 기다리는 마음속엔 기다리는 마음속엔
> 고동이 운다.
>
> 날이 새면 만나겠지 돌아가는 배
> 지나간 날 피에 맺힌 꿈의 조각을
> 파도 위에 뿌리면서 나는 가리다
> 물레방아 돌고 도는 물레방아 돌고 도는
> 내 고향으로.

고국으로 가는 배를 타기 전에 먼저 사선死線을 넘어야 했던 이들도 있었다. 일본군의 조선인 군속들 가운데 상당수는 포로수용소 간수로 일했다. 일본군 포로수용소는 환경이 무척 열악했고, 일본군 병사들이나 간수들은 드물지 않게 포로들을 학대했다. 포로수용소가 해방되면, 연합군은 포로들을 학대한 군인들과 간수들을 전범들로 간주해서 그 자리에서 처형했다. 간수들은 하나씩 출발선에서 합격선까지 걸어야 했다. 배심원들이 된 연합국 포로들 가운데 한 사람이라도 "쏴라!" 하고 외치면, 대기하던 연합군 사격조가 그를 사살했다.

패색이 짙어지자, 일본군은 연합군의 처벌을 두려워해서 조선인 장병들을 포로수용소에 많이 배치했다. 그래서 포로를 학대한 전범으로 처형된 조선인들이 많았다. 고급 장교로는 홍사익洪思翊 중장이 부하들의 포로 학대에 대한 책임으로 전범 재판에 회부되어 처형되었다.

남사할린은 러일전쟁에서 일본이 얻은 땅이었다. 일본은 이 지역을 가라후토樺太라 불렀다. 남사할린에 대한 러시아군의 공격은 만주 침공 작전의 일환이었지만, 8월 11일에야 개시되었다. 전력에서 크게 열세였지만, 일본군의 저항은 완강해서 전투는 8월 25일에야 끝났다.

당시 남사할린엔 40만 명가량 되는 일본인들이 살았다. 그들 가운데 4만 명가량은 징용되어 탄광에서 일하던 조선인들이었다. 전쟁의 막바지에 10만 명가량이 일본 본토로 철수했다. 러시아 정부는 나머지 30만 명의 일본 국적 주민들의 잔류를 강력히 권유하고 동화 정책을 폈다. 그래서 남사할린으로부터 일본으로의 귀환은 다른 지역들보다 오래 지연되었다.

1946년에야 일본인들의 본토 귀환이 시작되었고, 러시아 정부는 1950년까지는 귀환을 원하는 주민들이 모두 송환되었다고 주장했다. 그러나 조선인들은 제외되었다. 1957년에 귀환이 재개되자, 일본인 여성과 결혼한 조선인 남성들의 귀환이 허용되었다. 그래서 일본 여성들에게 큰돈을 주고 남편과 임시로 이혼하게 한 뒤 '형식적 결혼'을 해서 귀환한 조선인들이 많았다. 1967년의 인구 조사는 일본인 100여 명과 조선인 7천 명이 아직 사할린에 산다고 밝혔다. 일본인들은 조선 남성들과 결혼한 여성들이었고, 조선인들은 일본 여성들이나 러시아 여성들과 결혼한 사람들이었다.

뒷날 한국과 러시아가 수교하자, 사할린에 남은 조선인들이 일시 귀국해서 가족들과 만났다. 그러나 귀국과 상봉의 기쁨이 채 가시기도 전에, 그들은 헤어져서 보낸 세월의 감당하기 어려운 무게에 짓눌렸다. 남편이 징용되어 떠난 뒤 수절하면서 시부모 모시고 유복자를 키운 아내에게 사할린에 정착한 남편에겐 이제 새 가정이 있다는 사실은 잔인한 보답이었다. 그것은 답이 없는 수학 문제였다. 그래서 드물지 않게 "만나지 않았더라면 차라리 나았을 것을…"이라는 탄식으로 다시 헤어진 경우들도 있었다.

한운사는 미군 B-29 폭격기가 뿌린 전단에서 일본의 항복 소식을 얻었다. 내무반으로 돌아오자, 그는 조선인 동료들을 방공호를 끌고 들어가서 그 소식을 알려 주었다. 이미 내무반 분위기가 달라져 있었다. 당시의 정황을 한운사는 이렇게 회고했다.

> 도맡아 나를 괴롭히던 모리가 불렀다.
> "기분 좋으냐?"
> "…."
> "너는 사이판과 유황도가 옥쇄했을 때도 좋아했지?"

"…"

"조선 독립, 네가 그렇게 기다린 거지?"

"…"

"그러나 착각 마라. 일본은 항복 안 해! 코쟁이들이 오면 죽창으로라도 싸울 거야. 그것이 야마토다마시大和魂이라는 거야. 알겠니?"

며칠 뒤 나가사키에 원자폭탄이 또 하나 떨어졌다. 일대가 완전히 초토화되는 위력이라 했다.

1945년 8월 15일, 마침내 일왕의 항복 선언이 있었다. 동작이 느린 천응렬千應烈은 장기판을 만들었다. 도쿄제대 출신 나카무라中村가 가세했다. 그는 많은 말을 하지 않았지만, 언제나 우리에게 따스했다. "1열 총돌진"이라 했지만, 나카무라 같은 사람, 일본에 또 얼마나 많을까. 그들은 군국주의에 눌려서 복종하고 사는 습성에 젖어 있었을 뿐.

미군이 일본 본토에 상륙하고 한 달 뒤에 조선 출신 학도병들은 고향으로 떠날 수 있었다. 9월 15일. 휘황한 달밤에 우리는 역으로 향하는 트럭에 올라탔다. 아무도 나오지 않았다. 그러나 한 그림자가 나타났다. 나카무라였다. 당시 그의 모습을 나는 영원히 잊지 못한다. 인간의 내일. 당신 같은 사람이 있기에 우리는 희망을 버리지 않고 살아가는 것이다. (한운사, 『구름의 역사』)

그러나 한운사의 경우는 예외적으로 수월하게 귀국한 경우다. 대개는 더디고 위험한 과정을 겪고서야 고국으로 돌아올 수 있었다.

해외에서 활동하다가 귀국하는 일이 어렵다는 사실을 가장 극적으로 보여 준 것은 OSS의 '독수리 작전'에 참가해서 서안西安(시안)에서 훈련

받던 요원들의 귀국 시도였다.

8월 14일 새벽 프랭크 번스 대령이 지휘하는 선발대는 서울을 향해 서안공항을 출발했다. 선발대는 미군 요원 22명과 한국 요원 6명으로 이루어졌는데, 장준하, 김준엽, 노능서, 이계현, 이해평으로 이루어진 한국 요원들은 이범석이 이끌었다.

그러나 그들을 실은 수송기가 산동반도를 막 벗어났을 때, 운남雲南(윈난)성 곤명昆明(쿤밍)의 OSS 지역본부에서 회항하라는 지시가 내려왔다. 도쿄만으로 진입하던 미국 항공모함을 일본의 가미카제 전투기들이 공격했다는 것이 알려지자 임무가 취소된 것이었다.

선발대는 8월 18일 새벽에 다시 한국 진입에 나섰다. 상황이 아직 유동적이어서, 기체를 가볍게 하기 위해 인원을 미군 요원 18명과 한국 요원 4명으로 줄였다. 한국 요원들은 대장 이범석과 장준하, 노능서, 신일이었다.

그들이 탄 수송기는 계속 일본 조선군 사령부와의 교신을 시도했다. 항공기가 영등포 상공에 이르러서야 교신이 되었다. "미국 군사사절단 진입 중"이라는 전문에 "여의도에 착륙하라"는 답신이 왔다. 그러나 여의도에 내리니, 일본군이 그들을 생포하려 시도했다. 당시의 긴박한 상황을 장준하는 회고록 『돌베개』에서 생생하게 그렸다.

> 우리 주변엔 돌격 태세에 착검을 한 일본군이 완전 포위를 하고 있었다. (…) 코끼리 콧대 같은 고무관을 제독통에 연결시킨 험상궂은 방독면을 뒤집어쓴 일군이 차차 비행기를 중심으로 해서 원거리 포위망을 줄여 오고 있었다. (…) 타고 온 C-47 수송기로부터 한 50여 미터 떨어진 곳의 격납고 앞에는 실히 1개 중대나 되는

> 일군 병사들이 일본도를 뽑아 든 한 장교에게 인솔되어 정렬해 있었다.

마침내 번스 대령과 17방면군(조선군의 후신) 사령관 고즈키 요시오上月良夫 중장이 대면해서 협상이 시작되었다. 조선 사람들에게 뿌린 전단을 번스가 내밀자 고즈키는 읽어 보더니, 미군 사절단이 찾아온 이유는 충분히 이해하지만, 아직 도쿄의 대본영으로부터 지시받은 바가 없으니 사절단은 되돌아가는 것이 좋겠다고 말했다. 그리고 병사들이 흥분한 상태니 사절단의 안전을 보장하기 어렵다고 덧붙였다.

결국 선발대는 연료를 공급받아서 19일 오후에 여의도를 이륙했다. 그리고 연료 부족으로 산동성에 불시착했다. 한국 요원들은 우여곡절 끝에 임정 요인들과 합류해서 11월 하순에야 귀국했다.

냅코 작전에 참가했던 한국인 요원들 가운데 포로 출신 요원들은 다시 포로 신분이 되었고 하와이의 수용소로 이송되었다. 아이플러 대령이 맞은 엄청난 어려움을 알 리 없는 터라 그들은 불만이 클 수밖에 없었다. "표창장 하나 주고 이렇게 끝낼 수 있는가?"라는 항의가 나왔다.

다행히 포로수용소장 하월(H. K. Howell) 대령은 그들의 이력을 잘 알아서 최대한으로 배려했고, OSS에선 그들을 지휘했던 장석윤과 조종익趙鍾翊이 그들을 보살폈다. 아울러, 하월 소장의 여비서는 한국계 미국인인 신영순이어서 그들에게 도움을 주었다.

그들의 수용소는 오아후섬의 호노울리울리 협곡(Honouliuli Gulch)에 있었는데, 그들이 들어오기 전에 2,600명가량 되는 한국인 노무자들이 수용되어 있었다. 이들 노무자들은 태평양의 격전지들에서 살아남은 사람들이었다. 포로들은 자유롭게 지냈고 약간의 급료도 받았다. 수용소를 위해 일하면 보수를 받았다.

하월은 한국인 포로들의 교양을 높이는 데 관심이 커서, 대학생이었던 박순동, 이종실, 박형무에게 회보를 발행하도록 권장했다. 그래서 〈자유한인보(Free Press for Liberated Korea)〉가 3회 발행되었다. 이들 냅코 작전 요원들은 1945년 말에 하와이를 출발해서 1946년 1월 초에 인천항에 도착했다.

중일전쟁이 일어나면서, 군비 부담으로 조선인들의 삶은 어려워졌다. 태평양전쟁 말기엔 삶이 무척 어려웠다. 그래도 조선은 일본 본토가 겪은 해상 봉쇄와 공중 폭격은 피해서, 사회가 극도로 파괴되거나 피폐해지진 않았다.

그러나 해외로 나간 조선인들은 어려운 처지들에 놓였고 피해도 컸다. 과덜커낼에서 죽은 2천 명의 노무자들을 비롯해서 많은 조선 사람들이 이국의 흙이 되었고, 살아난 사람들 가운데도 끝내 고국으로 돌아오지 못한 이들이 적지 않았다. 그리고 우리는 차츰 그들을 잊었다. 이제 그들을 기억하는 이들은 드물다.

태평양전쟁의 싸움들에 해군 장교로 참가했던 미국 소설가 허먼 워크(Herman Wouk)는 제2차 세계대전을 그린 『전쟁과 기억(War and Remembrance)』에서 "전쟁의 끝의 시작은 기억에 있다(The beginning of the end of war lies in remembrance)"고 말했다. 우리는 이역의 흙이 된 이들 조선인들의 기억을, 특히 일본군 군복을 입은 채 삶을 마친 젊은이들의 기억을, 언제 다시 지니게 될 것인가?

이승만의 귀국

이승만은 일본의 항복 소식을 8월 15일 새벽에 들었다.

갑자기 침실 문을 노크하는 소리에 그는 잠이 깼다. 이어 조심스럽게 문이 열리고 문간에 사람들의 모습이 보였다.

"박사님, 접니다." 임병직의 목소리였다.

이승만의 가슴이 한순간 오그라들었다. 이 시간에 임병직과 다른 사람들이 찾아와서 침실 문까지 열었다면, 무슨 급한 일이 생겼다는 얘기였다. 그는 고개를 돌려 흘긋 옆에 누운 프란체스카를 살폈다. 그녀도 긴장이 된 낯빛으로 그의 얼굴을 살폈다.

"아, 커늘 임. 들어오시오." 그는 애써 긴장을 풀면서 말했다. 목소리가 탁하게 나왔다.

"박사님, 일본이 항복했습니다."

"그래?" 한순간 그는 멍한 마음이 되었다. 뜻밖의 일이 일어난 것은 아니라는 안도와 공식적으로 일본이 패망하고 조선이 해방되었다는 흥분이 뒤섞여서 거품을 내고 있었다. 그는 일본이 포츠담 선언을 수락했다는 소식은 들은 터였다. 그래도 일본이 공식적으로 항복을 선언했다는 사실은 묵직하게 그의 마음을 밀고들어 왔다.

"일본 천황이 직접 방송에 나와서 항복을 선언했다고 합니다. 이제 해방되었습니다." 임의 목소리엔 눌러 넣은 흥분이 넘치고 있었다.

가슴에서 성취감과 허무감이 묘하게 섞이는 것을 느끼면서, 이승만은 천천히 고개를 끄덕였다. "해방이 이렇게 오는구먼."

"네, 박사님." 늘 발랄한 최정림이 받았다. "해방의 날이 올 줄 알았지만, 막상 닥치니 기분이 이상해요, 박사님."

이승만의 얼굴에 비로소 환한 웃음이 어렸다. "맞아요." 그는 침대에서 내려섰다. 그리고 탄식처럼 말했다. "이제 돌아가야지. 우리 땅으로 돌아가야지."

이승만은 곧바로 트루먼, 장개석, 그리고 스탈린에게 승전을 축하하는 전보를 보냈다. 그는 세 나라의 입장을 고려해서 적절한 '외교적 언사'를 썼다. 트루먼에겐 대한민국 임시정부가 미국 제도를 본받았음을 언급했다. 장개석에겐 두 나라가 "동일한 문제가 있으므로 밀접한 협력이 필요합니다"라고 썼다. 공산주의 세력의 위협에 함께 대처해야 한다는 얘기였다. 스탈린에겐 한국이 러시아의 안전에 도움이 되리라는 점을 강조했다.

"평화를 사랑하고 소비에트 연방에 변치 않는 호의를 가진 3천만 한국인이 건설한 통일 민주주의 독립국가 한국이 소비에트 연방과 극동아시아의 평화와 안보를 지키는 안전장치가 될 것이라고 확약합니다."

영국 수상 애틀리에겐 8월 21일에 축하 전보를 보냈다. 그 전보에서 그는 민감한 문제를 언급했다.

"한국이 또 하나의 폴란드가 되는 상태를 방지하기 위해 각하께서 중재해 주시기를 간곡하게 요청합니다."

폴란드에서의 실패는 영국 지도자들에겐 깊은 심적 외상을 남겼다. 이승만은 한국이 그런 운명을 맞지 않도록 도와달라고 직설적으로 부탁한 것이었다.

8월 30일엔 한미협회 주최로 '한국 해방의 밤(Korea's Liberation Night)' 만찬 연설회가 열렸다. 그동안 한국의 독립을 위해 애써 준 인사들 130여 명이 모인 잔치였다. 필리핀의 외교관으로 국제연합에서 활약해서 국제적 명성을 얻은 로물로와, 미국 천주교 해외선교회(Catholic Foreign Mission Society of America)[메리놀 교단(Maryknoll Order)]의 제임스 월시(James Walsh) 대주교의 연설은 ABC 방송을 통해 미국 전역에 방송되었다.

이런 외교 활동을 벌이는 사이, 이승만은 귀국을 서둘렀다. 한국으로 가는 것은 미국 정부의 허가와 지원이 있어야 가능했으므로 쉬운 일이 아니었다. 구체적으로는, 남한을 통치하는 미군 사령부가 허가하고, 태평양지구 미국 육군 사령부와 전쟁부가 그 허가를 승인하고, 군사 지역 여행을 위한 군용기의 사용이 승인되고, 국무부가 여권을 발급해야 비로소 귀국길에 오를 수 있었다.

이승만은 이미 8월 8일에 백악관에 귀국을 청원하는 편지를 보냈다. 이어 8월 10일엔 전쟁부에 귀국 허가를 요청했다. 일본이 항복한 뒤엔, 그는 거듭 백악관에 전보와 편지를 보내서 귀국을 청원했다. 그의 조속한 귀국이 필요하다고 판단한 미국인 친구들이 적극적으로 나서서 그를 도왔다. 8월 22일엔 폴 더글러스, 존 스태거스와 제이 제롬 윌리엄스가 트루먼 대통령에게 이승만의 귀국을 청원하는 편지를 보냈다. 국무부와의 교섭엔 OSS의 프레스턴 굿펠로 대령과 윌리엄스가 열심히 도왔다.

미국 국내에선 할 만큼 했다고 생각한 이승만은 8월 27일에 맥아더에게 귀국을 청원했다. 그는 맥아더와 이미 서신을 교환한 터였다. 그는 7월 27일에 로물로와 협력해서 마닐라를 거점으로 삼아 조선 사람들을 상대로 선무 공작을 하고 싶다는 전문을 보냈고, 맥아더는 호의적 답신을 보내왔다. 이승만이 견지해 온 공산주의 러시아에 대한 불신과 경계는 같은 생각을 지닌 맥아더의 긍정적 반응을 얻었다. 그리고 전쟁부의 스위니(Sweeney) 대령이 필요한 허가를 내주었다.

마침내 9월 5일 이승만의 여권 발급에 대한 국무장관의 재가가 났다. 이어 전쟁부에서 맥아더의 동의를 얻어 한국으로의 여행을 허가했다. 국무부의 담당관 매닝(Manning)은 이승만에게 교통편을 알아보겠다고 통보했다.

일이 잘 풀리자, 이승만은 떠나기 전에 할 일들을 마무리하기 시작했다. 그리고 틈을 내어 아들이 묻힌 곳을 찾았다.

아들 무덤 앞에 이르자, 이승만은 먹먹한 마음으로 나오는 한숨을 죽였다. 가슴속으로 시든 나뭇잎을 날리는 시린 바람이 불었다. 세월이 가면서 오히려 시려지는 바람이었다.

프란체스카가 꽃바구니를 묘비 옆에 내려놓았다. 그녀는 무덤을 둘러보더니, 바구니의 국화 송이들을 하나씩 뽑아 작은 비석 옆의 돌 화병에 꽂았다.

그 모습을 망연한 눈길로 바라보다가, 그는 마음을 추슬렀다. 공동묘지를 둘러보면서, 그동안 바뀐 모습을 살폈다. 지난번에 찾았을 때보다 묘지는 더 커진 듯했다. 원래 태산이는 필라델피아 시내의 오드펠로스 공동묘지(Oddfellows Cemertery)에 묻혔었는데, 뒤에 필라델피아 근교 로클레지(Rockledge)에 있는 이곳 론뷰 공동묘지(Lawnview Cemetery)로 이장했다.

이장할 때 도움을 받았던 보이드(Boyd) 부인에게 생각이 미치면서, 그의 가슴에 아릿한 회한이 일었다. 그가 미국에 도착해서 막 학업을 시작했던 때에 참으로 많은 도움을 준 분이었다. 태산이를 마지막으로 거둔 사람도 그녀였다. 그러나 그가 독립운동에 온 힘을 쏟으면서, 그녀와

'이제 애비는 돌아간다. 언제 다시 찾아올지…. 잘 있거라, 태산아.'

의 연락이 뜸해졌다. 그가 하와이에서 나와 필라델피아를 찾았을 때, 그녀가 이미 여러 해 전에 타계했다는 얘기를 들었다.

"태산아."

프란체스카의 목소리에 그는 상념에서 깨어났다. 한순간 프란체스카가 일곱 살 난 아들을 한국식으로 불렀다는 생각이 들었다. 이어 쓸쓸한 웃음이 그의 입가에 어렸다.

묘비에는 "RHEE TAISANAH 1899-1906"이라 새겨져 있었다. 이승만이 아들을 "태산아" 하고 부르는 것을 본 보이드 부인이 아이 이름이 '태산아'인 줄로 알고서 그렇게 새긴 것이었다. 프란체스카도 그렇게 알고 있었다. 그는 아들 이름이 '태산'이라는 것을 어쩐지 설명하고 싶지 않았다. 그래서 그냥 지나갔다. 아들이 그런 이름을 갖는 것이 녀석의 짧고 기구한 삶을 잘 상징하는 듯해서, 오히려 정이 가는 것도 같았다.

'살았으면, 지금….'

자신도 모르게 장년이 된 아들의 모습을 그려 보다가, 그는 고개를 저어 그 환영을 지웠다. 어린 나이에 기선을 타고 태평양을 건너와서, 모든 것들이 낯설고 말도 통하지 않는 세상에서 혼자 부대끼다가 세상을 떠난 아이의 삶을 어쩐지 더 비참하게 만드는 듯했다.

'이제 애비는 돌아간다. 언제 다시 찾아올지…. 잘 있거라, 태산아.'

눈을 감고서, 그는 마음속으로 작별 인사를 했다.

"국화 향기가 좋아요."

허리를 굽히고 묘비를 쓰다듬던 프란체스카가 그를 올려다보면서 말했다.

문득 눈가가 아려 왔다. 국화 향기도 냄새를 맡을 수 없는 녀석에겐 아무런 뜻을 지니지 못한다는 생각이 들었던 것이다. 자식이 너무 안쓰럽고, 자신은 너무 억울했다. 혼자 어디 가서 소리 내어 울고 싶은 충동이 몸을 거세게 쥐었다. 그 충동을 급히 누르면서 그는 희미한 웃음을 지었다. 그리고 천천히 고개를 끄덕였다.

비둘기들이 날아올랐다. 그 힘찬 몸짓이 그의 빈 가슴에 생기를 넣어 주는 듯했다.

"마미."

목소리가 탁하게 나왔다.

"네, 파피." 그녀가 일어섰다.

"사람이 소중한 것을 잃으면, 가슴 한구석이 비어요."

"네, 파피." 그녀의 눈길이 그의 얼굴을 어루만졌다.

"그 빈자리는 무엇으로도 채울 수 없어요. 평생 빈 채로 남아요. 세월이 가면, 무엇으로 채워지는 것이 아니라, 오히려 더 깊이 비어 가요. 회한이 더 깊어져서, 더 깊이 비어 가요."

그녀가 고개를 끄덕였다. 그녀도 소중한 것들을 잃었다. 그와의 결혼을 위해.

"대신 새로운 인연들이 생기고 깊어져서, 나날의 삶이 더 보람차게 되어요. 나는 잃은 것들보다 그렇게 새로 얻은 것들이 훨씬 많아요. 나는 운이 무척 좋은 사내요. 열두 해 전 내 평생에서 가장 큰 행운이 찾아왔어요. 덕분에 나는…."

그녀가 그의 오른손을 두 손으로 조심스럽게 감쌌다. "고마워요, 파피. 하지만, 내가 얻은 행운은 당신이 얻은 행운보다 더 커요." 그녀가 고개를 숙였다. "얼마나 큰지 당신은 상상하지 못할 거예요." 그녀 목소리가 젖어 있었다.

두 사람은 천천히 무덤들 사이로 걸어 나왔다. 손에 빈 바구니를 든 프란체스카가 그의 팔을 꼈다.

그는 고개를 바로 들고서 가을 하늘의 공기를 한껏 들이켰다. 오래전 한성감옥에서 풀려났을 때 했던 것처럼. 그는 어린 아들의 무덤에 많은 것들—이국에서의 독립운동에 따르는 가난과 좌절과 회한—을 두고 가는 것이었다. 이제는 오래전에 떠난 고국으로 돌아가서 거기서 기다리는 운명과, 틀림없이 거칠게 몰아닥칠 운명과 마주해야 했다.

사람들이 아주 드물지는 않았지만, 가을 햇살이 비끼어 떨어지는 공동묘지는 어쩔 수 없이 황량했다. 팔에 느껴지는 아내의 무게가 고맙도록 든든했다. 문득 『실낙원』의 마지막 구절이 떠올랐다.

그들은 자연스러운 눈물을 흘렸다, 그러나 이내 씻었다;
온 세상이 그들 앞에 있었다, 그들의 안식처를 고를,
그리고 섭리를 그들의 안내자로 삼을:
그들은 서로 손 잡고서 비틀거리고 느린 걸음으로
에덴 동산을 지나 그들의 외로운 길을 걸었다.

Some natural tears they dropt, but wiped them soon;
The world was all before them, where to choose
Their place of rest, and Providence their guide:
They hand in hand, with wandering steps and slow,
Through Eden took their solitary way.

그들이 필라델피아의 아들 묘소를 찾은 다음 날, 매닝은 여권에 문제가 생겼다면서 여권과 책임자 루스 시플리(Ruth Shipley)를 만나보라고 했다. 이승만이 무슨 문제냐고 묻자, 매닝은 이승만의 직책으로 기재된 '주미외교위원장(High Commissioner)'에 대해 국무부가 동의하지 않는다고 얘기했다. 마침 금요일 오후여서, 이승만 부부는 불안한 마음으로 주말을 보냈다.

이승만이 월요일 아침에 국무부 여권과를 찾으니, 시플리가 매닝의 설명을 확인해 주었다. 이승만은 자신이 그런 직책을 필요로 하지 않으며, 직책 없이 조용히 한국으로 돌아가고 싶을 따름이라고 얘기했다. 그래서 스위니 대령이 직책이 기재되지 않은 허가서를 다시 발급하기로 했다. 이 새 허가서를 갖고 이승만이 다시 국무부를 찾았더니, 매닝은 국무부가 이승만이 교통편을 얻는 것에 협력하지 않기로 결정했다고 말했다. 아울러, 맥아더로부터 오키나와나 도쿄에 착륙해도 된다는 특별허가서를 새로 받아야 한다고 했다(원래 이승만은 맥아더를 만나려고 마닐라에 기착할 계획이었다. 그러나 맥아더가 일본으로 본부를 옮기자, 마닐라 대신 도쿄를 경유하기로 바꾸었다). 그리고 육군 항공기가 한국까지 수송 편의를 제공한다는 확인서도 필요하다고 덧붙였다.

이승만은 이런 요구를 스위니에게 전하고, 다시 맥아더 사령부에 연락해 달라고 부탁했다. 그러나 스위니는 그런 연락을 하려면 국무부의 특별요청이 있어야 한다고 말했다. 이승만이 시플리에게 스위니의 요구를 전하니, 그녀는 국무부로선 더 이상 이승만을 위해 나설 수 없다고 언명했다.

시플리는 평범한 공무원이 아니었다. 오랫동안 여권과장을 하면서, 그녀는 꿋꿋한 여성 공무원이라는 평판을 얻었다. 남녀 차별이 보편적 기준이었던 1930년대에 기혼 부인이 결혼 이전의 이름으로 여권을 신청하면, "아무개의 아내(wife of ~)"라는 문구가 따르지 않는 여권을 내주었다. 그녀는 미국의 이익을 늘 앞세웠고, 미국의 공산주의자들을 조국에 대한 충성심이 부족한 집단으로 여겼다. 그녀는 모든 여권의 허가를 일일이 살폈고, 그녀의 결정을 뒤집으려면 대통령의 결정이 필요하다는 얘기가 돌았다.

이승만은 시플리를 잘 알았다. 그가 미국 국적을 취득하지 않고 어느 나라도 인정하지 않는 대한민국 국적을 고집해서, 그가 미국 밖으로 나갈 때마다 문제가 생겼다. 그래서 프란체스카가 처음 미국에 도착해서 여권을 마련했을 때, 시플리는 프란체스카에게 "제발 이 박사에게 부탁해서 여권을 만들라"고 부탁했었다.

그런 사정으로 미루어 보면, 그녀가 국무부의 실력자들로부터 엄청난 압력을 받는 것이 분명했다. 그리고 그런 압력은 이승만 자신이 드러내놓고 러시아를 경계해 온 데서 비롯했을 터였다. 특히 얄타 회담에서 비밀협약이 맺어졌다는 폭로는 국무부 안에서의 그의 '악명'을 결정적으로 높였을 터였다.

1942년 앨저 히스와 만난 뒤로 그는 국무부 안에 러시아의 이익을 미국의 이익보다 앞세우는 공산주의자들이 많다고 짐작했다. 이승만의 그런 추측은 그르지 않았다. 하원과 상원의 여러 조사위원회들이 밝혀내고 베노나 사업이 확인한 것처럼, 1930년대에서 1940년대엔 미국 정부의 요소들에 러시아 첩자들이 많이 침투했었다. 흔히 '영향력 첩자'라 불린 이들은 러시아나 중국 공산당 정권을 위해 정보들을 훔쳐서 제공하는 것만이 아니라, 정책을 공산주의 국가들에 유리하도록 만들었다. 그래서 이들의 해악이 유난히 컸다. 백악관의 해리 홉킨스와 로칠린 커리, 국무부의 앨저 히스, 재무부의 해리 화이트는 널리 알려진 '영향력 첩자'들이었다.

국무부의 극동국엔 '중국 전문가'라 불린 한 무리의 중국 전문가들이 있어서, 중국 공산당을 지원하고 장개석의 국민당 정부를 붕괴시키는 장기적 작업을 수행했다. 그들 가운데 하나인 존 카터 빈슨트는 태평양문제연구회(IPR)에 속했고, 중국에서 공산당 정권이 승리하는 데 크게 기여했다. 제21장에서 언급된 바처럼, 1944년에 헨리 월러스 부통령이 시베리아, 중국 및 몽골을 시찰할 때 국무부 극동국의 중국과장이었던 빈슨트는 오언 래티모어와 함께 그를 수행했었다. 그때 두 사람은 부통령이 시베리아 강제수용소의 실태를 바로 보지 못하게 속였었다.

이승만의 여권 발급이 순조롭게 진행되었을 때, 극동국장은 조지프 밸런타인(Joseph Ballantine)이었다. 그는 원래 일본 전문가였고 러시아를 경계했다. 일이 꼬이기 시작한 것은 빈슨트가 극동국장이 된 뒤였다.

앞뒤가 꽉 막힌 상황이 되자, 이승만은 고심했다. 아무리 생각해 봐도 국무부와 전쟁부의 관료주의가 맞물려 여권 발급 절차가 진행될 수 없는 상황을 바꿀 길이 보이지 않았다. 어떤 일에서 한번 관료 체계가 작동을 멈추면, 그것이 다시 움직이도록 하기는 정말로 어렵다는 사실을 그는 지난 몇십 년 동안 뼈저리게 겪어 온 터였다. 관료주의의 거대한 관성을 극복하려면 큰 권력이 동원되어야 했다. 국무부에 편지를 보내면 그냥 서류함 속으로 들어갈 것 같은 상황에선 대통령에게 편지를 보내는 식이었다. 적어도 백악관에서 이첩한 편지는 국무부에서 그냥 무시할 수 없어서, 편지를 받았다는 편지라도 보내왔다. 지금 그에겐 동원할 권력이 없었다.

속이 시꺼멓게 타들어 가는 느낌이 들었지만, 그는 애써 태연한 얼굴을 했다. 당장 프란체스카의 근심이 걱정되었다. 미국에 처음 닿았을 때부터 시플리와 친해졌고 그녀를 높이 평가했던 터라, 시플리가 갑자기 태도를 바꾸자 프란체스카는 상당한 충격을 받았다. 그는 일단 굿펠로에게 국무부의 분위기를 알아봐 달라고 부탁했다면서 아내 마음을 다독였다. 그리고 '일이 안 풀릴 때는 좀 쉬어 가는 것도 일책이지' 하고 마음을 느긋하게 가지려고 애썼다.

그러던 차에, 캘리포니아에서 이살음李薩音 목사가 편지를 보내왔다. 그 편지엔 조극이라는 사람이 9월 초순에 이살음에게 보낸 편지의 영역본이 들어 있었다. 미국 서부에서 재미한족연합위원회(United Korean Committee, UKC)가 움직이는 상황을 이승만에게 알린다는 뜻이었다.

영역본 편지엔 실질적 정보가 들어 있었다.

1) UKC는 미국 국무부와 7개 항의 합의서에 서명했다.
2) UKC 대표들은 맥아더 장군으로부터 귀국 허가를 전문으로 받았다.
3) 허가를 받은 UKC 대표들인 한시대 등 6인은 곧 항공기편으로 귀국할 것이다.
4) 조극 자신은 9월 12일에 귀국할 것이다.
5) 대표들의 귀국 경비로 UKC는 하와이에서 10만 달러를, 그리고 미국 본토에서 6만 4천 달러를 모금했다.
5) UKC는 이미 한국 안의 이광수와 송진우에게 연락해서 협력하고 있다.

그러나 그 편지의 핵심은 임시정부와 이승만의 폄하였다.

"만일 귀하[이살음]가 그저 관망하고 기다리는 태도에서 벗어나려 한다면, 귀하는 이제 이 박사와 그의 일방적 견해에 대한 믿음을 버리고 마래에 대한 준비를 해야 합니다."

이승만은 UKC가 귀국 문제를 정치화하려 시도한다는 것을 깨달았다. 자기들에게 호의적인 빈슨트가 극동국장이 된 것을 이용해서, 대표들이 이승만보다 먼저 귀국해서 자기들의 정치적 역량을 재미 동포들에게 과시함으로써, 대한민국 임시정부와 이승만의 위상을 낮추려는 것이었다. 그리고 그런 시도가 성공할 가능성은 결코 작지 않았다. 이승만이 귀국하지 못하는데 UKC가 일곱이나 되는 대표들을 귀국시킨다면, 미국 동포 사회에서 UKC의 위상은 크게 높아지고 임시정부와 이승만의 위상은 낮아질 수밖에 없었다.

이승만은 분개했다. 조극이란 자의 편지는 진지한 논의가 아니라, 임시정부와 이승만의 지지자들에게 보내는 야유였다. 이살음에게 편지 잘 받았다는 답신을 쓰고서, 그는 곧바로 맥아더에게 어려움을 자세히 알리고 도움을 청하는 전문을 보냈다.

맥아더에게 전문을 보낸 다음 날 늦게 장석윤이 찾아왔다. '냅코 작전'을 마무리하기 위해 OSS 본부에 들러서 일을 보았다고 했다.

"안 그래도 그 일이 궁금했던 참인데…. 그래, 일은 잘되었소?"

장이 싱긋 웃었다. "한바탕 활극이 벌어졌습니다. 벌여 놓은 일이 워낙 커서…."

"그랬나? 커늘 아이플러는 어떠신가?"

"잘 계십니다. 이번에 또 하나의 전설을 만드신 것 같습니다."

"한번 들어 봅시다." 이승만이 기대에 차서 몸을 앞으로 숙였다.

"포로들을 작전에 쓰는 것이 국제법에 어긋난다는 사실이 끝내 문제를 일으켰습니다."

"작전에 투입하지 않았는데도 문제가 되었나?"

"예. 일이 꼬이려니…." 장이 클클 웃었다. "우리 요원들에게 지급된 패스포트가 모두 위조 패스포트 아닙니까?"

이승만이 웃음을 지으면서 고개를 끄덕였다.

"정작 본인들은 자기들 패스포트가 위조인 줄 몰랐죠. 전쟁이 끝났으니, 우리 요원들 중에 원래 포로였던 요원들을 다시 포로 신분으로 돌리기로 하고 그런 결정을 알렸습니다. 조속한 시일 내에 한국으로 보내 주겠으니, 잠시만 포로수용소에서 생활해라, 그렇게 얘기했고, 모두 불평 없이 따랐습니다." 커피를 한 모금 마시고서 장은 말을 이었다. "그런데 한 친구가 미국에 남을 요량으로 자기 패스포트를 이용해서 국무부에 귀화 신청을 했습니다. 국무부에서 여권을 받아 보니… 그렇게 해서, 들통이 났습니다."

"원래 일이 그렇게 터져." 이승만이 소리 없는 웃음을 웃었다.

"국무부에서 커늘 아이플러에게 연락이 왔습니다. 상황이 다급하니, 커늘은 먼저 어토니 제너럴을 찾았습니다. 일이 꼬이려니까, 지난 유월에 어토니 제너럴이 바뀌었습니다. 전임 비들 장관은 제가 캠프 머코이에 위장 침투할 때 그 일을 재가한 분인데. 커늘이 사정을 얘기하니까, 새로 취임한 장관은 '당신 큰일 났소. 나는 이 얘기 못 들은 걸로 하겠소' 하더니 다른 서류를 들고 검토하기 시작하더랍니다. 비들 장관이 그냥 계셨으면 아무래도 도움이 되었을 터인데…."

"짜지 장, 내 생각엔 미스터 비들이 그 자리에 있었어도 사정은 달라지지 않았을 것 같은데. 그런 일에 남을 도와주려고 나서는 사람은 어토니 제너럴처럼 높은 자리에 못 올라가요. 자칫하면 공범이 되잖아?"

장이 고개를 끄덕였다. "박사님 말씀이 맞습니다."

"그래서 커늘은 어떻게 했나?"

"국무부에 가서 담당자를 만났죠. 그 국무부 직원이 위조 여권을 내놓고 커늘에게 당신 큰일 났다고 하더랍니다. 여권 위조는 중대한 범죄라면서. 그래서 커늘이 그 육중한 상체를 앞으로 내밀면서 그랬답니다. '나는 이 작전에서 살아서 돌아오지 못하리라고 생각했소. 나는 우리 요원들도 살아서 돌아올 가능성은 없다고 생각했소. 이제 일본은 항복했고, 그 작전은 취소되었소. 내가 어떻게 하면 좋겠소?' 그러자 그 직원은 놀라서 둘레를 살피더니, 위조 여권이 또 있느냐고 묻더랍니다. 그래서 커늘이 요원 리스트를 건네고서 위조 패스포트 오십이 개를 책상 위에 올려놓았답니다. 직원이 입만 벌리고 말을 못하더랍니다."

이승만이 껄껄 웃었다. "내 속이 다 후련하네. 이 세상에서 제일 가고 싶지 않은 곳이 미국 여권과인데."

"커늘은 그 직원에게 오.에스.에스가 무슨 일을 하는 기관인지 설명하고서, 지금 들은 것은 기밀이니 입 밖에 내지 말라고 당부했답니다. 그 직원은 깊은 인상을 받은 것 같더라고 하시던데요."

"오.에스.에스에서 그렇게 위조를 많이 하나?"

"커늘은 자기가 오.에스.에스와 인연을 맺게 된 것도 위조 덕분이라고 했습니다. 일본이 펄 하버를 공격한 뒤에, 커늘은 하와이 샌드아일런드에 적성국민 수용소를 세워서 일본인, 독일인, 이탈리아인 수백 명을 관리했답니다. 오.에스.에스에서 아이플러 대위가 필요하니 보내 달라고 요청했는데, 헌병사령관이 우리에게도 그 사람이 필요해서 보낼 수 없다고 했답니다. 그러자 전쟁장관이 보내라고 전문을 보내와서 오.에스.에스로 갔는데, 나중에 보니 그 전문이 위조였답니다."

이승만이 맥아더에게 도움을 요청한 지 며칠 지나지 않아서, 미군 장교가 그를 찾아왔다. 전쟁부 소속 군사정보국(Military Intelligence Service) 워싱턴 지부에서 근무한다고 밝히고서, 합동참모본부로부터 "워싱턴에 있는 이승만이라는 한국인을 찾아 남한의 서울로 보내라"는 지시를 받고 찾아왔다는 얘기였다. 그 뒤로 귀국 절차는 일사천리로 진행되었다. 나중에야, 남한의 미국 군정 당국이 이승만과 다른 임정 요인들의 귀국이 국내 정세를 안정시키는 데 도움이 된다고 판단했다는 얘기를 들었다.

드디어 1945년 10월 4일 2100시에 이승만은 워싱턴을 떠나 귀국길에 올랐다. 프란체스카와 임병직, 장기영, 한표욱 내외, 루스 홍이 정류장에서 그를 배웅했다. 긴 망명을 끝내고 고국으로 돌아가는 혁명가의 심사를 이승만은 11월 1일자 〈북미시보〉에 실린 「고별사」에서 토로했다. [〈북미시보〉는 동지회 북미총회가 로스앤젤레스에서 발행하는 기관지였다.]

> 1941년의 진주만사변 이후로 우리 임시정부는 승인도 못 얻고 한 푼의 도움도 못 받고 있다가 급기야 왜적이 패망한 후 우리 금수강산은 외국 군사의 점령으로 남북을 갈라 놓았고, 우리 임시정부는 아직 타국에 체류하야 오도가도 못 하고 있으며, 외국 세력을 의뢰하고 국권을 방해하는 자들이 정계에 편만하야 충역忠逆이 혼잡되어 혼돈 상태를 만들어 놓았으니, 우리 삼천리 강토가 우리 것인지 삼천만 민족이 자유민인지 아직도 모르고 있는 중이라. 이러한 중에서 고국을 향하는 나로서 어찌 가슴이 아프고 피가 끓는 것을 면하리오.

이어 그는 재외 한인 사회가 분열되어 임시정부를 충실히 지지하지 못한 것이 지금 닥친 불행의 원인이라고 진단했다. 다행히 국내 동포들이 애국적이고 사리를 분간할 줄 아니 희망이 있다고 밝혔다. 자신은 "오든지 가든지, 죽든지 살든지, 일평생 지켜 오는 한 가지 목적으로 끝까지 갈 것이니 의려疑慮 말고 후원하여 주시오"라고 호소했다.

이튿날 그는 샌프란시스코에서 비행기를 바꾸어 타고 하와이로 향했다. 하와이 히컴 비행장에선 군용기를 탔다. 연락을 받은 김노디와 손승운 부부가 급히 경비에 보탤 현금을 들고 비행장에 나갔지만, 시간이 맞지 않아 만나지는 못했다. 그는 1944년 초에 격전을 치른 콰절레인과 괌을 거쳐 10월 10일 도쿄 인근 아쓰기厚木 해군비행장에 도착했다.

이후 나흘 동안 이승만은 도쿄와 요코하마의 모습을 살피면서 긴 여행의 피로를 씻었다. 그리고 10월 14일에 서울에서 온 남한 점령군 사령관 존 하지(John Hodge) 중장과 만나 현안들을 협의했다. 하지는 이승만에게 무척 우호적이었다. 두 사람은 이승만의 귀국의 극적 효과를 높이기 위해 모든 준비가 될 때까지 그가 일본에 있다는 것을 비밀로 하기로 합의했다. 아울러, 하지는 이승만에게 머물 곳으로 왕궁 하나를 마련해 놓겠다고 제의했다. 이승만은 호의는 고맙지만 여러모로 자신의 처지에 어울리지 않는다고 사양했다.

1730시에 두 사람은 연합국군 최고사령관 총사령부(General Headquarters, the Supreme Commander for the Allied Powers)가 들어선 제일생명관을 찾아 맥아더 원수를 예방했다. 이 웅장한 건물은 황궁 바로 옆에 있어서 폭격을 면했다. 맥아더와 이승만은 극동의 정세 판단과 공산주의 러시아에 대한 경계에서 의견이 일치했으므로, 논의가 진지하게 진행되었다.

"한국 사람들이 자치 능력이 없다는 얘기를 하는 사람들이 있는데, 나는 이것을 악선전이라고 생각합니다. 나는 한국 사람들이 잘해 나가리라고 믿습니다." 그리고 이승만에게 물었다. "민족통일의 결집체를 만드는 데 얼마나 걸리겠습니까?"

맥아더는 하지에게 "이 박사의 귀국을 국민적 영웅의 귀환으로 만드는 것이 좋겠소"라고 말했다.

이승만은 맥아더에게 굿펠로를 천거했다. 육군 대령으로 OSS의 부책임자였지만, 그는 원래 뉴욕에서 활약한 저널리스트였다. 군사와 언론 양쪽을 잘 아는 터라, 그는 맥아더 사령부에서 할 일이 많을 터였다. 전쟁이 끝나서 미군은 전반적으로 감축에 들어갔고, 굿펠로도 특별한 임무를 맡지 못하면 예편될 터였다. 이승만으로선 자신을 오랫동안 도와준 친구에게 모처럼 신세를 갚으면서 중요한 부서에 친구를 갖게 되는 것이었으므로, 그는 총사령부의 다른 장군들도 만나서 굿펠로를 추천했다.

이튿날 아침 이승만은 다시 맥아더를 만나 작별 인사를 했다. 그리고 10월 16일 오후에 맥아더가 내어준 전용기 '바탄(Bataan)호'를 타고 서울로 향했다. 이틀에 걸쳐 만나서 한국의 앞날에 대해 얘기하고 전용기까지 내어준 것은 두 사람이 서로 호의를 품고 상대를 높이 평가했다는 것을 뜻했다. 이 사실은 상당히 중요한 뜻을 지녔다. 군정 기간과 대한민국 정부 초기에, 특히 한국전쟁이 일어났을 때에, 맥아더의 빠르고 전폭적인 지원은 대한민국의 운명에 결정적 역할을 하게 된다. 갖가지 어려움을 무릅쓰고 귀국길에 맥아더를 꼭 만나려 한 이승만의 판단은 높은 평가를 받을 만하다.

"이 박사님."

자신을 부르는 소리에 이승만은 문득 정신이 들었다. 긴 여정에 중요한 회합들을 한 터라, 그는 깜빡 곤한 잠에 들었던 것이었다. 입가에 침이 흐른 것을 깨닫고, 그는 급히 군복 소매로 침을 닦았다. 군용기라서 탑승자는 군복을 입어야 했다.

"이 박사님, 우리는 방금 사우스 코리아의 항공식별지역으로 들어섰습니다." 앞에 앉은 부조종사가 몸을 돌리고 설명했다.

"고맙소, 대위."

"저로선 영광입니다."

그는 마음을 가다듬고서 창밖을 내다보았다.

'이제 한국의 영공에 들어섰다는 얘기지.'

잠시 아무것도 보이지 않았다. 다시 살피니, 저만큼 수평선 위로 봉우리 하나가 나타났다. 바다에서 솟구치듯 빠르게 커지는 그 봉우리를 그는 잠시 멍한 마음으로 내려다보았다. 낯설었다. 눈을 감았다가 떴다. 이번에는 어쩐지 낯익었다. 고국의 섬이었다. 서른 해 넘게 그려 온 고국의 땅이었다.

문득 가슴에서 무엇이 치솟았다. 그는 그것을 목소리에 담아 조종사에게 인사했다.

"고맙소, 캡틴."

[해제]

역사를 보는 창

복거일

1. 구베로 씨를 찾아서

일본 작가 마쓰모토 세이초松本清張의 단편 「어떤 '고쿠라小倉 일기' 이야기」는 널리 읽힌 작품이다. 1952년도 아쿠타가와 류노스케芥川龍之介상을 받아 마쓰모토의 작가 경력을 출범시켰다. 오래전에 읽어서 기억이 좀 흐릿하지만, 일본 현대문학의 거장 모리 오가이森鷗外가 규슈의 고쿠라시에서 군의관으로 근무할 때 쓴 일기인 '고쿠라 일기'의 행방을 찾는 일에 평생을 바친 사람의 이야기다.

작품의 주인공은 정신과 신체가 불구여서 사회생활을 제대로 할 수 없는 인물이다. 우연히 모리가 1899년부터 1902년까지 쓴 '고쿠라 일기'가 행방이 묘연하다는 것을 알게 되자, 그는 모리가 고쿠라에 남긴 행적을 집요하게 추적하고 일기에 관한 자신의 견해를 다듬어 나간다. 그런 작업은 자신의 어머니, 모리의 가족 그리고 문단의 격려를 받는다. 그래서 그는 나름으로 뜻있는 업적을 남긴다. 그러나 그가 죽은 이듬해에 '고쿠라 일기' 원본이 발견된다.

이 작품은 내 마음에 깊은 인상을 남겼다. 나름으로 가치를 지녔던 일기 추적 작업이 일기 원본이 발견되면서 한순간에 가치를 거의 다 잃고 하나의 일화로 남는 상황은 여러 생각들을 부른다—가치는 무엇인지, 내재적 가치가 왜 외부적 사건으로 인해 바뀌어야 하는지, 주인공이 자신의 작업이 그런 운명을 맞을 것을 모르고 죽은 것이 차라리 다행인지.

지적 호기심이 큰 사람들은 이런 일을 경험하게 마련이다. 근년에 내게도 비슷한 일이 일어났다. 우남 이승만과 관련된 에밀 구베로(Emile Gouvereau)의 정체를 밝혀내는 일에 여러 해 매달린 것이다. 실은 우남의 삶에 관심을 가진 사람들 사이에선 구베로의 정체에 관한 논의가 자주 나온다.

우남의 '얄타 비밀협약' 폭로

얄타 협정에 따라, 1945년 4월 샌프란시스코에서 국제연합(유엔) 헌장을 기초하는 회의가 열렸다. 이 중요한 회의에 대한민국 임시정부는 초청받지 못했다. 우남은 임시정부가 초청받도록 하려고 무던히도 애를 썼지만 허사였다.

국제연합 회의에 초청받을 가능성이 희미해진 5월 초순, 에밀 구베로가 대한민국 임시정부 대표단이 묵고 있던 모리스 호텔로 우남을 찾아왔다. 그는 우남의 오랜 친구인 제이 제롬 윌리엄스(Jay Gerome Williams)가 홍보 전문가로 추천한 사람이었는데, 자신을 공산당에서 전향한 러시아 사람이라고 소개했다. 그리고 석 달 전의 얄타 회담에 관한 비밀 정보를 우남에게 알려 주었다. 얄타 회담에서 미국, 영국 및 러시아의 지도자들이 조선을 일본과의 전쟁이 끝날 때까지 러시아의 영향 아래 두며 미국과 영국은 조선에 대해서 아무런 약속도 하지 않기로 했다는 얘기였다.

구베로의 정보는 우남의 생각과 부합했다. 우남은 여러 해 전부터 미국 국무부가 조선 문제에 러시아의 이익 위주로 접근한다는 것을 알았다. 이번 국제연합 회의에 대한민국이 초청받지 못한 것도 국무부 안에 러시아의 이익을 앞세우는 세력이 있기 때문이라고 여겼다.

구베로의 얘기를 듣자 우남은 곧바로 움직였다. 낯선 사람의 얘기만 믿고 미국과 러시아를 상대로 행동에 나서는 것은 물론 위험했다. 그러나 그로선 그 정보를 확인할 길이 없었다. 무엇보다도 시간이 없었다. 전후의 국제 질서를 결정하는 국제연합 회의가 끝나기 전에 행동에 나서야, 크든 작든 효과를 볼 수 있었다.

우남은 미국에서 가장 많은 신문들을 거느린 윌리엄 랜돌프 허스트(William Randolph Hearst)에게 편지를 썼다. 구베로가 제공한 정보를 설명한 다음, 강대국들의 비밀협정으로 희생된 조선을 도와달라고 호소했다. 이어 구베로 명의로 의회 지도자들에게 호소했다. 트루먼 대통령에게도 편지를 썼다.

나름으로 인맥을 갖춘 구베로는 우남과 신문기자들의 회합을 주선했다. 국제연합에 관한 소식들이 드물었던 참이라, 신문들은 우남의 '얄타 비밀협약' 주장을 크게 보도했다. 특히 허스트 계열의 간판 신문인 〈샌프란시스코 이그재미너(Sanfrancisco Examiner)〉는 우남의 주장을 상세히 소개하고 "만일 사실이라고 일컬어지는 그 각서가 정말로 사실이라면, 이곳에 모인 연합국 회의에 외교적 폭발물이 될 것"이라고 평했다.

우남이 우악스럽게 팔을 비틀자, 자기네 입맛에 맞지 않으면 대꾸도 하지 않는 국무부도 어쩔 수 없이 반응했다. 국무부 극동국장 대리 프랭크 록하트(Frank P. Lockhart)는 트루먼 대통령에게 보낸 우남의 편지에 대한 답장을 보내왔다. 그는 우남이 제기한 의혹은 "거짓 소문"에 바탕을 두었으며 카이로 선언에서 천명된 연합국의 조선에 관한 정책은 충실히 이행될 것이라고 밝혔다. 이어 대한민국 임시정부의 국제연합 회의 참석은 자격이 없다는 점을 들어 거절했다.

이처럼 우남이 제기한 '얄타 비밀협약' 의혹이 미국에서 관심을 끌자, 영국에서도 그 문제에 대한 관심이 일었다. 의회에서 의원들은 처칠 수상에게 그 의혹에 대해 질의했다. 처칠은 "비밀협약은 없었지만, 많은 주제들이 다루어졌고, 몇 가지 대체적 양해 사항들이 있었다"는 요지의 답변을 했다.

미국 정부가 공식적으로 부인하자, 얄타 회담에서 '비밀협약'이 있었다는 의혹은 일단 해소되었다. 그러자 미국에 있던 우남의 적들이 들고 일어나서 그의 행동을 어리석은 짓이라 거세게 비판했다. 우남을 반대하는 세력은 '재미한족연합위원회'를 결성하고 워싱턴에 사무소를 설치해서 대한민국 임시정부의 공식 외교 부서인 '주미외교위원부'에 대항하고 있었다.

그래도 우남은 자신의 생각을 바꾸거나 활동이 위축되지 않았다. 7월 21일엔 연합국 정상회담을 위해 독일 포츠담에 간 트루먼 대통령에게 긴 전보를 쳐서 조선의 장래를 어둡게 하는 어떤 조치도 취하지 말라고 요청했다. 7월 25일엔 록하트의 해명을 반박하는 답신을 보냈다. 우남은 미국 정부의 해명이 "일상적 상황에선 충분하다고 간주되어야 하지만" 몇 가지 점들 때문에 그의 의심들이 "완전히 해소되지 않았다"고 썼다.

폭로의 효과

'얄타 비밀협약'에 대한 우남의 거듭된 비판은 미국 사회에 조선의 존재를 상기시켰다. 멸망한 나라로선 세상 사람들로부터 잊혀지는 것이 가장 두려운 운명이다. 잊혀지지 않아야, 언젠가는 부활하리라는 희망을 지닐 수 있다. 우남은 자기 조국이 잊혀지는 것을 막기 위해 평생 진력했다. '얄타 비밀협약'을 공개적으로 거론함으로써, 그는 미국 시민들과 관료들과 정치가들이 '코리아'를 결코 잊지 못하도록 만들었다.

나아가서, 우남은 미국 국무부가 비밀협약이 없다고 확인하는 성과를 얻었다. 그런 확인은 평상시엔 결코 나올 수 없는 일이었다. 덕분에 러시아가 슬그머니 한반도를 장악할 위험은 크게 줄어들었다.

우남의 이런 헌신적 노력이 실질적으로 작용한 모습을 우리는 38선 획정 과정에서 선명하게 본다. 루스벨트는 조선에 대해서 구체적인 정책을 지니지 않은 채 얄타 회담에 임했다. 조선을 즉시 독립시키는 대신 상당 기간 연합국의 신탁통치 아래 둔다는 방안이 현실적이라 여겼다. 그러나 1945년 7월 17일에서 8월 2일까지 독일 베를린 근교 포츠담에서 열린 포츠담 회담에서 미국은 조선의 일부를 군사적으로 점령한다는 방침을 세웠다. 7월 하순 육군참모총장 조지 마셜(George Marshall) 대장은 대표단의 일원인 작전참모부장 존 헐(John E. Hull) 중장에게 조선에 병력을 파견할 준비를 하라고 지시했다.

헐과 그의 참모들은 조선의 지도를 살피고서 미군과 러시아군 사이의 적절한 경계를 찾아보았다. 미군 지역에 적어도 2개의 주요 항구가 있어야 한다고 생각했으므로, 그들은 러시아군과의 경계는 서울 북쪽에 설정되어야 한다고 판단했다. 이 경계는 북위 38도선과 일치하지는 않았지만 비슷했다. 그러나 그들은 그런 생각을 포츠담 회담에 참석한 러시아군 지휘관들과 논의하지는 않았다.

포츠담 선언이 발표된 7월 26일 이후 사태는 급격히 진전되었다. 8월 6일엔 히로시마에 원자탄이 투하되었고, 8월 9일엔 나가사키에 다시 투하되었다. 그날 러시아는 일본에 선전포고를 하고 만주를 공격했다. 마침내 8월 10일 일본이 항복 의사를 밝혔다.

러시아가 한반도 전부를 점령할 가능성을 걱정한 미군 지휘부는 전쟁부 전략정책위원회(Strategic Policy Committee)의 딘 러스크(Dean Rusk) 대령에게 미군 점령 지역을 획정하라고 지시했다. 갑작스러운 임무를 받자, 조선에 대한 지식이 전혀 없던 그는 〈내셔널 지오그래픽(National Geographic)〉의 지도를 보고 서울을 포함한 지역을 미군 점령 지역으로 잡아 북위 38도선을 경계로 삼았다. 8월 15일 미국이 북위 38도선을 경계로 제안하자, 러시아는 선뜻 수락했다. 그렇게 해서 38선이 탄생했다.

위에서 보듯, 얄타 회담과 포츠담 회담 사이의 5개월 사이에 미국의 조선 정책이 근본적으로 바뀌었다. 조선을 상당 기간 연합국의 신탁통치 아래 두기로 해서 조선에서의 러시아의 우월적 지위를 인정하는 태도에서, 군사적으로 점령할 준비가 안 된 상태에서도 미리 점령 지역을 획정해서 이미 조선을 점령하기 시작한 러시아에 동의를 요구하는 태도로 바뀐 것이다. 이런 태도의 변화는 어떻게 나왔나?

얄타 회담과 포츠담 회담 사이에 나온 조선과 관련된 사건은 우남의 '얄타 비밀협약' 폭로뿐이다. 그것은 연합국 정부들이 관련된 국제적 사건이었고, 미국 사회의 큰 관심을 불러일으켰고, 미국 국무부가 공식적으로 우남의 폭로를 부인해서 조선이 러시아의 일방적 영향 아래 놓이는 상황을 막았다. 따라서 미군이 한반도 남부를 점령하게 된 일은 우남의 행동이 영향을, 결정적 영향이 아니라면 적어도 실질적으로 중요한 영향을, 미쳤다고 보는 것이 합리적이다.

동아시아에 관한 비밀협약

얄타 협정이 맺어진 지 꼭 한 해 뒤인 1946년 2월 11일 동아시아에 관한 비밀협약이 공개되었다. 얄타 회담에서 스탈린은 독일과의 전쟁이 끝난 뒤 두세 달 안에 일본과의 전쟁에 참여하겠다고 루스벨트와 처칠에게 약속했다. 그런 참전은 아래의 조건들이 충족된다는 것을 전제로 삼았다.

1) 외몽골(몽골인민공화국)에서의 현상(status quo)은 유지된다.

2) 1904년의 러일전쟁으로 러시아가 잃은 권리들은 복원된다.

a) 남부 사할린과 둘레의 섬들은 러시아에 반환된다.

b) 대련(다롄)항은 국제항이 되고 이 항구에 대해서 러시아가 지녔던 특권들은 복원된다. 러시아가 여순(뤼순)항을 해군 기지로 조차한 것은 복원된다.

c) 만주의 동지나철도와 남만주철도는 중국과 공동으로 운영된다.

3) 쿠릴 열도는 러시아에 할양된다.

러시아의 위성국가인 외몽골의 현상 유지를 빼놓으면, 이 협약은 모두 일본이 차지했던 지역들을 일본 본토, 일본의 조차지租借地인 관동주, 그리고 일본의 위성국가인 만주국을 대상으로 삼았다. [쿠릴 열도의 북부는 원래 러시아 영토였으나, 북부 사할린과 맞바꾸어 일본 영토가 되었다.] 우남이 줄기차게 주장한 '얄타 비밀협약'이 실체가 있었음이 밝혀진 것이다. 그러나 일본의 가장 중요한 식민지인 조선은 협약의 대상에서 빠졌다.

스탈린은 러일전쟁에서 패배한 러시아가 일본에 넘긴 이권들을 되찾는 데 마음을 쏟았다. 현실적 이익도 중요했지만, 제정 러시아가 당한 패배의 치욕을 씻는다는 뜻도 있었다. 그래서 제정 러시아가 만주에서 지녔던 철도와 항구에 대한 권리처럼 자잘한 이권들까지 챙겼다. 연합국의 일원으로 승전국의 지위를 누리게 된 중국 정부로 당연히 넘어갈 만주국의 자산을 차지하겠다고 전략 회담인 얄타 회담에 어울리지 않는 탐욕스러운 행태를 보인 것이다.

역사적으로 조선은 러시아가 줄곧 노린 땅이었다. 한때는 조선에서 압도적 지위를 누렸다. 애초에 러일전쟁은 두 나라가 조선에서의 우위를 다투는 싸움이었고, 그 전쟁에서 패배함으로써 러시아는 조선에서 지녔던 이권들과 영향력을 모두 잃었다. 당연히, 스탈린으로선 제정 러시아가 조선에서 지녔던 이권들을 되찾는 데 관심이 컸을 것이다.

조선은 지정학적으로는 더욱 중요했다. 비밀협약에 나온 외몽골, 남부 사할린, 쿠릴 열도, 대련과 여순, 그리고 만주 철도를 다 합쳐도, 경제적으로는 말할 것도 없고 전략적으로도 조선 하나보다 훨씬 덜 중요했다. 그런데도 조선에 대한 언급은 없었다. 이런 사정은 어떻게 설명되어야 하는가?

우리가 당시 스탈린의 입장에 서서 동아시아의 상황을 살피면, 자연스러운 설명이 떠오른다. 미국이 요구해 온 대로, 그리고 얄타 협정에서 합의한 대로, 독일과의 전쟁이 끝난 뒤 러시아가 일본을 공격하게 되면, 러시아군은 필연적으로 만주의 관동군과 먼저 싸우게 된다. 관동군을 공격하려면, 러시아군은 조선으로 진입해야 한다. 무엇보다도, 북쪽 만주의 관동군을 포위하기 위해선, 남쪽의 조선을 점령해서 관동군의 퇴로를 끊어야 한다. 아울러, 일본 본토~부산~서울~안동(안둥)~봉천(펑톈)으로 이어진 일본군의 보급로를 차단해야 관동군과의 싸움에서 쉽게 이길 수 있다.

러시아군이 조선 북부에 진입하면, 조선의 지형과 수송망은 조선 전역의 장악을 필수적으로 만든다. 조선의 철도망은 서울을 중심으로 건설되었으므로, 한반도 동북부에 진입한 러시아군이 서북부 만주 국경으로 이동하려면, 먼저 수도인 서울을 점령하고 경의선을 이용해서 서북부로 향해야 한다. 그리고 후방의 안전을 위해 조선 남부를 점령해야 한다.

한번 러시아군에 점령되면, 조선은 아주 오래 러시아의 통치를 받을 터였다. 만주국의 영토인 만주는 중국에 반환되겠지만, 일본의 식민 통치에서 벗어난 조선이 실제로 독립국가로 부활하는 과정은 더딜 수밖에 없었다. 이미 연합국 수뇌들은 조선을 몇십 년 동안 연합국의 신탁통치 아래 둔다는 방안에 대체로 합의한 상태였다. 일본 본토의 점령에 총력을 기울이는 미국으로선 조선 문제에 관심을 쏟을 새가 없을 터였다.

당연히, 스탈린으로선 조선에 관해 어떤 합의도 언급도 없는 편이 나았다. 1943년 겨울의 테헤란 회담에서 루스벨트는 '조선을 40년 동안 신탁통치 아래 두는 방안'을 제시했지만, 스탈린은 어물어물 넘어갔다. 얄타 회담에서도 루스벨트는 조선 문제에 대해 합의하고자 했지만, 스탈린은 다시 그냥 넘어갔다.

이런 경우, "증거의 부재가 부재의 증거는 아니다(Absence of evidence is not evidence of absence)"라는 얘기가 나온다. 조선에 관한 비밀협약의 증거로 드러난 것이 없다는 사실이 비밀협약이 없었다는 증거는 아니라는 얘기다. 그러나 조선에 관한 비밀협약의 경우엔 그런 수준에 머물지 않는다. 조선이 그리도 두드러지고 중요한 존재였으므로, 조선에 관한 언급이 없었다는 사실이 오히려 수상하고, 간접적으로 비밀협약의 존재를 가리킨다. 모든 일들에 용의주도하고 자잘한 이권들까지 챙기는 스탈린이 조선처럼 탐이 나고 두드러진 존재를 적극적으로 확보하기 위한 조치를 전혀 하지 않은 채 그냥 운에 맡겼을 것 같지는 않다.

동아시아에 관한 협약은 두 가지 이유로 비밀에 부쳐졌다. 하나는 아직 러시아와 일본은 서로 적대적이 아니었다는 사정이었다. 다른 하나는 러시아가 탐낸 만주의 이권들은 연합국의 일원인 중국의 동의를 얻어야 될 사항들이었다.

따라서 우남이 지목한 '비밀협약'은 동아시아에 관한 공식 협약이 아니라 스탈린이 따로 미국의 누군가와 협의한 일이라고 추론할 수 있다. 그렇게 보아야 스탈린의 이상한 행태가 설명된다. 단순히 발표되지 않았다는 뜻에서의 '비밀협약'이 아니라, 협약의 존재 자체가 비밀이었다는 얘기다. 그것은 구두 합의였음이 확실하다.

그러면 스탈린은 미국의 누구와 언제 어디서 조선 문제에 대해 양해를 주고받았을까? 그 미국인이 얄타에서 실질적으로 큰 역할을 하고 얄타 회담이 끝난 뒤 따로 모스크바로 갔던 국무부장관 특별보좌관 앨저 히스(Alger Hiss)라는 것은 거의 확실하다. 미국 육군의 비밀 암호 해독 작전인 '베노나 사업(Venona Project)'은 부인할 수 없는 증거들을 밝혀냈다.

연구 과제로서의 구베로의 정체

조선에 관한 '비밀협약'이 실제로 있었든 없었든, 그것에 대한 논란은 대한민국의 역사에 근본적 영향을 미쳤다. 만일 우남이 그것의 존재를 폭로해서 미국과 영국에서 큰 논란이 일지 않았다면, 아마도 38선 이남의 한반도에 미군이 진주하는 상황은 나오지 않았을 가능성이 크다.

이 모든 것들이 에밀 구베로에 의해 시작되었다. 아쉽게도, 우리는 그에 관해서 아는 바가 거의 없다. 우남의 전기 『이승만: 신화 뒤의 사람(Syngman Rhee: The Man Behind the Myth)』에서 로버트 올리버(Robert Oliver)는 구베로를 "공산당을 떠난 러시아 사람"이라고 기술했다. 공산당을 떠났다는 것이 무엇을 뜻하든, 구베로는 국제연합 회의에 참석한 러시아 대표들과 안면이 있었을 만큼 중요한 인물이었다는 얘기다. 자연히 러시아의 비밀문서들엔 그의 이력과 '얄타 비밀협약' 폭로와 관련된 그의 활동에 관한 기록들이 많을 것이다. 러시아가 그런 기록을 공개할 가능성은 현재로선 없으므로, 오랜 세월이 지나야 우리에게 큰 혜택을 준 은인의 모습이 보다 자세하게 드러날 것이다.

이상이 2018년 여름에 악극 『프란체스카: 우연히 오스트리아에서 태어난 한국 여인』을 펴낼 때 내가 구베로라는 사람에 대해 아는 지식의 전부였다. 그 책의 후기에서 아는 것들을 모두 밝히고 나서, 나는 그 수수께끼의 인물에 대해 더 알게 되리라고 여기지 않았다. 어쩔 수 없이 나는 「어떤 '고쿠라 일기' 이야기」의 주인공을 떠올렸다.

물론 내 마음은 편치 않았다. 우남의 삶에 관한 문학작품들을 쓰는 작가로서 사람들의 기대에 미치지 못했다는 느낌이 들었다. 우남을 비방하는 사람들은 아직도 '얄타 비밀협약'을 폭로한 것이 그의 큰 잘못이라고 주장한다. 심지어 "구베로는 이승만과 한미협회가 만든 가공의 인물로, 대외적으로는 단 한 번도 그 이름과 신분이 드러나지 않았다"고 우남을 세상을 속인 인물로 모는 학자도 있다. 우남에 대해 호의적인 학자들 가운데도 그의 폭로가 충동적이고 경솔했다고 여기는 이들도 있다.

구베로의 본명

얼마 전 나는 우남과 미국 주재 중국 외교관들 사이의 관계를 보다 자세히 살피기 시작했다. 제2차 세계대전 말기에 우남은 미국 국무부와 사이가 소원해져서 주미 중국 대사관에 점점 더 의존하게 되었다. 혹시나 하는 심정에서 나는 우남 둘레의 사람들이 주고받은 편지들까지 살폈다. [우남이 남긴 기록은 '이화장 소장 우남 이승만 문서'로 편찬되었는데, 그 전집에서 영문 서신들은 1) 우남이 보낸 편지들, 2) 우남이 받은 편지들, 그리고 3) 다른 사람들이 주고받은 편지들로 분류되었다.]

거기서 나는 1947년 4월 17일에 펜실베이니아주 포인트 플레전트의 '에밀 고브로(Emile Gauvreau)'가 워싱턴의 제이 제롬 윌리엄스에게 보낸 편지를 찾았다. 레터헤드가 있는 편지지에 서명이 있고 사본(carbon copy)에 대한 언급이 없는 것으로 보아, 편지 원본으로 보인다. 두 장으로 된 그 편지의 내용은 아래와 같다.

1) 고브로는 윌리엄스의 소개로 우남을 만났다.
2) 고브로의 편지는 우남과 만난 뒤에 고브로와 윌리엄스가 한 전화 통화의 내용을 확인하기 위한 것이다.
3) 고브로는 자신이 미국의 러시아 승인에 관해 호의적으로 보고한 특별의회조사단(Special Congressional Mission)의 참관자(observer)로 일한 경력이 지금 자신에게 조선을 위해 일할 능력을 부여한다고 확신한다. 고브로가 루스벨트 대통령과 러시아

승인 문제를 논의했고 러시아 승인에 관한 홍보를 위해 러시아에 파견되었다는 것을 러시아 사람들은 안다. [미국은 1933년에 공산주의 러시아를 승인했는데, 결과는 미국의 기대에 못 미쳤다. 특별의 회조사단은 승인 이전이나 이후에 부정적 여론을 돌리기 위해 파견되었던 것으로 보인다.]

4) 러시아는 샌프란시스코 회의에서 무자비하게 나올 것 같지 않다. 러시아는 이미 '바르샤바 임시정부'가 회의에 참석해야 한다고 주장했다. 따라서 러시아의 폴란드에 대한 요구를 조선에 유리하게 이용할 여지가 있다. [폴란드가 독일과 러시아의 공격을 받아 멸망한 뒤, 폴란드 사람들은 런던에 망명정부를 세웠다. 전황이 유리해지자, 러시아는 공산주의자들로 '폴란드 민족해방위원회(PKWN)'를 조직했다. 흔히 '루블린(Lublin) 위원회'라 불린 PKWN은 1945년 1월 1일에 '폴란드 공화국 임시정부(RTRP)'로 바뀌었다. 런던에 있던 폴란드 망명정부는 이런 조치에 반발했고, 미국과 영국도 함께 항의했다. 고브로가 '바르샤바 임시정부'라 부른 것은 RTRP를 가리킨다.]

5) 고브로는 우남에게 "다가오는 회의에서 어떤 결정적 순간에 말 그대로 조선을 지도에 집어넣기 위해 러시아를 이용할 수 있다(At some critical point in the forthcoming conference Russia can be used to put Korea on the map)"고 얘기했다.

6) 그런 행동은 미국 국무부를 부끄럽게 만들어 미국이 조선을 위해서 움직이도록 만들 것이다.

7) 조선은 다른 모든 압제를 받은 소수민족들의 문제를 여는 열쇠가 될 수 있고, 바로 이 점이 조선 정부를 위한 가장 강력한 주장이 될 수 있다.

8) 고브로 자신은 러시아 사람들에겐 '고마운 사람(persona grata)'이다. 그가 러시아 승인에 호의적인 책을 써서 연봉 3만 달러의 일자리에서 허스트에 의해 해직되었다는 것을 러시아 정부 수장들은 안다. 〈프라우다〉는 반 페이지에 걸쳐 그 책의 서평을 실었다. 그때 러시아 영사관에서 그에게 전화해서 도와줄 일이 없느냐고 물었었다.

9) 고브로는 러시아로부터 아무런 대가를 받지 않았으므로, 이번에 조선 문제를 통해서 보답을 받고 싶다고 하면 러시아 사람들도 긍정적으로 대할 것이다.

10) 고브로가 샌프란시스코에 가서 할 일들은 2천 달러가량 드는데, 그 자신이 500달러는 낼 수 있으니 나머지 금액을 마련해 주기 바란다.

내용으로 보아, 고브로(Gauvreau)는 구베로(Gouvereau)와 동일인임이 분명했다. 긴장된 마음으로 나는 인터넷에서 'Gauvreau'를 검색했다. 화면 가득 기사들이 뜨고 영화배우처럼 생긴 사람의 사진들이 나왔다. 가슴 가득한 성취감의 밑바닥에 가벼운 실망감이 깔리는 것을 느끼고, 나는 잠시 내 마음을 살폈다. 내가 무의식적으로 음모와 배신 속에서 살아온 러시아 혁명가의 우수에 찬 얼굴을 기대했었다는 것을 깨닫자, 쓴웃음이 나왔다.

고브로는 혁명과는 거리가 먼 사람이었다. 러시아 사람도 아니었다. 그의 본명은 에밀 헨리 고브로(Emile Henri Gauvreau)였고 1891년에 코네티컷주에서 태어났다. 그의 부모는 프랑스계 캐나다 사람들이었다.

부모가 떠돌아다니는 사람들이라서, 맏아들인 고브로는 학교 교육을 제대로 받지 못했고 고등학교를 중퇴했다. 그는 일찍부터 저널리즘에 종사했는데, 탐사보도를 잘했고 선정적 기사들을 즐겨 썼다. 그래서 1924년에 창간된 선정적 타블로이드 〈뉴욕 이브닝 그래픽(New York Evening Graphic)〉의 초대 편집인이 되었다. 이 신문은 그의 주도 아래 크게 발전했지만, 후발 주자의 약점을 극복하지 못하고 1929년에 위기를 맞았다. 그러자 허스트가 자신의 타블로이드 〈뉴욕 데일리 미러(New York Daily Mirror)〉의 편집인으로 고브로를 발탁했다.

고브로는 1935년에 자신의 러시아 방문을 다룬 『우리가 그리도 자랑스럽게 경례한 것(What So Proudly We Hailed)』을 펴냈는데, 고브로는 이 책에서 러시아를 우호적으로 묘사했다. 이 책이 철저한 반공주의자인 허스트의 분노를 사서 해직되었다. 미국 국가國歌의 한 구절을 책 제목으로 쓴 것도 문제를 키웠을 것이다. 윌리엄스에게 보낸 편지에서 그가 "러시아 승인에 호의적인 책을 써서 연봉 3만 달러의 일자리에서 허스트에 의해 해직되었다는 것을 러시아 정부 수장들은 안다"고 한 것은 바로 이 일을 가리켰다. 그 뒤로 그는 저술에 힘을 쏟았고 소설도 발표했다. 뒤에는 〈필라델피아 인콰이어러(Philadelphia Inquirer)〉의 자매지의 편집인도 지냈다. 그는 1956년에 죽었다.

이처럼 고브로는 미국에서 잘 알려졌고 영향력도 큰 인물이었다. 유명한 칼럼니스트 월터 윈첼(Walter Winchell)과 방송인 에드 설리번(Ed Sullivan)은 그와 함께 〈뉴욕 이브닝 그래픽〉에서 일하면서 명성을 얻었다.

고브로의 이력을 살피면, 그가 탐사보도에 재능과 열정을 지녔다는 것이 드러난다. 러시아 사람들이 그를 자신의 편이고 이용 가치가 있는 인물로 여겼다는 사실과 그의 탐사보도의 재능과 열정이 어우러져, 그가 '얄타 밀약설'의 핵심이 된 정보를 얻어 냈을 것이다.

Gauvreau가 Gouvereau로 바뀌는 과정은 두 개의 복사 오류였다. 우남은 처음엔 Gouvreau라고 썼고 이어 Gouvereau라고 'e'를 더한 것으로 보인다.

우남의 고독한 결단

1947년 4월 17일자 편지는 세 사람이 정보를 공유하게 된 과정을 명확히 보여 준다. 고브로는 자신이 입수한 정보를 조선 독립을 위해 애써 온 윌리엄스에게 먼저 밝혔다. 윌리엄스는 허스트 계열 통신사인 INS에서 줄곧 일했고 고브로는 허스트 계열 〈뉴욕 데일리 미러〉에서 여러 해 일했으므로, 두 사람은 아는 사이였을 가능성이 크다. 윌리엄스는 고브로의 얘기를 나름으로 검토하고 확인해서 사실일 가능성이 높다고 판단하고 우남에게 그 정보를 알렸다. 그래서 4월 17일 이전 어느 날에 세 사람이 모여서 그 정보를 검토하고 처리 방안을 논의했다. [윌리엄스가 나름으로 그 정보의 신빙성을 확인했다는 것은 수신자가 밝혀지지 않은 5월 11일자 편지에서 우남이 "그러나 그가 제이(윌리엄스)의 도움으로 워싱턴에서 한 가장 큰 일은 40년 동안에 조선을 두 번째 팔아넘기는 비밀협약을 밝혀낸 것입니다"라고 얘기한 데서 드러난다.]

이어 세 사람은 샌프란시스코 회의에 임하는 전략을 세웠다. 먼저, 고브로가 러시아 사람들과 만나 호의적 반응을 얻어 낸다. 만일 러시아 사람들이 호의적 반응을 보이지 않으면, 바르샤바 임시정부의 국제연합 가입과 조선의 가입을 연계시킨다. 이런 시도가 실패하면, '얄타 비밀협약'이 존재한다는 사실을 폭로해서, 미국 정치가들이 부끄러워하도록 만들고 조선의 처지에 동정적인 여론이 일도록 한다.

고브로는 5월 3일이나 4일에 대표단이 묵는 모리스 호텔로 우남을 찾아온 듯하다. 수신자가 밝혀지지 않은 5월 2일자 편지에서, 우남은 윌리엄스가 전화로 고브로가 "오늘 저녁이나 내일" 도착한다 알려 왔다고 썼다. 고브로는 곧바로 러시아 사람들과 접촉한 것으로 보인다.

고브로의 기대와 달리, 러시아를 위해 그가 큰 대가를 치렀다는 사실은 러시아 사람들에겐 이미 아무런 가치도 없었다. 같은 편지에서 우남은 "처음엔, 그는 그의 '친구들'인 소비에트 사람들이 그를 만나는 것조차 거부해서 좀 실망했었습니다"라고 당시 상황을 밝혔다.

결국 우남과 고브로는 '얄타 비밀협약'을 폭로하는 극약 처방을 하게 되었다. 사람들의 흥미를 유발하고 감정을 격발시키는 타블로이드 신문들에서 평생 일한 고브로의 경험과 명성은 폭로의 효과를 극대화했다.

위에서 살핀 것처럼, 우남은 그 충격적이고 중대한 정보를 알고 나서도 차분히 신빙성을 검토하고 현실적 전략을 세우고 상황에 맞게 실천했다. 그가 경솔하게 판단했다는 평가는 근거가 없다. 특히 주목할 점은 고브로와 윌리엄스로부터 그 정보를 받고 나서도 우남은 둘레에 그 정보를 퍼뜨리지 않았다는 사실이다. 그는 정한경鄭翰景이나 임병직林炳稷 같은 신임하는 측근들에게도 정보를 미리 알리지 않았다. 그는 결정적 순간에 자신이 혼자 결단을 내리고 혼자 책임을 져야 한다는 것을 알고 있었다.

'알타 비밀협약'의 폭로는 더할 나위 없이 위험한 일이었다. 이런 위험을 맨 먼저 깨달은 사람은 우남의 오랜 동지인 국제정치학자 정한경이었다. 그는 우남에게 사태가 심상치 않다는 것을 얘기했다.

"박사님은 그러한 고발에 대해 아무런 증거도 가지고 있지 않으십니다. 그것이 실제로 근거 없는 것으로 밝혀지면, 그 결과가 두렵지 않으십니까?"

우남은 무겁게 고개를 끄덕였다.

"정 박사 얘기대로 나는 증거가 없소. 그것은 오직 나의 관찰에 따른 신념일 따름이오. 한국을 위하여 나는 내가 틀렸기를 바라오. 만일 비밀 협정이 없다면, 그 결과에 대하여 나는 기꺼이 모든 책임을 지겠소. 사실이든 거짓이든, 우리나라가 어떤 위치에 있는가 밝히기 위해 지금 그것을 터뜨릴 필요가 있소. 내가 바라는 것은 얄타 협정에 서명한 국가 수뇌들이 그것을 공식으로 부인하는 것이오. 그보다 더 나를 기쁘게 할 것이 없소."

여기서 우리는 다시 한 번 확인한다. 이해하기 어려울 만큼 뛰어난 우남의 식견이 그의 인품에서 나온 것임을. 정한경처럼 뛰어난 국제정치학자도 고브로가 제공한 정보의 진위에만 마음이 쏠려서 그것이 가져다 준 기회를 알아보지 못했던 것이다. 한반도의 운명이 강대국들의 비밀거래들로 결정되는 상황에서, 아무런 발언권이 없는 대한민국 임시정부가 조선의 운명에 관해 최소한의 언질이라도 얻으려면 미국 사회의 관심을 끌어 미국 정부의 팔을 비틀어야 한다는 것을 우남은 깊이 인식했고, 고브로의 정보에서 그 기회를 이내 알아보았던 것이다. 그런 통찰은 오직 나라와 민족의 이익을 위해 헌신하면서 자신에게 퍼부어질 억측과 비난을 두려워하지 않는 인품에서만 나올 수 있었다.

우남의 환경

우남이 활약한 시대는 식민 제국의 융성기였다. 과학혁명과 산업혁명을 성공적으로 이룬 유럽 문명은 다른 문명들을 압도했다. 국력이 강한 유럽 국가들은 다른 문명들의 정복에 나섰고, 세계의 대부분은 유럽 국가들의 식민지들로 전락했다. 자연히 국제정치는 영국, 프랑스, 러시아, 스페인, 네덜란드와 같은 식민 제국들이 좌우했고, 뒤늦게 식민 제국 건설에 나선 독일, 이탈리아 및 일본이 가세했다.

자연히, 그들 식민 제국들은 식민지들의 독립을 막는 일에선 적극적으로 협력했다. 그런 질서 속에서 식민지가 되어 지도에서 사라진 나라의 망명정부는 국제정치의 무대에 설 수 없었다. 어느 나라도 도외주지 않았다.

조선의 경우, 1919년에 세워진 대한민국 임시정부는 제2차 세계대전이 끝날 때까지 단 하나의 나라로부터도 승인을 받지 못했다. 국제회의나 국제기구에 단 한 번도 참석할 자격을 얻지 못했다. 대한민국 임시정부의 외교를 처음부터 끝까지 책임졌던 우남은 많은 국제회의들에 찾아갔지만, 단 한 번도 참가는 고사하고 참가 신청서를 접수시키지도 못했다.

우남은 그런 인물이었다. 이제 물음 하나가 나온다.

"그런 인물이 어떻게 '얄타 비밀협약'이 있다고 주장할 수 있었나?"

실제로, 우남의 '얄타 비밀협약' 폭로는 뜯어볼수록 있을 법하지 않다.

1) 중요한 정보를 얻으려면, 국제정치와 외교의 중심부에서 활동해야 한다. 식민지 시기 조선 사람으로 국제정치의 변두리에라도 선 적이 있는 사람은 없었다. 그리고 누구도, 인정받지 못한 식민지 망명정부의 자칭 '외교관'에게 중요한 정보를 제공하지 않는다.

2) 설령 그런 정보를 우연히 얻었다 하더라도 망명정부의 '외교관'

은 그것의 진위를 확인할 길이 없다. 그에겐 그것을 확인해 줄 만한 국가 정보기관이 없고 동맹국들의 협조를 얻을 수도 없다. 그런 고급 정보는 정보가 수시로 양방향으로 교류되는 경로가 있어야 입수하고 진위를 확인할 수 있다.

3) 그런 정보를 얻고 그것을 확인했다 하더라도, 누가 그의 얘기를 듣고 가치가 있는 정보라고 생각할까? 아무런 자격도 권위도 없는 식민지 망명정부의 '외교관'의 주장을, 그것도 확인할 수 없는 강대국들의 '비밀협약'에 관한 주장을 어떤 기자들이 정색하고 기사로 써 줄까? 어떤 주요 신문이 그런 기사를 크게 다룰까? 이것은 참으로 넘기 힘든 벽이다.

4) 그런 기사들이 나온다고 곧바로 정치적 영향력을 지니는 것도 아니다. 갖가지 폭로 기사들이 나오는 터에, 시민들이 직접적으로 영향을 받지 않는 기사들은 정치적 영향력이 그리 크지 않다. 우남의 폭로는 외부 눈길이 닿지 않는 러시아에서 열린 비밀회의에서 이루어진, 대부분의 미국 시민들은 모르는 아시아의 한 지역에 관한 외교 협정이었다. 미국 시민들로선 아무런 관심도 지식도 없는 사건이었다. 그런 사건이 영향력을 지니려면, 그것의 뜻과 중요성을 알고 지속적으로 그것을 추적하고 밝히고 대책을 마련하려는 미국 시민들이 있어야 한다.

우남에겐 그런 미국 시민들이 있었다. 이것도 선뜻 이해가 되지 않는 일이다. 어떻게 식민지가 된 나라의 임시정부 대표가, 돈도 없고 정치적 기반도 없고 심지어 미국 여권도 없는 사람이, 그것도 인종 차별이 기본적 질서인 시공에서 활동하는 동양인이, 그런 지지자들을 얻게 되었는가?

5) 정치적 영향력을 지닌 기사가 나온다고 해서 미국 정부가 곧바로 반응하는 것은 아니다. 아직 전쟁이 끝나지 않은 상황에서, 미국 국무부로선 그냥 무시하고 넘어갈 만한 일이었다. 어차피 시민들의 관심이 큰 전쟁 소식들에 파묻힐 일이었다. 그런 사정을 잘 알면서도, 국무부는 그의 폭로에 반응해서 그의 폭로가 사실이 아니라고 부인했다. 바로 그런 부인이, 조선의 독립을 천명한 '카이로 선언'은 여전히 효력을 지닌다는 확인이, 우남이 궁극적으로 바란 것이었다.

우남은 미국 국무부에 대해 아무런 영향력이 없었다. 그리고 당시 국무부는, 특히 극동국은 러시아 첩자들로 채워지고, 미국의 이익을 지키려는 외교관들은 이미 다 밀려난 상태였다. 그런 국무부를 상대로 그런 성과를 거둔 것은 잘 믿어지지 않는 현상이었다.

6) 우남은 '얄타 비밀협약'이 존재한다는 자신의 폭로를 일회성 활동으로 여기지 않았다. 그는 갑자기 강성해진 공산주의 러시아가 제기하는 위험을 널리 알리고 지속적으로 대응하려 시도했다. 그는 조선에 대한 궁극적 위협은 공산주의 러시아라는 것을 처음부터 인식했고 러시아의 영향을 줄이려 애썼다.

그는 러시아가 폴란드에서 보인 행태에서 러시아의 본성과 속셈이 잘 드러났다고 여겼다. 그래서 조선은 폴란드의 운명을 피해야 한다고 줄곧 역설했다. 폴란드에서 보인 러시아의 행태가—1939년에 나치 독일과 함께 폴란드를 분할 점령한 것부터 폴란드 장교들을 집단 학살한 사건을 거쳐 폴란드에 공산당 정권을 세우고 폴란드 민족주의 지도자들을 학살한 것까지—워낙 비인간적이어서, 그의 얘기는 언제나 설득력이 컸다.

폴란드의 비극적 운명은, 폴란드 망명정부를 받아들였고 폴란드군을 육성했고 폴란드에 좌우 합작 정권이 세워지기를 열망했던 영국에 깊은 심적 외상(trauma)을 남겼다. 우남의 폭로가 영국 의회에서 논의된 것은 그래서 자연스럽다. 그가 미국에서 미국 기자들에게 폭로한 사건이 영국 의회에서 논의되고 처칠 수상에 대한 질의로 이어지자, 그의 폭로는 미국 국내 문제에서 국제적 차원까지 지닌 사건으로 발전했다.

7) '얄타 비밀협약'이 있다고 폭로함으로써, 우남은 세계 정치의 흐름을 크게 바꾸었다. 미국 국무부가 '카이로 선언'이 이행되리라고 확인함으로써 조선의 독립을 확실히 한 것은 국제 정세의 혼탁한 흐름을 정리했다는 점에서 나름으로 뜻이 컸다. 그러나 그의 폭로는 국제정치에 훨씬 깊고 큰 영향을 미쳤다. '얄타 배신(Yalta sellout)'이라 불리게 된 얄타 협정의 실상을 사람들이 제대로 보도록 했다는 점에서, 그것은 미국 정부에 침투한 러시아 첩자들의 존재를 보다 뚜렷이 드러냈고, 외교에서 일방적으로 러시아에 밀리던 미국이 저항하는 계기가 되었다. 실제로 미국의 자유주의자들은 우남을 공산주의의 위협을 가장 먼저 깨달은 지도자로 높이 평가했다.

8) 국무부의 반박 성명과 달리, 우남의 폭로는 사실이었음이 드러났다. 오히려 국무부가 부분적 사실만을 밝힘으로써 전체적 상황을 오판하도록 만드는 수법을 썼음이 밝혀졌다. 이 점이 우남의 폭로를 영구적 업적으로 떠받치는 기반이다.

위에서 살핀 것처럼, '얄타 비밀협약' 폭로에 관한 우남의 업적은 나올 법하지 않은 현상이다. 식민지가 된 동양의 작은 나라의 망명정부를 대표하는 가난하고 고단한 '외교관'이 이루었다고 믿기 어려운 현상이다. 그러나 그 현상은 분명히 실재했고 세계 역사를 실제로 바꾸었다.

그렇게 나올 법하지 않은 현상을 설명하려면, 우리는 그의 삶을 살피게 된다. '얄타 비밀협약'의 폭로라는 업적은 느닷없이 나올 수 없다. 평야에 솟은 봉우리는 아무리 우람해도 높이 솟을 수 없다. 하늘 속으로 높이 솟으려면, 거대한 산맥에서 솟구친 봉우리여야 한다. '얄타 비밀협약' 폭로 이전과 이후의 우남의 삶에 비슷한 일들이 있어야, 우리는 우남의 업적이 나온 과정을, 그의 삶이 산맥을 이루어 간 모습을 살필 수 있을 것이다.

2. 1933년의 제네바

우남이 국제 외교 무대에서 두드러진 역할을 처음 한 것은 만주사변과 만주국 문제를 다룬 1933년의 국제연맹 회의였다. 국제연맹이 일본의 해외 팽창 문제를 다루자, 그는 국제연맹에 조선의 독립을 청원하려고 국제연맹 본부가 자리 잡은 스위스 제네바로 떠났다.

1932년 1월 국제연맹은 만주사변을 조사하기 위해 동아시아에 조사단을 파견했다. 영국 대표 불워리튼(Bulwer-Lytton) 백작을 단장으로 해서 미국, 독일, 이탈리아 및 프랑스 대표들로 구성된 리튼 조사단(Lytton Commission)은 바로 조사활동을 시작했다.

그러나 일본은 아랑곳하지 않고 팽창 정책을 추구했다. 1932년 3월엔 만주의 점령지에 만주국을 세웠다. 장춘長春(창춘)을 수도로 삼아 청의 마지막 황제였던 부의溥儀(푸이)를 '집정執政'으로 옹립했다가 이듬해에 황제로 추대했다. 그리고 만주국의 수립으로 일본군의 만주 철수 문제는 해결되었다고 선언했다.

1932년 10월에 리튼 조사단은 보고서를 국제연맹에 제출했다. 「리튼 보고서」는 일본과 중국 사이에서 편향되지 않는 태도를 유지하려 애쓰면서 만주사변과 관련된 사항들을 포괄적으로 다루었다. 그리고 문제들을 해결하기 위한 제안들을 내놓았다.

보고서의 전반적 논지는 일본의 주장을 부정하고 중국의 주장을 지지했다. 무엇보다도, 만주에서 일본군이 벌인 작전들은 정당화될 수 없다고 언명했다. 만주국에 대해서도 진정한 독립국가가 아니라고 판단했다. 그리고 만주에 자치적 지방정부를 수립하고 비무장지대로 삼을 것을 권고했다.

「리튼 보고서」가 발표되자, 온 세계의 눈길이 제네바의 국제연맹으로 쏠렸다. 만주사변 이전으로 돌아가도록 권유한 「리튼 보고서」에 일본이 거세게 반발할 것은 분명했으므로, 모두 걱정스러운 눈길로 국제연맹을 지켜보았다.

중국 대표단과의 협력

우남은 1933년 1월 4일에 제네바에 닿았다. 그는 먼저 중국 대표들을 만나 도움을 요청했다. 조선 대표가 총회에 참석하도록 도와줄 나라는 일본의 침략에 시달리는 중국뿐이었다.

한숨을 돌리자, 그는 틈을 내어 제네바 주재 미국 총영사이며 국제연맹 참관인인 프렌티스 길버트(Prentiss Gilbert)를 찾아갔다. 우남은 영향력이 큰 언론인 드루 피어슨(Drew Pearson)의 소개장을 내놓았다. 피어슨의 소개장을 읽은 길버트는 고개를 끄덕이면서 우남에게 여권을 보자고 했다.

입가에 야릇한 웃음을 띠면서, 우남은 여권을 내놓았다. 그는 지난해 12월에 국무부를 찾아 스탠리 혼벡(Stanley Hornbeck) 극동국장을 만났다. 혼벡은 중국의 대학들에서 강의했고 극동 정세에 대한 책도 펴낸 극동 문제 전문가였는데, 우남과는 1925년 하와이에서 열린 국제회의에서 만난 적이 있었다. 우남이 여권 발급을 부탁하자, 혼벡은 선선히 여권 발급 신청서를 작성해서 제출하라고 했다. 이틀 뒤 그 신청서가 되돌아왔는데, 그 서류엔 법무장관이 국무장관에게 우남의 여권을 발급해 주라고 권고하는 공문이 붙어 있었다. 신청서 끝엔 헨리 스팀슨(Henry Stimson) 국무장관의 서명이 있었다. 그 기묘한 문서가 우남의 여권이었다. 그 여권에 국무부의 주선으로 유럽의 여러 나라들의 입국 사증인이 찍혔고, 덕분에 우남은 거의 모든 곳에서 외교관 대우를 받았다.

이 가관인 여권을 보자, 길버트가 소리 없이 웃었다. 우남도 싱긋 웃었다. 그는 이 여권을 아꼈는데, 뒤에 잃어버리고서 무척 아쉬워했다. 길버트는 친절하게 대하면서 어려운 일이 생기면 즉시 연락하라고 말했다.

낯선 곳에서 혼자 움직이는 처지였지만, 우남은 차분한 자신감을 품었다. 그동안 미국에 만들어 놓은 인맥 덕분에 그는 미국 신문들과 통신사들의 특파원들의 적극적 협조를 얻었다.

아울러, 그는 중국 대표단의 도움에 상당한 기대를 걸었다. 침략하는 일본과 맞선다는 점에서 중국과 조선은 한편이었다. 그는 중국 대표단장 안혜경顔惠慶(옌후이칭)을 만나 공동 전략을 협의했다. 우남은 만주 문제와 조선 문제는 일본의 침략에서 비롯했으므로 직접적으로 연관이 있고, 조선 문제를 국제연맹의 의제로 삼는 것은 만주 문제의 해결에 도움이 된다는 점을 지적했다. 안혜경은 그의 얘기에 동의하고 실무를 관장하는 주영 공사 곽태기郭泰祺(궈타이치)와 중국 대표 고유균顧維鈞(구웨이쥔, 웰링턴 쿠)과 상의하라고 말했다. 이튿날 우남이 곽태기와 고유균을 차례로 방문하자, 그들은 이승만이 국제연맹에 제출할 목적으로 작성하는 어떤 문서라도 국제연맹에 제출해 주겠노라고 확약했다.

1월 18일 우남은 국제연맹에 제출할 문서의 개요를 마련해서 중국 대표단과 다시 만났다. 물론 조선 독립의 당위성이 핵심적 주제였다. 그러나 중국 대표단은 지금은 조선의 독립 문제를 국제연맹에 제기할 때가 아니라고 말했다. 우남은 사리를 따지면서 그들을 설득했으나, 그들은 조선 문제를 국제연맹에 제기할 근거가 없다면서 거부했다.

우남은 중국 대표단의 태도 변화가 중국의 급박한 정세 때문이라고 짐작했다. 만주를 완전히 장악하자, 일본군은 공세의 방향을 중국 본토로 돌렸다. 1933년이 시작되자마자 일본군은 만리장성의 동쪽 끝 요새로 만주와 중국 본토를 나누는 산해관山海關을 공격해서 점령했다. 이어 만리장성 바로 북쪽 지역인 열하熱河(러허)성을 침공했다. 중국 대표단으로선 국제연맹의 관심이 일본군의 중국 침공에 집중되기를 바랄 터였다. 조선 독립처럼 의제가 되기도 어려운 일에 자신들의 역량을 쏟을 형편이 아닐 터였고, 어쩌면 국제연맹의 관심이 조선 문제로 분산되는 것을 바라지 않을 수도 있었다.

중국 대표단은 만주의 조선인들의 처우 문제를 대신 다루자고 우남을 설득했다. 그들의 주장을 따르더라도 조선 독립을 얘기할 수 있다고 판단해서, 이승만은 그들의 주장에 별다른 이견을 달지 않았다. 그러나

1월 26일 다시 만나 만주의 조선인들에 관한 청원서 초안을 내놓자, 중국 대표단은 또다시 말을 바꾸었다. 그들은 자신들이 직접 작성한 청원서를 제출하겠다고 말했다. 그리고 중국인들의 청원서인 만큼, 그 문서엔 조선과 일본 사이의 문제들은 직접 언급되지 않고 오직 만주에 사는 조선인들의 처우만 다루어질 것이라고 말했다.

중국 대표단의 태도에 환멸을 느낀 우남은 스스로 문제를 해결하겠다고 선언했다. 마침 프랑스어 신문 〈주르날 드 주네브(Journal de Genève)〉에 어려운 처지에 놓인 만주의 조선인들에 관한 이승만의 긴 글이 실려서, 그의 자신감을 떠받쳤다. 그러자 중국 대표단은 자신들이 며칠 안에 청원서를 제출할 터이니, 그 뒤에 그가 독자적 청원서를 제출하는 것이 좋겠다고 말했다. 중국 대표단과 그런 일을 놓고 다툴 처지가 아니라서, 그는 일단 그들의 뜻을 따르기로 했다.

2월 1일 중국 대표단은 만주국을 지지하는 만주 인민 대표자 586명이 작성해서 국제연맹의 모든 회원국들에 배포한 성명서 사본을 우남에게 건넸다. 물론 일본이 꾸민 일이었지만, 중국 대표단이나 우남에겐 성가실 수밖에 없었다. 게다가 서명자들 가운데엔 길림吉林(지린)의 조선인 둘이 들어 있었다. 그는 바로 그 성명서를 반박하는 자신의 성명서를 만들어서 중국 대표단에 건넸다. 중국 대표단은 그의 글이 자기들의 글보다 훨씬 낫다고 인정하면서, 고맙게 받았다.

이튿날 우남은 안혜경에게 전화를 걸어서 중국 대표단이 언제 서류를 국제연맹에 제출할 것인지 물었다. 안혜경은 하루 이틀 안에 제출할 것인데, 혹시 좀 더 시일이 걸리더라도, 중국 대표단이 먼저 제출한 뒤에 우남의 서류를 제출해야 한다고 말했다.

우남의 독자적 행보

우남은 제네바에 있는 외교관들을 만나 자신의 처지를 얘기하고 조언을 청했다. 그들은 모두 조선 문제는 조선 사람들이 나서야 한다는 것을 지적했다. 중국 대표단에 의존하는 방식엔 근본적 한계가 있음을 깨닫자, 우남은 분연히 일어나 적극적으로 일을 벌이기 시작했다. 원래 그게 그의 방식이었다.

그는 먼저 정식 서류를 에릭 드러먼드(Eric Drummond) 국제연맹 사무총장에게 보내고 사본들을 모든 연맹 회원국 대표들에게 보냈다. 그렇게 하고도 남은 사본들은 신문과 방송 기자들에게 배포했다. 막상 언론기관들에 보내려 하니 보낼 사람들이 너무 많아서, 이튿날 100부를 더 주문해서 보냈다.

그가 국제연맹 사무총장에게 보낸 문서는 바로 관심을 끌었다. 여러 신문들과 방송들이 보도했고, 일본의 만주 침략을 다루는 모든 외교관들이 읽고 논의했다. 회원 자격도 없는 멸망한 나라의 대표가 만든 문서가 그렇게 큰 관심을 끈 것은 이례적이었다.

그의 문서가 주목을 받게 된 가장 큰 요인은 문서 자체의 뛰어남이었다. 그것은 격조 높은 문장과 설득력 있는 논리와 자세한 자료들로 이루어진 문서였다. 그는 "만주 문제에 대한 어떠한 해결도 현재의 중일 분쟁과 기본적으로 밀접하게 관련된 조선 문제의 정의롭고 공정한 해결 없이는 최종적이고 영구적인 것이 될 수 없다"고 단언하고, 「리튼 보고서」에서 적절하게 인용한 사실들로 그런 주장을 체계적으로 떠받쳤다.

시의에 맞았다는 점도 물론 작용했다. 그래서 스위스를 넘어 프랑스와 독일의 신문들과 방송들도 그의 문서를 다루었다. 〈뉴욕 타임스〉가 그에 관한 기사를 실었다고 동포들이 전보로 알려 왔다. 국제연맹 회의에 참석한 각국 외교관들도 그의 문서를 처리하는 길을 놓고 논의를 벌였다. 덕분에 그는 갑자기 제네바에서 주목받는 인물이 되었다.

2월 14일 국제연맹의 19인 위원회는 '만주국 승인 거부'를 천명한 9개국 소위원회의 결의를 만장일치로 결의했다. 이런 결정에 이승만의 문서가 크든 작든 영향을 미친 것은 분명하다. 중국 대표단이 고유균 명의로 그의 노력에 경의를 표하는 성명서를 발표한 데서 이 점을 확인할 수 있다.

2월 16일 우남은 국제연맹의 방송 시설을 통해서 '조선과 극동 분쟁'이라는 주제로 강연을 했다. 국제연맹 사무국에 문서를 제출할 자격도 없어서 한 달 넘게 애를 태운 조선 망명정부의 대표로서는 감회가 깊을 수밖에 없어서, 원고를 낭독하는 그의 목소리엔 물기가 어렸다.

그는 먼저 극동에 대해 거의 알지 못하는 사람들을 위해 극동의 지정학적 역사부터 설명했다.

"일본은 3세기 전부터 중국 대륙에 세력을 뻗치려는 야심을 품고 그 목적을 달성하기에 앞서 먼저 조선을 탈취하고 중국 국경까지 군대를 보냈습니다. 그런데 이번에 또다시 같은 목적의 사업을 계획하고 그것을 수행하려는 것이 이번 만주사변입니다."

이어 극동의 평화엔 조선의 독립이 필수적 조건임을 지적했다.

"세계가 조선에 대하여 열국 군대의 보장 아래 중립국으로 독립하는 것을 승인하지 않는다면 언제까지라도 일본의 침략은 멈추지 않고 우리 조선을 마치 거점인 것처럼 생각할 것이므로, 아시아의 안전과 평화를 보장하는 일은 영구히 불가능할 것입니다."

우남의 연설이 끝나자, 제네바의 일본 경찰은 바로 연설 원고를 본국에 보고했다. 그리고 그의 활동이 국제연맹의 회의에 중대한 영향을 미친다고 덧붙였다.

1933년 2월 21일, 온 세계가 주목하는 국제연맹 총회가 마침내 열렸다. 의제는 19인 위원회가 제출한 보고서의 심의였다. 역사적 사건을 현장에서 보려는 사람들이 너른 총회장을 가득 채웠다. 1530시에 의장 폴 히망(Paul Hymans)이 개회를 선언했다. 히망이 연설을 마치고 연설문이 배포되었다. 그리고 2월 24일에 회의를 속개한다는 안내 방송이 나왔다. 그것으로 총회 첫날이 끝났다.

실망한 사람들은 투덜댔다. 우남은 실망하기보다는 긴장되었다. 의장의 개회사만으로 첫날 일정을 끝냈다는 사실은 아직도 국제연맹이 만주 문제에 대해 결정을 내리지 못했고 막후 협상이 치열하게 벌어지고 있음을 말해 주었다.

국제연맹의 회원국들은 일본에 대한 강경책이 부를 일본의 반발을 걱정했다. 만주에서 원상을 회복하라는 국제연맹의 결의를 일본이 받아들일 가망은 거의 없다는 사실을 모든 회원국 대표들이 잘 알았다. 일본 정세에 밝은 사람들은 일본 정부가 일본군을 제대로 통제하지 못한다는 사실도 알았다. 자칫하면 일본이 국제연맹에서 탈퇴하는 상황이 나올 수도 있었다. 그렇지 않아도 허약한 국제연맹은 일본의 탈퇴라는 충격을 견뎌 내기 어려울 터였다. 자연히, 적당한 선에서 타협해서 일본의 국제연맹 탈퇴라는 최악의 상황은 막아 보자는 기류가 흘렀다.

게다가 국제연맹을 주도하는 영국은 일본의 팽창 정책을 그리 경계하지 않았다. 원래 영국과 일본은 러시아에 함께 대응하려고 1902년부터 1923년까지 동맹을 맺었었다. 러시아가 공산주의 국가가 된 뒤로, 영국은 러시아를 더욱 경계했다. 일본이 만주를 장악하면, 공산주의 러시아에 대한 방벽 노릇을 할 터였다. 그래서 영국은 일본의 팽창 정책에 대해 비교적 온건하게 대응해 온 터였다.

그러나 영국은 독자적으로 움직일 수 없었다. 영연방(the British Commonwealth of Nations)에 속한 나라들은 지금까지 함께 움직였고, 이번에도 그럴 터였다. 영연방 안에서 캐나다와 오스트레일리아는 전통적으로 일본에 대해 강경한 입장이었다. 캐나다는 일본을 경계하고 견제하는 미국과 입장이 같았고, 오스트레일리아는 일본의 군사적 위협에 바로 노출되었다. 반면에, 남아프리카 공화국이나 인도는 일본에 대해 강경할 이유가 없었다. 이번에도 영연방이 의견을 통일하느냐 못 하느냐에 따라 표결의 결과가 달라질 수 있었다.

이튿날, 제네바에서 발행되는 프랑스어 격주간지 〈라 트리뷘 도리앙〉은 1면 거의 전부를 우남과의 대담으로 채웠다. 그의 경력과 활동에 대한 소개 기사와 함께 만주 문제와 동아시아의 정치에 대한 그의 견해가 자세히 보도되었다. 다른 때와 마찬가지로, 그는 조선의 독립이 동아시아의 안정과 평화에 필수적 조건임을 설득력 있게 개진했다.

이날 비로소 중국 대표단은 만주국의 설립에 반대하는 한국 대표단의 성명서를 연맹 사무국에 제출해서 회원국들에 배포하도록 했다.

2월 23일에는 베른에서 발행되는 독일어 신문 〈데어 분트(Der Bund)〉에도 우남에 관한 기사가 실렸다. 전날 〈라 트리뷘 도리앙〉에 실린 것과 비슷한 내용이었다.

2월 24일 국제연맹 총회는 19인 위원회 보고서를 채택했다. 찬성 42에 반대 1(일본)의 압도적 지지였다. 히망 의장은 당사국들의 투표는 표결에서 제외되므로 만장일치라고 선언했다.

표결 결과가 발표되자 모두 놀랐다. 일본도 이렇게 참패할 줄은 몰랐다는 얘기가 돌았다. 일본 대표 마쓰오카 요스케松岡洋右는 곧바로 일본의 국제연맹 탈퇴를 선언하고 회의장에서 퇴장했다.

만주국의 불인정과 원상 복구를 권고한 19인 위원회의 보고서를 총회가 채택한 것은 본질적으로 도덕적 판단이었다. 국제법을 어기고 국제 질서를 깨뜨렸으니, 일본이 도덕적으로 잘못했다는 판단이었다. 그런 판단에서 만장일치는 뜻이 컸다.

우남이 제네바에서 펼친 외교는 그의 자랑스러운 성취였지만, 대한민국 임시정부로서도 첫 외교적 성취였다. 임시정부라 했지만, 실은 상해 프랑스 조계의 허름한 셋집들을 전전하는 궁색한 독립운동가들의 집단에 지나지 않았다. 망명정부로 인정해 준 나라도 없었고 국제회의에 참가할 자격을 인정받은 적도 없었다. 그런 임시정부의 1인 대표가 국제연맹을 상대로 활동해서 신문들과 방송들에 크게 보도되고, 그의 성명서들이 국제연맹의 공식 기구들의 관심을 끌고, 실제로 일본의 무력 침공을 규탄하는 국제연맹의 결의에 영향을 미친 것은 알찬 성과였다.

제네바에서 얻은 행운

1933년의 제네바는 직업적 혁명가인 우남에게 국제 무대에 등장할 기회를 주었다. 그리고 그 과정에서 그는 지지자들을 여럿 얻었다. 그의 열정과 능력에 깊은 인상을 받은 중국 외교관들은, 특히 1940년대 중국의 외교에서 두드러진 역할을 하게 될 고유균, 곽태기, 그리고 호세택胡世澤(후스쩌)은, 다른 나라들의 승인을 받지 못한 대한민국 임시정부의 한계로 어려움을 겪는 우남에게 큰 도움을 주었다.

아울러, 그에겐 개인적 행운도 따랐다. 국제연맹 총회가 열린 2월

21일, 그가 저녁을 들려고 호텔 식당을 찾았을 때, 식당은 만원이었다. 지배인의 주선으로 그는 4인용 식탁에서 식사하던 오스트리아인 모녀와 함께 저녁을 들었다. 간소한 식사를 조용히 드는 기품 있는 노신사에게 젊은 딸은 묘하게 마음이 끌렸다. 그는 저녁을 들고 기자와의 대담을 위해 바로 일어섰지만, 짧은 대화에서 그의 인품을 엿본 그녀 마음엔 이미 흠모의 싹이 수줍게 트고 있었다.

이튿날 〈라 트리뷘 도리앙〉에 나온 기사를 보고, 프란체스카 도너는 그 노신사의 정체를 알게 되었다. 그녀는 그 기사를 오려 호텔 안내인에게 맡겼다. 그렇게 해서 두 사람은 빠르게 가까워졌었다.

우리로선 프란체스카 여사를 독립된 존재로 바라보기가 무척 어렵다. 우남의 광채가 하도 눈부셔서, 늘 그의 곁에 선 그녀를 익숙한 풍경의 한 부분으로 인식하게 된다. 어쩌다 그녀에 주목하더라도, 우남이라는 태양의 빛을 받아야 비로소 모습이 드러나는 달[月]로 여긴다.

그러나 한번 우남의 삶에서 그녀가 차지하는 몫이 크다는 것을 깨달아 찬찬히 들여다보면, 그녀는 스스로 빛을 내기 시작하고, 마침내 그녀가 우남과 한 몸을 이루어서 부부를 따로 분리할 수 없다는 사실과 마주하게 된다. 이승만과 프란체스카 도너 리 여사는 하나의 중력 중심을 도는 이중성(binary star)이었다.

부부는 더할 나위 없이 복잡하고 미묘한 체계다. 남남인 두 사람이 자신들의 유전자를 반씩 물려받은 자식을 낳아 기르기 위해 헌신적으로 협력하는 사이다. 끊임없이 자신의 이익과 공동의 이익을 조절해야 하는 이인 비영합경기(two-person non-zero-sum game)의 전형이다. 우리는 본능에 따라 흔히 무의식적으로 그런 경기를 늘 배우자와 벌인다. 우리가 자식을 통해서 영생을 지향하므로, 이 세상에 부부 사이처럼 냉정한 계산과 치열한 협상이 끊임없이 나오는 관계는 없다. 자연히, 두 배우자들의 계산이 크게 어긋나고 타협이 끝내 이루어지지 않아서 위기를 맞는 경우들도 흔하다.

사정이 그러하므로, 어느 부부든지 아내와 남편 사이의 역학은 묘사하기 힘들고 설명하기는 더욱 힘들다. 우리의 선입견과 달리, 우남과 프란체스카 여사 사이의 역학에서 늘 주도적이었던 쪽은 프란체스카 여사였다. 두 분의 조건이 그렇게 만들었다. 그런 사정을 인식하는 것이 두 분 사이의 관계를 정확하게 파악하고 프란체스카 여사에게 합당한 자리를 마련해 주는 과정의 첫걸음이다.

두 분이 처음 만났을 때, 우남은 58세였고 프란체스카 여사는 33세였다. 25년이라는 나이 차는 다른 조건들로 극복하기 어려운 장벽이다. 성적으로 해방된 지금도 58세의 남성이 30대 여성에게 눈길을 주면 둘레 사람들은 '점잖지 못하다'는 느낌이 든다. 하물며 수명이 훨씬 짧았던 당시에랴.

인종적 장벽은 훨씬 더 높았다. 1930년대 서양의 인종적 편견과 차별은 지금은 상상하기 어려울 만큼 보편적이고 강고했다. 이민들의 사회라서 비교적 인종적 편견과 차별이 덜했던 미국에서도 동양인들이 겪은 차별과 박해는 컸다. 독일 민족으로 이루어진 오스트리아에선 독일에서 발흥한 나치 세력의 영향을 받아 반유대주의가 부쩍 심해진 상태였다. 자연히 인종적으로 아주 예민해져서, 동양인에 대한 편견이 극심했다. 그런 사회에서 젊은 여인이 동양인 노인과 결혼한다는 것은 큰 추문이 될 수밖에 없었다.

당시 우남은 자신의 생계를 꾸리기도 벅찬 처지였다. 첫 만남에서 우남이 프란체스카 여사의 눈길을 끌게 된 것은 그의 소박한 식단이었다. 프란체스카 여사의 모친이 "내 딸을 날달걀에 식초를 쳐서 먹는 가난뱅이에게 줄 수 없다"고 결혼을 극력 반대한 것은 예상할 수 있는 일이었다.

우남이 무국적자였다는 사실도 큰 결점이었다. 대한민국 임시정부의 초대 대통령이었고 당시는 임시정부를 대표해서 미국을 비롯한 강대국들을 상대로 외교활동을 하는 처지라서 미국 국적을 갖기를 마다했다는 우남의 설명에 프란체스카 여사는 오히려 흠모의 정이 깊어졌지만, 그녀의 가족으로선 그것도 걱정하지 않을 수 없었다.

사정이 그러했으므로, 두 사람 사이의 관계에서 우남은 아주 소극적일 수밖에 없었다. 선택과 결단은 젊은 백인 여성 프란체스카 도너의 몫이었다. 그렇게 형성된 관계는 세월이 흘러도 그리 크게 바뀌지 않는다. 세월이 흐르면 오히려 아내의 역할과 권한이 상대적으로 커지게 마련이다. 실제로 우리는 우남의 힘든 결단들이 프란체스카 여사의 지지를 얻은 뒤에 이루어졌음을 가리키는 단서들을 곳곳에서 만난다.

어쨌든 프란체스카 여사는 나이와 인종과 재산의 장벽을 극복했다. 여기서 '장벽'이라는 익숙한 비유는 그다지 적절하지 못하다. '낭떠러지'가 훨씬 적절할 것이다. 그만큼 그녀가 마주한 것은 보기만 해도 오금이 저리는 상황이었다. 그녀로 하여금 그 낭떠러지를 건너뛰어 우남과 평생을 같이하도록 한 힘은 '지도에서 사라진 조국의 부활을 위해 헌신하는, 가난하고 국적도 없이 세계를 떠도는 나이 많은 혁명가에 대한 흠모'였다. 그저 애틋한 사랑으로 끝났을 우연을 위대한 생애들로 이끈 필연으로 바꾼 것은 그렇게 고귀한 감정이었다.

두 분의 결혼은 우남에게 이루 다 헤아릴 수 없는 행운들을 불러왔다.

현철하고 근검하며 사람들과 잘 사귀고 사무적 능력까지 갖춘 아내의 내조를 받으면서, 우남은 신체적 건강과 심리적 여유를 누리며 독립운동에 매진할 수 있었다. 프란체스카 여사의 헌신적 내조는 회고록 『이승만 대통령의 건강』(2006)에 잘 기술되어 읽는 이들을 감동시킨다.

결정적 행운은 우남이 『일본내막기(Japan Inside Out)』를 저술할 때 프란체스카 여사의 도움을 받을 수 있었다는 것이다. 원고를 세 번이나 타자해서 손가락이 짓물렀다는 일화가 가리키듯, 영어를 잘하고 속기와 타자에 능한 아내의 도움을 받아 우남은 탈고를 많이 앞당겼다. 덕분에 『일본내막기』는 일본 함대가 펄 하버를 기습하기 반년 전에 출간되었다. 만일 프란체스카 여사가 평범한 여인이었다면, 그래서 우남의 탈고가 늦어졌다면, 우남은 '예언자'의 명성을 얻지 못했을 터이고, 그의 독립운동도 운동량이 크게 줄어들었을 터이다. 그런 상황이 궁극적으로 한반도의 운명에 미쳤을 영향은 가늠하기 힘들 만큼 크다.

잘 드러나지 않지만 생각해 보면 당연하고 궁극적으로 중요한 행운은, 프란체스카 여사가 우남의 뜻을 언제나 조건 없이 따르고 지지했다는 사실이다. 우남은 자신의 소신에 따라 혼자서 온 세상에 맞서기를 두려워하지 않았다. 그러나 그렇게 의지가 강한 혁명가도 아내의 뜻이 다르면 마음이 약해지는 법이다. 자신의 생계와 앞날을 걱정하고 세간의 평판에 마음을 써서 남편이 너무 모나지 않게 처신하기를 바라는 아내를 둔 사람은 투철한 혁명가가 될 수 없다. 프란체스카 여사는 우남이 혼자서 온 세상에 맞설 때 늘 곁에서 그를 지지하고 보호했다(이 말은 상징적으로 쓰인 것이 아니다. 암살이 횡행했던 미군정 시기에, 우남도 차를 타고 가다가 암살범의 저격을 받았다. 그때 프란체스카 여사가 본능적으로 우남을 자기 몸으로 감쌌다).

어쩌면 우남은 아내에게 자신의 뜻을 밝히고 아내가 자신을 지지한다는 것을 확인한 뒤에야 세상에 맞섰다고 보는 편이 더 정확할 수도 있다. 그의 강인하면서도 담백한 성격은 1960년 4월 그가 하야하는 과정에서 잘 드러났다. 선거 부정을 했다는 이유로 공격을 받아 물러나게 되었으니, 어지간하면 "나는 상대 후보가 급서해서 투표가 시작되기도 전에 실질적으로 당선되었습니다. 나로선 부정선거를 할 이유가 없었습니다. 오히려 선거가 공정하게 치러져야 내 당선의 정당성이 확보될 수 있었습니다. 그리고 실제로 공정한 선거가 이루어지도록 내각을 독려했습니다"라고 해명할 만도 했지만, 그는 끝내 그런 얘기를 입에 담지 않았다. "국민이 원하면, 지도자는 물러나야 한다"는 원칙만을 얘기하고 선뜻 물러났다. 그렇게 의지가 굳고 성격이 담백한 우남도 아내가 흔쾌히 지지하지 않으면 세상에 홀로 맞설 용기를 내기 어려웠을 것이다.

이런 사정을 언뜻 보여 주는 것은 얄타 협정과 관련해서 우남이 혼자서 온 세상에 맞섰을 때 나온 한 장면이다. 1945년 중엽, 우남의 친구 로버트 올리버 교수는 우남 부부와 만났다. 당시 우남은 얄타 협정에 한반도에 관한 '비밀협약'이 있다고 폭로해서 미국 정부는 물론 미국 지식인 사회와 '서북파西北派' 세력으로부터 거센 공격을 받고 있었다. 그런 상황을 올리버 교수는 『이승만: 신화 뒤의 사람』에서 아래와 같이 기술했다.

> 나는 조선에서의 소비에트의 야심들에 대한 그의 걱정을 이해했지만, 신문들은 국제연합(UN)이 성공적으로 발족했고 이제 드디어 세계는 오래 연기되었던 국제 협력 시대로 들어섰다는 멋진

소식들로 가득했다. (…)

이런 감정들로 가득한 채로, 그리고 이승만이 미국과 소련의 정책들을 모두 거스르겠다고 고집해서 조선에 관한 합의를 막겠다고 위협한다는 일반적인 뉴스 해설에 마음이 흔들려서, 나는 이 박사와 그의 부인과 저녁 식사를 하러 와드먼 파크에 갔다. (…)

후식을 먹고 나자, 나는 위 단락에서 요약된 감정들을 더할 나위 없이 진지하게 이 박사에게 밝혔다. 새로운 국제주의에 관한 이 강의에 나는 분명히 아시아의 소비에트 영향권 안에 자리 잡았으므로 조선은 당연히 러시아 사람들과 협력해야 한다는 보다 구체적인 의견을 덧붙였다. 모든 상황들을 종합해 보면, 한반도에 공산주의 연합정부가 들어서는 것을 피할 수 없는 것처럼 보였다. 이 박사가 고른 진로는 그가 그 정부로부터 제외되는 상황으로 이끌 것이며 그런 결과로 그가 조선의 독립을 이루기 위해 평생 투쟁하고서도 그가 이루려 투쟁해 온 목표가 성취되는 순간에 개인적으로는 실패하리라는 것을 나는 덧붙였다.

내가 말을 마치자, 긴 침묵이 내렸는데, 마침내 미세스 리가 침묵을 깨뜨렸다. "이 박사와 나는 당신이 제기한 문제에 관해서 오래 얘기했습니다. 당신이 한 얘기가 아마도 맞으리라고 우리는 생각합니다. 조선은 공산주의 정부를 가질 것 같습니다. 지금 일어나는 일들이 그렇게 보이도록 합니다. 이 박사가 택한 입장 때문에 우리는 그런 정부의 한 부분이 될 수 없다는 것을 우리는 압니다. 어찌 되었든, 그는 그런 연합에 결코 참여하지 않을 것입니다."

이 대목에서 우리는 우남과 프란체스카 여사가 하나의 존재로 융합

되었음을 엿본다. 그들은 한쪽이 사라지면 다른 쪽도 궤도에서 이탈할 수밖에 없는 '이중성'이었다.

3. 미군정기의 활약

우남의 식견과 능력은 해방 뒤의 혼란스러운 정국에서 남한 사회를 안정시키는 데 결정적 공헌을 했다. 그는 38선이 국경이 되었음을 가장 먼저 인식한 자유주의 지도자였다. 독일이 패망한 뒤 동유럽에서 러시아가 보인 행태는 그에겐 한반도에 닥칠 위험을 보여 준 예언서였다. 러시아는 점령한 북한을 내놓을 생각이 없다고 그는 판단했다.

따지고 보면 그는 러시아의 행태에 관해서는 전문가였다. 1896년의 아관파천俄館播遷 이후 조선 조정에 대한 러시아의 영향력은 거의 절대적이 되었다. 국왕과 조정이 러시아 공사관에 스스로 들어가서 러시아의 보호를 받는 처지에선 필연적인 사태였다. 조선 조정은 한 해 뒤에 러시아 공사관에서 나왔지만, 러시아의 영향력은 1904년 러일전쟁이 일어나기까지 지속되었다. 그 시기에 조선 정부는 반동적 정책을 추구했고, 1894년의 갑오경장甲午更張으로 이룬 근대화의 성과들은 많이 손상되었다. 러시아는 조선 조정의 그런 퇴행적 행태를 부추기면서 이권들을 차지하기 바빴다.

1897년 10월에 러시아가 부산항 입구의 절영도絶影島를 조차해서 급탄항(coaling station)으로 삼겠다고 조선 조정에 요구하면서 민중의 분노가 폭발했다. 우남은 만민공동회를 이끌면서 이런 러시아의 침탈에 항의했고, 끝내 러시아가 조차 요구를 거두도록 만들었다. 조국의 발전과 독립에 공헌한 그의 업적의 긴 목록에서 첫 자리를 자치하는 성과였다. 그 과정에서 그는 죽을 고비를 여러 번 넘겼고, '안락의자 혁명가'가 아니라 민중을 선동하고 이끌면서 실제로 과업을 이루는 실천적 혁명가의 모습을 세상에 드러냈다.

제정 러시아에서 공산주의 러시아로 정치적 구조는 바뀌었지만, 러시아의 본질적 특질들은 그대로 이어진다는 것을 우남은 누구보다도 잘 알았다. 1946년에 모스크바 주재 미국 대사관에서 조지 케넌(George Kennan)이 '긴 전보(Long Telegram)'라 불린 전문 보고서를 통해 공산주의 러시아의 공격적 행태의 연원을 설명하기 반세기 전에 우남은 러시아의 생리를 체득한 것이었다.

정읍 발언

이미 남북한의 통합이 어려워졌는데 남한만이 통합을 추구하느라 정부를 세우지 못하면, 궁극적으로 러시아의 지원을 받은 북한 공산주의 정권에 자유주의 남한이 병합된다고 그는 전망했다. 그런 암울한 전망에서 그의 '정읍 발언'이 나왔다.

> 이제 우리는 무기 휴회된 미소공위가 재개될 기색도 보이지 않으며 통일 정부를 고대하나 여의케 되지 않으니, 우리는 남방만이라도 임시정부 혹은 위원회 같은 것을 조직하야 삼팔 이북에서 소련이 철퇴하도록 세계 공론에 호소하여야 될 것이니, 여러분도 결심하여야 될 것이다.

이 발언은 통합된 나라를 이루리라는 희망이 아직 밝았던 1946년

6월 2일에 나왔다. 당시 이런 발언은 정치적 자살과 같았다. 실제로 좌익 신문 〈조선인민보〉가 그의 발언을 "책모의 정체 드디어 폭로"라고 비난한 뒤로 모든 좌익 매체들과 인사들이 그를 비난했다. 군정 사령관인 존 하지(John Hodge) 중장까지 그를 격렬하게 비난했다. 그리고 후일의 학자들도 대부분 그에게 남북 분단을 고착시킨 책임을 물었다.

그로부터 거의 반세기가 지난 1993년 잠시 러시아가 외부에 개방되었다. 그때 비밀문서들의 일부가 비밀 등급이 해제되어 서방 연구자들이 그것들에 접근할 수 있었다. 그 문서들 가운에서 일본 〈마이니치每日 신문〉의 기자가 러시아군의 북한 정책에 관한 문서들을 발견했다.

1945년 9월 20일 스탈린과 러시아군 참모총장 알렉세이 안토노프(Aleksei Antonov) 원수는 극동군 사령관 알렉산드르 바실렙스키(Alexandr Vasilevsky) 원수와 연해주 군관구 군사회의 및 25군 군사회의에 러시아의 북한 정책에 관한 비밀지령을 내렸다. 이 지령의 핵심은 "북한에 러시아 군정을 펴지 않고 북한 인민들로 이루어진 부르주아 민주 정권을 세운다"는 것이었다. [부르주아 민주 정권은 공산당 정권으로 가는 과도기 정권을 뜻한다.] 그 지령엔 남한과의 관계나 통일 국가의 수립은 아예 언급되지 않았다. 이 지령으로 북한을 영토로 삼은 독립국가가 세워지기 시작했다. 그리고 북위 38도선은 일본군의 무장 해제라는 군사작전의 필요에 따라 일시적으로 그어진 선이 아니라 영구적 국경이 되었다.

러시아의 최종 목표는 북한에 자신의 위성국가를 세우는 것이 아니었다. 러시아는 북한을 기지로 삼아 남한까지 병합하려고 시도했다. 1946년 3월 16일 러시아 외상 뱌체슬라프 몰로토프(Vyacheslav Molotov)는 미소 공동위원회에 참석하는 러시아군 대표단에 내린 훈령에서 "임시정부의 내각 구성은 남북에 균등하게 배분하되, 남한 몫의 절반은 좌익이 차지하도록 하라"는 지침을 주었다. 인구에서 북한이 남한의 절반가량 되었으므로 남한과 북한이 대등하게 나누는 것도 문제적인데, 남한 몫의 절반을 좌익이 차지해서 공산주의 세력이 자유주의 세력의 3배가 되도록 하라는 얘기였다.

그런 지침을 충실히 따라 북한을 실제로 통치한 연해주 군관구 군사위원 테렌티 시티코프(Terenty Shtikov) 상장은 내각을 구상했다.

수상	여운형呂運亨, 조선인민당 당수(남한)
부수상	박헌영朴憲永, 조선공산당 당수(남한)
부수상	김규식金奎植, 민주의원 부의장(남한)
외무상	허헌許憲, 민주주의민족전선 중앙위 위원장(남한)
내무상	최용건崔庸健, 북조선임시인민위원회 보안국장(북한)
국방상	김일성金日成, 북조선공산당 제1서기(북한)
공업상	김무정金武亭, 북조선공산당 조직국 간부부장(북한)
교육상	김두봉金枓奉, 북조선임시인민위원회 부위원장(북한)
선전상	오기섭吳琪燮, 북조선공산당 중앙위원(북한)
노동상	홍남표洪南杓, 조선공산당 중앙위원(남한)

계획경제위원장 최창익崔昌益, 신민당 부위원장(북한)

* 농림상, 재정상, 교통상, 체신상, 보건상, 상업상은 미국 추천 인사

이 명단을 보면, 남한에서 명망이 가장 높고 인민들의 절대적 지지를 받던 우남과 백범이 제외된 것이 먼저 눈에 들어온다. 이어 권력과 별 관계가 없는 6개 부서만을 미국 추천 인사로 채우고, 경찰과 군대를 관장하는 부서들은 공산당이 차지한 것이 눈에 띈다. 미소 공동위원회가

러시아 측의 계획된 방해로 무산이 되면서, 이 탐욕스럽고 교활한 방안은 실현되지 못했다.

협상을 통해 남한에 대한 영향력을 확대하려는 시도가 실패하자, 러시아는 공산주의자들의 파업과 폭동을 통해서 남한 사회를 불안하게 만들어 미군정을 흔들려 시도했다. 시티코프는 파업과 폭동의 조직을 구체적으로 지시했고 필요한 자금을 지원했다.

이렇게 준비된 공산주의자들의 봉기는 1946년 9월 23일 철도 노동자들의 파업으로 시작되었다. 철도노조는 조합원들이 4만 명이나 되고 응집력이 크고 국가의 기본 시설인 철도를 운영하므로, 강력하고 영향력이 큰 조직이었다. '9월 총파업'이라 불린 이 사건은 조선노동조합 전국평의회(전평)의 주도 아래 진행되었는데, 철도, 출판, 우편, 전화, 전력 분야로 확대되었다. 이 파업으로 9월 내내 남한 사회가 정상적으로 움직이지 못했다.

미군정청의 강경한 방침과 수도경찰청장 장택상張澤相의 과감한 대응으로 파업은 10월 초에 끝났다. 이런 수습 과정에서 우남과 백범은 우파 노동조합 단체인 대한독립노동총연맹(대한노총)에 의해 총재와 부총재로 추대되었고, 두 지도자는 미군정청과 긴밀하게 협의해서 총파업의 영향을 줄이는 데 진력했다.

9월 총파업이 별다른 성과를 얻지 못하고 실패하자, 시티코프는 도시 폭동을 일으키라고 지시했다. 폭동은 총파업으로 주민들의 생활이 어려워진 대구에서 먼저 일어났다. 대구에선 9월 24일부터 모든 노동조합들이 총파업에 들어갔다. 식량이 떨어지고 전기가 끊겨서 주민들의 생활이 어려워졌다. 주민들이 동요하자 조선공산당과 전평은 '남조선노동자총파업 대구시투쟁위원회'를 결성하고 지금까지의 소극적 파업에서 벗어나 적극적으로 소요를 일으키기로 결정했다.

10월 1일 오전에 아녀자들을 앞세운 시위대 1천여 명이 대구시청 앞에서 쌀을 달라고 요구했다. 이어 오후엔 여러 노동조합들이 합세해서 시위를 벌였고, 대구역에선 역사를 경비하던 경찰의 해산 명령에도 물러나지 않다가 밤에 경찰을 공격했다. 위험을 느낀 경찰의 발포로 한 사람이 죽었다.

이튿날엔 아침부터 군중이 대구경찰서로 모여들었고 오후엔 경찰서를 점령했다. 그들은 유치장을 열어 구금자들을 풀어 주고 무기고를 열어 무장한 다음 통신 시설을 끊어 경찰이 외부로 연락하지 못하도록 만들었다. 무장한 군중은 대구 시내의 지서들과 파출소들을 습격해서 경찰관들과 그들의 가족들을 살해했다.

경찰만으로 사태를 수습할 수 없다고 판단한 미 군정청은 병력을 동원해서 경찰서를 되찾고 군중을 해산시켰다. 이어 대구 지역에 계엄령을 선포했다. 경찰은 지원을 받아 폭동의 주모자들의 검거에 나섰다. 대구에서 도피해서 인근 지역들로 침투한 시위대는 지역 공산당 요원들과 합세해서 경찰서와 다른 관공서를 습격하고 지역 경찰관들과 유지들을 살해했다.

폭동이 확산되자, 10월 7일 파업과 폭동을 지휘한 전평 위원장 허성택許成澤은 평양으로 올라가서 러시아군 사령부로부터 이후의 전략과 행동에 관한 지시를 받았다. [허성택은 일찍부터 노동운동에 종사해 왔고, 박헌영을 충실히 지지했다. 그는 전평을 줄곧 이끌었고 당시엔 조선공산당의 중앙위원이었다. 박헌영을 따라 월북했다가 김일성에 의해 남로당원들이 숙청될 때 박헌영과

함께 숙청되었다.]

시티코프의 전략적 판단에 따라 남한 전역의 공산당 조직이 움직이고 500만 엔의 자금을 지원받은 터라서, 폭동은 남한 전역으로 퍼졌다. 공산당의 선전이 효력을 내면서 미군정에 대한 반감도 부쩍 높아졌다. 10월 20일까지 경상북도에서만 136명이 죽었는데, 경찰관 사망자들이 63명이었다. 이 폭동은 12월까지 이어졌다.

총파업에서 폭동으로 이어진 어지러운 시기에 우남은 적극적으로 나서서 상황의 안정에 크게 기여했다. 보다 길게 살피면, 미군정기 내내 그는 남한 사회라는 배가 풍랑에 흔들릴 때 배를 안정시키는 바닥짐(ballast) 역할을 했다.

국제연합 주도 총선거

러시아가 북한에 독자적 정권을 세우고 군대를 양성해서 무력으로 남한을 병탄하려 한다는 것이 널리 인식되자, 남한에 자유주의 정권을 세워야 한다고 주장한 우남의 선견지명이 부각되었다. 이때부터 미국 정부에서도 한국 문제를 국제연합에서 처리하는 방안이 논의되기 시작했다.

1946년 10월 23일 뉴욕에서 국제연합 총회가 열렸다. 우남은 이 총회가 남한에 자유주의 정부를 수립하는 데 결정적 계기가 되리라고 판단했다. 그는 측근인 임영신任永信을 자신이 주도하던 민주의원 대표 자격으로 국제연합 총회에 파견했다. 사업에 성공해서 재산이 있었던 임영신은 그때부터 1948년 대한민국 정부가 설 때까지 자기 돈으로 외교활동을 했다. 귀국하지 못한 채 혼자서 주미외교위원부를 꾸려 나가는 임병직에겐 임영신과 협력해서 국제연합에 대한 외교활동을 강화하라고 지시했다.

우남은 미국 대표단의 일원인 엘리너 루스벨트(Eleanor Roosevelt), 벨기에 대표단장이며 총회 의장인 폴 스파크(Paul Spaak), 중국 대표단장인 고유균, 국제연합 사무총장인 트리그브 리(Trygve Lie), 필리핀 대표단장 카를로스 로물로(Carlos Romulo), 중국의 장개석(장제스) 총통, 뉴욕 교구 대주교 프랜시스 스펠먼(Francis Spellman)에게 "북한의 위협으로부터 남한을 지키기 위해선 남한 단독정부의 수립이 필요하다"는 내용의 전문들을 보냈다. 모두 그와 안면이 있고 영향력이 큰 사람들이었다.

12월 4일엔 우남 자신이 미국으로 떠났다. 12월 7일 워싱턴에 도착하자 그는 곧바로 외교활동을 시작했다. 호텔로 찾아온 기자들이 미국 방문의 목적을 묻자 그는 한국 통일 문제가 국제연합에서 논의되도록 하는 것과, 한국인들이 자신들의 정부를 즉시 수립해서 국제적 승인을 받는 일에서 미국 정부의 도움을 얻는 것이라고 답변했다.

12월 10일 미국 국무부는 이승만이 공식 대표가 아니라는 성명을 발표했다. 그래서 우남의 방미의 주요 목적인 국제연합 총회에 한국 문제를 상정하는 것은 실현되지 못했다.

우남은 곧바로 미국의 여론을 우호적으로 바꾸는 일에 착수했다. 그는 그동안 자신을 도와준 친구들인 존 스태거스(John Staggers) 변호사, 제이 윌리엄스 기자, 프레스턴 굿펠로(Preston Goodfellow) 대령, 에머리 우달(Emory Woodall) 대령, 프레더릭 해리스(Frederick Harris) 목사, 로버트 올리버 교수에다 임병직과 임영신이 가세한 '전략회의'를 구성했다.

이 회의에서 6개 항목으로 이루어진 남한 정부 수립 계획이 세워져서 국무부에 제출되었다. 이 항목들 가운데 핵심적인 것들은 1항과 2항이었다.

1) 한국의 두 절반이 다시 합쳐지고 그 직후 총선거가 실시될 때까지 활동하기 위해서, 남한에 과도정부가 선출되어야 한다.

2) 한국에 관한 러시아와 미국의 직접적 협의를 방해함이 없이, 이 과도정부는 국제연합에 가입되어야 하고, 한국의 점령과 다른 현안들에 관해서 러시아와 미국과 직접 협상할 수 있도록 허용되어야 한다.

이 제안은 상당히 호의적인 반응을 얻었다. 그러나 국무부 극동국장 존 카터 빈슨트(John Carter Vincent)의 반대로 진전을 보지 못했다. [빈슨트는 국무부에 침투한 여러 러시아 첩자들 가운데 하나였다. 그는 중국의 공산화 과정에서 중요한 역할을 했다.] 마침 국내 정국이 불안해져서, 우남은 돌아오고 임병직과 임영신이 남아 국제연합을 상대로 외교활동을 계속하게 되었다.

그해 여름은 우남에게 가장 어려운 시기였다. 그는 조급해 하는 시민들을 진정시키면서 시민들과 미 군정청과의 충돌을 막으려 애썼다. 그러나 좌우 합작에 매달린 하지 장군은 오히려 우남을 미워하면서 박해했다. 미소 공동위원회가 열린 동안 그는 실질적으로 가택 연금 상태에 놓였다. 그의 서신들을 모두 검열을 받았고 전화도 끊겼다.

그러나 미소 공동위원회가 아무런 성과 없이 끝나자 분위기가 달라졌다. 우남이 일찍부터 얘기한 대로 한국 문제에 관해 러시아와의 합의가 가망이 없다는 것을 모두 인정하게 되었다. 마침내 1947년 9월 14일 조지 마셜 미국 국무장관은 한국 문제를 의안으로 삼자고 국제연합 총회에 제안했다. 9월 23일 총회는 한국 문제를 의제로 채택했다. 그리고 11월 14일 총회는 국제연합 위원단의 감시 아래 독립 정부를 수립하기 위해 한국에서 자유선거를 실시하는 방안을 43 대 0으로 가결했다. 우남의 길고 외로운 노력이 열매를 맺은 것이었다.

이것은 정말로 중요한 성취였다. 만일 우남이 미국에서 펼친 적극적 외교활동이 없었다면 국제연합의 선거 실시 결의는 나오기 어려웠을 터이고, 설령 나왔다 하더라도 훨씬 늦었을 터이다. 정부가 없는 상황에서 밖으로는 러시아가 지원하는 북한 정권이 무력을 증강하고 안에선 공산주의자들이 끊임없이 파업과 폭동을 일으키는 상황이 지속되었다면, 뒤늦게 대한민국이 세워졌더라도 살아남을 수 없었을 것이다.

한국전쟁을 실제로 겪은 사람들은 "농지개혁이 대한민국을 살렸다"고 얘기했다. 우남의 합리적 농지개혁은 지주들과 소작농들의 지지를 받았다. 농지개혁 이후 농촌에서는 모두 "이 박사 덕분에 쌀밥을 먹게 되었다"고 우남에게 고마워했다.

그래서 북한군에 점령된 남한 지역에선 북한에 의한 농지개혁이 시행될 여지가 없었다. 이런 사정은 중국의 공산화 과정과 크게 달랐다. 국공내전國共內戰 기간에 공산군은 지주들을 처형하고 그들의 농지를 소작농들에게 나누어 주었다. 그래서 농촌 지역은 빠르게 중공군의 기반이 되었다. 공산당 정권의 이런 전략에 국민당 정부는 대응할 길이 없었다.

우남이 주도한 농지개혁은 1949년 4월에 법안이 국회에서 의결되어 1950년 4월에 개혁 조치가 완료되었다. 만일 국제연합의 주관 아래 대한민국이 세워지는 것이 한 해만 늦었어도, 대한민국에 대한 농민들의 충성심과 남한 사회의 응집력은 훨씬 약했을 터이다.

4. 한국전쟁 초기의 위기관리

논설과 연설로 조선 사회를 근대화시키기 위해 애썼던 젊은 시절부터 '4월 혁명'으로 정치 무대에서 내려올 때까지 우남은 우리 사회를 이끌었다. 70년이 넘는 그 세월에 그는 헤아리기 어려울 만큼 많은 일들을 이루었다. 그래서 그를 빼놓고선 그 시기의 역사를 제대로 기술할 수 없다.

그 많은 업적들 가운데 가장 두드러진 것은 한국전쟁에서 위태로웠던 나라를 지켜 낸 것이다. 북한이 러시아와 중공의 전폭적 지원을 받으면서 네 해 넘게 침략을 준비했으므로, 개전 당시 북한군이 누린 우위는 절대적이었다. 그래서 그 전쟁은 시작되기도 전에 결판이 난 싸움이었다. 적어도 북한의 지도자들과 군부는 그렇게 믿었다.

북한군의 기본 전략은 중동부 전선에서 돌파를 이루어 한강 바로 남쪽에 저지선을 마련함으로써 한강 이북에서 남한군의 주력을 괴멸시킨다는 것이었다. 그들은 북한군의 진격 속도를 하루 10킬로미터로 잡고, 50일 안에 부산을 점령한다는 계획을 세웠다. 해방 5주년이 되는 1950년 8월 15일에 남한 점령을 완결함으로써 '적화통일赤化統一'의 정치적 효과를 극대화하겠다는 계산까지 했다.

그렇게 자신이 있었으므로 김일성은 미국의 개입을 걱정하는 스탈린에게 "미군이 조선반도에 상륙하기 전에 남조선을 다 점령할 수 있다"고 장담했다. "혹시 미국이 개입할지 모르니, 만주의 국경에 중공군 3개 군을 배치하겠다"는 모택동(마오쩌둥)의 제안도 김일성은 사양했다.

이처럼 질 수 없는 전쟁을 일으킨 북한은 남한의 점령에 실패하고 다섯 달 만에 영토의 대부분을 잃는 참패를 당했다. 이런 반전이 일어나려면 물론 여러 요인들이 작용해야 한다. 그런 요인들 가운데 두드러진 요인으로 꼽히는 것은 우남의 지도력이다. 만일 그의 뛰어난 지도력이 없었다면, 모든 다른 요인들이 작용했다 하더라도 대한민국은 살아남지 못했을 것이다.

그런 견해는 한국전쟁에서 복무한 미군 지휘관들 모두가 지녔다. 그들이 우남을 얘기할 때 늘 따른 호칭은 '애국자'였다. 우남의 반공 포로 석방으로 큰 어려움을 겪었던 마크 클라크(Mark Clark) 장군은 뒤에 "나는 지금도 한국의 애국자 이승만 대통령을 가장 위대한 반공 지도자로 존경하고 있다"고 공언했다. 한국전쟁 막바지에 8군 사령관을 지낸 맥스웰 테일러(Maxwell Taylor) 장군은 "한국의 이승만 대통령 같은 지도자가 베트남에도 있었다면 베트남은 공산군에게 패망하지 않았을 것이다"라고 증언했다.

우남의 응급조치

절망적 상황에서 북한군의 침공을 받았으므로, 남한으로선 초기 대응이 결정적으로 중요했다. 대한민국의 운명은 "과연 미국이 북한군의 침공에 군사적으로 대응하느냐?" 하는 물음과 "대응한다면, 얼마나 빨리 미군이 한반도에 도착하느냐?" 하는 물음에 대한 답에 달려 있었다. 우남의 초기 대응은 그가 뛰어난 정치적 지도력만이 아니라 뛰어난 위기관리 능력도 갖춘 지도자였음을 잘 보여 준다. 실제로, 3년이 넘은 그 전쟁을 치르면서 우남의 인품과 능력은 유난히 선명하게 드러났다.

우남이 북한의 전면 침공 보고를 받은 것은 6월 25일 1000시였다. 이후 엇갈리는 보고들이 올라오는 상황에서도 우남은 두루 살피고 멀리 내다보면서 과감하게 대응했다.

1) 무엇보다도 먼저, 우남은 존 무초(John Muccio) 미국 대사와 상황에 대한 의견을 공유했다. 미국이 속히 군대를 보내 남한을 구원하도록 하려면, 상황 판단에서 무초와 그가 완전히 일치해야 했다.

무초는 1135시에 경무대로 들어왔다. 우남은 당장 필요한 무기들과 탄약들을 요청했다. 절실한 무기들은 105밀리 곡사포 90문, 박격포 700문, 그리고 소총 4만 정이었다. 경무대에서 나오자 무초는 곧바로 맥아더에게 필요한 무기들과 탄약들을 보내 달라고 요청했다.

2) 무초와의 협의가 끝나자, 우남은 국무회의를 소집했다. 그사이에 그는 주미 대사관에 전화해서 활동 지침을 주었다. 장면張勉 주미 대사는 곧바로 국무부를 찾아 지원을 요청했다. 이때 장 대사는 미국이 국제연합 안전보장이사회의 소집을 요청했다는 사실을 통보받았다. 대사관은 미국에 머물던 정일권丁一權 장군과 손원일孫元一 제독에게 속히 귀국하라는 대통령의 지시를 전달했다.

3) 우남은 당장 필요한 무기가 전투기라는 것을 깨닫고 전투기 확보에 나섰다. 북한군의 침공은 육군, 해군 및 공군을 모두 동원한 입체적 작전이었다. 러시아군의 최신형 전차를 앞세운 육군의 공격은 대전차 무기가 전혀 없던 아군을 압도했지만, 진출에 시간이 걸렸다. 해군의 상륙작전은 아군의 분전으로 실패했다. 그러나 공군의 공습엔 아군이 대항할 길이 없었다. 그래서 후방인 서울 일대가, 심지어 경무대까지도 북한의 공습에 노출되었다. 북한군의 공습은 미군의 파병을 막기 위해서 김포비행장의

파괴에 집중되었다. 이런 상황에서 가장 절실한 무기는 전투기였다. 아울러, 당시 상황에서 북한군의 전차부대에 대응하는 데는 전투기가 가장 나은 무기였다.

25일 저녁까지도 국방부를 통해서 올라온 보고는 상황이 심각하지 않다고 판단했다. 그러나 경찰을 통해서 올라온 보고는 전선이 걷잡을 수 없이 무너지고 있다고 판단했다. 번민하면서 밤을 새운 우남은 26일 새벽 일찍 맥아더에게 전투기 지원을 요청하기로 결정했다.

우남이 도쿄의 맥아더 원수에게 전화를 걸자, 부관은 원수가 자고 있어서 깨울 수가 없다고 대답했다. 새벽 세 시에 전화가 걸려 왔으니, 그로선 당연한 반응이었다. 그러나 상황이 워낙 다급하고 남한의 방위에 관심이 없었던 미국 정부에 대한 분노가 가득했던 터라, 우남은 그 대답에 폭발했다.

"좋소. 한국에 있는 미국 시민들이 하나씩 죽어 갈 터이니, 원수가 잘 주무시도록 하시오."

우남의 이 말은 "미국 시민들을 하나씩 처형하겠다"는 뜻으로 얼핏 들릴 수도 있다. 프란체스카 여사가 일기에서 "나는 너무나 놀라 수화기를 가로막았다"고 쓴 것을 보면, 그녀도 그렇게 들은 듯하다.

우남의 노성怒聲에 놀란 부관이 맥아더를 깨우겠다고 답변했다. 우남은 맥아더에게 상황을 설명하고, 그런 상황이 나온 데는 미국의 책임이 크다고 지적한 다음, 당장 절실한 전투기 지원을 요청했다.

맥아더는 곧 전투기들을 보내겠다고 약속했다. 실은 맥아더는 우남에게 빚이 있었다. 1945년 8월 15일 대한민국 정부 수립 선포식에 맥아더 부부가 참석해 준 데 대한 답례로, 10월 19일에 우남과 프란체스카는 도쿄를 방문했다. 하루를 묵고 돌아올 때, 우남 부부를 배웅하러 공항에 나온 맥아더가 우남을 얼싸안고 가볍게 등을 두드리면서 "어김없이 나는 우리나라 캘리포니아를 지키는 것처럼 한국을 지킬 것입니다"라고 말했었다. 맥아더는 그 약속을 지킨 것이었다.

그날 오전 미군 극동군 사령부의 참모가 수원 기지를 찾아서 상황을 점검했다. 그는 김정렬 공군참모총장에게 "한국군 조종사들 가운데 F-51(머스탱) 전투기를 별다른 훈련 없이 조종할 수 없는 사람이 몇이나 됩니까?" 하고 물었다. 잠시 생각한 뒤, 김 총장은 "열 명은 됩니다"라고 답했다. 그 참모는 "그러면 열 대를 지원할 터이니, 그 조종사들이 수원 기지에서 대기하도록 해 주십시오. 내일 수송기를 보내겠습니다."

그렇게 해서 이근석李根晳 대령을 비롯한 10명의 경험 많은 조종사들이 일본에 파견되어 훈련을 받았다. 여름 날씨로 훈련은 제대로 나아가지 못했지만, 나라가 위급한데 훈련만 받고 있을 수 없다는 생각에서 이들은 일찍 귀국하기를 바랐고, 7월 2일 이들이 조종하는 전투기 10대가 수원 기지에 도착했다. 이들은 곧바로 북한군과의 전투에 투입되었다.

4) 우남은 25일 밤늦게 신성모 국무총리서리 겸 국방부장관에게 "군사 지식을 갖춘 유능한 사람들 몇 명의 자문을 받아 적절한 조치를 취하라"는 지시를 내렸다. 이 자문회의에서 김홍일金弘壹 소장은 한강에 방어선을 칠 것을 제안했다. 결국 이 방안이 채

택되어 북한군의 남하를 막아 시간을 버는 데 성공했다.

5) 우남은 상황이 위급해질 때까지 서울에 머물면서 일을 처리했다. 자칫하면 경무대가 피습될 수 있다는 보좌진의 판단을 따라, 그는 27일 0300시에 경무대를 나왔다. 북한군 전차부대가 청량리까지 들어왔다고 경찰이 보고한 시각이었다. 차량과 기관사를 수배하느라 시간이 걸려서, 경무대 요원들이 탄 기차는 0400시에야 서울역을 떠났다. 그리고 대전을 임시수도로 삼았다.

여기서 우리는 혼란스럽고 긴박한 상황에서 우남이 '하지 않은' 일들을 살펴야 한다. 6월 25일의 경무대처럼 부족하고 혼란스러운 정보들에 의존해서 중대한 결정들을 내려야 하는 상황에선, 어떤 인물이 고르지 않은 선택들이 그가 실제로 고른 선택들만큼 그의 됨됨이와 판단력에 대해 말해 주는 것들이 많다.

6월 25일 무초 대사와 처음 만나 상의했을 때, 우남은 계엄령을 선포할 것이라고 말했다. 그것이 당연한 절차였다. 그러나 그는 계엄령을 선포하지 않았다. 그리고 미군이 참전한 7월 8일에야 비로소 선포했다. 그렇게 늦춘 이유는, 계엄령을 선포하면 북한군과의 싸움에 모든 자원을 투입한 국군에 계엄 업무가 추가된다는 사정이었다.

수도를 대전으로 옮긴 뒤, 신성모의 문제적 판단과 행동을 크게 걱정한 장택상과 신익희申翼熙가 실전 경험이 전혀 없는 해군 장교 출신 신성모를 해임하고 실전 경험이 많고 신망이 높은 이범석李範錫을 국방장관으로 삼으라고 건의했다. 그러나 무초가 혼란이 일어난다고 반대했다. 우남은 무초의 주장을 받아들여서 신성모를 유임시켰다. 당시 상황에선 미국 대사와 관계가 좋아 얘기가 잘 통하는 것이 큰 자산이라고 판단한 것이었다. 이런 결정들은 우남이 자신의 결정에 따르는 2차 효과들도 고려해서 결정을 내렸음을 보여 준다.

우남의 고뇌

우남이 하지 않은 일들 가운데 가장 중요한 것은 북한에 항복하지 않은 것이다. 당장 해야 할 일들을 하고 난 6월 25일 늦은 밤이 그에겐 고뇌의 시간이었다.

당시 그가 맞은 실존적 상황을 극적으로 재구성해 본다.

이승만 (생각에 깊이 잠겨 집무실을 서성인다. 숭늉 대접을 들고 오는 프란체스카를 보자 반긴다.) 안 그래도 목이 마르던 참인데. (숭늉 대접을 받아 맛있게 마신다.)

프란체스카 북한이 이번엔….

이승만 (고개를 끄덕인다.) 그래요, 마미. 북한이 우리나라를 점령하려는 것이오. 언젠가는 닥칠 일이 이제 닥친 거요.

프란체스카 (근심스러운 얼굴로) 어떻게 하실 거예요?

이승만 싸워야 하는데, 우리는 싸울 힘이 없소. 전선이 무너지고 있어요. 그래도 군대보다는 경찰의 보고가 사실에 가까울 텐데. 탱크를 무엇으로 막겠소? 우리 국군 병사들이 정말로 용감하지만, 전차를 맨손으로 막을 수는 없잖소? (한숨을 내쉰다.) 그것이 문제요. '싸우느냐 마느냐, 그것이 문제로다.' (비장한 미소를 얼굴에 올린다.)

프란체스카 (조심스럽게) 그래도 미국이 도와주지 않을까요? 아까 무초 대사도….

이승만　　무초 대사는 열심히 본국에 구원 요청을 하는데…. (씁쓸히 입맛을 다신다.)

1939년 9월 1일 독일이 폴란드를 침공했을 때… 그날도 일요일이었어요. 전체주의자들은 늘 야비하게 일요일에 기습적으로 침공하고 뒤에 선전포고를 해요. 일본도 나치 독일도 공산주의 러시아도 늘 그랬소. 폴란드 침공은 아득한 옛날처럼 느껴지지만, 겨우 11년이 지났어요.

마미도 알다시피, 그때 영국과 프랑스가 폴란드의 안전을 보장했었어요. 막상 독일군이 폴란드와의 국경을 넘자, 영국과 프랑스는 독일에 대해 선전포고를 하곤 손을 씻었어요. 영국은 아예 군대를 보낼 생각도 하지 않았고, 프랑스는 독일을 공격하는 시늉만 냈어요. 당시 프랑스군은 서부 전선에 배치된 독일군보다 다섯 곱절이나 많았어요. 그래도 프랑스군은 독일군을 공격하는 시늉만 내다가, 폴란드가 점령되자 황급히 마지노선으로 돌아왔어요. 만일 그때 프랑스군이 정색하고 독일군하고 싸웠으면, 프랑스가 나치 독일에게 항복하는 치욕을 당하지는 않았을 것이오. (속이 타서 숭늉을 벌컥벌컥 들이켠다.)

지금 한국은 미국의 방어선 밖에 있다는 것이 미국의 공식 입장이오. 다른 사람도 아니고, 미국 국무장관이 '프레스 클럽'에서 공언한 것이오. 실은 그보다 먼저 트루먼 대통령이 공언했어요, 남한은 미국의 방어선 밖에 있다고. 그런 판에, 과연 미국이 우리를 도우러 올까요?

프란체스카　(무겁게 고개를 끄덕이면서 혼잣소리로) 오느냐 안 오느냐, 그것이 문제로다….

이승만 (소리 내어 웃는다.) 실은 상황은 그것보다도 더 나빠요. 미군이 제때에 한반도에 상륙을 해야 해요. 우리가 며칠 버티지 못할 터이니 미군이 빨리 출동해야 하는데. 참전과 같은 일에서 미국 정부가 빠르게 결정하기를 바라는 것이….

프란체스카 오늘이 일요일이니, 미국에선 내일도 늦게나 일이 시작되는데….

이승만 (먼 눈길로 벽시계를 바라본다.) 만일 미국이 우리를 도우러 오지 않는다면, 당장 북한에 항복하는 것이 합리적이오. 용감한 우리 군인들을 죽음으로 몰지 않고 일찍 손을 드는 것이 합리적이오. 마미, 그래서 지금 내가 결정을 내리기가 참 어렵소.

프란체스카 (안쓰러운 눈길로 남편의 얼굴을 쓰다듬는다.) 당신이 어떤 결정을 내리든, 나는 믿어요, 그것이 최선의 결정이리라고.

이승만 (두 손으로 아내의 두 손을 잡으면서) 어려울 때마다, 내가 마지막으로 의지한 사람은 마미였소. (창가로 걸어가서 밖을 내다보며 한숨을 길게 내쉰다.) 마미는 최선의 결정이라고 하지만, 내가 내려야 할 결정은 도박에 가깝소. (아내를 돌아보며) 만일 우리가 피를 덜 흘리기 위해 일찍 항복하면, 미국이 도와줄 마음이 있었다 하더라도 도울 길이 없어요. 그래서 미국의 도움을 받으려면 우리가 북한군과 싸워서 큰 희생을 먼저 치러야 해요. 그러나 미국이 끝내 도와주지 않는다면 우리 용감한 군인들이 흘린 피는 헛된 희생이 되고, 나는 어리석은 결정을 했다는 비판을 받을 거요. 이렇게 어려운 문제인데, 나는 당장 결정을 내려야 하오. 지금 당장. (고개를 젓는다.)

프란체스카 파피, 당신 마음속 가장 깊은 곳에 있는 신념에 따라

결단하세요. 지금까지 당신은 늘 옳았잖아요? 신념에 따라 판단하면, 잘못된 결정을 피할 수 있다는 것을 당신은 보여 주었잖아요?

이승만　(싱긋 웃으면서) '자유로운 사람들은 항복하지 않는다.'

프란체스카　(환하게 웃으면서) 맞아요, 파피. 대한민국의 자유로운 시민들은 불법적으로 침공한 공산주의자들에게 항복하지 않을 거예요.

이승만　마미, 대통령으로서 내가 내린 결정들 가운데 이 결정이 가장 어려웠소. 그리고 아마도 가장 중요한 결정일 것 같소.

(책상으로 가서 전화기를 집어 든다.) 나요. 동경의 제너럴 맥아더와 통화하고 싶어요.

(아내를 돌아다보면서) 며칠이라도 더 버티려면, 우리에게도 전투기가 몇 대라도 있어야 하오. 제너럴 맥아더에게 사정을 좀 해 봅시다.

우남이 조기 항복을 고려 대상에서 처음부터 제외하지 않았음은, 그래서 깊은 고뇌의 시간을 가졌음은, 그의 전기에 생생하게 기술되었다.

서울의 무초 대사도 도쿄의 맥아더 장군도 이 대통령에게 미국의 지원에 관해 확언을 해 줄 수 없었으니, 그런 결정은 24시간가량 지난 뒤에야 비로소 워싱턴에서 나왔다. 반면에, 이[대통령]는 체코슬로바키아와 중국이 항복했을 때 적어도 일시적으로는 관대한 대우를 받았음을 떠올릴 수 있었다. 남한에 진정한 군대가 없고 외국으로부터 실질적 도움을 받을 정당한 희망도 없었으므로, 침공해 온 적군을 패배시킬 가능성은 너무 작아서 절망적이었다. 그래도 이 대통령은 항복이 아니라 저항을 명령했다. (로버트 올리버, 『이승만: 신화 뒤의 사람』)

위에서 살핀 것처럼, 북한의 전면적 침공에 대한 우남의 초기 대응은 훌륭했다. 정보가 부족하고 그나마 엇갈리는 상황에서도 그는 할 일을 하고 안 할 일은 안 했다. 군대를 지휘해 본 적이 없는 그가 그처럼 뛰어난 위기관리 능력을 보인 것은 그의 큰 지도력을 보여 준 또 하나의 사례다.

우남의 행적에 관한 오해

그러나 전쟁 초기 그의 행적에 대한 일반적 평가는 높지 않다. 우남이 라디오 방송으로 "서울은 안전하니 생업에 종사하라"고 시민들에게 당부하고서 혼자 서울을 탈출한 다음 한강 다리를 끊었다는 얘기가 널리 퍼졌고, 지금도 그 얘기가 사실로 여겨진다.

이 문제를 조사한 연구자들은 모두 이 얘기가 근거가 없다고 언명한다. 우남은 그런 방송을 한 적이 없다. 한강교 폭파도 전적으로 군사적 판단에 의한 국군 지휘부의 결정이었고, 우남은 관여하지 않았다. 연구자들은 우남이 대전에서 한 방송 연설과 국군의 선무방송이 비슷한 시기에 나오면서 두 방송의 내용이 사람들의 기억에서 뒤섞인 것으로 추론한다.

서울을 떠난 우남은 대구까지 내려갔다. 사흘 동안 잠도 제대로 못 자면서 다급한 일들을 처리하느라 지친 터라(그는 이제 75세였다), 대구에 도착해서야 잠에서 깼다. 대구까지 내려온 것을 깨닫자 그는 곧바로 기차를 돌려서 대전으로 향했다. 그때 그는 미국 대사관으로부터 미국이 국제연합의 결의에 따라 참전하기로 결정했다는 소식을 들었다. 그 소식을 전한 드럼라이트(E. F. Drumright) 참사관은 우남에게 "이것은 당신들의 전쟁이 아니라 우리의 전쟁입니다(This is not your war but ours)"라고 언명했다. 한껏 고무된 우남은 이 기쁜 소식을 온 국민들과 방송을 통해 나누었다.

공교롭게도 우남의 방송 연설에 앞서 국방부가 "국방군이 현 전선[서울]을 고수할 것"이라는 내용의 선무방송을 했다. 선무방송은 으레 민심을 안정시키기 위해 상황을 낙관적으로 전망한다. 두 방송이 사람들의 기억에서 뒤섞이면서, 우남의 행적에 대한 논란이 일게 되었다.

이런 거짓 소문들은 자연발생적이어서, 사람들이 쉽게 믿고 널리 퍼진다. 이제 우남이 혼자 도망쳤다는 소문은 정설로 굳어져서, 그의 업적과 명성에 큰 흠집을 낸다.

이 거짓 소문을 반박하기는 쉽지 않다. "무엇을 했다"라는 주장은 증거를 하나라도 내놓으면 증명이 된다. 반면에, "무엇을 하지 않았다"라는 주장을 증명하기는 무척 어렵고 흔히 불가능하다. '부재의 증거(evidence of absence)'라 불리는 이 문제는 철학적, 법적 및 과학적으로 어려운 논점이다. 연구자들이 그 소문이 근거가 없다고 주장해도 별다른 효과가 없는 것은 이런 사정에서 나온다.

사정이 그러하므로, 그 소문의 내용이 우남의 평소 행태와 평생의 행적과 어긋난다는 점을 지적하는 편이 그래도 효과가 있다. 그런 지적은 그 소문의 논리적 근거가 아주 약하다는 점을 부각시킨다.

북한군의 침공 소식을 들은 뒤부터 서울을 떠나기까지 우남이 보인 행태는 하나하나가 그 점을 부각시킨다. 더욱 강력한 논거는 그가 서울을 떠난 직후 보인 행태다. 만민공동회를 이끌 때부터 죽을 때까지 자신이 맞은 위험에 움츠러든 적이 없는 이 위대한 혁명가의 모습을 우리는 다시 한 번 생생하게 만난다.

전쟁 닷새째인 6월 29일, 이 대통령과 무초 대사는 수원에서 맥아더 원수를 만나기 위해 경관측기 두 대로 임시수도가 된 대전을 떠났다. 그들이 가는 도중에, [북한군의] 야크(Yak) 전투기 한 대가 그들을 공격하려 시도했고, 조종사들이 항공기들을 나무 높이로 골짜기들 전후로 기동함으로써 겨우 피할 수 있었다.

〈라이프(Life)〉지의 사진기자 데이비드 던컨(David Duncun)은 항공기들이 착륙했을 때 수원에 있었는데, 그는 그들의 도착 광경을 감동적으로 전한다. "이 대통령은 나이 많은 사람치고는 상당히 정력적인 사람이라고 나는 속으로 생각했다. 그가 막 견디어 낸 일을 알게 되자, 그의 삶에서 그렇게 노출된 순간에도 평정한 마음을 지닌 데 대해 깊은 감탄을 품을 수밖에 없었는데, 그보다 더하게, 우리가 비행장 옆 들판에 서 있을 때 우리의 군화 신은 발들을 그가 내려다본 모습을 나는 늘 기억하게 될 것이다. 연민의 낯빛으로 땅에서 올려다보면서 그는 말했다. '그런데 저 콩 싹들. 우리 발길이 저 싹들을 으깨고 있어요.'"

한국에선 많은 것들이 으깨어지고 있었다. 그러나 많은 것들이 견디고 있었다. (올리버, 같은 책)

5. 휴전에 대한 전략적 접근

한국전쟁은 실은 두 개의 전쟁이 이어진 복합적 전쟁이었다. 첫 전쟁은 북한군이 독자적으로 남한을 침공한 전쟁이었다. 북한으로선 질 수 없는 전쟁이라고 여긴 이 전쟁은 1950년 9월에 인천 상륙작전의 성공으로 승패가 결정되었으니, 북한군은 전력을 거의 다 잃고 북쪽 중국과의 국경 지역으로 후퇴했다.

둘째 전쟁은 1950년 10월 중공군이 한국전쟁에 참가함으로써 일어났다. 북한군이 괴멸되고 국제연합군이 북한 영토의 대부분을 점령해서 첫 전쟁이 실질적으로 끝난 상태였으므로, 중공군의 참전은 1950년 11월 28일 맥아더가 언명한 대로 "전적으로 새로운 전쟁(an entirely new war)"이었다. 동원된 병력과 전쟁 기간에서 한국전쟁의 대부분을 차지한 이 새로운 전쟁은 1953년 7월에 휴전이 되면서 끝났다.

첫 전쟁은 압도적으로 우세한 북한군의 기습으로 시작되었으므로, 초기 대응이 결정적으로 중요했다. 둘째 전쟁은 휴전으로 끝났으므로, 마무리가 오히려 중요했다. 휴전 협상의 주역이 미국과 중국이었으므로 약소국인 한국의 발언권은 작을 수밖에 없었고, 자칫하면 한국의 이익은 무시될 수 있었다. 이런 상황에서 우남의 상상을 넘는 대담한 외교가 펼쳐졌고, 한국은 최선의 결과를 확보했다. 이 업적은 산맥을 이룬 우남의 업적들 가운데서도 가장 높은 봉우리를 이룬다.

중공군의 전략

중공군의 매복 기습으로 무너진 국제연합군이 남쪽으로 물러난 상황은 함경도의 아군이 흥남에서 해상으로 철수한 '흥남 철수'와 서울이 함락된 '1·4 후퇴'로 상징된다. 아군이 전력을 추슬러서 전황이 좀 안정되었을 때, 전선은 경기도 남부 근처에 형성되었다. 이때부터 미군의 화력이 중공군의 인력을 압도하면서 전선은 꾸준히 북쪽으로 올라갔다.

국공내전을 치른 터라서 중공군은 잘 훈련되고 전투력이 뛰어난 군대였다. 중공군의 약점은 화력과 보급 능력에서의 열세였다. 그래서 돌파에 성공하더라도 사나흘 지나면 공세를 멈출 수밖에 없었다. 이때 아군이 반격하면 중공군은 후퇴할 수밖에 없었다.

아군의 약점은 한국군의 약한 전력이었다. 중공군은 한국군 담당 지역에 전력을 집중해서 돌파를 시도했고, 중공군과의 싸움에서 거푸 진 한국군은 중공군에 대한 공포가 컸다. 그래서 통신 장비들을 제대로 갖추지 못한 중공군이 신호 수단으로 삼은 신호탄들이 하늘에서 터지고 피리 소리와 꽹과리 소리가 나면 한국군은 싸우기도 전에 무너졌다. 도주한 한국군이 버린 무기들은 중공군이 차지해서 중공군의 전력 향상에 크게 기여했다. 자연히 미군 지휘부에선 한국군에 중화기를 공급하지 않았다. 이런 방침은 한국군이 전력을 키울 기회를 없앴다. 한국군의 전력 증강을 위한 우남의 끈질긴 노력에도 불구하고 한국군은 이런 악순환에서 좀처럼 벗어나지 못했다.

한국군 6사단의 상황

한국군이 이런 상황에서 벗어난 계기는 6사단이 치른 '용문산 전투'였다.

1951년 4월의 중공군 '춘계 공세 1단계'에서 6사단의 행적은 더할 나위 없이 수치스러웠다. 당시 아군이 중부 전선에서 고전하게 된 것은 거의 전적으로 미군 9군단의 좌일선 부대로서 화천 서쪽 지역을 맡았던 6사단의 무능 때문이었다.

4월 22일 2000시에 중공군 60사단은 6사단의 허술한 방어망을 쉽게 뚫었고, 일선 연대들은 이내 무너졌다. 좁은 퇴로를 한국군 병사들과 장비들이 막는 바람에, 그들을 지원하던 미군 포병들도 중화기들을 모두 버리고 철수할 수밖에 없었다.

사단장 장도영張都暎 준장과 참모들의 노력 덕분에 23일 낮에는 6사단의 흩어진 병사들의 상당수가 다시 모였다. 가까스로 부대 꼴을 다시 갖춘 6사단은 가평 지역의 방어 임무를 맡았다.

23일 일몰 바로 뒤 중공군 2개 사단이 다시 6사단을 공격했다. 이번에도 6사단은 싸우지도 않고 다시 무너졌다. 24일 아침 장도영 사단장은 4천 내지 5천 명의 병사들로 부대를 재편성하고 있다고 9군단장 윌리엄 호지(William M. Hoge) 소장에게 보고했다. 싸움 한번 해 보지도 못하고 사단 병력의 반이 없어진 것이었다.

6사단 병사들을 추격해 온 중공군은 23일 2200시경에 가평읍 북쪽에서 방어하던 오스트레일리아군 대대와 미군 72전차중대를 공격했다. 중공군의 공격은 이튿날 낮까지 이어졌지만, 오스트레일리아군 대대와 미군 전차중대는 방어선을 지키면서 중공군의 손실을 강요했다. 가평천으로의 공세가 실패하자 중공군은 24일 밤에 서쪽의 패트리셔 공주 캐나다 경보병대대(Princess Patricia's Canadian Light Infantry Battalion)를 공격했다. 중공군이 워낙 많아서 캐나다군 대대는 자신의 위치에 포격을 요청할 정도로 위기에 몰렸으나, 잘 버텨 냈다. 마침내 25일 낮에 중공군은 공격을 중단하고 북쪽으로 물러났다.

이처럼 2개 보병대대와 1개 전차중대가 막아 낸 중공군 부대에 6사단은 싸움 한번 못 하고 무너진 것이었다. 6사단이 입은 무기와 장비의 손실은 엄청났고, 퇴로를 한국군 병사들과 버려진 장비들이 막는 바람에, 한국군을 지원하던 미군 포병부대들도 중화기들과 장비를 포기해야 했다. 두 차례의 싸움에서 한국군 6사단은 아예 없느니만 못했다.

호지 소장은 장 준장을 질책하면서 사단의 행적은 "모든 면들에서 수치스럽다"고 평했다. 그는 그러나 장 준장이 한국군 지휘관들 가운데 양호한 축에 든다고 평가했고, 교체를 꾀하지 않았다. 실은 6사단도 모든 한국군 사단들의 전형이라고 평가했다. 그만큼 한국군 지휘관들의 자질이 낮았고 장교들과 병사들이 훈련되지 않았고 사기가 낮았다는 얘기다.

패주를 가까스로 수습한 6사단은 4월 27일 용문산 일대에 주둔했다. 장 사단장은 장병들의 정신 무장과 사기 진작에 힘을 쏟았다. 다행히, 사단이 더할 나위 없이 치욕적인 패배를 했다는 사실이 오히려 명예를 되찾겠다는 장병들의 다짐을 굳게 했다.

용문산 전투

중공군의 공격에 대비해서, 5월 13일 장 사단장은 부대를 새로 배치했다. 19연대를 주저항선인 용문산 서북쪽에 배치하고 7연대를 동북쪽에 배치해서 일선을 형성했다. 그리고 예비부대인 2연대를 홍천강 남안으로 진출시켜 전초부대로 삼았다.

이처럼 예비부대를 후방이 아닌 전방에 미리 투입하는 작전계획은 교리에 어긋났지만, 그것은 실은 그동안 중공군과 여러 번 싸워서 얻은 교훈에 바탕을 두었다. 중공군은 으레 우세한 병력을 이용한 침투와 돌파로 아군의 퇴로의 요소들을 미리 차단했다. 그런 전술에 후퇴로 대응하는 것은 거의 필연적으로 패주를 불렀다. 장 사단장은 진지를 고수하고 우세한 화력으로 중공군의 피해를 강요하는 편이 오히려 낫다고 판단한 것이었다. 아울러, 주저항선이 너무 뒤쪽으로 책정되어, 홍천강이 제공하는 지형적 이점을 활용하려면 증강된 전초부대가 필요했다. 예상대로 중공군이 전초부대인 2연대를 포위하면, 주저항선의 나머지 2개 연대가 중공군을 뒤에서 공격한다는 것이 작전의 핵심이었다.

이처럼 특수한 작전계획의 성공에서 결정적 요소는 전초부대로서 중공군에게 포위된 채 진지를 고수해야 하는 2연대의 전투력이었다. 당시 2연대 1대대 1중대 2소대장이었던 전제현全濟鉉 중위는 술회했다.

> 우리 연대가 전진진지로 출발하기에 앞서 사단장의 지엄한 훈시가 있었으며, 연대의 장병들도 또한 사창리 전투의 오욕을 씻기 전에는 살아서 돌아올 생각을 버리자고 다짐하면서 각자 철모에 '결사'라고 써 붙이고 일산日産 트럭 5대에 실탄과 식량을 만재하였으며 심지어는 소대장과 중대장까지도 뒤축 없는 양말에다 식량을 넣어서 목에 걸고 출동하였다.

5월 17일 오전에 중공군 1개 중대가 가평 동쪽에서 북한강을 건너 남하했다. 2연대의 전초중대인 6중대는 가평 동남쪽 한덕산을 미리 점령했다가 아래쪽 방하리에 집결한 이 중공군 부대를 기습해서 크게 이겼다. 중공군 163명을 사살하고 6명을 붙잡았으며, 상당한 무기를 얻었다. 이 첫 전투에서의 승리는 큰 뜻이 있었으니, 적 전위부대의 공격을 저지해서 작전에 차질을 주었을 뿐 아니라 중공군에 대한 두려움이 큰 아군 장병들에게 자신감을 주었다.

5월 18일 밤부터 중공군 2개 사단의 본격적 공격이 시작되었다. 2연대 예하 부대들은 사주 방어를 통해 진지들을 고수하면서 화력 지원을 받아 잇따라 밀려오는 중공군을 물리쳤다. 6사단 27포병대대의 직접 지원과 미군 7사단과 24사단의 포병 화력에다 9군단 포병의 지원을 받으면서, 2연대는 중공군에 큰 손실을 강요했다.

아군의 저항이 예상 밖으로 완강하자, 중공군은 2연대 지역이 아군의 주저항선이라고 판단했다. 그래서 19일 새벽부터 주력을 투입해서 2연대를 공격했다. 19일 새벽, 마침내 장 사단장은 공격 명령을 내렸다. 주저항선을 지키던 7연대와 19연대는 이내 공격에 나섰고 기습을 당한 중공군은 조직적인 반격을 하지 못한 채 큰 손실을 입었다. 낮에는 공군의 지원을 받을 수 있었으므로, 아군의 화력은 더욱 강해졌고 중공군의 손실은 더욱 커졌다. 그러나 중공군은 이날 밤에 1개 사단을 더 투입해서 공격해 왔다. 중공군의 압박을 받은 2연대는 전방 대대들을 연대본부 둘레로 집결시켜 사주방어진을 만들고 물러서지 않았다. 이런 작전은 우세한 화력으로 공격해 오는 적에게 손실을 강요하는 미군의 전술을 모범적으로 따른 것이었고, 큰 성공을 거두었다. 기세가 꺾인 중공군은 19일 자정에 공격을 멈추고 물러났다. 19일 0700시부터 20일 1800시까지 6사단은 4,912명의 적군을 사살했고 9명의 포로를 얻었다.

5월 21일 0300시에 중공군이 북쪽으로 물러나기 시작하자, 6사단은 중공군을 추격하면서 후위 작전을 편 중공군 2개 연대를 깨뜨리고 홍천강 이남 지역을 완전히 장악했다. 아군의 전반적 반격에 맞추어, 6사단도 홍천강을 건너 패주하는 중공군 부대들을 추격했다. 마침내 5월 28일, 6사단은 최종 목표인 화천저수지(파로호)에 이르렀다.

용문산 전투와 이후 전투들에서 사단이 거둔 전과는 대단했으니, 사살한 적군은 1만 7,177명이고 포로는 2,183명이었다. 아군의 손실은 전사 107명, 전상 494명, 그리고 실종이 33명이었다.

중공군의 '춘계 공세 2단계' 작전으로 1951년 5월 후반에 벌어진 큰 싸움에서 용문산 전투의 몫은 그리 크지 않았다. 중공군의 주공이 한국군 3군단과 미군 10군단의 동쪽 부대들인 한국군 7사단과 5사단을 향했고, 한국군 부대들이 무참하게 무너진 뒤 방어 임무는 주로 미군 10군단의 2사단과, 서울 근처에서 기동해서 돌파된 한국군 담당 지역에 투입된 미군 3사단에 지워졌다. 그래서 큰 전과에도 불구하고 용문산 전투가 당시 전황에 직접적으로 미친 영향은 작았다.

그래도 용문산 전투는 전쟁의 흐름에 큰 영향을 미쳤다. 무엇보다도, 이 전투에서 한국군은 처음으로 중공군에 크게 이겼다. 1950년 10월 중공군의 1차 공세에서 한국군이 걷잡을 수 없이 무너진 뒤, 한국군은 한 번도 중공군에 이긴 적이 없었다. 용문산 전투는 한국군 장병들의 가슴에서 중공군에 대한 두려움을 말끔히 씻어 냈다.

용문산 전투는 한국군의 전력 향상에 심리적으로만이 아니라 실질적으로도 기여했다. 한국군을 허약하게 만든 화력과 전력의 악순환을 끊은 것이었다. 우남은 한국군의 전력 증강을 미군 지휘부에게 요구했지만 늘 부정적 반응만 얻었다. 6사단이 용문산 전투에서 크게 이기자 한국군의 능력에 대한 미군 지휘부의 생각은 달라졌고, 한국군의 증강은 빠르게 진행되었다.

1953년 휴전 협상이 마무리 단계에 들어갔을 때, 한국 육군은 좋은 장비를 갖추고 훈련이 잘된 55만 명가량 되는 병력으로 이루어졌다. 이처럼 강력한 군대는 이승만 대통령에게 절대적으로 충성했고, 그에게 전쟁과 관련해서 자신의 뜻을 실현할 수 있는 수단을 제공했다. 이 점을 고려해야 휴전에 관한 우남의 태도와 전략을 이해할 수 있다.

휴전회담

1951년 4월 11일, 국제연합군 총사령관 맥아더 원수는 트루먼 대통령에 의해 갑작스럽게 해임되었다. 그의 해임은 자체로 중요했을 뿐 아니라 미국의 정치에도 큰 영향을 미친 사건이었다.

맥아더가 해임된 까닭은 그가 6·25 전쟁을 제한전(limited war)으로 치르려는 트루먼 정권의 정책에 드러내 놓고 반대한 것이었다. 남한에 침입했던 북한군이 국제연합군에 의해 괴멸되었을 때 갑자기 중공군이 한반도로 침입해서 국제연합군은 전반적으로 밀리고 있었다. 당시 미국은 중국보다 힘이 월등했다. 따라서 싸움을 전면전으로 확대하고 원자탄을 사용하면 미국은 중국을 쉽게 이길 수 있었다. 북한군이 남한을 불법적으로 침입했고 중공군은 국제연합군을 공격했으므로, 미국은 그런 확전을 정당화할 도덕적 및 군사적 명분도 있었다. 그러나 트루먼 대통령과 미군 합동참모본부는 그럴 생각이 없었다.

트루먼 정권은 두 가지 이유에서 중국에 대한 전면전을 꺼렸다. 먼저, 미국의 우방들이 확전과 원자탄 공격에 반대했다. 특히 클레멘트 애틀리(Clement Attlee)의 노동당 정권이 들어선 영국은 이념적 성향과 홍콩의 안보에 대한 고려 때문에 줄곧 중국에 대해 유화적 태도를 보였다. 다음엔, 트루먼 정권은 중국에 대한 원자탄 공격이 러시아의 서유럽에 대한 보복을 부를까 걱정했다. 당시 미국은 러시아보다 17배나 많은 원자탄을 보유했지만, 트루먼 정권은 '제3차 세계대전'을 일으킬 위험이 있는 일들은 극력으로 피했다. 그런 위험을 무릅쓰기엔 한국은 너무 작고 미국의 이해에 그리 중요하지 않은 나라였다.

그러나 이런 태도는 본질적 모순을 안았다. 맥아더가 회고록에서 지적한 대로, "소련이나 중공의 개입은 한국에 개입한다는 당초의 [미국의] 결정에 내재한 위험이었다". 뒤늦게 그것을 걱정하는 것은 비논리적이었다.

차분히 따지면 러시아가 한국에 개입할 가능성도 낮았다. 무엇보다도, 시베리아를 가로지르는 긴 철도 하나에 의지한 러시아군의 보급로는 너무 부족하고 공중 공격에 취약했다. 인천 상륙작전과 흥남 철수작전을 지휘했고 휴전회담에서 국제연합군을 대표했던 터너 조이(Turner Joy) 제독도 중국에 대한 공격이 러시아의 개입을 부르리라고 생각한 미군 장군은 한 사람도 없었다고 회고했다.

어쨌든 맥아더는 트루먼 정권의 전략이 치명적 오류라고 판단했다. 그는 제한전이 "새로운, 그리고 피를 더 흘리는 전쟁을 부를" 따름이라고 주장했다. 그는 제한전이 이미 국제연합군의 사기를 떨어뜨렸다고 지적했다.

그가 대안으로 내놓은 전략은 중국에 대한 전면전이었다. 만주의 비행장들을 공격하고, 중국 연안을 봉쇄하고, 대만의 국민당군을 동원해서 중국 본토에 전선을 형성한 다음, 50개가량의 원자탄을 중국 도시들에 투하하는 것이었다. 제한전을 적극적으로 옹호했던 매슈 리지웨이(Matthew Ridgway) 대장도 회고록에서 중공군이 미군을 기습 공격했을 때는 원자탄의 사용을 포함한 전면전을 펴는 것이 정당화될 수 있었다고 인정했다.

이 과정에서 맥아더는 거듭 공개적으로 대통령의 지시를 어겼다. 치명적이었던 것은 그가 합동참모본부의 지지를 얻지 못했다는 사실이었다. 당시 합참의장이었던 오마 브래들리(Omar Bradley) 원수는 의회 청문회에서 중국에 대한 전면전은 서유럽을 소련의 위협에 내맡기는 일이라고 말했다. 중국과의 전면전은 "잘못된 곳에서 잘못된 시기에 잘못된 적과 치르는 잘못된 전쟁(the wrong war at the wrong place, at the wrong time, and with the wrong enemy)"이 되리라는 그의 주장에 맥아더는 적절히 대응하지 못했다. 의회 청문회가 끝나자, 그에 대한 미국 사회의 지지는 사라졌다.

휴전의 모색

1951년 봄, 우세한 화력으로 중공군을 압도한다는 리지웨이의 전략이 주효해서 전황이 안정되자, 미국은 휴전을 모색하기 시작했다. 중국의 인적 자원이 막대하다는 것이 드러나면서 승리의 가능성은 사라진 터였고, 미국 시민들은 이미 전쟁에 염증을 느끼고 있었다.

그러나 중국은 미국의 그런 모색을 무시했다. 대신 일방적으로 자신에게 유리한 조건을 제시했다. 국제연합군의 한반도에서의 철수, 대만의 중국으로의 귀속, 중국의 국제연합에서의 지위 보장과 같은 조건들은 미국으로선 받아들일 수 없는 것들이었다.

1951년 5월 중공군의 마지막 공세가 실패하자, 국제연합은 중국이 휴전에 보다 호의적이리라고 판단했다. 6월 초, 국제연합 사무총장 트리그브 리는 다시 평화회담을 제안했다. 중공군의 태도가 바뀌었으리라는 국제연합의 판단은 틀리지 않았다.

> 한국에서 중공군은 그들의 전사에서 전례가 없는 전투들을 하고 있었다. 전략적으로, 모택동의 군사교리가 지시한 대로 그들은 전략적 방어로 시작해서, 교착된 전쟁을 거쳐 전략적 반격으로 점

> 차 바꾸어야 했다. 전술적으로, 그들은 위치전(positional battles)이 아니라 유연한 이동 전쟁을 치르도록 되어 있었다. 그러나 방어적 태세를 유지하는 대신 중공군은 내리 다섯 차례의 공세 작전들을 폈고, 그 가운데 어느 것도 군사 지도자들이 기대한 성과를 거두지 못했다. 특히 '5차 공세'에서 중공군이 맞본 좌절은 미국·국제연합 군대가 그들의 병력을 보전할 수 있었을 뿐 아니라 중공군에게 큰 손실을 입힐 수 있었음을 가리켰다. 1951년 늦봄에 중공군 지도자들은 전쟁이 오래 끌리라는 사실을 인식한 듯했다. (장수광Shu Guang Zhang, 『마오의 군사적 낭만주의*Mao's Military Romanticism*』)

중공군 수뇌부에서 나온 이런 변화를 반영해서, 6월 23일 러시아 부외상 겸 주 국제연합 대사 야코프 말리크(Jacob Malik)는 리의 제안에 호응하면서 한반도에서 평화를 이룰 수 있다고 방송에서 말했다. 그는 "38도선에서 상호적 철군을 주선하는" 방안을 제시했다.

6월 30일, 미국 정부의 지시를 받은 리지웨이는 중공군 사령관에게 보내는 방송 메시지에서 국제연합군은 휴전 협상을 위해 대표단을 파견할 의사가 있다고 밝혔다.

며칠 뒤 공산군 측에서 개성에서 회담하자고 제의했다. 마침내 7월 8일 개성에서 양측 연락관들이 만났다. 그리고 그 회담에서의 합의에 따라 7월 10일에 양측 휴전 협상 대표단이 개성에서 만나 공식적 휴전 협상에 들어갔다.

휴전 협상

개성에서 휴전 협상이 시작되면서, 양측은 결정적 승리를 위한 기동을 자제했다. 그래서 전선은 큰 변동이 없었고, 전선을 지형에 맞게 '정리'하는 소규모 작전들이 나왔다. 반어적으로, 그런 작전들은 큰 인명 피해를 양측에 강요했다. 전술적으로 중요한 고지들을 놓고 다투니 인명 피해가 클 수밖에 없었고, 휴전 협상에서의 열세를 걱정하는 판이라 어느 쪽도 물러서려 하지 않았다. 피의 능선(Bloody Ridge), 단장의 능선(Heartbreak Ridge), 저격능선(Sniper Ridge), 불모고지(Old Baldy)와 같은 슬픈 이름들은 전선을 정리하는 소규모 전투들에서 생겨났다.

트루먼 정권의 희망과는 달리, 제한전은 중공군과의 휴전을 이내 불러오지 못했다. 협상이 시작된 날 밤에 문산리에 모인 국제연합군 측 언론 기자들은 휴전 협상에 걸릴 기간에 대해 내기를 걸었다. 가장 '비관적'인 기자들은 협상 타결까지 6주가 걸리리라고 걸었다.

휴전 협상이 시작된 뒤로도 전쟁은 두 해 동안 이어졌다. 이런 상황은 휴전회담에 임한 중공군 측의 독특한 태도 때문이었다. 국제연합군 대표단의 첫 수석대표였던 조이 제독은 공산주의자들과의 협상은 일반적 협상과는 다르다고 술회했다.

1) 공산주의자들은 본질적으로 세력의 확장을 노린다. 그들은 협상을 통한 세력 확장과 무력을 통한 세력 확장을 구별하지 않는다. 따라서 협상을 통한 문제의 해결은 기대할 수 없다. 그들에게 협상의 종료는 세력 확장에서 새로운 단계의 시작일 따름이다.
2) 공산주의자들은 협상의 모든 측면들과 과정들을 철저히 계획하고서 회담에 나온다. 그들은 특히 회담이 열리는 장소의 물리적 환경에 마음을 많이 쓴다. 그들은 늘 자신들이 통제할 수 있는 곳에서 회담이 열리도록 시도하며, 일단 회담이 열리면 자신

들의 통제력으로 회담을 유리하게 이끈다. 휴전회담은 처음엔 중공군이 장악한 개성에서 열렸는데, 중공군 병력이 국제연합군 대표들에게 갖가지 위협을 했다. 그리고 당황한 대표들의 모습을 촬영해서 선전에 이용했다. 국제연합군은 그런 행태에 항의하고 중립적인 판문점으로 회담 장소를 옮겼다.

3) 공산주의자들은 협상에서 교리(dogma)를 노예적으로 따른다. 따라서 협상에 나선 개인들이 스스로 판단할 여지는 아주 적고, 그들의 성품이나 능력은 그리 중요한 요소들이 아니다.

4) 공산주의자들은 자신들의 기본적 목표에 유리한 결론들로 이루어진 일정을 추구한다. 그들은 그렇게 편향된 일정을 통해서 직접적으로 목표를 이루거나, 편향을 바로잡는 지루하고 힘든 과정에서 이득을 본다.

5) 공산주의자들은 늘 협상을 지연시키는 전술을 쓴다. 일단 협상이 시작되면 그들은 이내 협상의 진전을 가로막는다. 그들은 그런 지연이 상대의 입장을 약화시킨다고 믿는다. 서방 국가들이 일반적으로 협상에서 성과를 얻으려 애쓰며 휴전과 같은 일에선 인도적 고려 때문에 특히 협상을 서두른다는 사실을, 인명과 인권을 가볍게 여기는 공산주의자들은 철저히 이용한다.

6) 공산주의자들은 의제와 관련이 없는 사항들을 협상에 도입해서 그것들을 협상에서의 패로 쓴다.

7) 공산주의자들은 늘 진실을 부정하거나 왜곡한다. 특히 부분적 진실을 전체적 진실로 만드는 데 능하다.

8) 공산주의자들은 같은 주장과 선전을 되풀이해서 상대를 지치게 하는 전술을 어김없이 쓴다. 이런 전술은 장기적으로는 상당

한 효과를 얻는다.

9) 공산주의자들은 협상이 서로 양보하면서 타협해서 더 큰 이익을 얻는 길이라고 생각하지 않는다. 그들은 오직 힘에 밀릴 때만 양보를 한다. 물론 그들은 상대도 그렇게 행동한다고 믿는다. 그래서 상대가 양보를 하면, 힘에 밀려서 양보한다고 여겨서 더 큰 양보를 받아 내려 시도한다.

10) 공산주의자들은 자신들을 제약하는 합의 사항들을 되도록 지키지 않겠다는 생각으로 회담에 나온다. 그래서 합의 사항들의 범위를 되도록 줄이고, 그것들의 이행에 대한 감시와 조사를 되도록 허술하게 만들려고 애쓴다. 휴전 협상에서 공산주의자들은 무력 증강을 감시할 항공 정찰을 끝까지 반대했다.

11) 자신들을 제약하는 조건에 어쩔 수 없이 동의하게 되면, 공산주의자들은 뒤에 그것의 이행을 실질적으로 무력하게 만들 수 있는 조항을 넣는다. 예컨대, 이행을 감시하는 단체가 만장일치를 통해서 의사를 결정하도록 해서, 자신을 지지하는 구성원의 방해로 제대로 기능하지 못하도록 한다.

12) 위에서 든 모든 전술들이 실패해서 합의 사항을 이행해야 할 처지가 되면, 공산주의자들은 합의 사항을 재해석해서 이행을 피하려 한다. 그들이 실제로 이행하는 경우는 이행을 강요할 힘이 상대에게 있을 때뿐이다.

공산주의자들의 이런 협상 전술들을 아군 대표들이 깨달았을 때, 공산군은 이미 큰 이익을 얻은 터였다. 무엇보다도, 두 해 넘게 휴전 협상을 하면서, 미국은 국가로 인정하지 않은 중국 공산당 정권과 북한 공산당 정권을 실질적으로 인정한 셈이 되었다. 강대한 미국과 싸우면서 물러서지 않았다는 사실은 중국 공산당 정권의 위신을 한껏 높였다. 전선은 고착된 채 인명 손상이 극심한 전쟁은 생명을 중시하는 국제연합군에게 훨씬 큰 괴로움을 주었다.

중공군이 휴전회담을 지연시키자, 맥아더가 국제연합군 최고사령관직에서 물러난 지 몇 달 지나지 않아서 미국은 맥아더의 전략을 진지하게 검토하기 시작했다. 1952년 1월엔 트루먼 자신이 중국의 태도에 변화가 없으면 맥아더가 주장한 전략을 실행하겠다는 최후통첩을 러시아에 보내자고 제안했다.

트루먼이 인식하지 못했던 것은 중국 공산당 정권이 미국과의 대결을 피할 수 없다고 보고 준비해 왔다는 사실이었다. 중국 역사학자 천젠陳兼(Chen Jian)의 지적대로, "한국 위기에 대한 베이징의 전략은 처음부터 성격에서 공격적이었다". 원자탄을 쓰지 않는다고 트루먼 정권이 미리 자신의 선택을 제약한 것은 중국의 전략에 스스로 말려든 일이었다. 그래서 미군 사상자들의 60%가량이 맥아더가 해임된 뒤 줄곧 이어진 제한전에서 나왔다. 인명에 관한 한, 제한전은 제한적이 아니었다.

지루한 협상을 통해서 양측은 이견을 좁혀 나갔다. 그러나 협상은 마지막 문제인 포로 송환에서 멈춰 더 나아가지 못했다. 포로들이 15만 명 가까이 되었으므로, 그들의 송환은 실제적으로 간단한 일은 아니었다. 이 문제를 더욱 어렵게 만든 것은 국제연합군 측이 강제 송환에 반대하고 자발적 송환을 주장한 것이었다.

그런 주장이 나온 까닭은 제2차 세계대전이 끝난 뒤 러시아로 송환된 러시아군 포로들이 맞은 참혹한 운명이었다. 그들은 러시아군에 인도

된 뒤 바로 처형되거나 강제수용소들로 보내져 강제노역에 종사했다. 적군의 포로가 된 군인들은 외국의 나쁜 영향에 노출되었으므로 러시아 사회에 해로운 영향을 미친다고 스탈린은 믿었다. 아울러, 북한군 포로의 상당수가 북한군이 남한에서 징집한 사람들이어서 그들을 북한으로 강제 송환하는 조치는 비인도적이었고, 중공군의 상당수는 국민당 정부군 출신이어서 대만으로 가기를 바란다는 사정도 있었다.

공산군 측은 물론 이 방안에 거세게 반발했다. 그들은 포로들의 무조건적 강제 송환을 강력히 주장했다. 그래서 오랫동안 회담은 나아가지 못했다.

1953년 1월에 미국에선 한국전쟁의 해결을 공약으로 내건 아이젠하워가 대통령에 취임했다. 3월엔 러시아에서 스탈린이 병사하고 게오르기 말렌코프(Georgi Malenkov)가 수상이 되었다. 자신들의 권력을 강화하려 애쓰는 러시아 집권 세력에 한국전쟁은 달갑지 않았다. 이런 변화들은 휴전 협상에 긍정적 영향을 미쳤다.

국제연합군 측이 병을 앓거나 부상한 포로들의 교환을 제안하자, 공산군 측도 호의적 반응을 보였다. '작은 교환 작전(Operation Little Switch)'이라 불린 이 포로 교환 작전은 1953년 4월에 실시되어 공산군 포로 6,670명과 국제연합군 포로 684명이 송환되었다.

'작은 교환 작전'은 포로 교환 협상에 큰 운동량을 부여했다. 공산군 측도 자발적 송환을 원칙으로 삼는 데 동의했다. 그러나 세부 사항들에선 양측의 의견이 상당히 엇갈렸다. 국제연합군 측은 휴전이 되면 즉시 비송환 포로들이 풀려나야 한다고 주장했지만, 공산군 측은 그들이 적어도 3개월 동안 중립국 병력의 보호 아래 본국 대표들의 설득을 받아야 한다고 주장했다.

우남의 휴전 반대

우남은 휴전에 처음부터 결연히 반대했다. 그는 역설했다. 휴전은 다 잡은 승기를 놓치는 것이고, 지금 승리하지 못하면 자유세계는 두고두고 후회하리라고. 적어도 미국이 한국의 안전을 보장하는 조치를 내놓아야 한다고 그는 지적했다. 전쟁이 휴전으로 끝나면 한국은 다시 공산군의 위협에 노출될 터였다. 그리고 공산군이 다시 침공하면 미국이 도우러 온다는 보장이 없었다.

국제연합군 최고사령관 클라크 대장은 우남의 심정과 견해를 이해하고 존중했다. 아울러, 그는 우남이 정치적으로 위험한 처지에 있다는 것을 잘 알았다. 대한민국 국민들은 '북진통일'을 열망하고, '반공 포로'라 불리는 비송환 한국인 포로들의 즉각 석방을 요구하고 있었다. 비록 국민들의 절대적 지지를 받고 자신이 바라는 방향으로 여론을 이끌고 있었지만, 국민들의 한껏 높아진 기대를 충족시키지 못하면 우남이 정치적 위기를 맞을 수 있다고 클라크는 판단했다.

우남의 생각을 확인하기 위해 클라크는 1953년 5월 12일 경무대를 방문했다. 그는 비송환 한국인 포로들에 관한 우남의 입장이 바뀌지 않았음을 확인했다. 우남은 한국인 포로들이 공산주의에 호의적인 제3국에 인도되어 여러 달 동안 북한 요원들에 의해 북한으로 귀환하라는 설득을 받는 방안을 완강히 반대했다. 그는 그런 나라의 병력이 한국 영토에 상륙하는 것을 허용할 수 없다고 단언했다.

이어 우남은 클라크에게 '국제연합군 사령관이 관여하지 않은 채 대한민국 대통령이 한국인 경비병들을 동원해서 비송환 포로들을 석방하는 방안'의 가능성을 물었다. 우남이 언급한 방안은 낯설거나 갑작스러운 생각이 아니었다. 실은 그런 방안은 이미 지난해부터 미군 지휘관들이 여러 차례 검토한 터였다.

클라크는 한국인 경비 병력은 국제연합군 사령부의 통제를 받는다는 점을 지적했다. 그래도 클라크는 우남의 심정과 정치적 처지에 동정적이어서, 휴전협정의 조인과 동시에 한국인 비송환 포로들의 즉각적 석방을 상부에 건의했다.

워싱턴의 반응은 클라크의 기대와는 거리가 멀었다. 공산군 측이 국제연합군 측의 마지막 제안을 거부하자 워싱턴의 정책 결정자들은 공산군 측의 원래 제안에 아주 가까운 방안을 마련했다. 그리고 클라크와 주한 미국 대사 엘리스 브리그스(Ellis Briggs)에게 그런 결정을 수락하도록 우남을 설득하라고 지시했다. 브리그스 대사는 무초 대사의 후임으로 1952년 8월에 부임했다.

1953년 5월 25일 두 사람은 우남을 만나 휴전 협상에 관한 미국의 결정을 설명했다.

1) 비송환 한국인 포로들은 공산군 측의 요구대로 비무장지대로 이송되어 중립국 병력의 보호를 받는다. 그리고 90일 동안 북한의 설득자들이 북한으로 귀환하라고 그들을 설득할 것이다.
2) 중립국 병력은 인도가 제공한다. 인도가 중립적이지 않다는 한국의 이의는 받아들일 수 없다.
3) 휴전 협상에서 합의된 조건들을 한국이 받아들이고 이행에 협조하면, 미국은 한국을 군사적으로, 경제적으로, 그리고 정치적으로 지원할 것이다.
4) 국제연합과 미국의 정치적 상황을 고려해서, 현재로선 미국과 한국 사이의 상호방위조약은 체결할 수 없다.

5) 만일 대한민국이 협조하지 않으면, 미국은 지금까지 약속한 원조를 단절할 것이다.

이런 일방적 통고는 우남을 "깊은 충격"에 빠뜨렸다고 두 사람은 워싱턴에 보고했다. 우남은 이내 자신의 입장을 밝혔다. 미국의 제안은 한국으로선 받아들일 수 없고, 따라서 자신은 미국이 바라는 협조적 조치들을 하나도 약속할 수 없다. 그러나 우남은 두 사람에게, 구두로 전달한 사항들을 문서로 보내 달라고 요청했다.

이제 관심은 공산군 측의 반응으로 쏠렸다. 우남은 공산군 측의 반응을 기다렸고, 국제연합군 지휘관들은 공산군 측의 반응에 대한 우남의 반응을 본 뒤 대응할 생각이었다. 태풍 전의 고요함 속에서 우남이 한 일은 자신이 신임하는 원용덕元容德 중장을 헌병사령관에 임명하고 포로수용소 경비 병력을 헌병사령부 소속으로 바꾼 것뿐이었다. 헌병사령부는 국방부장관 직속으로 한국군 지휘계통의 지휘를 받지 않았으므로, 자연히 국제연합군 사령부와 직접적 연결이 없었다.

6월 4일 공산군 측이 국제연합군 측의 최종 제안을 대체로 받아들이겠다는 의사를 밝히자, 한국의 휴전 반대 운동은 더욱 격렬해졌다. 우남 자신은 오히려 차분하게 대응하면서 자신이 앞으로 취할 행동에 대한 구체적 언급을 피했다.

6월 7일 클라크는 아이젠하워의 편지를 우남에게 전했다. 편지에서 아이젠하워는 휴전 협상을 옹호하고서, 휴전 이후에 한국에 대한 지원을 약속했다. 이 편지는 우남을 오히려 자극했다. 미국의 정치 구조와 움직임을 잘 아는 우남에게 휴전 뒤에 한국을 돕겠다는 얘기는 별 뜻이 없었다. 무엇보다도 그는 자신이 지닌 영향력이 휴전과 더불어 거의 다 사라지리라는 것을 잘 알았다. 움직이려면 지금 당장 움직여야 했다. 우남은 클라크에게 선언했다. 그 자신과 한국 국민들은 휴전을 결코 받아들일 수 없으며, 이제부터 그는 필요한 모든 조치들을 취하겠다고. 클라크는 우남의 선언을 심각하게 받아들였지만, 워싱턴의 지시를 충실히 따라야 하는 그로서는 해볼 만한 일이 없었다.

우남이 선언한 "필요한 모든 조치들"은 6월 18일에 모습을 드러냈다. 그날 국제연합군 사령부 신문 발표다.

> 오늘 자정부터 새벽까지 약 2만 5천 명의 전투적으로 반공적인 북한군 포로들이 한국의 부산, 마산, 논산, 그리고 상무대의 국제연합군 사령부 포로수용소들에서 탈출했다.

실은 6월 6일에 이미 우남은 반공 포로들을 석방하기 위한 준비를 하라는 명령을 원용덕 중장에게 내린 터였다.

반공 포로들을 가둔 포로수용소들은 미군들이 관장했고 한국군 병력이 그들을 도왔다. 그래서 미군 지휘관과 경비 병력을 따돌리고 국군이 단독으로 포로를 석방하는 일은 어렵고 위험했다. 미군의 방해를 받지 않으려고, 작전에 동원된 국군들은 동시에 작전을 벌였다. 갑자기 국군 경비병들이 석방작전을 벌이니 미군들은 제대로 대응을 하지 못했고, 덕분에 많은 반공 포로들이 풀려났다.

정보가 새어 나가서 미군이 대비한 수용소에서도 기발한 작전으로 포로를 석방하는 데 성공했다. 영천수용소에선 미군이 정문에 전차 두 대까지 배치하고서 국군의 움직임을 감시했다. 국군 경비병들은 고춧가루를 구해서 포로들로 하여금 몸에 바르고 탈출하도록 했고 미군 눈에 고춧가루를 뿌리기까지 했다. 한국군의 '고춧가루 작전'에 속절없이 당했다는 보고를 받자 클라크는 놀라서 입에 물고 있던 파이프를 떨어뜨렸다고 뒤에 고백했다.

덕분에 반공 포로들은 대부분 무사히 탈출했다. 그리고 국민들은 탈출한 사람들을 숨겨 주었다. 결국 3만 5천여 명의 반공 포로 가운데 2만 6천여 명이 풀려나서 고향으로 돌아갔다. 그들은 대부분 북한군에 징집되어 낙동강 전선에 투입되었던 남한 젊은이들이었다.

우남이 반공 포로들을 석방하는 데 성공하자 온 세계가 놀랐다. 모두 "고집불통 늙은이가 평화를 찾기 위한 협상을 방해했다"고 비난했다. 그러나 누구도 그가 비송환 포로들을 풀어 준 것이 정당하지 못하다고 비난하지 못했다. 비송환 포로들을 풀어 준 것은 어떤 기준으로 따져도 인도적 조치였다.

우남 자신은 마음이 흔들리지 않았다. 그는 자신의 생각이 옳다고 굳게 믿었고, 그런 신념을 실천할 힘이 있었다. 그는 국민들의 열광적 지지를 받았고, 강력한 국군을 휘하에 둔 터였다. 오히려 그는 미국과 다른 연합국들의 태도를 비겁하고 어리석다고 공개적으로 비판했다.

뜻밖의 장애를 만난 아이젠하워 미국 대통령은 우남에게 미국을 방문해 달라고 요청했다. 우남은 중요한 일들이 많아서 미국을 방문할 수 없으니, 미국 국무장관이 한국을 방문해 달라고 거꾸로 제안했다. 결국 아이젠하워는 월터 로버트슨(Walter Robertson) 국무차관보를 특사로 보내서 우남과 담판하도록 했다. 로버트슨은 국공내전 시기에 중국에서 근무한 적이 있는 외교관이었다. 그는 제2차 세계대전에서 미국의 충실한 동맹국이었던 중국이 미국의 배신으로 공산화되는 과정을 현지에서 지켜보았고, 이후 공산주의에 대항하는 정책을 지지했다.

우남과 로버트슨의 협상

동맹국 대표들 사이의 협상이었으므로 우남과 로버트슨 사이의 협상은 오히려 미묘하고 복잡했다. 그들의 협상 과정을 극적으로 재구성해 본다.

로버트슨 (조심스럽게) 대통령 각하, 아이젠하워 대통령께선 각하를 존경하십니다. 그러나 이번 포로 석방 사건은 이해하기 어렵다고 말씀하셨습니다. 아이젠하워 대통령께선 이번 일이 불행한 결말로 인도할 가능성을 걱정하십니다.

이승만 (환하게 웃으면서) 나도 아이젠하워 대통령을 높이 존경합니다. 그리고 그분께서 걱정하신다는 것도 압니다. 내가 표명한 정책이 미국이 추구하는 정책과 때로 상당한 차이가 나니 그분께서 걱정하시는 것은 자연스럽습니다. 그러나 한 가지 사실은 분명합니다. 미국과 한국은 길고 힘든 전쟁에서 함께 싸워 온 동맹국들입니다. 작은 차이가 그런 근본적 합치에 영향을 주어선 안 됩니다.

로버트슨 옳으신 말씀입니다. 그러나 이번 포로 석방 사건은 중대한 일이라서 두 나라 사이의 동맹에 나쁜 영향을 미칠 수도 있다는 점을 아이젠하워 대통령께선 걱정하십니다.

이승만 그것은 크게 걱정하실 일은 아닙니다. 휴전에 대해 두 나라가 의견을 합치시키면 그런 문제들은 바로 사라질 것입니다. 내가 휴전에 관한 생각을 밝혀 볼까요?

로버트슨 예, 대통령 각하.

이승만 휴전은 공산군이 먼저 공식적으로 요청했습니다. 자기네가 전쟁에서 지고 있다는 것을 깨달은 것입니다. 대한민국을 기습한 북한군은 다 이긴 전쟁에서 결국 패퇴했어요. 그러자 중공군이 기습했어요. 중공군도 처음엔 기세가 등등했지만 이젠 밀리고 있어요. 원자탄을 쓰지 않고도 우리가 이기고 있어요. 특사께서도 잘 아시는 것처럼, 공산주의자들은 자기네가 이길 때는 결코 휴전을 제안하거나 받아들이지 않습니다. 지금 휴전하면 우리는 큰 희생을 치르고 얻은 승리를 그냥 버리는 것입니다.

로버트슨 그렇습니다, 대통령 각하. 그러나 전쟁에서 완전히 이기려면 우리는 너무 큰 대가를 치러야 합니다. 미국과 다른 연합국은 그런 대가를, 특히 인명의 손실을 되도록 줄이려는 것입니다.

이승만 (천천히 고개를 끄덕인다.) 바로 거기에 피하기 어려운 함정이 있습니다. 휴전이 된다고 한반도에 평화가 올까요? (고개를 젓는다.) 공산주의자들은 결코 평화로운 공존을 선택하지 않습니다. 그것은 공산주의자들로선 최악의 선택입니다. 공산주의 사회는 지옥이므로, 인민들은 자유로운 세상으로 탈출하려 합니다. 해방 뒤부터 전쟁 전까지 다섯 해 동안에 300만이나 되는 북한 주민들이 남한으로 내려왔습니다. 전쟁 중에 내려온 사람들은 얼마나 되는지 추산도 어려울 만큼 많습니다. 그런 상황에서 북한이나 중공이 우리와 평화롭게 공존하려 하겠습니까? (힘주어 고개를 젓는다.)

평화로운 공존은 그들에겐 자멸을 뜻합니다. 따라서 살아남기 위해서라도 그들은 끊임없이 자유로운 국가들을 침공해서 병탄하려 합니다. 자유로운 남한의 존재 자체가 북한의 공산주의 정권에겐 위협인 것입니다. (두 손으로 탁자를 짚고서 몸을 앞으로 내민다.) 사정이 그러하므로, 지금 휴전을 하는 것은 전쟁에서 밀리는 공산군에게 숨을 돌릴 틈을 주어 뒤에 다시 침공하도록 하는 것밖에 안 됩니다. 그것은 대한민국만이 아니라 다른 자유로운 국가들에게도 재앙일 것입니다.

로버트슨 (무겁게 고개를 끄덕인다.) 옳으신 말씀이십니다. (한숨을 내쉰다.) 그러나 휴전은 이미 결정된 일입니다. 지금은 누구도 바꿀 수 없습니다. (몸을 앞으로 숙이면서 낮은 목소리에 힘을 주어 말한다.) 미국 대통령도 바꿀 수 없습니다.

이승만 (고개를 끄덕인다.) 그렇지요. (한숨을 내쉰다.) 그 사실을 받아들여야 하겠지요. 미국 시민들에게 한국은 먼 곳에 있는 작은 나라입니다. 그 나라를 지켜 주려고 3년 동안 큰 희생을 감수한 미국 시민들을 나는 깊이 존경하고 깊이 감사합니다. 내 뜻을 미국 정부와 시민들에게 전해 주시기 바랍니다.

로버트슨 알겠습니다.

이승만 앞으로 나와 대한민국은 휴전에 반대하지 않겠습니다. 단, 하나의 조건이 있습니다.

로버트슨 (조심스럽게) 무슨 조건인가요?

이승만 한반도의 남쪽에 세워진 작지만 자유로운 나라 대한민국이 막강한 공산주의 국가들의 위협 속에서도 생존할 수 있는 실질적 방안이 마련된다는 것이 조건입니다. 한반도의 통일이 궁극적 해결책이지만, 그것이 현실적으로 불가능한 상황에선 이것이 최소한의 조건이 될 수밖에 없습니다.

로버트슨 (잠시 고개 숙이고 생각한 다음) 알겠습니다, 대통령 각하. 그러면, 그 조건에 대한 각하의 의견을 듣고 싶습니다.

이승만 고맙습니다. 공산군의 위협으로부터 대한민국을 지키려면, 군사력과 경제력이 함께 필요합니다.

로버트슨 (열심히 고개를 끄덕인다.) 알겠습니다, 각하.

이승만 군사력은 미국과 한국이 군사동맹을 맺어야 비로소 확보될 수 있습니다. 중공군은 언제라도 압록강을 넘어올 수 있지만, 미군은 태평양을 건너야 합니다. 솔직히 말씀드리면, 다음엔 배를 타고 건너온다는 보장도 없습니다. (잠시 상념에 잠긴 눈길로 창밖을 내다본다.) 그것이 현실입니다.

로버트슨 (무겁게 고개를 끄덕인다.) 각하의 걱정은 일리가 있습니다.

이승만 따라서 공산군이 침입하면 미군이 모든 능력을 동원해서 한국을 구원하리라고 온 세계가 인식해야 합니다. 그래야 공산군이 감히 한국을 침입하지 못할 것입니다. 미국과 한국의 군사동맹은 한국의 생존에 필수적인 조건입니다.

로버트슨 잘 알겠습니다, 각하.

이승만 사회의 안정과 군사력의 확보는 경제적 기초가 있어야 가능합니다. 한국이 경제를 발전시킬 수 있도록 당분간 충분한 경제 원조를 미국이 제공하는 것이 그래서 중요합니다. 이런 군사동맹과 경제 원조가 이루어진다면, 나와 대한민국 국민들은 휴전을 반대하지 않겠습니다.

로버트슨 잘 알겠습니다. 각하께서 하신 말씀을 본국에 보고하고 각하의 뜻이 충분히 전달되도록 노력하겠습니다.

이승만 고맙습니다. 그동안 특사께서 중국의 상황에 대한 견해를 표명하시는 것을 지켜보았습니다. 만일 7년 전에 미국 국무부에 특사처럼 중국의 상황에 대해 정확히 아는 사람이 있었다면, 지금 중국은 자유로운 땅으로 남았을 것입니다. 지금 국무부에 특사와 같은 분이 계신다는 사실이 나와 대한민국 시민들에겐 큰 행운입니다.

로버트슨 (웃으면서) 각하 말씀은 과찬이십니다.

이승만 (따라 웃으면서) 본국에 보고하실 때, 덜레스 장관께 내가 장관께 품은 깊은 경의를 전달해 주시면 고맙겠습니다.

로버트슨 특사는 무려 18일 동안 서울에 머물면서 우남과 협상을 진행했다. 그는 한국인들이 휴전을 결사적으로 반대하는 것은 본질적으로 휴전 이후의 상황에 대한 두려움 때문이라고 진단했다. 그리고 그동안의 미국과 한국 사이의 관계를 고려하면 그런 두려움은 당연하다고 생각했다. 그래서 그는 그런 두려움을 줄이는 조치가 긴요하다고 여겼다.

이 기간에도 우남은 미국 시민들에게 공산주의와 싸우는 한국을 도와달라고 호소했다. 특히 미국 독립기념일인 7월 4일에 그가 한국인들을 패트릭 헨리(Patrick Herny)를 비롯한 미국 혁명가들에 비긴 연설은 큰 호응을 얻었다. 수천 명의 미국 시민들이 우남을 지지하는 편지들을 보내왔고, 수많은 민간단체들이 그를 지지하는 성명을 발표했다. 대중매체들도 우남의 연설을 보도하고 칭송했다. 이런 여론을 바탕으로 우남은 협상을 꿋꿋이 밀고 나갔다.

힘든 협상을 마치고 미국으로 돌아간 로버트슨은 의회의 위원회들에 나가서 협상 상황을 보고하면서 우남을 호의적으로 평가했다.

"여러분들은 이승만 대통령에 대한 여러 얘기들을 들었습니다만, 그것들이 결국 뜻하는 것은 그가 공산주의와 싸우자고 주장한다는 것입니다. 만일 우리의 우방들이 모두 그처럼 기백이 있다면, 우리는 이 세계에서 걱정이 줄어들 것입니다."

국무부에서도 우남의 제안에 대체로 호의적이어서, 덜레스 장관이 한국에 나와서 우남과 최종적으로 조율했다. 그래서 미국이 한국과 군사동맹을 맺고 경제 원조를 하기로 결정되었다.

마침내 1953년 10월 1일 워싱턴에서 「한미 상호방위조약(Mutual Defense Treaty Between the United States and the Republic of Korea)」이 변영태 외무장관과 덜레스 국무장관에 의해 조인되었다. 그 조약의 전문(Preamble)은 그 목적을 뚜렷이 밝혔다.

> 본 조약의 당사국은 모든 국민과 모든 정부와 평화적으로 생활하고저 하는 희망을 재확인하며, 또한 태평양 지역에 있어서의 평화 기구를 공고히 할 것을 희망하고, 당사국 중 어느 일국이 태평양 지역에 있어서 고립하여 있다는 환각을 어떠한 잠재적 침략자도 가지지 않도록 외부로부터의 무력 공격에 대하여 자신을 방위하고저 하는 공통의 결의를 공공연히 또한 정식으로 선언할 것을 희망하고, 또한 태평양 지역에 있어서 더욱 포괄적이고 효과적인 지역적 안전보장 조직이 발달될 때까지 평화와 안전을 유지하고저 집단적 방위를 위한 노력을 공고히 할 것을 희망하여 다음과 같이 동의한다.

즉, 이 조약의 목적은 "당사국 중 어느 일국이 태평양 지역에 있어서 고립하여 있다는 환각을 어떠한 잠재적 침략자도 가지지 않도록" 하는 것이었다. 그리고 그렇게 하는 길은 제4조의 "상호 합의에 의하여 미합중국의 육군, 해군, 공군을 대한민국의 영토 내와 그 부근에 배치하는 권리를 대한민국은 이를 허용하고 미합중국은 이를 수용한다"는 조치로 실현되었다.

한미 상호방위조약은 우남이 간절히 소망한 대로 대한민국을 안전하게 보호했다. 미군이 대한민국 영토 안에 주둔하는 한 어떤 나라도 "한국이 고립하여 있다는 환각"을 지닐 리 없고 앞으로도 그러할 것이다. 만일 미군이 떠나면, 북한군이 다시 도발하거나 침공하기 전에 토착 자본과 해외 자본의 이탈로 우리 경제가 먼저 무너질 것이다.

적국과 동맹국이 수시로 바뀌는 국제정치에서 한미 상호방위조약처럼 70년 동안 바뀌지 않고 제 구실을 해 온 경우는 흔치 않다. 그리고 우리가 고맙게 여기고 늘 새롭게 다듬는다면, 오래오래 우리를 지켜 줄 '마법의 방패'다. 이것이 조국의 미래를 위해 우남이 마련해 놓은 가장 위대한 유산이다.

6. 경제적 성취

한미 상호방위조약이 나온 과정을 살피면 누구나 우남의 상황 판단과 전략에 탄복하게 된다. 강대국의 호의에 생존이 달린 약소국의 지도자가 자신이 바라는 것을 이처럼 대담하게 얻어 내는 일은 상상하기도 어렵다. 협상에서 일방적으로 밀린 강대국 대표가 자기주장을 밀어붙인 상대를 칭찬하는 광경은 소설에서나 나올 법하다. 그런 일이 실제로 일어나는 것을 살펴보지 않았다면, 우리 가운데 몇 사람이 그런 일이 일어날 수 있다고 믿겠는가?

군사적 안보를 위한 우남의 활약이 그렇게 눈부시므로, 우리는 그가 경제 문제에 대해서도 마음을 써서 큰 성과를 얻었다는 사실은 흔히 보지 못한다. 찬찬히 생각해 보면, 휴전 직전 치열한 전투가 온 전선에서 벌어지는 상황에서, 그가 힘든 군사적 협상을 하면서도 미국으로부터 장기적 경제 원조의 약속을 받았다는 사실은 그의 안목과 능력에 대해 뜻깊은 얘기를 해 준다.

경제협력에 관한 협상은 국무총리 백두진白斗鎭과 미국 경제조정관 우드(C. T. Wood) 사이에 진행되어 1953년 12월 14일 「경제재건 및 재정안정계획에 관한 합동경제위원회 협약」이 조인되었다. 흔히 '백·우드 협약'이라 불리는 이 협약을 바탕으로 미국의 경제 원조가 합리적으로 이루어지게 되었고 한국 정부의 재정 안정에 크게 기여했다.

신생국들은 예외 없이 재정 부족으로 어려움을 겪는다. 갑자기 정부를 세워서 지출은 많은데, 수입은 지출에 크게 못 미친다. 대한민국의 경우, 북한 공산당 정권의 지속적 교란 활동과 군비 증강 때문에 치안과 국방을 위한 지출이 급격히 늘어났는데, 세수는 그리 많지 않았다.

정부가 수립된 1948년 하반기에 세입 예산에서 정상적 조세 수입은 19.1%에 지나지 않았고 중앙은행 차입이 48.0%나 되었다. 1949년의 세입 예산에선 조세 수입은 30%가량 되었다. 게다가 세입과 세출이 균형을 이루지 못해서 세입 예산은 세출 예산의 절반가량 되었다.

게다가 한국은 해방 뒤부터 한국전쟁까지 갑자기 늘어난 인구를 부

양해야 했다. 해방 뒤 해외에서 귀환한 동포들은 250만 명가량 된다. 북한에서 월남한 동포들은 줄잡아도 140만 명가량 된다. 한국전쟁이 끝날 무렵에 총인구가 2천만 명가량 되었으니, 인구의 20%가량이 맨몸으로 한국사회에 합류했다는 얘기다. 인구의 대부분이 농업에 종사한 당시 사회에서 그처럼 많은 난민들에게 일자리를 마련하는 일은 정말로 어려웠다.

물론 미국의 막대한 원조가 파국을 막은 근본적 요인이었다. 미국의 원조가 없었거나 부족했다면 한국은 대규모 기아를 피할 수 없었을 것이다. 그래도 미국의 원조만으로 경제 문제들을 다 풀 수는 없었을 것이다. 막대한 원조에도 불구하고 파산해서 인민들이 굶주린 신생국들이 얼마나 많은가.

그렇게 어려운 여건 속에서도 우남은 경제를 발전시키려 애썼다. 한국경제의 초기 발전 과정에서 나온 중요한 성취들은 아래와 같다.

1954년 4월	한국산업은행 발족
1955년 7월	'5개년 부흥계획' 시안 발표(이 시안을 다듬어 낸 '경제부흥 6개년계획'이 1957년 2월에 발표됨. 이 계획은 차츰 다듬어져서 장면 정권과 박정희 정권의 경제계획의 바탕이 되었음)
1955년 8월	증권시장 개장
1955년 10월	충주비료공장 기공(1959년 준공)
1956년 2월	한미 원자력협정 조인
1957년 9월	문경시멘트공장, 인천판유리공장 준공
1959년 2월	한국원자력연구소 설립

전쟁이 멈춘 지 채 세 해가 안 된 때에 미국에 원자력 기술의 이전을 요청해서 협정을 체결한 것이 먼저 눈에 들어온다. 대단한 선견지명이라 하지 않을 수 없다.

이처럼 어려운 상황에서 경제적 파국을 피해 정부를 이끌면서 경제 발전의 바탕을 마련한 것은 그래서 언뜻 보기보다 훨씬 중요한 업적이다. 그런 경제적 성취는 어떻게 가능했는가?

경제적 어려움을 겪는 신생국들이 공통적으로 보이는 특질들은 부패와 사회주의적 정책이다. 다행히 한국은 이 두 함정을 피할 수 있었다. 그런 행운의 큰 부분은 우남의 공으로 돌릴 수 있다. 다른 누가 정치 지도자가 되었더라도 그런 행운을 기대하기 어려웠을 터이다.

발전된 나라들에선 도덕 수준이 높고 정권의 부패를 방지하는 장치들도 작동한다. 신생국들에선, 특히 식민 지배에서 벗어나 독립한 나라들은 도덕 수준이 낮은 데다 부패를 방지할 수 있는 장치들도 빈약하다. 그런 나라들에선 정치 지도자의 청렴이 결정적 요소가 된다. 지도자가 청렴하면 청렴한 사람들이 기용될 가능성이 높고 도덕 수준도 따라서 높아진다. 지도자가 부패하면 사회적 부패는 걷잡을 수 없이 퍼진다.

우남은 보기 드물게 청렴한 지도자였다. 직업적 혁명가답게 그는 가난하게 살았고, 긴 일생에서 단 한 번도 금전적 추문에 휩싸인 적이 없었다. 그것이 그가 그리도 오랫동안 조선의 가장 두드러진 정치 지도자로 활약할 수 있었던 비결이다. 돈을 밝히는 지도자는 스스로 무너진다.

우남이 귀국하자 사람들이 하도 많이 찾아와서, 그는 하지 장군이 마련해 준 조선호텔에 오래 머물 수 없었다. 마침 그를 충실히 따른 장덕수張德秀의 주선으로 광산업 갑부가 집을 빌려주었다. 우남이 하지와 사이가 멀어진다는 소문이 돌자, 집주인이 그에게 나가라고 했다. 그래서 미 군정청에 부탁해서 마포 한강변의 조선총독부 정무총감의 여름 별장을 얻었다. 그러나 오래 비워 둔 터라 집이 무척 허름했다. 문짝이 제대로 맞지 않자, 우남은 미국에서 가지고 온 연장통에서 대패를 꺼내서 수선했다. 젊었을 적에 몬태나주에서 목수 일을 해서 그는 연장을 잘 다루었다. 그러나 수도도 나오지 않는 여름 별장에서 겨울을 나느라 우남과 비서들은 감기를 달고 살았다.

우남은 단 한 번 추문의 중심이 되었다. 1946년 1월 23일자 미국 동포들이 발행하는 〈독립〉은 "이승만이 미국인 광산 전문가 새뮤얼 돌베어(Samuel Dolbear)를 조선의 광업고문으로 임명해 달라고 중경(충칭)의 김구 주석에게 요청해서 그에게 조선의 광산들에 대한 큰 권리를 주기로 약속했으며, 그 대가로 돌베어는 이승만에게 100만 달러를 주기로 했다"고 보도했다. 아울러, 이 기사는 김구가 중국 국민당 정부에 외교권을 넘기고 달마다 중국 정부로부터 300만 원을 받기로 했다고 보도했다. 이 기사는 우남을 집요하게 헐뜯고 방해해 온 좌파 조선인 단체인 재미한족연합위원회에 속한 한길수韓吉洙가 썼다.

3월 11일의 기자 회견에서 우남은 이 일에 관한 질문을 받았다. 그는 "김구 씨나 나를 아는 사람들은 우리가 나라를 팔아먹을까 의심하지 않고, 이런 말을 하는 사람들을 도리어 의심할 것이다"라고 답변했다.

한길수의 기사는 러시아 공산당 기관지 〈프라우다〉에 전재되었고 〈뉴욕 타임스〉는 그 기사를 소개했다. 그러나 한길수가 증거를 대지 못하자, 오히려 그런 식의 비방을 일삼은 그가 비난을 받았다.

우남은 가난한 신생국 한국에서 광산업이 중요한 산업이 되리라 예상하고 평안북도 운산의 금광에서 일했던 돌베어를 임시정부 주미외교

위원장 자격으로 연봉 1달러의 광업고문으로 임명한 터였다. 이 일화는 우남이 독립 뒤의 나라 살림을 내다보고 준비했음을 보여 준다. 실제로 1950년대에 한국의 주요 수출품은 금과 중석(텅스텐) 같은 광물이었다.

그런 개인적 청렴보다 훨씬 중요하고 어려운 것은 공정한 인재 기용이다. 어느 지도자나 자신이 속하고 자신을 지지하는 집단에 의지해야 한다는 현실과 사회 전체에서 인재들을 뽑아야 한다는 당위 사이에서 고뇌하게 된다. 자신의 지지자들만을 중용하는 것은 나라의 이익보다 자신의 이익을 앞세운다는 점에서 가장 큰 부패다. 근년의 우리 사회의 모습이 아프게 일깨워 준 것처럼, 이런 종류의 부패가 나라의 통합과 활력에 가장 해로운 형태의 부패다.

지난 70여 년의 대한민국의 역사에서 우남만큼 이 점에서 청렴했던 지도자는 없었다. 두드러진 예를 들면, 기호파畿湖派에 속했던 그가 정치적으로 숙적이었던 서북파를 대거 기용한 것이다. 기호파는 경기도와 충청도 출신 인사들을 가리켰는데, 다수였지만 응집력은 약했다. 이들의 중심인물은 윤치호尹致昊와 이상재李商在였다.

서북파는 평안도 및 황해도 북부 출신 인사들을 가리켰는데, 응집력이 무척 컸다. 서북파의 지도자는 안창호였고, 그가 병사한 뒤엔 이광수가 이들을 이끌었다. 그들은 재미한족연합위원회와 흥사단을 결성해서 활동했다. 정권 초기에 조병옥趙炳玉, 이묘묵李卯默, 김병연金炳淵 같은 흥사단 출신 인사들을 중용한 것은 우남의 인품에 대한 유창한 증언이다. 비록 국회의 거부로 기용에는 실패했지만, 평안도의 민족주의 세력을 이끈 조만식曺晩植의 대리인격인 이윤영李允榮을 초대 국무총리로 추천한 것도 우남의 높은 식견과 너른 아량을 증언한다.

부친이 평안남도 출신이라서 서북파와 가까웠고 본인은 흥사단 계열로 인식되었으며 친일파로 지목되었던 장면을 중용한 것은 우남의 사심 없는 인재 기용의 백미였다. 건국 초기에 실질적으로 가장 중요한 자리는 주미 대사였는데, 우남은 북한의 침공이 예상되던 시기에 장면을 워싱턴으로 보냈다.

공산주의자 조봉암曺奉岩을 농림부장관에 임명한 것은 더욱 극적이었다. 상해(상하이)임시정부에 참여했던 조봉암은 일찍 귀국해서 전향한 뒤 조선총독부에 협력한 인물이어서 평판이 좋지 않았다. 상해 시절의 행적은 더욱 문제적이어서, 우남은 그 일에 관해서 이범석 총리의 의견을 들었다. 그래도 더할 나위 없이 중요하고 힘든 농지개혁의 적임자라는 판단이 서자, 우남은 그를 과감히 기용했다.

유능하지만 친일파로 지목된 인사들을 기용한 것은 독립운동 지도자로서 명망이 높았던 우남만이 할 수 있는 일이었다. 식민지 사회에선 기구들의 상층부를 종주국 사람들이 차지하므로, 독립한 식민지가 맞는 가장 큰 문제는 인적 자원의 부족이다. 이런 현실을 바로 본 우남의 식견 덕분에 대한민국은 초기에 혼란과 비효율을 최소화할 수 있었다.

「반민족행위처벌법」에 따른 '반민족행위자'에 대한 공소시효가 완성된 1949년 8월 31일 '반민족행위 특별조사위원회(반민특위)' 위원장 이인李仁이 발표한 담화에서 우리는 이 점을 확인한다.

> 더욱 38선이 그대로 있고 시국이 혼란하고 인재가 부족한 이때에 반민족 행위 처단을 지나치게 하는 것은 도저히 민족과 국가를 위해서가 되지 못한다는 것을 생각하지 않을 수 없다. (…)
>
> 교육자의 반민족 행위는 그 영향이 더욱 크므로 그 죄과도 더욱 크다고 해야 할 것이다. 그러나 왜정 하 그 욕스러운 교육이나마

전폐할 수 없어서 부득이 과오를 범한 것으로 인정하고 금후 그들이 후진의 교육을 위하여 진심으로 공헌할 것을 기대해서 그 죄과는 거의 불문에 부附하였으니 당사자들은 깊이 반성하기 바란다.

신생국들이, 특히 식민지에서 갓 독립한 나라들이 사회주의 명령경제로 기우는 근본적 요인은, 자유주의 시장경제가 기본적 경제 이념과 체제라는 사정이다. 어떤 사회가 자연스럽게 진화하면, 개인들이 재산을 갖고 시장을 통한 교환으로 삶을 꾸려 가는 경제 체제가 나온다. 다른 말을 쓰면, 시장경제는 초기설정 상태(default state)다. 그래서 사람들의 눈엔 신생국 사회가 안은 문제들의 대부분은 시장경제에서 나온 것처럼 보인다. 종주국의 경제 체제가 시장경제라면 그런 관찰은 확신이 된다. 그래서 자유주의 시장경제를 밀어내고 사회주의 명령경제를 도입하려는 충동이 자연스럽게 인다. 게다가 현실인 시장경제는 많은 결점들이 그대로 드러나지만, 아직 청사진인 명령경제는 결점 없는 이상적 체계로 보인다. 자연히 사회주의 이념이 인기를 얻고 자유주의 이념은 지배계층을 위한 이념으로 폄하된다.

사회주의 이념을 따라 명령경제 체제가 들어서야 비로소 명령경제의 실상이 드러난다. 자연스럽게 나온 시장경제를 밀어내고 인위적인 명령경제를 도입해서 유지하려면 비용이 많이 든다. 저항하는 개인들을 통제하려니 압제적 권력이 필요하고, 개인들을 국가에서 일방적으로 결정한 일들에 종사하도록 강제하니 비효율과 낭비가 늘어난다. 그래서 사회는 억압적 체제가 되고, 경제는 비효율적으로 움직이고, 인민들은 가난해진다. 인류가 그런 교훈을 얻는 데는 반세기 넘게 걸렸다.

남한은 미군정을 통해서 식민지의 억압적 체제를 많이 걷어 내고 시장경제를 발전시킬 수 있었다. 이어 대한민국이 선 뒤엔 자유주의에 대한 믿음이 굳고 시장경제에 대한 이해가 깊은 우남의 지도력 덕분에 시장경제 체제를 확립할 수 있었다. 같은 조건에서 출발한 북한의 역사는 남한이 시장경제를 고른 것이 얼마나 큰 행운이었나 증언한다.

제2차 세계대전 뒤 많은 식민지들이 독립했는데, 그런 나라들의 지도자들 가운데 자유주의에 대한 믿음과 시장경제에 대한 이해가 우남처럼 깊었던 사람은 없었다. 실제로 대한민국 임시정부 요인들은 거의 다 사회주의로 기울었다. 중경임시정부의 강령을 살피면 이 점이 명확해진다.

중경임시정부가 1941년 11월에 공표한 「대한민국 건국강령」은 이념과 정책에서 사회주의적이었다. 그래서 "전국의 토지와 대생산기관의 국유"를 근본적 경제 정책으로 삼았다. 특히 토지의 사유를 원칙적으로 금했으니, "토지의 상속, 매매, 저압抵押, 전양典讓, 유증遺贈, 전조차轉租借의 금지와 대금업과 사인의 고용농업의 금지"를 원칙으로 삼았다.

토지의 사유를 금하고 국가가 토지를 직접 소유하게 되면, 필연적으로 농장의 집단화(collectivization)로 이어진다. 토지를 국유화하면, 그 방대하고 다양한 자산을 관리할 거대한 기구가 나와야 한다. 그리고 토지를 소유한 개인들을 그런 기구의 위계조직 속으로 편입시켜야 한다. 궁극적으로 농민들은 거대한 집단농장에 소속되게 마련이다. 그런 집단농장은 도입 과정에서 큰 무리와 부정을 불러서 농민들의 저항을 만난다. 이어 생산성의 극심한 저하로 모두 굶주리게 된다. 궁극적으로, 원래의 목표인 부의 평등 대신 권력을 쥔 세력의 전제적 지배가 나온다.

현대에서 가장 먼저 농장의 집단화를 시도한 러시아의 역사는 이 점을 잘 보여 주었다. 1928년에 시작해서 1940년에 완결된 러시아의 농장 집단화는 전대미문의 참혹한 결과를 낳았다. 농민들의 저항, 정부의 박해, 집단농장 관리 조직의 비효율, 생산성의 저하, 농민들의 산물에 대한 정부의 강제 수탈은 대규모 기아와 질병을 불렀다. 얄타 회담에서 스탈린은 처칠에게 "천만 명이 죽었다"고 고백했다. 실제로 죽은 사람들은 1,200만 명가량으로 추산된다.

중국 공산당 정권은 1958년부터 1962년에 걸쳐 모택동의 주도로 '대약진운동'을 벌였다. 이 운동의 핵심은 농장 집단화였고, 많은 중국 농민들이 처형되거나 아사했다. 아사자들은 적게는 2,300만 명에서 많게는 5,500만 명에 이른다. 당국에 의해 처형된 사람들은 250만 명가량 되고 자살자들은 100만에서 300만 명으로 추산된다.

중국보다 먼저 농장 집단화를 실시한 북한의 경우, 1992년부터 1998년까지 기근이 극심했던 시기에만 적게는 60만 명에서 많게는 300만 명가량 되는 아사자들이 나왔다. 인구 비례로 보면 이 숫자는 중국의 대약진운동으로 인한 아사자보다 훨씬 크다.

1945년 5월 국제연합 창립총회가 열린 샌프란시스코에서 '얄타 비밀협약'의 존재를 폭로한 뒤, 우남은 자신을 지지하는 대한인동지회를 정당으로 발전시키는 작업에 들어갔다. 당명은 대한민주당(Korean Nationalist Democratic Party)으로 정했다. 그때까지 조선인들이 만든 정당들은 자주당, 독립당, 혁명당, 국민당, 청년당 같은 명칭을 썼고, 추구하는 이념을 내세운 적은 드물었다. 이념을 내세운 경우는 사회당과 공산당처럼 마르크스주의를 추구했다. 대한민국의 역사에서 정당들이 가장 많이 내세운 명칭이 민주당인데, 그 이름을 쓰고 민주주의를 구성 원리로 삼은 정당은 대한민주당이 처음이다.

대한민주당의 정책은 9개 항목으로 이루어졌다.

1) 임시정부가 한국에 들어가서 총선거를 실시할 때까지 절대로 봉대奉戴(높이 받듦)함
2) 선거권은 남녀평등으로 함
3) 국제통상을 장려함
4) 왜적의 불법 소유는 국유로 몰수하고, 사유재산은 종법처리하기로 주장함
5) 독립주권을 손상하는 자는 종법응징하기로 주장함
6) 의무교육을 전국적으로 실시키로 주장함
7) 한국 국방을 위하여 의무 군사교련을 실시하기로 주장함
8) 국제평화를 위하여 한국 군병으로 일본을 경찰하기를 주장함
9) 종교, 출판, 언론, 집회 등 자유를 보장하기를 주장함

위의 정책들에서 먼저 눈길을 끄는 것은 3항 '국제통상의 장려'다. 온 세계가 전쟁에 휩싸였고 나라마다 자급자족 경제(autarchy)를 추구하는 상황에서, 우남과 그의 동지들은 국제통상의 근본적 중요성을 인식한 것이었다. 그들의 세계관은 '열린사회'를 지향했고, 전쟁이 끝나면 자유로운 통상으로 세계가 함께 번영해야 한다는 생각을 품었다.

우남이 기초를 놓은 열린 경제는 박정희 대통령에 의해 크게 발전되었다. 박정희는 수입 대체 전략 대신 교역을 통한 경제 발전 전략을 과감하게 추구했다. 그는 무역 장벽을 낮추고 외국 자본을 끌어들여 산업에 투자했다. 이처럼 열린 경제 체제를 지향한 것은 보기보다 훨씬 모험적인 선택이었다.

당시 뒤진 나라들의 경제 성장에 관해서 가장 큰 영향력을 지닌 이론은 종속이론(dependency theory)이었다. 이 이론에 따르면, 세계는 부유한 나라들로 이루어진 핵심부와 가난한 나라들로 이루어진 주변부로 나뉜다. 핵심부는 주변부에 공산품들을 수출하고 주변부는 핵심부에 원자재를 수출하는데, 교역 조건이 공산품에 유리해서 가난한 나라들은 손해를 보고 경제 발전을 이루지 못한다. 종속이론은 주변부 국가들이 핵심부에 원자재를 수출해서 공산품을 수입하지 말고 수입 대체를 통해서 경제를 발전시켜야 한다는 처방을 내놓았다. 그러나 종속이론에 따른 그럴듯한 처방이 그르다는 것이 밝혀지는 데는 그리 오래 걸리지 않았다.

한 사회였다가 갑자기 나뉜 남한과 북한이 각기 시장경제와 명령경제를 채택했으므로, 남북한의 역사는 좋은 대조실험이 되었다. 남한의 발전과 북한의 몰락은 경제 발전 이론을 종속이론에서 벗어나 주류 경제학의 이론에 따라 새롭게 정립하는 계기가 되었다. 그 뒤로 많은 후진국들이 대한민국의 본을 받아 경제 발전을 이루었다. 조선의 긴 역사에서 이것이 인류 문명에 대한 조선 사람들의 가장 큰 공헌이었다.

우남과 그의 동지들은 사회의 원리가 법의 지배(rule of law)라는 사실도 잘 인식했다. 그들이 법의 지배를 기본 원리로 삼았다는 사실은 4항에서 잘 드러나니, 일본 조선총독부가 강탈한 조선의 국유재산은 몰수해서 국가가 소유하되, 일본인들의 개인 재산은 법에 따라 처리한다는 원칙을 세운 것이다. 비록 적국의 국민들이라 하더라도 그들의 개인 재산은 국제법에 따라 소유권을 판정하겠다는 얘기였다.

이 조항은 사유재산 제도를 전제로 삼았다는 점에서도 중요하다. 대한민주당의 정강이나 정책엔 명시적으로 사유재산 제도가 언급되지 않았다. 따라서 여러 조항들에서 경제 제도에 대한 작성자들의 생각을 유추해야 되는데, 일본 국가의 재산과 일본인들의 개인 재산을 구분한 이 조항이 주목할 만하다. 이처럼 사유재산 제도를 지지한 대한민주당의 정책은 중경임시정부의 「대한민국 건국강령」과 대조적이다. [대한민주당은 끝내 정당으로 발족하지 못했다. 하와이의 동지회 간부들은 동지회를 해체하는 것을 반기지 않았고, 우남이 귀국하자 정당으로의 변신을 추진할 동력이 줄어들었다. 그래도 대한민주당의 정강과 정책은 대한민국의 구성 원리를 잘 구현했다는 점에서 아주 소중한 유산이다. 간명하게 정리된 정강과 정책은 서로 충돌하지 않고 일체성을 지녀서 감탄을 부른다.]

자유주의 시장경제의 근본 원리는 경제적 자유와 법의 지배다. 이 두 원리가 만나는 곳에서 재산권이 형성된다. 우남이 재산권의 확립과 보호를 자신의 경제 정책을 인도하는 원칙으로 삼았고 덕분에 그의 경제 정책이 성공했다는 사실을 우리는 농지개혁에서 확인할 수 있다.

1950년에 완료된 농지개혁의 내용은 1) 3정보 이상의 농지를 분배 대상으로 삼아, 2) 평년작 생산액의 150%를 보상 지가로 책정하고, 3) 5년에 걸쳐 균분하여 보상하되 지주들의 산업자본가들로의 전환을 도우며, 4) 농민들은 지가의 125%를 5년 균분 상환하고, 5) 지가의 25%는 정부가 지원한다는 것이었다. 지주들에게 최소한의 보상을 하고 보상금을 산업에 투자하도록 도우며, 농지를 분배받은 농민들이 농지의 산출로 대금을 상환하게 하고 정부가 일부를 부담하는 이 방안은 사유재산 제도의 원칙을 크게 훼손하지 않으면서 농지 소유의 평등을 실현한 현실적 방안이었다.

7. 우남의 실기失機

1950년대 초반 동아시아에 새로운 질서가 마련되던 과정에서 우남은 일본에 대해 적대적 정책을 폈다. 당시엔 절대다수의 국민들로부터 지지를 받았지만, 지금 돌아보면 일본과의 관계를 발전시킬 기회를 놓친 실책이었다.

한국과 일본 사이의 관계를 근본적으로 규정한 것은 1951년 9월 8일에 연합국과 일본 사이에 체결되어 1952년 4월 28일 발효된 「평화조약(Treaty of Peace)」이다. 흔히 '샌프란시스코 조약(Treaty of San Francisco)'이라 불리는 이 조약은 제2차 세계대전에서 패배한 일본이 그동안 저지른 잘못들을 시정하고 국제사회에 다시 복귀하는 계기가 되었다.

1951년 1월 우남은 샌프란시스코 강화회의에 참가하기를 희망한다고 발표했다. 그러나 한국은 연합국의 일원이 아니었다. 한국은 국제법적으로는 '일본제국 영토의 분리 분할'로 생긴 나라였다. 한국 정부는 대한민국 임시정부가 26년 동안 일본과 맞섰고 전쟁 말기에는 소규모 병력으로 일본과 싸웠다고 주장했지만, 미국은 "조선이 전쟁 중에는 실질적으로 일본의 한 부분이었고 일본의 군사력에 기여했다"고 판단했다. 결국 한국은 강화회의에 초청받지 못했고 조약에도 참여하지 못했다.

그러자 우남은 일본과 직접 대화를 하겠다는 뜻을 미국에 밝혔다. 당시는 한국전쟁이 한창이었으므로, 미국은 '전쟁을 실제로 하는 국가'인 한국과 '전쟁의 후방 기지 국가'인 일본과의 교섭을 적극적으로 주선했다.

샌프란시스코 조약이 일본과 다른 나라들 사이의 관계를 근본적으로 규정했으므로, 한국과 일본 사이의 교섭도 그 조약의 틀 안에서 이루어졌다. 두 나라의 회담은 1951년 10월 도쿄에서 연합국군 최고사령부(GHQ) 외교국장의 입회 아래 처음 열렸다.

이 제1차 회담에서 한국은 재일 한인의 법적 지위, 해방 당시 한국적이었으나 일본으로 간 선박들의 반환, 청구권, 어업 문제를 주요 의제들로 제시했다. 일본은 한국에 남겨 둔 재산에 대한 청구권을 의제로 제시했다.

일본의 청구권은 샌프란시스코 조약의 규정에 어긋났다. 조약 제4조 (b)항은 "일본은 제2조와 제3조에서 언급된 지역들의 어느 곳에서 미국 군사정부의 명령들에 의해서 또는 따라서 행해진 일본과 일본인들의 재산의 처분의 효력을 인정한다(Japan recognizes the validity of dispositions of property of Japan and Japanese nationals made by or pursuant to directives of the United States Military Government in any of the areas referred to in Article 2 and 3)"고 규정했다. 제2조와 제3조에서 언급된 지역들엔 한국도 들어 있었으니, 제2조 (a)항은 "한국의 독립을 인정해서, 일본은 제주도, 거문도 및 울릉도를 포함하는 한국에 대한 모든 권리, 권원權原 및 청구권을 포기한다(Japan, recognizing the independence of Korea, renounces all right, title and claims to Korea, including the islands of Quelpart, Port Hamilton and Dagelet)"고 규정했다.

제4조 (a)항은 제2조에서 언급된 지역들을 다스리는 당국들과 일본 사이의 재산, 청구권 및 부채의 처리는 그런 당국들과 일본 사이의 "특별한 조정(special arrangement)"의 대상이되, (b)항의 규정에 종속된다고 규정했다.

실제로는, 남한을 통치하는 미군정청은 남한의 일본인 재산을 취득한 뒤 일부를 처분하고, 나머지는 대한민국이 서자 한국 정부에 모두 이관한 터였다. 따라서 일본이나 일본인들은 한국에서 보유했던 재산, 권원 및 청구권을 모두 잃은 것이었다. 반면에 일본에 있는 한국의 재산, 권원 및 청구권은 "특별한 조정"의 대상으로 남았다.

이런 명시적 규정들에도 불구하고 일본은 남한 미군정청의 일본인 재산의 '처분'이 국제법상 점령군에도 인정되지 않는 처분인 '사유재산에 대한 처분'까지를 의미하는 것은 아니라고 해석했다. 그리고 그런 해석에 의거해서 사유재산에 관한 한 원래의 권리자인 일본인들에게 보상 청구권(역청구권)이 남아 있다고 주장했다.

일본의 이런 태도에 반발한 우남은 1952년 1월 18일 '평화선(Peace Line)'이라 명명된 해양주권선을 선포했다. 뒤에 '이승만 라인(Syngman Rhee Line)'이라 불리게 된 이 해양주권선은 국제적으로 인정된 영해를 훌쩍 넘어 광범위한 한반도 둘레의 해양에 대한 영유를 주장한 것이었다.

평화선은 원래 맥아더 원수가 전쟁 수행에 필요해서 설정한 '맥아더 라인(MacArthur Line)'을 이어받은 것이었다. 한국은 맥아더 라인의 존속을 미국에 요청했는데, 미국은 샌프란시스코 조약의 발효에 따라 이 선을 철폐하겠다는 방침을 통보해 왔다. 동해의 대부분이 일본 어선들에 개방되는 상황을 맞자, 우남이 선제적으로 대응한 것이었다(1954년 미국은 한국이 일방적으로 선언한 '평화선'은 국제법상 위법이라고 밝혔다).

청구권 문제에 관한 양측의 입장이 크게 달랐으므로 회담은 결렬되었다. 한국은 샌프란시스코 조약을 기초起草한 미국 정부에 관련 조항들의 해석을 의뢰했다. 미국은 미군정청의 조치가 제4조 (b)항에 의해 효력을 계속 지닌다고 회답했다.

제2차 회담이 열리기 직전인 1953년 2월에 한국 해군이 평화선 안에서 조업하던 일본 어선을 총격해서 선장이 사망하는 사건이 일어났다. 이어 회담 시작 직후엔 민간 병력인 '독도의용수비대'가 독도에 주둔했다. 이런 상황에서 열렸으므로 회담은 제대로 나아가기 어려웠다.

1953년 10월에 열린 제3차 회담에서도 일본은 '역청구권'을 주장했다. 게다가 회담 도중에 구보타 간이치로久保田貫一郎 수석대표가 "일본이 강화조약을 맺기 전에 한국이 독립한 것은 국제법 위반"이라는 주장과 "일본의 한국 통치엔 좋은 점도 있으니, 예컨대 민둥산들의 삼림화, 철도 부설, 항만 건설, 미곡 증산 등이 있다"는 주장을 폈다. '구보타 망언妄言'이라 불리게 된 이 발언을 취소할 것을 한국이 요구하고 일본이 거부하면서 제3차 회담은 결렬되었다.

1957년에야 회담 속개를 위한 예비교섭이 시도되었다. 마침 미국이 "재한 일본인 재산의 취득으로 한국의 청구권은 어느 정도 충족되었다"는 의사를 표시했다. 양측이 자기주장만 내세우지 말고 타협하라는 권고였다.

마침내 일본이 역청구권을 포기하고 '구보타 망언'을 취소했다. 당시 우남이 평화선을 강력히 유지하고 그 안에서 조업하던 일본 어부들을 체포해서 한국에 억류된 일본 어부들의 연인원이 2천 명가량 되었다. 이들의 석방이 시급했으므로, 일본 정부는 서두를 것 없다는 종전의 태도를 버리고 적극적으로 나선 것이었다. 그런 상황에서 1958년 4월에 제4차 회담이 열렸다. 그러나 재산 청구권 문제와 어업 문제에서 양측의 의견이 맞서서 협상은 지지부진했다. 1960년 이승만 정권이 무너지면서, 기대를 모았던 제4차 회담도 중단되었다.

결국 일본과의 관계를 정상화하는 힘든 일은 박정희 대통령에 의해 수행되었다. 1961년 10월에 제6차 회담이 시작되고, 3주 뒤 박정희 국가재건최고회의 의장과 이케다 하야토池田勇仁 수상의 정상회담이 이루어지자, 교섭은 빠르게 진전되었다.

1962년 10월엔 김종필金鍾泌 중앙정보부장과 오히라 마사요시大平正芳 외상 사이에 회담이 이루어졌다. 많은 권한을 부여받은 김종필 특사는 과감한 협상을 통해 청구권 문제에 대해 대략적 합의를 이루어 냈고, '김·오히라 메모'라 불린 합의 사항은 양국 정부의 승인을 얻었다. 그러나 어업과 전관수역專管水域 문제에선 합의를 보지 못했다.

김·오히라 메모는 신의와 성실로 임한 두 사람이 상대의 처지를 이해하고 타협을 모색한 데서 나온 성과였다. 그들은 자신만이 아니라 상대도 매국노로 비난받을 위험에 놓였음을 잘 알았다. 그들의 걱정대로 그들은 각기 국내에서 격심한 비난을 받았다. 물론 비난은 한국에서 훨씬 거셌다. 회담에 반대하는 학생들은 시위에 나섰고, 야당은 정략적으로 학생들을 부추겼다. 마침내 1964년 6월 정부는 계엄령을 선포했고 제6차 회담도 더 나아가지 못했다.

1964년 9월 일본에서 사토 에이사쿠佐藤榮作 내각이 들어섰다. 사토 수상은 한일 국교 수립에 적극적 태도를 보였고, 한국에서도 사태가 상당히 안정되어서, 1964년 12월 제7차 회담이 열렸다.

김·오히라 메모의 존재에도 불구하고 남은 쟁점들을 푸는 것은 여전히 어려웠다. 그래도 양측은 성실한 타협을 통해 합의를 이끌어 냈다. 국교 수립에 근본적 영향을 미치는 1910년의 '한일 병합조약'의 효력에 관해선, 한국은 불법적으로 맺어진 조약이므로 "처음부터 무효(null and void from the first)"라고 주장했고, 일본은 조약 자체는 합법적이고 몇십 년 동안 효력을 발휘했으나 이제는 무효라고 주장하면서 "현재 무효인

(at present ineffective)"이라는 표현을 제시했다. 결국 "이미 무효인(already null and void)"으로 타협해서, 양측이 자기주장에 맞도록 해석할 여지를 남겼다. 비교적 수월했던 문화재 반환 문제에서도 한국은 "반환"이라 주장했고, 일본은 "증여"라고 주장했다. 결국 "인도"라는 중립적 표현으로 타협했다.

마침내 1965년 6월 22일 도쿄에서 한국 외무부장관 이동원李東元 및 한일회담 수석대표 김동조金東祚와 일본 외상 시나 에쓰사부로椎名悅三郎 및 일한회담 수석대표 다카스기 신이치高杉晋一 사이에 「대한민국과 일본국 간의 기본관계에 관한 조약(한일 기본조약)」이 조인되었다. 이어 8월 24일 야당이 불참한 국회에서 조약이 비준되었다.

한일 기본조약에 대한 반대가 워낙 거세었으므로, 8월 26일엔 서울지구에 위수령이 발동되었다. 이 위수령은 한 달 만에 해제되었다. 이런 위기를 넘기고서 12월 18일 양국은 비준서를 교환했다. 비로소 양국 사이에 국교가 수립된 것이다.

부속 협정들 가운데 가장 중요한 것은 「재산 및 청구권에 관한 문제의 해결과 경제협력에 관한 협정(청구권 협정)」이었다.

이 협정의 제1조는 "무상 공여 및 저리 대부"를 규정했다. 일본은 한국에 3억 달러어치 일본 생산물 및 일본인 용역을 무상으로 제공하고, 2억 달러를 저리로 장기 대부한다는 내용이었다.

제2조는 양국의 청구권 문제가 "완전히 그리고 최종적으로 해결되었다"는 것을 확인했다.

제3조는 협정의 해석과 이행에 관한 분쟁을 해결하는 절차를 규정했다. 분쟁이 일어나면 양국은 먼저 외교적 경로를 통해서 해결을 시도하

고, 그런 시도가 실패하면 중재위원회를 구성해서 해결을 시도한다는 내용이다.

일본과 일본인들이 한국에 남겨 둔 재산들에 대한 권리인 일본의 역청구권은 샌프란시스코 조약의 규정에 따라 없어졌다. 그래서 청구권에 관한 협상은 한국의 청구권이 구체화된 8개 항목을 두고 이루어졌다. 박정희 정권은 그것의 가치가 7억 달러가 된다고 주장했다. 막상 검증을 해 보니, 7천만 달러를 넘지 못한다는 것이 드러났다.

당시 한국의 정치 상황을 고려하면 7천만 달러의 보상으로 청구권 문제를 끝낼 수는 없었다. 한국민들의 기대치는 높았고, 학생들은 양국의 협상을 격렬하게 반대했고, 야당은 학생들을 부추기면서 박정희 정권을 '매국노'로 매도하고 있었다.

일본 정부도 그런 사정을 잘 알았다. 그러나 사토 정권도 근거 없이 양보하면 위험한 처지로 몰릴 터였다. 당시 좌파 정당들과 지식인들은 북한이 한반도에서 정통성을 지닌 유일한 정부라고 주장하면서 한일협상을 비난했다.

그런 진퇴유곡에서 벗어나기 위해 일본은 한국에 '독립 축하금'과 '발전도상국 지원' 명목으로 양국 국민들이 납득할 만한 수준의 경제적 지원을 하기로 했다. 그래서 나온 방안이 '무상 제공 3억 달러, 유상 제공 2억 달러'였다. 여기에 민간 차관을 3억 달러 이상 하기로 되었다. 결국 11억 달러가 한국에 제공되었다.

당시 한국 정부의 한 해 예산이 3.5억 달러가량 되었으니, 11억 달러는 큰 금액이었다. 이렇게 마련된 자본은 포항제철 건설, 소양강 댐 건설과 같은 경제 발전의 기초가 되는 사업들에 쓰였다. 뒤에 '한강의 기적'이라 불린 한국의 경제 발전의 종잣돈이 된 것이다.

만일 우남이 적극적으로 나섰으면, 한일 관계는 1950년대 중엽에 정상화될 수 있었다. 그리고 그런 협정은 1965년의 협정보다 한국에 유리한 내용이었을 것이다. 한국 해군이 평화선를 강제할 힘이 있었고, 한국전쟁으로 한국에 대한 미국의 관심이 컸고, 우남의 국제적 위상이 회담에 좋은 영향을 미칠 수 있었다. 독립운동 지도자 우남의 명성과 도덕적 권위는 일본군 출신 박정희의 명성과 도덕적 권위보다 크게 높았으므로, 반대하는 사람들도 훨씬 적었을 것이다.

만일 한일 관계 정상화가 10년 먼저 이루어졌다면, 그것은 두 나라에 큰 축복이 되었을 것이다. 대한민국은 1960년대 중엽에 시작한 경제 발전을 10년 앞당겨 시작했을 터이다. 그런 '대체역사' 속의 우리 모습은 우리를 어찔하게 만든다. 우남이 그런 가능성을 보지 못하고 강경한 태도로 일관한 것은 참으로 아쉽다. 원래 우남이 일본인 기술자들이 조선에 머물러서 사회기반시설들과 공장들을 돌리고 한국인들에게 기술을 전수해 주도록 해야 한다는 것을 인식한 사람들 가운데 하나였으므로 더욱 아쉽다.

물론 그런 실기를 우남의 허물로 삼을 수는 없다. 우남이 워낙 위대한 정치 지도자였으므로 아쉬울 따름이다.

8. 우남의 허물

1954년 9월 8일 여당인 자유당은 '초대 대통령 중임 제한 철폐'를 위한 개헌안을 민의원에 제안했다. 이 개헌안은 "이 헌법 공포 당시의 대통령에 대하여는 제55조 제1항 단서의 제한을 적용하지 않는다"라는 부칙을 삽입하는 형식이었다. 헌법 제55조 제1항은 "대통령과 부통령의 임기는 4년으로 한다. 단, 재선에 의하여 1차 중임할 수 있다"였다.

11월 27일 민의원은 이 개헌안을 표결에 부쳤다. 재적 의원 203명 가운데 202명이 투표해서 찬성 135표, 반대 60표, 기권 7표가 나왔다. 헌법 개정에 필요한 의결 정족수는 재적 의원의 3분의 2였으므로, 숫자로는 135.333…명이었다. 따라서 이 개헌안이 통과되려면 136표의 찬성이 있어야 했다. 사회를 맡은 자유당 소속 최순주崔淳周 부의장은 부결을 선포했다.

그러나 자유당에선 135.333…명은 존재할 수 없으니, 그 숫자를 사사오입四捨五入(반올림)해서 135명을 의결 정족수로 삼아야 한다는 주장을 폈다. 이런 주장에 밀려 최순주는 이틀 뒤 자신의 부결 선포를 취소하고 가결을 선포했다. '사사오입 개헌'이라는 야유를 받은 이 개헌을 근거로 우남은 1956년 5월 15일에 치러진 제3대 정·부통령 선거에 대통령 후보로 출마해서 당선되었다.

사사오입이란 억지를 앞세운 것은 우남이 그 선거에선 가치를 실현하는 수단으로 권력을 추구한 것이 아니라 권력 자체를 최고의 가치로 삼았음을 보여 준다. 그의 행태에 근본적 변화가 일어난 것이었다.

우남은 평생 자신이 지향한 목표를 위해 권력을 추구했다. 젊었을 적엔 조국의 근대화를 위해 정치적 영향력을 길렀고, 긴 망명 시기엔 조국의 독립을 위해 자신의 정치적 기반을 닦았고, 해방 뒤엔 조국에 자유민주주의 사회를 세우기 위해 세력을 모았고, 대한민국의 지도자가 된 뒤엔 신생 국가를 공산주의 세력으로부터 지키는 데 권력을 썼다. 그리고 사람들은 그의 인품과 능력을 높이 평가해서 그를 지도자로 받들었다. 덕분에 그는 당대의 누구보다 크게 조국을 위해 공헌했다.

그러나 세 번째 임기에 대한 욕심을 내면서 우남은 자신이 주도해서 세운 대한민국의 기초를 허물기 시작했다. 그 자신은 나라를 맡길 만한 사람이 보이지 않는다고 생각했겠지만, 그리고 실제로 그와 견줄 만한 사람은 없었지만, 문제의 핵심은 물론 그것이 아니었다. 그가 대한민국에 도입하는 데 결정적 역할을 한 자유민주주의는 시민들의 뜻을 따라 사회를 구성하고 운영하는 이념이었다. 한 사람의 장기 집권을 막기 위한 '대통령 3선 금지'는 그런 원리를 실천하는 데 꼭 필요한 규칙이었다. 그 규칙을 허문 것은 무엇으로도 정당화될 수 없었다.

1956년 5월 2일 야당인 민주당의 대통령 후보 신익희의 한강 백사장 연설에 30만 명이 모였다는 사실은 다수 시민들이 그렇게 생각했음을 보여 주었다. 5월 5일 신익희가 유세를 하다가 전라북도 이리에서 숨졌다. 그래서 5월 15일에 치러진 제3대 대통령 선거에서 우남은 그냥 이겼다. 그러나 부통령 선거에선 우남과 함께 나온 자유당 후보 이기붕李起鵬을 누르고 민주당 후보 장면이 당선되었다.

그래도 우남은 자신이 물러나야 한다는 것을 깨닫지 못했다. 자신이 이미 지지자들 사이에서도 '투명인간'이 되었다는 사실도 깨닫지 못했다. 그의 지지자들은 그가 죽거나 물러난 뒤의 일을 내다보고 있었다. 자신들의 이익을 위해 권력을 계속 장악하려는 그들에게 중요한 것은 우남으로부터 권력을 이어받을 부통령에 자신들의 후보를 당선시키는 것이었다.

1959년 11월 26일 민주당은 제4대 대통령 후보에 조병옥을, 그리고 부통령 후보에 장면을 지명했다. 1960년 2월 15일 조병옥이 미국에서 숨지면서 우남은 다시 그냥 이겼고, 자유당 정권은 계속 집권하게 되었다. 그러나 자유당을 장악한 세력은 노쇠한 우남의 유고에 대비해서 부통령 후보 이기붕의 당선에 모든 것을 걸었고, 3월 15일의 선거는 총체적 부정선거가 되었다.

이런 과정을 살피면, 1953년 가을이 우남의 삶에서 중요한 변곡점이었음이 드러난다. 막 휴전이 된 당시, 그는 이루고자 했던 것들을 다 이루었다. 망명정부를 이끌면서 지도에서 사라진 조국이 되살아나는 데 결정적 기여를 했고, 미군정 아래 이념적으로 혼란스러웠던 사회에 자유민주주의 국가를 세웠고, 공산주의 세력이 "질 수 없는 전쟁"이라고 호언한 한국전쟁에서 끝내 이겨 북한군과 중공군으로부터 조국을 지켜냈고, 한미 상호방위조약과 '백·우드 협약'으로 조국의 안보와 경제를 튼튼히 해 놓았다. 한 사람이 이런 위업들을 이룬 경우는 참으로 드물다. 따라서 그로선 자신이 이룬 것들로 만족하고 법에 정한 대로 물러났어야 한다.

나이도 있었다. 그는 체질이 강인하고 섭생에 주의해서 나이에 비해 건강했다. 그러나 힘든 전쟁을 치르느라 그는 심신이 극도로 지친 상태였다. 건강이 회복되더라도 "나이는 못 속인다". 휴전 때 그는 만 78세를 넘겼다. 세 번째로 대통령이 되면 만 85세(1960년)에 임기가 끝날 터였다. 물러나는 것이 순리였다.

그러나 그는 그렇게 하지 못했다. 대신 언론을 탄압하고 야당을 허무는 공작을 승인했다. 그것은 논설과 연설로 사람들을 움직여서 자신의 큰 뜻을 이룬 혁명가로선 자신의 삶의 논리를 거스르고 자신의 업적을 허무는 일이었다.

셰익스피어의 탄식대로, 사람들은 그런 자만과 욕심을 결코 용서하지 않는다.

> 사람들의 나쁜 행태들은 청동에 새겨져 남는다. 그들의 덕행들을
> 우리는 물로 쓴다.
>
> Men's evil manners live in brass; their virtues
> We write in water.

그래서 사람들은 이승만 이름 석 자를 물로 썼다. 그리고 그의 작은 허물들을 청동에 새겼다.

고대 그리스 사람들은 신들의 노여움을 살 만큼 큰 자만을 휴브리스(hubris)라 불렀다. 현대 자유민주주의 사회에선 민심이 신심神心이다. 우남은 자신이 없으면 나라가 위태로워진다는 생각을 품었고, 그런 휴브리스는 끝내 민심의 노여움을 샀다.

그의 삶은 뜨거운 열정과 뛰어난 재능이 결합해서 이루어 낸 거대한 산줄기다. 그런 산줄기가 만년의 자만으로 민심을 잃어서 더 뻗지 못하고 문득 함몰했다. 늘 문명권의 변두리에 머문 이 작은 반도에선 나오기 어려운 영웅이 세계 무대에서 펼친 활약을 그리는 웅장한 서사시가, 문득 신들의 노여움을 사서 추락한 주인공의 운명을 그리는 비극이 되어 버린 것이다.

9. 역사를 보는 창

우남은 오랫동안 국제 무대에서 활약했고 드물지 않게 국제정치의

흐름에 뚜렷한 영향을 미쳤다. 몇천 년 이어진 조선의 역사에서 그렇게 국제적으로 활약한 사람은 그뿐이다. 그런 활약은 여러 가지 요소들을, 자질, 학식, 경험, 안목, 인맥, 최신 정보와 같은 것들을 충분히 갖춘 사람만이 할 수 있다. 그런 사람의 눈에 들어오는 세상 풍경은 일반 사람들의 눈에 들어오는 풍경과 다를 수밖에 없다. 자연히, 그런 사람의 행위들은 이해하기 어렵고 늘 오해를 받게 마련이다.

잘 알려진 예는 '위임통치 청원'이다. 1919년 정한경이 조선이 국제연맹의 위임통치를 받도록 우드로 윌슨 대통령에게 청원하자는 방안을 우남에게 제시했고, 우남은 그 방안에 찬성해서 윌슨에게 청원을 냈다. 당시 일본이 전승국의 일원으로 국제 무대에서 발언권이 강했던 터라, 열강들이 고려해 볼 수 있다는 점에서 그것은 현실적이고 전략적인 방안이었다.

그러자 상해임시정부 구성에 참여했던 신채호申采浩가 그를 비난했다.

"이승만은 이완용보다 더 큰 역적이오. 이완용은 있는 나라를 팔아먹었지만 이승만은 아직 나라를 찾기도 전에 팔아먹은 놈이오!"

'얄타 비밀협약' 폭로의 경우, 미국 정부가 우남의 발표를 부인하자 재미한족연합위원회는 그를 거짓말쟁이로 몰았다. 한 해 뒤 비밀협약이 있다는 것이 밝혀졌는데, 조선에 관한 사항이 없자 다시 그것을 물고 늘어졌다.

북한을 점령한 러시아가 이미 북한에 공산당 정부를 세우고 강화하니 남한에도 자유주의 정부를 세워야 한다고 주장한 우남의 '정읍 발언'을 좌파는 남북한 분단에 기여한 일로 비난했다. 이런 비난은 바로 그 일을 수행하라는 1945년 9월 20일자 스탈린의 비밀지령이 공개되면서 비로소 잠잠해졌다.

가장 교훈적인 경우는 우남이 휴전에 반대해서 미국으로부터 군사적 및 경제적 보장을 얻어 낸 일이다. 두 해 동안의 지루한 협상 끝에 마침내 1953년 7월 27일 오전 판문점에서 휴전협정 조인식이 열렸다.

1012시, 국제연합군을 대표한 미군 윌리엄 해리슨(William K. Harrison) 중장과 공산군을 대표한 북한군 남일南日 대장이 각기 자기 편 사령관이 서명한 휴전협정서에 서명하고 교환했다. 이어 조선인민군 총사령관 김일성 원수, 중국 인민지원군 사령관 팽덕회彭德懷(펑더화이) 원수, 그리고 국제연합군 최고사령관 클라크 대장이 각기 자기 근무지에서 서명했다. 클라크는 27일 오후에 문산리에서 서명했다. 이 자리에 한국군 대표인 최덕신崔德新이 동석했지만, 그는 끝내 서명하지 않았다.

이 역사적 시공을 조선일보 최병우崔秉宇 기자는 이렇게 기술했다.

> 휴전회담에 한국을 공식 대표하는 사람은 한 사람도 볼 수 없었다. 이리하여 한국의 운명은 또 한 번 한국인의 참여 없이 결정되는 것이다.

그는 회담장의 모습이 "너무나 비극적이며 상징적"이라 썼다.

막상 기사를 다 읽고 나면 고개를 갸웃하게 된다. 해리슨과 남일은 만날 때도 헤어질 때도 목례조차 하지 않았다. 협정서 36부에 서명하고 끝냈다. 이 살벌한 침묵 회담에 걸린 시간은 10분 남짓했다.

즉, 그날 그 자리는 한국인의 운명이 결정된 시공이 아니었다. 이제 우리가 아는 것처럼, 우리 운명은 다른 시공에서 이미 결정된 터였고, 그 시공에서 우리는 우리 운명을 주도적으로 결정했다.

휴전협정서에서 한국군 사령관의 서명이 있어야 할 자리가 비어 있는 것은 그래서 뜻이 깊다. 그 빈자리는 휴전의 본질과 위험을 누구보다도 뚜렷이 인식한 지도자의 뜻을 증언한다. 그의 통찰이 옳았음을 역사는 거듭 보여 주었다. 국제적으로 중요한 문서에서 빈자리가 이처럼 유창했던 적은 없다.

그러나 최병우 기자는 그런 상황을 제대로 파악하지 못하고 감상적 기사를 썼다. 그가 뛰어난 기자였고 지금도 기림을 받는다는 사실은 우남이 한 일들을 일반 사람들이 제대로 이해하기 어렵다는 점을 일깨워 준다.

자연히, 우리 역사를 제대로 알려면 우남의 눈길로 세상을 바라보는 것이 필요하다. 그것으로 충분할 수는 없겠지만, 그것 없이는 지금 우리 사회를 만들어 낸 역사의 복잡한 흐름을 이해할 수 없다.

그런 뜻에서 우리에게 우남은 역사를 보는 창이다. 그리고 그 창으로 보이는 풍경 속에 우남을 세워 놓아야 비로소 우리는 우남을 이해할 수 있다. 졸작 『물로 씌어진 이름』은 우남이라는 창을, 이제는 세월의 먼지가 두껍게 앉은 창을, 조심스럽게 닦아서 조금이라도 맑게 하려는 노력이다.

[해설]

이승만과 그의 시대

약소국 망명객이 짊어져야 했던 '시대의 짐'

배진영(월간조선 편집장)

평소 존경해 온 복거일 선생께서 우남雩南 이승만李承晩 대통령에 대한 소설을 쓸 계획이라는 소식을 처음 접했을 때 짜릿한 전율을 느꼈다. 오랫동안 자유주의 사상을 설파해 온 평론가 역할을 해 왔지만, 복 선생은 필자에게 『비명을 찾아서』로 충격을 안겨 주었던 '소설가'였기 때문이다. 실로 오래간만에 나오는 '소설가 복거일의 이승만'은 생각만 해도 짜릿했다. '어떤 작품이 나올까?'

26년 전인가, 필자는 서울국제도서전에서 당신이 쓴 자유주의 평론집에 사인을 해 주고 있는 복 선생께 "이제 소설은 안 쓰시나요?"라고 여쭈어 본 적이 있다. 그때 선생은 겸연쩍은 표정으로 "소설, 써야 하는데…"라면서 머리를 긁적였다.

'소설가 복거일'이 '평론가 복거일'이 되도록 만든 것은 1990년대 이후의 우리 사회였다. '자유 대한'이니 하면서 '자유'라는 말은 많이 했어도 '자유주의'라는 말은 생소했던 시절, 복 선생은 자유주의를 전도傳道했다. 그 무렵 몇몇 경제학자들도 자유주의를 설파했지만, 솔직히 박래품舶來品 냄새가 많이 났다. 복 선생이 설파하는 자유주의는 달랐다. 천체

물리학, 진화생물학, 역사학, 사회학, 심리학 등을 자유자재로 넘나들었다. 급기야는 자유주의 그 자체마저도 넘어서는 듯했다. 자유주의는 그에게 한갓 도그마가 아니었다는 얘기다.

2014년 복거일 선생이 암에 걸렸다는 소식이 전해졌다. 그리고 쓰고 있던 소설을 완성하기 위해 치료를 받지 않기로 결심했다는 소식도. 많은 사람들이 죽음에 감연히 맞서는 노老작가의 결기에 감동받았지만, 필자는 시대의 스승을 한 분 잃을지도 모른다는 생각에 한동안 가슴이 먹먹했다.

선생이 암 치료마저 거부하면서 완성해야 한다고 했던 소설은 2015년 완간된 『역사 속의 나그네』(전 6권)였다. 책을 읽으면서 소싯적에 이 소설의 앞부분을 읽었던 기억이 새록새록 떠올랐다. 소설이 처음 신문에 연재된 1980년대 말~1990년대 초에는 엄청나게 신선하게 느껴졌던 아이디어들은 이제는 RPG(Role Playing Game)나 메타버스, 가상현실 등의 형태로 현실화되어 있었다. 카렐 차페크('로봇'이라는 말을 만들어 낸 체코슬로바키아의 소설가)처럼 기억될 수도 있는 위대한 소설가를 척박한 우리 사회가 사회평론가, 시사평론가로 소모해 버렸구나 하는 생각이 들어 속상했다.

이승만이 안 보이는 이승만 이야기

'복거일의 이승만'에 대한 기대가 컸던 것도 그 때문이었다. 『비명을 찾아서』 작가의 라이프 워크(lifework)가 이승만이라니! 그러면서도 연대기식 일대기가 아니라 1941~1953년, 즉 이승만의 일생에서도 대한민국의 운명에서도 가장 중요했던 시기를 중점적으로 다룬다는 것도 흥미로웠다.

때문에 『물로 씌어진 이름』 제1부의 교정지를 접했을 때, 대가大家가 그 시기의 이승만을 어떻게 변주했을까? 하는 생각에 가슴이 무척 설레었다. 그런데 교정지를 한 장 한 장 넘기면서 '어, 이게 뭐지?' 하는 당혹감이 엄습했다. 이승만을 다루었다는 '대하 전기소설'에 이승만이 잘 안 보였기 때문이다. 아주 안 보인 것은 아니었지만, 거의 안 보였다.

필자는 손세일 전 국회의원이 '이승만과 김구'를 12년간 〈월간조선〉에 연재하는 동안, 그리고 그 내용을 엮어 『이승만과 김구』(전 7권, 2015)으로 낼 때 실무를 담당했다. 때문에 독립운동이나 건국 과정에서 이승만의 고초와 고뇌를 제법 알고 있다고 생각했고, 복거일 선생이 이승만의 그런 모습들을 소설적으로 근사하게 형상화했기를 기대했다.

그런데 『물로 씌어진 이름』 제1부 '광복'에서는 '이승만'의 모습이 별로 안 보이는 듯했다. 그보다는 펄 하버 기습, 과덜커낼 전투, 미드웨이 전투, 스탈린그라드 전투, 노르망디 상륙작전 같은 이야기들이 더 인상적으로 다가왔다. 그냥 전투의 개황概況을 설명하는 정도가 아니라 전투가 벌어지는 기간중 시간 단위로 말단 제대梯隊의 움직임, 고급 지휘관이나 일선 병사의 언행까지 그려냈다. 논픽션 〈퍼시픽〉이나 영화 〈미드웨이〉 〈진주만〉, 드라마 〈밴드 오브 브라더스〉를 보는 듯했다.

그러다가는 히틀러의 등장과 집권, 스페인 내전, 뉴딜 정책을 추진한 루스벨트 행정부, 1930~50년대 소련의 대미對美 공작, 얄타 회담 등에 대한 이야기들이 튀어나왔다. 그것도 무척 자세하게. 이럴 때는 윌리엄 샤이러의 『제3제국의 흥망』이나 앤서니 비버의 『스페인내전』, 세르히 플로히의 『얄타: 8일간의 외교전쟁』을 읽는 느낌이었다. 심지어 펄 하버 기습에 대한 장章에서는 메이지유신 이후 일본 군부의 역사를, 독소獨蘇 전쟁에 대한 장에서는 고대 이래 게르만(튜튼)족과 슬라브족 간의 오랜 투쟁의 역사를 꽤 길게 기술하기도 했다. 그 유명한 이승만의 '미국의 소리' 방송에 대해 서술하는 장에서는 '노예제 사회 조선', 만주국과 만주국 건설이 식민지 조선에 미친 영향에 대한 설명이 길게 이어지기도 한다.

중간중간 이승만이 독립협회 시절이나 한성감옥 시절 같은 자신의 젊은 날을 회상하는 장면이 있기는 했다. 또 3·1운동 이후 대한민국임시정부를 비롯한 독립운동의 추이나 그 안에서 이승만과 관련된 이야기들도 꽤 나왔다. 이승만이 제2차 세계대전 당시 대한민국임시정부에 대한 국제사회의 승인을 얻기 위해 미 국무부를 드나들고 친한적親韓的인 미국 오피니언 리더들을 규합하기 위해 노력한 이야기, 재미 독립운동 진영의 균열 등에 대한 이야기도 나왔다.

하지만 '이제야 이승만 얘기가 나오려나?' 하는 기대에 글을 따라가다 보면 얘기는 어느 사이 다시 '제2차 세계대전사'나 '냉전사'로 넘어가 버렸다. 이승만이 측근 장기영과 함께 미 국무부로 가기 위해 버스를 기다리면서 이야기를 나누다가 독소전쟁 전황戰況으로, 제자 정운수와 대화하다가 미드웨이 해전으로 넘어가는 식이었다. 극단적으로 말하자면 이승만은 그러한 이야기들을 이어 주는 앵커에 불과한 것이 아닌가 싶을 정도였다. 이승만과 관련된 기술들이 적은 것은 아니었지만, 그러한 이야기들에 묻혀 버리는 느낌이었다.

그러한 이야기들이 재미없거나 무의미하다는 얘기는 물론 아니다. 재미있었고 공부도 됐다. 이렇게 잘 정리된 태평양전쟁사나 소련의 첩보공작사는 본 적이 없다는 생각마저 들 정도였다. 하지만 이승만은 어디 있는 거지? 왜 작가는 이승만이 아니라 미드웨이, 과덜커널, 얄타, 그리고 휘태커 체임버스와 앨저 히스의 얘기를 이렇게 많이 하는 거지?

이승만은 왜 '외교 독립' 노선을 택했나

일단 아쉬운 대로 '이승만 이야기'가 아니라 '제2차 세계대전사' '냉전사'로서 『물로 씌어진 이름』을 참 재미있게 읽어 내려갔다. 그러면서 책이 마무리를 향해 달려갈 무렵, 갑자기 망치로 머리를 맞은 것처럼 '꽝!' 하는 충격이 왔다. 작가의 의도를 깨달은 것이다.

'아, 작가가 쓰려고 했던 것은 우남 이승만의 고초와 고뇌가 아니라, 우남으로 하여금 그런 고초와 고뇌를 하게 만든 그 시대의 역사였구나!'

작가는 한 인간으로서, 독립운동가로서, 민족 지도자로서 우남 이승만이라는 인간보다는 그 시대가 얼마나 엄혹한 시대였는지, 이승만이 그렇게 판단하고 행동할 수밖에 없었던 시대적 환경이 어떤 것이었는지, 이미 망해 버린 이름도 없는 약소국의 망명객이 짊어져야 했던 '시대의 짐'이 얼마나 무거운 것이었는지를 말하고 싶어 했다는 생각이 들었다.

무엇보다도, 이승만은 왜 무장투쟁 대신 외교를 통한 독립운동을 고집했을까? 비록 바위에 계란 던지기라고 하더라도 무장투쟁은 비장하다. "우리 모두 부지깽이라도 들고 나가서 왜적과 싸우자!"던 이동휘李東輝의 절규는 가슴을 시리게 한다. 일단의 무장 세력이 변경의 일본 경찰 파출소를 습격했다는 소식을 〈동아일보〉가 대서특필했던 것도 그 때문일 것이고, '나뭇잎을 타고 강을 건너시고, 솔방울로 수류탄을 만드시는' 김일성 장군의 전설이 생겨난 것도 그래서였을 것이다.

하지만 『물로 씌어진 이름』에 묘사된 펄 하버 기습, 과덜커낼, 이오지마, 오키나와 전투의 모습들을 보면 무장투쟁에 대한 로망이 얼마나 헛된 것인가를 느끼게 된다. 일례로 '과덜커낼'을 보자.

일본 육군이 과덜커낼에 투입한 총 병력 3만 1,400명 가운데

> 2만 800명이 죽었다. 해군 병력의 손실은 4,800명이었다. 이처럼 많은 사망자들은 주로 굶주림과 병으로 죽었다. 전투 손실은 20퍼센트에 지나지 않았다. 전투가 길고 치열했다는 사정을 감안하면 미군의 손실은 아주 작았다. 투입 병력 6만 명 가운데 1,769명이 죽었다. (2권 330쪽)

대한민국임시정부 의정원 문서에 의하면 1945년 3월 현재 광복군의 수는 449명(총 514명의 대원 중 중국인 65명 제외)이었다고 한다. 그것도 김구, 이시영, 조소앙 등 제대로 총을 들기도 어려운 노인들까지 죄다 '장교'로 군적軍籍에 이름을 올린 결과였다. 과덜커낼 한 전투에서 죽은 일본군의 57분의 1에 불과한 숫자다.

혹자는 해방을 앞두고 급조된 '광복군 정진대挺進隊'의 존재를 대서특필하면서, 미국이 히로시마나 나가사키에 원폭을 며칠만 늦게 투하했어도 한국은 승전국으로서 발언권을 가질 수 있었고, 남북 분단도 없었을 것이라고 주장한다. 하지만 이 책에서 테헤란 회담과 얄타 회담에서 미국·소련·영국이 폴란드 문제를 다룬 대목들을 보면 그런 생각이 얼마나 허랑한 것인가를 알 수 있다.

> 스탈린은 러시아와 폴란드의 국경이 커즌 선(Curzon Line)이 되어야 한다고 주장했다. (…) 1939년 히틀러가 폴란드를 공격하자, 스탈린도 폴란드를 침공해서 폴란드를 독일과 나누어 차지했다. 그렇게 불법으로 점령한 폴란드 영토를 스탈린은 내놓지 않겠다는 얘기였다. (…)
>
> 당시 폴란드 망명정부는 런던에 있었고, 멸망한 조국에서 탈출

한 폴란드 군인들로 이루어진 폴란드군은 영국군에 배속되어 독일군과 용감하게 싸우고 있었다. 특히 폴란드 공군은 독일 공군의 대규모 폭격으로부터 영국을 지켜 낸 '영국 싸움(the Battle of Britain)'에서 중요한 역할을 했다. 그리고 육군은 이탈리아 전선에서 완강한 독일군의 저항을 무너뜨리는 충격부대(shock troop) 역할을 하고 있었다. 따라서 폴란드 망명정부와의 협의 없이 일방적으로 러시아의 부당한 요구를 들어준 것은 충실한 우방 폴란드에 대한 영국의 배신이었다. (2권 396~398쪽)

나치 독일과의 전쟁에서 수백만 명의 목숨을 잃은 폴란드가 그럴진대, 광복군 정진대가 원폭 투하 전에 국내로 들어와 제대로 작전을 펼쳤더라면 역사가 달라졌을 것이라는 것은 가설일 뿐이다. 가설은 역사가 아니다. 결국은 일본 제국주의가 패망해야 식민지 조선이 해방될 수 있었지만, 조선에겐 그런 힘이 없었다. 세계의 기존 질서를 뒤흔드는 대전쟁에서 일본제국이 패망해야만 조선의 해방은 가능했다. 그리고 이승만은 그것을 꿰뚫어 보고 있었다.

국제 정세가 빠르게 바뀌고 있었다. 온 세계가 전쟁에 휘말려 드는 판국이었다. 놀랍게도, 그렇게 걱정스러운 상황 속에서 그는 자신의 조국 조선이 독립할 여지를 엿보고 있었다.

국제법을 전공하고 국제정치에 밝은 터라, 그는 조선과 같은 약소국의 운명이 국제 정세에 의해 결정된다는 것을 잘 알았다. 일본과 같은 강대국의 통치는 조선 사람들의 의지와 힘만으로 흔들 수 없었다. 일본보다 더 강한 나라가 일본과 싸워서 이겨야 비로소 조선에도 독립의 기회가 올 수 있었다. 그렇게 강한 나라는 미국밖에 없었다. 일본의 군국주의적 팽창 정책이 언젠가는 미국의 이익을 침해할 것이고, 두 나라의 싸움에서 궁극적으로 일본이 패배한다고 그는 믿었다. 그런 전망에 따라 그는 자신의 독립운동을 늘 미국의 상황에 맞추어 조율했다. 그리고 일본에 직접 도전하는 대신 국제 사회에 조선의 존재와 독립의 당위성을 알리는 데 힘을 쏟았다.

그러나 조선 사람들이 독립운동의 주체가 되어야 한다고 믿는 독립운동가들에게 그는 너무 비굴하고 소극적이고 기회주의적이었다. 거의 서른 해 동안 그는 많은 독립운동가들로부터 증오와 비난을 받았다. 그가 받은 상처는 깊을 수밖에 없었고, 아직도 작은 충격에도 터져서 피를 흘렸다. (1권 40~41쪽)

친공 세력과의 싸움

이것이 이른바 '외교 독립 노선'이었지만, 그것도 쉬운 일은 아니었다. 세계전쟁을 치르고 전 세계를 조감鳥瞰해야 하는 미국 국무부 관료들에게 '코리아'는 눈에 보이지도 않았다. 이승만이 세계를 보는 눈은 미 국무부 관리들을 훨씬 넘어섰지만, 그는 이름도 들어 보지 못한 나라에서 온 힘 없고 빽 없는 늙은 망명객에 불과했다. 이승만의 앞길을 가로막은 미 국무부 관료 중 대표적 인물이 앨저 히스였다.

이승만의 논리적 반박에 히스는 움찔했다. 그러나 자신의 주장을 거두려 하지 않았다. 굳은 표정으로 같은 얘기를 되풀이했다.

얘기는 한 시간 가까이 이어졌지만, 두 사람의 의견 차이는 좁혀지지 않았다. 마침내 끈질긴 이승만도 손을 들 수밖에 없었다. 윽박질러서 될 일이 아니었다. 뜻밖의 복병을 만나 퇴각하는 장수의 심정으로 그는 일어섰다.

혼벡의 사무실을 나서자 이승만은 긴 한숨을 쉬었다. 그리고 가래를 내뱉듯이 한마디를 내뱉었다.

"미국 국무부 관리들은 제 나라 이익을 지키는 게 아니고 러시아 이익을 지키는군."

"그러게 말입니다." 장기영이 실망과 분노가 엉킨 목소리로 대꾸했다. "히스의 입장은 도저히 이해할 수 없습니다."

이승만과 장기영이 히스와의 면담에서 빈손으로 돌아선 때부터 6년이 지난 1948년 8월 3일, 미국 하원 반미국행위위원회(House Un-American Activities Committee)에서 저명한 문필가로 시사 주간지 〈타임〉의 편집자였던 휘태커 체임버스(Whittaker Chambers)는 자신이 1930년대에 미국 공산당의 당원이었으며 러시아의 첩자로 일했다고 인정했다. 그리고 자신이 접촉했던 미국 관리들의 이름을 밝혔는데, 그 속에 앨저 히스가 들어 있었다.

히스가 러시아의 첩자로 활동했다는 주장은 체임버스만이 한 것이 아니었다. 1945년 9월 캐나다 주재 러시아 대사관에서 암호 전문가로 일했던 이고르 구젠코(Igor Gouzenko)가 캐나다에 망명하면서 미국에서 암약하는 러시아 첩자들을 폭로했다. 그 첩자들 명단엔 미국 국무장관 에드워드 스테티니어스(Edward R. Stettinius)의 '보좌관의 보좌관'이 들어 있었다. 스테티니어스는 국무차관으로 근무하다가 헐 국무장관이 병으로 사임하자 장관이 되었다. 히스가 헐 장관의 특별보좌관 혼벡의 보좌관이었다는 사실을 고려해서, 연방수사국은 그 첩자가 히스라고 판단했다. 1945년 12월엔 미국 공산당원이었고 러시아 첩자였던 일리저버스 벤틀리(Elizabeth Bentley)가 연방수사국에 자수하고서 국무부에 '히스'라는 이름을 가진 러시아 첩자가 있다고 제보했다.

히스는 자신이 공산주의자였음을 시인했지만, 러시아의 첩자로 일한 적은 없다고 주장했다. 체임버스가 제시한 증거들은 그가 러시아의 첩자였고 러시아를 위해 일했음을 분명하게 가리켰지만 당국은 그를 간첩죄로 기소할 수 없었다. 히스가 러시아의 첩자 노릇을 한 것은 10년이 넘었는데, 간첩죄의 공소시효는 5년이었다. 대신 재판 과정에서 위증을 한 것이 드러나서 그는 두 건의 위증죄로 동시집행 5년형을 받았다. (1권 532~534쪽)

인용한 부분 말고도 작가는 책 곳곳에서 1930년대 소련의 대미 공작과, 루스벨트 정권 시절 형성된 '뉴딜 보이'들이 어떻게 조국 미국을 배반하고 소련에 부역附逆하게 되었는지를 무척 상세하게 설명한다. '제 나라보다 소련의 이익을 더 지켰던' 앨저 히스의 모습은 오늘날 우리나라 종북종중從北從中지식인들의 모습과 너무나 닮았다. 때문에 앨저 히스를 비롯한 친공親共 리버럴들에 대한 고발은 종북종중 세력이 준동하고 있는 우리의 현실에 대한 엄중한 경고이기도 하다.

그 연장선상에서 작가는 미국 내 친소 세력들을 고발했다가 역사에 '매카시즘'이라는 악명을 남긴 조지프 매카시 전 상원의원을 재평가해야 한다고 역설한다.

매카시는 많은 적들을 상대해야 했다. 그는 자신의 적들이 누구인지 확실히 알 수 없었다. 그가 냉전을 "공산주의적 무신론과 기독교 사이의 전면전"이라고 규정했으므로, 근본적 수준에선 당시 와 미래의 모든 공산주의자들과 동행자들이 그의 적들이었다. 그를 직접 공격한 세력만 하더라도 미국의 권력을 쥔 사람들을 거의 다 포함했다. 처음엔 트루먼 정권과 민주당이었고, 뒤엔 아이젠하워 대통령을 중심으로 한 공화당 좌파와 민주당 전체를 포함했다. 그리고 미국 지식인 사회의 다수가 기꺼이 그 세력에 가담했다. 그래서 그가 파멸을 맞는 것은 시간문제였다. 그는 그런 운명을 마다하지 않았다. 그는 굴욕적 타협을 거부하고 끝까지 자신의 믿음을 품고 싸우다가 쓰러졌다.

매카시의 삶이 워낙 강렬했고 그의 파멸이 워낙 극적이었으므로, 사람들은 그의 행적만을 살피고 그의 업적엔 별다른 관심을 보이지 않는다. 그의 수많은 적들이 그를 공격하는 데 쓴 주장들을 그대로 받아들여서, 그는 그저 미국 사회에 부정적 영향만을 끼친 인물에 지나지 않는다고 여긴다. 이것은 심각한 잘못이다.

매카시는 미국 정부에 침투한 공산주의자들을 찾아내어 그들에게 납치된 미국의 외교 정책들을 바로잡는 것을 목표로 삼았다. 그가 그런 목표를 위해 활약한 기간은 5년이 채 못 된다. 그 짧은 기간에 그는 미국 정부를 건강하게 만들었고, 공산주의 세력과 제대로 맞설 수 있는 정책들이 나올 가능성을 크게 높였다. 당연히 그는 미국과 자유세계를 위해 큰 공헌을 했고, 그런 공헌의 영향은 지금도 이어진다. (5권 143쪽)

공산주의자였다가 전향해 미국 내 소련 간첩들을 고발했지만 외면당했던 휘태커 체임버스나 일리저버스 벤틀리의 이야기도 길게 소개한다. 매카시, 체임버스, 벤틀리의 이야기들을 보면 공산주의자들, 부역자들과의 싸움은 자신의 이름과 영혼이 짓밟히는 것까지 감수해야 하는 처절한 전쟁이라는 것을 절감하게 된다. 북한 김씨 왕조를 숭앙하면서 이미 우리 사회 곳곳에 강고하게 뿌리를 내린 종북 세력과의 싸움은 그보다 훨씬 더 힘겹고 자기희생을 요구할 것이다.

개인적으로는 공감이 가지 않는 부분도 있다. 제2차 세계대전 말기 소련에 유리한 행태를 보인 조지 마셜 미 육군 참모총장(후일 국무장관, 국방장관 역임)이나 드와이트 아이젠하워 유럽연합군 총사령관에 대해 '소련의 간첩'이라는 의혹을 제기하는 대목이 그렇다. 마셜이나 아이젠하워 모두 군부 내에서 승진에 뒤졌다가 루스벨트 정권과 코드를 맞추면서 '벼락출세'한 인물들이라는 것은 인정한다 하더라도, 그들이 친소적이었던 루스벨트와 '코드 맞추기'를 한 정도가 아니라 '소련 간첩'이었다고 보는 것은 과하다는 생각이 든다.

이 책을 읽다 보면 이승만의 외교 독립운동이 좌절한 것은 그 노선이 잘못된 것이거나 이승만의 무능, 태만 때문이 아니라 구조적 문제였음을 이해하게 된다. 이승만은 앨저 히스나 미 국무부의 식견 없음을 여러 번 탄식했는데, 사실 그들에게 없는 것은 식견이 아니라 조국에 대한 충성심이었다.

이처럼 이승만이 부딪혀야 했던 벽들은 굉장히 두꺼웠다. 이를 극복하기 위해 이승만은 때로는 기발한 방법을 쓰기도 했다. 1945년 5월 '얄타 밀약설'을 폭로한 것이 그 대표적인 예이다. 이는 약소국의 힘없는 독립운동가가 구사한 '비대칭 전략'이었다.

이승만에게 얄타 밀약설을 제보한 사람은 '에밀 구베로(Emile Gouvereau)'라는 인물이었다고 알려져 왔다. 이승만이 '공산당을 떠난 러시아 사람'이라고 언급한 이 사람이 누구인지는 연구자들 사이에서도 수수께끼였다. 작가는 해제에서 '에밀 구베로'가 당시 나름 유명했던 미국 언론인 에밀 헨리 고브로(Emile Henri Gauvreau)라는 것을 밝혀 낸다. 잡지 기자인 필자가 보기엔 그 자체가 탁월한 '심층 탐사보도'이다.

『물로 씌어진 이름』을 다 읽고 나면 망망한 역사의 바다를 항해한 듯한 느낌이 든다. 조선의 노예 제도, 메이지유신 이후 일본 군부의 역사, 게르만족과 슬라브족의 싸움, 태평양전쟁, 유럽 전쟁, 히틀러 제3제국의 흥망, 1920~40년대 세계를 풍미했던 전체주의, 볼셰비키 혁명과 스탈린의 공포정치, 루스벨트 정권의 친소 정책, 얄타 회담, 소련의 대미 공작과 미국 내 소련 간첩들의 암약, 구한말 청년 이승만의 각성과 활약, 일본의 만주 침략, 대한민국임시정부의 내홍, 연합국의 승인을 얻어내기 위한 이승만의 고투, 재미 한족 사회에 침투한 좌파 세력의 준동 등의 이야기들이 종횡으로 이어지기 때문이다.

이승만 '대하 전기소설'로서도 재미있고 의미 있지만, '간추린 제2차 세계대전사' 혹은 '소련의 대미 공작사', '냉전 초입의 역사'로 읽어도 좋을 책이다. 태평양전쟁에서 미군의 성공과 일본군의 실패에 대한 이야기들은 조직 관리나 리더십에 좋은 참고가 될 수 있다.

작가는 이 작품과 이승만에 대한 이해를 돕기 위해 110여 쪽 분량의 해제 '역사를 보는 창'을 함께 썼다. 이승만의 독립운동, 미 군정기의 활동, 한국전쟁, 한미동맹 쟁취, 경제적 업적, 집권 말기의 실정失政 등을 다루고 있다. 그 자체로서 이승만에 대한 매우 훌륭한 저작이다.

이 많은 이야기들을 통해 작가가 말하고 싶었던 것은 결국 이승만으로 하여금 그렇게 행동하게 강요한 그 '시대'였다는 생각이 든다. 이승만이 살았던 그 시대. 그가 살았던 세계의 이해 없이는 이승만의 생각과 행동을 이해할 수 없기 때문이다. 필자였다면 아마 소설 제목을 『이승만과 그의 시대』라고 붙였을 것 같다. 『물에 씌어진 이름』이라는 제목은 "여기 누워 있다 / 그의 이름이 물로 씌어진 사람이"라는 영국 시인 존 키츠의 묘비에서 인용한 것이라고 하는데, 작가는 이렇게 소설을 연다.

> 이제 내가 하려는 이야기는 그의 이름이 실제로 물로 씌어진 사람의 이야기다. 이름이 물로 씌어졌다면, 그는 평범하게 산 사람은 아닐 것이다. 그래서 그의 이야기는 거대하고 복잡할 수밖에 없으리라. 수많은 지류들이 모여 이룬 큰 강처럼. 강이 크기에, 그 강물은 어쩔 수 없이 우리의 일상을 넘어 아득한 세상으로 흐른다. (1권 39쪽)

전 5권에 본문만 2,500페이지(9,600매)가 훌쩍 넘는 이 소설은 아직 미완성이다. 제1부 '광복'은 이승만이 해방 후인 1945년 10월 미군 비행기편으로 귀국하는 것으로 끝난다. 해방공간에서 좌익 세력과 미국에 맞선 이승만의 건국 투쟁, 건국 후의 진통, 6·25전쟁, 그리고 한미동맹을 쟁취하기 위한 이승만의 고군분투 등 해야 할 이야기는 아직도 많이 남았다. 작가가 남은 이야기들을 어떻게 엮어낼지 몹시 기대된다. '이승만', 아니 이승만의 고민과 인간적인 모습들이 좀더 많이 담겼으면 하는 것이 개인적인 바람이다.

『물로 씌어진 이름』이라는 대작이 온전한 모습으로 완성되기를, 그래서 이 작품으로 인해 이승만과 복거일이라는 이름이 '바위에 새긴 이름', 아니 '금강석에 새긴 이름'으로 기억될 수 있기를 바라는 마음 간절하다. 복거일 선생님, 그때까지 건강하십시오!

[해설]

청동에 새길 이름

진형준(문학평론가)

이승만은 우리에게 전혀 낯선 인물이 아니다. 대한민국 사람이라면 누구나 다 아는 인물이다. 그러나 실제로 이승만이라는 인물에 대해 제대로 알고 있다고 말할 수 있는 사람이 과연 얼마나 될까? 남들을 질타하기 위해 하는 이야기가 아니다. 실은 그 질문은 자책에 가깝다. 나 자신이 바로 그런 부끄러운 사람들 중의 하나이기 때문이다. 이승만을 대한민국 건국의 아버지로 알고 있기는 했지만, 나의 앎은 그저 막연하고 추상적이었을 뿐이었다.

만일 내가 그 인물에 대해 제대로 배워서 알고 있었다면 복거일의 『물로 씌어진 이름』을 읽으면서 별로 흥분하지도 않았을 것이며, 그토록 여러 번 무릎을 치고, 그토록 자주 자책하고, 그토록 자주 전율을 느끼지도 않았을 것이다. 이 소설을 읽으면서 나는 얼마나 자주 '내가 이토록 무지했단 말인가? 몰라도 어찌 이 정도로 몰랐단 말인가!'라고 자책했던가! 지식인 행세를 하며 살아온 자에게는 무지가 죄이다. 그러니 나는 죄를 지어도 너무 큰 죄를 지은 셈이다. 그러나 이제라도 이 소설 덕분에 그 무지에서, 그것도 단번에 벗어날 수 있게 되었으니 그나마 다행이다. 대한민국이라는 나라가 어떤 아슬아슬한 운명 가운데 탄생했는지, 우리 민족이 그동안 어떤 세월을 겪어 왔는지, 내가 어떤 세상에서 살아왔고 살게 되었는지 이제라도 정확히 맥을 알고 마음 깊이 새기게 되었으니 정말로 다행일 수밖에 없다. 나를 무지에서 벗어나게 해 준 이 소설에, 이런 훌륭한 소설을 선물로 준 뛰어난 작가 복거일에게 고마움과 찬사를 전할 수밖에 없다.

『물로 씌어진 이름』은 일종의 전기소설이다. 그런데 이 소설은 두 가지 측면에서 일반적인 전기소설과는 다르다.

첫째, 대부분의 전기소설에서는 주인공이 살아온 개인적인 행적을 중심으로 세상이 움직인다. 세상에서 벌어지는 모든 일이 주인공의 배경 구실을 한다. 그런데 이 소설은 다르다. 이 소설은 이승만을 중심으로 그의 생애가 펼쳐지지 않는다. 물론 이 소설의 축은 이승만이라는 인물이다. 그러나 어떤 의미에서 그는 이 소설의 핵이면서 동시에 소재이기도 하다. 이승만이라는 인물을 소재로 하여 그가 살았던 시대의 세계 역사가 파노라마처럼 펼쳐지는 것이다. 그리고 얼핏 보기에는 서로 연관이 없어 보이는 사건들이 유기적 관계로 긴밀하게 맺어져 있다는 것이 이 소설의 가장 큰 특징 중의 하나이다. 이승만의 삶의 행적을 세계사적 맥락에서 파악한 작가의 안목 덕분에 그런 소설이 탄생한 것이기도 하지만, 실은 이승만의 안목, 행동 하나하나가 이미 세계사적이기 때문이다.

이승만이라는 개인은 당시 격변기 세계사를 꿰뚫고 있었고, 세계 전체를 조망하고 있었으며 더 나아가 세계의 미래를 내다보고 있었다. 그런 그에게 딱 한 가지가 결핍되어 있었으니, 자신의 식견과 안목을 실행할 힘, 바로 그것이었다. 국적조차 없는 식민지의 한 개인이 바로 그였다. 범세계사적인 안목을 지니고 있으면서도 그 안목을 실행할 현실적 정체성과 힘이 없었다는 것, 거기에 이승만의 고뇌가 있고 비극이 있다. 그리고 그 고뇌와 비극을 딛고 극복해 냈다는 것, 거기에 이승만의 위대함이 있다. 이승만의 비극과 위대함의 드라마는 바로 대한민국의 드라마이기도 하다. 대한민국의 정체성은 바로 이승만이라는 인물의 비극과 위대함과 함께한다. 감히 말하지만, 대한민국의 과거, 현재, 미래는 바로 이승만의 과거, 현재, 미래이기도 하다.

둘째, 대부분의 전기, 혹은 전기소설은 주인공의 미화美化로 이루어진다. 실상實狀은 아름다운 각색 아래 다소간 부끄럽게 숨겨져 있다. 그런데 이 소설은 정반대이다. 이 소설은 이승만이라는 인물의 실상을 그야말로 덤덤하게, 그리고 객관적으로 우리에게 보여 주면서 이승만이라는 이름에 덧붙여진 온갖 왜곡된 편견들을 벗겨내 준다. 그렇기에 이승만이라는 인물을 향한 우리의 감동은 배가된다. '우리가 그동안 몰라도 정말 너무 몰랐구나!'라는 자책과 함께하는 감동이기 때문이다.

덧씌워진 것들을 벗겨내고 실상을 알게 되니 오히려 감동을 주는 인물이 진정한 위인이다. 그리고 세계사에 그런 인물은 정말로 드물다. 전기소설의 형식을 띠고 있는 이 작품은 이승만이라는 인물에 대한 문학적 각색이 아니라 '문학'이라는 형식을 통해 그 인물의 실상과 진실을 효과적으로 전하려는 노력의 소산이다. 이 감동적인 작품이 가끔 담담한 르포 혹은 에세이의 모습을 띠는 것은 그 때문이다. 문학이라는 형식을 객관적 진실을 밝히는 매개로 사용한다는 것은 흔한 일이 아니다. 그러면서 동시에 문학적 감동을 짙게 준다는 것은 더욱 어려운 일이다. 『물로 씌어진 이름』은 그 어려운 일을 훌륭하게 수행한 작품이다.

자유민주국가라는 혁명

러시아의 문호 톨스토이는 『전쟁과 평화』에서 다음과 같이 썼다.

> 그들은 후세 사람들인 우리들만 알 수 있을 뿐 그들 자신은 스스로 무엇을 하는지 알 수 없었던 그런 일을 수행한 것이다. 그것이 행동하는 인간의 피할 수 없는 숙명이며, 인간 사회에서 지위가 높으면 높을수록 그 숙명에서 벗어나기 힘들다. (진형준 옮김, 『전쟁과 평화 II』, 살림, 2020, 56쪽)

거대한 역사의 흐름 속에서 한 개인의 역할은 미미하다고 톨스토이는 말하고 있다. 톨스토이는 인류의 거대한 역사는 개인의 의지와 행동에 의해 결정되는 것이 아니라 온갖 우연과 예기치 않은 사건 혹은 운명 등에 의해 좌우되고 있다고 말하고 싶었을 것이다. 위의 글에 이어서 톨스토이는 나폴레옹과 알렉산드르를 비롯한 전쟁의 주역들은 자신들이 지금 무엇을 하고 있는지 잘 알고 있으며 그 행동이 자신의 자유의지에서 비롯되었다고 착각하고 있었지만, 그들은 단지 역사의 도구에 지나지 않았다고 쓴다. 공감할 부분이 상당히 많은 이야기이다.

그러나 『물로 씌어진 이름』을 읽으면서 이승만이라는 인물은 참으로 예외적인 인물이라는 생각이 들지 않을 수 없다. 이승만은 자신이 무엇을 하고 있는지, 무엇을 해야 하는지 정확히 알고 있었으며, 그 결과도 예견하고 있었다. 그는 지금 세상이 어떻게 돌아가고 있는지 정확히 파악하고 있었으며, 세계사가 지향할 방향도 정확히 인지하고 있었고, 미래도 전망하고 있었다. 게다가 그 혜안을 인품과 도덕심이 뒷받침하고 있었으며 애국심과 이타심과 인류애가 자양분을 이루고 있었다. 참으로 드문 일이며 드문 인물이다.

그런 큰 인물의 두드러진 특징 한 가지를 꼭 집어내는 것은 지극히 어려운 일이다. 그러나 나는 과감하게 이승만이라는 인물을 혁명가라고 규정하는 것으로부터 출발하고 싶다. 그는 출발부터 "사회를 혁명적으로 바꾸려는 급진주의자"(1권 52쪽)였다고 작가도 쓰고 있다. 혁명이나 급진주의자라는 말에 놀랄 필요는 없다. 이승만에게 혁명이나 급진주의자라는 표현을 쓰는 것은 그가 이른바 '급진주의 혁명 이념'에 충실한 사람이었기 때문이 아니다. 이승만이 29세 되던 해인 1904년 감옥에서 집필한 『독립정신』에는 급진적이거나 혁명적인 내용은 전혀 들어 있지 않다. 주권 확립을 통한 독립의 중요성, 세계사적 안목과 외교의 중요성, 헌법에 의한 국정 운영, 자유의 존중, 독립국 백성의 각성 등을 역설하고 있는 그 책은 지금의 관점에서 보면 지극히 온당한 내용으로 이루어져 있다. 백성들이 인간다운 삶을 누리는 독립 국가를 만들어야 한다는 신념으로 당시의 국제적 정세를 정확하게 분석하면서 쓴 그 책은 지극히 현실적인 책이지 낭만적인 혁명 이념을 주장하고 있는 책이 아니다. 그러나 그 책을 당시의 관점에서 본다면 지극히 급진적이고 혁명적이다. 혁명적인 투쟁을 통하여 그런 나라를 이루어야 한다는 뜻에서 혁명적이라는 말이 아니다. 당시 아무도 감히 품을 수 없는 생각을 글로 썼다는 의미에서 가히 혁명적이며, 조선 말기의 비인간적이고 비정상적인 왕조를 완전히 뒤집어서 인간적이고 정상적인 나라로 만들어야 한다는 뜻을 품고 있다는 뜻에서 혁명적이다. 그리고 이승만은 해방 후 대한민국의 건국 대통령이 되어 대한민국을 세계 자유민주주의의 보루로 만듦으로써 진정한 의미에서의 혁명을 이룩한다.

현대사에서 혁명이라는 단어는 주로 공산주의와 연결된다. 그러나 나는 러시아와 중국의 공산주의 혁명을 새로운 세상이 도래했다는 의미에서의 진정한 혁명으로 보지 않는다. 그리고 이 소설은 그 진실을 정확히 밝혀 준다. 그 실상은 다음과 같은 간단한 진술 속에 명료하게 드러나 있다.

> 스탈린의 꿈은 본질적으로 제정 러시아의 부활이었다. 이제 유라시아에서 러시아군에 대항할 만한 군대가 없어졌으니, 러일전쟁과 러시아 혁명 과정에서 잃은 제정 러시아의 영토를 되찾을 기회가 왔다고 그는 생각했다. 그래서 러시아가 이미 점령한 동유럽에서 우월적 지위를 지니는 것을 공식화할 속셈이었다. (4권 209쪽)

작가는 거기서 한 걸음 더 나아간다. 스탈린의 러시아(소련)는 제정 러시아의 부활을 의미할 뿐 아니라 거기에 공산주의 이념이 덧붙여진 것이라는 것이다. 더 정확히 말한다면 제정 러시아의 부활을 위해 공산주의 이념과 혁명이 동원되었을 뿐이다. 중국도 마찬가지이며 북한은 두말 할 필요가 없다. 공산주의 이념을 내세운 나라들은 새로운 나라를 세운 것이 아니라, 철저하게 과거로 회귀하면서 진보와 혁명이라는 허울을 썼을 뿐이다. 북한이 김일성 세습 왕조의 모양새를 하고 있는 것을 보면 너무나 자명한 사실이다. 그러니 진정한 혁명은 자유민주주의를 내세우고 그것을 이룩한 대한민국에서 이룩된 셈이고, 공산주의 혁명을 내세운 소련, 중국, 북한은 혁명은커녕 과거로 회귀한 것이라 하지 않을 수 없다. 힘겨운 노력 끝에 대한민국을 건국한 이승만을 혁명가라고 부를 수 있는 것은 그 때문이다. 반면에 스탈린, 마오쩌둥, 김일성은 자유민주주의를 부정하고 제정과 왕정으로의 복귀를 꿈꾼 기회주의자였을 뿐이다.

이승만에게서 빛나는 점은 그가 세계 지도자들 가운데서 공산주의의 본질과 행태를 가장 먼저 간파하고 경계해 온 사람이었다는 사실이다. "그는 늘 자유민주주의를 따랐고 결코 공산주의에 현혹되지 않았다. 그래서 많은 자유주의자들이 그를 두드러진 자유주의 지도자로 꼽았다"(4권 380쪽).

이승만은 자신의 독립운동 매체인 〈태평양 잡지〉 1923년 3월호에 실린 「공산당의 당부당當不當」이라는 길지 않은 글에서 공산주의의 폐단을 정확히 지적한다. 사유재산을 폐지하면 사람들이 게을러진다, 자본가를 없애면 혁신이 사라진다, 지식인을 없애면 사회 전체가 무식해진다, 종교를 없애면 덕목과 윤리가 사라진다, 공산당의 국제주의는 허울일 뿐 국가의 정체성은 사라지지 않는다, 라는 내용은 당시의 공산당의 실상을 정확히 꿰뚫어 본 글일 뿐 아니라 공산주의 국가의 미래 운명까지 내다본 예언적인 글이라 하지 않을 수 없다. 당시 수많은 유럽의 지식인들이 공산주의에 경도되어 있었고, 자유민주주의의 보루라고 할 수 있는 미국에도 공산주의 사상가들이 대학 내 주류를 이루고 있었을 뿐 아니라 미국인 소련 첩자들이 정·관계 요직에서 암약하고 있었던 사실에 비추어 볼 때 대단한 혜안이라 하지 않을 수 없다.

이승만의 반공은 이념적 선언도 아니고 정치적 슬로건도 아니다. 인간애에 바탕을 둔 냉철하고 지혜로운 현실 인식의 결과물이다. 이 소설 제1부는 자유민주주의에 대한 소신과 반反 공산주의 신념을 가진 이승만이라는 인물이 그 신념을 잃지 않은 채 머나먼 미국 땅에서 어렵게 독립운동을 펼친 이야기이며, 마침내 조국이 해방되자 고국으로 돌아오기까지의 이야기이다. 일본의 펄 하버(진주만) 공습으로 시작되어 그가 고향으로 돌아오기까지의 그 격변의 세월 안에서 그가 어떤 식견으로 세상을 바라보았는지, 세계는 어떻게 돌아가고 있었는지, 숨 돌릴 틈도 없이 파노라마처럼 이야기가 펼쳐지는 소설이다. 그 세월 속에서 이승만이 단 한순간도 잃지 않고 있던 염원은 조국의 독립 바로 그것이었으며 한시도 그의 뇌리를 떠나지 않은 것은 독립 이후의 조국의 미래였다. 소설 전체를 지배하고 있는 그의 그런 모습을 무엇보다 분명하게 압축해서 보여 주는 것이 바로 얄타 비밀협약 폭로 사건이다.

세계 정치 물길 바꾼 '얄타 비밀회담 폭로'

얄타 회담은 제2차 세계대전 막바지인 1945년 2월 4일부터 11일까지 소련 흑해 연안 크림반도의 얄타에서 연합국 지도자인 미국의 루스벨트, 영국의 처칠, 소련의 스탈린이 모여 의견을 교환한 회담이다. 당시 추축국의 일원이었던 이탈리아는 이미 항복한 뒤였고 독일은 패전의 길로 접어들고 있었기에 세 명의 연합군 수뇌부들은 주로 독일 패전 후 독일의 처리 문제에 대해 논의했다.

회담 장소도, 숙소 배정도 모두 스탈린의 치밀한 계산에 의한 것이었다. 한마디로 영국과 미국의 두 지도자가 스탈린에게 철저하게 농락당한 회담이었다. 회담에 임하는 자세 자체가 미·영 지도자와 스탈린은 완전히 달랐다.

> 루스벨트는 일본과의 전쟁에 러시아가 빨리 참가하도록 스탈린을 설득할 생각이었고, 자신이 설립을 주도하는 국제연합(UN)에 러시아도 적극적으로 참여하기를 희망했다.
>
> 공산주의 러시아의 급격한 팽창을 크게 걱정한 처칠은 러시아

> 군이 점령한 동유럽이 자유로운 사회들로 부활하는 것을 가장 중요한 과제로 삼았다. 그래서 폴란드, 루마니아, 헝가리, 체코슬로바키아, 불가리아 및 유고슬라비아에서 자유로운 선거가 실시되어 민주적 정권들이 들어서도록 스탈린을 설득하는 것을 회담의 주요 목표로 삼았다. (4권 209쪽)
>
> 물론 스탈린은 생각이 달랐다. 그는 자본주의를 없애고 공산주의를 온 세계에 세우는 것을 궁극적 목표로 삼은 볼셰비키의 지도자였다. 그는 궁극적 적은 미국이라는 점을 한시도 잊은 적이 없었고, 곧 닥칠 궁극적 대결에서 미국을 파멸시키기 위해 노력해 온 터였다. (4권 201쪽)

결과적으로 루스벨트와 처칠은 스탈린에게 철저히 속았다. 특히 루스벨트는 "지도자들 사이의 개인적 친분"이 무엇보다 중요하다고 믿었으며, "나는 스탈린을 다룰 수 있다"고 측근들에게 공공연히 말하곤 했다(4권 201쪽). 전쟁 기간에 미국과 소련 사이의 교섭을 쭉 지켜본 외교관 조지 케넌(George Kennan)은 루스벨트의 실책들이 "러시아 공산주의의 성격과 그것의 외교 역사에 관한 변명의 여지가 없는 무지"에서 나왔다고 진단했다(4권 202쪽). 이승만에 비할 때 국제 정세에 대한, 특히 공산주의에 대한 루스벨트의 식견은 형편없이 짧고 얕았다. 게다가 루스벨트는 기본적으로 사회주의에 경도되어 있었기에 공산주의에 대한 경계심이 거의 없었다. 국무부 요직에 소련 첩자가 있다는 구체적 증거를 접하고도 별다른 조치를 취하지 않은 것을 보면 그가 소련에 대해 얼마나 우호적이었는지 능히 짐작할 수 있다. 처음부터 스탈린에게 속을 준비가 된 채 회담에 임했다고 해도 과언이 아니다.

세 명의 연합국 수뇌부는 미국·영국·프랑스·소련 4개국이 패전 후의 독일을 분할 점령한다는 원칙 및 기타 패전국들과 신생 독립국들에 관한 포괄적인 원칙을 발표했다. 이승만은 얄타 회담에 신경을 곤두세울 수밖에 없었다. 한국의 독립을 합의한 카이로 회담 특별조항의 원칙이 그대로 유지될 것인지 그는 초조할 수밖에 없었다. 두루뭉술한 합의사항만으로는 한국과 관련해 실제로 어떤 논의가 막후에 오갔는지 실상을 알 수 없었다.

그런데 얄타 회담이 있은 지 두 달 남짓 지난 4월 15일에 이승만은 운명적인 만남을 갖게 된다. 바로 에밀 고브로(Emile Gauvreau)라는 인물과의 만남이다. 통신사 INS의 기자로서 오로지 정의감에서 이승만을 열심히 도와주었던 윌리엄스라는 사람이 그를 이승만에게 소개한 것이다. 한때 영향력이 큰 언론인이었던 고브로는 당시 펜실베이니아주의 시골에서 농사를 짓고 있었다. 고브로는 안면이 있던 윌리엄스에게 조선 문제에 관한 중요한 정보를 얻었다고 알렸다. 윌리엄스가 오랫동안 조선의 독립을 위해 헌신해 온 것을 알았으므로 그에게 연락한 것이었다. 윌리엄스는 고브로가 얻은 정보를 한 달 가까이 확인했고, 믿을 만한 정보라 판단하자 이승만과의 만남을 주선했다(4권 261쪽).

고브로는 이승만에게 얄타 회담에서 공식적으로 발표된 협약 이외에 비밀협약이 있었으며, 일본과의 전쟁이 끝날 때까지 조선을 러시아의 영향 아래 두기로 했다는 것이 그 비밀협약의 내용이라고 말했다. 게다가 미국과 영국은 일본과의 전쟁이 끝날 때까지 조선에 대해 아무런 약속도 하지 않는다는 내용도 포함되어 있다는 것이었다. 한마디로 한국의 독립을 보장한다는 카이로 선언의 폐기는 물론이고 한반도의 운명을 소련에 넘긴다는 것이 그 비밀협약의 내용이었다.

고브로가 이승만에게 알려 준 비밀협약의 내용도 엄청나지만 고브로와 이승만의 만남 자체도 감동적이다. 이승만이 미국에서 어렵게 독립운동을 할 때 영향력 있는 많은 미국인들이 그를 도와주었다. 현실적인 이해관계 때문이 아니었다. 그들은 이승만의 인품에 반해서, 오로지 정의감에서 그를 도와주었다.

> 고브로의 행적과 글에서 이승만은 정의에 대한 열정을, 불의를 시정하려는 의지를, 특히 약한 자들에 대한 깊은 동정심을 읽을 수 있었다. 그리고 문득 깨달았다. 지금까지 그를 도와준 외국인 친구들은 존 스태거스나 제이 윌리엄스처럼 정의감이 강한 사람들이었다는 것을. (4권 267쪽)

고브로와 만난 이승만은 그가 아니었으면 할 수 없었을 중대 결심을 한다. 얄타 회담에서 비밀협약이 있었다고 폭로하기로 한 것이다. 이승만은 우선 미국 최대의 신문 네트워크를 자랑하는 언론재벌 허스트(William R. Hearst)에게 '얄타의 비밀협약'을 알려 주는 편지를 쓴다. 이어서 5월 8일부터 〈시카고 트리뷴(The Chicago Tribune)〉, 〈샌프란시스코 이그재미너(The San Francisco Examiner)〉, 〈로스앤젤레스 이그재미너(The Los Angeles Examiner)〉 등 대형 언론사들이 그 내용을 대서특필했다. 특히 허스트계 신문들은 이승만의 폭로 내용을 미국 전역의 언론망에 상세히 보도했다.

얄타 비밀협약의 폭로는 이승만이라는 인물이 아니었다면 도저히 불가능했을 행동이었다. 그는 고브로와 만난 자리에서 이렇게 말한다.

"에밀, 어차피 정의롭지 못한 '비밀협약'은 공개되어야 합니다. 그래야 그것의 독이 제거됩니다. 그것의 존재를 폭로하면, 그것을 만든 사람들이 반응할 수밖에 없어요. 만일 그들이 '비밀협약'이 있다고 인정하면, 우리는 목적을 달성하는 것입니다. 우리가 안 나서도 세상이 그들을 심판할 것입니다. 만일 그들이 없다고 주장하면, 우리는 그것이 집행되는 것을 막을 수 있습니다. 어느 쪽이든 우리는 우리가 원하는 대로, 소비에트가 몰래 한국을 장악하는 것을 막을 수 있습니다." (4권 293쪽)

이어서 작가는 그런 결심을 한 이승만이 얼마나 위대한 인물인가를 다음과 같이 서술한다.

그렇게 확인하기 어려운 정보에 의존하는 것이 위험함을 이승만 자신이 누구보다도 잘 알았을 것이었다. 사실 그런 정보를 얻으면, 누구나 그런 정보의 진위에 마음을 쓰게 된다. 그래서 그것의 진위가 확인된 뒤에야 그것을 이용할 길을 생각하게 된다. 그러나 이승만은 그 정보의 진위나 그것에 의존할 때 안을 위험 너머를 바라보고, 그 정보가 가져다준 기회를 알아본 것이었다. 한반도의 운명이 강대국들의 비밀스러운 거래들로 결정되는 상황에서 아무런 발언권이 없는 대한민국 임시정부가 최소한의 언질이라도 얻으려면, 미국 사회의 관심을 끌어 미국 정부의 팔을 비틀어야 한다는 것을 이승만은 누구보다도 절실하게 인식했고, 그가 얻은 정보에서 그렇게 할 기회를 이내 알아본 것이었다. 나아가서 그런 기회를, 손으로 잡기 어려울 만큼 위험한 기회를 머뭇거리지 않고 움켜

권 것이었다. 그런 통찰과 행동은 오직 민족의 이익을 위해 헌신하면서 자신에게 퍼부어질 억측과 비난과 박해를 두려워하지 않는 인품에서만 나올 수 있었다. 그것이 이승만의 위대함이었다. (4권 308쪽)

만일 이승만의 폭로가 없었다면 한국은 폴란드를 비롯한 동구권 전체가 걷게 된 길을 걸었을 것이다. 대표적으로 폴란드에서 벌어진 일은 지금도 우리의 모골을 송연하게 만들기에 충분하다.

제2차 세계대전 중 폴란드에서는 나치 독일에 항거하는 '바르샤바 봉기'가 발생한다. 2차대전 역사상 나치에 저항한 가장 거대한 봉기이다. 폴란드 본국군은 서쪽에서 진격해 오는 미군과 영국군에 합류해서 조국을 해방하기를 기대했었다. 하지만 독일군의 동부전선이 급격히 무너지면서 소련군이 폴란드를 해방시킬 것이 분명해진 상황에서 1944년 8월 1일 폴란드 본국군은 나치에 저항해서 봉기를 일으킨다. 바르샤바가 소련군에 의해 해방되면 본국군은 설 땅이 없어지고 폴란드가 소련에 종속되리라는 두려움에서 스스로 들고일어난 것이었다. 그러나 그 봉기는 실패한다. 바르샤바 동쪽 15킬로미터 지점까지 진출해 있던 소련이 전혀 돕지 않았기 때문이었다. 8월 1일 본국군이 봉기했을 때 스탈린은 소련군에게 진격을 멈추라고 지시한다. 본국군을 제거해야 할 대상으로 여겼기 때문이었다. 스탈린에게 런던 망명 폴란드 정부와 연합군의 일부로 싸워 온 폴란드군은 폴란드 장악의 장애물일 뿐이었다. "바르샤바 봉기는 독일군의 손을 빌려 본국군을 처치할 기회를 그에게 준 셈이었다"(4권 91쪽).

바르샤바 봉기를 외면한 것은 소련뿐이 아니었다. 영국과 미국은 폴란드에 관련된 작전을 동부전선의 문제로 여겨서 소련의 승인을 받기 전에는 움직이지 않았다. 결과적으로 바르샤바 봉기는 스탈린의 의도대로 흘렀다. 폴란드 민족주의 세력의 핵심인 폴란드 본국군은 궤멸했고, 소련에 충성하는 공산주의자들의 군대가 폴란드를 장악했다.

만일 이승만의 얄타 비밀협약 폭로가 없었다면 한반도에서도 똑같은 일이 벌어지지 않았으리라고 장담할 수 없다. 이승만의 폭로는 스탈린의 한반도 장악 야욕을 저지한 너무나 중요한 결단이었다.

처칠, 루스벨트와 이승만이 다른 점은 너무 명료하다. 앞의 두 명은 자유민주주의라는 궁극적 가치를 가볍게 버리고 '현실정치'라 불리는 냉소적 흥정에 몰두함으로써 전체주의 세력의 위협에 맞설 수 있는 유일한 방도를 스스로 포기했다. 반면에 이승만은 늘 자유민주주의를 따랐고 결코 공산주의에 현혹되지 않았다. 처칠과 루스벨트는 전체주의자들과 협상을 통해 공존할 수 있다고 믿었지만 이승만은 전체주의자들은 절대로 믿을 수 없다는 사실을 정확히 인식하고 있었다.

이승만이 얄타 비밀협약의 존재를 폭로한 것은 그러한 인식에 바탕을 둔 것이었다. 그리고 그 폭로는 세계 정치의 흐름을 크게 바꾸었다. 우리로서는 조선의 독립을 확실하게 함으로써 국제 정세의 흐름을 정리했다는 점에서 그 의미가 무엇보다 크다고 할 수 있다. 그러나 그 폭로가 국제정치에 미친 영향은 그 정도에서 그치지 않는다. 얄타 비밀협약 폭로를 계기로 미국 정부에 침투한 소련 첩자들의 존재가 뚜렷이 드러났으며, 외교에서 일방적으로 소련에 밀리던 미국이 저항하는 계기가 된 것이다.

한국이 매카시에게 감사해야 할 이유

여기서 우리는 또 한 명의 중요한 인물을 만난다. 바로 조지프 매카시(Joseph Raymond McCarthy)이다. '매카시즘'이라는 용어는 대부분의 사람들에게 부정적인 의미를 담고 있다. 매카시는 미국을 공산주의로부터 지킨다는 명분 아래 수많은 사람을 공산주의자로 낙인찍어 매장해 버린 사람으로 악명이 높으며 그런 행위를 우리는 매카시즘이라고 부른다. 그러나 작가는 다음과 같이 과감하게 통념을 깨부순다.

> 미국의 참전과 국제연합의 참전 촉구로, 다섯 달 전엔 파멸을 피할 수 없다고 여겨진 대만의 중화민국과 남한의 대한민국은 '한번 해볼 만한 처지'가 되었다. 그것은 누구도 예상치 못했던 극적 반전이었다. (…) 그런 기적이 나오도록 한 사람은 이름 없는 위스콘신 출신 초선 상원의원 매카시였다. (…)
>
> 대한민국과 중화민국의 시민들은 영원히 매카시에게 감사해야 한다. 그들이 누리는 자유와 풍요는 그의 통찰과 용기에서 연유했다. 그것은 매카시에 대한 세평과 무관하다. 설령 그를 미워하고 혐오한 사람들이 그에게 뒤집어씌운 얘기들이 모두 사실이라 하더라도, 두 나라의 시민들은 그에게 평생 갚을 수 없는, 오직 그에 대한 경의와 감사만으로 조금이나마 갚을 수 있는, 빚을 졌다. (…)
>
> 매카시는 대만과 남한의 주민들 몇천만 명과 그들의 후손들이 억압적이고 비참한 공산주의 체제 속으로 끌려들어 가는 것을 막아 주었다. 그것은 인류 전체를 위한 공헌이었다. (…) 현대 역사에서 자신의 통찰과 용기만으로 그런 공헌을 한 사람을 또 찾는 일은 결코 쉽지 않다. (5권 109~110쪽)

매카시에 대해 거의 공인되다시피 한 악평과 복거일의 평가 사이에는 그 얼마나 큰 간극이 존재하는가. 그 간극이 하도 크기에 이 짧은 해설에서 그 내용을 소상히 소개할 수도 없고 소개할 필요도 없다. 나는 독자 여러분이 그 부분을 자세히 읽고 스스로 판단하기만을 바랄 뿐이다. 다만, 매카시를 둘러싼 논란의 핵심은 당시 과연 미국 정부에 침투한 소련 첩자들이 그토록 많았는가의 여부에 달려 있다는 사실만은 지적하고 싶다. 일반적으로 '무고한 사람에 대한 모함'의 뜻으로 쓰이는 매카시즘이라는 용어는 정확히 말한다면 '공산주의 소련에 대한 거칠고 맹렬한 공격'의 뜻을 품고 있다. 공산주의 소련의 더없이 위험한 전체주의 국가라면, 그 공격이 맹렬하다는 것은 역으로 자유민주주의에 대한 신념이 강하다는 것을 증명해 준다. 자유민주주의에 대한 강한 신념을 가진 매카시라는 인물이 그런 악명을 떨치게 된 것은 당시 미국 정·관계에 상상할 수 없을 정도로 소련 첩자가 많았기 때문이고, 그들이 앞장서서 매카시를 매도했기 때문이다. 그에 대해 작가는 다음과 같이 쓴다.

> 이처럼 매카시의 활동을 폄하하고 오도하는 말이 처음 쓰인 곳은 미국 공산당 기관지 〈데일리 워커〉다. 원래 이 말을 고안한 것은 러시아 비밀경찰 NKVD였다. NKVD의 계산대로, 미국의 좌파 지식인들은 이 말을 열광적으로 받아들여 무차별적으로 썼다. (…)
>
> 매카시가 미국 정부에 침투한 러시아 첩자들의 수와 영향력을 터무니없이 과장했다는 얘기도 근거가 없음이 드러났다. 매카시가 그의 소위원회 청문회들에 부른 사람들 가운데 헌법 수정 제5조를 들어 증언을 거부한 사람들은 예외 없이 뒤에 러시아 첩자나 미국

공산당 당원이었음이 드러났고, 그들 가운데 상당수는 혐의가 구체화되자 해외로 도피했다. (…)

이 문제를 둘러싼 논란은 1990년대에 이르러 미국 육군의 비밀 감청 사업에 관한 자료들이 공개되면서 끝났다. 매카시는 미국에 대한 공산주의 첩자들의 위험을 과장한 적이 없었다. 실은 미국 정부에 침투한 공산주의 러시아 첩자들은 그가 상상한 것보다 훨씬 많았고 그들이 끼친 해독도 훨씬 컸다. (5권 149~151쪽)

만일 매카시에 대한 작가의 그런 평가를 받아들인다면 다음과 같은 발언에도 공감할 수밖에 없을 것이다.

동아시아에서 냉전이 고비를 맞았던 1950년 초에 매카시는 혼자 힘으로 도도하던 공산주의의 물살을 막고 위태롭던 남한의 대한민국과 대만의 중화민국을 지켰다. 애치슨이 '방어선 연설'로 공산군들에게 남한과 대만을 침공해서 공산주의 영토로 만들라고 공개적으로 초대장을 보냈을 때, 그는 공산주의의 위협에 물러나서는 안 된다는 것을 미국 시민들에게 일깨웠다. 그래서 남한과 대만은 자유로운 세상으로 남아 자유와 번영을 누렸다. 비록 지금 남한과 대만에 그에게 고마워하는 사람들은 거의 없지만, 그가 수많은 사람들에게 자유롭고 풍요로운 삶을 누리도록 했다는 사실은 어떤 기준으로 평가하더라도 위업이다. (5권 146쪽)

『물로 씌어진 이름』을 읽으면서 우리는 우리가 미처 알지 못했던 사실들을 깨우치게 되며 우리의 편견을 시정할 수 있게 된다. 또한 이 세상 구석구석에서 벌어진, 우리와 무관해 보이는 듯한 역사적 사건들이 유기적으로 얽혀서 우리의 운명을 결정하는 데 지대한 영향을 끼쳤다는 사실을 깨닫게 된다. 그렇게 우리의 시야를 넓혀 준다는 것이 이 소설의 가장 큰 장점이다.

그런데 이 작품은 군데군데에서 또 다른 큰 선물들을 우리에게 선사한다. 이 책에서는 구한말 조선의 역사는 물론이고 중국과 일본과 러시아의 근현대사의 핵심이 그야말로 일목요연하게 정리되어 있다. 그뿐이 아니다. 나치 독일의 유대인 학살을 다루면서 작가는 유대인의 역사를 너무나 명료하게 정리해서 우리에게 알려 준다. 물론 그중 압권은 무엇보다도 19세기 말 격변기 조선의 역사이다. 우리가 그 이름을 익히 알고 있는 구한말 중요 인물들의 사유와 행동은 물론 그 의미까지 이토록 정확하면서도 간결 명료하게 소개한 글을 나는 본 적이 없다. 그 부분들을 읽으면서 내가 무지했음을 자책하며 얼마나 자주 무릎을 쳤는지 모른다. 독자들도 나와 같은 경험을 하기를 바란다.

이 책이 주는 선물은 그뿐이 아니다. 이 책에는 제2차 세계대전 장면이 무수히 나온다. 마치 제2차 세계대전이 주요 무대인 것만 같다. 이전에 나는 넷플릭스에서 2차대전을 다룬 다큐멘터리 시리즈를 즐겨 보았다. 그리고 2차대전에 대해 모르던 사실을 알게 되었다고 기뻐했었다. 그런데 이 책이 주는 선물은 그 이상이다. 2차대전의 전투 하나하나가 어떻게 유기적으로 연결되어 있는지, 그것들이 역사적으로 어떤 의미를 갖는지 그야말로 세계사적인 안목에서 살펴볼 수 있게 된다. 작가가 우리에게 전하는 큰 선물 중의 하나이다.

세계사적 질문을 문학에 담다

이 작품은 이승만이라는 위대한 인물의 전기소설이다. 작가는 이 소설에 『물로 씌어진 이름』이라는 제목을 달았다. “사람들의 나쁜 행태들은 청동에 새겨져 남는다. 그들의 덕행들을 우리는 물로 쓴다”라는 셰익스피어의 탄식에서 따온 제목이다. “사람들은 이승만 이름 석 자를 물로 썼다. 그리고 그의 작은 허물들을 청동에 새겼다”(4권 345쪽).

‘청동에 새겨진’ 이승만의 허물이 무엇인지 우리는 모두 잘 알고 있다. 장기 집권을 막기 위한 헌법의 대통령 3선 금지 조항을 ‘사사오입 개헌’을 통해 폐지한 것이다. 그것은 시민들의 뜻에 따라 사회를 구성하고 운영한다는 자유민주주의 이념, 그가 평생 소중히 지켜 왔으며 대한민국을 건립하는 데 최고의 가치로 내세운 그 이념을 스스로 허문 것이었다. 작가는 이승만의 노년의 행태에 대해, 가치를 실현하는 수단으로 권력을 추구해 온 그가 “권력 자체를 최고의 가치로 삼게 되었음을 보여 준다”(4권 343쪽)고 쓴다.

그와 함께 복거일이 들고 있는 이승만의 또 하나의 중요한 허물이 있다. 고브로에 대한 신의를 저버린 행동이다. 고브로는 살아 있는 동안 이승만을 계속 옹호하고 높이 평가한다. 그에 반해 이승만은 대한민국 대통령이 된 뒤에 그를 외면하고 평생 만나지 않았다. 앞의 허물에 비해 작아 보일 수 있는 그 허물에 대해 어찌 보면 작가는 더 단호하다. 복거일은 사회의 근본 원리는 개인들 사이의 신의라고 단언하면서, 신의를 저버리는 것은 그 어떤 경우라도 사소한 일일 수 없다고 잘라 말한다. 게다가 “이승만의 인품이 워낙 훌륭했고 신의를 저버린 경우가 드물었으므로, 그가 고브로에게 보인 행태는 유난히 초라하게 다가온다”(4권 346쪽)고 쓴다. 나는 이 대목에서 신의를 무엇보다 중시하는 작가 복거일의 인품을 슬쩍 엿본다.

나도 작가와 마찬가지로, 이승만의 허물을 허물이 아니라고 주장하고 싶은 생각은 추호도 없다. 다만, 허물이 없는 사람이 세상에 어디 있겠는가? 라고만 말하고 싶을 뿐이다. 그렇기에 작가도 이승만이 보인 그 허물이 노화에 따른 어쩔 수 없는 현상이라고 덧붙여 설명하지 않았겠는가?

게다가 이승만이라는 위인은 곧바로 그 허물을 씻어 낸다. 이승만은 '4월 혁명'이 일어나고 경무대를 찾은 시민 대표들로부터 하야를 원한다는 건의를 받자 선뜻 결단을 내린다. 그는 "국민이 원하면 대통령직을 사임할 것"이라고 발표한 후 국회에 사직서를 제출한다. 혁명에 앞장선 젊은이들 앞에서 이승만이 "얘들아, 장하다"라고 말했다는 사실은 우리에게 감동을 준다. 자신더러 물러나라고 외치는 젊은이들에게서 자유민주주의를 지키고 키워 나가겠다는 단호한 의지를 읽어 내고는 그의 입에서 저절로 "장하다"라는 말이 나왔을 것이다. 이 땅에 자유민주주의를 심겠다는 평생의 뜻이 이루어졌음을, 자신에게 물러나기를 외치는 젊은이들의 모습에서 볼 수 있다는 것은 아무에게나 가능한 일이 아니다. "이승만의 참모습이 한순간 다시 드러난 것이었다"(4권 349쪽).

이승만의 참모습대로 '이승만'이라는 이름이 '물로 씌어진 이름'이 아니라 '청동에 새겨진 이름'이기를 간절히 바란다. 그만큼 그가 대한민국에 준 선물이 크기 때문이다. 그 바람에는 대한민국이라는 나라의 정체성을 살리고 싶다는 당연한 욕구가 들어 있다. 이승만이 오늘의 대한민국을 가능하게 만든 큰 인물이며 그의 과거, 현재, 미래가 대한민국의 과거, 현재, 미래이기 때문이다. 안목이 높은 사람만이 큰 인물을 알아본다고 했다. 우리 사회 전체가 안목이 높아져 이승만이라는 큰 인물을 알아보는 사회가 되었으면 좋겠다. 그 말은 우리가 이승만이라는 이름을 청동에 새기는 순간 우리 사회는 안목이 높은 성숙한 사회가 될 수 있을 것이라는 뜻도 품고 있다.

이승만이라는 이름이 청동에 새겨진 이름이 되었으면 하는 나의 바람에는 또 다른 욕망이 숨어 있다. 단테의 『신곡』 「지옥편」을 보면 지옥에서 벌을 받고 있는 죄인들 중 가장 무거운 죄를 지은 자들은 배신의 죄를 지은 자들이다. 그들은 지옥 가장 깊은 곳 제9 구렁에서 벌을 받고 있다. 그중에서도 자신을 믿은 사람을 배신한 자, 조국을 배신한 자, 하느님을 배신한 자가 가장 중벌을 받는다. 배은망덕도 배신의 죄에 해당한다. 우리가 '이승만'이라는 이름을 '청동에 새긴 이름'이 되게 하자는 것은, 그가 우리에게 베푼 은혜를 새기자는 뜻, 바로 그것이다. 배은망덕의 죄에서 벗어나자는 것이다. 이승만이라는 인물이 선물한 세상에 살면서, 스스로 지옥의 제9 구렁에서 벌을 받는 짓은 하지 말아야 할 것 아닌가?

이승만이라는 이름을 청동에 새기기 위해 정말로 많은 사람이 이 소설을 읽었으면 좋겠다. 자신이 어떤 세상에 살고 있는지, 어떻게 하여 이런 세상에 살게 된 것인지 알고 싶은 간절한 욕망을 품는 것, 그것은 너무나 중요한 버킷리스트 중의 하나가 아니겠는가? 그리고 자신의 정체성을 알게 되는 것, 그것 또한 너무 중요한 버킷리스트가 아니겠는가?

복거일은 1987년 『비명碑銘을 찾아서』라는 묵직한 소설로 등단했다. 서울대 상대를 나와 16년간 직장생활을 하다가 홀연 전업專業 작가로 나선 그가 처음으로 세상에 선보인 작품이 출간 즉시 화제를 몰고왔다.

『비명을 찾아서』는 안중근 의사가 하얼빈에서 이토 히로부미의 암살에 실패했다는 가정 하에 전개되는 일종의 대체 역사 소설이다. 복거일은 등단 작품부터 그의 넓디넓은 시야를 자랑한다. 소설은 일견 일본 제국주의 치하에서 조선의 독립을 갈망하는 것이 주제인 것 같지만 사실은 그 이상이다. 조선의 정체성을 일찍부터 세계사적 역학 속에서 모색하고 규정하려는 작가의 드넓은 시선과 지적知的인 노력을 보여 주고 있으며, 바로 그 때문에 대체 역사 소설이라는 형식을 택한 것이다.

『비명을 찾아서』 이후 복거일은 『역사 속의 나그네』(1991), 『높은 땅 낮은 이야기』(1988), 『파란 달 아래』(1992), 『캠프 세네카의 기지촌』(1994) 등 문제작을 계속 발표하며 이후 어린이용 판타지 소설도 다수 발표한다. 2014년 간암 투병을 시작하면서 집필에 들어간 『물로 씌어진 이름』은 지식인 작가 복거일의 '모든 것'이 하나가 되어 쓰인 역작이다. 『비명을 찾아서』에서 이미 선보인 역사의식, 세계사적 안목, 냉철한 현실 인식, 인간을 향한 애정 등이 마치 큐빅처럼 유기적인 관계를 맺으며 『물로 씌어진 이름』이라는 거작에서 하나가 되어 표현된 것이다.

문학이라는 형식을 빌려 그런 거대한 세계사적 질문을 던진 작품을 나는 근래에 보지 못했다. 한국에서뿐 아니라 세계적으로도 그렇다. 내가 보기에 그런 진지한 질문을 마지막으로 던진 작가로는 『마魔의 산』의 토마스 만, 『유리알 유희』의 헤르만 헤세 정도를 꼽을 수 있을 것이다. 토마스 만, 헤르만 헤세와 복거일 사이에는 약 70년 가까운 간격이 있다. 그러나 앞의 두 사람의 소설과 복거일의 『물로 씌어진 이름』 제1부의 무대는 거의 동시대이다. 토마스 만과 헤르만 헤세는 20세기 초엽의 격변기에 역사와 지성과 예술에 대해 폭넓은 질문을 던지면서 고민했다. 그런데 복거일이 마치 그들의 고민에 답하듯이, 세계사적 질문을 다시 소설의 형식에 담아 『물로 씌어진 이름』을 내놓았다. 나는 그것만으로도 이 작품이 노벨 문학상을 받을 만하다고 자신 있게 말할 수 있다. 문학이라는 형식을 통해 이런 진지한 질문을 다시 던지는 현재 전 세계 거의 유일의 작품이라는 사실, 그것만으로도 이 작품은 충분히 노벨 문학상감이 아니겠는가?